KB103542

독의 — 꽃

독의 꽃

최수철 장편소설

작가정신

차례

프롤로그

1

지난해 겨울, 유난히 혹독하게 추웠던 어느 날 새벽에 나는 의식불명 상태에서 구급차에 실려 북한강 변의 한 종합병원으로 옮겨졌다. 그리고 그곳 응급실에서 옆으로 눕어져 위세척을 받고 하제와 해열제를 투여받은 후 집중 치료실에 수용되었다. 흔히 중환자실이라고 불리는 그 음울한 방에서 나는 호흡기와 순환기에서 급성 기능 부전 발생이 우려되어 이십사 시간 체크 받았다. 의사들의 말에 따르면, 응급실에 도착했을 때 나는 구토를 심하게 했고, 심각한 탈수증세와 혈압 저하 현상을 보였으며, 체온이 사십 도를 넘게 오르면서 호흡곤란과 요실금 증상까지 보였다고 했다. 내가 조금만 늦게 병원에 도착했다면 폐 기능 악화로 인한 산소 결핍 증세로 사망했을 것이며, 중환자실로 옮겨진 후에도 폐와 간, 신장, 혈액, 순환계통 등 다섯 개의 장기 기능이 급격히 약해져 언제든 호흡곤란으로 인해 코마에 빠질 위험이 있어 각별히 주의가 필요한 상황이었다는 것이다.

나를 담당한 의사의 말에 따르면, 내 위장에서 상당한 양의 보툴리누스 균과 프토마인 균이 검출되었으며, 그 균들로부터 방출된 독소가 몸에 흡수되면서 혈액을 통해 장기를 공격했다고 했다. 말하자면 내 몸 전체가 독성 물질에 의해 감염된 상태였는데, 그로 인해 근육이 마비되고 신장이 기능을 상실했으며, 요실금 증세를 보인 것도 그 때문이었다. 계속해서 그는, 보툴리누스 균과 프토마인 균은 일반적으로 부패한 육류나 어패류에서 발생하는 것인데, 자신이 보기에 내가 어느 정도 의식이 돌아온 후에도 언어와 행동의 심각한 장애를 보이고 있는 것을 감안하면 썩은 음식을 섭취하는 과정에서 심리적으로도 강한 스트레스와 트라우마를 경험한 게 분명하다고 했다. 그러고서 그는 모종의 해명을 바라는 눈길로 한참 동안 나를 빤히 바라보았다.

실제로 나는 치료를 받는 과정에서도 수시로 구토를 했고, 의식이 오락가락했으며, 시력도 현저히 떨어져서 깨어 있을 때는 늘 눈앞이 흐릿했다. 흐릿하기만 한 것은 시야뿐만이 아니었다. 지난 사흘 동안의 일들에 대한 기억 또한 마찬가지였다. 그래도 다니던 회사에 사직서를 낸 뒤 한 달가량 바닷가 도시들을 돌아다녔고, 여행을 마치고 나서 혼자 집으로 돌아왔고, 몸과 마음이 완전히 탈진한 상태에서 오랫동안 잠을 잤고, 잠에서 깨어났을 때 여전히 밖으로 나갈 기력과 의욕이 없어서 냉장고를 열고 그 안에 들어 있던, 곰팡이가 퍼렇게 슨 음식들을 보았고, 곰팡이 슨 부분을 잘라내고 그 음식들을 먹었고, 그런 후에 다시 잠이 들었고, 그렇게 사흘을 보냈다는 사실은 어렴풋하게나마 기억이 났다.

의사는 내가 자살을 기도한 것으로 간주하는 듯한 인상을 주었다. 내가 생각하기에도 내 몸이 독에 감염되었다면 냉장고 속에 오랫동안 방치되었던 음식들 탓인 듯했다. 물론 나는 상한 음식은 물론이고 곰팡이에도 수백 종의 치명적인 독이 들어 있다는 사실을 알고 있었다. 하지만 그렇다고 해서 내가 꼭 죽으려고 그것들을 먹었다는 생각은 들지 않았다. 나는 뭔가를 먹어야 했기 때문에 내 몸이 그것들을 섭취하는 게 자연스런 행동처럼 여겨졌고, 실제로 상한 음식들의 맛도 그리 나쁘지 않았던 것 같다. 그것들을 입에 넣고 씹으면서, 곰팡이는 푸른색뿐만 아니라 검은색, 초록색, 보라색 등등으로 종류가 다양하고, 그 맛도 대체로 텁텁하지만 잘 음미하면 밋밋한 맛, 씁쌀한 맛, 쓴맛 등등 여러 가지 맛을 느낄 수 있다는 사실도 알게 되었던 듯싶다.

그러나 나는 내가 먹은 음식이 정확히 어떤 것이었는지 전혀 기억하지 못했다. 다만, 여행을 떠나기 전에 이것저것 먹을 것을 사왔고, 그중에 진공 포장되거나 밀봉된 것들은 풀어서 냉장고에 채워두었던 것은 분명한 것 같았다. 그렇다면 어쩌면 나는 내가 여행에서 돌아왔을 때 내 몸이 모종의 독에 감염되도록 미리 준비한 것인지도 모를 일이었다. 그러나 모든 것은 안갯속에 가려져 있었다. 여행지와 그곳에서 있었던 일들에 대해서도 마찬가지여서, 그저 느릿느릿 흐르던 시간과 천천히 스쳐 지나가던 풍광들에 대한 기억이 흐릿하게 남아 있을 뿐이었다. 그렇기 때문에 내가 죽음을 준비해야 할 어떤 이유도 나로서는 전혀 찾을 수 없었다. 그래도 또렷하게 기억나는 것이 단 한 가지 있었는데, 그것은 내 기억이 끊어지기 직전에 갑작스레 배 속에서 요란한 소리가 울리기 시작했으며, 마치 누군가가 내 몸을 드럼 삼아 마구 두드리는 것 같았다는 사실이었다. 그 소리는 짧게나마 지속되는 삶의 흥겨움과 다가오는 영원한 죽음의 공포를 동시에 느끼게 했다.

하지만 의사에게 그 말을 하는 건 별 의미가 없는 게 분명했고, 때문에 나는 아무 말도 할 수 없었다. 결국 의사는 대답 듣기를 포기하고서, 앞으로 몸속의 독소를 배출시키고 중화시키는 해독 과정과 더불어 장기들의 기능을 활성화시키는 치료가 집중적으로 이루어질 것이라고 말하고서 병실을 나갔다. 그의 뒷모습이 시야에서 사라지는 순간, 나는 다시 정신을 잃고 말았다.

2

그렇게 나는 한동안 생사의 경계를 넘나들며 혼몽한 상태에서 시간을 보냈다. 그러다가 어느 날 늦은 밤에 문득 서서히 머릿속이 맑아지는 게 느껴졌다. 약 기운 때문인지 고통은 없었는데, 마치 내 몸속에 커다란 구멍이 뚫리고, 내가 그 구멍을 통해 생각하고 감각하고 세상을 바라보고 있는 듯했다. 나는 의식이 돌아오는 것과 더불어 근육도 깨어나는 것을 느끼며 입원한 지 며칠 만에 처음으로 상체를 약간 일으켰다. 그러고는 비상등으로 어슴푸레 밝혀져 있는 병실 안을, 아직 초점이 잘 맞지 않는 눈을 깜박이며 찬찬히 돌아보았다. 시각을 제외하고, 내가 느낀 최초의 감각은 실내에서 시트러스 바질의 서늘하면서 부드러운 향기가 난다는 것이었다. 그러나 누군가가 실제로 시트러스 바질 향을 피워놓은 것인지, 아니면 내가 소독약 냄새를 그렇게 착각하는 것인지 알 수가 없었다. 그런 감각의 혼란 속에서, 나는 마치 세상에 갓 태어난 것처럼 이 혼돈과 어둠의 세계에 대해 막막한 초조함과 은근한 기대감을 느꼈다.

삼인실인 방 안에는 침대가 세 개였는데, 그중 나는 가운데 침대 위에 누워 있었고, 문 쪽의 것은 비어 있었다. 창가 쪽에는 한 남자가 누워 있었는데, 순간 나는 흠칫 놀랐다. 우선 병실 안에 나 말고 다른 누군가가 있다는 사실을 그동안 전혀 알지 못했다. 뿐만 아니라, 목 밑까지 이불을 덮은 채 미동도 하지 않고 있는 그 사내의 옆얼굴이 눈에 들어온 순간, 마치 혼수상태에 빠져 있는 내 모습, 더 나아가 수의를 덮고 있는 나 자신의 시체를 보고 있는 듯한 느낌을 강하게 받았던 것이다. 그 사내는 이목구비가 뚜렷했는데, 오히려 그로 인해 생명이 없는 광물의 인상이 더 강하게 느껴졌다. 나는 마음을 가라앉히려 애쓰며 고개를 바로 하여 천장을 올려다보았다. 시간을 가늠할 수 없었고, 여기저기에서 깜박이거나 흐릿하게 밝혀져 있는 금속성 불빛들이 마치 날카로운 촉수를 가진 야광충처럼 내게 두려움을 불러일으켰다.

나는 잠시 다시 정신이 혼미해졌는데, 그때 뭔가가 나를 은밀하게 자극하는 것을 느끼고서 조심스레 눈을 떴다. 기묘한 신음소리 같은 것이 귓전을 울리고 있었는데, 묘하게도 그 소리로 인해 나는 흡사 미꾸라지들이 잔뜩 들어 있는 미지근한 물속에 몸을 담그고 있는 듯한 기분이었다. 그 소리는 음색이 낮고 부드러워서, 처음에는 내 입에서 나오는 게 아닌가 싶었다. 그러나 나의 혀와 입술은 마비된 듯 뻣뻣하게 굳어 있었다. 그제야 나는 잠든 줄 알았던 그 사내가 아주 미세하게 입술을 움직이고 있는 것을 보았다. 어쩌면 그는 줄곧 내가 깨어나기를 기다렸던 것인지도 몰랐다. 그리고 이제 내게 뭔가 신호를 보내고 있는 것이었다. 하지만 정작 그는 깨어 있는 것도 아닌 것 같았다. 그런데 더 놀라운 것은 그것이 단순한 신음소리가 아니라는 점이었다. 그는 낮은 어조로 뭔가를 쉬지 않고 읊조리고 있었다. 잠든 채 웅얼거리는 그 소리는 내게 기괴함과 불길함으로 다가왔다. 그러나 나는 되풀이되는 그 소리에 나도 모르게 귀를 기울이고 있었고, 차츰 한 부분 한 부분 그 내용을 알아들을 수 있었다.

"내 가슴에 독이 찬 지 오래로다. 아직 아무도 해친 일 없는 새로 뽑은 독. 나의 벗은 그 무서운 독 그만 흩어버리라 한다. 나는 그 독이 선뜻 벗도 해칠지 모른다고 짐짓 독기를 담아 위협한다. 벗이 한숨을 쉬며 대꾸한다. 독 안 차고 살아도 머지않아 너와 나마저 가버리면, 억만 세대가 그 뒤로 잠자코 흘러가고, 나중에 땅덩이 모자라 모래알이 될 터인데, 허무하고 허무한데, 독은 차서 무엇 하느냐? 그 말이 맞을지도 모른다. 그러나 아! 내 세상에 태어났음을 원망 않고 보낸 어느 하루가 있었던가. 허무하고 허무하다. 하지만 앞뒤로 덤비는 이리 승냥이 바야흐로 내 마음을 노리매, 산 채로 짐승의 밥이 되어, 찢기고 할퀴도록 내맡겨진 나의 신세, 나는 독을 차고 선선히 가리라. 이 세상 마지막 날 내 외로운 혼 건지기 위하여."

끊일 듯 끊일 듯 하면서 계속 이어지는 그 소리는 단조로운 리듬으로 인해 마치 자장가처럼 들렸다. 그러나 바싹 마른 입술 사이를 통과하면서 쇳소리 같은 것이 났기 때문에 마치 땅꾼이 뱀을 어르는 듯한 소리처럼 들리기도 했다. 더욱이 한 마디 한 마디가 섬뜩하게 울렸던 탓에, 내게는 그것이 누군가를 재워서 영원한 잠, 돌이킬 수 없는 죽음 속으로 밀어넣기 위한 자장가이자 장송곡으로도 들렸다. 그때 문득 나는 그것이 분명 누군가의 시, 그것도 아주 오래전에 쓰인 시임에 틀림없다는 생각이 들었다. 사내는 그 시를 되풀이하여 암송하고 있었고, 그 소리가 독 기운처럼 몸속으로 스며들어 나를 마비시키고 있었다. 나는 한동안 그 불쾌한 마비감에 저항하기 위해 안간힘을 썼다. 그러나 이내 모든 근육이 풀어지면서 잠 속으로 까무룩히 빠져들었다.

3

다음 날 아침 나는 열 시쯤에 눈을 떴다. 머릿속은 여전히 맨살에 가시 갑옷을 입은 것처럼 쿡쿡 쑤시며 지끈거리고 온몸이 강력한 마취제에 취한 듯 천근만근 무겁고 뻐근했다. 하지만 목을 돌리고 시선을 움직이기가 다소 편해졌다는 게 스스로도 느껴졌다. 오전 회진차 들렀던 의사도 이제 치료가 효과를 보기 시작하는 것 같다며 밝은 표정을 지었다. 그러나 정작 나는 깨어났을 때부터 나 자신의 상태에 관심을 두기보다는, 옆 침대의 낯선 존재에게 신경이 곤두서 있었다. 처음에 그는 나이를 가늠하지 못할 정도로 늙어 보였다. 그도 그럴 것이 머리카락이 거의 하얗게 세어 있었고, 얼굴을 비롯하여 겉으로 드러난 살갗이 심하게 화상이라도 입은 듯 온통 갈라지고 터지고 발진으로 덮여 있었기 때문이었다. 그러나 가만히 보니 아직 튼튼하게 각이 진 얼굴 형태와 단단해 보이는 이목구비는 그가 아직 나처럼 삼십 대 후반의 나이임을 알 수 있게 했다.

간호사의 말에 따르면, 처음에 병원에 도착했을 때, 그는 의사와 간호사들조차 눈살을 찌푸릴 정도로 끔찍한 상태였다고 했다. 피부 곳곳에 벌겋게 반점이 생기고, 물집이 생겼다가 곪아서 터져 고름이 흘러나왔고, 손과 발이 퍼렇게 변색된 채 근육이 뒤틀려 있고, 눈동자가 터질 듯 팽창해 있었고, 콧물과 눈물이 줄줄 흘러내렸으며, 어떤 지독한 환각 상태에 빠진 듯 헛소리를 내며 몸이 괴로워서 어찌할 바를 몰라 미친 듯이 뒤척였다는 것이었다. 응급실의 의사들은 그의 몸 전체가 안팎으로 강한 독성 물질에 감염되어 신경계와 면역계가 심하게 손상되었다는 사실만을 확인했을 뿐, 그 이상의 자세한 진단을 내리지 못한 채, 위세척과 관장을 반복해서 실시하고 피부에 스테로이드 연고를 바르고 항히스타민제를 투여하면서 경과를 지켜볼 뿐이었다.

시간이 흐르면서 통증과 환각에 의한 경련과 발작은 어느 정도 진정되었다. 그러나 사실 그는 지금도 무척 위험한 상태였다. 어제만 해도 심장에 이상이 생겨 인공호흡과 심폐소생술을 실시해야 했고 제세동기를 사용하기까지 했다. 두 팔은 여전히 침대에 묶여 있었는데, 언제 또 발작을 일으켜 침대에서 떨어지거나 심지어 침대를 뛰쳐나가려 들지 모르기 때문이었다.

간호사가 떠난 뒤 나는 그의 침대 머리맡의 전선 콘센트 위에 붙어 있는 흰색 프레임 안의 명패를 살펴보았다. 거기에는 '조몽구'라는 이름이 적혀 있었다. 그의 이름은 조몽구였다. 사실 나는 어젯밤에만 해도 그의 기괴한 몰골과 그의 입에서 흘러나오는 불길한 소리에 놀라 아침에 눈을 뜨자마자 의사나 간호사에게 병실을 옮겨달라고 요청하려 했다. 하지만 날이 밝아 그의 창백한 얼굴을 지켜보고 있자니, 물론 그가 나보다 훨씬 중증이긴 해도 나와 비슷한 병세를 보이고 있다는 사실에 말 그대로 동병상련을 느끼지 않을 수 없었다. 그리고 다른 한편으로는 어젯밤 그가 뇌까린 저주 같기도 하고 주문 같기도 한 그 소리에 나 자신이 깊이 사로잡혀 있었는데, 사실 나로서도 더 이상 잃을 게 없다는 생각이 들면서, 조몽구가 내는 그 소리에 두려움보다는 호기심을 더 강하게 느꼈던 터였다.

그러나 조몽구는 깨어나려는 기미를 보이지 않았다. 링거를 팔에 꽂은 채 내내 죽음과도 같은 깊은 잠에 들어 있었고, 그에게 전염된 듯 나 또한 링거를 맞으며 낮 시간 내내 잠을 잤다. 저녁에 잠시 정신이 들어 죽을 조금 먹은 후에 다시 잠들었는데, 어느 순간 나도 모르게 눈을 번쩍 떴다. 그와 동시에 나는 다시금 그 소리가 시작되었음을 직감했다.

어두운 병실 안은 비상등으로 밝혀져 있었고, 나와 조몽구는 그 어슴푸레한 불빛들이 야광충처럼 날개 퍼덕이는 소리를 들으며 죽은 듯이 누워 있었다. 그때 조몽구는 마치 아직 자신이 죽지 않았고 다만 조금 죽은 것처럼 보일 뿐이라는 사실을 증명이라도 하려는 듯, 다시금 느릿느릿 웅얼거리고 있었다. 그러나 이번에는 시를 읊을 때와는 사뭇 다르게, 마치 누군가에게 직접적으로 말을 건네고 있는 듯한 어조였다. 하지만 그 때문에 발음이 썩 명확하지가 않았고, 간혹 혀를 끌끌 차거나 한숨을 길게 내쉬거나 허허거리며 웃음소리를 내기도 했으며, 그 사이사이에 지나치게 사사로운 표현이나 심지어 비속어와 욕설을 섞기도 했다. 분명 그는 내 눈에 보이지 않는 가까운 사이의 누군가에게 살가운 어조로 이야기를 들려주는 듯한 기색이었다. 그러나 어차피 방 안에 나 혼자밖에 없는 마당에, 눈에 보이지 않는 그 가까운 사람은 나일 수밖에 없었으니, 나로서는 수시로 머리끝이 쭈뼛해지지 않을 수 없었다.

그러나 시간이 지날수록 그의 탁하고 거친 목소리를 오래 견디는 것이 점점 더 어려워졌다. 더욱이 정작 그의 이야기를 들어보려 해도 잘 들리지 않을 때가 많아서 스트레스가 더 컸다. 병실을 옮기지 않은 게 뒤늦게 후회되었지만, 이미 소용없는 일이었다. 어느 순간에는 두 귀를 틀어막고서 그에게 조용히 하라고 소리치고 싶은 충동도 찾아들었다. 심지어 그를 죽이고 싶은, 최소한 입만이라도 죽이고 싶은 욕구가 나를 강하게 사로잡기도 했다. 하지만 나는 차마 그렇게 할 수가 없었다. 그 까닭은, 뭐랄까, 죽어가는 그러나 아직은 살아 있는 한 인간에 대한 예의와 애도의 감정 탓이기도 했고, 또한 살아 있는 한 인간을 끌어당기고 있는 죽음의 힘에 대한 섬찟한 경외감 때문이기도 했다. 그리하여 나는 그의 이야기를 듣지 않으려 하면서 듣고 있었고, 듣는 것도 아니고 듣지 않는 것도 아니면서 귀를 열어놓은 채 잠과 꿈의 수면에서 자맥질 쳤다. 그러다가 악몽이라도 꾸듯 그의 이야기가 미지근한 독물처럼 나의 귓속으로 흘러드는 듯한 섬뜩한 느낌에 소스라쳐 놀라 외마디 비명을 지르며 잠에서 깨어나곤 했다. 그러면 놀랍게도 그는 뚝 입을 다물어버렸다. 그러나 이윽고 사위가 다시 조용해지면 그의 입은 슬그머니 다시 열리고 이야기가 시작되었다. 그렇게 날은 점차 밝아져갔고, 나는 깨어서나 잠들어서나 기진맥진한 상태로, 마치 클로로포름에 담긴 개구리처럼 줄곧 기이한 마비 상태에 빠져들어 있었다.

4

아침 늦게 잠에서 깨어났을 때, 옆 침대는 비어 있었다. 그러나 명패가 그대로 붙어 있는 것으로 보아 조몽구는 검사나 수술을 받기 위해 잠시 옮겨진 것으로 짐작되었다. 그때 문득 어쩌면 그가 일종의 몽유병에 걸려 있는 게 아닌가 하는 생각이 들었다. 몸이 묶여 있는 탓에 돌아다니지는 못하지만, 잠을 자는 상태로 이야기를 하는 것도 몽유병이지 않을까 싶었던 것이다. 그러자 여러 가지 생각이 꼬리를 물고 일어났다. 몽유병이라는 것도 전염이 되는 게 아닐까. 그런데 혹시 몽유병 증상을 보이는 건 바로 내가 아닐까. 나야말로 밤마다 조몽구에 대한 꿈을 꾸는 게 아닐까.

내가 그런 상념에 골몰해 있을 때, 병원 사무장이 평소처럼 환하게 웃으며 병실로 들어섰다. 그는 생김새보다는 다양한 표정과 몸짓을 적절히 잘 섞어서 사람들로부터 호감을 얻어내는 데 탁월한 능력이 있는 인물이었다. 그와 함께 있으면 마치 칵테일을 한 잔 마시는 기분이 드는 것도 그 때문이었다. 사실, 나는 그에게 몇 가지 빚을 지고 있었다. 이 나이에 나는 여전히 독신이었고, 병원에 입원한 후에도 아무에게도 알리지 않고 혼자 있고 싶었다. 그 때문에 사무장의 도움이 필요했다. 그가 나를 대신하여 내 집으로 가서 내가 알려준 비밀번호로 문을 열고 안으로 들어가 신용카드가 들어 있는 지갑을 가져다준 것이었다. 그는 나의 집에 들렀을 때, 냉장고 안을 비우고 아예 전원을 꺼버리는 것도 잊지 않았다.

그가 건네준 지출 내역서를 건성으로 살피고 영수증에 사인을 하고 났을 때, 그가 약간 상을 찡그리며 내 어깨에 손을 얹고서 견딜 만하냐고, 특별히 필요한 건 없냐고 물었다. 나는 여전히 온몸에 힘이 없고 손발이 저리고 복통과 현기증이 심하다고 말을 하려다가 그만두었다. 대신, 옆 침대를 가리키며 조몽구는 지금 상태가 어떤지 알고 있느냐고 되물었다.

"그분이 응급실에 실려 왔을 때, 나도 그곳에 있었어요. 온몸이 맹독에 감염되어 피부가 화상이라도 입은 것처럼 심하게 손상되어 있었어요. 어쩌다 그 모습을 본 아이들이나 여자들은 무섭고 가여워서 눈물을 흘렸을 정도로 끔찍했지요. 아주 처참해서 희한하다 싶을 정도였어요. 즉시 토제와 하제를 투여하고 혈압 상승제를 써서 혈압을 유지하고 인공호흡을 실시했어요. 항생제와 진통제도 최대 용량을 주입했고요. 몸 전체가 여러 가지 독에 중독된 상태였는데, 과도하게 약물을 남용한 것인지, 자해를 한 것인지, 누군가에게 공격을 당한 것인지 알 수가 없었지요. 의사들 말로는 오랜 기간 동안 독성 물질과 접촉해온 게 분명하다더군요. 근막 조직이 괴사하고, 부정맥 증상도 보였는데, 뇌도 영향을 받아서 급성 정신병이나 의식장애에 빠질 위험이 크다고 했어요. 그때에 비하면 지금은 상당히 안정이 된 상태지만, 의사들은 정상적인 상태로 돌아오는 게 불가능하지 않을까 싶다는군요. 그러고 보면 병실 친구로 삼기에는 적당한 사람이라고 할 수 없겠네요."

"그래서 하는 말인데, 나는 조몽구 씨에게 몽유병 같은 증세가 있는 게 아닌가 싶어요."

"몽유병이라고요? 어떤 특별한 행동을 보이고 있나요? 내가 듣기론 침대에 묶여 있다고 하던데."

"물론 그렇지요. 그런데 밤만 되면 쉬지 않고 중얼거리거든요."

"그런가요? 그런 증상에 대한 소견은 듣지 못했는데요."

"낮에는 내내 잠을 자고, 밤에만, 그것도 의사나 간호사가 없을 때만, 그러니까 아무도 자기를 방해하는 사람이 없을 때를 골라서 쉴 새 없이 중얼거리는 거예요. 그러니 내가 가장 큰 피해자일 수밖에요."

사무장은 흥미롭다는 듯이 두 손을 약간 들어 올리며 얼굴 가득 미소를, 언제든 상대방에게서 너무도 자연스럽게 호감을 얻어내는 그 순진하고 자발적인 미소를 지어 보였다. 그러고는 그 미소가 적절한 자리가 아님을 깨달았는지, 곧 두 손을 툭 떨구고서 정색을 하고서 말했다.

"밤마다 정말 성가시겠군요. 몸이 그 지경인데 그럴 수 있다는 게 놀랍기도 하고요. 그러고 보니 특별한 점이 있어요. 의사들 말로는 여러 가지 치명적인 독에 노출되어 몸의 시스템이 전반적으로 무너진 상태인데, 한편으로는 몸속에 깜짝 놀랄 만큼 강한 면역 기능이 갖춰져 있다더군요. 그 덕분에 장기가 지금까지 견뎌내고 있다는 거지요. 말하자면 중독과 해독의 과정이 동시에 진행되면서 서로 충돌이 일어나고 있다는 거예요. 그 때문에 호르몬의 분비가 혼란스럽고 의식도 반수면 상태에서 벗어나지 못하고 있는 거지요. 하지만 독에 대항하여 면역 기능이 활발하게 작동되고 있고, 그렇게 보자면 지금까지 그가 살아 있는 건 그의 몸을 잠식한 독의 힘이라고 말하는 사람도 있어요. 사실 나는 전문가가 아니지만, 그 말을 듣고 나니 이런 생각이 들더군요. 면역계가 분비하는 호르몬도 따지고 보면 일종의 독이어서, 몸이 분비하는 독과 외부에서 유입된 독이 서로 팽팽하게 맞서고 있고, 그 싸움이 끝이 나서 독이 중화되거나 배출되고 나면 그 자신도 곧바로 죽음에 이르게 되지 않을까 하는 거지요."

"그렇다면 그 독들의 싸움에서 생겨나는 기운이 그로 하여금 계속 말할 수 있는 힘을 제공한다는 뜻인가요?"

"그래요. 그렇게 말할 수 있겠지요."

사무장이 잠시 사이를 두었다가 말을 이었다.

"그런데 사실 우리로서는 시급히 처리해야 할 문제가 있습니다. 조몽구 씨는 대낮에 거리에서 실신한 채 발견되었어요. 익명의 제보자가 우리 병원으로 전화를 해서 구급차가 출동했지요. 다행히 지갑 안에 신분증이 있어서 신원은 파악했지만, 신용카드는 없었어요. 수소문해 보니 부모는 돌아가셨고, 삼촌이 하나 있는데 연락이 닿지 않았어요. 친척 몇몇과 직장 동료들에게 연락을 취해보았지만, 병원으로 찾아오겠다는 사람은 아무도 없었어요. 다행히 지갑에 수표가 몇 장 들어 있기는 했지만, 그것으로는 이미 병원비의 반도 지불할 수 없는 형편이지요. 아무도 그를 도와주지 않으면, 우리도 어쩔 수 없이 행려병자 수용소로 보내야 하는 상황이에요."

그는 말을 멈추려 하다가 문득 생각났다는 듯이, 사실 돈 따위는 아무것도 아니라는 듯이, 눈을 약간 치켜뜨고 진지한 표정을 지으며 말했다.

"간호사들이 그분을 뭐라고 부르는지 아시나요? 며칠 전에 별명이 붙었는데, '우라에우스'예요. 고대 이집트의 조각상을 보면 신들이나 왕들의 머리 앞부분에 코브라 모양을 한 장식이 붙어 있지요? 그게 바로 우라에우스지요. 처음에는 모두가 두려워해서, 별명이 '독사'였어요. 손상된 피부가 시간이 지나면서 비늘로 덮인 뱀의 가죽처럼 변했을 뿐만 아니라, 몸 곳곳에 독이 배어 있어서 누구든 잘못 만지면 마치 독에 접촉된 것 같은 증상이 발생했기 때문이었지요. 하지만 비록 늘 반수면 상태에 있어도 그에게서는 표정과 자세에서 알지 못할 품격과 위엄이 강하게 풍겼다고 해요. 마치 고대의 미라처럼 말이지요. 어느 날, 한 간호사가 그에게 말을 건넸어요. '누가 이런 짓을 했어요? 손가락을 펴봐요, 브이 자를 만들어봐요.' 그러자 그분은 의식이 혼몽한 와중에도 손을 들어 보였는데, 그 손이 바로 뱀의 대가리를 떠올리게 했다는 거예요. 우라에우스 말이지요. 그분의 상태에 대한 두려움과 안타까움이 그런 인상을 불러일으킨 건지도 모르지만, 여하튼 그 때문에 한낱 독사에서 며칠 사이에 지고함과 신비로움을 상징하는, 신성한 뱀의 표상으로 승격한 것이지요."

그는 말을 마치고서 자기도 모르게 약간 감동한 듯한 기색을 보였다. 그러나 사실 그의 말에 더 강한 인상을 받은 건 나 자신이었다.

"그건 그렇고 이건 우리끼리 하는 말인데, 그분에 대한 소문을 듣고 중독과 마취 전문가들이 탐내고 있답니다. 국립독성연구소 같은 곳에서 인수하는 것도 검토하고 있다고 해요. 그게 어쩌면 조몽구 씨가 살아남을 유일한 기회일지도 모르는데, 현재로서는 본인이나 가족의 승낙을 받을 수 없는 상태라는 게 문제지요. 아, 그런데 아까 하시던 말씀, 그러니까 밤에 수면을 취하는 데 방해를 받으신다고 하셨으니, 그럼 다른 방을 찾아볼까요? 지금으로서는 그리 쉽지는 않은 일이지만 말입니다."

그 말에 나는 언뜻 정신을 차렸다. 그러고는 멍한 눈으로 그를 쳐다보며 잠시 생각에 잠겼다가 고개를 저으며 대꾸했다.

"아니요, 그럴 필요까지는 없을 것 같군요."

5

그날 밤 나는 두려워했던 대로, 그리고 내심 기대했던 대로, 다시 그의 웅얼거림을 들으며 한밤중에 잠에서 깼다. 그는 힘을 아끼기 위해 혀와 입술을 최소한으로 움직이며 웅얼웅얼 소리를 내고 있었다. 때문에 여전히 적지 않은 부분이 알아듣기 힘들었다. 그러나 어제만 해도 그의 이야기가 선택의 여지 없이 귓속으로 흘러들었다고 한다면, 지금은 내가 그의 말에 귀를 기울이는 것을 매 순간 선택하고 있다는 느낌이 들었다. 그의 이야기는 나를 흔들고 자극하고, 그리하여 깨워놓고 있었다.

시간이 지나면서 나는 그가 이야기를 할 때 그 내용과 더불어 어투와 방식도 계속하여 변화하고 있음을 알았다. 처음에는 뭔가를 낭송하거나 독백을 늘어놓는 데 그친 데 비해, 이제는 무대 위에 선 연극배우나 마이크를 앞에 둔 내레이터와 같은 면모를 보일 때도 있었다. 그런가 하면 말을 하면서 몸을 조금씩 움직이기도 했는데, 특히 팔이 침대에 묶인 채 왼손을 이리저리 움직이며 술렁술렁 제스처를 쓰는 광경을 보고 있자면, 공중으로 바짝 쳐든 뱀의 대가리나 휘적휘적 바닥을 쓰는 도마뱀의 꼬리가 눈앞에 떠올라 소름이 끼치기도 했다.

그렇게 그는 주로 자신이 살아온 삶에 대해 이런저런 말을 끊임없이 늘어놓았다. 때로 그의 이야기는 갑자기 무척 혼란스러운 국면으로 접어들기도 했다. 예를 들면, 자기 이야기를 할 때에도 일인칭 '나' 대신 '그'라는 삼인칭을 쓰거나 그 두 인칭을 섞어 쓰기도 해서 나로 하여금 수시로 헛갈리게 했다. 그런가 하면 때때로 누군가를 '너'라고 부르기도 했는데, 그가 누구에게 '너'라는 이인칭 대명사를 쓰는 것인지 파악하기가 쉽지 않았다.

그런 탓에, 그가 그토록 절실하게 말하려는 게 무엇인지 내가 알게 된 것은 사흘이 지난 후였다. 사흘이 지난 후에야 비로소 나는 깨달았다. 그의 이야기 전체는 다름 아닌 바로 '독'과 '독성', 요컨대 이 세상에 미만한 독에 집중되어 있었다. 그는 독으로 인해 혼수상태에 빠진 상태에서 '독'에 대해 쉬지 않고 이야기함으로써 자신의 운명에 저항하고 있었다. 한마디로 그것은 태어날 때부터 독을 몸에 지니게 되고, 세상의 풍파를 겪으며 그 독을 더욱 키우고, 그 독을 약으로 사용하고, 그러다가 독과 약을 동시에 품고서 죽음에 이르게 된 한 인간에 대한 이야기였다.

그는 뜬금없이 비장한 어조로 이렇게 말하곤 했다.

"이 세상에 독 아닌 것이 없으니, 독은 우리 모두의 일용할 양식이야."

"독은 어둠이고 병이고 악이야. 독은 태초에도 있었어. 태초에 독이 있었어."

그런가 하면 예를 들어 '독의 맛이나 냄새'와 같은 화제를 띄워놓고서 혼자 묻고 혼자 대답하면서 나를 적잖이 혼란스럽게 하기도 했다. 당연한 말이지만, 그렇다고 그를 탓할 수는 없는 노릇이었다. 그는 시간관념이 교란되고 기억력 감퇴와 기괴한 환각에 사로잡힌 채 늘 경련과 호흡곤란에 시달렸고, 그로 인해 수시로 몸과 마음이 공황 상태에 빠져들곤 했기 때문이었다. 하지만 그럼에도 불구하고 나는 이레 동안에 걸쳐 점점 더 깊이 그의 이야기 속으로 빠져들었다. 그리고 언젠가부터 나는 내가 그의 말을 듣고 있음을 그 자신이 감지하고 있다는 확신을 가질 수 있었다. 그런 의미에서 비록 일방적으로 그가 말을 하고 나는 듣기만 하고 있었지만, 언젠가부터 그것이 우리 사이의 특별한 대화 방식으로 자리 잡게 되었다.

하지만 그의 이야기를 알아듣기가 차츰 수월해진 것은 전혀 아니었다. 때로 나는 그의 이야기를 듣던 중에 잠 속으로 빠져들어 악몽을 꾸기도 했다. 온몸에 푸른 핏줄이 선명하게 드러난, 남자인지 여자인지 모를 한 인간이 혀를 날름거리며 유황불을 내뿜고 유리와 모래를 녹여 삼켜버리다가, 점차 한 줌 푸른색의 둥근 덩어리로 오그라드는 꿈이었다. 그러나 그런 꿈들과 그의 이야기는 나를 자극하고 있었다. 적절한 양의 독이 몸속으로 들어와 심신을 더욱 활성화시키는 약이 되듯이, 그가 나를 각성시키고 있었다.

그러던 어느 날 나는 새벽의 환몽 속에서 한 번도 본 적도 상상한 적도 없는 기이한 존재와 맞닥뜨렸다. 동물도 아니고 식물도 아닌, 온몸이 부드러운 털 모양의 가시로 덮이고, 긴 이빨에 뱀처럼 갈라진 혀를 가진 그 괴물과도 같은 존재는 한동안 내 곁을 배회하더니 어느 순간 내게 바싹 다가와 움푹 팬 눈으로 나를 유심히 들여다보았다. 그 괴물은 내가 꿈에서 본, 혀를 날름거리며 유황불을 내뿜던 그 정체 모를 존재와 무척이나 닮은 모습이었다.

내가 그 괴물을 보고 난 다음 날, 조몽구는 내 곁에서 사라져버렸다. 그가 죽었는지 병실이 바뀌었는지 어느 실험실로 옮겨졌는지 나는 알 수 없었다. 아무도 내게 말해주려 하지 않았고, 나 또한 묻고 싶지 않았다. 내가 원하는 것은 단 하나, 그를 잊지 않는 것이었다.

6

조몽구도 그러했지만, 나의 병도 결코 나를 쉽게 놓아주려 하지 않았다. 예상보다 회복이 더뎌서 내가 언제 이 방을 벗어날 수 있을지 아는 사람은 아무도 없었다. 그동안 나는 초저녁에 고열에 시달리며 식은땀을 흘리다가도, 조몽구의 중얼거림이 들리기 시작하면, 혼몽한 머리를 뒤흔들며 거기에 필사적으로 매달렸다. 내가 먼지로 돌아가기 전에 적어도 한 순간, 나를 이 세상 이 자리에, 죽음에 근접하여 더없이 신비롭게만 여겨지는 이 우주의 한 장소에, 나를 붙들어두어줄 그 무엇, 위태롭게나마 내가 계속 서 있을 수 있도록 지탱해줄 수 있는 그 무엇을 나는 뜨겁게 갈구하고 있었다. 그것이 바로 조몽구의 이야기였다. 그의 이야기를 듣던 중에 나는 그가 밖으로 내는 목소리와 내 속에서 울리는 목소리가 완전히 겹치는 듯한 신기한 경험을 수없이 겪었다.

그가 내 곁을 떠나고, 그와 다시는 만날 가능성이 사라진 지금, 내가 그의 이야기를 세밀하게 되새기는 것도 그런 까닭에서이다. 비록 무의식 상태에서의 넋두리이긴 했지만 내게는 그 이야기가 무엇보다도 절실했다. 그리하여 나는 그의 단편적인 이야기들을 종합하고 새롭게 정리하여 사람들에게 다시 들려주기로 했다. 사실, 적잖이 혼란스러운 상당 부분은 공백으로 두거나 나 자신의 추측으로 채울 수밖에 없었다. 아울러 연결되지 않거나 맥이 닿지 않거나 신빙성이 부족해 보이거나 지나치게 우연적인 부분들 중에서도 내가 생각하기에 조몽구가 의미를 두고 있다고 여겨지는 부분은 최대한 살리고자 노력했다. 그런가 하면 독과 관련된 상당수의 동식물에 대해서도 언급되고 있는데, 내게는 생소한 어휘들이 많아서 적잖은 혼란과 오류가 있을 수 있음을 미리 밝혀두고자 한다.

그런 이유들로 인해, 어찌 보면 이 이야기는 아무리 내가 노력을 해도 이를테면 조몽구의 '광인일기' 혹은 사실이면서도 사실 같지 않은 상상적인 우화 같은 것이 되어버릴 가능성도 적지 않다. 하지만 오히려 그 때문에 이 이야기가 의미를 가진다는 사실을, 인생의 아이러니와 패러독스에 대해 기본적인 이해를 가진 사람들은 충분히 수긍할 수 있을 것이다. 바로 그런 이유로, 이것은 그의 이야기이자 나의 이야기, 다시 말하여 그가 들려준 이야기이자 내 속으로 들어와 나의 것이 된 이야기라고 해도 좋을 것이다.

두려움과 — 매혹

1

조몽구는 자신의 정확한 출생 시기를 밝히지 않았다. 때문에 나는 조몽구가 나처럼 삼십 대 후반이라고 추정하고 있을 뿐이다. 그러나 나는 그의 아버지가 이름이 조영로이고 문단에서 어느 정도 인정을 받은 문인이었으며, 어머니 고운선은 오랫동안 초등학교 교사로 일했다는 사실을 알 수 있었다.

아버지 조영로는 시와 소설뿐만 아니라 희곡과 시나리오에까지 손을 댈 정도로 관심 분야가 다양했다. 그러나 어느 작품도 세속적인 성공을 거두지 못했다. 때문에 늘 생활고에 쫓겨야 했고, 생계를 꾸려나가는 것은 줄곧 아내의 몫이었다. 그러나 그는 명예와 부에 대한 집착이 강했고 평생 그것들을 좇았다. 그가 여러 문학 장르를 시도한 것도 그 일환이었는데, 어쩌면 한 우물을 파지 않은 것이 오히려 실패의 원인인지도 몰랐다. 그는 나름대로 보상을 얻기 위해 또 하나의 행동을 일관되게 취했는데, 그것은 늘 정권 가까이에 머무는 것이었다.

"아버지는 늘 할아버지를 원망했어. 그 많던 가산을 사회사업을 한다는 명목으로 탕진해버렸다는 거지. 그 반발로 아버지는 할아버지와는 전혀 다른 길을 걸었어. 내가 훨씬 나이가 든 후에야 알게 된 일인데, 아버지는 일찌감치 문인으로서 이름을 날리고 싶었던 나머지, 일제 강점기 시절에 이미 이른바 대동아 전쟁을 찬양하는 글을 썼다고 해. 그때 나이가 불과 십 대 후반이었는데, 불행하게도, 아니 다행하게도 중편소설을 막 탈고했을 때 일본이 패망하고 해방이 되었지. 그러자 아버지는 일본어로 된 그 소설을 한글로 고쳐 쓰면서 이야기의 틀도 비틀어버렸어. 이제는 완전히 반대로 일제에 동조한 민족 반역자에 대한 고발의 글이 된 거지. 몇 년 후에 그 소설이 문예지 현상 공모에 당선되었고, 아버지는 바라던 대로 소설가라는 명예와 약간의 돈을 벌게 되었어. 어머니와 결혼할 수 있었던 것도, 어머니가 그 소설을 읽고 감동했기 때문이었지. 그러나 사실 그 소설 속에서 아버지는 일제에 협력한 주인공을 은근히 변호하는 것도 잊지 않았어. 주인공은 기질이 섬세했던 탓에, 나쁜 시대가 내뿜는 독에 일찌감치 노출되고 중독되어 달리 선택의 여지가 없었다는 거였지. 실제로 아버지는 자신이 난세의 독에 감염된 희생자라고 믿고 있었어.

그런데 어느 날, 어머니가 아버지의 원고를 정리하다가 그 속에서 예전에 일본어로, 그야말로 능란하고 유려한 일본어로 쓴 그 소설을 발견했어. 그 소설을 읽고 나서 어머니는 모든 사실을 간파했어. 워낙에 성정이 곧고 올바른 분이어서, 그때 어머니가 겪은 놀람과 배신감은 말할 수 없이 컸지. 하지만 아버지는 그저 시험 삼아 써본 작품일 뿐이라고 둘러댔지. 물론 어머니는 그 말을 믿지 않았어. 더욱이 아버지가 그 일본어 소설 원고를 아직까지 간직하고 있는 이유는, 언젠가는 가명으로라도 일본에서 출판하고 싶어서라는 것도 알아차렸지. 어머니는 결코 출판해서는 안 되니 앞으로 그런 일은 없도록 약속해달라고 간청했고, 아버지는 어머니의 뜻을 받아들였어. 그러나 어머니는 아버지의 말을 전적으로 믿을 수 없다는 것과 아버지가 그 작품에 지나칠 정도의 애착을 가지고 있다는 것을 알고 있었어.

그래도 어머니는 그런 아버지를 이해하려 했어. 심지어 어머니는 주변 사람들에게 이렇게 말하곤 했어.

'상대방이 결함이 있다고 해서 사랑할 수 없는 건 아니

야. 단지 그 사랑의 방법이 달라지는 것뿐이지.'

하지만 아버지는 달라지지 않았어. 해방 후 이승만 우익 정부가 들어선 후로 그는 늘 정권 주변을 맴돌며 위정자들이 내세우는 이념에 동조하는 글을 쓰거나 정부가 주도하는 각종 행사에 적극적으로 참여했고, 그 대가로 나라의 지원을 받는 언론이나 문학 관련 단체에서 중요한 역할을 맡았지. 정부가 무너져 주체가 바뀌었을 때에도 아버지는 교묘하게 변신을 거듭하여 늘 살아남았어. 그 결과, 대표적인 어용 문인들의 명단 위쪽에 이름이 올랐지만 개의치 않았어. 그때마다 그는 자신이 난세의 독에 노출된 희생자라는 논리를 되풀이해서 강조했어. 자신의 작품은 시대의 실상을 다루면서 그 시대의 독을 중화시키기 위한 노력의 결과일 뿐이라는 거였지. 심지어 이렇게도 말했어. '나는 세상을 남들과는 조금 다른 시각으로 보고 있을 뿐이야.' 아버지는 그 말을 너무도 당당하게 말했지만, 어머니는 실상 아버지 자신도 그 말을 믿고 있지 않다는 것을 알고 있었어."

결국 어머니는 그런 남편을 있는 그대로 받아들이려 했다. 하지만 결코 그의 행동을 인정하지도 용납할 수도 없었던 탓에, 언젠가부터 단지 견디고자 애썼다. 그러나 견디는 일도 그리 여의치 않아서 결국 이른 나이에 건강이 상했다. 그 후로 어머니는 자포자기의 심정으로 살았는데, 아버지의 말마따나 그의 몸에는 어린 시절부터 오랫동안 독이 축적되어 왔고, 이제 그 독이 서서히 어머니마저 감염시킨 셈이었다. 어머니에게 아버지는 세상의 독을 이용하고 퍼뜨리는 자, 그 자체로 독의 속성을 가진 존재가 되고 말았다.

어머니는 가능한 한 내색하지 않으려 했지만, 아버지가 어머니의 심기를 모를 리 없었다. 아버지는 가장으로서의 권위를 되살리기 위해, 그리고 집안에서만이라도 두 발 쭉 뻗고 지내기 위해, 어머니의 마음을 되돌리고자 갖은 노력을 했다. 그러나 아버지가 근본적으로 달라지지 않는 한, 어머니도 달라질 수 없었다.

"끝내 자신이 무시당했다고 여긴 아버지는 어느 날 술에 취해 집에 돌아와 어머니에게 비열한 수단으로 앙갚음을 했지. 어머니는 천성적으로 예민한 성향이어서 그런지 옻나무의 진액인 옻에 알레르기가 심했어. 옻은 식물성 독의 일종으로 어떤 사람들에게는 강한 효과를 발휘하지. 아버지는 그 사실을 알고 있었어. 신혼 시절에는 어머니를 위해 집 주변의 옻나무를 모두 손수 잘라버렸으니까. 그런데 만취해서 귀가한 그날, 아버지는 옻닭을 먹으면서 술을 마셨던 거야. 옻이라는 말만 듣고도 어머니는 기겁을 했어. 그날 밤 안방에서 무슨 일이 있었는지 나는 지금도 알지 못해. 하지만 다음 날부터 어머니가 피부에 생긴 땀띠 같은 발진과 염증으로 시달리고 거기에 심신무력증과 소화불량까지 겹쳐 결국 앓아눕게 된 건 분명히 기억하지. 사실, 아버지는 그렇게 악의가 있는 사람은 아니었어. 오히려 누구에게나 비위를 맞추기 위해 애쓰는 편이었지. 아버지는 옻닭을 먹고 주정을 부리는 것만으로 어머니가 그렇게 심한 상태에 빠지리라는 건 전혀 예상 못했던 거지. 아버지는 술이 깨자마자 어머니에게 잘못했다고 빌었어. 하지만 어머니는 아무런 반응을 보이지 않았고, 그로 인해 아버지로서는 마음속 깊이 절망하지 않을 수 없었어. 아무리 옻에 민감하다 하더라도 자신이 옻닭을 먹었다고 그렇듯 심한 알레르기 현상을 보이다니, 아내가 마음속 깊이 자신을 얼마나 싫어했으면 이런 일이 벌어졌을까 싶었던 거야. 물론 나는 그런 사정들을 훨씬 나중에야 알게 되었지."

그 일로 인해 어머니는 자신이 독에 취약한 데 반해 아버지는 체질적으로 독과 친화력이 있다는 심증을 더욱 굳히게 되었다. 이제 아버지로서도 어찌할 도리가 없었다. 그런 상황이 지속되면서 두 사람 사이에 불화의 골은 점점 더 깊어졌다. 하지만 그런 악화된 관계로 인해 해를 입는 것은 오직 어머니 쪽이었다. 공교롭게도 그 무렵에 조몽구를 임신했는데, 그때 어머니는 강간을 당할 때 임신의 확률이 높아진다고 하듯이, 아버지를 대할 때마다 느껴왔던 몸과 마음의 긴장감이 오히려 임신을 더 강하게 유발했다는 사실을 비로소 깨달았다.

그래도 어머니는 원하지 않는 아기를 가졌다는 데 대해서도 체념하고 수용하려 했다. 그러나 임신 6개월이 지나면서 문제가 발생했다. 심리적 위축과 스트레스로 인해 코르티솔 호르몬이 분비되면서 일련의 연쇄반응을 거쳐 자궁 수축이 시작된 것이었다. 뿐만 아니라 이미 육체적으로 허약해진 탓에, 어머니는 몽구를 수태하고 있는 동안 부종과 고혈압 따위의 임신중독증에 시달렸다. 어머니에게 아버지의 정액은 독과 다를 바 없었다.

그때 막 8개월 된 태아였던 몽구는 자신의 생존에 큰 위협을 느꼈다. 아직 채 틀이 잡히지 않은 어린 한 생명으로서 그는 모체의 부실한 자궁으로 인해 크게 고통을 받는 한편, 어머니가 겪고 있는 심리적 고통으로 인하여 원활한 성장에도 심각한 장애를 겪었다. 어머니의 불규칙한 심장박동과 가쁜 호흡은 자궁에까지 이르러 불길한 메아리를 일으켰다.

그래도 몽구는 태반에 매달려 양수 속에 거꾸로 둥둥 뜬 채, 채 여물지 않은 이를 악물고서 어떻게든 살아남고자 애썼다. 그 결과 신진대사가 비정상적으로 활발해지면서 탯줄을 통한 가스와 물질의 교환이 과도하게 이루어지기 시작했다. 아마도 그로 인해 모체가 점점 더 견디기 어려웠던 게 분명했다. 얼마 지나지 않아 마침내 자궁의 수축이 극도에 달했다. 그때 몽구는 어머니의 몸에서 분비된 온갖 호르몬이 독처럼 작용하여 자기뿐만 아니라 어머니 자신도 위협하고 있다는 사실을 본능적으로 감지했다. 그에게 사산아의 운명이 닥친 것이었다. 그때부터 그는 탯줄을 통해 어머니와의 더욱 강력한 유대를 시도했고, 며칠 후 어머니는 혼절하여 쓰러졌다.

그는 다섯 시간 후에 제왕절개로 세상에 나왔다. 어머니도 간신히 목숨을 건졌는데, 몸의 상태를 감안하면 기적에 가까운 일이었다. 어머니가 자기를 낳다가 세상을 떠났다면, 몽구는 어머니가 자기를 죽이려 한다고 오해한 나머지, 오히려 자기가 어머니의 자궁 속에서 독충처럼 독을 분비해 어머니를 죽였다는 죄책감에 오래 시달려야 했을 것이었다. 그때가 10월 말이었는데, 그 시기는 서양의 점성술에 따르면 황도 12궁에서 전갈자리에 해당하는 시기였다. 철이 든 후로 몽구가 자신을 전갈 인간 이야기의 주인공처럼 여기기 시작한 것도 그런 사정을 알고 난 후였다. 물론 몽구가 어머니의 자궁 속에서 겪은 일을 실제로 기억한다고 할 수는 없었다. 하지만 언제부턴가 마치 설명할 수 없는 전생의 기억, 혹은 일종의 선험적 체험처럼 그의 머릿속에 너무도 선명하고 또렷하게 자리 잡았던 터라, 도저히 사실이 아니라고 부인할 수도 없는 일이었다. 여하튼 그것이 몽구의 몸과 마음에 독이 각인된 최초의 상황이었다.

2

몽구가 태어난 곳은 서울 사대문 안 남서쪽의 한 커다란 개천 옆에 자리 잡은 꽤 큰 기와집이었다. 아버지가 구입한 그 고풍스러운 집은 훗날 출판사가 되었는데, 잠시 아버지가 운영하다가 팔아넘긴 후 몇 달 지나지 않아 그 옆으로 새로 도로가 뚫리면서 가차 없이 헐려버렸고, 개천은 복개되어 버리고 말았다.

태어날 때부터 어려움을 겪은 탓인지, 몽구는 누구보다 병약한 체질이었다. 집먼지진드기, 각종 꽃가루, 특정한 몇 가지 음식물, 개나 고양이의 분비물 따위가 그에게 강한 알레르기 반응을 일으켰다. 비염이나 결막염은 늘 달고 살았다. 주체할 수 없는 기침과 재채기, 눈물, 콧물, 천식에 시달리기도 했는데, 진드기와 같은 작은 곤충의 내장에 들어 있는 특이한 소화효소가 똥에 묻어 나와 호흡기에 침투한 탓이라고 했다. 특히 피부가 걸핏하면 수난을 당했는데, 약간의 자극에도 가려움뿐만 아니라 건조증과 습진이 유발되고 심지어 진물이 나오고 딱지가 앉기도 했다. 마치 피부 밑에 뭔가가 숨어 있다가 수시로 성을 낸다는 느낌이 들 정도였다. 하지만 그보다는 주변에 있는 모든 것들이 그에게는 강한 독성 물질로 작용한다고 하는 편이 더 타당할 듯했다.

어머니는 그가 그토록 과민하고 허약한 것을 자기 탓으

로 여기고 늘 죄책감에 시달렸다. 자신의 몸이 스스로 살아남기 위해 자기 새끼마저 이물질인 양 적대적으로 대했다고 느꼈기 때문이었다. 그러나 물론 그녀로서는 어찌할 수 없는 일이었다. 그래도 모든 게 어둡고 부정적이기만 한 것은 아니었다. 죄책감으로 인해 어머니와 아들 사이에는 오히려 더욱 특별한 유대감이 생겨났다. 그들은 치명적 전장에서 역경을 이기고 함께 살아남은 동지였다. 이제 남편의 존재는 그녀의 삶에서 더 멀리 밀려나 있었다.

어머니는 몽구가 잦은 병치레를 하느라 성격이 비뚤어지지 않을까 우려하여 온갖 노력을 기울였다. 일주일에 세 번 그를 식초로 목욕을 시켰는데, 욕조에 물을 받아 미지근하게 하고 냄새가 심하지 않을 정도로 식초를 적당히 푼 후, 그의 몸을 마른 수건으로 정성 들여 문지른 뒤 물속으로 들어가게 했다. 그러고서 곁에 붙어 앉아 수시로 그의 몸 구석구석을 스펀지로 마사지를 해주었다. 그렇게 모공을 자극해서 일종의 디톡스 효과를 얻으려는 것이었다. 욕조 속에는 어머니가 특별히 구입해 온 약초 같은 것이 어김없이 들어 있었다.

어머니는 목욕을 시킬 때만큼은 몽구와 눈을 마주치지 않으려 했다. 언젠가 갓난아이를 씻길 때 눈이 마주치면 아이에게 해가 간다는 말을 들은 적이 있었던 탓이었다. 어머니는 그것이 미신인 줄 알면서도, 몽구가 벌거벗고 욕조에 들어 있을 때면 외면하는 것을 원칙으로 삼았다. 어머니에게 몽구는 언제나 갓난아이였다. 갓난아이는 아직 인간들 세상보다는 신화의 세계에 속한 존재였다. 덕분에 몽구가 어린 시절을 회상할 때면 식초의 새큼한 냄새와 어머니의 달착한 체취, 따뜻한 물의 감촉, 어머니의 부드러운 손길, 그리고 다소곳이 고개를 돌린 옆모습이 다감다정하면서도 낯설고 에로틱한 경험으로 다가오곤 했다.

"후에 알게 된 사실이지만, 아버지는 우리를 질투했어. 내가 목욕을 할 때면, 마치 어머니와 내가 함께 벌거벗고 욕조 속에 들어 있기라도 한 듯, 안절부절못하며 열린 문틈으로 욕실 안을 살피곤 했지. 아버지는 자신의 일기에서 내가 어머니를 죽일 뻔했다는 뜻으로 나를 살모사라고 불렀지. 내가 제왕절개로 태어났다는 이유에서였어. 하지만 돌이켜보면, 그것도 어머니와 나 사이에 대한 질투감을 견디지 못해 나를 미워했던 탓이었지. 어머니와 내 주위에는 늘 훔쳐보는 아버지의 공격적이면서도 상처 입은 눈길이 존재했어."

어머니는 아레카야자, 관음죽, 스파티필름 따위의 각종 공기 정화 식물을 사들여 집 안을 채웠다. 어쩌면 어머니는 몽구가 자신을 식물과 동일시하기를 원했던 것인지도 몰랐다. 식물은 동물보다 더 생명력이 질겼고, 물리적으로는 아니더라도 체질적으로 자기 보호적 능력이 더 강하기 때문이었다. 그런가 하면 황사와 미세먼지 따위에도 늘 신경을 곤두세우고 있었고, 특히 몸에서 독성을 제거하는 해독초에 많은 관심을 기울였다. 얼마 후, 어머니가 채식주의자가 된 건 아주 자연스럽고 당연한 일이었다. 밥상에는 계절에 따라 냉이, 민들레, 방풍나물, 미나리, 숙주나물, 시금치 등등이 올랐고, 영지버섯, 호랑가시나무나 누리장나무, 그리고 용담의 이파리로 달인 물이 항상 곁에 놓여 있었다. 그것은 몽구뿐만 아니라 어머니 자신을 위한 것이기도 했다. 어머니는 몽구를 낳은 후로 계속 임신중독증에 시달렸기 때문이었다.

그러나 아버지는 어머니가 병자라는 사실을 의도적으로 무시하려 들면서, 낮은 낮대로 밤은 밤대로 아내로서의 의무를 요구했다. 아버지는 어머니에게 강한 애착을 지니고 있었고, 그 애착에 따른 모든 파탄적인 행동을 사랑의 이름으로 덮으려 했다. 하지만 아버지 덕분에 독이라는 물질에 눈을 뜬 어머니는 더 이상 연약한 여자가 아니었다. 이기적 애착이라는 독이 사랑으로 탈바꿈하듯이, 해독초가 독을 이기는 것도 그 자체로 독을 지녔기 때문이라는 사실을 알게 되었기에, 어머니는 자신의 독으로 아버지의 독기를 다스리려 했다. 그렇게 두 사람은 독과 독 사이에서 아슬아슬하게 균형을 유지하며 하루하루를 보냈다.

“어머니에게 독은 악이었고, 어둠이었고, 병이었어. 그런데 그 독을 이기려면 그 독을 중화시킬 수 있는 또 다른 독이 필요했어."

3

그러나 어머니의 세심하고 현명한 처사도 몽구를 충분히 보호하는 데에는 부족함이 있었다. 어찌 보면 오히려 역효과를 일으켰다고도 할 수 있었다. 어린 시절부터 그에게는 다른 아이들과 구별되는 점이 있었는데, 그것은 늘 원인 모를 두통에 시달려야 했다는 점이었다. 나중에 듣기로, 그에게 그런 증세가 나타난 것은 세 살 무렵부터라고 했다. 몽구는 유난히 밤에 쉽게 잠들지 못하고 오랫동안 보채며 울곤 했는데, 어느 날 문득 어머니는 그 원인이 그의 머리에, 더 정확히 말해서 이마 한가운데에 숨어 있음을 발견했다. 투정을 부리다가도 이마를 만져주고 쓰다듬어 주면 금방 얌전해지면서 편안히 잠 속으로 빠져들곤 했던 것이다. 그 사실을 알고서 처음에는 모두들 대수롭지 않은 일로 여겼다. 그런데 그런 일이 반복되면서, 언젠가부터 밤에 잠들 때뿐만 아니라 낮에 깨어 있을 때에도 몽구의 이마는 늘 누군가의 손길을 필요로 하기에 이르렀다.

몽구가 초등학교 입학을 앞두었을 무렵에 그런 상황은 이제 돌이킬 수 없게 되었다. 그렇다고 어머니가 늘 그의 이마를 만져줄 수는 없는 노릇이었고, 결국 자신이 이마를 만질 수밖에 없었는데, 이마에서 손을 떼면 극심한 빈혈 증세와 유사하게 머리가 조여드는 듯하면서도, 이마 한가운데에 지독한 가려움을 동반하는 기이한 두통이 찾아들었다. 마치 이마에 뭔가 자극을 주지 않으면 머릿속에서 피가 말라버리거나 피의 순환이 멈추기라도 하는 듯한 느낌이었다. 게다가 두통은 날이 지나도 사라지기는커녕 더 심해졌고, 점차 마치 정체를 알 수 없는 고약한 그림자처럼 바싹 들러붙어 그를 괴롭혔다. 나이가 들면서 어머니와의 사이가 예전과 달리 차츰 멀어지는 것도 두통의 또 다른 요인인 듯했다.

이제 그는 수시로 온 신경이 이마로 집중되었다. 몸속에서 어떤 고통스러운 힘이 이마로 집중되는 것 같기도 했다. 때로 뭔가에 몰입하다 보면 두통도 잊히곤 했다. 그러나 문득 이마에 생각이 미치면 일종의 금단현상처럼 느닷없이 통증이 되살아나는 것이었다. 결국 그는 늘 이마에서 손을 뗄 수 없었고, 결국 그것이 그의 고질적인 버릇이 되고 말았다.

자연히 그는 성장하면서 두통으로 인해 난처하고 곤란한 문제를 적잖이 겪어야 했다. 초등학교에 입학하여 이른바 제도적인 사회에 진입한 이후로는 그에게 더 많은 제재와 압박이 가해졌다.

"그건 일종의 폐소공포증과 흡사했어. 나는 언제든 내 마음대로 밖으로 나갈 수만 있으면 좁은 공간에서도 그런대로 견딜 수 있었어. 그런데 어느 정도 넓은 곳이라 하더라도 밖으로 문이 잠겨 있으면, 내 마음대로 밖으로 나갈 수 없다는 사실 그 자체만으로 패닉 상태에 빠져들었어. 두통도 마찬가지였어. 내가 원하는 대로 이마를 만지고 문지를 수 있는 상황에서는 두통을 그런대로 견딜 수 있었어. 그런데 부동자세로 서 있어야 하거나 손이 묶인 상태가 되면 두통은 거의 지옥의 유황불처럼 거세게 타올랐어."

그럴 때마다 그는 마치 매운 고추를 먹고 어쩔 줄 몰라 뱅뱅 맴을 도는 강아지처럼 이마를 어쩌지 못하여 쩔쩔맸다. 그 우스꽝스런 꼴로 인해 그는 동네 아이들은 물론이고 같은 또래의 친척 형제들로부터도 일찌감치 별종 취급을 당하지 않을 수 없었다. 그러나 아이들이 그를 흉내 내며 놀려댈수록, 늘 한 손으로 이마를 짚고 있는 그의 자세는 마치 어린 나이에 세상사의 골치 아픈 문제들을 온통 혼자 짊어지고 번민에 빠져 있는, 말하자면 원숭이 철학자의 모습과 점점 더 닮아가고 있었다. 당연히 그로서는 점점 피해의식과 외로움이 커져갔고, 세상에서 그 누구도, 어머니마저도 그를 제대로 이해하지 못했다. 마치 정체를 알 수 없는 어떤 괴물, 더욱이 자기 속에서 기생하는 어떤 괴물과 커다란 통 속에 단둘이, 아니 그 괴물과 하나가 되어 홀로 갇힌 듯한 기분이었다. 하지만 몽구는 어쩌면 자신의 고통을 이해해줄 그 누군가가 어디엔가 있을지도 모른다는 은밀한 기대감을 가졌다. 분명 그는 언젠가 어디에선가 그 누군가를, 혹은 누군가의 다정하고 친절한 손을 만날 수 있을 것이고, 그때 자신의 두통도 사라지리라 믿었다. 말하자면 몽구는 어린 시절에 이미 자신이 모종의 독성 물질에 감염되어 있음을 분명히 인식했고, 다만 그 독을 해독해줄 존재가 그리 멀지 않은 곳에 있다는 사실을 무의식적으로 깨달았던 것이다.

초등학교 1학년 때 아버지는 더 이상 방관할 수 없다고 생각하고서 그를 데리고 시내에 있는 시립병원을 찾아갔다. 그 전에도 몇 번 아버지는 그의 희한한 증세를 지켜보다 못해 끌끌 혀를 차며 동네의 소아과 의원 같은 곳에서 진찰을 받게 했다. 그러나 그리 심각한 상황이라고는 생각하지 않았고, 단지 남들 보기에 창피하다고 여길 따름이었다. 의사들 또한 아버지와 생각이 다르지 않아서, 따로 병리적인 원인을 찾으려 하기보다는 버릇을 고쳐야 한다고 단정적으로 말했다. 실제로 그들은 그가 이마에 손을 대지 못하게 하는 방법을 고안하기 위해 애썼다. 그러나 그 방법이라는 게 기껏해야 한동안 그의 두 팔을 의자 팔걸이에 묶어놓는 정도였는데, 그가 어찌나 고통스러운 표정을 지으며 몸을 비틀고 소리를 지르고 발을 구르는지 얼른 풀어줄 수밖에 없었다. 그러고는 고개를 설레설레 저으며, 몽구의 증세가 병이라기보다 지독하게 나쁜 습관이라는 자신들의 진단에 더 큰 확신을 가지곤 했다.

시립병원에서도 사정이 크게 다르지 않았다. 나이가 지긋한 할아버지 의사는 시종 진지한 얼굴로 몇 가지 검사를 해보았다. 그러나 몽구의 두통은 그가 보기에 풀 수 없는 수수께끼거나 아니면 꾀병이었다. 그는 극단적인 가능성도 염두에 두어보기로 마음을 정한 후, 아버지를 가까이 불러 뇌를 엑스레이로 찍어보자고 제의했다. 그러고는 목소리를 낮추어 아버지의 귀에 대고 소곤댔다. 그러나 그다지 주의하는 기색이 없어서 그가 하는 말은 몽구의 귀에도 들려왔는데, 그 부드러운 음색에 비해 그 내용은 실로 끔찍한 것이었다. 어쩌면 몽구의 머릿속에 이물질이 들어 있을지도 모르는데, 예전에 원치 않는 아이를 낳으면 머리에 있는 숨구멍에 바늘을 찔러 넣어 그 바늘이 뇌 속으로 들어가 아이를 죽이는 일이 왕왕 있었으며, 꼭 그런 것은 아니더라도 엑스레이를 찍어서 뇌 속에 어떤 이물질이 있는지 살펴볼 필요는 있다는 것이었다.

몽구는 아버지가 얼굴을 붉히며 노발대발하리라 예상했다. '세상에 누가 갓난아이에게 그런 끔찍한 짓을 저지른다는 말이오.' 적어도 그런 말 정도는 하리라 생각했다. 하지만 놀랍게도 아버지는 잠시 멍한 표정을 짓고 있다가 이맛살을 찌푸리고 눈을 껌벅껌벅하더니, 그러자고, 찍어보자고 짧게 대답했다. 어쩌면 그때 아버지는 아내가 아이를 낳자마자 바늘로 죽이려 했던 게 아닌가 의심했는지도 모를 일이었다.

여하튼 그러나 나름대로 진지하고 무척 명석해 보이던 늙은 의사의 엉뚱한 진단도 당연히 보기 좋게 빗나가고 말았다. 몽구의 머릿속은 너무도 깨끗했다. 아버지는 결과를 확인하고서 그럴 줄 알았다는 시큰둥한 기색이었다. 하지만 몽구의 심정은 다소 달라서 오히려 절망적이었다. 차라리 자기 머릿속에 바늘이 들어 있기를 절실히 원했던 탓이었다.

늙은 의사는 한동안 배신감이 어린 표정으로 몽구를 쳐다보았다. '그렇다면 이 녀석이 보여주고 있는 모든 증세가 단지 나를 떠보고 시험해보려는 게 아닐까.' 실로 부당하게도 그의 눈은 몽구에게 그렇게 묻고 있었다. 그러나 의사는 곧 냉정을 되찾고서, 다시금 근엄한 얼굴로 돌아가서 몇 가지 처방을 내렸다. 집에 있을 때에는 연고를 이마에 바른 뒤 알코올 드레싱을 대고 그 위에 붕대를 감게 했고, 학교에 갈 때는 작은 플라스틱 통에 든 약물을 수시로 이마에 바르게 한 것이었다. 그러나 그 처방이라는 것이 실상은 이마를 만지는 것을 막기 위한 일시적인 방책일 뿐임을 어린 몽구도 짐작했다. 그 늙은 의사 역시 그의 몸이 아니라 마음에 문제가 있다고 결론을 내린 후, 아버지와 사전에 입을 맞추고서 그런 편법을 쓰기로 한 것이었다. 연고제는 그 당시에 흔히 쓰이던 타박상 치료제 안티푸라민으로 피부에 닿으면 화한 감각을 느끼게 하는 것이었고, 약물은 메탄올이라는 독성 물질로 만들어진 메틸알코올이었다.

메틸알코올에서 풍기는 일종의 독한 술 냄새는 늘 그를 어찔어찔하게 했다. 하지만 그보다는 붕대로 인한 고충이 더 컸다. 또래 아이들과 어울려 집 밖에서 놀이를 하다 보면, 붕대는 금방 더러워졌고 쉽게 풀렸다. 어른들의 꾸중이 두려운 나머지 몽구는 붕대를 온전하게 유지하기 위해 그 밑으로 나뭇가지 같은 것을 집어넣어 긁곤 했는데, 그나마도 몇 번 그러다 보면 어느새 매듭이 풀어져서 붕대가 귀에 걸려 걸리적거리곤 했다. 그러다 보니 거의 매일 전장에서 돌아오는 상이용사처럼 얼굴에 시커멓게 얼룩진 붕대를 비스듬히 걸친 모습으로 귀가하곤 했다. 그것은 어머니가 가장 견디기 힘들어하는 광경이었다. 하지만 아버지는 신기해하는 표정으로 한참 동안 그를 바라보곤 했다. 사실 아버지는 자기중심적인 아집으로 고약해지는 경우는 있어도 크게 화를 내는 경우는 거의 없었다. 달리 말해 그는 집요함으로 화를 대신했다. 집요함으로 상대방을 들쑤셔서 화를 내는 것보다 훨씬 심하게 상대방을 고통스럽게 했다. 심지어는 자신이 저지르는 파행들에 대해서도 그럴 수밖에 없는 이유를 집요하게 파고들어 갔는데, 그럼으로써 파행을 계속할 수 있는 근거를 스스로 마련하곤 했다.

당연히, 몽구는 술 냄새 풍기는 붕대로 인해 심한 모멸감과 적개심을 느꼈다. 의사가 내린 처방은 그에게 굴욕감을 불러일으키는 체형과 다를 바 없었다.

"한번은 수업 시간에 '세 가지 소원'이라는 동화를 읽은 적이 있었어. 한 여자아이가 자리에서 일어나 큰 소리로 낭독을 했는데, 너도 알다시피 늙고 가난한 부부 앞에 천사가 나타나 세 가지 소원을 들어주겠다고 하는 이야기지. 부부가 이리저리 궁리하던 중에 커다란 소시지가 아내의 코에 들러붙는 대목에 이르렀을 때, 교실 안에 있던 모든 아이들과 담임선생이 약속이라도 한 듯이 거의 동시에 나를 돌아보았어. 모두의 눈에 나는 뭔가에 대해 고집스럽게 욕심을 부리다가 어처구니없게도 소시지 대신에 자신의 손이 이마에 붙어버린 동화 속의 가련한 인물로 비쳤던 거야. 돌이켜보면, 그 무렵에 나는 두통 자체에는 어느 정도 익숙해져 있었어. 그러나 그 '나쁜' 버릇은 점점 더 완강하게 나를 사로잡고서 결코 놓아주려 하지 않았지."

일상생활에서 그가 고역처럼 치러야 했던 일들 중의 하나는 이발소에 가서 머리를 깎는 것이었다. 이발을 하기 위해서는 하얀 나일론 가운을 걸치고서 의자 위에 가만히 앉아 있어야 했기 때문에 가운 밖으로 손을 빼내어 이마를 만지는 일은 결코 용납되지 않았다. 그렇다고 손이 묶일 때처럼 막무가내로 저항할 수는 없었으므로, 그가 이발소에 가는 것을 극도로 싫어한 것 또한 당연한 노릇이었다. 결국 수시로 어머니가 그와 동행했는데, 이발사가 머리를 깎는 동안 어머니는 곁에 서서 그의 이마를 부드럽게 짚어주었다. 그러면 그 힘든 순간이 오히려 축복과 평안의 시간이 되어주었다. 어머니도 그 상황을 특별하고 의미 있게 여기는 게 틀림없었다.

대개의 경우 이발사들은 어처구니없어하는 표정으로 그와 어머니를 번갈아 바라보았다. 그중에는 그들 두 사람을 심하게 나무라는 사람들도 있었다. 어머니가 매를 아끼고 과잉보호를 해서 아이를 망치고 있다는 비난이었다. 그러나 어머니는 이발사들의 어떤 말에도 표정 하나 변하지 않고 꼿꼿이 서서 조용히 몽구의 이마를 쓰다듬어 주었다. 그 모습은 마치 원숭이 떼가 요란하게 소란을 떨고 있는 한가운데에 조용하고 늠름하게 서 있는 보리수 한 그루를 떠올리게 했다. 그럴 때면 몽구는 어머니와의 사이에 깊은 교감을 느끼면서 자신과 어머니를 이어주는 두통에게 오히려 고마워하기도 했다. 하지만 다른 한편으로는 갈피를 잡을 수 없었다. 자기가 두통을 느끼는 것이 어머니를 조금이라도 더 곁에 붙들어두려는 것이 아닌지, 그렇지 않으면 어머니가 몽구를 자기 곁에 붙들어두기 위해 두통을 키운 것이 아닌지 종잡을 수 없었던 것이다.

그러나 세상은 그리 만만한 게 아니었다. 어느 날 몽구가 어머니와 함께 이발소에 갔을 때, 낯선 얼굴의 늙수그레한 이발사가 그를 맞았다. 아마도 외지에서 새로 온 모양이었는데, 눈이 작고 낯빛이 어둡고 얼굴이 길어서 그런지 첫인상이 왠지 교활하고 꿍꿍이가 있어 보였다. 몽구는 본능적으로 긴장했다. 그 예감이 맞아서, 이발사는 머리를 깎는 동안 몽구가 보이는 이상한 반응에 강한 호기심을 느꼈다. 게다가 곁에 어머니가 서서 그의 이마를 만져주고 있었으니, 이발사에게는 더할 나위 없는 흥밋거리였다. 잘 지켜보면서 몇 가지 실험도 해보면, 적어도 며칠 동안 다른 사람들의 머리를 깎을 때 들려줄 진기한 이야깃거리를 얻을 수도 있을 것 같았다.

몽구는 곧 이발사의 속셈을 간파했다. 그는 일부러 느릿느릿 가위질을 하면서 몽구의 머리 이곳저곳을 툭툭 건드리고 있었다. 그리고 특히 이마 주위가 예민하여 슬슬 간질이듯이 하면 몸 전체가 움찔거린다는 것을 알아내고서 신기하다는 생각에 자기도 모르게 입가에 만족스런 미소를 머금었다. 몽구는 거울에 비친 그 사악한 미소를 보고서 절망과 함께 분노에 사로잡혔다. 다행한 것은 이발사 옆에 서 있는 어머니의 표정도 몽구만큼이나 절박하다는 것이었다. 어머니 또한 눈앞에서 벌어지는 상황을 정확히 알고 있는 게 분명했다. 이제 이발사의 손에 온몸의 감각이 교란되어 머리가 어지럽고 당장이라도 토할 듯 속이 메스꺼웠던 몽구에게는 일 초가 곧 영겁의 순간이었다. 그때 갑자기 이발사가 어쿠 소리를 내며 한 발 뒤로 물러서며 요란하게 재채기를 시작했다. 그러더니 줄줄 흘러내리는 눈물에 눈도 뜨지 못한 채 소경처럼 두 손을 휘저으며 세면대 쪽으로 걸어가서, 수도꼭지를 틀고 흘러나오는 물을 얼굴에 마구 끼얹었다. 그러는 동안에도 재채기는 끊이지 않았다.

어머니는 그의 뒷모습을 잠시 바라보다가 수건으로 몽구의 머리를 털었다. 그러고는 가운을 벗겨내고서 몽구를 의자에서 내려서게 하여 함께 이발소를 나왔다. 몽구는 어머니가 어떻게 이발사를 제압했는지, 어떻게 잔털을 날려서 마치 미세한 독침들처럼 그것들로 그의 눈과 코와 입을 공격했는지 알지 못했다. 사실 그로서는 알고 싶지 않았다. 뭔가 신비롭고 마법적인 상황이 벌어진 것으로 상상하고 싶었기 때문이었다. 그날 어머니는 가위와 트리머가 달린 면도기와 이발용 가운을 샀고, 그 후로 몽구는 이발소에 가는 일이 없었다. 이제 몽구는 머리를 깎을 때면 어머니를 좀 더 가까이 느끼며 행복한 시간을 누릴 수 있었다. 머리를 다듬으면서 어머니는 몽구에게 심호흡하는 법을 가르쳤다. 숨을 최대한 길게 들이마시고 길게 내쉬면서 오직 숨 쉬는 일에만 집중하는 것이었는데, 실제로 잠시나마 두통을 잊게 했다. 그 방법은 나중에 몽구에게 큰 도움이 되었지만, 아직 어린 그에게는 아주 짧게만 효과가 있을 뿐이었다.

2학년이 되었을 때에도 학교에 가는 일은 여전히 그에게 큰 스트레스였다. 아침 조회 때 특히 사정이 나빴다. 부동자세로 서서 숨을 몰아쉬며 지끈거리는 이마를 온전히 참고 견뎌내야 하는 상황이 되면 두통은 더욱 기승을 부려서 눈앞이 어찔어찔하기까지 했다. 그러다가 그 상태에서 놓여나면 그는 남들의 눈길을 피해 미친 듯이 이마를 문질러대고 긁어댔다. 그러다 보니 그의 이마는 온전할 때가 거의 없었다. 자기도 모르게 흙 묻은 손으로 만져서 항상 시커멓게 손때가 묻거나, 무심결에 심하게 긁어대는 바람에 피부가 벌겋게 달아오르기가 일쑤였다. 그러다 보니 다음 날 아침이면 이마 한가운데가 시퍼렇게 변색되어 있곤 했다. 고통이 극심할 때, 그리고 나중에 거울을 통해 자신의 일그러진 얼굴과 이마를 바라볼 때, 그는 마치 강한 빛을 한참 바라보고 났을 때처럼 자신의 망막 위로 푸른 그림자가 드리워지는 것을 보았다. 그 푸른 그림자가 독성을 머금은 매캐한 연기처럼 그의 시야를 가득 채우고 있었다.

"마치 내 이마에 낙인이 찍힌 것 같았어. 그리고 낙인이 찍히는 그 순간 정체 모를 독이 몸속으로 들어와서 나를 괴롭혔어. 그 때문에 두통이 생기고 그 두통을 누르기 위해 끊임없이 이마를 만져야 했는데, 손이 늘 청결한 상태가 아니어서, 나의 손독이, 그리고 내가 만진 모든 것이 독이 되어 이마를 통해 내 속으로 스며들었어. 나는 손과 이마로 온갖 독성을 흡수하고 있었어. 그건 그야말로 독이 독을 부르는 돌이킬 수 없는 악순환이었어. 그런데 그 낙인은 대체 누가 찍은 것일까. 나 자신이 찍은 건 결코 아니니, 그렇다면 세상이, 어쩌면 우주가 그 낙인을 찍은 것일지도 몰랐어. 그럼 그 이유는 무엇일까. 낙인을 찍는다는 건 뭔가를 끊임없이 상기시키기 위해서잖아. 그렇다면 대체 무엇을 상기시키려 하는 거지? 상기시켜서 뭘 어쩌려는 거지. 어쩌면 나로 하여금 싸우라고 하는 게 아닐까. 버티고 저항해서 마침내 이겨내라는 의미를 가지는 게 아닐까. 그런데 무엇을 이겨내야 한다는 말일까. 나 자신에 대해서? 아니면, 세상의 독에 대해서? 그렇게 내 생각은 내내 악순환의 고리 속에서 맴돌고 있었어.

어쩔 수 없이 나는 늘 힘겹고 두렵고 외로웠어. 하지만 수시로 시야가 흐릿하고 축축해지긴 했어도 결코 그 일로 운 적은 없었어. 나를 놀리고 나무라고 피하고 심지어 두려워하는 사람들을 대할 때도 이를 악물고 참았어. 그러면서 어쩌면 그것이 내 몸속에 축적된 독의 힘일지도 모른다고 느꼈어. 내가 느끼고 생각하고 행동하는 모든 것이 독의 결과처럼 여겨졌어. 그 무렵에 이마 한가운데 살이 점점 더 검게 변색되어 갔지. 마침내 살갗이 죽어가기 시작한 거야. 그러나 죽어가던 살이 며칠이 지나자 되살아나더군. 그 후로 나의 이마의 살은 죽었다가 되살아나고 어두워졌다가 밝아지기를 반복했어. 매사에 냉소적이던 아버지마저도 그 놀라운 회복력에 눈이 휘둥그레졌지. 어느 날 아버지가 내 이마를 한참동안 바라보다가 밑도 끝도 없이 중얼거렸어. '스티그마타.' 물론 그 말은 아버지가 무심코 툭 던진 말에 불과했어. 아마도 그 와중에도 자신의 현학을 과시하고 싶었던 것인지도 모르지. 하지만 예수가 수난을 당할 때 몸에 생긴 상처의 흔적을 스티그마타라고 한다는 것을 알게 된 후로 나는 어쩌면 정말로 어떤 성스러움의 징표가, 더욱이 생생하게 살아 있는 성스러운 상처가 내 이마에 생겨난 것인지도 모른다고 생각했어."

4

초등학교 5학년 시절, 몽구는 앙상하게 말라갔고, 자주 현기증을 느꼈다. 어느 늦은 봄날, 체육 시간에 운동장에서 다른 아이들 틈에 섞여 공을 뒤쫓고 있을 때였다. 갑자기 아이들의 모습과 행동이 어딘가 이상하게 여겨지더니, 세상의 풍경이 달라지기 시작했다. 주위가 환하게 빛나면서 강한 방사능에 노출된 것처럼 눈에 들어오는 모든 것이 샛노랗게 말라비틀어지고 있었다. 나무들마다 뚝뚝 누런 나뭇잎을 떨어뜨렸고, 손가락 두 개 정도 굵기의 샛노란 뱀들이 앙상한 가지들을 휘감고서 나선형의 원무를 추듯 느릿느릿 대가리를 돌렸다. 순간 몽구는 이마가 옥죄어들면서 눈까풀이 눈 안으로 쓸려 들어오는 듯했다. 다른 때보다 훨씬 강한 현기증이 엄습해서 눈을 까뒤집을 듯 깜박거리며 비틀거렸다.

몽구에게서 이상한 기미를 느낀 아이들이 움직임을 멈추고서 뭐라고 수군거리며 놀란 얼굴로 그를 바라보았다. 잠시 후 선생이 달려와 그를 살피더니, 그에게 교실 건물 쪽을 바라보며 뭐라고 말했다. 그러나 몽구에게는 아무 소리도 들리지 않았다. 단지 선생이 까닭 모르게 몹시 화가 난 표정을 짓고 있다는 생각이 들 뿐이었다. 그는 선생에게 두려움과 동시에 강한 적의를 느끼며 두 손을 내저었다. 선생의 사나운 눈에서는 날카로운 시선이 독처럼 뿜어져 나오는 것처럼 느껴졌다. 몽구는 비척거리며 뒷걸음질을 쳐서 선생이 가리킨 쪽으로 걸어갔다. 그곳에 문이 있었고, 문을 지나자 계단이 나왔고, 수없이 오르내린 그 계단이 섬찟할 정도로 낯설었고, 계단이 갑자기 살아 있는 뱀처럼 나선형으로 몸을 비틀어 그를 휘감았다.

힘겹게 이 층 중앙의 교실 안으로 들어섰을 때는 현기증도 다소 가라앉고 시각의 이상 증세도 차츰 사라져갔다. 그러나 온몸에 기운이 하나도 없어서 두 다리가 저절로 터덜거렸다. 창가로 걸어가서 아무 자리에나 털썩 주저앉았을 때, 혀 밑에서 물집 하나가 톡 터지면서 입안에 시큼한 맛이 감돌았다.

그때 그는 뭔가가 그의 뒤에서 강하게 주의를 끄는 것을 느꼈다. 마치 등 가까이에서 커다란 촛불이 타오르는 듯한 느낌이었다. 실제로 초의 불꽃이 일렁거리면서 그의 쪽으로 더운 기운을 보내는 것 같았다. 그는 천천히 뒤를 돌아보았다. 긴 머리카락과 부어오른 얼굴 한가운데 자리 잡은 두 개의 까만 눈알이 그의 눈길을 맞이했다. 항상 말이 없이 쓸쓸하고 은근한 미소를 지으며 가만히 남들을 지켜보던 아이였다. 그 여자아이는 몽구가 알지 못하는 어떤 큰 병에 걸려 체육 시간이나 조회를 설 때 항상 혼자 교실을 지키고 있었다. 그 때문에 그 아이는 교실에 남을 수 있는 권리를 빼앗긴 주변들로부터 미움을 사고 있었다. 그 아이가 거의 무표정한 얼굴에 입꼬리를 약간 끌어올리고서 그를 묵묵히 바라보았다.

윤자경, 그것이 그 아이의 이름이었다. 자경은 아픈 사람이었다. 아픈 사람, 아파서 민감하거나 아프도록 민감한 사람은 대개 손에 습기가 있었다. 더욱이 그 아이는 손뿐만 아니라 얼굴도 부어올라 두툼하고 막 심한 운동을 하고 난 듯 땀이 배어 촉촉했다. 그 때문에 겨울이면 기침이 잦았고 손발에 자주 동상이 걸린다고 했다. 그것이 그 아이가 앓고 있는 병의 주된 증상이었다. 대부분의 아이들은 자경의 곁에 가기를 싫어했다. 자경은 늘 안색이 보랏빛이었고, 축축한 습기가 느껴졌고, 약간 시큼한 체취에 입김에서는 서늘한 기운이 풍겼던 탓이었다.

"나중에 알게 된 사실이지만, 자경은 저체중의 미숙아로 태어났어. 그래서 한동안 인큐베이터에서 지냈는데, 그 속에서 오히려 병에 걸렸지. 미숙아망막증이었는데, 인큐베이터 안의 산소 농도가 너무 짙을 때 생기는 병이었어. 우리는 산소 없이는 살 수 없지만, 산소도 과잉되면 독이 되는 거지. 망막증은 망막의 혈관이 지나치게 발달하는 건데, 다행히 시간이 지나면서 자연 치유가 되었어. 하지만 그때 폐와 심장에 가해진 압박이 여전히 자경을 괴롭히고 있었던 거지."

자경은 계속하여 똑바로 몽구를 바라보았다. 그 아이의 눈가에는 푸른 기운이 서려 있었고, 입가에 어린 엷은 미소는 상대방을 약간 조소하는 듯한 인상을 주었다. 그 모습 때문에 아이들은 자경을 뱀파이어라고 부르며 놀리기도 했다. 사실 뱀파이어라는 별명은 아이들이 그 아이를 은근히 두려워한다는 증거였다. 하지만 몽구는 자경이 두렵지 않았다. 오히려 평소에 자경에 대해 이상할 정도의 친밀감을 느꼈다. 치유할 수 없는 병을 가진 사람들 사이의 우울한 유대감 때문인지도 몰랐다. 그러나 그동안 몽구는 자경에게 한 마디 말도 건넨 적이 없었다. 다른 아이들은 자경의 병이 자기들에게 전염이나 감염되지 않을까 무서워했는데, 반대로 몽구는 자신이 그 아이를 더 아프게 할지도 모른다고 암암리에 우려해왔기 때문이었다.

그때 자경이 자리에서 일어났다. 그러고는 천천히 몽구

쪽으로 걸어오더니 그의 옆자리에 앉았다. 몽구는 아무 반응도 보일 수 없었다. 그만큼 그 아이의 당돌한 행동은 또한 자연스러우면서도 거역하기 어려운 힘을 지니고 있었다. 자경은 손을 들어 몽구의 이마를 짚었다. 처음 자경의 손이 닿았을 때 몽구는 순간 움찔했다. 뭔가 차갑고 끈적거리는 듯한 불쾌감이 느껴지면서 다시금 어두운 푸른색 그림자가 눈앞에 어른거렸기 때문이었다. 그러나 다음 순간, 몽구는 자경이 자신의 고통을 완전히 이해하고 있다는 확신이 들었다. 두 사람은 고통을 통해 교감하고 있었다. 몽구는 처음으로 겪는 기이한 경험에 몸이 떨리면서 두려움이 밀려들었다. 그러나 그 두려움 또한 교감을 이루기 위해 꼭 필요한 과정이었다. 이제 그는 자신의 병이 자경에게 옮을지 모른다는 우려는 내려놓았다. 서로 교감이 되면 서로 치유될 수도 있을 것 같았다.

몽구는 그 아이에게 자신을 맡겼다. 자경의 손은 알코올 드레싱이나 패드와 달랐고, 어머니의 손과도 달랐다. 어머니의 손이 따뜻한 벨벳 같다면, 자경의 손은 차갑고 축축한 습포나 스펀지와 같아서 몽구의 이마에 냉찜질을 해주는 듯했다.

자경이 말했다.

"미안해."

"뭐가 미안해?"

"아무것도 해줄 게 없어서."

그 말 자체가 몽구에게는 많은 것을 해준 것이나 다를 바 없었다.

"우리는 서로가 해줄 수 있는 게 아무것도 없구나."

그들은 한동안 아무 말도 하지 않았다. 잠시 후 몽구가 물었다.

"넌 왜 자주 기침을 하니?"

"꽃가루 때문이야. 꽃가루 알갱이는 천둥 번개가 칠 때 더 작은 입자로 쪼개진다는 거 알고 있니? 평소에는 아무 문제가 되지 않지만, 꽃가루가 미세한 분말처럼 쪼개지면 내 속으로 들어와 천식을 일으키는 거야."

너무도 어른스럽고, 사실인지 아닌지도 모를 그 아이의 말에 몽구는 대꾸할 말을 잊었다. 자경이 잠시 몽구의 눈을 들여다보더니 오른손을 그의 이마 위에 올려놓은 채 왼팔로 그의 어깨를 안고서 자기 쪽으로 끌어당겼다. 몽구는 자경의 어깨에 머리를 기대고서 꼼짝도 할 수 없었다. 자경의 미지근한 체온이 전해지면서 여자아이 특유의 비릿하면서도 풋풋한 체취가 그의 후각을 서서히 마비시켰다. 이제 자경은 자신의 침묵으로 몽구의 침묵을 감싸고 있었다. 그는 뻣뻣하게 긴장되었던 몸이 조금씩 풀리는 것을 느끼며 아스라한 환몽의 세계 속으로 빠져들었다.

몽구는 꿈을 꾸고 있었다. 꿈속에서 그는 이마를 중심으로 머리 전체가 서늘해지는 것을 느끼면서 아까처럼 눈앞으로 강한 빛이 떠오르는 것을 보았다. 그러나 그것은 전혀 다른 빛이었다. 그 빛은 자경의 머리 부분을 휘감고 있었는데, 이윽고 푸르스름한 인광으로 변하면서 그 아이의 정수리 부근에서 분수처럼 위로 솟아올라 어깨로 흘러내렸다. 중력을 벗어나 자유자재로 흐르는 물처럼 그 빛은 그 아이의 얼굴 위에서 춤추듯 움직였고, 자경의 얼굴은 그 빛 속에서 서서히 녹아내리고 있었다. 온갖 것이, 어둠과 시간이 녹아내리면서 모든 경계가 사라져갔다. 몽구의 뜨거운 실핏줄이 자경의 차고 푸르뎅뎅한 살 속으로 파고들었다. 그 서늘한 살이 몽구의 피의 열기를 식혀주고, 그 피의 열기가 자경의 살을 덥혀주었다.

그때 갑자기 교실의 앞문과 뒷문이 거의 동시에 벌컥 열리면서 아이들이 뛰어 들어왔다. 그들은 각기 자기 자리로 달려가다가, 서로 끌어안고 앉아 있는 몽구와 자경을 발견했다. 그러고는 일제히 우뚝 멈춰 서서, 땀으로 범벅이 된 얼굴로 두 사람을 뚫어지게 바라보았다. 그들 위로 키 큰 용한의 머리가 달걀 모양의 풍선처럼 떠 있었다. 그들의 시선은 하나같이 적의로 가득 차 있는 것 같았다.

순간 몽구는 금기의 세계에서 노닐다가 현실로 추락한 듯 정신이 번쩍 들어 얼른 몸을 일으키려 했다. 하지만 자경의 손은 그의 이마에서 떨어지지 않았다. 마치 그 손이 강력한 흡반이 되어버린 듯, 그로서는 고개를 들 수 없었다. 몸을 버둥거렸지만, 자경은 여전히 손을 거두려 하지 않았다. 그 아이의 손의 힘이 실제로 그토록 강했는지, 아니면 그 축축하게 부풀어 오른 그 손의 진정 효과가 무척 커서 몸이 마취되었던 것인지, 그는 알 수 없었다. 그러나 점점 더 많은 아이들이 교실로 밀려들었다. 마침내 몽구는 더 견디지 못하고 두 손으로 자경을 힘껏 밀쳐냈고, 자경은 뒤로 밀려나 의자에서 떨어져 반대쪽 마룻바닥에 나동그라지면서 쿵 소리를 내며 벽에 옆머리를 세게 부딪쳤다. 그 쿵 소리는 자신의 심장이 떨어지는 소리만큼이나 몽구를 놀라게 했다. 하지만 그는 벌떡 일어나 화난 사람처럼 그 아이를 노려보다가 아이들을 밀치고 교실 밖으로 뛰쳐나갔다.

다음 날 아침에 몽구와 자경은 교장실로 불려갔다. 그들은 전날 교실 안에서 벌어진 사건의 자초지종을 설명해야 했다. 몽구는 자경과 자신이 왜 죄진 사람처럼 그 자리에 앉아 있어야 하는지 이해할 수 없었다. 그러면서도 까닭 모르게 부끄러움으로 얼굴이 벌겋게 달아올라서 고개를 들 수 없었다. 그러나 자경은 담담한 표정으로, 몸이 아픈 것 같아 보살펴주려 했는데 오해가 있었을 뿐이라고 짧게 대꾸했다. 교장 선생은 전혀 대수롭지 않은 사건임을 알고서 약간 실망하여 맥이 빠진 기색이었다. 짐짓 허세를 부린 교장 선생의 훈시를 듣고서 방을 나설 때, 몽구는 이번에는 자경에게 부끄러운 나머지 고개를 들 수 없었다.

자경은 다음 날 결석을 했다. 그러나 그다음 날 학교에 나왔고, 안색이 평소보다 조금 더 어두워진 듯했으나, 다행히 크게 달라진 점은 없어 보였다. 그러나 보름 후 자경은 다른 학교로 전학을 갔다. 경찰인 아버지가 새로 발령받은 남쪽 도시의 지서 근처 학교였는데, 자경의 아버지는 교장실에까지 불려간 이번 일로 노발대발했다고 했다.

얼마 후에 몽구는 사건이 이렇게 커진 데에는 그만한 이유가 있음을 알았다. 반장인 우용한이 상황을 과장하여 몽구가 자경을 폭행했다고 담임선생에게 일러바친 탓이었다. 용한은 체격이 좋고 얼굴도 반듯하고 성격도 온화하여 모든 아이들이 좋아했다. 몽구와도 사이가 나쁘지 않았는데, 몽구가 아이들로부터 놀림을 받으면 나서서 말려주고, 방과 후에 함께 어울릴 때 몽구의 붕대가 풀어지는 것을 보면 달려와 감아주기도 했다. 그런 용한에게는 이해하기 어려운 점이 있었는데, 모든 여자아이들로부터 인기가 높았던 용한이 유독 자경에게 강한 애착을 보인다는 점이었다. 단지 약한 아이들을 보살피는 반장으로서의 책무를 다하는 것으로 보기에는 용한이 자경을 대하는 태도에 분명 과도한 데가 있었다. 그는 가능한 한 늘 자경 곁에 머물고자 했고, 자경이 자기 시야 속에 들어와야 안심을 했다. 그러고 보면 용한이 거짓으로 고자질한 데에는 자경에 대한 배신감과 질투심 탓이라고도 할 수 있었다. 하지만 아무도 구체적인 내막은 알지 못했다. 다만 그 사건 이후로 용한은 몽구를 차갑게 대하며 그에게 등을 돌렸고, 그 점은 누구라도 알아차릴 수 있었다.

어느 날 아침, 막 교실에 들어섰을 때 몽구는 아이들이 교실 앞쪽에 모여 있고 그 한가운데에서 용한이 큰 판형의 그림책을 한 권 펴들고서 뭐라고 말하는 것을 보았다. 그가 창가의 자기 자리로 걸어갈 때 용한의 목소리가 귀에 들려왔다.

"고양이와 족제비 중간쯤으로 생긴 이 녀석이 바로 몽구스야. 전 세계에 수많은 종이 있는데, 뱀독에 내성이 있어서 인도에서는 코브라 같은 독사들을 퇴치하는 데 이용한다는 거야. 독사들을 먹이로 하는 그야말로 독종이거든. 특히 이집트나 인도에 있는 회색 몽구스는 보통 포유동물 열세 마리를 죽일 수 있는 뱀독에도 끄떡없다는 거지."

옆의 한 아이가 말했다.

"이름이 조몽구와 비슷하네."

또 한 아이가 맞장구를 쳤다.

"이름도 생긴 것도 몽구를 닮았구나."

그제야 몽구는 그들이 들여다보고 있는 책이 동물도감이라는 것을 알았다. 그때 그는 고개를 돌리던 용한과 눈이 마주쳤다. 용한은 몽구가 막 교실에 들어서는 순간을 놓치지 않았고, 그때부터 곁눈질로 그의 행동을 살폈던 게 분명했다. 잠시 용한의 얼굴에 망설이는 기색이 어렸다. 그러나 이내 그는 낯빛을 가다듬고서 다시 책으로 눈을 돌리고서 말했다.

"이 녀석은 항문 주위에 주머니 같은 게 달려 있어. 그걸 항문샘이라 부르는데 거기에서 나오는 분비물로 영역도 표시하고 의사소통도 한다는 거야."

그 말을 듣고 아이들이 와 하고 웃음을 터뜨렸다. 그 순간 몽구는 이제 자신의 별명이 '몽구스'로 못 박혔음을 알았다. 용한이 자경을 잃은 데 대해 그에게 복수를 하고 있는 것이었다. 실제로 그날부터 그의 반에서 여럿이 몽구를 몽구스라고 불렀다.

며칠 후 몽구는 우연히 텔레비전을 켰다가 〈동물의 왕국〉 시간에 몽구스가 독사와 싸우는 광경을 보았다. 독사는 머리를 들고 위협하다가 머리를 곧게 땅으로 뻗으면서 몽구스를 노렸다. 그러나 독사의 공격과 방어의 패턴을 잘 아는 몽구스는 민첩함과 끈질김과 사나움으로 마침내 독사를 제압했다. 독사를 입에 물고 자기 집으로 질질 끌고 가는 몽구스의 모습을 바라보며 몽구는 자기도 모르게 부르르 몸을 떨었다. 삶과 죽음이 가차 없이 교차하는 그 원시 자연의 풍경에서 머릿속이 얼얼해지는 도취감과 소름 끼치는 환멸감을 동시에 느낀 탓이었다.

동물도감을 복수의 도구로 이용한 것은 늘 책을 읽는 우용한다운 행동이었다. 용한으로서도 자기가 고자질한 그 일로 자경이 전학까지 가게 되리라고는 전혀 예상하지 못했으리라 짐작되었다. 그러나 막상 자경이 떠남으로써 가장 큰 박탈감을 느낀 것은 몽구 자신이었다.

"자경이 그렇게 나의 삶에서 사라지고 난 후에, 한동안 아침에 교실에 들어서면 우리 둘이 나란히 앉았던 자리 위로 푸르스름한 기운이 감돌았어. 그 한가운데에는 푸른빛 인광에 감싸인, 병들어 부어오른 축축하고 작은 손 하나가 공중에 떠 있었지. 처음에는 그 인광이 병든 자경의 몸에서 흘러나오는 것처럼 보였어. 독을 머금은 그 인광이 마침내 아이를 태워버리고 말았다는 생각도 들었지. 그러나 다시 보니, 그 빛이야말로 악몽을 쫓아버리고 독을 누를 수 있는 불가사의한 힘을 가지고 있었어. 내가 잃어버린 건 바로 그 신비한 습포처럼 불가사의한 힘을 가진 손이었어. 그런 생각이 들자 세상이 내게서 자경을 빼앗아갔다는 사실에 분노가 치밀어 머리가 터질 것 같았어. 나는 훗날 내가 자경을 다시 만나리라는 걸 알 길이 없었지. 하기야 알았다면 뭔가 달라졌을까? 그 또한 알 길이 없는 일이지."

5

그해 초여름의 어느 날, 담임선생은 앞으로 점심 식사 후에 모두가 삼십 분 동안 낮잠을 자는 시간을 가질 것이라고 말했다. 날이 더워지면서 식곤증으로 조는 학생들이 많아졌을 뿐만 아니라 성장기에는 낮잠이 여러모로 좋다는 취지에서 취해진 조치였다. 그러나 조는 것은 쉬운 일이었지만, 정해진 시간에 여럿이 동시에 잠이 드는 것은 쉬운 일이 아니었다. 어린 몽구가 생각하기에도 어처구니없는 발상이었다.

하지만 담임선생이 엄한 눈초리로 교단 옆의 책상을 지키고 앉아 있었던 탓에, 모두들 책상 위에 엎드려서 잠을 청할 수밖에 없었다. 그러다 보면 신기하게도 대부분의 아이들이 실제로 잠이 들었다. 하지만 몇몇 아이들은 끝내 잠이 들지 못했는데, 그 아이들에게는 낮잠 시간이 무엇보다도 고역이 아닐 수 없었다. 그 아이들은 내내 몸을 뒤척이거나 비틀고 제풀에 키득거리고 얼굴로 책상을 짓누르며 그야말로 시간과 사투를 벌여야 했다.

몽구의 경우에도 낮잠 시간은 그를 무척 곤혹스럽게 했다. 그러나 그 이유는 전혀 다른 데 있었다. 잠을 이루기가 어려웠던 것이 아니라, 너무 쉽게 잠이 들었던 데다가 일단 잠이 들면 깨어나기가 어려웠던 것이다. 우선, 책상 위에 엎드려 늘 무겁고 뻐근하기만 한 이마를 팔에 묻고서 조용히 눈을 감고 있는 것은 그에게는 잠자기에 가장 이상적인 자세였다. 어찌나 편안한지 큰 위안과 감사의 마음을 느낄 정도였다. 그 덕분에 그는 엎드리자마자 잠에 빠져들었고, 곧바로 꿈이 이어졌다. 온갖 것들이 뒤섞인 그 꿈은 다채롭다 못해 머리에 다 담아내기에 무거울 지경이었다. 꿈에도 무게가 있다는 것을 그때 그는 처음 알았다. 날마다 낮에 꾸는 그 꿈들이 어찌나 무거운지, 잠에서 깰 때마다 그로서는 커다란 바위에 짓눌린 작은 짐승처럼 간신히 몸을 빼내야 했다.

낮잠 시간이 끝나 선생이 교무실로 돌아가면 반장이나 주번이 아이들을 깨웠다. 그러나 매번 몽구는 아무리 세게 흔들어도 여간하여 깨어나지 않았다. 그는 교실에서 가장 늦게, 다음 수업 시간이 시작될 때가 다 되어서야 비로소 부스스 기지개를 켜고 일어나 부랴부랴 화장실로 달려가는 아이였다. 다른 아이들은 그런 그를 보고 신기해하다가 이내 짓궂은 장난기를 발동시켰다. 주로 낮잠을 잘 자지 못하는 아이들이 주동이 되어 장난질을 벌였는데, 처음에는 몽구의 머리 옆에 책이나 칠판지우개, 가방 따위를 쌓아놓는 정도였다. 그러다가 얼마 후부터는 아예 그의 어깨와 등과 머리 위에 그것들을 올려놓기에 이르렀고, 거기에 신발이나 걸레 따위가 첨가되었다. 그런 일이 가능했던 것은 얼마 전부터 낮잠 시간을 감독하는 일이 반장인 용한에게 맡겨졌기 때문이었다.

하지만 그런 정도로는 성이 차지 않았는지, 어느 날 다섯 명이 작당을 하여 일을 더 크게 벌였다. 잠든 몽구를 그대로 들어 올려 학교 건물 뒤의 풀밭에 내다 놓은 것이었다. 물론 용한이 묵인했기에 가능한 일이었다. 얼마 후, 몽구는 잠결에 자신이 이상한 세계에 들어와 있음을 감지했다. 코를 찌르는 시큼하고 매캐한 풀 냄새, 후덥지근한 공기와 축축한 바닥, 붕붕거리며 날아다니다가 옷 속으로 파고드는 곤충들, 그것은 현실이자 곧 꿈이었다. 그는 꿈과 현실의 경계선 위에 놓인, 그 이상하고 낯선 세계 속으로 점점 더 깊이 들어갔다.

그는 환한 대낮에 벌거벗은 채 논둑길을 걷고 있었다. 벌거벗고 있다는 게 조금도 어색하지 않았다. 그때 하루살이 떼가 나타나 그를 따라붙었다. 평소처럼 그는 얼굴을 향해 날아드는 그 작은 날벌레들을 쫓기 위해 손을 내휘두르고 머리를 가로젓고 입김을 불어댔다. 그러다가 잠시 방심하고서 숨을 들이마실 때, 거짓말처럼 그 모든 날벌레들이 입안으로 쏟아져 들어왔다. 그가 자기도 모르게 숨을 기도로 넘기자 그것들을 단번에 꿀꺽 삼킨 꼴이 되었다. 그는 뒤늦게 숨이 막혀 목을 쥐고 캑캑거렸으나 당연히 다시 뱉어낼 수는 없었다. 순간, 그는 수십 마리, 아니 수백 수천 마리의 하루살이들이 각기 투명한 날개에 반짝이는 빛을 담아 그의 속으로 날아 들어와서 그대로 자신의 일부가 되어버린 듯한 느낌을 받았다. 그 작은 입자들은 언젠가 자경이 말한, 천둥 번개가 칠 때 미세한 분말처럼 쪼개진 꽃가루와 같았다. 그것들은 각기 독성을 품고서 단번에 그의 속을 불과 열과 빛으로 가득 채웠다.

그때 커다란 바위 끝에 가만히 앉아서 기다란 혀로 주변의 곤충들을 널름널름 잡아먹고 있는, 한 번도 본 적이 없는 울긋불긋하고 덩치 큰 도마뱀 한 마리와 눈길이 마주쳤다. 곧 몽구는 그것이 자신의 모습임을 알아보았다. 그가 도마뱀이 되어 눈에 띄는 모든 것을 닥치는 대로 집어삼키기 시작했다. 살았거나 죽었거나 죽어가고 있는 지렁이들, 풀벌레들, 온갖 유충들, 빛깔이 진하고 화려한 풀잎들, 벌레가 먹은 흔적이 전혀 없이 매끈하고 이상하고 나쁜 냄새가 나는 버섯들, 백색의 물결무늬가 있고 어금니로 씹으면 눈물이 나올 정도로 맵고 쓴 끈적끈적한 즙액이 나오는 온갖 이파리들, 원시 상태의 물과 흙과 공기, 그는 그 속에서 그것들과 함께 뒹굴었다. 그는 두 갈래로 갈라진 혀를 입 밖으로 내어 휘휘 휘둘렀다. 도마뱀인 그는 자신이 혀로 공기의 맛을 보고 냄새를 맡으며 방향을 잡는다는 것을 알았다. 입 위에 뚫린 두 개의 구멍은 단지 숨을 쉬기 위한 것일 뿐이었다.

"그때 바로 눈앞에서 번쩍 벼락이 쳤고, 나는 퍼뜩 정신이 들었어. 차갑고 세찬 비가 쏟아져 내렸지. 그제야 나는 내 몸이 교실 밖에 버려져 있음을 알았어. 온몸이 서늘했지만 오한이 들지는 않았어. 오히려 굵은 빗줄기가 벌레에게 물려 온통 따갑고 가려운 내 살갗을 시원하게 식혀주었지. 한동안 나는 가만히 엎드려 있었어. 이윽고 소나기가 그치자마자 곧바로 구름 사이로 해가 나와서 강한 햇살을 내리쏟았어. 나는 어렵게 몸을 일으켜 비척거리며 학교 건물 안으로 들어가 복도를 지나 교실 앞쪽 문을 열고 걸어 들어갔지. 낮잠 시간이 막 끝났는지 반장이 아이들을 깨우고 있었어. 앉은 채로 이리저리 팔다리를 뻗고 있는 아이들을 향해 나는 천천히 걸어갔어.

순간 교실 안의 모든 시선이 내게로 향했어. 나는 실로 기괴한 모습이었어. 잠결에 풀밭 위를 뒹굴어 온통 푸르뎅뎅하게 물든 데다가, 꿈인지 생시인지 모르면서 풀을 뜯어 먹으며 곤충들도 입에 넣고 씹은 탓에 입술에 풀잎 조각과 곤충들의 날개나 다리 따위가 붙어 있고 그 주변은 누렇고 푸른 즙으로 엉망이 되어 있었지. 게다가 얼굴 전체는 온통 벌레에게 물려 부풀어 올라 울퉁불퉁한 커다란 감자 덩어리 같았지.

기이하게도 나는 그런 내 모습을 제삼자의 시선으로 정확히 바라보고 있었어. 나는 걸음을 멈추고 교단을 등지고 서서 가만히 아이들을 바라보았어. 그때 아까 풀밭 위에서 코와 입을 통해 몸속으로 스며든 온갖 냄새와 기운들, 귓속에 축적된 다양한 소리, 눈에 담긴 아름답고도 끔찍한 온갖 영상들, 그때 느낀 고통과 쾌감의 기억, 그 모든 것이 내 귀와 눈과 입과 코와 모공과 땀샘을 통해 스멀스멀 밖으로 기어 나왔어. 그것들이 지독한 구취를 가지는 눅눅한 숨결처럼 윙윙거리는 파동에 실려 교실 구석구석으로 퍼져나갔지.

아이들의 얼굴에는 일제히 놀라고 겁에 질린 표정이 서서히 떠올랐어. 아이들의 눈에 나의 끔찍한 몰골은 죽은 자의 귀환과 같은 것이었어. 게다가 아이들은 또 다른 강력한 위협에 노출되어 있었어. 비가 들이쳐 창문을 모두 닫아놓았던 상태에서 갑자기 강렬한 햇살이 유리창을 통해 쏟아져 들어와 실내 온도를 급상승시켰고, 밀폐된 곳에서 아이들이 발산한 체온과 땀과 숨결, 구취와 체취, 방귀 따위의 배설작용이 거기에 가세한 탓에, 교실 안은 이산화탄소, 질소, 암모니아 등등의 유해가스로 가득 차 있었지. 그 때문에 아이들은 머릿속이 몽롱한 상태에서 호흡곤란을 느끼며 얼굴이 발갛게 달아올랐어. 가장 먼저 깨어나긴 했어도, 반장인 용한 또한 상황을 파악하지 못하고서 멍한 표정을 짓고 있었지.

하지만 나는 사태가 심각하다는 것을 알았어. 지금 당장 창문을 모두 열어젖혀야 한다는 사실도 알았지. 그리고 적어도 이 순간 나 자신이 무한한 권능을 가졌다는 사실을 분명히 자각할 수 있었어. 그때 뭔가가 목구멍 근처에서 스멀거리는 게 느껴져서 크악 소리를 내며 그것을 손바닥에 뱉었어. 붉은 핏덩어리였는데, 가장자리에 검푸른 기운이 어려 있었어. 그 핏덩어리가 마치 깨진 달걀처럼 손가락 사이로 미끄러져 바닥으로 뚝뚝 떨어져 내렸어. 창문을 여는 대신에, 오히려 교실 안에 강력한 독 한 방울을 떨어뜨린 셈이었지."

곧바로 아이들에게서 반응이 일어나기 시작했다. 공기 중의 온갖 독에 노출되어 몸이 정상적이지 않은 상태에서 몽구가 일으킨 심리적 충격이 더해져, 모두가 강력한 신체 변화에 휩쓸리고 있었다. 아이들은 하나같이 강한 현기증을 느끼며 책상 위로 거꾸러지거나 의자 위로 축 늘어졌고, 그 중에는 정신을 잃고서 바닥으로 나동그라지는 아이들도 있었다. 여기저기에서 왝왝거리며 토하는 소리가 났다. 몽구는 잠시 창문 쪽을 바라보았다. 그러나 이내 시선을 되돌려 그 자리에 가만히 서서, 아이들이 패닉 상태로 빠져드는 광경을 무표정한 얼굴로 지켜보았다.

이제 그는 자신을 하나의 거대한 독버섯으로 상상하고 있었다. 그의 몸에서 온갖 색깔의 실처럼 가느다란 포자들이 천천히 방출되고 있었다. 곧 그 무수히 많은 포자들이 교실 안을 안개처럼 자욱하게 메웠다. 눈앞에 펼쳐진 이 아수라장은 독버섯인 그 자신이 연출한 것이었다.

그때 담임선생이 뛰어 들어왔다. 선생은 학생들 모두가 쓰러진 가운데 혼자 멀쩡히 서 있는 몽구를 보고서 흠칫 놀랐다. 그러나 곧 아이들에게 다가가 흔들어댔다. 가장 먼저 용한이 부스스 몸을 일으켰다. 그러나 대부분 여전히 잠꼬대를 하듯 알아들을 수 없는 말을 웅얼거리거나 아픈 사람처럼 신음소리를 낼 뿐이었다. 선생은 부하들이 모두 죽어버린 군대의 지휘관처럼 계속 이리저리 뛰어다니다가 허둥거리며 교실 밖으로 달려 나갔다. 얼마 지나지 않아 그는 양호 선생과 다른 선생들 몇을 데리고 돌아왔다. 그들은 집단 식중독에 걸린 게 아닌가 생각하는 듯했다. 양호 선생이 아이들의 안색을 살피고 입 냄새를 맡아보고 하더니 파랗게 질린 얼굴로 아무래도 구급차를 불러야겠다고 말했다.

몽구는 천천히 창가로 걸어가서 창문을 하나씩 열기 시작했다. 그제야 선생들은 움직임을 멈추고서 땀에 젖은 얼굴로 몽구의 행동을 눈으로 뒤따랐다. 건조하고 미지근한 바람이 실내로 불어들면서, 아이들에게서 조금씩 변화가 일어났다. 의식을 잃었던 아이들은 꿈틀거리기 시작했고, 꿈틀거리던 아이들은 차츰 진정되어 갔다. 이윽고 하나둘 정신이 돌아오면서 부스스 몸을 일으켰다. 그러나 여전히 몸을 제대로 가누지 못하면서, 몇몇은 멍한 눈으로 주위를 돌아보았고, 몇몇은 흐느껴 울고 또 몇몇은 격렬하게 딸꾹질을 하면서 낮게 비명을 질러댔다.

몽구는 조용히 자기 자리에 돌아와 앉았다. 그러고는 상체를 반듯이 세우고서 앞을 바라보았다. 교실 안에서 벌어진 그 집단 발작의 아수라장에서 혼자 평온한 표정으로 앉아 있는 그 순간, 놀랍게도 두통은 씻은 듯이 사라지고 없었다. 이제 공기 속을 떠돌던 포자들도 바닥으로 가라앉아 먼지와 섞여버렸다. 선생이 막 교실 문을 나서다가 뒤를 돌아보았고, 순간 몽구와 눈이 마주쳤다. 선생의 눈에는 의심과 경계와 두려움의 기색이 뒤섞여 있었다. 몽구는 한동안 그를 빤히 바라보았다. 그는 선생이 자신에게서 똬리를 튼 독사의 인상을 받았다는 사실을 알았다. 그러나 선생은 아무것도 알 수 없고, 아무것도 할 수 없고, 그래서 다만 무기력할 뿐이었다.

"그날 나는 세상에 존재하는 모든 독과 처음으로 인사를 나누었던 거야. 독은 내게 다정하고 친숙했어. 비로소 나는 내가 독과 더불어 살아가고 있음을 알게 되었지. 존재하는 모든 것들이 그 자체로 다른 존재에게는 독이라는 것도 알았어. 하지만 또한 나는 그날 처음으로 나의 삶과 세상의 독이 서로 침투하는 음침한 세계를 보았던 거지. 그 두려운 세계에서 내내 살아가야 하는 운명, 나는 그 사실을 깨닫고서 격하게 뛰는 가슴을 진정시킬 수 없었어."

그때 몽구는 교실 한쪽 구석에서, 한 번도 본 적도 상상한 적도 없는 기이한 존재, 동물도 아니고 식물도 아닌, 온몸이 부드러운 털 모양의 가시로 덮이고, 긴 이빨에 뱀처럼 갈라진 혀를 가진 존재가 서서히 몸을 펴는 것을 보았다. 그 기이한 존재는 느릿느릿 그에게로 다가와 그의 곁을 배회하며 움푹 팬 눈으로 간간이 그를 유심히 들여다보았다. 몽구도 그 눈을 마주 바라보았다. 그러다가 앉은 채로 스르르 잠이 들었다. 아직 그의 낮잠 시간은 끝나지 않았던 것이다.

6

그날, 학교에서 벌어진 그 사건은, 최근 학교 건물 보수 과정에서 발생한 포름알데히드라는 독성 기체가 잔류한 데다가, 교실이 오랫동안 밀폐되어 있어서 이산화탄소의 양이 위험 수치에 이른 게 원인으로 판명되었다. 전문적인 용어로 이른바 군집독이 발생한 것이었으며, 차후 모든 공공기관에 환기의 중요성을 상기시키는 계기가 되는 것으로, 모든 게 마무리되었다.

그러나 담임선생은 몽구의 어머니를 학교로 불렀다. 선생과 오랫동안 면담을 하고 돌아온 어머니는 그날 밤 잠을 이루지 못했다. 선생의 말대로 이번 사건뿐만 아니라 지난번 여학생과의 일에서도 몽구의 행동에는 분명 이상한 점이 있었다. 어머니는 그것이 두통과 깊이 연관되어 있다고 짐작했기에, 다시금 자신을 자책하지 않을 수 없었다. 시간이 지나면서 몽구의 증상이 차츰 진정되리라 기대했는데, 이제 생각하니 어쩌면 시간의 흐름이야말로 독을 더 키우는 치명적인 요소가 될지도 모른다는 생각도 들었다. 그동안 어머니는 몽구를 병자 취급하는 아버지의 태도에 큰 반감을 지녔던 터였다. 하지만 이제는 그 사실을 받아들일 수밖에 없는 노릇이었다.

다음 날 어머니는 아버지와 상의도 하지 않고서 지난해에 새로 생긴 성모병원으로 몽구를 데려갔다. 성베네딕도 수녀회 소속의 자선병원이자 모범적인 비영리 의료 기관이었던 성모종합병원은 이름 그대로 상당수의 수녀들이 경건하고 정갈한 복장으로 간호사 역할을 하고 있어서 다른 병원들과는 분위기가 사뭇 달랐다. 그를 담당한 신경외과 의사는 얼마 남지 않은 머리카락을 정성 들여 염색한 중년의 남자였다. 그는 내내 다정한 목소리와 신중한 표정을 유지하며 적극적으로 몽구의 기이한 병의 정체를 찾아내려 했다. 그는 우선 최근에 도입된 최첨단 의료 기기들을 통해 정밀 검사를 실시했다. 컴퓨터 단층촬영, 자기공명영상술, 뿐만 아니라 자기공명혈관조영술까지 동원하여 근 일주일에 걸쳐 그의 뇌를 샅샅이 뒤졌다. 뇌종양, 뇌경색, 뇌동맥류, 두개골절, 뇌출혈, 뇌혈관장애뿐만 아니라 뇌 감염, 뇌 기형, 퇴행성 뇌질환 등등의 증상이 있는지 알아보기 위해서였다.

의사를 돕던 사람들 중에 한 어린 간호사가 특히 몽구에게 관심을 보였다. 명패에 이름이 고영지라고 적힌 그녀는 간호대학 재학 중인 실습 간호사였는데, 몽구와 키가 별로 차이가 없을 정도로 작고 몸매가 통통했다. 그녀는 집단 질식 사건이 벌어졌을 때 학교에 파견된 간호사들 중 하나였던 터라 몽구를 알고 있었다. 몽구는 영지를 알아보지 못했지만, 영지는 그때의 상황을 똑똑히 기억했다. 교실에 들어섰을 때, 모두가 책상 위나 바닥 위에 쓰러진 가운데 한 아이만 똑바로 의자 위에 앉아 있었다. 그 아이는 온몸이 흠뻑 젖었고, 퉁퉁 부은 얼굴은 긁힌 상처와 벌레에게 물린 자국으로 덮여 있었다. 외상으로 보자면 오히려 몽구가 가장 심각한 상태였다. 그러나 정작 그는 의연한 자세로 앉아 뭔가 골똘히 생각에 잠겨 있었다. 그녀가 상처를 소독하고 연고제를 발라주는 동안에도 몽구는 내내 무표정한 얼굴로 시선을 멀리 던져둔 채 아무런 반응도 보이지 않았다.

나중에 담임선생을 통해 그의 이름이 조몽구라는 것을 알았을 때, 영지는 다시 한 번 놀랐다. 언젠가 들어본 이름, 한 번 들으면 쉽게 잊히지 않겠다는 생각이 들었던 이름, 그래, 그것은 사촌 언니의 외아들의 이름이었다. 다음 날, 영지는 몽구의 집으로 전화를 걸어서 어머니와 통화를 했다. 두 사람의 대화는 은밀한 만남으로 이어졌고, 영지는 몽구의 원인 모를 두통과 그로 인한 별난 버릇에 대해 알게 되었다. 그제야 영지는 그 소년에게서 받았던 기이하고 특이한 인상의 답을 얻었다. 그것은 몽구가 어린 나이에 만성두통에 시달리는 가여운 환자라는 사실이었다. 연민과 호기심으로 가슴이 뭉클해진 영지는 새로운 의료 기술로 몽구의 병을 고칠 수 있다고 어머니를 설득했다. 어머니가 이제 병원이라고는 질색을 하는 몽구의 손을 잡고 성모병원을 찾았던 데에는 그러한 연유가 있었다.

그러나 성모병원에서 받은 각종 검사로도 몽구의 뇌에서는 끝내 아무런 이상도 발견되지 않았다. 장기간 스트레스로 인해 교감신경 항진증을 앓고 있어 소뇌 편도체가 과도하게 활성화되긴 했지만, 그것이 두통의 직접적인 원인이라고는 할 수 없었다. 천성이 유약하고 선한 대머리 의사는 당혹감을 떨치지 못했다. 그렇다고 환자가 꾀병을 부리는 것 같지는 않았다. 그로서는 긴장성 두통이라고 결론을 내릴 수밖에 없었다. 그러나 긴장성 두통은 스트레스나 피로, 수면 부족 등의 요인에 의해 발생한다고만 알려졌을 뿐, 그 원인은 자세히 밝혀지지 않았으며, 몽구의 경우에는 일반적인 긴장성 두통의 증상과도 다른 점이 많았다. 더욱이 나이가 어린 탓에 장기적으로 두통약을 투여하는 것도 바람직하지 않았다. 한마디로 몽구의 두통은 아주 희귀한 실험적인 경우였다.

하지만 영지의 입장은 달랐다. 그녀는 피부가 셀로판지처럼 반질반질하고 인상이 선머슴처럼 당돌했다. 실제로 그녀는 자신을 아무것도 흡수하지 않는, 어떤 것이든 유희의 대상으로 삼을 수 있는 셀로판지로 여겼다. 그리하여 아무리

궂은 일, 견디기 어려운 일도 아무렇지 않게 해결하는 만능 해결사로서의 입지를 굳히는 것, 그것을 자신의 삶의 목표로 삼고 있었다. 그녀가 간호사가 된 것도 그래서였다. 그녀에게 의학은 자신을 더욱 강건하게 해줄 전능한 신이었다.

모든 시도가 효과를 보지 못하고 원점으로 돌아가버렸을 때, 누구보다도, 심지어 몽구 자신보다도 더 크게 실망한 것은 영지였다. 그녀가 보기에 검진이 헛수고가 된 이유는 단지 몽구가 상당히 비협조적인 환자였던 탓이었다. 때문에 이대로 물러설 수는 없는 노릇이었다. 몸에 이상이 없다면 마음에 이상이 있을 수밖에 없었다. 영지가 보기에, 몽구는 마음이 병든 자이므로 마음의 독을 뽑아내야 했다. 그때 그녀가 떠올린 것은 뮌하우젠 증후군이라고 불리는 이른바 인위성 장애였다. 타인의 관심을 끌기 위해 일부러 아픈 척하거나 수시로 자신의 상황을 부풀려 이야기하는 경향을 보이고 심지어 자기학대나 자해를 하는 증상을 일컫는데, 몽구의 경우야말로 거기에 맞아떨어졌다. 그녀가 듣기로 몽구의 부모는 사이가 그리 좋지 않다고 했으니, 몽구는 그로 인해 어린 시절 심리적 박탈감을 느꼈고, 자기 존재를 내세우기 위해 두통을 꾸며냈는데, 시간이 흐르면서 그것이 실제 증상으로 자리 잡아 버린 게 분명했다.

대머리 의사는 정신질환을 의심해야 한다는 그녀의 주장에 귀를 기울였다. 누구의 조언이든 경청하는 것이 그 의사의 장점이었다. 그리고 누군가를 설득하여 자신이 원하는 방향으로 이끌어가는 것, 그것이야말로 영지가 이 삭막한 삶에서 느끼는 가장 큰 즐거움이었다. 의사는 불안 장애나 경계성 인격 장애를 염두에 두고서 몽구에게 신경안정제류의 약들을 투여하기로 했다. 만성 긴장성 두통 환자에게는 항우울제 같은 약물을 처방하는 것이 일반적이니만큼, 이 경우에도, 그리 문제 될 게 없다는 생각에서였다. 그러나 마지막 순간에 의사는 결국 손을 들고 말았다. 아직 어린 환자의 원인 모를 두통을 치료하려다가 잘못하면 향정신성 약물로 인한 부작용을 유발할지도 모른다는 우려 때문이었다.

아침부터 공기가 유난히 눅눅하게 느껴지던 어느 날, 몽구는 마지막 진료를 받고 나서 영지와 주사실에 단둘이 남았다. 의사는 오전 진료를 일찍 마친 뒤 점심 식사를 하러 나가고 없었다. 이제 병원에서 몽구에게 할 수 있는 일이라곤 예전처럼 머리의 열기를 가라앉히고 심리적으로 안정을 주는 한편 이마를 만지지 못하도록 약을 바르고 붕대를 감아주는 일뿐이었다. 영지는 그런 미온적인 방법으로는 결코 만족할 수 없었지만, 달리 어쩔 수도 없었다. 그녀는 최후의 배려로서 몽구의 머리 곳곳을 누르며 지압을 해주었다. 몽구는 간호사의 손길에 자신을 완전히 맡긴 채, 유리창 너머로 따사로운 햇볕이 내리쬐는 푸른 정원을 바라보며 실로 오랜만에 편안함을 느꼈다. 하지만 그것은 그저 체념에서 오는 마음의 평안이었다. 늘 문제를 일으키는 이웃을 적으로 삼아 물리칠 수 없다면, 친구로 받아들일 수밖에 없는 일이었다.

그러나 영지의 심정은 여전히 답답함과 좌절감으로 착잡하게 얽혀 있었다. 그녀는 마음속으로 몽구를 경멸했다. 그녀의 예상과는 달리 몽구는 주체감이나 의지력이 거의 없는 나약한 아이였다. 지압을 마치고 영지가 집기들을 정리하는 동안, 몽구는 한쪽 벽에 붙어 있는 둥근 거울을 통해 그녀의 앳된 옆얼굴을 바라보았다. 엉뚱하게도 그가 거울 속에 비친 저 옆얼굴이 왼쪽 얼굴인지 오른쪽 얼굴인지 생각하고 있을 때, 거울 속에서 그녀가 갑자기 날이 예리한 가위를 집어 들더니 몇 번 접었다 펴며 철컥철컥 소리를 냈다. 그러고는 마치 자기 자신에게 단단히 다짐하는 듯한 어조로 중얼거렸다.

"자꾸 이마에 손을 대면 언젠가 네 손목을 싹둑 잘라버릴 거야."

그녀는 그 소리를 혼잣말처럼 낮게 중얼거렸기 때문에 딱히 몽구를 위협하기 위한 의도였다고는 할 수 없었다. 그러나 그녀의 눈빛이 순간적으로 가위의 날만큼이나 날카롭게 번쩍거렸고, 그 냉랭한 눈빛은 그녀의 신경이 가윗날처럼 곤두서 있음을 알려주었다. 그때 그녀가 시선을 돌리다가 차갑고 매끄러운 거울 위에서 그와 눈이 마주쳤다. 순간,

그녀는 움찔하는 기색을 보였다. 그러나 곧 눈빛을 한층 더 날카롭게 벼리며 그를 똑바로 바라보더니, 손에 든 가위로 다시 철컥철컥 소리를 냈다. 몽구는 그녀의 마음을 이해했다. 모든 노력이 수포가 되어버린 지금 그녀는 마지막 수단으로, 악령을 쫓는 퇴마사가 되려 하고 있었다. 그에게 겁을 주어 그의 속의 악령을 쫓아내고 독을 뽑아내려 하고 있었다. 자꾸 이마에 손을 대면 언젠가 내가 손목을 싹둑 잘라버릴 거야. 그녀의 입에서 마귀를 쫓는 주문이 흘러나오고 있었다.

순간, 몽구는 그 광경과 그 소리가 뇌리에 강하게 각인되어 평생 잊지 못하게 되리라는 것을 알았다. 그와 동시에 그는 더 이상 자신이 어린아이일 수 없다는, 어쩔 수 없이 어른이 되고 말았다는 사실을 본능적으로 깨달았다. 이제 그는 어른으로 내몰려 어른으로서 느끼고 생각하지 않을 수 없었다. 그녀의 저 눈빛과 스테인리스 가위가 불러일으키는 날카로운 느낌, 그리고 그녀의 섬뜩한 말, 그 모든 것은 실로 어처구니없을 정도로 부당한 것이었다. 그녀는 어른답게 자신의 행동에 대해 조금은 신중을 기해야 했다. 저렇듯 잔인할 정도로 맹목적인 모습을 보이는 것은 가당치 않았다. 그녀는 무대에 선 엉터리 배우보다도 못한 존재였다.

몽구의 가슴 밑바닥에서부터 적개심이 뜨겁게 끓어올랐다. 그동안 감당할 수 없을 정도로 힘들고 괴로워하며 살아왔던, 속으로 늘 분하고 억울해하며 견뎌온 결코 짧다고 할 수 없는 그 십여 년의 시간이 지금의 한 순간으로 응축되는 듯했다. 분노에 일단 불이 붙자 불길을 걷잡을 수 없었다. 그는 싸늘한 독과 이글거리는 불길을 동시에 머금은 눈으로 그녀를 노려보았다. 그녀가 입술을 오므리고 눈을 동그랗게 뜨고서 그를 마주 바라보았다. 순간, 그 모습이 몽구를 혼란스럽게 했다. 그래 봐야 저 여자는 지극히 순진하고 단순하고 그저 고집스러운 앳된 소녀일 뿐이라는 생각이 들면서, 그의 속에서 그녀에 대한 연민의 감정이 슬그머니 고개를 쳐들었던 것이다.

몽구는 천천히 팔걸이의자에서 일어섰다. 그의 가슴속에서는 독을 내뿜듯 내면의 누적된 울화를 그녀에게 퍼붓고 싶은 충동과 그녀를 감싸 안고 싶은 애틋한 마음이 서로 부딪치고 있었다. 그 모순된 감정으로 머리가 어지러웠던 그의 눈 속으로 다시금 그녀의 손에 들린 두 개의 가윗날이 날카롭게 찌르고 들어왔다. 순간 모든 신경이 이마로 집중되면서 눈 주위의 근육이 뻣뻣하게 굳어지더니 경련을 일으키기 시작했다. 두통이 일어날 때면, 항상 눈과 이마의 신경이 서로 부딪치며 그를 괴롭히곤 했다. 그의 안면 근육과 신경체계는 과부하가 걸린 작은 엔진처럼 벌벌 떨어댔고, 그러자 잠시 누그러져 있던 두통이 맹렬하게 되살아났다.

그는 두 손을 앞으로 내뻗으며 그녀를 향해 달려들었다.

가위를 빼앗기 위해서였다. 지금 이 순간 그 가위는 그를 정신적으로 거세하려는 저 적대적인 외부 세상의 표상이었다. 그 가위를 가지고 무엇을 하려는지 그 자신도 알지 못했다. 영지가 반사적으로 몸을 뒤로 물렸다. 순간적으로 겁에 질려 일그러진 그녀의 표정이 몽구의 눈에 들어왔다. 방금 전까지만 해도 그의 몸을 함부로 다루려들며 그의 주인인 양 오만하고 당돌하게 굴더니, 이제는 놀라고 당황하여 어쩔 줄 몰라 하고 있었다. 그러나 막 그의 손이 가위에 닿으려 할 때, 영지의 얼굴에 평소의 단단하고 단호한 표정이 돌아왔다. 그녀는 결코 가위를 빼앗겨서는 안 된다고 굳게 결심했다. 가위가 몽구의 손에 들어가면 당장 누구의 손목이 잘려나갈지 아무도 모를 일이었다.

그녀가 손을 머리 위로 들어 올리며 몸으로 그를 받은 순간, 두 사람은 서로 끌어안은 채 균형을 잃고서 바닥으로 나동그라졌다. 두 사람의 동공은 터질 듯 팽창했다. 전혀 의도하지 않은 돌발적인 상황에 그들의 몸은 그 상태로 얼어붙었다. 이제 가위는 어디에 떨어졌는지 보이지 않았고, 영지의 매끈한 얼굴은 윤곽이 흐물흐물 무너져 내려 조금은 늙고 추한 모습을 드러내고 있었다. 그때 몽구는 영지의 얼굴 위로 오랫동안 잊고 있던 얼굴, 자경의 얼굴이 겹치는 것을 보았다. 아픈 아이, 늘 손이 축축하고 기침을 자주 하고 안색이 보랏빛이고 입김이 서늘하던 아이, 자경이 그를 빤히 올려다보고 있었다.

몽구는 눈앞이 아찔했고, 다음 순간 영지의 몸에서 전해지는 물컹거리는 살의 탄력, 소독약과 화장품과 땀의 냄새가 한데 섞인 이상한 체취, 그 복잡하게 뒤섞인 강한 감각이 그의 몸에 순식간에 엄청난 변화를 일으켰다. 몸속의 모든 기운이 하체의 한곳, 사타구니 사이로 몰려들었고, 갑자기 그곳에서 어떤 날카로운 뼈 같은 것, 가윗날 같은 예리한 것, 너무도 차서 오히려 화끈거리는 느낌을 주는 어떤 것이 밖으로 구멍을 뚫고 솟구쳐 나왔다. 그와 동시에 그는 처음 맡는, 악취에 가까운 어떤 독한 향기가 아래쪽에서부터 방사상으로 퍼져나가는 것을 느꼈다. 아주 짧은 순간, 그는 의식을 잃었다. 현기증으로 모든 감각이 마비되기 직전에, 그는 경련을 일으키는 눈까풀 사이로 한 덩어리의 환한 빛이 떠올라 사람의 얼굴로 변하더니 악마적인 미소를 지으며 서서히 스러지는 것을 보았다.

"다시 정신을 차렸을 때, 허벅지에 차가운 감촉이 느껴졌어. 마치 커다란 거미가 차갑게 얼어붙은 다리로 내 몸 위를 돌아다니는 듯한 느낌이었어. 고개를 들어보니 영지가 거즈로 내 하체를 닦고 있었어. 반바지 밑으로 내 허벅지에서 무릎 위까지 붉은 액체로 젖어 있었어. 그건 나의 피 섞인 정액이었지. 처녀막이 터지듯 첫 사정을 하는 순간 살이 찢어지면서 피가 정액에 섞인 것이었지. 그런데 그 냄새가 얼마나 지독한지 맹독성 독극물에 코를 박은 듯한 느낌이었어. 그때 영지가 지퍼를 내리고 천천히 바지를 벗겼어. 아마도 바깥 부분만 닦아서는 안 된다고 생각해서였겠지. 포피에 덮인 귀두가 드러났는데, 그것은 피눈물을 흘리며 경련을 일으키는 작은 동물처럼 여전히 조금씩 움찔거리고 있었지. 영지는 처음 보는 그 광경에 충격을 받았어. 신비로움과 두려움에 사로잡혀 눈을 떼지 못했어. 정액에서 분비되는 일종의 페로몬 혹은 스퍼미딘 독소에 마비되었다고도 할 수 있겠지. 그 순간 영지는 자신의 행동을 주체할 수 없었어. 나의 가련한 성기가 그녀의 입속으로 들어간 거야. 영지는 그 가련한 생명을 입으로 품어줄 수밖에 없었겠지. 마치 전기뱀장어에게 물린 듯 저릿한 느낌과 함께 나는 온몸에서 긴장이 풀어지는 것을 느끼며 다시 길게 사정을 했어. 영지는 나의 정액을 입안에 모아 모두 삼켰지. 그녀의 혀와 입이 해독을 위한 습포처럼 나를 식히고 풀어주고 씻겨준 거야. 그때 문이 벌컥 열렸고, 대머리 의사가 안으로 들어오려다가 우리를 보고 놀라서 그 자리에 멈춰 섰어."

결국 그 사실은 의사를 통해 몽구의 부모에게도 알려졌다. 어머니는 망연자실하여 말을 잊었고, 아버지는 버릇처럼 혀를 끌끌 차면서도 흥미롭다는 듯 눈을 반짝거렸다. 나중에 듣기로 간호사 고영지는 며칠 동안 정신 나간 사람처럼 보였다고 했다. 병원에 출근을 하고도 다른 사람들이 하는 말이 들리지 않는지 넋을 놓고 있다가, 화들짝 놀라서 머리를 쳐들곤 했다는 것이다. 병원에서 쫓겨났다는 말이 들렸는데, 그녀가 벌인 스캔들 때문인지 아니면 그 이후의 근무 태만 때문인지 알 수 없는 일이었다. 여하튼 그녀는 며칠을 버티다가 결국은 병원을 떠나고 말았다. 다니던 학교에서도 소문이 퍼지자 자퇴를 했다. 그 후로, 아무도 그녀가 어디로 갔는지, 다른 도시에 있는 다른 병원으로 자리를 옮긴 것인지조차 알지 못했다.

몽구는 며칠 동안 아무것에도 집중할 수 없었다. 밤에는 잠을 자지 못하여 벌겋게 충혈된 눈으로 아침을 맞았다. 그러나 어느 날 새벽, 어차피 그 일은 언젠가는 일어날 수밖에 없는 일이었다는 생각이 떠올랐고, 그러자 갑작스레 마음이 편해졌다. 그는 언젠가 영지를 다시 만나게 되리라고 확신했다. 그것 또한 어차피 일어날 수밖에 없는 일이었다.

7

첫서리가 내린 어느 늦가을 날, 몽구가 학교에서 돌아와 마당에 들어섰을 때, 헐렁한 차림의 한 낯선 남자가 두 손을 뒤로 뻗어 야외용 긴 의자의 한쪽 귀퉁이에 비스듬히 앉아 있었다. 그러나 오랜만에 자기 집에 들른 사람처럼 표정이 편안하고 자세가 무척 자연스러웠다. 그제야 몽구는 그가 아버지의 동생인 조수호 삼촌임을 알아보았다. 그의 곁에는 푸른 천으로 된 커다란 가방이 놓여 있었다.

삼촌이 정색을 한 얼굴로 물었다.

"네 이름이 뭐니?"

엉뚱한 질문에 몽구는 약간 퉁명스럽게 대답했다.

"몽구잖아요."

"조몽구. 이름이 특별하구나. 누가 그 이름을 지어주었니?"

"몰라요."

"네 이름이 몽구라는 건 아는데, 그 이름을 누가 지었는지는 모른다는 말이구나."

"네, 몰라요. 삼촌은 누군지 아나요?"

"그럼. 꿈 몽 자에 아홉 구. 네 이름을 지은 사람은 바로 나거든. 너는 예정보다 일찍 태어났고, 그때 네 아버지는 해외여행 중이어서 연락이 닿지 않았어. 그래서 내가 이름을 지었지. 네 아버지는 별로 좋아하지 않았지만, 어머니는 아주 마음에 들어 했어. 지금은 돌아가셨지만, 할아버지까지 내 편이 되어주니까 네 아버지도 어쩔 수 없었지."

자신의 이름을 지은 사람이 삼촌이라는 것은 몽구가 전혀 몰랐던 사실이었다. 사실 몽구는 자신의 이름을 별로 좋아하지 않았다. 학교에 들어가자마자 특별한 이름 때문에 놀림을 받았기 때문이었다. 그는 기회가 왔다 싶어서 '꿈꾸는 개'와 '개꿈'에서 시작하여 몽구스에 이르기까지 그동안 자신에게 붙었던 우스꽝스런 별명들을 늘어놓으며 볼멘소리를 했다.

삼촌이 고개를 젖히며 소리 내어 웃더니 짐짓 진지한 표정을 지으며 말했다.

"몽구스? 정말 멋진 별명이구나. 나는 '아홉 가지 꿈'이라는 뜻으로 지은 건데, 몽구스라, 몽구보다 더 낫구먼. 누가 그 별명을 지었는지 그 녀석이 나보다 한 수 위구나."

삼촌의 말이 마치 미안한 마음에 엉뚱하게 변명을 하는 것처럼 들려서 몽구로서도 씩 미소를 짓지 않을 수 없었다. 사실 몽구는 자신의 이름이 썩 마음에 들지 않는다고도 할 수 없었다. 특별한 이름이어서 특별한 대접을 받는 것이고, 그것은 특별함이 당연히 치러야 하는 대가가 아니겠는가.

그동안 삼촌은 띄엄띄엄 몽구의 집에 들르곤 했다. 그가 삼촌을 마지막으로 만난 것은 벌써 삼 년 전의 일이었다. 몽구라는 이상한 이름을 지은 사람답게 삼촌은 보통 사람과는 다른 면모가 있었다. 무엇 하나 그냥 넘어가지 않고 꼬치꼬치 파고들어 논쟁을 벌이는 경향도 그중 하나였다. 때문에 삼촌은 늘 아버지의 보수적이고 반동적인 사회 활동에 대해 불만을 느껴왔고, 삼 년 전에 아버지가 문인협회의 새로운 이사진 구성과 관련하여 불법 선거 행위로 사회적 물의를 빚었을 때 그와 결정적으로 불화를 일으킨 후 발길을 끊었다. 몽구가 삼촌의 소식을 궁금해하자 어머니가 넌지시 일러준 사실이었다. 어머니의 말에 따르면, 삼촌은 법원 서기보 공무원 시험에 합격한 후 지방법원 사무관으로 일하다가 어느 날 갑자기 사표를 내고서 전국을 돌아다니기 시작했는데, 그때가 바로 아버지와 싸우고 난 직후였다고 했다.

그 후의 삼촌의 행적에 대해서는 아버지와 어머니의 말이 서로 크게 달랐다. 아버지는 삼촌이 멀쩡한 직장을 박차고 나와서 온갖 수상한 사람들과 어울려 다녔는데, 도대체 무슨 짓을 하고 다니는지 아무도 모른다고 했다. 실제로 얼마 전에는 무면허 약품을 제조하고 판매한 혐의로 당국과 마찰을 겪다가 며칠 구류를 살고서 어렵사리 풀려난 적도 있다는 것이었다. 그러나 어머니의 말에 따르면 삼촌은 환경보호단체에 관여하면서, 환경운동가이자 행위 예술가로도 활동하고 있고, 다른 한편으로는 자연물에서 추출한 생약 관련 연구소를 운영한다고도 했다. 그러나 아버지 말대로, 삼촌이 구체적으로 무슨 일을 하는지는 어머니도 정확히 알지 못하는 듯했다.

삼촌은 그날 이후 닷새간 몽구의 집에 머물렀다. 아버지는 열흘 일정으로 외국 여행 중이었는데, 가족이나 주변 사람들은 아버지가 문인협회 서울지부 간부로서 활동하고 있다는 사실만 알 뿐, 어디를 누구와 어떤 경비로 해외 나들이를 하는지 전혀 알지 못했다. 아버지는 작가들의 해외 파견 및 순방 프로그램에 늘 촉각을 곤두세우고서 그런 행사가 있다는 소식이 들려오면 기필코 그 명단에 자신의 이름을 올리기 위해 온갖 수단과 방법을 가리지 않았고, 심지어 로비를 하고 선물 공세도 마다하지 않았다. 모두 그 사실을 알고 눈살을 찌푸렸지만, 아버지는 그런 반응에 전혀 영향을 받을 사람이 아니었다. 다만, 자신이 여전히 건재하고 사회적으로도 늘 주목을 받는 중요한 위치에 있다는 사실을 스스로 확인하고 남들에게 과시하고 싶을 따름이었다.

이번에 삼촌이 집에 온 것은 어머니가 불러서였다. 어머니는 어려움을 겪고 있는 몽구를 삼촌이 도울 수 있으리라 믿었다. 아버지가 출타 중일 때, 더욱이 오랫동안 집을 비울 때 어머니는 활기를 되찾았다. 평소에 아버지는 부지런한 사람이었기 때문에 귀가하면 늘 서재에서 늦게까지 타자기를 두드렸는데, 어머니는 그 소리를 견디기 힘들어 했다. 마치 소리 하나하나가 독침처럼 귓속으로 파고들어 뇌를 찔러대는 느낌이라는 것이었다.

평소 어머니에 대해 인간적인 존경심과 한가족으로서의 애정을 지녔던 삼촌은 어머니의 요청에 흔쾌히 응했다. 그러나 막상 집에 와서 삼촌이 보여준 행동은 어머니를 실망시켰다. 우선 삼촌은 집에 머무는 시간이 많지 않았고, 몽구에 대해서도 특별히 관심을 보이지 않았다. 그저 오랜만에 고향에 돌아와 며칠 푹 쉬기 위해 형의 집에 머무는 한 피곤한 남자일 뿐이었다. 삼촌의 용모와 차림새, 그리고 행동거지도 어머니의 기대와는 크게 달랐다. 삼 년 전만 해도, 늘 단정한 차림에, 정확한 말솜씨, 단호한 표정, 균형 잡힌 몸가짐을 보여주었는데, 이제는 진한 회색의 허름한 양복과 낡고 구겨진 셔츠 차림에 늘 어딘가 불안하고 예측할 수 없는 표정을 짓고 있었다. 그런가 하면 입을 약간 벌린 채 눈을 게슴츠레 뜨고 멍하니 뭔가를 오랫동안 바라보곤 했다.

그러나 어머니는 곧 삼촌에게서, 오만한 자존심과 자기만의 신념에도 불구하고 오랫동안 현실적으로 무기력하다고 조롱받은 나머지 과묵해지고 내성적이 된 한 남자의 모습을 보았다. 하지만 몽구는 잘 가늠할 수 없었다. 몽구가 보기에 삼촌은 일부러 그런 방심한 듯한 인상을 연출하는 것 같기도 하고, 아닌 것 같기도 했다. 어쩌다 몽구에게 말을 건넬 때도 삼촌 자신이 자기 말에 별 중요성을 두지 않는 듯했다. 하지만 어쩌면 삼촌이 그를 떠보려는 건지도 몰랐다. 일단 그런 생각이 들자, 몽구는 삼촌이 자신을 눈에 띄지 않게 유심히 관찰하고 있다는 느낌을 받았다.

사흘째 되는 날, 막 잠자리에 들려던 몽구는 늦은 시각에 술 냄새를 풍기며 돌아온 삼촌과 거실에서 마주쳤다. 그의 두 눈은 게슴츠레했지만, 술에 많이 취한 것 같지는 않았다. 몽구는 삼촌의 입술 왼쪽 부분이 벌겋게 부르터 있는 것을 발견했다.

몽구가 손가락으로 입술을 가리키며 무슨 일이냐고 묻자, 삼촌이 대답했다.

"세상에는 함부로 맛보았다가는 톡톡히 대가를 치러야 하는 게 있지."

"그게 뭔가요?"

"독이야."

"왜 독을 맛보나요?"

"실험을 하기 위해서지. 독은 위험하지만 무척 흥미롭거든. 사람들이 독을 가지고 온갖 일을 벌이는 것도 그래서지. 독에는 운명을 바꾸는 힘이 있다는 말이야."

삼촌의 말은 몽구에게 호기심을 불러일으켰다. 병을 안고 살아가는 몽구 자신에게나 어머니에게도 독과 약은 무척 중요한 요소였다. 그러나 그동안 정작 독이 무엇인지는 전혀 모른다는 생각이 들었던 것이다. 독이 뭔지 알아야 약이 뭔지도 알 것 같았다. 몽구는 뭔가 진지한 대화를 할 수 있으리라는 기대를 가지고서 삼촌의 맞은편 소파에 앉았다.

삼촌은 잠시 눈을 껌벅이며 맞은편에 앉은 몽구를 건너다보더니 뭔가 흥미로운 이야기가 떠올랐다는 듯 싱긋 웃고 나서 입을 열었다. 그러나 화제는 몽구가 전혀 예상하지 못한 쪽으로 흘러갔는데, 엉뚱하게도 그것은 독을 이용한 살인, 독살에 대한 것이었다. 한쪽에만 독을 발라놓은 칼로 닭을 반으로 잘라서 독이 없는 쪽은 자신이 먹고 독이 묻은 쪽은 며느리에게 먹게 하여 살해한 서양의 한 왕비 이야기, 천장에 숨어 있다가 적이 잠들었을 때 실을 아래로 늘어뜨리고 거기에 독을 따라 적의 입에 흘려 넣어 죽이는 일본 닌자의 이야기, 그런가 하면 침실을 밝히는 양초에 비소를 섞어 공기 중에 독이 퍼지게 해서 적을 살해하는 이야기, 성냥개비에 있는 인을 물에 녹여 만든 치명적인 '성냥 수프' 이야기, 로마 교황청을 등에 업은 한 귀족 가문에서는 아비산이라는 독을 다루는 독살 전문가들을 시종으로 두어 권력을 유지했다는 이야기, 독이 묻은 장갑을 끼었다가 죽은 사람 이야기, 독이 묻은 반지를 이용해 악수를 할 때 상대방을 죽이는 암살자 이야기 등등 한 번도 들어본 적이 없는 무시무시한 일화들이 그의 입에서 계속하여 흘러나왔다.

몽구는 삼촌이 여전히 자신의 속내를 드러낼 의사가 없다는 것을 알고서 다소 실망했다. 그러나 자기도 모르는 사이에 그 일화들 하나하나에 깊이 빠져들었다. 특히 어렸을 적부터 독에 단련되어 자신의 몸에 품은 독으로 적을 죽이는 여자 자객에 대한 인도의 전설 속 일화는 섬뜩하면서도 호기심을 불러일으켰다. 고대 인도의 한 나라에서는 여자 아기가 막 태어났을 때부터 독초를 요람 바닥이나 이불 밑에 깔고 입고 있는 옷에도 끼워 넣고 젖이나 물에도 타서 먹여 온몸에 독이 배게 했는데, 그렇게 키워진 여자는 키스나 애무와 같은 살의 접촉은 물론이고 숨결과 심지어 시선까지도 치명적이어서, 유사시에 정적 살해용 도구로 이용되었다는 것이었다.

그때 문득 몽구는 자경을 떠올렸다. 늘 축축하고 차가운 기운이 느껴지고 눈가에 푸른 기운이 어려 있고 입술에 서글픈 미소를 머금은, 뱀파이어라고 불렸던 그 아이, 삼촌 이야기 속의 독을 품은 여자는 그 아이를 연상시켰다. 그러나 몽구는 곧 고개를 가로저었다. 독을 뿜어 타인을 죽일 수 있는 여자가 있다면 타인의 독을 흡수해서 살릴 수 있는 여자도 있지 않을까. 어릴 때부터 독이 없는 청정한 곳에서 태어나 그곳에서 성장하여 몸속에 독성이 전혀 없는 여자, 다른 사람의 독을 제 몸으로 흡수하여 살리는 단 한 번의 용도로 길러진 여자, 타인의 독을 흡수한 뒤 그 여자는 어떻게 될까. 자경은 그 여자에 가깝지 않을까.

"새들 중에도 독을 품은 독새에 대한 전설이 있지. 중국 사람들 이야기야. 이 독새의 이름은 '짐'인데, 몸길이가 20센티미터를 조금 넘고, 몸은 붉은빛을 띤 검은색이고, 부리와 눈은 검은빛을 띤 붉은색이라고 해. 주로 독사를 잡아먹고 살기 때문에, 배설물은 물론이고 깃털에도 치명적인 독성이 있다고 하지. 그 깃털을 몰래 술에 담가두었다가 마시게 하면 누구나 즉사한다는 거야. 하지만 독새라는 게 전설 속에만 존재하는 게 아니야. 뉴기니 섬에서 피토휘라는 새가 발견되었는데, 깃털과 피부에 독성이 있어서 깃털에 혀를 대면 입과 코가 마비된다고 해. 그런데 피토휘가 몸에 독성을 품은 이유는 몸속과 깃털에 기생하는 벌레들을 죽이기 위해서라는 거지. 정말 놀라운 일이 아니겠니?"

삼촌은 말을 마치고서, 눈에 보이지 않는 짐의 깃을 손에 들고 보이지 않는 술잔의 술에 담가 휘휘 젓고서 그 잔을 들어 쭉 마시는 시늉을 해 보였다. 그러고는 갑자기 술기운과 피로가 몰려오는 듯 고개를 약간 숙이고서 혼잣말을 중얼거렸다.

"인생이 뭔지 한마디로 말할 수 없겠지만, 이런 말은 할 수 있지. 인생의 매 순간은 독과 약 사이의 망설임이야. 망설일 수밖에 없지. 하지만 오래 주저하고 머뭇거려서는 안 돼. 어느 순간 약은 독이 되어버리니까."

순간 몽구는 가슴이 서늘해졌다. 분명 삼촌은 정상이 아니었다. 아버지가 삼촌을 미친 사람 취급하는 이유도 어느 정도 이해할 수 있을 것 같았다. 삼촌의 머릿속은 단 한 가지, '독'으로 가득 차 있는 것 같았다. 어쩌면 환경 보호 활동도 한다고 했으니 자연을 오염시키는 독성 물질과 싸워온 건지도 모를 일이었다.

삼촌이 고개를 쳐들고서 웅얼거리듯이 말했다.

"사람도 마찬가지야. 독 도마뱀 같은 인간들, 독 두꺼비 같은 인간들, 고깔해파리 같은 인간들, 전갈 같은 인간들,

곰팡이 같은 인간들, 흰독말풀 같은 인간들, 투구꽃 같은 인간들, 광대버섯 같은 인간들……."

그때 어디선가 인기척이 들렸다. 아마도 어머니 방에서인 듯했다. 그 소리에 삼촌은 정신을 차린 듯 벌떡 몸을 일으켰다. 그러고는 아무 말 없이 자신이 쓰고 있던 아버지의 서재로 들어가버렸다.

"그날 나는 비로소 삼촌을 제대로 보게 되었어. 지난 며칠 함께 지내고 보니 분명 삼촌에게는 남다른 특징이 있었지. 뭐랄까, 비밀스럽고 혼란스러웠어. 어릿광대처럼 고독하고 익살스럽기도 했지. 한마디로 삼촌은 섬약하면서도 완벽주의적인 사람이었어. 내가 보기에 삼촌은 이미 오래전부터 관습과 예의범절 따위는 벗어버리고 뭔가 자신이 몰두할 것을 찾고 있었어. 그것이 '독'이었지. 삼촌은 독에 미치고 독에 강박적으로 매달리면서 자신의 특별함을 추구하려는 게 틀림없었어. 나는 그런 삼촌에게서 두려움을 느꼈어. 하지만 그 두려움은 선망과 연민을 포함한 복잡한 감정이었어."

다음 날 학교에서 돌아오던 몽구는 삼촌이 마당 한쪽의 의자에 앉아 있는 것을 보았다. 몽구를 기다렸던 모양이었다. 두 사람은 함께 마을을 빠져나와 저수지의 둑길을 따라 걸었다.

"오늘 아침에 네 어머니가 내게 그만 돌아가달라고 하더구나. 어제 내가 네게 한 말을 모두 들은 모양이야. 내가 도움이 될 줄 알았는데, 이상한 말로 너를 혼란스럽게 한다는 거지. 나를 부른 게 후회스럽다고 했어. 물론 그 말을 이해해. 요즘 네 어머니는 겁이 많아졌어. 그건 네 아버지 때문이기도 하지. 네 아버지는 여간해서 눈을 깜박이지 않아. 누구와 눈싸움을 해도 지는 경우를 한 번도 본 적이 없어. 너도 느꼈는지 모르지만, 네 아버지에게서는 약간 비린 듯한 묘한 냄새가 나지. 그런데 말이야, 독사도 눈을 깜박이지 않아. 물론 깜박일 수 없게 태어났지만, 깜박일 필요가 없도록 진화한 거지. 게다가 독사들의 배설물에서는 아몬드 향 같은 약간 비린 독특한 냄새가 나거든. 물론 네 아버지가 독사라는 건 아니야. 그러나 끊임없이 주변 사람들을 힘들게 하고 불화를 일으키는 걸 보면, 독사를 흉내 내고 있다는 생각이 드는 거지. 어쩌면 네 아버지는 마치 자기가 독사인 척하는 게 남들에게서 어떤 효과를 거둘 수 있는지 애초에 잘 알고 있었는지도 모르지."

삼촌은 호흡을 고르며 잠시 말을 멈췄다가 계속했다.

"내가 법원 사무관을 그만두었을 때 모두가 그 이유를 궁금해했지. 아무에게도 말할 필요를 느끼지 않았는데, 너는 예외로 두기로 하자. 어느 날 법원에서 민사재판이 이루어지고 있을 때였어. 내가 양측의 분쟁을 조정하는 화해조서를 작성했는데 최종 순간에서 결렬되어 재판까지 가게 된 사건이라서, 나도 참고인으로 출석한 상황이었지. 재판정에서 있었던 일에 대해서는 자세히 말할 필요는 없겠는데, 여하튼 재판이 시작된 지 얼마 되지 않아서 갑자기 내 온몸이 불타듯 뜨겁게 달아올랐어. 모든 땀구멍에서 땀이 솟구치고 살갗이 바늘로 찌르는 것처럼 따끔거리고 가슴이 답답하고 토할 것 같고 현기증이 일어나서 당장이라도 쓰러질 것 같았지. 결국 재판장에게 양해를 구하고서 도중에 밖으로 나올 수밖에 없었어. 곧바로 병원으로 달려갔는데, 계단을 오르던 중에 증상이 사라져버렸어. 거짓말처럼 멀쩡해졌다고. 하지만 그 후로 법정에만 들어서면, 그리고 나중에는 사무실에 출근해서 자리에 앉을 때도 똑같은 증상이 일어났던 거야.

여기저기 알아보니까, 누군가 한의학에서 말하는 번열증 같다고 하더군. 그래서 어느 날 유명하다는 한의사를 찾아갔지. 부인이 셋이나 된다는 늙은 한의사는 진맥을 하고 나서 느릿느릿 말했어. 내 속에는 생래적으로 보통 사람보다 훨씬 강한 열기가 들어 있는데, 그것이 머리로 치솟으면 두통이 생기고, 가슴으로 쏠리면 심장이 약해지고, 배 속에 머무르면 장기가 일찍 쇠하고, 더 아래로 내려가면 하체를 지탱하지 못하게 된다는 것이었어. 물론 그 늙은이는 의사들이 전매특허로 삼는 섬뜩한 경고의 말도 잊지 않았어. 만약 내가 나 자신을 잘 통제하고 우주와 조화를 이루면 자연히 그 열기도 다스릴 수 있겠지만, 그렇지 못하면 여러 부위에 장애가 생길 뿐만 아니라, 머지않아 머리털과 치아가 모두 빠져버리고 시력과 청력도 약해지다가 결국 영영 모든 걸 잃게 되리라는 것이었지.

그 말을 듣고 병원을 나서는데 가슴이 답답하고 어깨가 뻐근했어. 하지만 다른 한편으로는 태어나서 처음으로 뭔가 대단한 계시를 얻은 것처럼 가슴이 뿌듯했어. 그동안 내 주변에는 늘 범죄자들, 마음이 병들고 상한 사람들, 독을 품은 사람들, 독을 뿜는 사람들, 독에 감염된 사람들로 가득 차 있었어. 그런데 나도 그중 하나였어. 내 속으로 스며든 독이 번열증을 도지게 해서 내게 그 사실을 깨닫게 한 거지. 그러고 나니 법원으로 돌아갈 수 없었어. 그날부터 나는 나 자신을 해독하는 일에 나선 거야. 물론 그게 전부는 아니었어. 하지만 자세한 이야기는 나중에, 네가 좀 더 큰 후에 들려주도록 하지."

그때 삼촌이 걸음을 멈추고서 물가 쪽을 유심히 바라보았다. 그의 시선이 닿은 곳에서는 커다란 두꺼비 두 마리가 둑 위로 엉금엉금 기어 올라오고 있었다. 물속에 알을 낳고 이제 산으로 돌아가려는 모양이었다. 몽구는 담담한 눈길로 그것들의 느린 이동을 지켜보았다.

"몽구야, 네게서 이상한 점을 가장 먼저 발견한 사람도 바로 나란다. 어느 날 나는 네가 틱 증상 비슷한 특이한 행동을 하는 것을 보았어. 네가 다섯 살 때쯤이었는데, 다른 아이들과 마당에서 흙장난을 하는 중에도 너는 끊임없이 머리를 흔들고 얼굴 근육을 움찔거리고 자주 이마를 문질렀지. 그날 나는 네 양쪽 팔을 꼭 잡고서 네 얼굴을 빤히 들여다보았어. 그러자 너는 잠시 나와 눈을 맞추더니 내 손에서 벗어나려 했어. 하지만 나는 너를 놓아주지 않았어. 너는 곧바로 얼굴을 일그러뜨리면서 머리를 흔들고 소리를 질러댔지. 내가 너를 놓아주자 너는 격렬하게 몸을 떨면서 손에 잡히는 대로 아무거나 마구 집어던졌지. 그때 나는 네 몸속에서 너 자신이 견디지 못하는 뭔가가 들어 있다는 걸 알았어."

삼촌의 말은 몽구를 내심 크게 놀라게 했다. 자신의 고통을 조금이나마 이해하는 사람이 주변에 있었다는 사실을 확인했기 때문이었다. 그것만으로도 그는 크게 위안을 얻었다. 그러나 곧 과연 삼촌이 얼마나 이해하고 있을까 싶은 의심이 거의 습관적으로 찾아들었다. 그때 아주 어렸을 적, 누군가가 자신의 양팔을 꽉 붙들고서 얼굴을 뚫어지게 들여다보던 기억이 떠올랐다. 악마처럼 눈빛이 활활 타오르던 그 두 눈을 몽구는 한 번도 잊은 적이 없었다. 그 두 눈의 임자가 바로 삼촌이었다. 몽구는 갑자기 모든 게 혼란스러워지면서 다시금 머리가 옥죄어들기 시작했다.

몽구가 자기도 모르게 따지는 듯한 어투로 말했다.

"그런데 내가 도저히 이해할 수 없는 게 있어요. 그래요, 두통이 나를 고통스럽게 해요. 그런데 그게 어디에서 왔을

까요. 내가 어렸을 때 어머니가 머리를 만져주어야 잠이 들었다고 하잖아요. 그럼 내 두통이 어머니의 손길, 내 이마를 만져주던 어머니의 손가락과 손바닥에서 온 게 아닌가요? 물론 어머니는 당신 손길에 내가 중독되리라고는 알지 못했겠지요. 하지만 달리 어떻게 생각해야 하나요? 어머니는 나를 사랑하고, 나도 어머니를 사랑해요. 그래서 나는 어머니를 원망하지 않아요. 원망하지 못하지요. 그럼 대체 이 두통은 누구 탓인가요?"

삼촌이 고개를 숙여 몽구를 바라보며 말했다.

"그렇게 간단한 일이 아니라는 걸 너도 알지 않니? 네 두통의 이유는 아무도 알지 못해. 그렇다면 누구를 원망하는 건 옳지 않은 일이 아닐까. 그리고 두통의 이유보다는 그 의미를 찾아야 하지 않겠니. 너보다 훨씬 나이가 많은 나도 이렇게밖에 말할 수 없어 미안하구나. 사실, 지난 며칠 너를 유심히 지켜보았지만, 지금으로서는 내가 도와줄 수 있는 게 없다는 결론을 내릴 수밖에 없었어. 네 어머니 말씀도 있고 해서, 내일 아침 떠날 생각이야. 하지만 나는 우리의 다음 만남에 기대를 걸고 있지. 그때까지 너 스스로 견뎌야 한다."

갑자기 하늘이 검은 구름에 덮이면서 세상이 어두컴컴해졌다. 조금 서둘러 집으로 돌아오는 동안 둘 사이에는 아무 말도 오가지 않았다.

집 안으로 들어섰을 때, 그들은 아버지와 마주쳤다. 아버지가 잔뜩 화가 난 표정으로 마당 한가운데에 버티고 서서 그들을 노려보고 있었다. 그는 칠면조의 볏처럼 붉게 변한 두툼한 귓불을 마구 주무르고 있었다. 그의 귓불은 유난히 두껍고 길었는데, 난처하거나 화가 날 때 그것을 쓰다듬는 게 그의 버릇이었다. 쓰다듬는 정도가 아니라 주무른다면 그건 더할 나위 없이 화가 났다는 것을 의미했다.

나중에 알게 된 사실이었지만, 여행 인솔자가 심장마비로 쓰러지는 바람에 모든 일정이 일찍 종료되었던 터였다. 아버지와 삼촌은 한 마디 말도 나누지 않았다. 삼촌은 올 때처럼 푸른 천으로 된 커다란 가방을 어깨에 짊어지고서 곧바로 집을 떠났다. 다음 날 아침에 일어났을 때, 몽구는 삼촌이 집에 없다는 사실이 어색했다. 삼촌이 집에 있을 때에도 불안해하던 어머니는 삼촌이 떠난 후 더 불안하고 초조해진 기색을 애써 누르는 것 같았다. 어머니의 얼굴에는 피로감이 짙게 어려 있었다. 몽구는 지난 며칠이 마치 한바탕 어지러운 꿈속의 일이었던 것처럼 여겨졌다.

8

아버지는 자기가 없을 때 삼촌을 집으로 불렀다는 데 대해 며칠 동안 어머니에게 몹시 화를 냈다. 아버지는 자신이 워낙 자상한 사람이어서, 오히려 간간이 강하게 권위를 드러내어 자기가 누군지를 각인시킬 필요가 있다고 믿었다. 그가 불같이 화를 내다가도 며칠 지나면 누그러지는 것도 그래서였다. 어머니는 그 점을 잘 알았던 터라, 아버지가 화를 낼 때나 다정할 때나 상관없이 이따금 흐릿하게 미소를 짓는 것으로 대응할 뿐이었다.

몽구는 그런 아버지와 어머니의 관계를 이해할 수 없었다. 이해할 수 없었기에 점차 반항적인 성향이 강해졌다. 그런데 반항의 근저에도 두통이 자리 잡고 있었다. 여전히 두통은 결코 꺼지지 않는 숯덩이처럼 그의 머릿속에 잠복하여 불씨를 숨기고 있다가 언제든 기회만 오면 이글이글 타오르는 잉걸불이 되었다. 그때마다 몽구는 마치 머릿속에 자신이 겪는 고통을 먹고 살아가는 어떤 존재가 숨어 있다는 느낌을 떨칠 수 없었다. 사람이 겉으로 반항적이면 반항적일수록, 내적으로 겪고 있고 있는 고통도 그만큼 더 크다는 사실을 몽구는 비로소 알았다.

몽구 자신뿐만 아니라, 그의 주변에서도 분명한 변화가 일어나고 있었다. 무엇보다도 이제 선생들이든 친구들이든 더 이상 그의 특이한 버릇을 문제 삼지 않았다. 대신 그들은 몽구를 은근히 경원했는데, 그들 자신도 딱히 그 이유를 알 수 없었고, 그저 그를 피하는 것을 상책으로 여기는 듯했다. 자연히 몽구는 점점 더 외톨이가 되어갈 수밖에 없었다. 그렇다고 남들과의 거리를 좁히려 애쓰는 것은 우정을 구걸하는 것과 다를 바 없었다. 때문에 고립감은 날로 커져갔지만, 그럴수록 오만함도 함께 자라났다. 그는 특별한 존재였다. 늘 머리에서 떠나지 않는 두통이 견딜 수 없이 고통스러운 게 사실이지만, 다른 한편으로는 그 고통이 그를 강인하게 해준다는 생각도 들었다. 이미 그는 단지 숨결과 표정과 몸짓만으로도 교실 안을 제압하는 엄청난 권능을 경험하지 않았던가. 그러고 보면 그의 속에서 두통을 일으키는 그 무엇, 삼촌의 말대로 '독'이라고 부를 수도 있는 그 무엇이 눈에 보이지 않는 후광으로 그를 감싸고 있는지도 모를 일이었다.

그러나 몽구는 실제로는 자신이 그리 강하지 않다는 것을 잘 알고 있었다. 때문에 자기가 조금만 약점을 보이면 모든 게 원점으로 돌아가서 다시금 아이들로부터 놀림과 조롱을 받게 되리라는 두려움을 가지고 있었다. 자연히 몽구로서는 남들을 대할 때 늘 긴장하지 않을 수 없었다. 이제 그에게 대인관계는 곧 지느냐 이기느냐의 문제였다. 그가 생각하기에 실제로 강인한 자는 언젠가는 쓰러지지만, 뭔가의 도움을 통해 강인함을 위장하는 자는 영원히 서 있을 수 있는 법이었다. 말하자면 하등동물이 강력한 독을 품어 보다 진화한 고등동물에 대항하듯이, 그리고 몽구스처럼 뱀독에 면역성을 갖추어 뱀을 굴복시키듯이.

"나는 남들 앞에서 독기를 부리기 시작했어. 이미 상당수의 아이들이 나를 보면 슬슬 피했지만, 그 정도로는 부족했어. 무엇보다도 나는 더러운 것, 악취가 나는 것, 추악한 것, 위험한 것, 끔찍한 것, 수상한 것들에 각별한 관심을 가지고 그것들과 친숙한 척 허세를 부렸어. 일부러 여럿이 보는 앞에서 징그러운 벌레나 크고 작은 곤충은 물론이고, 쥐, 고양이, 강아지 따위의 죽은 동물들을 맨손으로 집어 들어 보이기도 했지. 그 방법은 특히 힘으로 나를 누르려 하는 아이들을 위축시키는 데 효과적이었어. 물론 그게 결코 쉬운 일이 아니어서, 나 자신도 그런 나한테 놀랄 때가 많았지. 어쩌면 내 속의 고통받는 뭔가가 나를 보호한다고 믿었기에 가능한 일인지도 몰랐어. 하지만 여하튼 남들이 보기에 나는 겁이 없고 두려워할 줄 모르는, 심지어 무모하고 끔찍한 행동을 즐기기까지 하는 별종이었지. 얼마 후에는 내 가방 속에 온갖 위험하고 무시무시한 것들이 들어 있다는 소문이 돌기 시작했지. 그때 나는 어쩌면 내가 아버지를 닮아가는지도 모른다는 느낌을 받았어. 처음에는 그 느낌이 싫었지만, 어찌 되었든 이렇게라도 아버지와 가까워지는 건 아마도 운명이라고 생각했지. 하지만 나는 그 운명을 저주했어."

그 무렵에 몽구는 시간 날 때면 혼자 들과 산을 쏘다녔다. 집에 돌아올 때면 그의 몸에는 으레 크고 작은 상처가 나 있곤 했다. 그런 아들을 보면서 어머니는 우려와 근심을 떨칠 수 없었다. 어찌 보면 아들은 점점 사내다워지는 것 같기도 했다. 그러나 어머니는 병든 아들이 본능적으로 어둠의 세계에 가까워져 가는 게 아닐까 싶었다. 어머니에게 병은 어둠이었고, 어둠은 독이었고, 독은 악이었다. 하지만 어머니는 때가 되면 아들을 위해 모든 것을 희생할 마음을 가졌기에, 매 순간 마음을 졸이면서도 조용히 지켜볼 수 있었다.

6학년이 되었을 때, 이번에도 몽구와 용한은 같은 반이 되었고, 용한이 반장으로 선출되었다. 이제 낮잠 시간 따위는 폐지되고 없었다. 그러나 다시금 하루 중 많은 시간을 교실이라는 좁은 공간에서 서로 부대끼며 지내는 동안, 몽구와 용한 사이의 충돌은 점점 피할 수 없는 일이 되어갔다. 그래도 한동안 용한은 한발 물러서서 냉소를 보내며 몽구를 견제했고, 몽구 쪽에서는 아예 용한의 존재를 무시해버리려 했다. 그러나 몽구에게 반감을 가진 아이들이 끈질기게 부추겼던 탓에, 용한으로서는 내키지 않아도 앞으로 나서지 않을 수 없는 상황이었다.

용한은 체격이 커서 몽구가 유리할 게 없었다. 그러나 신사다운 데가 있는 용한은 누군가와 승부를 겨룰 때 몸싸움을 하는 경우가 전혀 없었다. 그가 주로 택하는 방법은 학교 뒤의 높은 축대에서 뛰어내리는 것이었다. 둘 중 하나가 포기하거나 다칠 때까지 반복해서 뛰어내리는 것이었는데, 얼마 전에 새로 전학 온 두 아이가 그에게 덤볐다가 그중 하나는 몸이 바닥에 닿을 때의 반동으로 가슴이 무릎에 부딪쳐 갈비뼈가 부러졌고, 다른 아이는 두 번째 시도 때 바지에 똥을 쌌다.

예상했던 대로, 용한은 몽구에게도 높은 곳에서 뛰어내리기로 결판을 내자고 제안했다. 그러면서 몽구스 같은 악취 나는 동물과 몸이 닿는 것을 견딜 수 없기 때문이라고 농담도 했다. 그 순간, 몽구는 용한이 누군가를 때릴 만큼 심성이 독하지 않았던 탓에 주먹질에 자신이 없어 한다는 것을 알아차렸다. 그리고 굳이 뛰어내리는 쪽을 택하는 것도 죽기를 각오하고 눈을 딱 감고서 벌이는 일종의 자포자기적인 행동이라는 것도 간파했다. 지금까지 용한은 그저 운이 좋았을 뿐이었다. 하지만 몽구는 그의 제안을 받아들였고, 대신 장소는 자신이 정하겠다는 조건을 붙였다.

장마가 막 지나간 어느 더운 늦여름 날 오후, 그들은 참관인 격인 일곱 명의 아이들과 함께 학교 뒷산으로 갔다. 그곳 골짜기 안에 몽구가 미리 보아둔 건물 삼 층 높이의 벼랑이 있었다. 그 밑은 사철 내내 그늘지고 습기 찬 움푹 팬 곳이었는데, 장마가 지면서 주변 일대가 넓은 늪지로 변했고, 물이 썩어 악취와 함께 후끈한 열기가 피어오르고 있었다. 수면 위에는 들쥐와 까치 같은 동물 사체들이 둥둥 떠 있었고, 그 위로 파리들이 새카맣게 떼로 몰려 있었다. 더욱이 아침

저녁으로 선선해지면서 죽을 날이 가까워졌음을 예감한 온갖 벌레들이 잔뜩 독이 오른 채 늪지를 뒤덮고 있었다.

벼랑 위에서 그 광경을 내려다본 용한은 핏기 가신 얼굴로 설레설레 고개를 저었다. 이건 미친 짓이야. 상대할 가치도 없어. 그가 그렇게 중얼거렸다. 그러나 몽구는 아무 말 없이 앞으로 나아가 벼랑 끝에 섰다. 막상 정말로 뛰어내리려 하니 생각했던 것보다 바닥이 훨씬 멀고 아득했다. 그는 조심스레 발을 앞으로 옮겨 바위 앞쪽 모서리에 발끝을 맞추고 서서 다시 아래를 내려다보았다. 현기증에 머리가 어찔어찔했다. 그는 두 눈에 힘을 주어 저 아래 거품이 부글부글 끓고 있는 수면을 내려다보며 깊이 숨을 들이마셨다. 늪 전체가 마치 지옥의 바닥에서 유황물이 부글부글 끓고 있는, 나약한 영혼들을 영원히 유혹하는 거대한 솥처럼 보였다. 그런데 그 늪이 그를 부르고 있었다.

몽구는 벼랑을 박차고 아래로 뛰어내렸다. 바닥에 닿는 순간 온몸이 진흙 속으로 푹 빠졌다가 위로 솟구쳐 올랐다. 하마터면 그는 비명을 지를 뻔했다. 하지만 어렵게 자신을 억제하고서, 진흙 속에 허벅지 위까지 빠진 채 온갖 오물을 뒤집어쓴 얼굴로 주위를 돌아보았다. 그 순간 두통 같은 건 사라지고 없었다. 곧 그는 발버둥을 치듯 온몸으로 텀벙거려서 늪 가장자리로 빠져나왔다. 그러고는 마른 땅 위로 올라서서 얼굴에 묻은 진흙을 털어낸 뒤 천천히 그곳을 떠났다. 벼랑 위에서 아이들이 창백한 얼굴로 자기를 내려다보고 있다는 것을 알면서도 뒤를 돌아보지 않았다. 그의 가슴속에는 까닭 모를 서글픔으로 가득 차 있었다.

숲을 가로질러 산을 내려가는 동안, 그는 마치 숲속에 자욱한 안개가 낀 듯 눈앞이 흐릿하고 머리가 몽롱했다. 이윽고 집 앞에 이르러 마당으로 들어서면서 그는 자신의 몸을 다시 살폈다. 놀랍게도 벌레에게 물린 곳은 전혀 없었고, 도중에 개울물로 씻은 터라 얼굴도 옷도 그런대로 깨끗했다. 문득 그는 자신이 더 강하고 충만해진 것 같은 기분이 들었다. 그런데 마당을 가로지르던 중에, 갑자기 양쪽 눈덩이가 뭔가에 마비된 듯 뻑뻑해지더니, 시야가 뿌예지다가 마침내 앞이 보이지 않았다. 그가 두 팔을 휘저으며 비명을 지르자 어머니가 마당으로 뛰어나왔다. 어머니는 서둘러 몽구를 끌어안다시피 하여 안으로 데리고 들어갔다. 그러고는 욕실로 데려가서 발가벗긴 뒤 욕조 안으로 밀어넣었다.

그날 어머니는 밤늦게까지 몽구를 온갖 정성으로 보살폈다. 온몸을 깨끗이 씻기고, 생강, 태운 보리, 검은 콩, 연잎 따위를 물에 달여 계속하여 마시게 하여 마시고 토하고 마시고 토하기를 반복하게 했다. 몽구가 탈진하여 기진맥진해졌을 때, 어머니는 마당에 나가서 가느다란 풀을 뜯어왔다. 그러고는 줄기를 잘라 그 끝에서 나온 노란 즙을 손바닥에 짜며 자장가를 부르듯이 낮은 소리로 말했다.

"어떤 새들은 독성이 있는 나뭇가지로 새집을 짓는단다. 새끼들에게 벌레가 끼지 못하게 하기 위해서지. 너를 나쁜 벌레들로부터 보호하지 못해 미안하구나. 코알라는 새끼에게 제 똥을 먹인다는 걸 알고 있니? 어미의 몸속에는 독을 이기는 미생물이 있는데, 그걸 새끼에게 전해주기 위해서지. 나도 네게 내 똥을 먹일 수 있으면 얼마나 좋을까. 이건 애기똥풀이란다. 바다 건너에서는 이 풀을 제비풀이라고 부르지. 새끼 제비는 막 태어났을 때 눈을 뜨지 못하는데 어미가 이 애기똥풀 즙으로 어린 제비의 눈을 씻어서 눈을 뜨게 해준다는구나. 그래서 제비풀이란 이름이 붙었는데, 사람들이 눈병에 걸릴 때도 효과가 있다고 하지. 하지만 많이 바르면 피부가 상하고 먹으면 배탈이 나게 돼. 노랗고 작은 꽃이 피는데, 꽃말이 뭔지 아니? 미래의 기쁨, 몰래 도와주는 사람, 몰래 한 사랑, 엄마의 사랑과 정성이란다."

어머니 말은 몽구의 귀에 자장가처럼 들렸다. 그는 갓난아기로 돌아간 기분이었다. 그때 문득 어머니의 목소리가 평소와 다르다는 느낌이 들었다. 고통으로 고통을 달래는 듯한, 꽉 억눌린 듯하면서도 고치에서 실을 뽑듯 한 올 한 올 스르르 풀려나가는 이상한 목소리였다. 그래서인지 어머니의 말이 주술사가 외는 주문처럼 들렸다. 몽구는 어머니가 제정신이 아님을 알았다. 어머니는 자신의 똥과 애기똥풀 즙을 혼동하고 있었다. 그러나 몽구는 두렵지 않았다. 그는 새끼 제비가 먹이를 물어온 어미에게 그러하듯 어머니에게 얼굴을 맡겼다.

어머니가 막 몽구의 눈에 노란 즙을 바르려 할 때, 욕실의 문이 벌컥 열렸다. 문틀 너머에는 아버지가 서 있었다. 질투심이 담긴 눈으로 잠시 두 사람을 내려다보던 아버지는 갑자기 놀란 표정을 지으며 어머니를 향해 달려들었다.

몽구는 그날 저녁 병원으로 옮겨져서 사흘 동안 치료를 받았다. 시력이 완전히 돌아오는 데만도 일주일이 걸렸다. 의사 말로는 만약 애기똥풀 즙을 눈에 넣었다면 실명을 했을지도 모른다고 했다. 그러나 어머니는 그 말을 인정하지 않았고, 오히려 제때에 발랐다면 무엇보다도 효과가 좋았을 것이라고 주장했다. 사람들은 어머니의 정신이 온전치 않다고 수군거렸다. 얼마 전부터 집 안에는 한약방에서 쓰는 칡뿌리, 육계, 감초 따위가 넘쳐났다. 훗날 몽구는 그 무렵에 어머니가 뭔가와 강박적으로 치열한 싸움을 벌이고 있었음을 짐작했다. 어머니에게 그것은 독과의 싸움, 독이라는 어둠이자 병이자 악령을 퇴치하려는 싸움, 자기 자신과 가족들에게 들이닥치는 나쁜 운명을 물리치려는 힘겹고 외로운 싸움이었다. 몽구가 눈이 멀었을 때, 어머니는 마침내 올 것이 왔다고 생각했다. 그리고 이제 자신을 희생할 때가 되었다고 여겼다. 그녀는 몽구를 위해 과감히 나섰다. 그것은 그녀에게 모든 것을 건 마지막 모험이었다.

도취와 — 환멸

1

고즈넉하고 괴괴한 병실 안에서 조몽구의 이야기는 끊일 듯 끊일 듯 하면서도 짧은 호흡을 긴 호흡 속으로 끌어들이며 그침 없이 지속되었다. 그러나 간간이 심리적으로 혼란 상태에 빠져드는 듯했는데, 그럴 때면 목소리가 격해지면서 한동안 거칠게 숨을 몰아쉬었다. 기쁘거나 슬픈 기억을 더듬을 때는 감정에 복받쳐 흐느끼는 듯한 소리를 내기도 했다. 때로 누군가에게 직접 말을 건네는 어조를 취할 때는 마치 성우처럼 여러 인물의 목소리를 제법 그럴듯하게 흉내냈다. 갑작스레 더할 나위 없이 차분해져서 마치 글을 읽듯 말을 할 때도 있었다. 인물들을 부르는 호칭도 도중에 갑자기 바뀌곤 했는데, 어느 순간부터 그는 삼촌을 수호라고 불렀다.

물론, 알아듣기 어려운 부분, 전혀 맥이 닿지 않는 부분도 여전히 자주 생겨났다. 심지어 액면 그대로 받아들이기가 어렵거나 전혀 신빙성이 없는 대목도 적지 않았다. 그러나 나는 그런 점에서 그리 크게 방해받지 않았다. 오히려 나는 그가 제공하는 불완전하고 불충분하고 의심스런 정보들을 가지고 하나의 일관된 이야기로 재구성하는 데에 점점 더 큰 호기심과 흥미를 느꼈음을 고백하지 않을 수 없다. 그와 나를 이어준 것은 그의 이야기였지만, 어떤 점에서 우리는 이야기를 넘어서 서로 깊이 교감하고 있었다.

2

중학교에 진학한 후, 몽구는 두통과 새로운 관계를 모색했다. 전처럼 두통을 이겨보려 하거나 아니면 반대로 피하려 하는 대신에, 타협점을 찾아보려 했던 것이다. 이런저런 궁리와 시도 끝에, 그는 어깨를 있는 한껏 벌려 가슴이 부풀어 오르게 하여 깊고 길게 심호흡을 하는 것, 뭔가에 온전히 몰입하는 것, 그리고 마지막 수단으로 머리를 세차게 흔드는 것이 두통을 어느 정도 완화시키는 데 도움이 된다는 사실을 알았다. 그는 호흡에 특히 신경을 써서 가능한 한 많은 산소를 뇌에 보내려 했다. 또한 친구들과 놀이를 할 때, 책을 읽을 때, 텔레비전이나 영화를 볼 때 누구보다도 강하게 몰두했는데, 그러다 보면 언뜻언뜻 두통에서 놓여났다. 그래도 정 견디기 힘들 때면, 머릿속에서 여러 개의 주사위가 덜그럭거리며 굴러가는 소리가 들릴 정도로 마구 도리질을 쳤다. 그러고 나면 뇌가 흔들려 머릿속이 멍해지면서 잠시 이마의 감각이 사라지곤 했다.

집안은 적어도 표면상으로는 그런대로 평온했다. 아버지는 늘 그래왔던 대로 자신을 중심에 두고 머리를 꼿꼿하게 세워 주위를 돌아보며 살아갔고, 어머니는 그 곁에서 묵묵히 자기 자리를 지키고 있었다. 그러나 어머니는 건강이 좋지 않았다. 무엇보다도 몸이 몹시 말랐고, 얼굴이 주름살로 뒤덮여 아버지보다 훨씬 늙어 보였다. 그래도 어머니는 퇴직은 물론이고 한 학기나 일 년 정도의 휴직도 거부했다. 어머니는 가족을 위해서는 정상적으로 음식을 조리했지만, 자신은 늘 생식을 했다. 익혀 먹어야 날음식 속에 들어 있는 나쁜 세균을 죽일 수 있다는 걸 알았지만, 높은 온도를 가할 때 단백질이 과당, 포도당과 같은 당분과 결합해 인체에 유해한 독소가 발생한다는 사실에 두려움을 느낀 탓이었다. 때문에 어머니는 나쁜 균이 들어 있지 않은 날것들을 늘 가까이 두었다.

그렇게 세 사람은 각기 자기 문제와 싸우며 서로 최소한의 접점을 유지했다. 그런 탓에 집 안에서는 항상 사소한 긴장에도 줄이 툭 끊어질 것처럼 아슬아슬한 분위기가 유지되었다. 몽구가 중학교 3학년 2학기를 맞은 어느 흐린 가을날의 일이었다. 그날은 아버지가 한국쿠바문화교류협회 초청으로 아바나에서 열리는 문화 행사에 참석하고 인근 지역을 돌아보는 보름간의 일정을 마치고 돌아오는 날이었다. 아버지는 새벽에 공항에 도착하여 곧바로 집으로 오기로 되어 있었다. 그날 몽구는 늦게까지 책을 읽다가 세 시쯤 잠이 들었다. 잠결에 거실에서 인기척이 들리는 것을 느꼈는데, 아버지가 돌아온 모양이라고 생각하고서 다시 잠들었다. 그런데 얼마 후 아버지의 비명 소리가 들려왔다. 아버지는 공포에 질린 목소리로 계속 뭐라고 외쳐댔다. 몽구는 벌떡 일어나 부모의 침실로 달려가 문을 열어젖혔다. 아버지가 침대 곁에 서 있었고, 어머니는 침대 위에 누워 있었다. 아버지는 완전히 발가벗었고, 어머니는 잠옷 상의만 걸치고 아랫도리는 벗겨져 있었다. 아버지는 몽구를 보고서 뚝 입을 다물었다. 그러고는 황급히 이불로 어머니의 몸을 가린 후, 두려움과 분노가 뒤섞인 강렬한 눈빛으로 몽구를 뚫어지게 노려보았다.

몽구는 침대 위로 뛰어올라 어머니의 몸을 흔들었다. 아무 반응이 없었다. 낯빛이 얼마나 창백한지, 몽구는 자기도 모르게 부르르 몸을 떨었다. 어찌 보면 얼굴을 희게 하기 위해 납 가루가 섞인 파우더를 상용하다가 화장독으로 죽은 여인의 모습을 떠올리게 했다. 약간 들린 눈꺼풀 사이로 흰자위가 드러났는데, 실핏줄이 터졌는지 붉게 물들어 있었다. 그때 어머니의 코에서 비세한 숨결이 느껴졌다. 그는 어머니의 차고 건조한 몸을 끌어안았다. 어머니를 그 지경으로 만든 독 기운을 자신의 몸으로 빨아들이고 싶었다. 그는 어머니의 옷을 벗기고 자기도 옷을 모두 벗어버리고서, 자신의 벗은 몸으로 어머니의 벗은 몸을 문지르고 싶었다. 어머니의 입술을 빨고 젖을 물고 싶었다.

그는 고개를 돌려 아버지를 쳐다보았다. 그제야 몽구는 아버지가 무슨 행동을 하려 했는지 알았다. 침대 발치에는 아버지의 옷가지가 함부로 던져져 있었고, 불룩한 아랫배 밑으로 벌겋게 드러난 성기는 아직 반쯤 발기된 상태로 축 늘어져 있었다. 몽구는 그 끔찍한 몰골에서 눈을 돌렸다. 그는 아버지와 똑같은 눈빛으로 그를 노려보고 싶지 않았다.

"응급실에서 어머니는 계속 피가 섞인 변을 보았어. 그때는 몰랐지만, 나중에 나는 여러 정황을 감안해서 어머니의 상태를 짐작할 수 있었어. 어머니는 세상을 뒤덮고 있는 독에 대한 강박증에 시달린 나머지, 해독제로 쓰기 위해 각종 나뭇잎, 꽃, 열매, 줄기, 뿌리 따위를 갈아서 장복했는데, 그

양이 과도해지면서 결국 장의 벽이 더 이상 버틸 수 없었던 거지."

병실 침대 위에서 어머니가 깨어났을 때, 숨을 내쉴 때마다 악취가 풍겼다. 얼마나 심한지 다른 사람들은 물론이고 어머니 자신도 상을 찌푸릴 정도였다. 어머니는 죽음 앞에서는 의연했지만, 그 숨결에 대해서는 부끄러움과 혐오감을 감추지 못하고서 중얼거렸다.

"예전에는 혼탁한 곳에서도 향기로운 숨결을 가졌는데, 이제는 살균된 공기를 마셔도 오염된 공기를 내뿜는구나."

그래도 어머니는 어느 정도 건강을 회복하여 집으로 돌아왔다. 아버지는 늘 어머니 곁에 머무르려 했다. 그러나 어머니는 아버지의 존재를 무시한다기보다 아예 의식하지 않는 듯했다. 어느 날, 어머니는 몽구에게 날마다 물맛이 조금씩 달라진다고 말했다. 그러더니 다음 날 아침에 오늘은 물맛이 유난히 달다면서 물을 큰 컵에 따라 마시기 시작했는데, 그 양이 점점 늘어났다. 그날 저녁까지 어머니가 마신 물의 양은 실로 엄청났다. 결국 정신을 잃고서 다시 구급차에 실려 갔지만, 응급실에 도착했을 때는 이미 숨을 거둔 뒤였다.

담당 의사의 말로는 짧은 시간에 너무 많은 물이 몸속에 유입되면 체액의 농도에 이상이 생겨서 물이 그 자체로 독으로 돌변할 수 있으며, 심한 경우 수분 중독 증상으로 사망할 수 있다고 했다. 그러나 미심쩍은 점이 없지 않아서, 어머니는 결국 부검대에 올라야 했다. 검시 결과 어머니의 사인은, 여러 종류의 독소가 계속 몸속에 유입되어 마침내 장 내벽을 뚫고 혈류로 새어 들어가 혈액을 오염시키고 간과 신장과 림프절을 무력화시켜서, 이른바 도미노 효과가 일어나 인체 에너지가 고갈되어 버렸다는 것이었다. 그렇게 결론이 내려진 후 어머니의 시신은 가족에게 돌아왔다. 하지만 몽구는 알고 있었다. 어머니는 물을 자신의 마지막 여정의 동반자로 삼은 것이었고, 그것은 어머니다운 선택이었다.

"나는 비통한 심정이었지만, 머릿속에서 뇌가 사라지고 텅 비어버려서 뭘 어찌해야 하는지 몰라 어리둥절한 기분이었어. 장례식은 조촐하게 치러졌는데, 그것도 그저 남의 일 같았어. 하기야 장례식이라는 게 그런 거지. 뭐 자세히 이야기할 게 있겠나. 죽은 자들은 달리 할 일이 없으니 산 자들의 이야기가 그나마 위안이 될 텐데, 장례식 이야기로 그들을 지루하게 할 수는 없잖아. 아니야, 죽은 자들은 산 자들이 뭐든 좀 더 자세히 이야기해 주기를 바라는지도 모르지. 어머니의 시신은 서울 근교의 선산에 모셔졌어. 어머니는 살아생전에 자기가 죽으면 화장을 해달라고 했지. 하지만 아버지는 굳이 선산에 매장하는 것을 주장했어. 아무도 아버지의 고집을 꺾을 수 없었지. 아버지는 어머니를 그리 순순히 보내주고 싶지 않았던 거야. 언제든 자기가 밟을 수 있는 땅 밑에서 어머니의 몸이 썩어가기를 바랐던 거지. 장례식 날, 어머니의 제자들이 많이 참석했는데, 그들을 보니 어머니가 선생님이었다는 사실이 새삼스레 상기되었어. 하지만 옷차림이나 행동거지로 보아 하나같이 그다지 성공적인 삶을 사는 것 같지가 않았어. 빈소에 모인 사람들 중에서 가장 뜨겁게 오열한 사람은 삼촌이었어. 몇몇 나이 든 사람들이 눈살을 찌푸릴 정도였지. 삼촌은 깊이 상심해서 나만큼이나 넋이 나간 사람 같았어. 그러나 내가 보기에 삼촌은 사십 대 초반의 나이에 더 젊고 우아하고 날렵하고 강력해진 것처럼 보였어."

관을 앞세운 장례 행렬은 대가리가 잘리고도 꿈틀거리는 뱀의 몸통처럼 구불구불 움직이며 산으로 올라갔다. 입관 전에 어머니의 관 위에는 삼촌이 마련해 온 협죽도 꽃 한 다발이 놓여졌다.

"나중에 삼촌이 말해주었어. 협죽도의 꽃은 많은 나라에서 장례식 때 쓰인다고 말이야. 인도에서는 부처님 앞에 올리거나 죽은 사람의 얼굴을 가리는 데 이용된다고 하지. 하지만 나무 전체에 청산가리의 6천 배나 되는 독성이 들어 있는 맹독성 식물이야. 예전에는 독화살이나 사약을 만들 때 사용되었다는 거지. 삼촌은 왜 그 꽃을 입관식 헌화로 선택했는지 자기도 잘 모르겠다고 했어. 어쩌면 어머니를 죽음으로 몰아넣은 주범인 아버지에 대한 원망과 분노를 표현하기 위한 것인지도 몰랐던 거지. 줄곧 과도하게 격한 반응을 표하는 삼촌에게 아버지는 계속해서 불편한 기색을 드러냈어. 두 사람 사이가 팽팽하게 긴장되었던 나머지 하마터면 몇 차례나 몸싸움이 벌어질 뻔했지."

봉분을 만들고 그 위에 떼를 입히는 모든 과정이 끝난 뒤, 몽구는 사람들이 권해서 받아 마신 막걸리 몇 잔에 머리가 약간 어지러웠다. 몽롱한 기분으로 산을 내려오고 있을 때, 문득 얼마 전에 어머니와 나눈 대화가 생생하게 떠올랐다.

"물맛이 너무 좋구나. 물에 맛을 들이면 오래 살지 못한다는데 말이야."

"엄마가 죽지 않았으면 좋겠어요."

"걱정 마, 내 아들, 내가 죽으면 무엇이든 될 수 있다는 희망이 있지 않니."

"엄마가 다시 내 엄마가 될 수 있는 희망은 없잖아요."

"아니란다. 아주 짧게 사는 새가 되면 너보다 더 빨리 늙어서 죽음을 등지고 너를 보살필 수 있지. 빨리 자라는 나무가 되면, 너와 함께 늙어갈 수 있으니 그것도 좋고."

그때 갑자기 짧고 빳빳한 나뭇잎 같은 것이 세차게 날개치는 듯한 소리가 들리더니 여기저기에서 사람들의 비명이 일어났고, 다음 순간 커다란 말벌 한 마리가 몽구의 왼쪽 팔뚝에 달려들었다. 말벌은 그의 살에 찰싹 달라붙어서 다시 거칠게 날개를 퍼덕였다. 몽구는 찌르는 듯한 통증을 느끼며, 손바닥으로 내리쳐 말벌을 떨어뜨렸다. 바닥에 떨어진 말벌이 부르르 날개를 떠는 모습을 보고서 몽구는 발로 밟아버리려 하다가 자기도 모르게 멈칫했다. 바닥에서 붕붕거리던 말벌이 몸을 뒤채어 공중으로 날아올랐고, 그와 동시에 몽구는 마치 오랜 잠에서 깨어나듯 번쩍 정신이 들었다. 그는 시야가 갑작스레 선명해진 것을 느끼며 주위를 돌아보았다.

그러고 보니 아까 올라올 때 바닥에 말벌 여러 마리가 떨어져 죽은 것을 본 기억이 났다. 아마도 무덤 자리를 파기 위해 먼저 올라가던 인부들이 말벌 집을 건드려 말벌들을 자극한 모양이었다. 말벌의 위력은 하늘을 나는 전갈이라는 별명이 무색하지 않았다. 아버지를 포함하여 모두 다섯이 벌에 쏘였고, 모두들 쏘인 자리가 빠른 속도로 벌겋게 부어올랐다. 아버지는 하필 머리를 두 군데나 공격당한 탓에 걸음이 심하게 비틀거렸다. 사람들이 놀라서 그의 주위로 모여들었고, 곧 그들 중 하나가 등에 업고 서둘러 산을 내려갔다. 아버지가 창백해진 얼굴에 호흡이 거칠어지고 눈살도 풀리면서 가장 심하게 급성 알레르기 반응을 보였기 때문이었다.

축 늘어진 아버지의 뒷모습에 눈길을 주고 있던 삼촌이 몸을 돌려 몽구 쪽으로 걸어왔다. 그제야 몽구는 자신도 벌에 쏘였다는 사실을 상기하고서 팔을 내려다보다가 깜짝 놀랐다. 팔꿈치 조금 아래쪽으로 벌침이 박혔던 자리에 살갗이 뚫린 자국이 선명하게 남아 있었지만, 그 주위로 살이 약간 발갛게 부풀어 올랐을 뿐이었고, 통증도 거의 느껴지지 않았다. 다만 아까 반사적으로 벌에 쏘인 자리에 입을 대고 빨은 탓에, 입술과 혀에 약간 얼얼한 느낌은 남아 있었다.

삼촌도 그의 팔을 보고 놀란 기색을 보이며 말했다.

"네 속에 특이한 항체가 형성된 거야. 아마도 네 어머니가 네 체질을 변화시킨 모양이구나. 곧바로 집으로 가서 침대에 누워라. 이런 경우에는 극심한 졸음이 몰려오면서 환각 증상이 생기는 경우가 많다. 사람은 헛것을 볼 때가 무척 위험해. 꿈속인 줄로 착각하니까 말이야. 병원에는 내가 가보도록 할 테니."

삼촌의 말대로, 몽구는 지진이라도 난 듯 시야가 흔들리기 시작하면서 눈앞의 온갖 형체와 색채가 한데 뒤섞이는 것을 보았다. 그러나 그는 남들의 도움을 받지 않고 혼자 이를 악물고서 힘겹게 경사진 길을 내려갔다. 그러고는 산자락의 주차장에 서 있는 소형 버스에 올라 맨 뒷자리에 눕자마자 곧바로 잠에 떨어졌다. 깨어났을 때, 그는 자기 방 침대 위에 누워 있었다. 유리창이 어슴푸레한 것으로 보아 새벽녘인 것 같았다. 버스가 집에 도착한 뒤 누군가가 그를 침대에 옮긴 모양이었는데, 전혀 기억이 나지 않았다.

집 안에는 아무도 없었다. 분위기가 괴괴한 것이 마치 공기마저 생기를 잃고 그저 무의미하게 공간을 채우고 있는 것 같았다. 간밤에 내내 온갖 꿈에 시달렸는데, 아마도 이 죽어버린 공기 탓이 아닐까 싶었다. 그저 흐릿하게밖에는 기억나지 않는 꿈속에서, 낮에 본 말벌은 어머니의 현신이었다. 죽은 어머니가 말벌로 되살아나 제 몸속의 독으로 사람들에게 뭔가 메시지를 전하고 있었다. 몽구는 아직 입술과 혀가 얼얼했다. 마치 죽음과 키스를 한 듯한, 죽어서 말벌이 된 어머니와 깊은 입맞춤을 한 듯한 느낌이었다. 그런데 어머니는 그에게 무슨 뜻을 전하려 한 것일까.

그때 말벌에 쏘이던 순간의 날카로운 통증이 갑자기 되살아나면서 어디선가 붕붕거리는 날갯짓 소리가 들려왔다. 그는 자리에서 일어나 그 소리를 따라 걸음을 옮겼다. 붕붕거리는 소리와 팔의 통증이 서로 화답하면서, 그를 이 층에 있는 아버지의 서재로, 그 안쪽의 좁은 계단으로, 아버지가 서고로 사용하는 좁은 다락방으로 이끌었다.

언젠가 몽구는 아버지가 누군가와 통화하던 말을 우연히 들었고, 지금도 그 말을 생생히 기억했다.

"나는 철들 무렵부터 일기를 쓰기 시작했어. 그 후로 사흘 이상 거른 적이 없었지. 그 일기장만 있으면 아무도 나를 건드릴 수 없어. 그 속에는 나 자신뿐만 아니라 내가 접한 중요한 문인들의 온갖 행적이 자세히 기록되어 있거든. 일종의 보험에 든 셈이지. 아니, 내가 주변의 독을 빨아들여 몸속에서 내 나름의 특별한 독을 제조한 셈이지. 나는 결코 스스로 독을 만들어낼 수 있을 만큼 독한 유전자를 가진 사람이 아니니까. 여하튼 오랜 시간에 걸쳐 내 손으로 만든 그 특별한 독 때문에 나는 안전한 거야. 나보다 더 강한 것들에게 당하지 않고 살아남을 수 있는 거지. 물론 일기장 속에는 그동안 나 자신이 저지른 과오나 감춰왔던 치부도 적나라하게 적혀 있는 게 사실이지만, 그런 것들이야말로 그만큼 내 기록이 진실된 것임을 보증하는 증거지."

어두침침한 다락방은 천장의 한쪽 경사면이 낮아서 일어서면 머리가 닿을 정도였다. 사면으로 방의 구조에 맞게 짜인 서가가 배치되어 있었고, 많은 낡은 책들이 서가를 가득 채우고도 남아서 여기저기 아무렇게나 높이 층을 이루고 있었다. 그리고 그 책들의 운명을 시각적으로 보여주듯 그 위로 엄청난 양의 먼지가 쌓여 있었다. 아버지는 겉으로는 깔끔했지만, 그의 내밀한 곳은 얼마나 더럽고 어지러운지 짐작하게 하는 공간이었다. 곰팡이 냄새가 코를 찔러서, 공기 중에 곰팡이의 미세한 포자가 자욱이 떠 있을 것 같았다. 몽구는 저 가장 안쪽 어둡고 그늘진 곳에 죽은 쥐의 털가죽 같은 것들, 바퀴벌레 따위 온갖 죽은 곤충들의 부서진 몸체가 뒹굴고 있는 것을 보았다. 그 주변에는 사체에서 흘러나와 바닥에 고인 체액의 자국도 눈에 들어왔다. 아버지가 저 광경을 보면서 속으로 은근히 즐겼으리라는 것을 몽구는 충분히 짐작할 수 있었다. 그것이 아버지가 어머니와 몽구에게

서고 출입을 철저히 봉쇄한 이유였다.

그러나 지금 몽구는 그런 것들 따위에 아랑곳하지 않았다. 그곳 어딘가에 아버지의 일기장이 있었다. 그는 무릎걸음으로 특히 주의하여 조심스럽게 움직였다. 은밀하게 숨겨진 아버지의 비밀이 그의 인기척에 의해 스러져버리거나 그가 드리우는 그림자에 의해 지워져버리는 일이 없도록 하기 위해서였다. 이윽고 그는 서가 한쪽의 작은 서랍장에서 아버지의 일기장들을 발견했다. 그는 그중 맨 위의 것을 꺼내 들고서, 엉금엉금 기어 동쪽으로 난 작은 어닝 창 앞으로 바짝 다가갔다. 그러고는 바닥에 일기장을 펼쳐놓고서 가장 최근 날짜의 글부터 읽기 시작했다. 먼지 끼고 어두운 공간 속에 오롯이 자리 잡은 그 작은 창문을 통해 바깥의 여명이 푸르스름한 물처럼 흘러들어 왔다.

3

"나는 나의 아내를 사랑한다. 우리는 어떤 면에서는 더할 나위 없이 잘 어울리고, 또 어떤 면에서는 도저히 접점을 찾을 수 없을 만큼 상극이다. 아내는 스스로 올곧고 이상주의적인 성향의 사람이라고 믿고 있고, 그렇다, 나는 현실주의적이고 타협적인 사람이다. 그 점에서도 우리는 성격이 크게 달랐다. 현실주의적이고 타협적이라는 말은 내게는 무척 자연스러운데, 아내에게는 그것이 수치심과 모욕감을 느끼게 하니 말이다. 아내에게는 분명 과도하게 예민한 면이 있어서, 자신이 보기에 내가 어떤 불미스런 행동을 했다고 여겨지면, 반드시 그 행동으로부터 나와 가족을 정화시켜야 한다고 믿었다. 나는 나도 모르게 거기에 익숙해졌다. 그러다 보니 언젠가부터 나는 어떤 잘못을 저지르더라도 아내가 나를 정화시켜 주리라고 믿게 되었다. 바로 그러하다, 어떤 사람들에게는 전혀 엉뚱한 소리로 들릴지 모르지만, 내가 그동안 온갖 엉뚱한 광대 짓을 벌여왔고 지금도 벌이고 있는 까닭은 늘 내 곁에 아내가 있었고 지금도 있기 때문인 것이다.

그러나 아내가 나를 정화시키고자 한 것은 결코 나를 위한 게 아니라 아내 자신을 위한 것이었다. 아내는 나를 '악'하다고 생각했다. 아내에게 '악'은 독이었다. 아내는 나를 독으로 규정했다. 그리고 아내는 천성적으로 '독'을 참지 못했다. 아내는 늘 나를 부끄러워하여 나와의 관계를 최소한으로 유지하려 했다. 그런 의미에서 우리는 독과 약, 혹은 약과 독과도 같은 관계인 셈이다. 그런데 과연 독이 틀리고 약이 옳다고, 혹은 반대로 독이 옳고 약이 틀리다고 말할 수 있을까. 독은 독이고 약은 약일 뿐이다. 독이 없으면 약도 없고, 약이 없으면 독도 없을 것이다. 결코 독은 악이 아니다. 아내가 생각하는 것처럼, 독은 악도 어둠도 병도 아니다. 독은 이 우주의 자연스럽고 당연한 부분일 따름이다. 그리고 나는 그저 세상의 독에 속수무책으로 노출된 채 살아온 사람이다. 그러나 어찌 되었든 아내는 항상 내 몸속에 배어든 독을 제거하고자 애썼고, 나는 나대로 아내의 그런 노력을 일종의, 아니 가장 거룩한 사랑의 행위로 받아들였다.

아내는 나와의 사이에서 아이를 가지고 싶어 하지 않았다. 어쩌면 우리 사이에 독충이 태어나지 않을까 두려워했는지도 모른다. 그 때문에 아내의 몸에서는 본능적으로 아이를 거부하는 독성이 생겨나고 있었다. 독충을 만들지 않기 위해 독을 만드는 것, 그것 보라, 그것이 세상의 이치가 아니겠는가. 아내는 그 사실을 내게 숨기려 하지 않았다. 그러나 나는 육체적으로 교묘하게 그녀의 몸을 파고들었고, 그녀의 마음은 몰라도 그녀의 몸은 나의 전략을 이겨내지 못했다. 수컷 초파리의 정액에는 독성 물질이 있어서 다른 수컷들의 정액을 원천적으로 차단하듯이, 내 정액 또한 맹독에 가까운 맹목적인 의지를 지니고서 장애물들을 무너뜨렸다. 결국 아내는 임신을 했고, 그로 인해 크게 절망했다. 아내는 내 정액 속의 독을 막아내지 못했다고 생각했다. 하지만 자기 몸속의 생명을 죽일 수도 없었고, 그렇다고 살릴 수도 없었다. 그런 와중에서 우리의 아이는 아내의 자궁 속에서 계속 성장했다.

결국 아내는 체념을 하고서 아이를 지키고자 최선을 다했다. 아내는 최기형성 독성의 위험을 알고 있었다. 산모가 충분히 주의하지 않으면 피부나 경구를 통해 독성이 몸속으로 들어가 산모의 체액이나 혈액에 의해 태아에게 전해지고, 그로 인해 심각한 성장 장애가 일어날 수 있는 것이다. 때문에 아내는 당연히 술이나 커피를 입에 대지 않았고, 어떤 종류의 해로운 물질도 가까이하지 않았다. 그러나 자신의 몸과 마음에서 무의식적으로 일어나는 거부 반응은 어찌할 수 없었다. 아내는 자신이 받고 있는 정신적 스트레스가 두려웠다. 그리고 자신의 부실한 신장과 허파와 간이 여간 신경 쓰이지 않았다. 그것들이 독을 만들어 태아에게 나쁜 영향을 미치지 않을까 우려했던 것이다.

출산을 했을 때, 아내는 한동안 아이에게 모유를 먹이지 않았다. 모유 또한 독성 물질의 배설 경로가 될 수 있기 때문이었다. 하지만 얼마 지나지 않아 아내는 몽구에게서 태아 때 독성에 노출된 징후를 발견했다. 몽구가 어린 나이에 두통을 호소하기 시작한 것인데, 아내는 그것이 원인도 모르고 치유할 수도 없는 병이라는 사실을 알고서 깊은 죄책감에 사로잡혔다. 아무리 내가 그건 그저 지나가는 증상이라고 말을 해도 들으려 하지 않았다. 그렇듯 막무가내로 고집스러운 모습을 드러낼 때면 나한테 모든 책임을 전가하며 복수를 하려 드는 게 아닌가 싶을 정도였다.

아내가 고통받는 모습을 지켜보면서 한동안 나는 실로 오랜만에 남들에 대해, 그리고 나 자신에 대해 많은 생각을 했다. 나 같은 사람도 자기반성적인 면이 전혀 없는 것은 아니다. 사실 내게는 나 스스로도 이해하기 어려운 점이 있었다. 나는 젊었을 적부터 이상한 버릇을 가졌다. 어느 날 내가 무심코 챙겨 입은 바지와 셔츠와 상의가 어느 정도 마음에 들면, 며칠이고 그 차림을 계속하고 싶은 욕구에 사로잡혔다. 밤에는 잠옷으로 갈아입고, 매일 양말을 갈아 신고, 자주 속옷을 갈아입으면서도 아침에는 전날 입은 옷들을 다시 입고 싶은 충동을 이기지 못했다. 그러다 보니 사나흘, 심한 경우에는 일주일이나 열흘씩 똑같은 옷을 입고 거리로 나서곤 했다. 그럴 때면 나는 한편으로는 옷을 갈아입고 싶은 욕구와 같은 차림을 고집하고 싶은 강박 사이에서 정신적으로 심각하게 분열되곤 했다. 그러다가 더 이상은 어쩔 수 없어서 옷을 바꿔 입고 나면 마치 몸에서 살갗을 벗겨낸 듯한 고통에 시달렸다.

또한 나는 사람들과 이야기를 나누거나 어떤 일을 함께할 때 육체적으로 자주 격렬한 반응을 보이곤 했다. 때로는 그 반응이 과도하거나 돌발적인 경우도 적지 않아서, 당장이라도 언쟁이나 몸싸움으로 이어질 듯한 험악한 분위기가 생겨나기도 했다. 그러나 매번 나는 결정적인 파국이 도래하기 바로 직전에 멈춰 섰고, 순순히 뒤로 물러섰다. 그러면 내게서 자극을 받아 한껏 달아올라 있던 상대방은 어이가 없어서 맥이 풀려버렸다. 하지만 정작 어이가 없어 하는 것은 나 자신이었다. 나는 매 순간 나 자신의 기질을 솔직하고 순수하게 표현하려 했을 뿐이고, 남들과 충돌을 벌일 생각은 추호도 없었던 것이다. 나는 우리가 각자 자기를 숨김없이 진솔하게 드러내는 방식으로 서로 만나야 한다고 믿었다. 그런데 인간들에게는 그것이 불가능하다는 말인가. 사람들 사이의 진정한 대화나 소통이 예절이나 관례에 의해 가려져야 한다는 말인가. 나는 나보다 강한 존재를 대할 때나 나보다 약한 존재를 대할 때, 단지 나의 기질에 따라 솔직하게 행동했을 뿐이다. 내게 이득이 되는 상황과 그렇지 않은 상황을 접할 때도 마찬가지였다. 그런데 결과적으로 나는 타인들에게 변덕스럽기 짝이 없는 인물 내지는 비겁자, 기회주의자, 심지어 과대망상증 환자로까지 오해받기에 이르렀다. 물론 그것이 내게는 부당하다고 여겨진다. 하지만 나는 그들의 그런 판단을 존중한다. 내가 내 뜻대로 행동할 권리가 있듯이, 그들 또한 자기들 원하는 대로 말하고 행동할 수 있는 것이다. 그리하여 지금도, 마치 같은 옷을 계속하여 입지 않으면 스스로 견디지 못하는 것처럼, 어쩔 수 없이 나는 같은 방식의 행동을 되풀이하며 살아가는 것이다.

나는 메기였다. 동료 문인들 중 한종원이라는 소설가가 나에 대해 글을 썼는데, 그 글 속에서 나는 메기였다. 물론 그는 나를 비방하기 위해 그 글을 썼다. 그러나 나는 그 글을 읽고 무척 마음에 들었다. 심지어 지상에 나를 정확히 이해하는 사람이 있다는 사실에 마음이 들뜨기도 했다.

'조영로는 나와는 전혀 다른 부류의 사람이다. 사실 우리가 함께 보낸 시간이 그리 길지 않아서 조영로에 대해 내가 가지는 느낌이나 인상은 불충분할 뿐만 아니라 부정확한 것일 수 있다. 그러나 사실 여부를 넘어서서, 나는 본능적인 감각으로 그에 대해 하나의 뚜렷한 이미지를 지니고 있다. 그 이미지는 어느 순간 그야말로 찰나적으로 눈앞을 스치고 지나가면서 내 머릿속에 일종의 화인을 찍어놓았던 터라, 나로서는 도저히 지우거나 고칠 수 있는 성질의 것이 아니다.

요컨대 내 눈에 비친 조영로는 뿌연 흙탕물 바닥에 배를 깔고 앉아 있는 한 마리 메기다. 그 메기는 물이 맑아질 때쯤 되면 슬쩍슬쩍 몸을 움직여 진흙탕을 일으켜서 다시 주위를 혼탁하게 만든 뒤 제자리로 돌아와 물결에 흔들리는 수초들 사이에 가만히 숨어 지켜본다. 겉으로 보기에 조영로는 언제나 말이 별로 없고 남의 눈에 띄는 행동도 거의 하지 않는 사람이다. 그런데 놀랍게도 그가 있는 곳에는 항상 분란과 소요가 일어난다. 그리고 그는 그 어수선한 바닥의 한쪽 구석으로 물러나 무표정한 얼굴로 조용히 앉아 있다. 그러다가 주위가 정리되면 다시 남들이 전혀 예상하지 못한 방식으로 자기를 드러내고, 그러고는 또 곧바로 제풀에 물러서서, 다시 한쪽 구석에 무표정한 얼굴로 조용히 앉아 있는 것이다. 그러면서 그는 속으로 이렇게 중얼거린다. '단지 나는 늘 평범함이 싫었고, 나 자신의 존재 증명을 하고 싶었고, 그러나 내게는 충분한 역량이 없었고, 때문에 나로서는 내 주위에 있는 것들을 무엇이든 이용하지 않을 수 없었다.'

그의 생긴 모습 역시 실로 메기와 다르지 않다. 수염이 텁수룩하게 자란 턱, 깃이 넓은 낡은 외투, 갈색에 가까운 눈, 그의 두 눈은 늘 남들에게는 보이지 않는 누군가와 무언의 대화를 나누듯 두런두런 주위를 돌아보다가 수시로 두툼한 눈꺼풀 속으로 까무룩히 사라져버린다. 그리고 잠시 후에 슬그머니 긴 속눈썹 뒤에서 제 존재를 드러내어 타인들을 응시한다. 그의 손은 자주 그의 눈 근처에 머물렀는데, 가늘고 창백하고 긴 그 손가락들 또한 나로 하여금 메기의 수염을 떠올리지 않을 수 없게 한다.'

그렇다, 나는 메기였다. 아내는 내가 사람들에게 그런 인상을 풍기는 것도 일종의 독을 살포하는 행위로 여겼다. 그런데 과연 메기에게 독이 있다는 말인가. 그런 말은 들어본 적이 없다. 여하튼 아내는 그런 나를 변화시키려고 했다. 그러기 위해 우선 온갖 방법으로 나를 순화, 중화시키려 했다. 하지만 그것은 애초에 불가능한 일이었다. 오히려 나는 아내가 내게 주입시키는 해독제에 중독이 되어버렸다. 그 결과 독을 품고 내뿜는 일에 더 열성적이게 되었다. 그래야 아내로부터 해독제를 더 많이 얻을 수 있기 때문이었다. 그러고 보면 이런 생각이 든다. 어쩌면 아내는 나의 사악한 행동에 대한 일종의 알리바이 같은 게 아니었을까.

그래도 우리는 어렵게나마 그럭저럭 균형을 유지해왔다. 그야말로 약과 독처럼 말이다. 그런데 내가 외국 여행을 하고 돌아온 후 지난해 겨울부터 그 균형에 금이 가기 시작했다. 내가 러시아 상트페테르부르크를 여행하던 중에 사온 마트료시카 인형을 아내는 내 앞에서 바닥에 던져 깨트려버렸다. 그건 전혀 아내답지 않은 행동이었다. 그러나 나는 아내의 내심을 정확히 꿰고 있었다. 인형 속에 인형이 있고 그 인형 속에 또 인형이 있고, 그렇게 여러 가지 또 다른 정체를 안에 숨기고 있는 마트료시카 인형, 그것이 정확히 내 실체의 표상임을 알고서 징그러워 던져버린 것이었다.

일정에 차질이 생겨 러시아에서 이틀 일찍 돌아왔을 때, 나는 내 집에서 동생과 마주쳤다. 나는 내가 여행을 떠나자마자 아내가 동생을 불렀고, 그가 며칠 집에 머물렀다는 것을 알았다. 또한 동생이 내 서재를 뒤졌다는 것도 눈치챘다. 그는 무엇을 찾으려 했던 것일까. 그가 찾으려 한 것이 무엇이든, 분명 아내의 사주에 의한 것일 터였다. 언젠가부터 아내는 나를 점점 더 불결하게 여겼다. 일전에 나의 아들 몽구는 하마터면 눈이 멀 뻔했다. 내가 아내를 말리지 않았으면 아마도 그렇게 되었을 것이다. 그때 아내의 눈은 내게 이렇게 말했다. 당신은 독에 마비되어 꼼짝 못 하지만, 몽구는 독과 싸우려 하는 전사라고 말이다. 그런데 해독은 또 독을 부른다는 사실을 아내는 모르고 있었다. 깨끗한 옷에 쉽게 때가 타는 것이 세상의 이치다. 적당히 더러워지는 것이야말로 세상을 제대로 누리며 사는 법인 것이다.

하지만 그런 점에서 아내와 나는 대화가 되지 않았다. 결국 아내는 나와의 잠자리를 거부했다. 내가 창녀들과 어울리겠다고 협박을 하자, 오히려 안도하며 그렇게 하라고 부추기는 표정을 지었다. 창녀들이야말로 내게 어울리는 여자들이라는 뜻이었다. 그 후로 나는 아내에게 복수하기 시작했다. 사실 내가 독에 오염되고 독을 살포하는 행위를 하는 것도 이미 오래전부터 아내에 대한 보복의 일환이었다. 그런 욕구는 오래전에 일부러 옻닭을 먹고 관계를 가져서 아내로 하여금 옻이 옮아 고생하게 했을 때부터 이미 시작되었다고 할 수 있다.

그러나 그 정도로는 만족할 수 없었다. 언젠가부터 나는 복수를 넘어서 응징을 할 용의도 없지 않았다. 그 무렵부터 내 머릿속에서는 독 묻은 손으로 여자들의 클리토리스를 만져서 여럿을 살해했다는 로마의 한 장군에 대한 이야기가 떠나지 않았다. 또한 나로서는 아내와 동생의 관계가 의심스러웠다. 실제로 육체적인 관계가 있는가 없는가, 불륜이라고 부를 수 있는가 없는가 하는 것은 중요하지 않다. 나는 인간이란 남자나 여자나 자기 몸속에 샘물을 가지고 있다고 생각한다. 우리는 그것이 오염되거나 말라붙지 않도록 노력해야 한다. 나는 내 온갖 파행에도 불구하고 적어도 내 속의 그 샘물만은 순수하게 남아 있다고 믿는다.

고백하자면, 아니, 일기를 쓰는 마당에 지금 내가 누구에게 고백한다는 것일까. 아내에게? 나는 아내가 이 글을 읽기를 바라는 것일까. 어쩌면 그럴지도 모른다. 여하튼 고백하자면, 지난번 부산에 다녀왔을 때, 나는 일부러 성병에 내 몸을 노출시켰다. 그리고 며칠 후 병에 걸렸다는 사실을 확인한 후 기회를 노리다가 깊이 잠든 아내의 몸속으로 파고들어 마침내 나와 같은 병에 걸리게 했다. 그 병 앞에서는 약초를 달여 먹는 것으로는 어림없는 노릇이었다. 결국 아내는 남들 앞에 자신의 병든 성기를 드러낼 수밖에 없었고, 나와 함께 병원을 다니며 치료를 받아야 했다. 물론 나는 그런 줄 몰랐다고, 그저 술에 취해 벌어진 일이라고 발뺌하면서 다시는 그런 일이 없게 하겠다고 아내 앞에 무릎 꿇고 울먹이며 사죄했다. 그러나 아내는 그것이 의례적인 행위이자 절차임을 모르지 않았다. 때문에 늘 그래왔듯이 어떤 반응을 보이는 것도 거부했다.

그러니 이제 나는 어찌해야 할까. 내 쪽의 대응 강도를 더 높여야 할까. 사실 내가 쓸 수 있는 카드는 얼마든지 있다.

마지막 카드는 에이즈가 될 수도 있다. 하지만 아마도 그 전에 모든 게 끝날지도 모른다. 이런 상황이 지속된다면, 언젠가 내가 귀가했을 때 아내가 주검으로서 나를 맞이하리라는 것을 잘 알기 때문이다. 그 곁에서 아들은 살아 있을까. 아들마저 거두어 함께 세상을 떠나지 않을까. 나는 그런 아내를 미워하면서 여전히 사랑한다. 세상살이에서 묘한 점은 아내에 대한 나의 애증이 나 자신을 살아 있게 한다는 사실이다.

여기에서 잠시 글쓰기를 멈추고, 깊게 숨을 쉬며 생각하건대, 작가로서 내가 한 가장 자랑스러운 일은 바로 이 일기를 쓴다는 사실이 아닐까 싶다. 나는 이런 치욕스런 사실을 어찌 되었든 기록으로 남기는 것이다. 누군가가 이 글을 읽는다면 그 자체로 이 글은 내게 독이 될 것이다. 그러나 나는 이 부끄러운 글을 통해 살아남는다. 이 글은 나를 치유하는 약이다. 이 약이 내 아내와 내 자식을 죽이는 독이 된다고 해도 그것을 나의 잘못이라고 할 수는 없다. 그들이 나로 인해 죽는다 하더라도, 나는 한 성실한 인간으로서 결코 나 자신에 대한 긍지와 오연함을 잃지 않을 것이다.

하지만 아직은 때가 아니다. 적어도 지금으로서는 나도 살고 아내도 살고 아들도 살아야 한다. 오늘 아침 문득 프랑스 시인 샤를 보들레르의 「Le Poison」, 「독」이라는 시가 내 눈에 들어왔다. 요즘의 내 심정에 정확히 부응하는 시였다. 앞으로 나는 날마다 그녀의 잠든 귀에 이 시를 들려줄 것이다.

술은 아무리 누추한 집이라 해도
기적처럼 호화롭게 장식하고,
붉은 안개 서린 금빛 속에
전설의 회랑을 수없이 떠오르게 한다.
구름 낀 하늘에 노을 지는 석양처럼.

아편은 끝 모르는 것을 더욱 넓히고,
무궁함 더욱 늘리며
시간을 더 깊게 하고, 관능의 기쁨을 파고들어
어둡고 서글픈 쾌락으로 철철 넘치도록 내 넋을 채운다.

그러나 그 모든 것도 미치지 못한다, 그대 눈, 그대 녹색 눈에서 흘러내리는 그 독기에는.
네 눈은 내 넋이 떨면서 거꾸로 비치는 호수.
떼 지어 내 상념이
이 쓰디쓴 심연으로 와 그 물에 목을 축인다.

그러나 그 모든 것도 미치지 못한다. 나를 깨무는 그대 침의
무시무시한 마력에는.

내 넋을 여한도 없이 망각 속에 담그고는,

현기증을 일으키며,

쇠진한 영혼을 죽음의 기슭으로 굴려가는 네 침!"

4

몽구는 더 이상 읽고 싶지 않았다. 눈앞에서 글자들이 구더기처럼 거머리처럼 꿈틀거렸다. 벌렁 몸을 뒤집어 드러누웠을 때, 바닥에서 메모지 한 장이 눈에 들어왔다. 손을 뻗어 집어 드니 한 줄의 글귀가 눈에 들어왔다. '아내가 달아났다. 아내는 죽지 않았다.' 몽구는 갑자기 숨이 가빠지는 것을 느꼈다. 간유리를 통과한 뒤 네 조각으로 떨어져 내리는 햇살 속에서 먼지의 고운 입자들이 뿌옇게 부유하고 있었다. 얼굴이 뜨겁게 달아오르면서 생각이 어지럽게 흐트러졌다. 몽구는 독풀을 먹고서 뒤집혀진 풍뎅이처럼 사지를 버둥거렸다. 다시 몸을 뒤집을 수 없을 듯한 두려움도 밀려들었다.

이제 더 이상 그곳에 머무를 수 없었다. 어렵게 몸을 추스르고서 엉금엉금 계단 쪽으로 기어갔다. 그러고는 두 손으로 발판을 짚고서 끙 소리를 내며 엉덩이를 들어올렸다. 마치 송충이가 나뭇가지를 타고 아래로 내려갈 때 머리 쪽을 앞으로 쭉 내밀었다가 뒤쪽을 끌어당겨 가운데 부분을 높이 치켜들며 전진하는 것 같은 몸짓이었다. 그것은 무엇인가를 결코 잊지 않기 위한 몸짓, 이겨내겠다는 기이한 오체투지의 몸짓이었다. 마룻바닥으로 내려온 그는 계속 기어서 방으로 갔고, 빰이 침대에 닿았을 때, 바닥에 앉은 채 얼굴을 시트에 묻었다. 눈을 감자 그 순간 누군가가 어둠 속에서 눈을 번쩍 떴다. 속눈썹이 긴 움푹 팬 눈이었다. 그 눈을 유심히 들여다보며 몽구는 자신의 사춘기가 끝났음을 깨달았다. 그러고는 곧바로 잠 속으로 떨어졌다.

어깨를 흔드는 손길에 잠에서 깨었을 때는 어둑어둑한 저녁이었다. 그날 몽구는 옷가지와 컴퓨터와 모니터 그리고 책 따위를 꾸려 삼촌의 차에 싣고 그의 집으로 갔다. 아버지는 응급실에서 치료를 받고 난 후 삼촌에게 전화를 걸어 몽구를 부탁한다는 말을 남기고 어디론가 사라졌다고 했다. 몽구로서도 아버지와 한 지붕 밑에서 사는 것이 가능할지 곰곰이 생각하던 차였다.

그날부터 조몽구와 조수호의 공동생활이 시작되었다. 수호의 집은 서울 남쪽의 호리산 자락에 자리 잡은 단층 목조주택이었다. 행정구역상 그곳의 지명은 호리원이라고 했다. 북쪽으로 창이 많이 달린 서재 겸 작업실이 있고, 수호의 방은 작업실 오른쪽의 동쪽 방이었다. 몽구의 방은 거실을 사이에 두고 남쪽 방이었는데, 서쪽으로 문이 따로 나 있어서 거실을 통과하지 않고도 마당 출입을 할 수 있었다. 마을버스와 지하철을 이용하면 학교까지는 한 시간 정도 걸리는 거리였다.

집안일은 같은 동네에 사는, 나이를 짐작하기 어려운 한 늙은 여인이 담당했는데, 늦은 오후에 들러서 저녁 식사와 다음 날 먹을 것을 챙겨주었다. 작은 체구에 동그란 눈과 허스키한 목소리를 가진 그 여인은 유난히 거동이 침착해 보였다. 아마도 수호는 그녀에게서 입이 무겁고 남의 일에 참견하기를 좋아하지 않는 점을 높이 산 모양이었다. 그녀는 항상 음식 재료를 집에서 가져와 요리를 했다. 수호는 수시로 여러 가지 채소를 가지고 샐러드를 만들었는데, 그녀는 주방에 있는 샐러드 접시에 손도 대지 않았다. 몽구가 나중에 알게 된 사실이지만, 한번은 수호가 중국산 두꺼비의 귀샘에서 분비되는 독액을 밀가루와 반죽하여 그늘에서 말려 만든 섬소라는 것을 집에 가져온 적이 있었다. 강심제나 진통제뿐만 아니라 해독제와 최음제로도 이용되었는데, 그녀가 무심코 그것을 음식에 넣었다가 나중에 수호가 알게 되어 가까스로 화를 면한 적이 있었다. 그 후로 그녀는 집 안 곳곳에 위험한 물질이 널렸다는 것을 알게 되었다. 그러나 각별히 조심했을 뿐, 전혀 겁을 내거나 위축되지 않았다. 그녀에게는 일란성 쌍둥이 동생이 있었는데, 그녀가 일이 있거나 몸이 아프면 동생이 왔다. 두 사람은 정말 똑같이 생겼기 때문에, 몽구는 그녀가 하루도 빠지지 않고 온다는 느낌을 받았다. 둘 중 하나가 죽는다 해도 변화가 없을 듯했다.

몽구 또한 처음 집에 발을 들여놓았을 때, 약간 긴장하지 않을 수 없었다. 수호가 독에 깊은 관심을 가지고 있으니만큼, 어쩌면 일상생활에서도 독이 꽤 중요한 자리를 차지하지 않을까 싶어서였다. 오랫동안 폐가처럼 버려졌던 꽤 낡은 집이었는데, 놀랍게도 청결하고 집 안에 벌레가 전혀 보이지 않았다. 그 점 또한 독과 관련되어 있지 않을까 싶었지만, 그 외에 눈에 띄게 특별한 점은 없었다.

수호가 외출 중일 때면 몽구는 그의 서재 겸 작업실에서 자주 시간을 보냈다. 큰 창이 여러 개 달린 넓은 마루방이었는데, 환하고 환기가 잘되는 점은 좋았지만, 겨울에는 추워서 늘 목탄 난로를 켜놓아야 했다. 유리창 맞은편에는 높은 책장들과 서랍장들이 벽을 채우고 있고, 그 옆으로는 여러 개의 커다란 화분들이 나란히 놓여 있었다. 몽구가 그 방을 좋아하는 이유는 햇빛이 잘 들어 방 안에 있으면서도 마치 밖에 있는 듯한 느낌이 들어서였다. 그는 그곳에서 혼자 점심 식사를 하고 책을 읽고 낮잠을 자기도 했다.

"어느 날, 책장 옆에 난 작은 문을 발견하고서 무심코 열어보았어. 창고로 쓰이는 의외로 꽤 넓은 방이었는데, 발을 들여놓은 순간 눈앞이 아찔했어. 한쪽에는 화학약품이 들어있는 상자들 수십 개가 쌓여 있었고, 반대편에는 큰 수조들,

쇠창살로 된 작은 동물우리 같은 것들이 모두 텅 빈 채 넓게 공간을 차지하고 있었지. 한때 그곳에서 모종의 연구와 실험이 이루어졌고, 그 약품들은 어떤 성분을 추출할 때 쓰였으리라는 걸 충분히 짐작할 수 있었어. 그제야 내 눈은 모든 것을 새롭게 보았어. 서재의 책장에 꽂혀 있는 많은 책들은 대부분 독에 대한 것들이었어. 대체로 표지 디자인이 마음에 들지 않는 그 책들을 뒤적여보고 나니, 마당 한가운데에 높이 자라 난 나무는 협죽도이고 집 안팎에 심겨 있는 풀과 나무도 대부분 강한 독성을 가진 만병초, 은방울꽃, 석산, 수선화, 흰독말풀, 능소화, 천사의 나팔, 피마자, 투구꽃 등등이라는 것도 알 수 있었어. 그중에는 껍질이나 잎, 혹은 뿌리에 피부가 닿기만 해도 독이 흡수되는 것들이 적지 않았지."

몽구는 수호의 일에 어떤 식으로든 관여하거나 신경 쓰고 싶지 않았다. 그러나 한집에 사는 한 그와 전혀 무관하게 지낼 수도 없는 노릇이었다. 그는 수호를 유심히 관찰하기 시작했다. 수호는 정기적으로 출퇴근하는 곳은 없는 것 같았다. 거의 매일 외출을 했지만 집에 있는 시간도 많았는데, 주로 서재에서 혼자 조용히 시간을 보냈다. 그렇다고 살림이 궁색해 보이지도 않았다.

몽구는 언젠가 아버지가 비아냥거리듯이 한 말을 기억했다. 수호가 지방법원 사무관 직을 그만둔 뒤로 여기저기 떠

돌아다니더니, 난데없이 희귀 동물 경매소 소장이 되기도 하고, 결혼상담소 소장이라고 명함을 내밀기도 하고, 건축 관련 사업을 벌이기도 하고, 얼마 전에는 생약 연구소라는 것을 차려놓고서 전갈, 거미, 뱀 등등의 독으로 심장병이나 뇌종양의 특효약을 만들어 시판하려다가 당국과 마찰을 벌였다는 것이었다. 그러나 늘 어머니에게 수호는 환경운동가이자 행위예술가였다. 말하자면 수호는 두 개의 얼굴을 가진 셈이었는데, 몽구로서는 어느 쪽이 맞는지 판단을 내릴 수 없었다. 그렇다고 수호에게 물을 수도 없었다. 함께 살기 시작했을 때 수호는 몽구가 공부에만 집중하고 다른 일에는 신경 쓰지 않기를 바란다는 것을 분명히 밝힌 바 있었다.

수호는 한 달에 한두 번 정도 방문객들을 맞았다. 주로 늦은 저녁 시각에 네댓 명이 찾아왔는데, 때로는 열 명 이상이 여러 대의 차를 타고 몰려들기도 했다. 그런 날은 으레 쌍둥이 자매가 둘 다 동원되어 늦게까지 수호의 서재에서 파티가 벌어졌고, 수호는 파티 전후에 지나칠 정도로 정중하게 몽구에게 양해를 구했다. 그들은 가능한 한 조용하게 시간을 보내려는 듯했으나, 담배 연기가 자욱한 가운데 술잔 부딪치는 소리와 함께 왁자지껄한 웃음소리가 터져 나오곤 했다. 간혹 그들 중 몇몇이 거실이나 마당으로 나와 낮은 목소리로 이야기를 나누었는데, 그때마다 몽구는 그들의 말에 귀를 기울였던 덕분에 수호가 하는 일에 대해 어느 정도 정보를 얻을 수 있었다.

한번은 수호가 마당에서 두 명의 남자를 앞에 두고 격한 어조를 애써 내리누르며 말했다.

"그건 사정이 이렇게 된 거야. 꿀벌에는 봉독이라고 산란관에서 나오는 독이 있는데, 나와 알고 지내던 지인들 중에 오랜 시간에 걸쳐 그 꿀벌 독을 추출하고 정제해서 신약을 만든 사람이 있었어. 관절염 통증 완화 약품으로 이미 임상시험을 성공적으로 거쳤고, 장차 암 치료제로서도 가능성을 인정받았지. 내가 그 사람을 도와서 그 약을 한의사들에게 소개했는데, 한의학에서는 그런 약을 처방할 권리가 없다는 이유로 대한의사협회로부터 고발을 당한 거야. 결국 법정 공방이 벌어졌고, 삼 년이 지나서야 검찰이 무혐의 결정을 내리면서 마무리가 되었지. 그 약이 전통적인 한방 원리와 현대 의학적 연구 과정에 입각해 만들어진 것을 인정해 준 거지. 하지만 판결이 나기 얼마 전에 그 사람은 화병으로 세상을 떴고, 모든 것이 아들 손으로 넘어가면서 흐지부지되어 버리고 말았지."

몽구가 예상했던 대로 수호는 독과 관련된 사업에 깊이 개입되어 있는 게 틀림없었다. 하지만 그의 귀에 들려오는 사람들의 대화 중에는 모종의 집회를 열고 퍼포먼스를 벌이는 것에 대한 토론도 적지 않았다. 자세한 사항은 알 수 없었지만, 수호가 환경운동가이자 행위예술가라고 했던 어머니의 말이 틀린 것은 아니었다.

어느 가을날 늦은 밤이었다. 그날도 수호의 서재에서는 예닐곱 사람이 모여 모임을 가지고 있었다. 몽구가 느끼기에 평소보다 훨씬 시끄럽다 싶었는데, 거실에서 어지러운 발소리가 들리는 듯하더니 갑자기 문이 열렸다. 책상 앞에 앉아 있던 몽구가 뒤를 돌아보자, 한 여자가 불쑥 안으로 들어왔다. 그녀는 꽤 술이 취해서 방향을 잘 가늠하지 못하는 것 같았다. 그래도 낯선 공간에 들어와 약간 정신이 들었는지 고개를 돌려 주위를 휘휘 돌아보다가 초점이 잘 맞지 않는 눈으로 몽구의 얼굴을 노려보듯 바라보았다. 삼십 대 중반의 무척 아름다운 여인이었다. 아름답구나, 실제로 몽구는 속으로 그렇게 중얼거렸다. 아름다움이란 참으로 이상한 물질이구나, 몽구는 자기도 모르게 계속해서 중얼거렸다. 보이지 않고 형체가 없다고 해서 물질이 아니라고 할 수는 없었다. 그 미치는 영향이 너무도 생생하고 분명하기 때문이었다. 몽구로서는 처음으로 아름다움이란 일종의 강력한 독성 물질과도 같다는 생각이 들었다.

그때 그녀가 시선을 거두더니 슬며시 미소를 짓고 나서 몽구의 침대 쪽으로 걸어갔다. 그러고는 털썩 소리를 내며 그 위로 쓰러졌다. 그 바람에 치마가 약간 들리면서 붉은색 속옷의 아랫자락이 드러났고, 그 아래로 가늘고 긴 맨다리가 쭉 뻗어 있었다. 몽구는 마치 독액을 뒤집어쓴 듯이 갑자기 얼굴이 달아오르면서 호흡이 가빠졌다. 바라보고 숨 쉬는 것만으로도 고통스러웠다. 하지만 도저히 시선을 돌릴 수 없었다. 손을 뻗어 치맛자락을 내려주고 싶었다. 그러나 치마를 잡은 자신의 손이 무슨 짓을 할지 그 자신도 전혀 예상할 수 없었다. 그래도 어쩔 수 없는 힘에 이끌려 의자에서 일어서서 그녀 쪽으로 다가갔다. 그녀의 갸름한 콧날과 반쯤 벌어진 붉은 입술, 그리고 엎드려 있어서 그런지 어딘가 비례가 맞지 않아 보이는 상체와 엉덩이와 다리가 그의 눈길을 강하게 끌어당겼다.

노크 소리가 들린 것은 몽구의 손이 그녀의 몸에 닿기 직전의 순간이었다. 그는 깜짝 놀라 몸을 바로 했고, 곧바로 눈이 동그랗고 얼굴이 긴 한 여인이 안으로 들어왔다. 그녀는 침대에 엎드려 있는 술 취한 여인을 발견하고서 놀란 얼굴로 달려와 그녀의 어깨를 흔들었다. 그 광경을 몽구는 핏기가 완전히 사라진 얼굴로 지켜보았다. 문밖에서는 쌍둥이 여인들이 고개를 빼고 무표정한 얼굴로 안을 들여다보고 있었다. 그들은 몽구와 눈이 마주치자 슬그머니 뒤로 물러났다.

눈이 동그랗고 얼굴이 긴 여자가 연신 미안하다고 말하며 붉은 속옷을 입은 여자를 부축해 밖으로 나간 뒤, 몽구는 부끄러움인지 아쉬움인지 모를 어떤 강한 감정이 구역질처럼 목구멍으로 치미는 것을 느꼈다. 그는 그것이 아름다움이라는 독에 노출된 뒤 겪게 되는 일종의 후유증이라는 것을 알았다. 그리고 그 독으로부터 완치되려면 꽤 오랜 시간이 걸리리라는 것도 예상했다.

그 후로 그는 방문객들이 올 때마다 머릿속이 졸아들 정도로 신경이 곤두서곤 했다. 하지만 결코 밖을 엿보지 않았고, 더 이상 그들의 대화를 들으려 하지 않았고, 그 여자에 대해 수호에게 묻지도 않았다. 그가 아름다움이라는 독에 대한 아쉬움으로 어떤 행동을 취하면 부끄러움만 점점 더 커질 게 분명하기 때문이었다. 그저 잊어야 했고 무심해져야 했다. 하지만 잊는다는 것, 너무도 생생해서 어떤 살아 있는 물질처럼 느껴지는 마음속의 이 절실한 충동의 덩어리를 망각의 늪 속으로 밀어넣는 것은 실로 고통스러운 일이었다. 그때마다 다만 독에 쏘이지 않는 것, 어쩌면 그것만이 삶을 행복하게 사는 유일한 길일지도 모른다는 생각이 몽구의 머리에서 떠나지 않았다.

계절이 두 번 더 바뀌었을 무렵, 몽구는 수호가 살아가는 방식에 어느 정도 친숙해졌다. 수호는 직장을 떠난 뒤 다양한 사람들과 만나며 자유를 누렸다. 또한 그는 독의 휘황한 세계에 매력을 느끼고서 점점 더 깊이 빠져들었다. 더욱이 자동차로 두어 시간 걸리는 남쪽의 어느 산에 자신의 연구소를 두고서 적어도 일주일에 서너 번은 그곳에 다녀오는 것으로 보아 독을 호구지책으로 삼고 있는 게 분명했다. 그가 벌이는 사회활동도 독과 관련이 있다는 것은 충분히 짐작이 가는 일이었다.

수호가 연구소에 있다가 오는 날은 외적인 확연한 변화로도 알 수 있었다. 무엇보다도 안색이 창백하고 얼굴의 주름살이 더 깊게 패었으며 눈빛이 술에 취한 것처럼 흔들렸다. 그리고 몸에서 묘한 냄새, 약간 상한 허브 냄새, 약간 비리고 달콤한 건과류 냄새가 났으며, 밤새 망상에 시달리는 사람처럼 헛소리를 중얼거리고 비명을 지르기도 했다.

하지만 아침이 되면 평소처럼 일찍 일어나 몽구의 아침식사를 챙겨주었는데, 그때는 눈빛이 더 형형하고 피부가 맑고 팽팽했으며, 활기차고 과장된 몸짓으로 농담을 섞어 익살을 부리기도 했다. 그럴 때마다 몽구는 경이로움을 느끼며 그토록 그를 변화시키는 힘의 근원이 무엇인지 호기심을 가지지 않을 수 없었다. 그러나 그들의 공동생활이 안정기에 들어선 이후로 오히려 두 사람 사이에서 독이라는 화제는 사라졌다. 굳이 독에 대해 이야기할 필요가 없었다기보다, 수호 자신이 독에 대해 몽구와 이야기하고 싶어 하지 않았다. 그 까닭은 자신이 빠져든 위험한 독의 세계에 몽구가 가까이 다가서는 것을 원하지 않기 때문이었다. 그리고 또 한 가지, 몽구가 보통 사람이 되도록 도와달라는 몽구 어머니의 당부가 늘 수호의 귓전에서 울렸던 탓이었다. 그로 인해 독이라는 화제를 피하는 것은, 자연스레 둘 사이에 이루어진 암묵적인 합의 사항들 중 하나가 되었다.

5

몽구는 고등학교를 졸업하고서 서울에 있는 한 대학의 신문방송학과에 진학했다. 입학식 며칠 후, 몽구는 아버지와 저녁 식사를 같이했다. 그동안 내왕이 잦지는 않았어도, 두 사람이 생일을 맞을 때, 그러니까 일 년에 두 번 서로 만나 음식을 먹으며 축하를 해왔던 터였다. 전채 요리가 나온 후 아버지는 몽구의 잔에 백포도주를 따라주었다. 이제 몽구가 성인이 된 것을 기념하는 의미에서였다.

몽구는 아버지의 왼손에 그동안 보지 못했던 백금 반지가 끼워져 있는 것을 보았다. 어쩌면 아버지에게 애인이 생겼는지도 모른다는 생각이 들었지만, 묻지 않았다. 그러고 보니 누가 보아도 동안인 데다가 피부가 희고 맑아서 여간하여 늙지 않는 귀공자의 인상을 주던 아버지의 얼굴 가장자리에 희미하게 검버섯이 피어나 있었다. 예전부터 아버지는 끊임없이 눈길을 돌려 주위를 살피다가 어떤 사물이나 사람을 빤히 바라보았는데, 여전히 그 버릇을 버리지 못했다. 아버지는 그것이 작가로서 관찰력을 키우기 위한 행위라고 믿었다. 그러나 이제 그 버릇은 나이가 들수록 점점 매사에 궁지에 몰리는 한 늙은 남자의 불안감을 여실히 드러낼 따름이었다.

"신문방송학을 전공으로 선택한 이유를 물어봐도 되겠

니?"

아버지는 전공과 관련하여 몽구가 자신과 한 번도 상의한 적이 없다는 데 대해 섭섭해했다. 하지만 자신에게는 섭섭해할 자격이 없다는 사실도 모르지 않았다.

"글쎄요, 뭐랄까, 자기중심의 좁은 세계에서 벗어나고 싶었기 때문이랄까요?"

"너는 늘 세상을 똑바로 노려보면서 싸움을 벌이려 하지 않았니."

"제가 정말 그랬는지는 모르지만, 여하튼 어머니가 돌아가신 후로 그런 성향을 버리려고 노력했지요."

"버리려고 해서 버려지겠니?"

"그래요, 억눌러버렸는지도 모르지요. 어쩌면 그래서 저 자신에 대한 긴장감을 내려놓고 그저 사람들 속으로 들어가고 싶었는지도 모르지요."

아버지가 마치 비밀스런 대화를 하듯 주위를 살피며 목소리를 낮추어 물었다.

"그럼 두통이 조금 나아진 거니?"

몽구는 피식 웃음이 나오려는 것을 참으며 말했다.

"물론 그런 건 아니에요. 사라지거나 가라앉기는커녕 더 심해졌지요. 어떤 때는 간질 환자가 발작을 일으키듯이 모든 생각이 마비될 정도예요. 마치 이마 안쪽에 기생충 한 마리가 살고 있어서 날카로운 이빨로 머릿속을 갉아대는 듯한 느낌도 들지요."

말을 마치고 나서 몽구는 자신이 아버지의 말투를 닮아가고 있다고 느꼈다. 아버지가 뭐라고 말을 하려 할 때, 몽구가 얼른 말을 이었다.

"하지만 이제는 두통을 이기지는 못해도 이 두통이라는 놈이 어떤 놈인지 제대로 이해하게 되었어요. 다행한 일이지요. 덕분에 특별한 병에 시달리고 있다는 사실을 남들에게 감추는 방법도 알았어요. 어렸을 적부터 제가 머리가 아파서 이상한 행동을 하는 걸 지켜보았던 사람들은 이제 그 고약한 병이 나은 줄 알아요. 그래서 내 성격도 훨씬 나아졌다고 생각하지요. 병이 나으면서 성격도 변하는 법이니까요. 하지만 아버지 말씀대로 옛날 성격을 버리려 한다고 버려지겠어요?"

아버지는 고개를 끄덕이며 힐끗 출입문 쪽을 바라보았다. 몽구는 고개를 돌려서 아버지가 방금 전 무엇을 보았는지 확인하려다가 그만두었다. 조금 전부터 아버지는 그와 마주앉아 있는 이 상황에 더 이상 집중을 하지 못하고 있는 게 분명했다.

"이제 저도 어른이 되었으니 이렇게 일부러 만나주지 않으셔도 됩니다."

몽구는 짐짓 담담한 목소리로 그렇게 말했다.

아버지가 정색을 한 얼굴로 말했다.

"그야 물론이지. 네게 생활비와 학비를 대주는 것만으로도 내 의무는 다하는 셈이지. 그래도 나로서는……."

몽구가 그의 말을 자르고 들어갔다.

"아버지 돈의 상당 부분은 어머니의 돈이었지요."

순간 아버지가 깜짝 놀란 표정으로 몽구를 건너다보았다. 그러고는 이맛살을 찌푸린 채 한동안 사이를 두었다가, 왼손으로 턱을 쓰다듬으며 심각한 어조로 말했다.

"어디에서 그렇게 냉혹한 마음을 얻었니? 너도 내 상황이 점점 더 어려워지고 있다는 걸 모르지 않을 텐데. 비빌 언덕을 잃어 초라해진 사람을 미워하고 몰아세우는 건 비열한 짓이란다."

몽구는 애초에 아버지로부터 유산 상속에 대한 말이 나오기를 기대하는 것은 부질없는 짓이라는 것을 알고 있었다.

"메기를 사냥하는 건 그리 쉬운 일이 아니라던데요."

아버지는 또 한 번 고개를 번쩍 쳐들어 몽구를 바라보았다. 그러나 이번에는 씁쓸하게 씩 웃어 보이고는 차분한 목소리로 말했다.

"이거 알고 있니? 나는 글을 쓸 때마다 뭔가를 으깨는 듯한 느낌에 시달리곤 해. 나는 글을 쓰는 게 아니라 으깨는 거야. 뭘 으깨느냐고? 나 자신을 으깨는 거지. 나는 그렇게 으깨는 글쓰기에 중독이 되어버렸어. 도박에 중독이 되는 것과 다를 바 없지. 아무리 나쁜 패라도 이길 수 있으리라는 느낌이 드는 것 말이야. 옛날 이탈리아의 보르자라는 한 악명 높은 가문에서는 대대로 토파나라는 독약을 이용해서 정적들을 제거했지. 토파나를 얻기 위해서는 디기탈리스와 독인삼, 마귀광대버섯만 먹고 사는 두꺼비가 필요했어. 그 두꺼비를 우리에 가둔 뒤에 적보라색의 두꺼운 천을 덮고서 그 상태로 햇빛에 놓아두지. 한참 후에 천을 걷어내고서 이번에는 직접 햇볕을 쬐게 해. 그렇게 해서 두꺼비가 고통을 참지 못하고 기진맥진하게 되면 막대기로 쿡쿡 찔러 강한 자극을 주지. 그러면 두꺼비가 하얀 액체를 뿜게 되는데, 그 액체가 바로 토파나라는 독액이야. 그 이야기를 처음 들었을 때, 바로 나 자신이 그 두꺼비라는 생각이 들었어. 세상이 내게 온갖 괴로움을 가한 뒤 쿡쿡 찔러 독액을 뱉게 하는 거야. 그게 바로 나의 글이지. 그 독액은 두꺼비가 자기를 으깨어서 뱉어내는 거야. 내가 나를 으깨어서 글을 쓰는 거야. 그러니 그 글은 나라는 인간과 상관없이 그 자체로 분명 나름의 의미가 있는 거야. 내 글을 비난하는 자들은, 거기까지는 생각을 못하는 거야. 글과 인간을 구별하지 못하는 거지."

몽구가 보기에 아버지는 포도주 몇 잔에 이미 꽤 취한 것 같았다. 그러나 중요한 순간에 일부러 횡설수설하는 것이 아버지의 책략이기도 하다는 것을 몽구는 모르지 않았다.

그때 아버지의 백금 반지가 번쩍 빛을 반사했다. 몽구는 그 반지가, 하루아침에 권력을 잃고 정적들로부터 독살 위협을 받는 한 늙은 모사꾼이 혹시라도 음식에 독이 들었는지 감식하기 위해 사용하는 도구처럼 여겨졌다.

술을 적포도주로 바꾼 뒤 첫 잔을 쭉 비우고서 아버지가 말했다.

"네가 수호와 가까워지면서 나와는 점점 더 멀어지는 기분이구나. 애초에 네 이름을 몽구라고 짓지 말았어야 했어. 그랬다면 너와 나 사이도 지금과는 달랐을 텐데. 그래도 이 말은 잊지 말기 바란다. 네가 너 자신을 사랑하지 않는다면, 온 세상이 너를 사랑해도, 그건 개미 한 마리가 너를 사랑하는 것보다도 못하다는 거야."

그 말은 몽구의 머리를 어찔하게 했다. 어떤 저의가 있는 듯한데, 그것이 무엇인지 알 수 없었다. 아버지 자신의 그간 행적에 대해 이해를 구하는 말로 듣기에는 너무 모호하고 교묘하고 또한 감상적이었다.

몽구는 잠시 망설이다가 일부러 냉혹한 마음을 되살리며 말했다.

"저도 이제 어른이 되었으니 하는 말이지만, 만약 제가 전적으로 잘못 짚은 게 아니라면, 어른들의 세계라는 건 실로 민망할 정도로 유치하고 엉성하다는 생각이 들어요. 독에 미친 동생에게 아들을 맡기는 아버지나, 죽기 전에 유언으로 사랑하는 아들에게 유산을 남기지도 않은 무책임한 어머니를 생각하면 제 말이 틀리지 않은 것 같거든요."

몽구의 말에 아버지는 순간 당황한 기색을 보였다. 평소의 아버지와는 전혀 다른 모습이었다.

"누구나 잊기 마련이야. 자꾸 잊어버리다 보니 그런 일이 생기는 거야. 내가 얼마 전에 쓴 소설에 장수련이라는 창녀가 등장하지. 세파에 시달려서 낡은 바퀴처럼 닳을 대로 닳은 여자였는데, 나는 오래 망설이다가 그 이름을 장수련이라고 붙였어. 어느 날 한 여자로부터 전화가 왔는데, 대뜸 이렇게 말하는 거야. '저, 장수련이에요.' 깜짝 놀랐지. 나는 그 이름을 내가 지어낸 줄로 알았거든. 그 여자는 어떻게 자기 이름을 창녀 이름으로 쓸 수 있느냐고 날선 목소리로 물었어. 그제야 나는 한때 장수련이라는 이름의 여자를 알았던 게 기억났어. 그러니까 내가 하려는 말은, 하지만 아무리 생각해도 장수련과의 사이에 무슨 일이 있었는지, 심지어 그녀의 얼굴조차도 전혀 기억이 나지 않았다는 거야. 그러나 사실대로 말할 수는 없었지. 그래서 미안하다고, 그저 수련 씨의 성격과 그 인물의 성격이 다소 닮고 잘 맞아서 언짢을 줄 짐작하면서도 빌려온 거라고 얼버무렸어. 그러고는, 만약 내가 당신을 완전히 잊었다면 당신 이름은 안전했겠지요, 창녀에게 붙이는 일은 없었겠지요, 혹시 그걸 원했던 건 아니겠지요? 하고 되물었지. 당연히 그 여자는 아무 대꾸도 하지 못했어. 짧게 신음소리 같은 것을 내고는 조용히 전화를 끊더군. 그 여자는 내가 어떤 인간인지 잘 알았던 거야. 때문에 아무런 반박도 할 수 없었던 거지. 세상은 그런 거야. 잊히는 게 가장 비참한 일이란다. 내가 남들 앞에서 치부를 드러내는 것도 단지 잊히지 않기 위해서야. 그리고 잊지 않기 위해서란다. 네 어머니도 마찬가지야. 네 어머니는 결코 내게 잊힌 여자가 아니야. 그러니 유산 같은 말은 하지 않기를 바란다. 그러니까 너도 알겠지만, 내가 하려는 말은……."

아버지가 하는 말은 어느 순간부터 몽구에게 더 이상 이해가 되지 않았다. 아버지가 약간 허둥거리는 듯한 어조로 말하기 때문만은 아닌 것 같았다. 그때 문득 몽구는 자신이 일부러 아버지의 말을 건성으로 듣고 있다는 사실을 깨달았다. 그는 애써 귀를 기울이는 대신 속으로 중얼거렸다.

"아버지는 아직은 살아 있어야 해요. 제가 아버지를 살려 두겠어요."

6

"대학 생활은 분명 나를 여러 가지 면에서 예전과는 다른 사람으로 만들어주었어. 대인관계도 별 문제가 없었어. 하지만 성인이 된 나를 크게 혼란스럽게 한 것이 둘 있었는데, 그것은 술과 성이었어. 이 둘은 내가 타인들과 맺는 관계를 수시로 위태롭게 했어. 우선 술은 무엇보다도 몸과 마음을 마비시켜 긴장을 풀어주고 두통도 완전히 잊게 해주었어. 물론 숙취로 두통에 시달렸지만, 그때의 두통은 늘 겪고 있는 두통과는 전혀 달라서 오히려 견딜 만했어. 그 때문에 술은 내게 결코 물리칠 수 없는 것이 되었어. 그런데 문제는 일단 마시기 시작하면 여간하여 멈출 수가 없고, 어느 순간부터 몸은 움직일 수 있어도 정신은 완전히 마비되어 버린다는 거였어. 어떤 때는 아침부터 술을 마시기 시작해서 간간이 꾸벅꾸벅 졸 때를 빼고는 사흘 동안 내리 술을 마신 적도 있었어. 그럴 때는 기억이 너무 흐릿해서 옷이나 몸에 생긴 변화로 전날의 상황을 짐작해야 했지. 그러나 술은 결코 만족을 주지 않았어. 술은 바닷물 같았고, 나는 바다에 빠져 바닷물을 마시다가 몸과 마음이 파도에 실려 어디론가 멀리 떠내려가곤 했어.

물론 내가 술에 저항하려고 노력하지 않은 건 아니야. 우선 나는 술을 마시기 시작한 지 얼마 되지도 않았는데 내가 왜 이토록 술에 집착하게 되었는지 그 이유에 대해 곰곰이 생각해보았지. 그러자 술은 에탄올이라는 독성 물질이어서, 내 몸과 마음이 술을 통해 독을 취하고 싶은 욕구를 느끼는 게 아닌가 싶었어. 그동안 나는 독에 대한 일종의 금단증상을 겪고 있었고, 술을 마시면서 독에 대한 갈증을 해소하려는 게 아니었나 싶었던 거야. 그러다 보니 술이 완전한 독으로 변할 만큼의 양을 마시려 한 거였지.

얼마 지나지 않아 나는 대단한 술꾼이라는 명성을 얻었어. 엄청난 양의 술을 마실 뿐만 아니라, 술에 취하면 수없이 많은 다른 사람으로 변신하는데 평소와는 영 딴판이 되는 그 모습이 그렇게 엉뚱하고 재미있을 수 없다는 거야. 분명 술이라는 독은 내게 큰 기쁨을 주었어. 나 자신의 습관적 생리와 세상의 온갖 속박에서 나를 자유롭게 해주었지. 술은 이런 무미건조한 일상에 마비된 상태에서 벗어나 전혀 다른 존재가 되고 싶은 나의 낭만적인 욕구를 충족시켜 주었어.

하지만 술은 결국 독이었어. 나는 점점 더 술이라는 독에 끌려다녔어. 술은 내 삶에서 많은 것을 훼손시켰어. 그건 또 다른 차원의 마비이고 마취였어. 어느 날 마침내 나는 더 이상 아무것도 술 때문에 잃고 싶지 않다는 생각이 들었어. 심지어 술에 취해 머릿속이 흐리멍덩해지는 것보다는 그 지긋지긋한 두통을 견디는 게 차라리 낫겠다 싶을 정도였지. 그때부터 술과 나 사이에 전쟁이 시작되었어.

그래도 술은 성, 그러니까 섹스에 비하면 오히려 훨씬 쉬운 문제였어. 이십 대 초반의 나이에 이미 나는 술이란 인간 몸에 작용하는 독이고, 섹스는 인간 영혼에 작용하는 독이라는 사실을 깨달았어. 붉은 속옷을 입은 그 여자가 내 방 침대에 쓰러졌던 그날, 나는 내 속에 얼마나 강력한 성적 욕망이 들어 있는지 비로소 알고서 엄청난 공포에 사로잡혔지. 그런데 그 후로 성욕은 점점 더 커져갔어. 그 욕망은 도덕이나 관습, 계율과 법 따위는 안중에도 없었어. 단지 나 자신을 지켜야 했기에 그것들과 어렵게 타협을 하고 있을 뿐이었지. 나는 내가 결코 결혼 따위를 할 수 없으리라 생각했어. 한 여자와 사는 삶은 내게 아무런 가치가 없는 것이었어. 어떤 식으로든 나를 성적으로 만족시킬 수 없는 여자는 내게 아무것도 아니었어. 나는 그런 여자들을 마음속으로 경멸했어. 그들에게 친절하게 대하는 것은 경멸감을 감추기 위해서였지. 실로 나는 무척 위험한 상태였어. 언젠가 섹스가 나를 파멸시킬지도 모른다는 불길한 예감을 느낄 정도였어.

물론 나는 성을 넘어서는 사랑에 대해서도 생각했지. 사랑은 우리 몸속의 성이라는 독을 순화시키는 영혼의 힘이라고 믿으려 했지. 실제로 나는 사랑이야말로 남녀가 서로 어울려 상대방의 독을 풀어주는 행위라고 믿었어. 하지만 그러려면 상대방에 대해 신뢰하고 헌신해야 하는데, 나는 그럴 방법을 알지 못했거니와 그러고 싶지도 않았어. 그저 섹스라는 독에 흠뻑 젖고 싶은 욕구가 늘 나를 압도했으니까. 더욱이 섹스는 너무도 쉽게 사랑을 아무것도 아닌 것으로 만들어버렸어. 섹스는 뿌리가 무척 깊어서, 그 근원에는 죽음의 공포가 닿아 있기 때문이었지. 섹스는 자기애적인 동시에 자기 파괴적이었어. 자신의 결핍감을 충족시키기 위해 타인의 몸을 향해 달려들지만, 실상 그것은 무분별하게 서로를 파괴와 죽음의 독에 노출시키는 결과를 가져올 따름이었지. 섹스가 사랑의 이름으로 사람들의 몸과 마음을 그토록 자주 상하게 하는 것도 그래서지.

때문에 나는 늘 강렬한 성적 욕망에 사로잡혀 있으면서도, 여자의 몸이 내 몸에 닿는 걸 끔찍해했어. 이를테면 나는 성적 탐닉에 대한 터무니없는 갈증과 지독한 결벽증 사이에서 내내 갈팡질팡했어. 그러니까 내 속의 독이 여자들을 오염시킬지 모른다는 두려움과 여자들의 독이 나를 오염시킬지 모른다는 두려움을 동시에 느꼈어. 그런가 하면 내가 내 속의 독으로 여자들을 오염시키고 싶은 욕구와 여자들이 자기들의 독으로 나를 오염시켜 주기를 바라는 욕구도 동시에 가지고 있었지.

물론 그동안 몇몇 여자가 내게 관심을 가졌고 나도 그들과 가까워지고 싶었기에, 어느 정도 관계가 진전된 적도 두어 번 있었지. 특히 여자들이 키스를 좋아한다는 사실을 나는 비로소 알게 되었어. 하지만 나는 무엇보다도 키스가 고역이었어. 진화심리학에서는 남녀가 키스를 하는 건 침을 통해 유전자를 주고받으면서 상대방이 후손을 번식시키는 데 적절한지 아닌지 탐색하는 과정이라고 하지. 나도 그렇게 믿고 있었어. 그런데 그 유전자가 들어 있는 침이라는 게 뭐야. 침이란 바깥세상으로부터 나를 지키고 외부의 물질을 녹여

버리는 독이야. 서로 잘 맞는 침이란 있을 수 없어. 사랑으로 순화시키지 않는 한 침이란 서로에게 독인 거야. 그런데 사랑이란 어디에서 오지? 침 속에 사랑이 없으면 대체 어디 있는 거야? 키스를 할 때면 내 머릿속에서는 이런 생각이 떠나지 않았어. 그리고 그런 내 생각이 입술과 혀와 침이라는 독을 통해 상대방에게 그대로 전달되었어. 때문에 여자들은 나와 키스를 하고 나서는 불쾌감과 심지어 두려움을 느끼곤 했지. 더 이상 관계가 지속되지 못한 건 당연한 일이고.

한번은 삼각관계에 말려든 적도 있었어. 내 친구 중 하나가 한 여자를 좋아했고 그 여자는 나를 좋아했고, 나는 내 친구에게 우정을 느끼고 있었어. 하지만 결국 나는 그 여자를 물리칠 수 없었고, 내 친구는 멀리할 수밖에 없었지. 어느 날, 나와 그 여자는 늦은 밤에 카페에 마주앉아 있었는데, 그날 우리는 감정이 격양되어 있었던 터라 잠자리를 같이할 수도 있었어. 그런데 문득 나는 내가 단지 삼각관계라는 것에 흥미를 느꼈을 뿐이라는 것을 알았어. 여전히 모든 게 원점이었어. 내 앞에 앉아 있는 그 여자가 아니라 어떤 여자든 상관없었어. 때문에 나는 얼마든지 그녀를 학대할 수 있었어. 얼마든지 배신할 수 있었어. 그러고는 결코 채울 수 없는 나의 욕구를 그 여자 탓으로 돌릴 게 분명했어. 그러자 그 여자와 내 친구에 대한 죄책감이 강하게 밀려들었고, 순간 나는 충동적으로 카페를 뛰쳐나올 수밖에 없었지.

그 후로 나는 어떤 여자와도 거리를 좁힐 수 없었어. 성적 긴장감을 느낄 수 없는 여자와는 한 순간도 마주앉아 있을 수 없었으면서도, 내 속에 얼마나 강한 괴물 같은 욕정이 들어 있는지 상대방이 알면 질겁하고 달아나리라는 두려움도 떠나지 않았어. 시간이 지나면서 사람들의 눈에 나는 위선적 인물로 비치게 되었어. 내가 속으로는 여자들에게 관심이 많으면서도 늘 고고하게 거리를 유지한다는 거지. 어떤 친구들은 내 태도가 그저 미성숙함의 결과일 뿐이라고 공공연하게 떠들어댔어. 내가 수시로 돈 주고 여자를 산다는 소문도 널리 퍼졌어.

하지만 너도 알다시피 나는 위선적이지도 고고하지도 않고, 단지 강박적이었어. 내가 보기에 인간은 결코 독으로부터 벗어날 수 없었어. 세상에 독이 넘쳐났고, 모든 것이 독에 오염되었고, 또한 모든 것이 독 그 자체였어. 사람도 마찬가지였는데, 그 증거는 나 자신이 온통 독으로 채워져 있기 때문이었어. 나의 몸속에서는 늘 독이 타들어가면서 온갖 과도한 욕구를 불러일으키고 있었어.

어떤 때는 나도 모르게 성모병원의 간호사였던 고영지가 머리에 떠오르곤 했어. 영지가 생각한 것처럼 내게는 마귀를 쫓는 퇴마술사의 도움이 필요한지도 모를 일이었어. 그렇지 않으면 차라리 나를 사람들로부터 격리시키는 편이 좋지 않을까 싶기도 했어. 그런데 그 생각이 내게 약이 되었어. 내 속에 들어 있는 독의 일부가 약으로 변했다고 할 수도 있겠지. 나는 체념하고 있었어. 독이 곧 삶이고 삶이 곧 독이었어. 그렇게 생각하자 차츰 마음이 진정되고 행동이 느려졌어. 그러고 보면 모든 게 얼마나 간단하고 단순한지. 하지만 그 간단하고 단순한 것들이 얼마나 복잡하고 정교하게 얽혀 있는지.

그 후로 나는 꼭 해야 할 일을 묵묵히 하면서, 책을 보거나 컴퓨터와 더불어 많은 시간을 보냈고, 가끔 삼촌과 함께 마당에서 농구를 하거나 탁구장으로 탁구를 치러 가곤 했어. 탁구는 의외로 내게 잘 맞았어. 나는 운동을 하면서 많은 생각을 했어. 모든 운동은 나름대로 격렬한 면이 있는데, 제대로 격렬하게 움직이려면 오랜 수련이 필요한 법이야. 마찬가지로 고독이라는 것도 격렬해야 제대로 된 고독인데, 그러려면 힘겨운 수련이 필요하지. 나 자신을 나만의 세계에 고립시키는 것도 그런 수련의 과정이었어. 이제 나는 더 이상 음울하거나 냉소적인 표정을 짓지 않고 나의 고립을 기쁘게 받아들였어."

7

어느 초여름 밤늦은 시각에 몽구가 막 불을 끄고 잠들려

할 때, 바깥에서 뭔가가 부딪치고 쓰러지는 요란한 소리가 들려왔다. 수호가 돌아왔나 싶었는데, 자동차 소리가 들리지 않은 게 이상했다. 거실로 나와보니 마당 쪽으로 난 창을 통해 어떤 거대한 물체가 비틀거리며 움직이는 게 보였다. 깜짝 놀라 유리문을 열자, 양쪽으로 쌍둥이 자매가 보이고 그 가운데에 수호가 축 늘어진 채 두 사람의 부축을 받고 있었다. 그의 셔츠는 단추가 모두 떨어져 나간 채 땀에 젖은 몸에 엉겨붙어 있었다. 두 늙은 여인은 몽구가 마당으로 나오는 것을 보고서 그 자리에 멈춰 섰다. 그러고는 수호를 바닥에 내려놓고서 조용히 몸을 돌려 어둠 속으로 사라졌다. 나중에 듣기로, 수호의 차가 마을 입구 언덕 밑으로 굴러떨어져 전복되었고, 수호가 그 옆에서 온몸에 불이 붙은 사람처럼 신음소리를 내며 뒹굴고 있는 것을 마을 사람들과 쌍둥이 자매가 발견하여 집으로 데려왔다고 했다.

수호는 축축한 땅바닥에 모로 누운 채 움직이지 않았다. 몽구가 달려가서 어깨를 흔들자, 수호는 상체를 일으키다가 갑자기 쿨럭쿨럭 기침을 하더니 왝왝거리며 약간의 누런 액체를 토해냈다. 그러나 이미 토할 것은 모두 토한 탓에 더 이상 나올 것은 없어 보였다. 몽구가 부축하기 위해 팔을 붙잡자, 수호는 흠칫 놀라 몸을 뒤로 물리더니 고개를 꼿꼿이 세우고서 그를 노려보았다. 수호의 입술은 붉은 피로 얼룩져 있었다. 그때 수호가 앞으로 달려들어 왼손으로는 바닥을 짚은 채 오른손을 뻗어 몽구의 목을 움켜쥐었다. 그 악력이 얼마나 강한지 순간 몽구는 덫에 걸린 작은 짐승처럼 꼼짝도 할 수 없었다. 수호의 얼굴은 잔뜩 일그러져 있었는데, 그것은 육체적인 통증 때문이라기보다 무엇인가에 대한 강한 환멸, 혹은 자기 자신에 대해 지독한 모멸감에 사로잡혀 손에 잡힌 것이면 무엇이든지 부수어버리려 드는 사람의 표정이었다.

몽구는 수호의 오른손을 목에서 떼어내려 했다. 그러나 단단하고 강한 나무토막처럼 꿈쩍도 하지 않았다. 몽구는 이대로 자신이 죽을 수도 있다는 생각에, 자신도 두 팔을 내밀어 두 손으로 수호의 목을 힘껏 졸랐다. 그렇게 한동안 서로 목을 조르며 대치하던 끝에 수호의 오른팔이 툭 바닥으로 떨어졌다. 목이 자유로워진 몽구도 손을 거두었고, 두 사람은 바닥에 쓰러져 동시에 격하게 컥컥거렸다.

몽구는 기력이 쇠진한 수호를 걸머메다시피 하여 집 안으로 들여 거실 소파에 앉혔다. 우선 몽구는 수호의 젖은 옷을 벗기고 담요를 덮어준 뒤, 가스레인지 위에 놓여 있는 찻주전자와 찻잔을 가져왔다. 평소에 수호가 여러 가지 약초의 잎과 뿌리를 달여 만든 차였는데, 몽구는 가급적 마시지 않으려 했다. 냄새가 이상했을 뿐만 아니라, 몇 모금만 마셔도 숨이 차고 가슴이 답답하고 속이 메스꺼웠다. 그 약초라는 것들이 대부분 독초였고, 수호는 그것들을 뜨거운 물에 끓여 독성을 약화시키긴 했지만 특별한 효과를 얻기 위해 어느 정도는 일부러 남겨놓았다고 했다.

수호는 연한 검붉은 색이 나는 차를 조금씩 마시면서 차츰 정신을 차렸다. 그러나 간간이 욕실로 달려가 헛구역질을 한참 하고서 돌아왔다. 한 주전자를 다 비우고 나서야 지독한 피로감에 짓눌린 사람처럼 거무튀튀했던 수호의 얼굴에 혈색이 돌아왔다. 수호는 몽구에게 못 볼 꼴을 보게 했다는 사실에 거북함을 느끼는 기색이었다. 그의 목에는 몽구의 손자국이 벌겋게 남아 있었다. 몽구도 목이 졸리던 때의 통증이 되살아났다. 방금 전에 서로 목을 졸랐던 그 일은 언젠가는 일어날 수밖에 없었던 것처럼 여겨졌다. 어떤 의미에서는 그로 인해 둘이 오히려 서로 더 가까워진 듯한 느낌이 들었다. 그러나 이상하게도 그 느낌은 몽구를 더 외롭게 했고, 수호도 더 외로워 보이게 했다.

"이번에도 쌍둥이 아주머니들이 없었으면 큰일 날 뻔했군. 두 분은 결혼도 하지 않고 평생 함께 살고 있어. 서로 한 번도 떨어진 적이 없다고 하지. 그러다 보니 결혼을 할 기회도 없었고 엄두도 내지 못한 모양이야. 일종의 근친결혼인 셈이지. 일란성 쌍둥이니까 어쩌면 자기 자신과 결혼한 거라고도 할 수 있어. 덕분에 타인의 독에 노출되거나 타인과 살면서 독을 겪을 위험도 사라진 거지. 사람들이 손가락질하면서 기피하는 것도 그 때문이야. 그렇게 사는 모습이 어찌 보면 비정상적이어서 섬찟하기도 하지만, 사실 우리는 두 사람을 질투하는 거야."

그때 몽구는 찻잔을 쥔 수호의 손이 수전증에 걸린 사람처럼 미세하게, 그러나 분명 눈에 띄게 떨리는 것을 보았다. 아까 옷을 벗길 때 몽구는 수호의 손가락 끝과 손톱이 모두 누렇고 검게 변색된 것을 보고서 놀랐다. 그러나 곧 그 이유를 짐작할 수 있었다. 수호는 늘 독을 만지고 취급하는 일로 손이 성한 날이 없었고, 독을 맛보고 냄새 맡고 하는 일로 항상 혀와 코에서 통증을 느끼는 게 분명했다. 그렇다고 장갑을 끼거나 보호 장비를 사용하는 것은 그가 택하는 방식이 아니었다. 문제는 손이 떨리고 변색되는 게 얼마 전까지는 없었던 현상이라는 것이었다.

몽구의 시선을 의식하고서 수호가 자신의 두 손을 들여다보며 말했다.

"생약재를 채집할 때 독을 감별해야 하는데, 먼저 살갗에 발라보는 게 순서야. 이때 무척 주의를 기울여야 해. 사람의 피부는 섬세하고 예민하니까. 줄기나 잎을 따서 냄새를 맡았을 때 역겹고 불쾌한 냄새가 나거나 벌레 먹은 흔적이 없으면, 그게 독초야. 인간도 그런 부류를 조심해야 해. 걸쭉한 액즙이 나오는 것들이 있는데, 노란색이나 검은색이면 독초인 경우가 많아. 또 독초는 액즙을 겨드랑이나 목, 허벅지나 사타구니, 팔꿈치 안쪽 같은 연한 피부에 발랐을 때 곧바로 반응이 생기는 것을 볼 수 있어. 몹시 가렵거나 따갑고 통증이 느껴지고, 물집이나 종기 같은 것이 돋아나기도 하지. 살갗에 반응이 없을 때는 혀끝에 발라보는 게 다음 순서야. 독초의 즙은 혀끝을 톡 쏘는데 심할 때는 혀 전체가 화끈거리면서 입안이 해지기도 하지. 이때는 절대 삼키지 말고 즉시 뱉은 후에 맑은 물로 입안을 헹궈내야 해. 어쩌다 침이 목구멍을 넘어가면 입안에 손가락을 넣어 토해야 하고. 기도가 부어서 숨이 막혀 죽을 수도 있으니까. 여하튼 그런 일을 하다 보면 아무리 조심해도 혓바늘이 돋기 일쑤지. 단맛이 나더라도 뒷맛이 아리고 쌉쌀하면 그것도 독초야. 먹을 때는, 반드시 법제를 거쳐야 하지. 그다음에는 냄새를 맡는 거야.

돌이켜보면, 내가 독을 만나 뗄 수 없는 관계가 된 건 피하지 못할 운명이었다는 생각이 들어. 아마도 나중에 자세히 이야기할 기회가 있겠지. 어렸을 때 처음 우연히 접한 후로 시간이 지날수록 독은 점점 나를 매혹시켰어. 나는 독의 맛을 알았어. 독 있는 식물들이 나를 유혹했어. 동물들은 가시나 발톱, 이빨 같은 무기를 가지고 있지. 식물들은 그 무기들을 무력화시키기 위해 수많은 화학물질을 내뿜고 있어. 녹색의 세계에서 얼마나 처절한 전쟁이 일어나는지 네가 알게 되면 정말 놀랄 거야. 적지 않은 꽃들에 치명적 유혹이 숨어 있지.

식물의 독은 대부분 혀의 미뢰를 팽팽하게 긴장시켜. 그래서 탄산음료와 같은 맛이 나기도 하지. 물론 나는 식물의 독만으로 만족할 수 없어서, 동물 독과 광물 독도 구해서 맛을 보곤 했어. 동물 독은 하나같이 맛과 냄새가 그리 좋지 않았어. 납이나 수은 따위도 맛보았는데, 입안에 오랫동안 금속성의 쓴맛이 돌고 목과 가슴이 아팠어. 더욱이 광물 독은 몸속에 축적되어 장기를 손상시키기 때문에 특히 조심해야 했지. 나는 죽으려는 게 아니니까."

수호는 전혀 스스럼없는 어조로 마치 독을 다정스럽게 어루만지듯 말했다. 이미 오랫동안 독과 함께 살아온 사람다운 모습이었다. 수호가 사람을 대할 때도 독을 감별할 때와 같은 방법을 쓴다는 것은 충분히 짐작이 갔다. 지금 이 순간에도 수호는 몽구를 만지고 맛보고 냄새 맡고 소리를 듣고 있었다. 몽구에게 그 느낌이 생생하게 전달되어서, 그 또한 수호를 만지고 맛보고 냄새 맡고 소리를 듣기 시작했다. 그러자 놀랍게도 서로에게서 느껴지는 맛과 냄새와 촉감이 그들에게 더 큰 신뢰감과 편안함을 불러일으켰다. 이제 그들에게는 화제가 독이라 하더라도, 독이 아니라 그 무엇이라 하더라도, 편한 대화가 가능할 것 같았다. 그들 사이에 독을 화제로 삼지 말아야 한다는 금기는 이미 걷혀버린 상태였다.

두 사람은 날이 훤히 밝아올 때까지 두런두런 이야기를 나누었다. 몽구는 과거의 모든 시간이 바로 그 순간으로 집중되는 것을 느꼈고, 또한 앞으로도 이 순간을 평생 잊지 못하리라 생각했다. 그래서인지 늘 지끈거리던 두통이 술을 마셨을 때처럼 부드럽게 희석되어 대화를 나누는 데에 아무런 지장이 없었다. 사실 그동안 몽구는 수호의 서재에 들어갈 때마다 자기도 모르게 책장에 꽂혀 있는 책들에 관심을 가지지 않을 수 없었다. 그 책들은 대부분 독과 관련된 것들로서 『환경독성학』과 같은 화학기호가 가득한 전문 서적에서부터 『독약의 박물지』와 같은 야사 수준의 읽을거리에 이르기까지 다양했다.

그중 한 권을 무심결에 뽑아들게 되면, 몽구는 책 속으로 한없이 빨려 들어갔다. 한번은 서양 중세시대 스위스의 화학자 파라켈수스가 한 말, 여러 책에서 인용되는 그 말이 하루 종일 그의 뇌리에서 떠나지 않은 적도 있었다. "모든 물질은 독이며 독이 아닌 물질은 없다. 다만 올바른 용량만이 독과 약을 구별한다." 요컨대 독과 약은 서로 대립되는 존재처럼 보이지만 과학적으로는 차이가 없고, 다만 얼마나, 어디에서, 무엇과 함께 사용하느냐에 따라 독이 되거나 약이 된다는 것이었다.

몽구는 수호와 이야기를 나누는 동안 자기 속에 이미 독에 대한 적잖은 정보가 쌓여 있다는 사실에 스스로 놀랐다. 조금 자랑스럽기도 했는데, 그제야 그는 그동안 자신이 마음속으로 수호에게 더 가까이 다가서고 싶어 했음을 알았다. 그들은 식물 독, 동물 독, 광물 독뿐만 아니라, 세균이나 바이러스처럼 미생물에서 유래한 독과 인공적으로 합성한 비소, 청산가리 같은 독에 대해서도 이야기를 나누었다. 그때 문득 그는 자신이 반말을 쓰고 있음을 알았다. 지금까지는 수호에게 존댓말과 반말을 섞어 썼고, 어느 쪽도 자연스럽지 않았는데, 이제는 반말이 지극히 자연스럽게 여겨졌다. 마찬가지로 기괴하고 신비하게만 느껴지던 '독'에 대해 이렇듯 스스럼없이 대화를 나누는 것도 더할 나위 없이 자연스러웠다.

"뱀의 독이라 해도 독사의 종류에 따라 서로 다르다는 걸 알지? 코브라에게 물리면 통증은 없지만 전신에 독이 퍼져 심장과 호흡기관이 마비되어 죽게 돼. 반면에 살모사에게 물리면 피가 나고 조직과 혈관이 파괴되어 지독한 통증과 구역질을 느끼면서 죽게 되지. 코브라 독은 신경성 독이고 살모사 독은 혈액성 독이기 때문인데, 남들에게 해를 끼치는 인간들도 그 두 부류로 나눌 수 있지. 신경을 마비시켜 죽이거나, 조직을 파괴해서 죽게 하는 거야. 만약 네가 뱀이 된다면 어느 쪽을 선택하겠니?"

"조용히 죽을 수 있는 자비로운 죽음이 좋겠어."

"코브라를 선택하겠다는 거지? 하지만 마비와 경련의 고통은 실로 불쾌하지. 한순간에 어이없게 죽게 되었다는 사실을 알면서도 꼼짝 못 하고 당하는, 편안하기보다 불쾌한 죽음이야. 그러고 보면 독의 특성에 따라 죽음의 유형도 달라지는 셈이지."

"여러 가지 독을 맛보면 죽음도 다양하게 맛볼 수 있다는 말처럼 들리네."

"그렇지. 모든 독은 각기 결이 달라. 그 다양한 독을 통해 우주의 총합을 경험할 수 있을 정도지. 하나하나가 특별한 경험이거든. 그동안 나는 다양한 독을 경험해보았어. 고깔해파리라는 게 있어. 전기해파리라고도 불리는데, 촉수에 무언가가 닿으면 자포라는 독 캡슐에서 침이 튀어나와 적의 몸에 독을 주입하는데, 마치 전기에 감전된 것 같은 충격을 받게 되지. 원래 플랑크톤이나 작은 물고기들을 마비시키도록 진화된 건데, 점점 더 강력해져서 사람의 경우에도 피부를 손상시키는 건 물론이고 중추신경까지 마비시키지. 내 경우에는 쏘인 부위가 퉁퉁 붓고, 두통과 구역질이 나더니, 곧바로 쇼크 상태에 빠져들어 한참동안 몸을 가누지 못하고 숨을 쉬기도 어려웠지. 쿠라레라는 독도 있어. 남아메리카 인디오들이 사냥할 때 화살이나 창 끝에 바르는 독인데, 근육이 이완되어서 움직일 수 없게 되고 마침내는 호흡도 할 수 없어 죽게 되지. 심한 통증 없이 조용히 숨을 거두기 때문에 '조용한 살인자'라고도 불리는데, 저 서랍장의 서랍 속에 원액이 들어 있어. 내 경우에는 소량을 섭취하면 그야말로 꿈도 없는 깊은 잠을 자게 되더라고. 그 잠이 얼마나 깊은지 깨어나면 전혀 잠을 잔 것 같지 않은 거야. 멋진 꿈을 꾸고 싶을 때는 만병초를 달여 먹는 것도 좋아. 만 가지 병을 치유해준다고 해서 만병초인데, 이 꽃으로 향수도 만들고 향나무 대용으로 쓰고 잎을 끓여낸 물로 해충을 퇴치하기도 하지. 그만큼 독성이 강한데, 자기 전에 농도를 잘 조절해서 마시면 혈압을 낮춰주어 질 좋은 수면제 역할을 할 뿐만 아니라, 기막힌 꿈도 꾸게 해주더라고. 그야말로 만 가지 꿈을 꾸게 되는 거야."

대화가 계속되는 동안, 몽구는 그동안 수호가 여러 차례 치명적인 위험에 처했고, 한번은 몇 가지 독의 합성실험을 하던 중에 눈썹이 모두 빠져버린 적도 있다는 것을 알게 되었다. 자동차 사고가 났던 날도, 연구소에서 딱정벌레의 진액으로 만든 일종의 해독제를 조금 맛보았는데, 처음에는 약간 현기증만 느껴지고 괜찮더니, 운전을 하고 돌아오는 중에 갑자기 목이 부으면서 심한 알레르기 반응이 나타나고 곧바로 신경 발작이 일어나면서 그 지경이 되었다는 것이었다.

"독에 대한 완전한 면역은 불가능해. 하지만 꾸준히 노력하면 몸속에서 독을 이기는 무독화 효소계가 발달하는 것도 사실이지. 그런데 그 또한 독이야. 이 세상은 독과 약으로 이루어진 뫼비우스 띠 같은 거야. 독이든 약이든 그 속에 생명과 죽음이 함께 들어 있는 거지."

"그런데 왜 하필 독이지? 세상에는 그만큼 중요한 게 얼마든지 있잖아."

"네 말대로 세상에는 중요한 게 많아. 하지만 우리는 그중 하나를 택할 수밖에 없어. 내 경우를 들려주지. 이제 네게는 들을 권리가 있으니까. 하지만 이제 와서는 모든 게 부질없으니 간략하게 말하는 편이 낫겠어. 철들 무렵에, 그러니까 중학교 시절에, 나는 체격이 작은 편은 아니었지만, 지금 생각해보면 일종의 자폐증 같은 것을 앓고 있었어. 늘 세상과 나 사이에 벽을 느꼈고, 자연히 다른 아이들도 나를 벽처럼 느꼈어. 내가 외톨이가 된 건 당연한 일이었지. 중학교 교실에서 외톨이가 된다는 것은, 수시로 발생하는 온갖 폭력적인 상황을 혼자서 감당해야 한다는 것을 의미했어.

2학년이 되었을 때, 김상규라는 아이가 전학을 와서 나와 같은 반이 되었어. 첫눈에 꽤 영민해 보였는데, 아주 작고 땅딸한 몸에 눈빛이 유난히 날카로워서인지 인상이 그리 좋지 않았어. 그런데 개성이 어찌나 강한지 늘 약간 들떠 있었고, 웃음소리가 그야말로 비명을 지르는 것 같았어. 게다가 아주 시끄럽고 부산했지. 모두가 그 아이를 별로 좋아하지 않았고, 나도 마찬가지였어. 그런데 어느 날 나는 그 아이가 나를 자기와 동류로 여기고 있다는 걸 알았어.

처음에는 왠지 불쾌감이 느껴졌어. 하지만 워낙에 친구가 없던 터라 겉으로는 상규를 밀어내면서도 나도 모르게 은근히 내 쪽으로 끌어당겼어. 그 무렵에 갑자기 이상한 일들이 벌어지기 시작했어. 멀쩡하던 아이들이 갑자기 구역질을 하거나 온몸이 불덩이처럼 달아오르거나 현기증을 느끼거나 호흡곤란에 빠져들어 병원으로 가기 위해 조퇴를 했어. 그때마다 나는 반사적으로 상규 쪽을 돌아보았어. 그러면 상규는 내가 의심했던 대로 웃는 것도 아니고 우는 것도 아닌, 어떤 강렬한 감정을 애써 참는 듯이 얼굴을 찡그리고서 나를 마주 바라보았어.

상규는 시내 중심에 새로 세워진, 꽤 규모가 큰 한의원집 칠 남매 중 막내아들이었어. 병원 앞에서 얼핏 아버지를 보았는데, 늘그막에 얻은 아들이라 아버지라기보다 할아버지에 가까웠지. 아버지는 몸이 약한 상규에게 각별히 관심을 쏟았어. 상규는 늘 나무뿌리 같은 것을 씹고 있었는데, 지금 생각해보면 강장제로 쓰이는 한약재가 아니었나 싶어. 상규의 아버지는 아들을 항상 옆에 두고 싶어 해서, 약을 조제하면서도 곁에 앉혀놓고 여러 가지 약재들을 다루며 이런저런 이야기를 들려주었지. 그것이 무슨 이야기였겠어. 한마디로 약과 독에 대한 이야기였지. 상규는 남들이 생각하는 것보다 훨씬 셈이 빠르고 꿍꿍이가 있는 아이였어. 대부분의 한약재가 적절히 쓰이면 몸에 좋지만 적당한 함량을 지키지 않으면 독이 된다는 사실을 알게 된 순간, 그것들을 가지고 자기를 무시하는 아이들을 골탕 먹일 수 있다는 생각을 한 거야. 그러나 혼자로서는 아무래도 어려움이 따랐지. 상규는 자기를 도와줄 수 있고 자기가 도와줄 수도 있는 친구를 신중하게 골랐어. 그게 바로 나였어. 어느 날 학교가 파했을 때 상규가 나를 운동장 한쪽 구석으로 끌고 갔어. 그러고는 내 앞으로 바싹 다가서면서 뭔가를 내 코에 쓱 발랐는데, 갑자기 재채기가 터져 나오면서 콧속이 부어 코가 막혀버렸어. 얼마 후에 조금 진정이 되었을 때, 상규가 말했어. 방금 그 가루가 능소화 꽃가루라고 말이야. 그러면서 조그만 종이봉투를 열고 그 안에 들어 있는 불그스름한 가루를 보여주었어. 나는 입으로 훅 불면 날아가버릴, 눈에 잘 보이지도 않는 그 작은 알갱이들이 내 몸에 순간적으로 그렇게 큰 영향을 미쳤다는 사실에 놀랐어. 놀랐고 매혹당했지. 나는 상규가 원하는 바를 정확히 이해했고, 그 순간 우리 사이에는 계약이 성립되었어. 그동안 우리는 서로를 기다려왔던 거야.

그때부터 상규는 평소에 고약하게 굴거나 눈엣가시 같던 녀석들에게 본격적으로 앙갚음하기 시작했어. 나는 직접 나서지는 않았지만 곁에서 도왔지. 상규가 아버지의 약재 서랍장에서 몰래 빼내온 가루나 즙이나 작은 환약 같은 것들을 가지고서, 우리는 그것들을 아이들 도시락에 넣고 물에 타고 가방 손잡이나 의자나 책상에 묻히고 심지어 신발 안에 뿌리기도 했지. 그때마다 아이들이 양호실로 실려 갔다가 조퇴를 하거나 며칠씩 결석을 하는 일이 생겨났어. 우리는 아주 용의주도했기 때문에 아무도 눈치를 채지 못했어. 하지만 아이들에게는 직감이라는 게 있지. 우리 둘에게서 알지 못할 강한 힘이 느껴진 거야. 그래서 힘깨나 쓴다는 거친 아이들도 정확히 이유도 모른 채 우리 앞에서 점점 주눅이 들어갔어. 우리는 벌레 먹은 흔적이 전혀 없지만 속으로는 고약한 냄새를 풍기고 누런 즙이 나오는 독풀들이었어.

그렇게 나는 독이라는 것과 가까워졌고, 시간이 지날수록 점점 더 깊이 끌려 들어갔어. 동물이든 식물이든 어떤 역경에 부딪쳐도 한층 더 예리해지고 훨씬 강하게 살아남으려는 충동을 가질 때 생겨나는 것, 그게 독이었어. 실제로 세상은 온갖 독으로 넘쳐났어. 나는 독을 품은 식물들, 동물들, 갖가지 독벌레들과 본능적으로 친숙해졌어. 내게 독은 결코 악이나 어둠이나 병이 아니었어. 말하자면 비밀스런 힘을 주는 빛이었어.

겨울이 끝나갈 무렵, 이제는 내 쪽에서 상규보다 한발 더 나아갔어. 협죽도는 특히 독성이 강해서 자살나무라는 별명이 붙었을 정돈데, 나뭇가지를 젓가락으로 사용하거나 불에 태워 연기를 맡았다가 독에 감염되어 사망한 사례가 수없이 많았지. 등대풀은 잎을 찢으면 하얀 즙이 나오는데, 이 즙도 '악마의 우유'라는 섬뜩한 별명이 붙을 만큼 독성이 강해서 피부에 닿으면 곧바로 두드러기와 물집이 생기지. 딱정벌레 중에 어떤 종류는 강한 자극을 주면 위기감을 느끼고 다리 관절에서 붉은 액체를 방출하는데, 독성분이 있어서 살에 닿으면 타들어가는 것처럼 아프지. 그 외에도 나를 매혹시킨 것들은 수없이 많았고, 나는 그것들로 나를 보호했어. 그러다 보니 남들이 지니고 있는 알레르기나 거부반응 같은 취약한 성향을 간파하는 힘도 내 속으로 자연스럽게 생겨났어. 미침내 학교 전체에서 아무도 나와 상규를 함부로 대하지 못하게 되었지. 아이들은 우리를 이상한 놈 취급하면서, 상대할 가치도 없다고 여기는 척했어. 하지만 실상은 마음속 깊이 두려워했던 거지. 때로는 상규도 나를 두려워했어. 내가 상규를 내 하수인처럼 다루었거든.

하지만 어느 날 갑자기 나는 그 모든 것에서 흥미를 잃었어. 한번은 상규가 길고양이 한 마리를 잡아다가 줄에 묶어 놓고 장난치는 걸 보았어. 그런데 얼마 지나지 않아 그 갈색과 검은색이 섞인 얼룩무늬 고양이가 마구 사지를 비틀며 경련을 일으키다가 허리가 뻣뻣하게 굳으면서 죽어갔어. 상규는 그 모습을 보고서 평소처럼 비명에 가까운 신경질적인 웃음을 터뜨렸지. 순간, 그 웃음소리에 소름이 끼쳤는데, 문득 그것이 내 웃음소리이기도 하다는 사실을 깨달았어. 우리가 독을 가지고 노는 동안, 독도 우리를 가지고 놀고 있었어. 우리야말로 어떤 아이들보다 더 심하게 독에 중독되어 있었어. 그 사실을 알고 나자, 나 자신이 두려워지기 시작한 거야.

그 후로 나는 상규를 멀리했어. 하지만 상규는 아랑곳하지 않았어. 자기를 마음껏 웃어젖히게 하는 독의 맛에 중독되어 자신을 통제하지 못하는 상태였지. 위험하고 짓궂은, 그래서 더할 나위 없이 스릴 있고 자극적인 그 놀이를 결코 포기하려 하지 않았어. 우리 사이에는 수시로 말다툼이 벌어졌어. 하지만 내 입장은 이미 확고했지."

어느 날, 상규가 그를 집 뒤 언덕으로 불러냈다. 커다란 바위 밑에 나란히 앉자 상규는 정성 들여 싼 종이를 풀고서 그 속에 든 하얀 가루를 내밀고서 맛을 보라고 했다. 수호는 본능적으로 그것이 위험한 물질임을 알고서 거절했다. 그러자 상규는 피마자 씨앗을 간 것이니 괜찮다고 아무것도 아니라는 듯한 표정으로 말했다. 꽤 맛이 좋고 기분도 좋아져서 일부러 수호를 위해 가져왔다는 것이었다. 그러나 수호는 선뜻 그 말을 믿기가 어려웠다. 순간, 상규 앞에서 길고양이가 죽어가던 광경과 그때 들렸던 상규의 새된 웃음소리가 생생하게 되살아났다. 어쩌면 상규가 그 길고양이처럼 자기를 죽이려 하는 건지도 모른다는 생각이 들었다. 그러나 상규는 전혀 물러설 기색을 보이지 않았고, 그저 너무 진지하고 간절해 보이는 눈길로 수호를 쳐다보았다.

어쩔 수 없이 수호는 중지로 가루를 찍었다. 그러고는 중지 대신 검지를 입에 넣고 빤 뒤에 두 손가락을 바지에 문질렀다. 누구나 알아차릴 수 있는 간단한 트릭이었다. 하지만 상규의 얼굴이 눈에 띄게 밝아져 있었다. 곧 상규도 손가락으로 가루를 찍어서 입으로 가져갔다. 그러나 상규는 검지로 찍었고 입에 넣고 빤 것도 검지였다. 그러고는 입을 쩝쩝거리며 좋아, 좋아 그렇게 중얼거리고서 수호에게 더 먹어보라고 손짓을 했다. 수호에게는 물러설 곳이 없었고 달리 선택의 여지도 없었다. 그래서 이번에는 중지로 듬뿍 찍었고 당연히 검지를 입에 넣고 빨았다. 그러고는 일부러 약간 어지러운 듯 눈을 치뜨고서 고개를 흔들며 웃어 보였다. 그를 빤히 바라보던 상규의 얼굴에는 주체하기 어려운 기쁨의 표정이 넘쳐흘렀다. 그때 이미 상규의 두 눈은 빨갛게 타오르기 시작했다. 수호는 지금 이 순간 상규가 오로지 독에 대해 거의 순수함에 가까운 맹목적인 갈증에 사로잡혀 있음을 알았다. 그것은 마치 철모르는 어린아이가 혼자 모닥불 앞에서 놀고 있는 것과 다르지 않았다.

그러나 독을 앞에 놓고 벌이는 그들의 사이비 러시안룰렛 게임은 계속해서 진행되었고, 결국 어느 순간 상규는 갑자기 두 팔을 앞으로 모아 가슴을 감싸며 옆으로 쓰러졌다. 그러고는 눈을 까뒤집고 뒹굴면서 간질 환자처럼 경련을 일으켰다. 그러나 이내 사지를 늘어뜨리고서 편안한 자세로 누워 하늘을 올려다보았고, 다음 순간 모든 움직임이 정지되었다. 수호에게도 시간이 멈춰버린 것 같았다. 상규가 살았는지 죽었는지도 알 수 없었다. 한 가지 분명한 건, 상규가 그 얼룩무늬 고양이와 전혀 다를 바 없었고, 방금 그 고양이를 죽인 건 수호 자신이었다는 사실이었다. 갑자기 수호의 입에서 상규의 새되고 날카로운 웃음소리가 터져 나왔는데, 그 웃음소리는 곧바로 두려움이 배어든 울음소리로 바뀌었다. 그제야 정신이 번쩍 든 수호는 뒤도 돌아보지 않고 언덕을 뛰어 내려갔다.

다행히 상규는 그날 저녁 사람들에게 발견되어 응급실로 옮겨졌다. 하지만 혈류 팽창으로 인해 내출혈이 일어나 뇌 일부가 손상되었다고 했다. 학교를 그만둔 건 물론이고, 영영 정상적인 상태로 돌아오지 못하게 되었으며, 몇 달 후에 요양병원에서 죽었다는 소식이 들려왔다.

지금까지 수호는 그 일에 대해 아무에게도 말한 적이 없었다. 하지만 그 일이 있은 후로 독이라는 말만 들어도 저절로 온몸이 저릿저릿했다. 오랫동안 죄책감과 두려움이 그의 마음속 깊이 자리 잡고 떠나지 않았는데, 죄책감과 두려움의 만남이야말로 살아가면서 겪을 수 있는 가장 끔찍한 경험이었다.

그 후로 수호는 가능한 한 정상적인 삶을 살려 했다. 상규라는 존재도 기억에서 지우려 했다. 어려운 일이었지만, 오랫동안 힘겨운 시간을 보내며 견뎌냈고, 그 덕분에 대학을 졸업하던 해에는 서울 지방법원 사무관의 자리도 얻었다. 적어도 외적으로는 만사가 순조롭게 풀려서, 그 자신도 남들처럼 살 수 있을 것 같았다. 하지만 그때의 트라우마로 상한 그의 마음은 여전히 치유되지 않은 상태였다.

"이제 너도 알 나이가 되었으니 하는 말인데, 내가 보기에 분명 우리 집안에는 '검은 피'가 흐르고 있어. 우리 집안 사람들, 특히 남자들에게는 특이한 정신적 특징이 유전되고 있다는 말이야. 나와 네 아버지, 그리고 아버지와 할아버지 모두가 정신적으로 온전하지 않은 면이 있었어. 특히 네 할아버지는 네 아버지가 하는 짓을 보고서 아예 쓰레기 같은 놈으로 취급했어. 그런데 정작 네 할아버지가 어떻게 되었는지 알아? 예순이 넘으면서 정신이 오락가락하더니 어느 날 네 아버지를 장작으로 죽도록 패고서 정신병원에 들어갔다가 삼 년 후에 그곳에서 생을 마감했지. 그런데 이걸 알겠니? 네 할아버지를 끝까지 극진히 모신 건 네 아버지였어. 여하튼 지금 내가 말한 모든 건 우리 집안에서 비밀로 하는 사실이야. 그래서 네가 할아버지에 대해 전혀 모르는 거지.

내가 어린 시절에 그런 짓을 벌인 것도 검은 피와 무관하지 않았던 거야. 때문에 겉으로 보기에 건전한 사회인이 된 후로도 늘 긴장해야 했어. 나는 늘 내가 언뜻언뜻 뭔가에 마비되어 버리곤 한다는 사실을 알고 있었어. 어느 순간 정신이 멍해지면서 눈에 보이는 어떤 사물이나 내 머릿속의 어떤 생각에 마치 블랙홀 속으로 빨려들듯이 외곬으로 사로잡히는 거였어. 그럴 때면 거리에서건 실내에서건 짧게는 몇

분에서 길게는 몇 십 분까지 꼼짝 않고 서 있곤 했지. 저 옛날 소크라테스는 뭔가 생각에 빠지면 그 자리에 가만히 서 있었는데 그렇게 밤을 새우기도 했다더군. 물론 소크라테스는 집중적인 상념의 결과로 뭔가를 얻었겠지. 하지만 나는 그저 어디에도 초점을 맞추지 못한 채 멍하니 서 있었을 뿐이었지. 나는 늘 그런 나 자신이 두려웠어. 그런데 멍한 상태가 더 자주, 그리고 더 길게 찾아왔어. 이러다가는 조만간 미쳐버릴 게 분명했어. 때문에 나는 항상 깨어 있어야 했고, 그러려면 나를 깨어 있게 할 뭔가가 필요했어. 그때마다 어렸을 때 경험했던 독의 유혹을 받곤 했어. 하지만 결코 나는 혼란스러웠던 그 시절로 돌아가고 싶지 않았어.

지방법원 사무관으로 일하기 시작한 무렵에는 한동안 업무에 적응하느라 정신이 없었지. 그러던 중에, 두 해쯤 지난 어느 날이었어. 추석을 사흘 앞둔 날이었는데, 성묘를 가기 전에 네 할아버지 무덤의 벌초를 할 생각이었어. 그런데 막 출발하려 할 때 종가 어른으로부터 전화를 받았어. 우리 선산에 문제가 생겼다면서, 법에 가까운 내가 나서야 한다는 거였어. 바로 달려가보니, 할아버지 무덤을 비롯해서 종가의 무덤들 여럿이 무참히 뭉개져 있었어. 한 건설업체가 선산 근처에서 모래와 자갈 따위의 골재를 채취하기 위해 진입로를 내는 과정에서 회사 측과 우리 집안 사이에 충돌이 발생했는데, 서로 시비를 가리던 와중에 그런 일이 벌어진 거야. 그건 마치 상반된 입장을 가진 양쪽이 격렬한 증오심을 품고서 무지막지하게 맞부딪친 처참한 흔적과도 같았어. 깊이 팬 트럭의 바퀴 자국은 무심한 듯하면서도 명백한 악의를 가지고서 무덤들을 뭉개버렸어. 적지 않은 무덤들이 파헤쳐진 채로 방치되었고, 들개나 길고양이들이 들쑤셔댔는지 여기저기에 흙투성이의 뼈들이 흉하게 드러나 있었지. 한 마디 항변도 하지 못하는 무덤들에 대한 중장비 기계들의 일방적인 승리였어. 그 광경에 나는 허탈하다 못해 헛웃음이 나왔어. 법을 통한 공정한 판결 따위를 완전히 무시하고, 단지 자기가 원하는 그림을 그려내야 속이 풀린다는 노골적인 폭력성이 그 처참한 살풍경함을 오히려 희극적으로 보이게 했던 거지. 그런데 내가 누구야. 법과 더불어 가는 사람 아니야.

그날 나는 이성을 잃었어. 그동안 내 속에 억압되었던 욕구가 폭발한 거지. 일단 폭발하자 머릿속이 마비될 정도로 편집증적인 몰입이 시작되었어. 이러다가 정말 내가 미쳐버릴 수 있겠다 싶었지만, 그 상황은 법으로 해결할 게 아니었어. 며칠 후 나는 집안을 대표해서 그 회사의 사장과 간부 셋을 공사 현장에서 얼마 떨어지지 않은 한정식 식당에서 만났어. 나는 일부러 일찍 식당으로 가서 먼저 기본적인 상차림을 하라고 했지. 그러고는 준비해 온 피마자 가루를 해파리냉채에 호박 가지 볶음에 미역무침에 뿌렸어. 그리고 물론 술에도 탔지. 너도 짐작하겠지만, 피마자 가루를 선택한 이유는 상규에 대한 내 부채감을 씻기 위해서였지. 나 또한 유사시에는 죽음을 각오한 상태였으니까. 모두가 도착하고 식사가 시작되었을 때, 나는 시종 부드러운 표정을 지어서 그들을 안심시켰어. 눈앞에서 얼굴을 보니 그동안 거칠게 살아왔지만 천성이 그리 나쁜 사람들 같지는 않았어. 하지만 이미 주사위는 던져진 거야. 물론 나는 피마자 가루가 뿌려진 음식은 손대지 않았지. 하지만 술은 적은 양이긴 해도 함께 마셨어. 그리고 빠르게 첫 병이 비자마자 새 술을 주문한 후에 서둘러 화장실로 가서 토하기 시작했어. 물론 내가 준비한 대비책은 그게 전부가 아니었어. 식사를 하기 전에 달걀 다섯 개 분량의 흰자위를 마셔두었던 거야. 달걀 흰자위는 위장에서 독이 흡수되는 것을 막아주거든. 토할 대로 토하고 나서 조용히 기다리다가 밖에서 사람들이 우당탕거리며 뛰어다니는 소리가 들려왔을 때, 화장실 타일 바닥에 조용히 누웠지.

우리 다섯은 모두 가까운 응급실로 실려 갔어. 원인은 급성 식중독으로 판명되었고, 건설 회사 측에서 식당을 고발하자 식당 주인이 음식물을 수거하여 성분 조사를 의뢰했어. 그 결과 피마자 씨앗에서 나온 리신이라는 맹독성 물질이 검출되었지. 하지만 나 또한 피해자였으니 누구 소행인지 밝혀내는 건 어려운 일이었어. 게다가 사장이라는 자는 내가 짐작했던 대로 성격상으로 문제가 있어서 적이 많았다더군. 결국 사장은 평소 약했던 신장이 회복 불능 상태에 빠졌어. 나머지 셋도 오랫동안 병원 신세를 져야 했지. 그리고 얼마 후에 나는 사표를 냈어. 법을 지켜야 하는 사람으로서 내가 저지른 짓에 대해 대가를 치르려 했다기보다는, 이제 그만 독의 세계로 돌아가고 싶었던 거지."

말을 마친 수호는 오랜 이야기 끝에 갑자기 피로가 몰려오는지 고개를 숙이고서 이내 끄덕끄덕 졸기 시작했다. 그의 정수리는 벌써 탈모가 시작되어 머리카락이 듬성듬성했다. 그 모습마저 몽구에게는 수호를 특별한 사람으로 보이게 했다. 그러나 몽구는 수호의 말을 전적으로 믿지 않았다. 그가 보기에 수호는 자기 최면의 세계에 머물러 있는 듯했다. 어쩌면 그 또한 뭔가에 중독되었을 때 나타나는 현상일 수 있었다. 몽구로서는 수호가 자신만의 특별한 삶을 멋지게 살아주기를 바랐다. 그가 보기에 수호는 하루하루 치명적인 위험과 대면하는 스턴트맨처럼 보였다. 수호에게 그 위험들이야말로 그를 몸과 마음의 마비에서 구해주는 독이자 약이었다.

그때 몽구는 갑작스런 충동에 휩싸여서 자리에서 일어나 냉장고 앞으로 걸어갔다. 그리고 그 안에 들어 있는 여러 개의 물병들 중의 하나를 가져와서 그 속의 갈색 액체를 자기 앞의 컵에 가득 따랐다. 그때 물소리를 들었는지 수호가 눈을 가늘게 뜨고서 고개를 들었다. 그러고는 반쯤 마비되고 반쯤 깨어난 사람의 혼란스러우면서도 형형한 눈길로 그를 빤히 바라보았다. 몽구는 컵 안의 연한 갈색 물을 쭉 들이마셨다. 예상은 했지만 물맛이 씁쓸하고 냄새도 퀴퀴해서 하마터면 뱉을 뻔했다. 몽구가 상을 찡그리고 입맛을 다시는 것을 보고서, 수호가 물병을 들어 다시 몽구의 컵을 가득 채웠다. 몽구는 잠시 망설이다가 컵을 들어 다시 한 번에 비웠다. 놀랍게도 아까처럼 맛이 그렇게 고약하지 않았고, 나쁜 냄새도 느껴지지 않았으며, 뒤끝에서 은근한 향신료 맛이 났다. 그는 맛과 향기가 사람을 짧게나마 명상에 잠기게 한다는 것을 처음 알았다. 하지만 곧바로 머리가 어찔어찔해지고 시야가 물속에서처럼 출렁거렸다. 그것은 환각 성분이 있는 풀뿌리를 달인 물인 모양이었다.

몽구는 의자의 팔걸이를 두 손으로 있는 힘껏 움켜쥐었다. 그러나 그것으로는 자신의 입에서 저절로 흘러나오는 말을 막을 수 없었다.

“아까 검은 피 이야기를 했잖아. 그럼 삼촌 생각에 내 두통도 우리 집안의 검은 피 때문이라는 뜻이야?”

“그건 나도 잘 모르겠어. 그럴 수도 있고 아닐 수도 있지.”

“삼촌도 알겠지만, 두통은 잠시도 나를 떠나지 않았어. 평소에는 그런대로 견딜 만하다가도, 어느 순간 갑자기 머리가 뭔가에 짓눌리듯이 아파오는 거야. 그럴 때는 어쩔 수가 없어. 속수무책으로 그 고통이 스러지기를 기다리는 수밖에. 갖가지 두통약을 먹어보았지만 전혀 통하지 않았어. 그럴 때는 두통이 차라리 하나의 고약한 망상처럼 여겨져.

그 망상 속에서 내가 손오공이 되는 거야. 손오공은 금고아라는 머리띠를 차고 있어서 삼장법사가 벌을 주기 위해 주문을 외면 머리를 감싸 쥐고 바닥을 뒹굴잖아. 금고아가 줄어들면서 엄청난 고통을 일으키니까. 그런데 내가 손오공이면 삼장법사는 누구일까. 어렸을 때 나는 그게 어머니인 줄 알았어. 어머니는 내게 엄격하기도 했으니까. 하지만 어머니는 삼장법사가 아니었어. 내가 고통을 겪을 때 어머니도 뼈가 깎이고 가죽이 벗기는 고통을 받았으니까. 내가 머리를 감싸 쥐고 바닥을 뒹굴 때 어머니도 나와 함께 뒹굴었으니까. 아니야, 그래도 어머니는 삼장법사이기도 했어. 모든 사람들 중에 어머니만이 내 고통을 덜어줄 수 있었으니까. 그런데 어머니가 돌아가신 후에도 금고아는 여전히 내 머리를 부술 듯 조이고 있어. 그럼 지금 이 순간 내게 그 고통을 주는 건 누구일까. 나는 그것조차 모르면서 고통을 받고 있어. 그런데 삼촌 말대로라면, 주문을 외는 삼장법사가 우리 집안의 검은 피라는 거 아니야?"

수호는 몽구의 말을 들으면서 슬며시 미소 짓고 있었다. 몽구는 묻고 싶었다. 왜 웃고 있는 거지? 그 미소의 의미는 뭐지?

수호가 자기 앞의 가득 채워진 컵을 반쯤 비우고서 말했다.

"네 어머니는 네가 두통에 시달리는 것을 볼 때마다 늘 강한 죄책감을 느꼈어. 어머니가 겪고 있는 몸과 마음의 고통이 독이 되어 네게 흘러들어 갔다고 여긴 거지. 그렇게 보면 네가 아파서 신음소리를 낼 때마다 그것이 삼장법사의 주문이 되어 어머니의 가슴속에 들어 있는 금고아를 조였다고 할 수 있지. 어머니는 너보다 더 큰 고통을 받았을 거야. 차라리 자신이 그 고통을 대신할 수 있기를 바랐을 테니까. 금고아야말로 너와 어머니를 이어주는 강력한 끈이었던 거지. 네 두통은 그렇게 여러 가지 의미가 있는 거야. 이제 너는 그 두통과 싸워야 해. 두통을 일으키는 독과 싸워야 해. 하지만 단순히 이기고 부수려 들어서는 안 돼. 너를 괴롭히고 고통스럽게 하는 그것을 네 것으로 만들어야 해. 말벌의 독이 네게 영향을 미치지 못하는 걸 보았지. 네 속에 특이한 항체가 있는 모양인데, 그걸 어떻게 설명해야 할까. 네 속의 독은 너를 보호하기도 한다는 거야. 그리고 정도의 차이는 있겠지만, 그런 사람이 너만이 아니야. 앞으로 살아가면서 너는 늘 이마에 손을 붙이고 있는 사람들을 많이 보게 될 거야. 그리고 그들에게서 본의 아닌 순교자, 대속자로서의 운명을 보게 될 거야. 모든 생명체는 살아 있기 위해 매 순간 자기 내부의 독성으로 외부의 독성과 싸우고 있어. 그러나 대부분 자기 내부의 독성을 의식하지 못하지. 하지만 너는 두통 때문에 그 독을 의식하지 않을 수 없어. 의식한다는 것은 무슨 의미를 가질까. 말 그대로 깨어 있으라는 게 아닐까. 매 순간 긴장하라는 게 아닐까. 일상의 마비에서 벗어나 있으라는 게 아닐까. 고대 인도의 한 철학자가 말했지. 우리가 진실로 깨어 있는 때는 꿈꿀 때의 그 짧은 순간일 뿐이라고. 우리가 깨어 있다고 믿는 시간은 난지 마야, 곧 미망과 환영이라는 거지. 그렇다면 무엇이 미망이고 무엇이 실제인가. 독도 따지고 보면 미망이고 환영이 아닐까."

몽구는 정신이 몽롱해서, 실제로 수호가 하는 말을 들은 것인지, 아니면 그가 무심하게 중얼거리는 말을 자기 식으로 고쳐 들은 것인지 갈피를 잡을 수 없었다. 그때 수호가 두 개의 컵을 다시 채웠다. 이제 몽구는 그 갈색 액체를 마시는 데 아무런 망설임이 없었다. 몽구는 기분이 좋아지고 육체에 활력이 돋는 것을 느꼈다. 동시에 머릿속의 긴장이 풀어지면서 시야가 훨씬 밝아진 것 같았다.

그들은 술에 취한 사람들처럼 열띤 고양감에 사로잡혀, 수호가 내오는 여러 종류의 차를 계속 마시며 새벽을 맞았다. 마침내 창밖이 희뿌옇게 밝아오기 시작했을 때, 몽구는 머릿속이 얼얼하고 입안에 침이 마르고 눈에서 뜨겁게 열이 나는 것을 느꼈다. 그때 그는 갑자기 수호의 얼굴이 쭈글쭈글해지는 것을 보았다. 살갗뿐만 아니라 머리카락도 갑자기 하얗게 세더니 바람에 풀풀 날려갔고, 입술이 말라붙어 쭈

그러들면서 앞니와 송곳니가 굴러 나와 바닥으로 뚝뚝 떨어졌다. 순간, 온몸의 살이 오그라드는 듯한 오한이 몸구를 덮쳤다. 그는 방금 자신이 환영을 보았음을 알았다. 문득 본능적인 저항감이 치밀어 오르는 것을 느끼며 자기도 모르게 툭 말을 뱉었다.

"하지만 나는 독의 노예가 되고 싶지 않아."

수호가 지치고 취한 듯 멍한 얼굴로 중얼거리듯 말했다.

"네가 누군가를 정말 이해하고 깊이 받아들이려 한다면 그 사람의 노예가 될 생각을 해야 하지 않겠니?"

"삼촌은 독의 노예가 되었어?"

"그럼, 나는 독의 노예였지. 지금도 독이 무엇인지 알기 위해 언제든 노예가 될 준비를 갖추고 있지."

"삼촌도 독이 무서웠어?"

"그럼 무서웠지. 늘 무서웠지. 세상도 무서웠어. 이 세상에 독이 아닌 게 없거든. 살아남으려면 자기만의 독을 가지고서 세상과 싸워야 해. 하지만 '독'에 대항해서 우리를 지키게 하는 '약'도 얼마든지 있어. 독이 약이 되고 약이 독이 되는 거야. 너는 늘 두통에 시달리느라 거기에 신경이 집중되어 있지. 하지만 오히려 그 덕분에 한 순간도 멍하니 보내는 일이 없이 항상 깨어 있는 거야. 네 두통은 너를 마비시키지 않고 각성 상태에 머물러 있게 하는 독이자 약이야. 그러니까 이렇게 말할 수 있겠지. 이 세상 모든 것은 사랑을 만나면 약이 되고 원한을 만나면 독이 돼. 삶과 죽음 사이에 놓인 우리의 하루하루는 독과 약 사이에서 아슬아슬하게 줄타기를 하는 것이지."

몽구가 그의 말을 미처 충분히 받아들이기도 전에, 수호가 목소리를 더 낮춰서 적의에 찬 어조로 말을 이었다.

"그러나 이 시대는 균형을 잃어버렸어. 인간이 초래한 오염이 극에 달했지. 이런 환경에서는 체외로 배출되는 독소보다 새로 유입되는 독소가 더 많을 수밖에 없어. 그렇게 되면 세포로 전해지는 산소량은 줄어들고 해독 기능을 담당하는 림프절, 간, 신장의 기능이 저하되어서 세균, 바이러스, 진균류, 기생충의 공격에 취약한 상태가 되지. 게다가 환경의 오염은 인간의 영혼에도 영향을 미치고 있어. 몸뿐만 아니라 마음도 해독 능력이 무력해지고 있다는 뜻이지."

독을 토해내는 듯한 날카로운 목소리는 몽구의 가슴을 서늘하게 했다. 그는 수호를 이해할 수 있었다. 사랑할 수도 있을 것 같았다. 그러나 앞으로 수호와 함께, 수호처럼 반쯤 미친 강박증 환자로서 살아가는 삶을 선택하고 싶은 마음은 들지 않았다. 그는 의식이 천천히 뒷걸음질 치는 것을 느끼며, 스르르 졸음 속으로 빠져들었다.

눈을 떠보니 세상은 환하게 밝았다. 몽구는 소파에 앉은 채 고개를 등받이 너머로 젖히고 있었다. 수호의 모습은 보이지 않았다. 그는 뻣뻣한 뒷목을 주무르며 유리문을 열고 마당으로 나갔다. 이슬에 젖은 채 아침 햇살을 받아 반짝이는 온갖 식물들은 더할 나위 없이 싱싱하고 청정했다. 마당 한가운데 높게 자라난 협죽도가 가시 같기도 하고 부드러운 털 같기도 하고 긴 이빨 같기도 하고 두 갈래로 갈라진 뱀의 혀 같기도 한 이파리를 부드럽게 흔들며 몽구에게 말을 건넸다.

"일상의 마비에서 풀려나라. 그러려면 네 마음이 미칠 만큼 고양되어야 한다. 겁내지 마라. 그러고 나면 각성이 따라올 테니."

희끄무레한 하현달이 치마를 걷고 개울물에 담근 젊은 여인의 작고 흰 발처럼 서쪽 하늘에 나지막이 수줍게 떠 있었다. 이름 모를 새가 활기차게 지저귀는 소리가 들려왔다. 그 소리는 몽구의 귀에 문득 악마의 웃음소리와도 같은 여운을 남기며 사라졌다.

8

그날 이후로 두 사람의 공동생활에는 큰 변화가 있었다. 검은 피의 기질에 대한 수호의 말은 몽구의 뇌리에서 떠나지 않았다. 그동안 그는 두통이 선천성 지병이니만큼 자신의 운명이려니 여기고서 어떻게든 견뎌내려고만 했다. 그러나 이제 그는 두통과 대면할 필요를 느꼈고, 그러기 위해서는 적어도 지금으로서는 수호와의 유대가 필요했다.

수호는 최첨단 의료 기기들을 통한 정밀 검사로도 몽구의 두통을 제대로 진단하지 못했다는 사실을 알고 있었다.

"한의학의 관점에서 어혈을 의심해봐야겠어. 혈액이 제대로 돌지 못하고 한곳에 정체되면 어혈이 생기고 그 때문에 뇌에 충분한 산소와 영양소를 공급하지 못해서 두통이 발생할 수도 있으니까. 어쩌면 어렸을 적에 머리에 타박상을 입었을 수도 있어. 심하게 우울증을 앓거나 감정을 과도하게 억압할 때도 두피의 근육과 혈관이 긴장되어 어혈을 만들고 두통을 일으킬 수 있지. 하지만 평소에 어지럼증이나 구역질 같은 별다른 증상 없이 두통이 그토록 오랫동안 지속된다는 건 납득할 수 없는 일이야. 어쩌면 간에 문제가 있는지도 몰라. 간이 약하면 해독 기능이 떨어져서 혈액이 탁해지고 순환장애가 일어나는데, 이런 경우에도 두통이 대표적인 증상이야."

몽구는 일단 장기적인 안목에서 적절하다고 판단되는 식물성 약재를 투여해보자는 수호의 말을 선선히 받아들였다. 수호의 말에 따르면, 수많은 생물들이 살아가는 이 우주는 말하자면 자연이 마련해놓은 구급상자와도 같은 것이었다. 그리고 그동안 독을 지닌 생물들을 대상으로 잠재적인 신약 대상 물질들이 연구되어 이미 수십만 종에 달하는 정보가 축적되었다고 했다.

다음 날부터 몽구는 수호가 건네주는 대로 차를 마시고 환약을 먹기 시작했다. 수호는 그것들이 피의 흐름을 좋게 하는 생강, 당귀, 옻, 팥, 마늘, 가지, 연근, 울금 따위를 바탕으로 하고 거기에 여러 가지 약재를 섞은 것이라고만 말했다. 처음 한동안은 몸에 별 변화가 일어나지 않았다. 하지만 시간이 지나면서 간혹 주로 아침 녘에 갑작스레 목이 붓고 혓바늘이 돋고 팔다리가 무거워져 사지가 축 처졌다. 또 어떤 때는 심리적으로 하루 종일 흥분 상태가 지속되곤 했는데, 그런 날은 잠을 잘 때 어김없이 현란한 꿈을 오랫동안 꾸었다. 그런가 하면 갑자기 성기가 발기될 때도 있었다. 약 속의 독이 요도를 자극하여 최음제 효과를 낸 것이었다.

그러나 머리의 통증에 변화가 있으려면 좀 더 기다려야 했다. 그래도 오래도록 그를 괴롭혀온 또 하나의 지병인 만성비염은 증세가 상당히 가라앉은 게 느껴졌다. 문제는 때때로 몸의 상태가 위험한 지경에 이른다는 것이었다. 가슴 속이 울렁거려 구역질이 나면서도 토하지는 못하고 신물만 올라왔다. 온몸이 덜덜 떨리고, 손가락이 푸르게 변색되고, 몸이 뜨겁게 달아올랐다. 혈압과 맥박 수가 갑자기 낮아지고, 동공이 확장되고, 심장이 불규칙하게 뛰고, 극심한 현기증에 사로잡히기도 했다. 심지어 혀가 떨려 제대로 발음을 할 수 없고, 똑바로 걸을 수가 없고, 소리가 잘 들리지 않고,

마음이 불안해져서 감정을 통제할 수 없고, 시야가 오그라들고, 당장이라도 의식을 잃을 것처럼 머릿속이 텅 비어버릴 때도 있었다.

하지만 한동안 어렵게 버티고 나면, 얼마 후 그런대로 견딜 만한 상태가 돌아왔다. 한번은 택시를 타고 응급실에 갔다가 도중에 회복이 되어 의사의 진료를 받던 중에 제 발로 걸어 나왔다. 그런 날은 수호가 특별히 그의 잠자리에 옥돌이나 수정을 넣어주었다. 몽구는 자신의 몸이 혹사당하고 있다는 것을 느꼈다. 그러나 수호를 믿었기에, 지금 중독과 해독의 과정이 반복되는 중이고, 그러다 보면 언젠가 두통도 가라앉으리라는 기대감을 버리지 않았다.

어느 날 저녁, 몽구는 일요일인데도 늦게까지 도서관에서 있다가 열 시쯤에 학교를 나왔다. 내일 3학년 교과과정 중의 하나인 '프레젠테이션 실습' 시간에 발표를 하게 되어 마지막 정리를 하느라 저녁 식사도 거른 상태였다. 그의 프레젠테이션 주제는 '독과 약'이었다. 그동안 마땅한 주제를 찾지 못해 초조해하던 중에 수호의 서가에 꽂힌 책들이 눈에 들어왔고, 그 순간 바로 마음을 정했다. 그러고는 『독약의 문화사』, 『독살의 세계사』, 『독약 박물지』, 『독으로 풀어보는 몸의 비밀』, 『마음의 독과 해독』 등등, 일전에 흥미삼아 뒤적여보았던 책들을 다시 꼼꼼히 읽고서 요점을 추려냈다. 이제 정말 독의 세계로 점점 더 깊이 끌려들어 간다 싶었지만, 전처럼 마음이 불편하거나 긴장되지는 않았다.

그럭저럭 준비가 끝났기에 그는 홀가분한 기분이었다. 파워포인트를 사용했고, 가급적 많은 이미지를 활용했다. 마무리 부분에서 뱀이 크악 입을 벌리며 독을 뿜는 광경이 담긴 짧은 동영상을 넣었다가 너무 자극적인 것 같아서 마지막 순간에 삭제했다.

그는 교문을 지나 천천히 버스 정류장 쪽으로 걸어갔다.

"학교 앞 정류장은 사람들로 붐비고 있었어. 그 속에 섞여서 버스를 기다리고 있는데, 갑자기 두통이 몰려왔어. 내게는 그런 경우에 새로 찾은 대비책이 있었지. 열 손가락의 끝에 힘을 주어 정수리 부근과 관자놀이, 눈 주위, 코 주위, 귀밑을 꾹꾹 눌러 지압을 하다 보면, 머리가 얼얼해지면서 통증이 가라앉았어. 효과가 오래 지속되지는 않았지만, 꽤 훌륭한 응급조치였지. 그런데 이번에는 별로 나아지는 기미가 없었어. 나는 계속해서 열 개 손가락 끝에 더 힘을 주어 강하게 머리를 압박했어.

그때 한순간 머릿속이 띵해지면서 눈앞이 흐릿해졌어. 그러고서 문득 정신을 차려보니 나는 전혀 모르는 곳에 서 있었어. 게다가 나 자신도 전혀 다른 사람이 되어 있었어. 여전히 나는 대학생 조몽구였지만, 동시에 내가 아니라 다른 누군가였어. 예술가였는데 아마도 화가였던 것 같아. 예술적 재능을 타고났지만, 붉은색 때문에 모든 걸 잃은 불운한

화가였어. 대작이 완성될 때면 매번 붉은색이 큰 장애가 되어 나를 가로막았어. 내게는 양극성장애를 가진 아내가 있었어. 아내의 조울증이 붉은색에서 비롯된 건 분명한데 자세한 상황은 나도 알지 못했어. 나는 지금 아내를 만나러 가고 있었어. 길을 걸으면서 나는 같은 말을 계속 중얼거렸어. '내 인생에서 가장 무서웠던 삼십 초.' 그런 말이었어.

눈앞에서 온갖 색깔이 한데 뒤섞여서 나를 어지럽게 했어. 그런데 나는 무채색 인간이었어. 무채색의 고독한 중년 남자였어. 그때 갑자기 소나기가 쏟아지고, 저 앞에서 한 여자가 비를 피해 건물 안으로 뛰어 들어가는 게 보였어. 그 여자는 육감적인 몸매에 붉은색 원피스를 입고 있었는데, 어찌 된 일인지 그 여자가 입고 있는 그 붉은색은 나를 고통스럽게 하지 않았어. 그 여자가 내 아내 같기도 했어. 나는 여자의 뒤를 따라 들어갔어. 그곳은 허름한 바였는데, 그 붉은 옷의 여인이 바텐더였어. 그 여자는 입술도 붉게 칠했어. 나는 심장이 뛰는 것 같았어. 보드카를 주문해서 잔을 한 번에 비웠지. 그러고는 또 한 잔을 부탁해서 다시 한 번에 비웠어. 가슴에 불이 붙는 것 같았어. 여자가 붉은 입술 사이로 흰 이를 드러내며 나를 보고 웃었어. 그 붉은 여인이 너무도 사랑스러워서 나는 사랑에 빠진 기분이었어.

그때 한 남자가 들어왔어. 검은 점퍼를 입은 그 남자는 여자에게 세븐 레이어를 주문했어. 나는 그 남자가 검정과 빨강에 관련된 범죄를 저지른 범죄자라는 것을 알아차렸어. 얼마 후 여자가 내게 나가달라고 말했어. 문 닫을 시간이 되었다더군. 나는 의자를 정리하는 여자를 뒤에서 힘껏 끌어안았어. 그러고는 여자의 몸을 돌려 입술에 키스를 하려 했어. 그때 검은 점퍼의 사내가 뒤에서 주먹으로 내 머리를 쳤어. 자기가 여자의 애인이라는 거야. 내가 비틀거리자 그자가 계속해서 내게 주먹질을 했어. 여자가 말렸지만 들은 척도 하지 않았어. 나는 얼굴이 온통 붉게 물든 채 속수무책으로 맞기만 하다가, 결국 문밖으로 던져졌어.

나는 사내가 쫓아올까 두려워 엉금엉금 기어갔어. 여전히 비가 세차게 쏟아졌어. 낮에 새로 포장한 아스팔트에서 김이 무럭무럭 솟았어. 내 몸에서 흘러내린 피가 아스팔트 위를 구불구불 흘러갔어. 마치 검게 탄 살에서 엷은 붉은색의 핏물이 배어 나오는 것 같았어. 그 핏물이 점점 불어나 온 세상을 채우고 있었어. 천국과 지옥 사이의 거대한 틈에서 붉은 피의 홍수가 난 것 같았어. 그때였어. 눈앞의 검은 바닥이 쩍 벌어지더니, 그 틈에서 황소개구리 같기도 하고 작은 악어 같기도 한 붉은 것이 기어 나왔어. 하지만 오래 땅속에 갇혀 있었는지 다 죽어가고 있었어. 그런데 그게 바로 나의 아내였어. 그리고 붉은 옷의 바텐더였어. 그리고 그리고 말이야, 그게 바로 조울증에 걸린 나 자신이었어."

그 모든 게 환상이었다. 그날 몽구는 학교에서 자동차로

한 시간가량 떨어진 번화가의 한 술집에 앉아 있는 자신을 발견했다. 어느새 다섯 시간이 지난 뒤였고, 그 다섯 시간 동안 무슨 일이 있었는지 전혀 기억할 수 없었다. 마치 어떤 기이한 가상현실을 체험한 것 같기도 했다. 어쩌면 잠시 급성 정신병에라도 걸린 것인지도 몰랐다. 하지만 놀라운 것은 다음 날 아침에 깨어났을 때 몸 곳곳에 푸른 멍이 들었다는 사실이었다.

몽구는 그날의 일에 대해 수호에게 말하지 않았다. 그는 자신의 몸뿐만 아니라 정신의 신진대사에서도 뭔가 변화가 일어나고 있음을 느꼈다. 그 변화가 그를 두렵게 했다. 하지만 한편으로는 마침내 수호의 약이 효과를 발휘하고 있다는 생각도 들었다. 그래서인지 몸속에 더 많은 독성이 축적되면서 훨씬 예민하면서도 차분해지고, 통찰력도 더 커진 듯했다. 술을 마실 때도 취기를 거의 느끼지 못했고, 오히려 많이 마실수록 눈앞이 형형해졌다. 말과 행동도 더 정확하고 민첩해진 것 같았다. 마치 메피스토펠레스와 계약을 맺은 파우스트 박사가 된 듯했다. 어쩌면 그날 그는 환각에 빠져든 게 아니라 자신이 원하는 하나의 환상적 세계를 스스로 만들어낸 것인지도 몰랐다. 그는 지금까지 보지 못하던 것을 보고, 경험하지 못한 것을 경험하고 있었다. 이제 그는 자기 몸속의 독에, 그리고 온 세상을 가득 채우고 있는 독에 눈을 뜨고 있었다.

9

다음 날 프레젠테이션 시간이 다가오면서 몽구는 까닭 모르게 마음이 불안했다. 간밤에 잠을 설친 탓인지도 몰랐다. 자꾸 엉뚱한 생각도 떠올랐는데, 몸에 든 멍도 누군가에게 일방적으로 당해서가 아니라, 몽구 자신이 누군가를 폭행하다가 생긴 게 아닐까 싶었던 것이다.

'프레젠테이션 실습' 강좌의 담당 교수는 삼십 대 후반의 독신 여성으로 몇 년 전부터 몽구의 학교에 시간강사로 출강하고 있었다. 한때 뛰어난 외모와 언변으로 장래가 촉망되는 앵커였는데 모종의 스캔들에 연루되어 방송국을 떠나 대학원에 진학했고, 그 후 공부를 계속하면서 학자의 길을 걷고 있었다. 그러나 나이가 들어가면서 젊은 시절의 미모를 잃어가는 한편 예상했던 것보다 교수가 되는 길이 순탄치 않자, 최근 들어 부쩍 초조해하는 기색을 드러내면서 냉소적이고 적잖이 공격적인 모습을 보였다. 그녀는 자신이 '언론과 윤리'를 세부 전공으로 하는 연구자로서 인정받기를 바랐는데, 사람들은 여전히 그녀를 도중하차한 전직 앵커로 보았고, 그 점 또한 그녀의 큰 불만 사항들 중 하나였다.

그녀에게는 특이한 점이 있었는데, 누가 보아도 붉은색을 선호한다는 것이었다. 그녀는 붉은색 옷을 좋아했고, 자동차도 붉은색이었다. 그 점에 착안하여 어느 날 누군가가 붉은 원피스를 입은 그녀를 보고서 바토리 백작 부인이라고 불렀고, 그 이름은 곧바로 그녀에게 꼭 들어맞는 별명이 되었다. 에르제베트 바토리는 헝가리의 백작 부인으로 마을의 처녀 수십 명을 죽여 그 피로 목욕을 했고 그로 인해 체포되어 죽음을 당한 여인이었다. 젊은 여자의 피에 피부를 노화시키는 독을 세거하는 힘이 있다고 믿었기 때문이었다. 그녀의 이름은 문소화였지만, 그녀의 등 뒤에서 그녀는 바토리 백작 부인이었다. 게다가 얼마 후부터 '바토리 백작 부인'에서 '백작'이 떨어지고 그냥 바토리 부인이 되었고, 그녀는 나중에 그 사실을 알고는 자신의 신분이 낮아져서 섭섭하다고 농담을 했다. 하지만 그녀는 몇몇 학생들이 '부인'까지 떼어버리고 그저 '바토리'라고도 부른다는 사실은 모르고 있었다.

그녀는 심한 결벽증을 가졌는데, 자신의 그런 점을 감추려 하지 않았고 오히려 약간은 자랑스러워하는 기색이었다.

한번은 강의 중에 현대인들의 마음의 병이라는 주제를 다루다가 이런 말을 한 적이 있었다.

"나는 양치질할 때마다 마무리로 늘 구강 청결제를 사용해요. 세끼 식사 외에도 간식을 먹고 나면 반드시 구강 청결제로 입을 헹구지요. 일반적으로는 하루 두 번 이상 사용하지 말고, 입안에 오래 머금지 말아야 한다고 해요. 지나치게 자주 사용하면 오히려 입안이 마르고 충치가 생기고 입 냄새가 날 수 있다는 거지요. 하지만 나는 그걸 모두 어기고 있어요. 수시로 사용하고, 입안에 오래 머금고, 사용 후에 물로 헹구지도 않아요. 한번은 입안이 따가워서 병원에 갔더니 화상을 입었다더군요. 그런데 나는 그 느낌이 좋았어요. 앞니가 갈색으로 변색되어서 미백 치료를 받기도 했지요. 어쩌면 청결제 속에 함유된 알코올에 중독된 건지도 몰라요. 하지만 그렇게 하지 않으면 나는 사람들 앞에서 입을 열 수가 없어요. 내 입속에서 살고 있는 온갖 종류의 균이 입을 열 때마다 밖으로 쏟아져 나간다는 생각을 견딜 수 없기 때문이지요. 그리고 공기 속에서 떠다니는 온갖 세균이 내 입안에 들어오는 것도 견디기 힘든 일이지요. 지나친 결벽증이라는 걸 나도 알고 있어요. 물론 불편하지요. 하지만 그게 내가 세상을 견디는 방법이기도 해요."

그 말을 듣고서 몽구는 그녀가 사람들 몸속의 세균을 독으로 여기고 있다는 느낌을 받았고, 왜 그런 자의식이 생기게 되었을까 궁금했다. 어쩌면 이번에 '독'을 발표 주제로 삼은 것도 담당 교수인 그녀에 대한 호기심과 궁금증을 풀기 위한 우회적인 방법인지도 몰랐다. 그때 문득 그는 자신이 바토리 부인에게 깊이 끌리고 있다는 사실을 깨달았다.

몽구가 여전히 자신의 혼란스런 감정을 추스르지 못하여 멍하니 앉아 있을 때, 바토리 부인이 강의실 안으로 들어왔다. 평소처럼 그녀는 출석을 확인하고서 곧바로 그날의 발표자인 몽구의 이름을 불렀다.

몽구는 우선 여러 가지 분류 기준에 따른 독의 다양한 종류에 대해 이야기했고, 이어서 독에 대한 일반인들의 부족한 상식과 편견, 그리고 본능적인 두려움에 대해 구체적인 예를 들어 설명했다. 프레젠테이션이 반쯤 진행되었을 때 그는 따로 앞쪽 의자에 앉아 있던 바토리 부인의 얼굴이 붉으락푸르락하는 것을 보았다. 그에게 뭔가 말하고 싶어 하는 기색이었는데, 평소에는 발표 중에 전혀 끼어들지 않던 터였다. 그날따라 그녀는 선홍색 투피스를 입고 있었던 탓에, 얼굴색의 변화가 더욱 두드러졌다.

몽구가 잠시 머뭇거리고 있자, 그녀가 더 참지 못한 듯 툭 말을 던졌다.

"사람들이 독을 두려워하면서도 독에 이끌리는 이유는 뭐라고 생각하나요?"

그것은 몽구가 말하던 내용과는 거리가 먼 질문이었다.

"우리에게 독은 그저 독이라 불리는 어떤 물질에 지나지 않는 게 아니지요. 우리에게는 이기심, 증오심, 분노, 공포, 탐욕 따위를 독과 심리적으로 연결 지어 생각하는 경향이 있어요. 그런 의미에서 독은 우리 자신의 일부이지요. 우리는 우리 속의 나쁜 기운을 두려워하고 기피하면서도 거기에 이끌립니다. 이 말이 질문에 대한 답이 될까요?"

바토리 부인은 잠시 말없이 몽구를 빤히 바라보다가 말

했다.

"독을 두려워하는 것은 본능이고 독에 이끌리는 것은 악심이라는 뜻인가요?"

"그렇게 말할 수 있습니다. 하지만 독을 두려워하는 것은 도덕이고 독에 이끌리는 것은 본능이라고도 할 수 있지요."

"그 말은 마치 독이냐 약이냐 하는 것은 우리 마음이 결정한다는 뜻으로 들리는군요."

"더 극단적으로 말하자면 생명이란 그 자체로 독이라고 말할 수도 있습니다."

"지금 발표자는 인간이라는 존재는 마음속에 독을 품지 않으면 살 수 없다고 말하고 싶은 거예요?"

몽구는 더 이상 대답할 말을 잃었다. 지금 그녀는 평소의 냉정함을 완전히 잃어버리고서 벌겋게 상기된 얼굴로 몹시 감정적인 모습을 드러내고 있었다. 바로 그 순간, 몽구의 머릿속에서 전날 보았던 붉은색의 환영이 되살아났다. 그날 겪은 환각 속에서 붉은 원피스를 입었던 여자 바텐더가 바토리 부인이 아니었을까 하는 생각도 들었다. 하지만 왜 자신이 그런 환각을 겪었는지 이해할 수 없었다.

그때 어떤 계시 같은 것이 그의 머리를 스쳐 지나갔다. 그녀는 독과 관련된 심각한 트라우마가 있는 게 분명했다. 그 트라우마가 몽구의 발표를 듣던 중에 강하게 되살아난 것이었다. 그녀가 지나칠 정도로 과민한 반응을 보이는 것도 그 때문이었다.

몽구는 목소리에 힘을 주어 말을 시작했다.

"아나필락시스 쇼크라는 게 있습니다. 한번 벌에 쏘이면 몸속에 벌침 독에 대한 항체가 만들어지는데, 이 때문에 다시 벌에 쏘이면 몸속의 항체가 즉각적으로 반응해서 훨씬 심각한 알레르기 반응이 일어납니다. 그로 인해 목숨을 잃을 수도 있지요. 우리의 면역계가 방어를 하려는 게 오히려 우리에게 해를 주는 것인데, 이게 바로 아나필락시스 쇼크라는 것입니다. 말미잘을 통한 실험으로 처음 발견되었다고 해요. 처음에는 말미잘의 독소를 개에게 주사해도 개는 죽지 않지만, 그 독소에 매우 민감해져서 다음번에는 약간만 주입해도 호흡곤란에 설사, 하혈 같은 증상을 일으키며 죽는다는 것이지요.

사람 마음에도 그런 상황이 있지 않은가 싶습니다. 트라우마 말입니다. 어떤 일로 강한 충격을 받으면 그와 비슷한 상황과 만날 때 심리적 장애가 일어나는 거지요. 좀 더 정확히 말하자면, 정신적으로 충격을 받은 경험은 아주 오랜 시간이 지난 뒤에도 그때의 위험을 암시하는 아주 작은 단서만 주어지면 다시 활성화되어 뇌 회로를 뒤흔들어서 엄청난 양의 스트레스 호르몬을 분비합니다. 이때 생겨난 불쾌한 감정은 몸의 감각을 극도로 예민하게 만들어서 충동적이고 공격적인 행동을 촉발하지요. 이 말은 지금 제가 떠올린 것인데, 그런 증상을 정신적 아나필락시스 쇼크라고 할 수 있지 않을까요? 그것으로 어떤 사람의 이상한 행동과 말을 설명할 수 있지 않을까요? 망가진 시스템에서는 유독성 폐기물과도 같은 것이 나옵니다. 인간의 몸도 마찬가지예요. 그런 경우에 점차 자신의 독을 통제하지 못하고 그 독에 중독되어서 결국 그 독에 타 죽게 되는 것이지요. 그러니까……."

"지금 발표자는 객관적이고 과학적인 시각을 견지하기보다는, 문학적이고 심리적인 의미 부여 쪽으로 기울어져서, 독을 어떤 상징적 물건처럼 다룬다는 느낌이 드는군요. 독이라는 주제에 감정적으로 유혹을 당해서 균형을 잃었다는 생각도 들고요."

그녀가 가차 없이 몽구의 말을 끊고 들어왔다. 그녀는 트라우마 운운하는 말이 정확히 자신의 심리 상태를 겨냥하고 있다는 것을 감지한 게 분명했다.

그녀의 말에 몇몇 학생이 소리 내어 웃었다. 그러나 곧 강의실 안은 무거운 침묵에 휩싸였다. 몽구와 여교수 사이의 팽팽한 긴장감이 모두에게 전해진 탓이었다. 몽구는 뭐라고 대꾸하려 했다. 그러나 혀가 뻣뻣해지고 미간이 잔뜩 긴장되면서 식은땀이 흐르기 시작했다. 강한 모욕감이 그의 몸에 이상한 변화를 일으킨 게 분명했다. 그때 기이하게도 몽구는 자신이 겪고 있는 몸의 상태가 바토리 부인의 몸 상태라는 것을 직감했다. 그녀가 강한 스트레스를 겪으며 온몸으로 치르고 있는 고통이 그에게 전염된 것이었다. 두 사람은 똑같이 땀에 젖은 상기된 얼굴로 서로를 뚫어지게 바라보았다. 그때 갑자기 그녀가 벌떡 몸을 일으켰다. 그러고는 몸이 좋지 않아 강의를 여기에서 마친다고 빠르게 말하고서 휑하니 밖으로 나가버렸다. 여학생 하나가 그녀의 가방을 들고 서둘러 뒤를 따랐다.

그 순간, 또 하나의 환영이 떠올라 몽구의 머리를 강하게 뒤흔들었다. 오랫동안 그의 마음속 밑바닥에 가라앉아 있던 그 환영 속에서, 한 여인이 그의 침대에 누워 있었다. 술에 취해 방향감각을 잃고 그의 방으로 들어와 침대에 쓰러졌던, 치마가 들리고 붉은 속옷이 드러났던 그 여자는 의심할 여지 없이 바토리였다. 몇 년이 지나긴 했지만, 그 환영이 이토록 생생한데, 왜 여태껏 그녀를 알아보지 못했는지 그 자신도 알 수 없는 노릇이었다. 갑작스레 바토리에 대한 애착과 미움이 그의 속에서 끓어넘쳤다. 지금 당장 그녀를 다시 보지 않으면 미쳐버릴 것 같았다. 그는 강의실을 나와 교수 휴게소를 찾아보고 건물 밖으로 나가서 주차장에 그녀의 붉은색 자동차가 그대로 서 있는 것을 확인한 뒤 교문 쪽으로 달려갔다. 그의 직감이 그를 이끌었다. 횡단보도 앞에서 있는 사람들 사이에서 그는 마침내 붉은 반점 하나를 찾아냈다. 바토리의 붉은 옷이었다.

그는 어찌할지 판단을 내리지 못한 채 그녀의 뒤로 다가갔다. 길 건너에서도 수십 명의 사람이 한데 몰려서서 신호가 바뀌기를 기다리고 있었다. 사람들이 길 하나를 두고 마주서 있는 동안, 몽구는 그들이 까닭 모를 극단적인 공포감과 세상에 대한 지독한 적의를 품은 채 서로를 노려보고 있다는 느낌이 들었다. 그들은 독 동물들처럼 눈에 보이지 않는, 강력한 독성을 가진 촉수를 숨기고 있었다. 그들 앞에서는 온갖 종류의 자동차들이 엔진을 부르릉거리며 브레이크에서 발이 떨어지기를 맹목적으로 기다렸다. 마치 거리에 독가스가 살포된 듯 세상의 모든 것이 그 상태로 정지되어 있었다. 몽구는 숨이 막힐 것 같았다. 식은땀이 흐르고, 입안에 침이 가득 고이고, 가슴이 팽팽하게 긴장되고, 온몸의 근육에서 움찔움찔 경련이 일어났다. 머릿속이 혼미해지다가 문득 정신을 차리고 보면, 여전히 횡단보도 앞에 서 있었다.

그때 여교수가 뒤를 돌아보았고, 두 사람은 눈이 마주쳤고, 서로를 말없이 뚫어지게 바라보았다. 그들은 다시금 자신들이 서로 똑같은 증상을 겪고 있다는 것을 알았다. 그때 푸른 등에 불이 켜졌고, 바토리 부인은 똑바로 앞을 보고 걷기 시작했다. 몽구도 그 뒤를 따라 걸었다. 서둘러 걸음을 옮겼지만, 앞을 가로막은 사람들로 인해 그녀와의 거리가 좁혀지지 않았다. 그때 바토리가 횡단보도를 채 반도 건너지 못해서 비틀거리더니 갑자기 걸음을 멈추고서 하늘을 멍하니 올려다보았다. 몽구는 얼른 달려가 모로 쓰러지는 그녀의 상체를 받쳐 안았다.

10

"그날 나는 그녀를 부축해서 차에 태웠어. 차가 병원으로 달리던 중에 바토리가 정신을 차렸어. 눈길을 이리저리 돌리더니 집으로 데려다 달라고 했지. 십오 층에 있는 아파트 안으로 들어서자마자 그녀는 나를 거칠게 끌어안았어. 우리는 곧장 침실로 들어가서 침대 위로 쓰러졌어. 그녀는 마치 바닥 모를 나락으로 떨어져 내리는 사람처럼 내 몸에 필사적으로 매달리며 내 등에 손톱을 박고서 끝없이 비명을 질러댔어. 나 역시 혼이 빠져나갈 정도로 강렬한 흥분 상태였어. 하지만 그녀가 내는 소리는 정말 끔찍했어. 벌거벗은 여자가 아니라, 중세 전설 속에 나오는, 사람 모양의 식물 만드라고라 같았어. 뿌리가 특이하게 생겨서 잔털이 많고 둘로 나뉜 모양이 인간과 흡사해서 반인간 식물이라고도 불렸는데, 땅에서 뽑힐 때 엄청나게 괴로워하면서 끔찍한 비명을 지른다고 하지. 그 소리가 얼마나 무시무시한지 누구든 들으면 미쳐버린다는 거야. 그래서 만드라고라를 채취할 때는 소리를 듣지 않기 위해 귀를 막거나 개를 동원하는 특별한 방법을 써야 한다지. 그녀와 몸을 섞으면서 나는 그녀를 위해 내내 만드라고라를 뽑는 일에 몰두했어. 내가 애를 쓰면 애를 쓸수록 그녀는 더 크고 더 날카롭게 비명을 질렀는데, 그렇다고 귀를 막을 수도 없는 상황이었어. 그러나 나는 포기하지도 멈추지도 않았어. 만드라고라에는 여러 가지 신비한 이야기들이 따라다니지. 아담과 이브가 에덴동산에서 쫓겨나 서로 만나지 못하게 되었을 때, 슬픔에 잠긴 아담이 어느 날 꿈속에서 이브와 사랑을 나누었는데, 그때 흘린 정액이 땅에 떨어지고 거기에서 자라난 게 만드라고라라는 거지. 독을 품고 있어서 최음제와 수면제로도 쓰였는데, 향유에 섞어 몸에 바르면 달빛을 타고 하늘을 날 수 있고, 악마와 섹스를 하는 환각을 경험할 수 있다고도 하지. 그 환각을 눈앞에 그려내면서 마침내 나는 그녀를 땅에서 뽑아냈어. 그때 나의 정액이 쏟아져 나오면서 그녀의 트라우마도 함께 뿌리째 뽑아낸 거야. 그녀의 고통스런 비명 소리가 그치고, 깊은 바닷속과 같은 침묵과 휴식의 시간이 찾아들었어. 얼마 후 그녀의 이야기가 시작되었지. 그녀의 긴 이야기가 한동안의 침묵과 휴식으로부터 천천히 흘러나왔어."

소화는 어렸을 적부터 결벽증이 심했다. 정결하지 않은 것, 사람들의 손때가 묻은 것이 자신의 몸에 닿는 것을 견디지 못했다. 그녀는 말하자면 살균 소독된 무독성의 세계에서 살기를 원했다. 날마다 오랜 시간에 걸쳐 정성껏 샤워나 목욕을 했고, 하루에도 수십 번 손을 씻었으며, 숨을 참는 법을 특별히 연습하여 환기가 잘 안 되는 곳에서는 아예 정상적인 호흡을 포기했다. 대학을 졸업하고 방송국에 취직했을 때 처음에는 몇 번이나 사회생활을 접고 자신의 방에 틀어박히고 싶었다. 그러나 벼랑 끝에 섰다는 생각으로 이를 악물고 버틴 결과 마침내 타협책을 찾았는데, 그것은 온갖 화학물질로 자신을 무장하는 것이었다. 구강 청결제를 과도하게 사용하는 것도 그 당시에 생긴 버릇이었다.

그녀는 스물여덟 살에 마침내 자신이 바라던 대로 앵커가 되었다. 그러나 막연한 거부감으로 인해 남자들과는 깊은 관계를 맺어본 적이 한 번도 없었다. 서른세 살 되던 해의 어느 날, 그녀는 부산으로 출장을 가서 해운대에 있는 특급 호텔에 방을 얻었다. 첫날은 정신없이 지나갔고, 둘째 날은 어느 정도 여유를 얻을 수 있었다. 그녀는 열 시쯤 하루 일과를 끝내고 호텔 측에 부탁하여 수영장을 쓸 수 있는 허락을 받았다. 열 시에는 수영장의 문을 닫는데, 특별히 그녀에게는 사용하게 해준 것이었다. 그녀는 평소에 물과 친하게 지낸 터라 수영을 좋아했다. 다른 사람들은 수영장 물속의 소독제 성분을 꺼려하지만, 오히려 그것이 그녀를 안심시켰다. 그런데 사람이 많아 쉽게 더러워지는 공공 수영장은 기피할 수밖에 없는 게 그녀의 문제였다.

그날 그녀가 늦은 밤에 평영과 배영을 번갈아 하며 혼자

고즈넉이 수영을 즐기고 있을 때였다. 수영장의 문이 열리더니 현란한 색깔의 깃털을 가진 커다란 앵무새 한 마리가 안으로 날아들었다. 아니, 자세히 보니, 온몸을 울긋불긋하게 칠한 한 남자가, 몸에 색을 칠한 것을 제외하고는 아무것도 걸치지 않고 신발도 신지 않은 채 가벼운 발걸음으로 걸어오고 있었다. 곧바로 그는 조금도 머뭇거리지 않고 첨벙 소리를 내며 물속으로 뛰어들었다. 그러고는 얼굴을 물속에 박고서 사지를 활짝 벌린 채 둥둥 떠 있었다. 그의 몸을 덮었던 물감이 물에 녹으면서 붉고 푸르고 노란 색의 띠가 주위로 번져나갔다. 소화는 그 놀랍도록 강렬한 광경에 완전히 마음을 빼앗겼다.

난생처음으로 그녀는 청결함을 넘어서는, 살아 있는 색채의 아름다움을 보았다. 물론 시간 나는 대로 미술관을 찾아서 회화 감상을 즐기는 게 그녀의 취미 중 하나였다. 하지만 그림 속의 색깔과 물감은 틀 속에 갇힌 안전한 상태였다. 그런데 지금 그녀는 여러 가지 색깔을 머금은 기름띠에 둘러싸인 채 둥둥 떠 있는 그 사내를 향해 천천히 다가가고 있었다. 너무 오랫동안 숨을 쉬지 않아서 걱정이 되기도 했다. 그가 죽은 게 아니라면, 그 사내와 소화 사이에는 숨을 오래 참을 수 있다는 공통점이 있는 셈이었다. 예전 같았으면 오염된 물이 자신의 몸에 닿기 전에 물 밖으로 달아나버렸을 텐데, 그녀의 몸과 마음은 전혀 다른 방향을 향하고 있었다. 그녀는 모든 것이 갑자기 역방향으로 움직이는 이 순간을 그동안 내내 기다려왔는지도 몰랐다. 그녀의 손이 막 남자의 팔꿈치에 닿으려 할 때, 그가 고개를 물 밖으로 들어 올렸다. 그러고는 푸하 소리를 내며 머리를 흔들어 머리카락을 털었다. 소화는 물방울을 맞으며 그 자리에 멈춰 섰다. 그때 그가 그녀를 발견하고서 씩 웃어 보였고, 순간 소화는 깜짝 놀랐다. 남자의 앞니도 붉은색과 푸른색으로 물들어 있었기 때문이었다. 그 기괴하면서도 코믹한 모습을 보고 있자니, 말로만 듣고 그림으로만 보던 도깨비가 눈앞에 튀어나온 듯한 느낌이었다. 그녀는 산 것도 아니고 죽은 것도 아닌 그 도깨비의 표정과 거동에서 공포와 매혹을 동시에 느꼈다. 그리고 그 후로 내내 그러했다.

두 사람은 그렇게 처음 만났다. 남자는 행위예술가이자 바디페인터였고, 이름은 도부영이었다. 그날 부영은 물속에서 그녀의 수영복을 벗겼다. 그의 몸에 남았던 물감이 그녀의 몸을 얼룩지게 했다. 그날 이후로 그는 그녀의 애인, 이전에도 이후에도 없을 유일한 애인이 되었다. 그는 그녀를 세상으로 이끌어낸 사람이었다. 그러나 또한 그는 영감의 세계에서 살아가는 남자였다. 세상의 모든 것이 그에게는 영감을 주는 소중한 것, 살아 있는 것이었다. 그는 남들이 당연히 아름답다고 여기는 것에는 관심이 없었다. 대신 추하고 무섭고 끔찍한 것, 위험한 것에서 아름다움을 찾았다. 그는 소화에게서도 아름다운 겉모습 속에 들어 있는, 겁을 먹고 잔뜩 움츠린, 온갖 결핍감에 시달리며 고통받는 어린 소녀를 발견한 터였다.

가까이 지내기 시작하면서 소화는 부영의 동료들과도 친해졌다. 부영의 집에서 늦게까지 파티를 벌이며 여럿이 어울리기도 했다. 그들은 작은 그룹을 이루었고, 전문 화가를 두지 않고서, 그림의 주제를 정하고 실제로 그리는 일까지 모든 것을 그들 스스로 소화했다. 그들은 자주 토론을 벌였고, 매번 제비뽑기를 해서 퍼포먼스에서의 역할을 분배했다. 때로 야광 페인트를 쓰기도 하고 스프레이로 몸에 색을 분사하는 방법도 썼다. 그러다가 호흡기로 색의 분말이 들어와 호흡곤란을 겪기도 했지만, 아무도 마스크를 쓰려 하지 않았다. 그래서인지 모두가 쉽게 지치고 시도 때도 없이 하품을 했다.

그들은 발가벗은 몸에 색으로 천천히 옷을 입었다. 오랜 시간에 걸쳐 입은 그 옷은 자연스레 그들 몸의 일부가 되었다. 그렇게 그들은 자유와 구속을, 그리고 벗은 몸과 갑옷을 동시에 얻었다. 어느 화가는 색이 빛의 고통이라고 했다. 그 말이 맞았다. 그들은 모두의 고통을 표현하기 위해 색을 사용했다. 하지만 또한 색은 빛의 환희이자 유희였다. 그들은 빛의 고통에서 비롯된 색으로 빛에게 영광을 돌렸다. 그들은 그로테스크한 이미지들, 눈이 세 개이고, 세 번째 귀가

퇴화된 채 붙어 있는 얼굴들, 기형아의 모습을 통해 무엇보다도 독의 존재를 일깨웠다. 독을 품은 식물이나 동물들을 인체와 결합하는 것도 그들의 주된 레퍼토리였다. 그러나 또한 그들은 몸의 유연한 굴곡과 색의 무한한 가능성을 살려서 독이 약이 되는 세상을 그려내는 것을 잊지 않았다.

하지만 얼마 지나지 않아, 소화는 남들이 잘 모르는 부영의 성향을 발견하고서 경악했다. 바디페인팅을 할 때는 보통 분장용 화장품을 사용하는데, 특히 납이나 비소 같은 중금속이나 프탈레이트 같은 화학 첨가제가 함유되지 않은 제품이어야 했다. 그러나 그는 그 점을 꼼꼼히 살피는 것 같지 않았다. 뿐만 아니라, 지금까지 오랫동안 워낙 피부에 넓고 두껍게 화장품을 발라온 터라, 화장품의 방부제로 쓰이는 페녹시에탄올에 대한 알레르기가 심했는데, 피부에 이상이 생겨도 아랑곳하지 않았다. 페녹시에탄올이 장기간 피부를 통해 흡수되어 몸 안에 고이면 호르몬 분비에 문제를 일으킨다는 것을 그 자신도 알고 있었다.

그 외에도 소화를 걱정시키는 것이 몇 가지 더 있었다. 부영이 좋아하는 퍼포먼스들 중의 하나는, 여러 종류의 실제 꽃을 사다가 커다란 꽃병에 꽂아놓고서 손으로 꽃잎을 따서 몸에 문질러 색깔을 칠하는 것이었다. 그러나 시중에 유통되는 꽃들이 강한 농약 성분에 노출되어 있다는 사실에는 신경 쓰지 않았다. 그런가 하면, 분장용 화장품을 사용한 후에는 깨끗이 씻어 피부에 남지 않도록 해야 하고, 유성 제품인지 수성 제품인지에 따라 세정 방식을 신중히 선택해야 하는데, 그는 한번 화장품을 바르고 나면 일부가 며칠씩 몸에 남아 있어도 개의치 않았다. 소화가 협박조로 애원을 하거나 애원조로 협박을 하면 그제야 마지못해 그녀의 말에 따르겠다고 약속을 했지만, 그 약속을 꼭 지킬 의지는 없어 보였다. 소화로서는 부영의 몸이 점점 상해가는 것을 그저 지켜볼 수밖에 없다는 사실이 견디기 어려웠다. 부영은 천성적으로 섬세하고 다정한 사람이어서 소화와 깊은 대화를 나누곤 했는데, 자신의 몸을 관리하는 일에 대해서만은 그녀의 말을 흘려들었다.

부영이 자주 벌이는 바디페인팅 퍼포먼스의 주제들 중 하나는 페스트의 수호성인 성 세바스티아누스였다. 성 세바스티아누스는 고대 로마의 장교 신분으로 몰래 기독교로 개종하여 기독교인들을 도왔다는 이유로 순교를 당한 성인이었다. 그는 화살로 쏴 죽이는 형벌에 처해지지만 많은 화살을 맞고도 죽지 않고 살아나 다시 몽둥이에 맞아 죽었는데, 훗날 페스트가 창궐할 때 화살을 이겨낸 그가 화살만큼이나 모진 역병으로부터 사람들을 지키는 수호성인으로 떠오르게 되었다. 부영 또한 세상의 모든 독화살, 독침을 받아내는 상황을 자기 몸 위에 색과 형상으로 표현하며 환경오염에 대한 경고의 메시지를 극적으로 표현하곤 했다. 더욱이 '독'

이라는 뜻의 '톡신'은 원래 활이라는 의미를 가지고 있었다. 옛날부터 사냥을 할 때 화살 끝부분에 독을 묻히거나 바르던 데서 유래한 말인데, 부영이 온몸에 화살을 맞고도 죽지 않은 성 세바스티아누스를 선택한 것도 그런 이유에서였다.

그 과정에서도 부영은 자신의 몸을 아끼려 하지 않았다. 오히려 아직 안전성이 충분히 검증되지 않은 여러 가지 염료를 시험 삼아 사용하여 의도적으로 자신의 몸을 독에 노출시켰다. 그는 자신의 몸을 추하고 무섭고 끔찍한 것, 위험한 것으로 만들었다. 그러다가 결국 온몸의 피부가 뱀의 허물처럼 벗겨지기 시작하더니 곳곳이 시커멓게 죽어갔다. 그러나 수시로 설사를 하고 피를 토하면서도 그는 병원을 찾지 않았다. 오히려 악화되어 가는 자신의 상태를 그동안 진행해온 퍼포먼스 자료들과 함께 편집하여 동영상을 제작했다. 그가 인터넷의 사회문제 고발 사이트에 올린 그 동영상은 며칠 만에 조회 수 3만 뷰를 넘어섰고, 날이 갈수록 계속해서 늘어났다. 마침내 그는 네티즌들로부터 현대의 성 세바스티아누스라는 이름을 얻으면서 이를테면 세속적인 성인의 반열에 올랐다.

바로 그 무렵에 소화는 비로소 부영의 진면목을 알게 되었다. 부영이 모두에게 숨겼던 비밀을 발견한 것이었다. 어느 토요일 아침, 간밤의 꿈자리가 뒤숭숭했던 소화는 다소 이른 시간에 서울 근교에 있는 부영의 집을 찾았다. 그는 막

조깅이라도 하려던 참이었는지, 간편한 차림으로 그녀를 맞았다. 그런데 그의 몸은 너무도 멀쩡했다. 마르긴 했지만 군살이 전혀 없어서 더욱 건강하고 활기차 보였다. 발을 조금만 움직이면 당장이라도 바닥에서 퉁퉁 튀어오를 것 같았다. 게다가 피부가 무척이나 매끈했다.

지난 일 년간 조금씩 병들어가던 모습이 모두 퍼포먼스를 위한 연출이었다. 소화는 온몸에 소름이 끼치면서 자신의 몸이 하나의 커다란 고드름 같은 게 되어버린 느낌을 받았다. 그 자리에서 쓰러지면 땅에 떨어진 고드름처럼 산산조각으로 부서질 것 같았다. 그녀는 조용히 주머니에서 휴대폰을 꺼내어 그의 얼굴에 대고 사진을 찍었다. 그러나 부영은 고개를 돌리려 하지 않았고, 오히려 멋쩍게 씩 웃어 보였다. 그녀로서는 이해할 수 없었다. 그동안 그토록 철저하게 모두를 속이고서 왜 이제는 순순히 본색을 드러내는지 그 의중이 전혀 짐작가지 않았다. 하지만 그런 것 따위는 이제 중요하지 않았다. 그녀는 스스로도 무서울 정도로 화가 났다. 그녀는 곧바로 집으로 돌아와서 인터넷에 접속하여 부영의 동영상을 켜고서 그 밑에 한글과 영어로 비밀을 폭로하는 댓글을 달았다. 그리고 자신의 계정에 아침에 찍은 부영의 사진을 올린 뒤 댓글과 링크시켜 놓았다.

예상했던 대로 한바탕 소란이 일어났다. 누군가의 주장에 따르면, 부영은 처음부터 무척 용의주도해서 그동안 화학

보존제가 아니라 꽃산과 같은 천연성분 보존제가 든 화장품 만 사용했다는 말도 들려왔다. 그러나 부영은 아무런 반응도 보이지 않고 침묵으로 일관했다. 풍파가 어느 정도 잠잠해질 무렵, 그녀는 방송국으로부터 일방적인 통고를 받았다. 예술을 빙자한 선정적이고 외설적인 이벤트에 참여하고 사기극에 공모하여 공인으로서의 품위를 잃었다는 이유로 권고사직을 요구받은 것이다. 처음에 그녀는 소송을 제기할까 생각했다. 하지만 이번 사건으로 인해 그동안 어느 정도 진정되었던 결벽증이 되살아났고, 게다가 그 강도가 전보다 훨씬 커서 어차피 직장 생활을 계속할 수 있는 상황이 아니었다.

모든 것을 잃은 후 비로소 소화는 냉정하게 부영과 자신의 관계에 대해 돌이켜보았다. 가만히 생각해보니, 부영은 결코 그녀에게 비밀을 들킨 게 아니었다. 숨길 수 있으면 얼마든지 그럴 수 있었는데, 스스로 제 본모습을 그녀에게 드러낸 것이었다. 그 이유는 이제 그만 그녀에게만은 비밀을 알려주고 싶었기 때문이 아니었을까.

"얼마 후 우리는 담담한 얼굴로 마주앉았어. 조용히 이야기를 나누었고, 그렇게 몇 번 더 만나면서 서로 이해하고 용서했어. 그러는 동안 나는 대학원에 입학하여 공부를 다시 시작했고, 석사논문을 쓴 뒤 모교에 출강하게 되었어. 결벽증도 조금씩 완화되어 갔지. 그런데 정말 이상하게도, 대학원에 다니던 무렵부터 부영에 대해서는 기억이 서서히 지워지더니, 얼마 후부터는 더 이상 아무런 추억도 남지 않았어. 모든 게 다 잊힌 상태였어. 심지어 부영을 처음 만난 상황은 물론이고 부영이라는 존재조차도 내 머릿속에서 흐릿해졌어. 그러면서 부영과도 더 만날 일이 없게 되었지. 그런데 오늘 네가 아나필락시스 쇼크에 대해 하는 말을 들었을 때, 갑자기 그 모든 기억이 내 속에서 되살아났어. 순간, 나는 정신을 추스를 수 없을 정도로 머릿속이 혼란스러웠어. 그 상태로 무슨 짓을 저지를지 몰라서 가방도 챙기지 않고 강의실로 뛰쳐나와 주차장으로 갔어. 그러나 그런 상태로는 운전도 할 수 없을 것 같았어. 그래서 그냥 무작정 걸었지. 누군가가 나를 멈춰 서게 해주길 바랐는데, 횡단보도의 붉은 신호등 앞에 이르러서야 내 걸음에 제동이 걸렸어. 신호등이 푸른빛으로 바뀌었을 때, 나는 다시 걷기 시작했어. 그때 나도 모르게 뒤를 돌아보았어. 네가 따라오고 있었어. 문득 네 얼굴이 부영과 닮았다는 느낌이 들었을 때, 갑자기 가슴속에서 격렬한 감각의 발작이 일어나면서 의식을 잃고 만 거야."

긴 이야기를 마치고서 소화는 탈진한 듯 시트를 몸에 감고 잠이 들었다. 깊이 잠든 그녀의 얼굴은 흰빛과 검은빛과 붉은빛으로 칠해진 가면 같았다. 그래서인지 몽구에게는 처음으로 성적 쾌감을 알게 해준 그녀의 육체가 여전히 낯설었다. 그는 아직 발가락이 움찔움찔 경련을 일으키는 것을 느끼며 옷을 입고 거실로 나왔다. 선뜻 어찌해야 할지 마음을 정하지 못하고 있을 때, 현관 옆의 작은 탁자 위에 놓인 자동차 열쇠가 눈에 들어왔다. 여벌의 열쇠인 모양이었다. 열쇠를 집어 들었을 때 맞은편 방의 문이 약간 열린 게 보였다. 바토리의 서재인 것 같았다. 무심결에 안으로 들어가보니, 책장들 사이로 한쪽 벽을 가득 채운 사진들이 눈길을 끌었다. 팔절지가량 크기로 확대된 다섯 장의 사진들은 모두가 바디페인터의 모습을 담고 있었다. 현란하게 채색된 몸에 초점을 맞춘 데다가 얼굴에도 다양한 문양이 그려져서 생김새를 확인하기는 어려웠다. 몽구는 그가 바로 소화가 말한 도부영이라는 사람이라고 짐작했다. 중앙에 걸린 사진 속에서 옆얼굴을 보이고 있는 부영이 눈길을 옆으로 돌려 몽구를 노려보듯 바라보았다. 몽구는 그가 무척 아름다운 남자라는 느낌을 받았다.

집을 나와서 몽구는 택시를 타고 학교로 갔다. 소화의 차를 가져올 생각이었는데, 왜 그런 결정을 내렸는지 자신도 잘 알 수 없었다. 대학에 입학하고서 바로 면허증을 취득하긴 했지만, 그동안 운전을 해본 적이 많지 않아서 사실 긴장이 되었다. 그래도 그나마 그것이 지금 그가 소화를 위해 할 수 있는 유일한 행동이었다. 학교 주차장에서 그녀의 빨간 자동차를 몰고 나와 교문을 지나 차도로 나올 때까지만 해도 그는 잔뜩 얼어붙어 있었다. 늦은 밤이라 차량이 많지 않아 다행이었다. 하지만 차에 속도가 붙으면서 차츰 자신감이 생겼다.

그는 점점 더 속도를 높였다. 브레이크를 밟다가도 금방 발을 가속페달로 옮겼다. 창밖의 풍경이 세찬 바람을 맞은 듯 뒤쪽으로 휙휙 날아갔다. 처음에 그는 자신에게 그런 운전 능력이 있었다는 사실에 놀랐다. 하지만 곧 그게 아님을 알았다. 지금 그는 뭔가에 쫓기듯 자신을 통제하지 못해 속도를 조절하는 데 어려움을 겪고 있는 것이었다. 그때 아까부터 그의 머릿속에 들어 있던 어렴풋한 환영이 차츰 분명하게 윤곽을 갖추면서 눈앞에 떠올랐다. 소화의 서재에서 본, 기이한 괴물처럼 분장한 부영의 모습이 동물도 아니고 식물도 아닌, 온몸이 부드러운 털 모양의 가시로 덮이고, 긴 이빨에 뱀처럼 갈라진 혀를 가진 기이한 존재로 되살아나 시야를 가로막았다. 그때 문득 몽구는 부영의 얼굴 위로 수호의 얼굴이 겹치는 것을 보았다. 어쩌면 사진 속의 모습이 무척 아름답게 보인 까닭은 그에게 무척 친숙했기 때문인지도 몰랐다. 몽구는 머릿속이 어찔어찔했다. 혹시 부영이라는 인물이 수호가 아닐까 하는 생각도 들었지만 갈피를 잡을 수 없었다.

"그때 갑자기 세상이 불그스레해지면서 가슴이 거칠게 뛰고 호흡이 가빠지기 시작했어. 강한 독성 물질이 몸 안에 들어왔을 때의 증상이었지. 그동안 내 속에 축적된 모든 독성이 갑자기 혈액 속으로 스며들어 활성화되는 게 생생하게 느껴졌어. 곧 내 온 감각이 독에 점령당해 극도로 민감하고 예민해졌어. 그럴수록 나는 더 빠르고 더 위험하게 차를 몰았어. 처음에는 나를 거부하고 내게 저항하던 자동차가 이제는 기세가 꺾여서 내게 굴복했어. 실내 후사경에 비친 나의 두 눈은 핏발이 서서 붉게 물들어 있었는데, 그게 마치 내 눈이 아니라 자동차의 눈처럼 보였어. 나는, 아니 나와 자동차는 하나의 치명적인 흉기, 독화살 같은 것이 되어 있었어.

강변도로를 달리다가 고속도로 방향을 알리는 도로 표지판을 보고서 충동적으로 그쪽으로 방향을 바꿨어. 어디로 가는가는 중요하지 않았어. 나는 뭔가를 향해 질주했고, 여전히 뭔가에 쫓겼고, 더 빨리 달려야 했고, 그렇게 나 자신으로부터 달아났어. 어렵사리 요금소를 지나 고속도로에 진입한 후로 속도는 더 빨라졌어. 그때 귓전에서 바토리가 내지르던 비명 소리가 다시 울리기 시작했어. 그 소리에 나는 미칠 것 같았어. 정말 미쳐버린 것 같았어. 마침내 만드라고라가 뽑히고, 뿌리 뽑힌 만드라고라가 유령처럼 눈앞에서 춤을 추었어. 바토리는 내게서 옛날 애인의 모습을 본 게 분명했어. 그리고 그 애인은 죽을병에 걸렸거나 이미 죽은 게 틀림없었어. 차창 위로 교차하는 어둠과 빛이 나를 겁에 질릴 정도로 흥분시켰어. 현기증이 일어나고 당장이라도 토할 것 같았어. 그러나 차를 세울 수가 없었어. 지금 이 순간 내게는 멈추지 않는 게 가장 중요했어. 내 속에서 엇갈려 흐르던 뜨겁고 차가운 두 물줄기가 기어이 서로 부딪치고 한데 엉겨 놀란 짐승처럼 내 머리와 심장과 장기 속으로 파고들었어. 나는 타오르는 동시에 얼어붙었어. 나 자신이 자동차가 되어 헉헉거렸어. 나 자신이 시한폭탄이 되어 위태롭게 째깍거렸어."

그때 차체에 요란하게 색을 칠한 12인승 승합차 한 대가 그의 앞에 나타났다. 다른 차들에 비하면 꽤 빠른 속도였다. 승합차 스스로도 그 정도면 일 차로를 유지하는 데 충분한 속도라고 여기는 듯했다. 그러나 몽구에게는 더 빠른 속도가 필요했다. 그의 속에서 다시 어떤 엄청난 힘이 그를 뒤흔들었다. 그는 결코 차로를 바꾸고 싶지 않았다. 그는 앞차를 향해 경적을 울려대면서 전조등을 점멸했다. 하지만 승합차는 아무런 반응도 보이지 않았다. 몽구는 앞차와의 간격을 최대한 좁히고서 상향등을 켰다. 그때 전방에 급한 커브길이 나타났고, 순간 승합차가 좌우로 흔들리더니 급브레이크를 밟아 옆으로 밀리면서 반 회전 후에 갓길 쪽으로 붙으며 멈춰 섰다.

몽구는 정신이 번쩍 들면서 등줄기를 타고 식은땀이 주르륵 흘러내리는 것을 느꼈다. 잔뜩 긴장했던 두 눈이 욱신거리면서 갑작스레 피로감이 몰려들었다. 그는 속도를 늦춰 삼 차로를 달리다가 휴게소로 들어서서 식당 건물로부터 멀리 떨어진 어두운 나무 그늘 밑에 차를 세웠다. 잠시 잠이 들었던 것 같았다. 꿈이었는지, 눈앞에 돌로 이루어진 거대한 신전 같기도 하고 탑 같기도 한 건물이 우뚝 서 있었는데, 그 건물 각 부분이 마치 살아 있는 짐승의 근육처럼 꿈틀꿈틀 경련을 일으켰다. 그때 누군가가 거칠게 차창을 두드리는 소리에 퍼뜩 잠에서 깨어났다. 그 누군가는 한 사람이 아니었다. 대여섯 명의 남자들이 그의 차를 둘러싸고서, 차창을 주먹으로 두들기며 험한 표정으로 안을 들여다보았다. 몽구는 그들의 머리 사이로 아까 보았던 승합차가 가로등 밑에 세워져 있는 것을 보았다.

몽구는 마치 물이 가득 찬 수조 속에 가라앉아 있는 듯한 느낌이었다. 그들이 퍼붓는 욕설에 물속에서 수포가 부글부글 끓어올랐고, 그들의 주먹질과 발길질에 수조의 유리창에 쩍쩍 금이 가기 시작했다. 몽구는 폐소공포증에 걸린 사람처럼 숨이 막혀서 차문을 활짝 열어젖혔다. 그와 동시에 우악스런 손길이 그의 어깨를 움켜쥐고서 밖으로 잡아챘다. 그는 하마터면 바닥에 나동그라질 뻔했지만, 허청거리다가 간신히 균형을 잡았다. 한 사내가 몽구의 멱살을 잡을 듯이 앞으로 나서다가 멈칫하더니 손을 거두었다. 몽구는 비 오듯 땀을 흘리며 창백한 얼굴로 서서 정면을 노려보고 있었다. 그때 누군가가 달려들어 그를 힘껏 껴안았다. 몽구는 두 다리의 긴장이 풀리는 것을 느끼며 그에게 몸을 맡겼다. 그는 조수호였다.

얼마 후 정신을 차려보니, 몽구는 조수석에 앉아 고속도로를 달리고 있었고, 운전석에는 수호가 앉아 있었다.

몽구가 깨어난 것을 보고서 수호가 손수건을 건네주었다. 그의 얼굴은 여전히 땀에 흥건히 젖어 있었다.

"그래, 맞아. 우리는 휴게소에서 우연히 만난 게 아니야. 내가 줄곧 너를 따라왔지. 네가 어찌나 빨리 달리던지 몇 번이나 놓칠 뻔했지만 말이야. 기억을 잘 가다듬어 봐. 어제, 그러니까 일요일 낮에 우리는 함께 내 연구소로 갔었지. 네가 먼저 가보고 싶다고 했는데, 그동안 한 번도 없던 일이어서 나는 내심 반가웠어. 연구소에서 별일은 없었고, 내가 특별히 만든 샐러드와 함께 버섯과 감자볶음을 함께 먹었지. 그래, 솔직히 털어놓을게.

그동안 내가 네 두통을 치유하기 위해 이런저런 애를 써 온 건 너도 알 테지. 어제 네가 먹은 샐러드에는 투구꽃의 꽃가루가 주성분인 꿀로 소스를 만들어 뿌렸어. 투구꽃은 뿌리뿐만 아니라 꽃에도 독성이 있기 때문에 거기서 얻은 벌꿀도 어떤 사람에게는 위험한 물질이지. 나는 네 두통이 일종의 자가면역질환과 관련이 있는 게 아닐까 싶어서 그걸 역이용해 신진대사에 변화를 일으켜보고 싶었던 거야. 네가 지금 당장은 기억하지 못하겠지만, 식사 전에 나는 네게 부작용이 있을 수 있다고 경고했어. 하지만 내 말이 다소 경솔하긴 했지. 이 샐러드를 먹으려면 네 스스로 두통을 치유하려는 절실함과 용기를 둘 다 가져야 한다고 너를 도발했으니까. 당연히 너는 물러설 수 없었지.

처음에는 멀쩡한 것 같기에 별로 걱정하지 않았어. 네가 도서관에 간다고 집을 나설 때도 그러려니 했어. 그날 너는 밤늦게 돌아왔지. 집 안으로 들어서는 너를 보고서 깜짝 놀랐어. 옷이 온통 흙투성이였고, 옷을 벗겨보니 몸 곳곳에 멍이 들어 있었어. 입에서는 술 냄새가 강하게 풍겼지. 내가 무슨 일이 있었냐고 여러 차례 물었지만 너는 대답하지 않았어. 하지만 나는 벌꿀 속의 투구꽃 독이 다른 성분들과 섞이면서 네 신경을 강하게 자극하고 마비시켜 반쯤 환각 상태에 빠트렸다는 걸 짐작했어.

그래서 오늘 아침에 네가 학교에 가는 것을 말렸어. 아직 어젯밤의 후유증이 남았을지 몰랐으니까. 하지만 너는 프레젠테이션 때문에 그럴 수 없다고 했지. 나는 걱정이 되어서 네 시간표를 확인한 후에, 마지막 수업이 끝날 때쯤에 학교로 갔지. 그리고 막 네게 전화를 걸려 할 때, 너와 바토리가 횡단보도에 서 있는 걸 발견했어. 아니, 좀 더 솔직히 말하도록 하지. 네 시간표를 확인할 때 나는 담당 교수 이름이 문소화라는 것을 알았어. 물론 나는 소화가 네 학과에 출강

나간다는 사실은 알았지만, 네가 소화의 강의를 들으리라고는 전혀 생각하지 못했어.

그래, 나는 소화와 바디페인터 도부영에 대해 알고 있었어. 사실 바토리 백작 부인이라는 별명은 내가 붙인 거야. 그 무렵에 소화는 얼굴에 핏기가 없고, 늘 빈혈에 시달렸어. 때문에 의사의 처방대로 붉은색 음식을 즐겨 먹었고, 육회는 물론이고 스테이크도 붉은 즙이 흐르는 가장 덜 익은 상태를 좋아했고, 붉은색 화장품과 붉은색 옷으로 자신을 치장했지. 소화의 그런 모습을 보고서 바토리 백작 부인이라는 칭호를 선사한 건데, 놀리는 의미도 없지 않았지만, 하다못해 바토리 백작 부인처럼이라도 삶의 의지를 강하게 키워주기를 바라는 마음이 더 컸지.

우리 모임에서 나와 소화와 부영, 그렇게 셋이 가장 가까웠어. 물론 부영이 모든 면에서 누구보다도 적극적이었지. 부영은 뚜렷한 명분을 가지고 행위예술을 하면서도 한편으로는 자신의 몸을 실험 대상으로 삼았어. 인체에 무해하다고 선전하는 여러 가지 염료와 페인트를 몸에 발랐는데, 피부에는 분해 효소가 없어서 무엇이든 있는 그대로 받아들여 저장하니까, 자칫하면 그런 바디페인팅은……."

몽구가 그의 말을 받았다.

"자살행위지."

"그렇지. 염려했던 대로 부영은 서서히 독에 중독되어 갔어. 그런데 어느 날 그가 사람들을 놀라게 했어. 자기가 겪어온 과정을 동영상으로 제작하여 인터넷에 올린 거야. 일상생활에서 겪게 되는 독의 위험성을 경고한다는 의미였지. 하지만 사실은 그 모든 게 전략이었어. 그가 동영상에서 보여준, 화상을 입은 것처럼 벗겨져 진물이 흐르는 피부, 검게 변색되어 썩어가는 살도 사실은 바디페인팅으로 정말 실제처럼 실감나게 만들어낸 것이었지. 그런 점에서 그는 그야말로 뛰어난 바디페인터였어. 그러나 얼마 지나지 않아 그의 동영상이 상당 부분, 특히 뒷부분이 꾸며지고 연출된 것이라는 사실이 누군가에 의해 폭로되었어. 그때까지만 해도 나 자신도 전혀 몰랐지.

동영상은 곧바로 삭제되었고, 부영은 전 세계의 네티즌들로부터 격렬한 비난을 받으며 궁지에 몰렸어. 자신의 의도는 순수했다고 주장했지만, 아무도 그 말을 곧이듣지 않았어. 얼마 후 자취를 감추었는데, 해외로 도피했다고도 하고, 죽었다고 하기도 하고, 폐인이 되어 요양소에 수용되었다는 소문도 돌았어. 하지만 아무도 신경 쓰지 않았지. 바토리만은 달랐어. 부영을 찾으려고 무진 애를 썼어. 그러면서 비밀을 폭로한 게 자신이라고 밝혔어. 어쩌면 바토리는 뒤늦게 후회하게 된 건지도 모르지. 여하튼 바토리는 부영의 뒤를 좇는 데 집착했어. 그러느라 직장도 잃고 혼자 늙어가게 된 거지. 가만히 보면 너는 어딘가 비밀스런 면에서 부영과 닮은 데가 있어. 오랜 시간 남자들을 멀리하고 혼자 지내온 바토리가 네게 끌린 것도 그 때문이었겠지."

몽구는 소화와 수호의 말에서 끝부분이 서로 다르다는 것을 알았다. 하지만 이제 와서 그 차이를 따지고 싶지는 않았다. 그들 사이에는 오랜 침묵이 흘렀다. 자동차가 요금소를 빠져나와 서울 외곽으로 접어들었을 때, 수호가 다시 입을 열었다.

"네가 소화와 함께 아파트로 들어가는 것을 보고서 나는 어찌해야 좋을지 몰랐어. 그렇다고 그냥 자리를 뜰 수도 없어서 그저 기다렸지. 그러다가 네가 밖으로 나와 택시를 타는 걸 보고서 뒤를 따라갔지. 너는 학교로 가서 바토리의 차에 탔고, 처음에는 겁을 내다가 곧 멋지게 운전을 했어. 그런데 너는 바토리의 집으로 가는 대신 고속도로로 접어들었어. 나는 위험천만하게 미친 듯이 질주하는 너를 쫓아 아까 그 휴게소까지 가게 된 거야.

그러는 동안 몇 번이나 네게 전화를 걸고 싶었지만, 내 속의 뭔가가 나를 막았어. 나는 널 좀 더 지켜보고 싶었어. 사실 나는 네 두통이 육체적인 이상에서 비롯되는 통증이 아니고, 뚜렛병이라고 하는 일종의 틱 장애의 결과가 아닐까 하는 생각도 했어. 어렸을 때 강한 스트레스를 겪어서 심리적으로 불안정한 상태가 틱으로 발전했고, 그 틱 증세가 억압되어 두통이 된 게 아닐까 싶었던 거야. 예전에 너는 자기도 모르게 어깨를 움츠리거나 팔다리를 움찔거리거나 빠르게 눈을 깜박이곤 했어. 최근에는 네가 탁구 치는 모습을 지켜보면서 그런 생각이 더 강해졌지. 네 탁구 실력은 다른 사람들에 비해 금방 늘었는데, 신경이 예민해서 틱 증상이 생긴 사람들은 특히 빠른 반사신경을 요구하는 탁구 경기에서 재능을 보인다고 하거든. 그래서 그동안 네 신경을 진정시켜 보려고 이런저런 시도를 해보았고, 비록 네가 혼란스러워하더라도 좀 더 밀어붙여 보고 싶었어. 하지만 이제 와서 생각하니 내 행동이 여러모로 신중하지 못했다는 걸 인정하지 않을 수 없구나."

11

다음 날 아침에 몽구는 수호와 함께 다시 휴게소로 갔고, 바토리의 차를 운전하여 학교 주차장의 원래 자리에 옮겨 놓았다. 자동차 열쇠는 콘솔 박스 안에 넣어두었다. 그 모든 일이 무심하게 기계적으로 이루어졌다. 그는 어떤 생각도 제대로 할 수 없었다.

시간이 지나면서 몽구는 일요일 낮에 수호의 연구소에 갔던 기억이 어슴푸레 되살아났다. 커다란 목제 가건물 안에는 크고 작은 수조와 곤충이나 동물을 기르는 여러 종류의 상자와 우리가 가지런히 놓여 있었고, 그 속에는 복섬, 가뢰, 개구리, 두꺼비, 집시나방 따위가 들어 있었다. 약품을 사용해 독을 추출하는 기구들, 증류기들도 눈에 띄었다. 한쪽에 마련된 커다란 온실에는 독성을 가진 것으로 짐작되는 갖가지 식물들이 가득했다. 뒷마당에 지어진 커다란 비닐하우스에서는 토끼, 흰쥐, 그리고 개들이 사육되고 있었다. 일요일인데도 관리하는 사람들이 몇몇 눈에 띄었는데, 멀리서 목례를 보내오는 것으로 보아 수호는 그들과 엄격하게 거리를 두는 것 같았다.

그들은 온실 옆에 임시로 꾸며진 주방에서 함께 점심을 먹었다. 그때 나눈 대화 중에 몇 가지가 기억이 났다. 개구리의 심장은 독성 실험에 요긴하게 쓰인다는 것, 독은 서로 섞일 때 독성이 더 강해지거나 오히려 약화되는 등 다양한 상호작용이 일어나는데 수호는 거기에 특히 관심을 두고 있다는 것, 그리고 화경버섯이라고 어둠 속에서 빛을 내는 독버섯이 있으니 언제든 밤에 다시 오자는 것이었다. 그러나 샐러드에 독성이 든 꿀을 뿌렸다는 말을 들은 기억은 전혀 없었다. 오히려 잠시 가벼운 언쟁이 있었던 것 같았다. 마당의 토끼장 속에 갇혀 있는 한쪽 눈을 잃은 토끼들 때문이었다. 어느 제약 회사 연구자들이 정기적으로 찾아와 독성 물질이 눈에 미치는 영향을 시험하기 위해 흰토끼들을 사용한다고 했다. 그들은 두 눈 중 한쪽 눈은 대조용으로 두고 나머지 눈은 결막낭에 직접 시험 물질을 투여하여 눈의 손상 정도를 살폈는데, 그 과정에서 자주 실명 현상이 일어난다는 것이었다. 몽구는 토끼의 눈 대신 유정란에서 나타나는 혈관 반응을 이용해 안점막 자극을 시험할 수 있지 않느냐고 반박했다. 언젠가 그런 기사를 신문에서 읽은 기억이 났던 것이다. 하지만 수호는 그런 시도는 아직 초보 단계여서 불완전하다고 일축했다. 그것으로 그들 사이의 대화는 끝이 났다. 하지만 식사를 하는 동안 내내 몽구의 뇌리에는 하나만 남은 흰토끼들의 빨간 눈이 선명하게 각인되어 있었다. 어쩌면 몽구가 그날 밤 붉은 옷을 입은 여인에 대한 환각을 본 것도 그 때문인지도 몰랐다.

수호는 한동안 몽구에게 안정을 취하도록 했다. 수호가 직접 달인 물과 손으로 다져서 만든 야채 생즙을 지속적으로 마시는 동안, 몽구는 긴장되고 마비되었던 감각이 서서히 풀리는 것을 느꼈다. 그 과정에서 그는 몇 번 심하게 설사를 하고 수시로 구역질에 시달리고 연신 하품을 하면서 끄덕끄덕 졸기도 했다. 수호의 말로는 해독 과정에서 생기는 현상이라고 했다. 환각 상태에서는 가라앉았던 두통도 되살아났다. 게다가 이제는 간간이 머리 전체가 지끈거렸는데, 두통의 응어리가 풀어지고 있는 것인지 아니면 뇌 속으로 더 깊이 파고드는 것인지 알 수 없었다.

학기가 끝날 때까지 몽구는 소화를 강의실에서 마주할 자신이 없었다. 그러나 마지막 시간에는 어떤 아쉬움과 흡사한 감정에 이끌려 출석을 했다. 몽구는 까닭 모르게 입안에 침이 가득 고이는 것을 느꼈다. 잘못 입을 열면 침이 주르륵 흘러내릴 것 같았다. 그러나 여교수는 몽구에게 한 번도 시선을 주지 않았을 뿐만 아니라 그의 시선이 자기 몸에 닿는 것조차 허락하지 않는 듯한 인상을 주었다. 몽구로서는 그저 멀리 떨어져 있을 수밖에 없었다. 이제 그들은 서로에게 치명적인 독이 되어버린 듯했다. 수업이 끝나 강의실에서 나올 때, 몽구는 자기 속에 남아 있던 소화에 대한 복잡한 감정이 갑작스레 부패하여 무관심과 체념이라는 독으로 바뀌는 것을 느꼈다. 입안에 가득한 침도 갑작스레 쓸개즙처럼 변해버렸다. 문득, 어쩌면 소화와 수호 사이에 어떤 대화가 오갔고, 소화가 자신을 차갑게 대하는 것도 그 결과인지도 모른다는 생각이 들었다. 순간 얼굴이 뜨겁게 달아오르면서 호흡이 거칠어졌지만, 곧 몽구는 심호흡을 하면서 더 이상 아무 생각도 하지 않는 쪽을 택했다.

'프레젠테이션 실습' 강좌의 성적으로 몽구는 B학점을 받았다. 방학이 되어 집에서 보내는 시간이 길어지면서, 몽구는 수호를 좀 더 유심히 관찰할 수 있었다. 수호는 늘 뭔가를 골똘히 생각하는 듯했고, 몸도 그 생각의 리듬에 맞추어 움직이는 것처럼 보였다. 그래서인지 점점 더 외부 세계에 무심해지면서 홀로 외로이 서 있는 듯한 인상이 강해졌다. 아마도 그는 평생 독신으로 살 것 같았다. 애인이 있는 것 같지도 않았고, 어쩌면 이미 성불구가 되었는지도 몰랐다. 몽구가 보기에 수호는 독을 연구하는 데 그치지 않고, 어떤 궁극의 해독제를 찾는 게 아닐까 싶었다. 하지만 그런 해독제를 구한다는 것은 곧 그만큼 자기 몸을 온갖 독으로 혹사시킨다는 것을 의미했다. 어쩌면 그것이 수호가 원하는 바인지도 몰랐다. 몸이 독으로 인해 망가지면 약을 찾으려는 열망도 더 절실해져서 그만큼 자신이 원하는 해독제를 손에 넣을 가능성도 더 높아질 것이었다. 하지만 그러려면 자기 자신을 산 것도 아니고 죽은 것도 아닌, 이를테면 독을 감별하는 한 장의 리트머스시험지로 만들 수밖에 없는 일이었다.

또한 몽구는 수호가 수시로 후유증으로 환시와 환청, 환각에 시달리고 있음을 알았다. 그럴 때면 마치 완벽에 대한 집착과 불완전함에 대한 혐오라는 두 가지 강박 사이에 끼인 채 아무것도 하지 못하고 멍하니 넋이 나간 사람 같은 모습을 보이곤 했다. 그 곁에서 몽구 또한 어쩔 수 없이 조금씩 그를 닮아갔다. 하지만 몽구는 시간이 지날수록 독에 대한 두려움과 환멸이 더 커져갔다. 온갖 중독에 대한 피해망상도 더 심해져서, 입안에 침이 조금만 오래 고여 있어도 침이 독물로 변할 것 같았다. 때로는 머릿속의 독이 입안으로 스며 나와 침을 오염시키고 있다는 느낌이 들기도 했다. 그러면 그 침으로 인해 입안이 타들어가서 혀가 통째로 구워지고 목구멍까지 화상을 입는 망상에 빠지곤 했다.

어느 날 아침, 몽구는 침대에 일어나 앉아 조용히 고개를 끄덕였다. 이제 그는 수호를 떠나야 할 때가 되었다는 것을 알았다. 그날 그는 학교에 가서 다음 학기 휴학 신청을 했고, 며칠 후에 병무청에서 신체검사를 받았다. 어차피 조만간 군대에 가야 하는 상황이었을 뿐만 아니라, 어쩌면 군대 생활이 독의 금단증상을 견디는 데 더 도움이 되지 않을까 하는 기대도 없지 않았다. 한 해가 저물 무렵에 그는 여행을 떠나, 남해의 섬들 중에 돌산도, 거금도, 자은도, 압해도, 안좌도, 비금도, 도초도 등등 비교적 큰 섬을 차례로 돌아보았다. 어디에서도 사람들은 독과 더불어 살고 독과 더불어 죽어가고 있었다. 섬 하나에 사나흘쯤 머물렀는데, 섬들은 수 없이 많아서 전라남도에서만도 두 달이 걸렸다. 오랜 여행은 마음을 편안하게 해주었다. 그러나 한편으로 여행은 산 것도 죽은 것도 아닌 상태라는 생각이 가슴을 무겁게 했다. 여행이 끝나면 어디론가 돌아가야 한다는 생각도 그의 목을 졸랐다. 때로 눈앞에 애꾸눈 토끼들이 떠올라 숨이 막혀 질식 상태에 빠져들기도 했다. 그럴 때면 자신의 코를 손가락으로 쥐고서 목구멍 안으로 숨을 깊이 들이마신 후 코를 풀어주고, 다시 코를 쥐고 숨을 들이마시는 일을 되풀이했다. 급박한 자가 인공호흡으로 응급처치를 하는 것이었다.

12

시외버스를 타고 신병교육대로 가는 동안, 몽구는 이제 잠시 숨을 돌려 오래 묵은 독을 해독하는 특별한 휴식의 시간을 얻은 듯한 기분이었다. 그러나 훈련소의 정문을 통과하여 다른 훈련생들과 연병장에 도열했을 때, 이런 상황에서는 두통이 어떻게 진행될지 몰라 내심 불안했다. 하지만 이발소에서 삭발을 하고 어둠이 깔리는 연병장에서 막사 배치를 받는 일련의 과정을 거치는 동안, 그의 이마는 잠잠했다. 아마도 낯선 환경에 부딪쳐 어리둥절한 탓인 듯했다. 다음 날 부동자세와 경례 붙이기 훈련을 받는 동안에도 그런대로 견딜 만했다. 군모와 철모가 이마를 단단히 눌러주어서 두통이 어느 정도 통제되었던 탓이었다. 그동안 그의 이마에는 금고아라는 눈에 보이지 않는 머리띠가 둘려 있었는데, 이제는 그 머리띠를 군모와 철모가 대신한 셈이었다. 수호는 몽구의 피부가 지나치게 예민해서 군복의 거친 천에 상하지 않을까 걱정했는데, 그 점도 별 문제가 없는 듯했다. 군대라는 특수한 체제 속에 들어왔다는 사실이 그를 긴장시켜 벌써부터 적응력을 이끌어내는 모양이었다.

입소식 때 중령 계급장을 단 교육대장도 단상에 올라서 적응, 오직 적응할 것을 강조했다. 다음 날부터 몽구는 전혀 다른 환경과 힘겹고 빡빡한 일정에 비교적 수월하게 자신을 맞춰나갔다. 스스로 생각해도 놀라운 일이었다. 마치 자기 속에 들어 있던 전혀 다른 자기가 깨어난 듯했다. 그러나 어쩌면 그것은 외부에서 가해지는 자극이 그의 몸속에 새로운 독을 만들어내고 있다는 증거일지도 몰랐다. 한편으로는 다행스런 일이었다. 하지만 다른 한편으로는 천천히 마취되어 가는 실험용 동물이 된 것처럼 불쾌감과 거북함이 느껴졌다. 마치 병원에 갇힌 마약 중독자가 갑작스레 금단증상에 휩싸여 돌발적인 행동을 벌이듯, 문득문득 훈련소의 담을 뛰어넘고 싶은 충동이 드는 것도 그 때문이었다. 그의 머리는 다시금 무겁고 빠근해지기 시작했다.

신병교육대에서의 시간은 느리지도 빠르지도 않게 제 속도로 흘러갔다. 5주 기초 군사훈련 기간이 끝난 후, 몽구는 6월 말에 동부 전선 화천 지역의 자대에 배치되었다. 소대장에게 신고하기 위해 막사에 들어섰을 때, 비릿한 냄새가 코를 찔렀다. 그것은 땀 냄새, 그냥 땀이 아니라 식은땀 냄새, 쥐어짠 땀의 냄새에 가까웠는데, 훈련소에서는 맡지 못했던 냄새였다. 하지만 몽구는 조만간 자신이 그 냄새에도 적응되고 마취되어 감지조차 못하게 되리라는 것을 예감했다.

소대장 민성수는 얼굴과 어깨가 단단하게 각이 져 있어서 그런지 직사각형과 정사각형만으로 그려진 입체파 초상화를 보는 듯했다. 비좁은 소대장실 안에서 몽구의 신고를 받은 후, 그가 의자에 털썩 주저앉아 몽구를 올려다보며 말했다.

"이곳은 교육대와는 다르다는 점을 명심해라. 원래 군대라는 곳은 세상 도처에 도사린 인간 흉기들에 대항하여 평범한 인간을 또 하나의 흉기로 개조하기 위해 특별히 고안된 시스템이다. 흉기가 되려면 무엇보다도 우리 각자가 어떤 역경도 견뎌낼 만큼 독해져야 한다. 앞으로 나는 네 속에 숨어 있는 악과 오기를 최대한 끌어내어, 너를 하나의 독 탄환으로 만들 것이다. 너를 악과 독으로 무장시킬 것이다. 그 점 한시도 잊지 말기를 바란다."

소대장은 첫 대면에서부터 직업 군인의 피로가 강하게 느껴지는 인물이었다. 몽구는 나중에 그 이유를 짐작할 수 있었다. 그는 타인들, 특히 부하들에 대한 경계심이 컸는데, 늘 부하들이 자신의 경력을 망치지 않을까 전전긍긍했다. 몽구가 듣기로, 그와 절친했던 사관학교 동기가 경계 지역 순찰 중에 일등병의 실수로 인근 불량배들에게 총기를 빼앗기는 사고를 겪었고, 그 책임으로 영창에 갔다가 전역당했다는 것이다. 지난해 겨울, 소대에서 탈영 사건이 발생했을 때 소대장은 행보관을 대동하고 사복 헌병들과 함께 그 병사의 출신 도시로 가서 피시방과 여관을 밤새도록 이 잡듯이 뒤져 결국 하루 만에 탈영병을 잡아온 적도 있었다. 말하자면 그에게 부하들은 한시라도 자기를 망칠지 모를 잠재적인 독소들이었다. 그는 세상의 더러움이 자기를 망치지 않을까 두려워하는, 깨끗한 옷을 입고 있는 자의 고통을 겪고 있었으며, 그 옷을 더럽히지 않으려면 그 자신도 결코 실수를 용납하지 않아야 하는 상황이었다.

소대장은 말을 마치고 나서도 한동안 몽구를 뚫어지게 바라보았다. 그는 몽구에게서 뭔가 불길한 냄새를 맡았다. 그는 자신이 사냥개처럼 후각이 예민해서 냄새만으로도 타인의 기질과 성향을 감지할 수 있다고 믿었다. 그러나 몽구에게서 나는 냄새는 정체를 파악하기 어려워 약간 당황한 기색이었다. 마치 사냥개가 냄새를 맡고 쫓아가다가 갑자기 그 냄새가 사라져 주위를 맴돌던 중에 다시 냄새를 맡고 쫓아가지만 다시 냄새를 잃어버리고서 어리둥절해하는 꼴이었다. 그에게 몽구는 이상한 냄새가 나는, 그래서 독이 있지는 않은지 의심해야 하는 처음 보는 버섯이었다.

몽구는 31사단 122연대 1대대 5중대 4소대의 4개 분대 중 3분대에 배속되었다. 3분대장 장춘상은 소대의 분대장 넷 중 가장 나이가 많고 선임자여서, 소대장 다음으로 영향력이 컸다. 그는 큰 키에 바싹 마르고 얼굴이 길고 어깨가 좁았다. 그러나 조금 느슨해 보이는 외모와는 달리, 성격이 조급하고 원칙을 중요시해서 자기 기준에 맞지 않는 소대원들에게 강압적인 횡포를 가하는 인물이었다. 그가 늘 입에 담는 말은 '쓰레기들'과 '재앙'이었다. 그에게 쓰레기는 악취를 풍기고 썩은 물을 흘리는 재앙과 같은 것이었다. 그는 수시로 흥분하여 소리치곤 했다. "이 쓰레기들, 그야말로 재앙이야, 재앙." 그럴 때면 그는 굉음을 내며 달리는 낡은 오토바이를 연상시켰다.

몽구가 4소대 3분대의 소총수가 된 지 사흘째 되는 날이었다. 분대별로 화기 점검을 받기 위해 연병장에서 부동자세를 취하고 있을 때였다. 분대장 장준상이 몽구의 앞으로 다가오더니 두 손바닥으로 양쪽 어깨를 강하게 쳤다. 그 바람에 그는 뒤로 벌렁 나가떨어졌다. 그러나 얼른 벌떡 일어나 좀 더 확실하게 부동자세를 취했다. 하지만 분대장은 훨씬 더 험상궂게 얼굴을 찌푸리며 같은 행동을 되풀이했다. 몽구는 이번에는 넘어지지 않고 뒤로 몇 걸음 물러섰다. 그러고는 영문을 몰라 눈을 크게 뜨고서 그를 노려보았다.

"부동자세를 취하란 말이다."

"부동자세를 취하고 있습니다."

"지금 그게 부동자세라고 말하는 거야?"

"훈련소에서도 별 문제가 없었습니다."

준상은 어이가 없다는 표정으로 한동안 몽구를 쳐다보더니, 그의 뒤로 돌아갔다. 그러고는 두 손으로 몽구의 양어깨를 잡고서 힘껏 뒤로 젖혔다. 순간, 빗장뼈와 견갑골이 우두둑 부서지는 듯한 강한 통증과 함께 푸른빛 섬광이 눈앞을 스쳐 지나갔다. 그는 준상의 완력이 그렇게 강할 줄은 전혀 예상하지 못했다.

그가 몽구의 어깨를 움켜쥔 상태로 입을 귀에 바짝 대고서 소리쳤다.

"이게 바로 진짜 부동자세야. 너는 네 자세가 바르다고 생각했겠지? 그러나 네 진짜 모습을 한번 봐라. 어깨를 삐죽이 세우고 두꺼비처럼 목을 잔뜩 움츠린 채 겁먹은 눈으로 주위를 두리번거리고 있지. 얼마나 어깨를 구부정하게 웅크리고 다녔는지 어깨 살이 남들보다 서너 배는 더 붙었어. 널 보고 있으면 두꺼비 한 마리가 엉금엉금 기어 다니는 것 같아. 낙타의 혹처럼 말이야. 낙타 혹 속에는 물이 저장되지만, 네 어깨의 혹 속에는 뭐가 들어 있겠어. 독이야, 독. 지금 나는 그 독을 빼주려는 거라고. 어때, 진땀이 흐르지? 너는 진땀 흘리는 한 마리 두꺼비야."

그러고서 그는 다시금 엄청난 악력으로 몽구의 양어깨를 앞뒤로 세게 흔들고는, 어깨와 목 사이에 붙어 있는 근육을 억센 손아귀로 움켜쥐었다. 몽구는 비명이 터져 나오는 것을 간신히 참았다. 마치 어깨 양쪽을 독사에게 물린 듯한 느낌이었다. 하지만 가능한 한 어깨를 활짝 편 채 버텼다. 그러자 준상은 몽구가 힘겨루기라도 하자는 뜻으로 받아들인 듯 더욱 강한 악력으로 압박을 가했다. 사실 몽구는 신참이 들어오면 분대장이 날을 잡아서 공개적으로 망신을 주어왔고, 그것이 모든 신참에게 가해지는 일종의 의례라는 것을 들어서 알고 있었다. 그렇다면 이제 몽구는 각본대로 움직여서 그 자리에 무릎을 꿇어야 했다. 하지만 몽구는 우뚝 선

채로 살점이 떨어져 나가는 듯한 고통을 끝내 견뎌냈다. 이제 곤란한 지경에 처한 것은 오히려 분대장이었다. 분대장도 두 손이 얼얼해서 그 상태를 더 유지할 수 없었기 때문이었다. 그때 그가 군홧발로 몽구의 오른쪽 무릎 뒤쪽을 걷어찼다. 몽구가 윽 소리를 내며 바닥에 무릎을 꿇자 준상이 어깨를 앞으로 훽 밀었고, 몽구는 앞으로 쓰러지면서 흙 속에 얼굴을 박았다. 순간, 화끈한 통증과 함께 곧바로 흙냄새와 피 냄새가 코를 찔렀다.

분대장이 벌겋게 상기된 얼굴로 십 분간 휴식 명령을 내리고서 자리를 떴을 때, 같은 소총수인 신광수가 다가와 몽구를 부축해 일으켜 세웠다. 분대원들 중에서 몽구가 제일 먼저 대화를 튼 상대는, 입대 시기가 가장 가까운 광수였다. 분대 편성상 늘 나란히 자리를 했기 때문에, 자연스레 친해진 점도 있었다. 광수는 몽구보다 한 살 더 많았다. 그에게는 늘 입에 달고 다니는 몇 가지 특이한 말이 있었는데, 그 중 하나가 '워치게'였다. '어떻게'라는 뜻으로, '어떻게 해야 하나'와 '어쩌나' 따위의 어감을 동시에 가진 그 말은 얼마 후 자연스럽게 그의 별명으로 자리 잡았다. 남도 출신인 그가 충청도 사투리를 쓰는 이유는 그 말이 그가 어렸을 적에 세상을 떠난 어머니의 유일한 유산이기 때문이었다. 어머니에 대한 기억은 별로 없는데, 몸이 작고 온순했던 충청도 출신의 어머니가 '워치게'라고 말하면서 수줍고 민망해

하는 표정을 짓던 모습은 머릿속에 생생하게 남아 있다고 했다.

광수는 검은 뿔테 안경을 썼는데, 렌즈가 무척 두꺼워서 눈알이 작고 까만 단추처럼 오그라들어 보였다. 체구는 작고 땅딸한 편이었고, 코가 유난히 크면서도 펑퍼짐하고 피부가 거칠고 두꺼워서, 첫눈에 작은 코뿔소를 연상시켰다. 그러나 그 두꺼운 렌즈 뒤에서 그의 작은 두 눈은 늘 부산하게 움직였다. 그는 자신의 신상에 대해 몽구에게 스스럼없이 털어놓았다. 열 살 무렵에 부모를 잃고 고아가 되어 거리를 떠돌다가, 굶어죽기 직전에 고아원에 수용되었고, 어렵게 고등학교를 나온 후에 건설 현장에서 일했다고 했다. 고아원 출신이라 제2국민역 판정을 받았으나 자원하여 입대했는데, 자신에게 주어진 모진 운명에 대해 군역 면제 따위로 보상받고 싶지 않았다는 것이었다.

그는 늘 가래가 끓어서 수시로 가래침을 뱉었다. 일을 할 때 귀찮고 걸리적거려서 마스크를 잘 쓰지 않다 보니 기관지와 폐에 석면 가루나 중금속 따위의 이물질이 잔뜩 끼었다는 게 그의 설명이었다. 그의 유별난 점들 중 하나는 누구보다도 허기를 견디지 못해서 늘 먹을 것을 찾는다는 것이었다. 어느 봄날, 야간 경계를 서던 때의 일이었다. 몽구는 열두 시가 넘은 것을 확인하고 배낭에서 야식으로 받은 빵을 꺼냈다. 그러고는 저 멀리 마을 입구에 삐죽이 솟아오른 사일로의 지붕이 달빛을 받아 환하게 빛나는 것을 바라보며 천천히 먹기 시작했다. 그러나 채 두 입도 베어 물기 전에 왠지 아까부터 이상한 느낌이 들어 눈길을 옆으로 돌려 보니, 광수가 그를 빤히 바라보고 있었다. 곧 몽구는 광수가 자기를 보는 게 아니라, 자신의 손에 들려 있는 빵과 그 빵을 씹고 있는 자신의 입을 뚫어지게 쳐다보고 있다는 것을 알았다. 그가 이미 오래전에 자기 몫의 빵을 먹어치웠다는 것도 짐작했다. 그런데 그가 어찌나, 아니 '워치게' 몰입하여 빵을 응시하고 있었던지, 몽구의 시선이 자기를 향하고 있다는 것도 알아차리지 못했다.

몽구는 순간 몸이 뻣뻣하게 굳어버렸다. 마치 화살처럼 날아와 몸에 박힌 광수의 눈빛이 이상한 기운을 방출해 그를 마비시키는 듯했다. 몽구는 최면에 걸린 사람처럼 자기도 모르게 손에 든 빵을 앞으로 불쑥 내밀었다. 그러자 광수는 깜짝 놀라 퍼뜩 정신을 차렸다. 광수야말로 깊은 최면 상태에서 빠져나온 모습이었다. 광수의 얼굴이 순식간에 벌게졌다. 하지만 그의 시선은 여전히 몽구의 빵에 끈끈하게 들러붙은 채 떨어지지 않았다. 몽구로서는 이제 와서 빵을 거둘 수도 없는 노릇이었다. 광수는 궁지에 몰린 기분이었다. 하지만 자신도 어쩔 수 없는 일이었고, 이미 돌이킬 수 없는 일이었다. 게다가 이런 굴욕은 그동안 살아오면서 너무도 자주 겪어오지 않았던가. 그는 몽구의 손에서 잡아채듯 빵을 받아들었다. 그러고는 고개를 약간 옆으로 돌리고서 허겁지겁 먹기 시작했다. 몽구는 달빛에 비친 그의 눈에 물기 같은 게 어리는 것을 보았다. 그 눈의 눈빛과 물기는 늘 그를 따라다니는 허기에 대한 광수 자신의 분노와 체념을 말해주었다. 그것은 먹이를 주는 주인의 손을 물 수밖에 없는 개의 슬픔과 같은 것이었다. 그 모습을 보면서 몽구는 광수가 자기 속에 엄청난 에너지를 밀봉한 채 시치미를 떼고 살아가는, 결코 평범하지 않은 사람이라는 생각이 들었다. 어쩌면 '워치게'라는 말을 입에 달고 있는 것도 일종의 위장술일지도 모를 일이었다.

한 달쯤 지나 몽구의 양쪽 어깨 위에 생긴 검푸른 멍이 거의 사라졌을 무렵, 부대 안에서는 한 가지 화제가 모두의 입에 올랐다. 우 목사가 돌아온다는 것이었다. 우 목사는 우용한 이병의 별명이었는데, 유격훈련 중에 화생방 훈련장에서부터 문제를 보이더니 장애물 훈련장에서 미끄러져 어깨에 심한 찰과상을 입었다고 했다. 곧바로 연대 의무실로 옮겨져 응급조치를 받았으나 상태가 나빠져 군병원으로 후송되었다가 이제야 회복되어 부대로 복귀한다는 것이었다. 그러나 부대원들은 그가 돌아오는 것을 반기는 게 아니라, 골칫거리가 생겼다고 꺼리는 기색이었다. 그러고 보니 교육대를 떠나 부대에 도착했을 때, 몽구가 4소대에 배치된 것을 확인하고서 중대 인솔 장교가 했던 말이 기억났다. 4소대에는 고약한 고문관이 하나 있는데 겉은 멀쩡해도 그런 꼴통이 따로 없으니 잘 지켜보고 너는 그런 꼴이 되지 않기를 바란다는 것이었다. 그러나 오히려 몽구는 그 고문관이라는 인물에게 강한 호기심을 느꼈다.

광수는 우용한 이병과 같은 신병교육대 출신이었고 같은 소대에 배치되어 함께 지냈기 때문에 그를 잘 알았다.

"처음에 나는 그 친구가 모든 면에서 여간 부럽지 않았어. 나뿐만 아니라 처음 함께 지낸 사람들은 모두 그런 마음이었지. 듬직한 체구에 유복한 시절을 보낸 사람다운 여유로움과 세련됨이 넘쳐났거든. 미국 유학도 했다더군. 만능 스포츠맨이어서 골프와 폴로 경기를 특히 즐겼다는데, 듣기만 해도 사람들을 기죽이는 말이잖아. 대학을 졸업하기도 전에 대기업 인턴사원으로 일하다가 입대했다더군. 처음에는 군대 생활에서도 매사에 적극적이어서, 신병교육대에 배치되었을 때는 교육중대 중대장에 자원을 할 정도였지. 하지만 실상은 누구보다도 소심하고 섬약하기 짝이 없는 세상물정 모르는 귀공자였어. 그 자신도 그런 줄 몰랐다가, 군대에 들어와 비로소 그 사실을 절감하고는 혼란에 빠져버린 거야.

중대장이 되었을 때, 그 친구는 꽤나 거만한 걸음걸이로 교육장 복도를 어슬렁거리며 내무반들을 기웃거렸어. 어깨도 넓고 얼굴 생김도 그 정도면 사내다워서 꽤 그럴듯했지. 교육대 생활을 시작한 지 열흘째 되는 날이었어. 우리는 이

층 침대가 있는 막사를 썼는데, 아침 기상나팔이 울리자마자 모두가 일어나서 옷을 입기 시작하던 중에, 그 친구가 이 층 침대에서 뚝 떨어졌어. 처음에는 그저 우발적인 실수인 줄 알고서 모두가 한바탕 웃음을 터뜨렸지. 그 바람에 내무반 전체가 연병장 집합 시간에 늦을 뻔했어. 그런데 그날 이후로 그 친구는 아침마다 번번이 침대에서 떨어지는 거야. 결국 우리 막사에서는 나팔 소리 조금 뒤에 쿵 소리가 들리면서 하루 일과가 시작되는 게 자연스럽게 되었어. 그러나 놀랍게도 그 친구는 멍들거나 부러지는 곳이 없이 멀쩡하게 벌떡 일어나 허둥거리며 몸에 옷을 꿰곤 했어. 그 광경을 보고 있자면, 마치 침대에서 떨어지는 편이 잠이 덜 깬 상태에서 사다리를 타고 내려오는 것보다 훨씬 시간이 절약되고 또 안전하다고 여겨 일부러 그러는 게 아닐까 싶을 정도였어.

하지만 언젠가부터 아침에 그 친구가 나팔 소리에 깜짝 놀라 자리에서 튀어 오르다가 바닥에 떨어질 때, 아무도 웃지 않았어. 반대로 걱정스럽고 안타까운 표정으로 서로를 돌아보았지. 그러다가 마침내는 암담한 표정으로 서로 눈길을 피해야 했어. 하지만 누구보다도 놀라고 당황한 건 그 친구 자신이었어. 그 친구는 외모는 당당했지만 안으로는 더할 나위 없이 유약했고, 그 점을 어렵게 감추며 살아왔는데, 이제 그만 들통이 나버린 거야. 결국 용한은 세상 모든 것에, 특히 자기 자신에게 겁에 질려버렸어. 여유롭던 모습은 이미 온데간데없이 사라져버렸고 항상 식은땀을 흘리며 쩔쩔맸고 걸핏하면 눈먼 사람처럼 손을 뻗어 주변을 더듬거렸어. 다른 훈련병들은 시간이 지날수록 검게 타고 깡말라가는 데 반해, 그는 더 허예지고 살도 더 물러져서 점점 커다란 두부를 연상시켰어.

그래도 훈련 과정은 그럭저럭 마칠 수 있었어. 하지만 자대에 배치된 후에도 적응하지 못하기는 마찬가지다 보니, 모두에게 노골적으로 놀림감이 되었어. 평소에 남들에게 눌려 지내던 녀석들, 심지어 늦게 입대한 녀석들도 그 친구 앞에서는 기세등등했어. 마치 동물원에서 늠름하게 키워 방사한 표범이 야생에 적응하지 못한 채 온갖 자연의 독에 노출되어 작은 짐승들에게도 속수무책으로 당하는 꼴이었어. 그 친구는 원래 붙임성 있는 성격이었는데, 그것도 오히려 그에게 독이 되고 말았어. 남들을 겁내면서도 그들에게 정을 느끼고 가까워지려 했고 그러면서 타인에게 의지하려 했지. 하지만 그러다 보니 온갖 뻔한 유혹과 장난에 넘어가게 되었어. 결국 시간이 지날수록 점점 자신감을 잃을 수밖에 없었지. 모두가 용한을 이용하려 들어서, 그 광경을 지켜보는 게 내게는 무척 힘들었어. 참다못해 용한에게 정신 차리라고 몇 번이나 화를 내기도 했지. 하지만 그 친구나 나나 달리 어찌할 수가 없었어.

결국 그 친구는 탈영을 시도하고 말았지. 외박을 나간 날,

'용사의 집'에 들러 전역 휴가 중인 2소대장의 이름을 팔아서 중위 모자와 이름이 새겨진 군복을 만들었는데, 그 옷을 막사 안에 오랫동안 숨겨두었던 모양이야. 계획은 세웠지만 차마 실행에 옮기지 못하고 망설인 거지. 그러다가 어느 날 더 견디지 못하고 그 옷을 입고 위병소를 통과하려다가 잡힌 거야. 그 일로 인해 잠시 영창에 있다가 나왔는데, 마치 전두엽 제거 수술을 받은 사람처럼 모든 것에 대해 무관심해지고 무기력해져 버렸어. 그렇지 않아도 처음부터 '기본 관심병사'였는데, 이제는 '중점 관심병사'가 되었지."

그날 이후로, 소대장에게는 용한이 가장 위험하고 강력한 독소가 되어버렸고, 분대장에게는 가장 고약한 쓰레기이자 재앙으로 변해버렸다. 중대장은 용한을 중대 행정병으로 있게 하면서 수시로 상담하며 관리하자고 했지만, 소대장의 오기와 자존심이 그 제안을 물리쳤다. 대신 분대장에게 용한을 철저히 감시하도록 했다. 장애물 훈련장에서 다친 것도 분대장이 정신 훈련을 시킨다고 강하게 밀어붙인 탓이었다. 이제 그가 돌아온다니, 모두가 촉각을 곤두세우는 것은 당연한 노릇이었다.

13

"다음 날, 점심 식사를 하고 휴식을 취하고 있을 때, 용한이 소대 막사에 도착했어. 그가 소대장에게 신고를 하고 나오자, 광수가 앞으로 나서서 그를 맞았어. 광수와 악수를 하면서 용한은 잠시 어색한 미소를 띠었지만 이내 불안감과 의심에 찬 눈으로 주위를 살폈어. 나는 그를 첫눈에 알아보았어. 내가 다가서며 말을 건넸지. '어이, 반장, 오랜만이야.' 갸름하고 반듯한 얼굴 윤곽, 쌍꺼풀이 선명한 둥근 눈과 긴 속눈썹, 그래, 우용한이 바로 그 반장 우용한이었어. 물론 나는 처음 그 이름을 들었을 때, 퍼뜩 반장을 떠올렸어. 그리고 광수의 이야기를 들으면서 비로소 그 둘이 동명이인이 아니라 같은 인물이라는 확신을 가질 수 있었지. 하지만 내 속의 무엇인가가 이 우연적이고 운명적인 만남을 받아들이는 것을 거부하고 있었어. 우리 둘 사이의 인연에 아직 미진한 게 있는 모양이다 싶었는데, 그게 무엇인지 나도 잘 알 수 없었어.

용한은 처음에는 나를 알아보지 못한 듯하더니, 눈을 가늘게 뜨고 나를 살피다가, 깜짝 놀란 표정으로 내 손을 잡았어. '몽구스, 아니, 몽구야.' 아마도 내 이마에 남아 있는 거무스레한 기운을 알아본 게 아닌가 싶기도 했어. 하지만 나는 용한 또한 나를 만난 것을 거북해하고 불안해하는 것을 감지했어. 예전에 우리는 전혀 우호적인 관계가 아니었고, 그 후로는 서로를 완전히 망각한 채 살아왔으니까 말이야. 우리는 서로에게 전적으로 타인이었어. 한동안 용한은 나를 믿고 의지할 수 있는 인간인지 의심하고 경계해야 하는 인물인지 살피는 기색이었어. 그러다가 결국 용한은 남들과 긴장 관계를 오래 벌이지 못하는 평소의 성격답게 어느 쪽으로도 결정을 내리지 못한 채 나를 받아들이기로 한 것 같았어."

그날 이후, 광수가 3분대의 유탄수가 되고 용한은 소총수의 자리로 돌아왔다. 용한의 상태는 처음 몽구가 예상했던 것보다 훨씬 심각했다. 그는 소대 안에서 가장 느렸고 가장 복창 소리가 작았고, 가장 허약하고 굼뜨고 불안정했다. 그러나 용한과 나란히 서서 점호를 받고 나란히 누워 잠을 자면서 몽구는 그를 더 잘 이해하게 되었다. 용한이 스스로 열등한 병사이자 고문관임을 인정하고 그저 하루하루를 견디는 것은 이를테면 그 나름의 생존 전략이기도 했다. 그는 늘 맨 밑에 머물고, 맨 뒤에 서 있었는데, 그 맨 밑과 맨 뒤가 그를 살아남게 해주는 자리였다. 어느 날, 용한은 몽구에게 자신이 입원했을 때 하루라도 더 병원에 있기 위해 일부러 손으로 긁어 상처를 악화시켰다가 군의관으로부터 엄중한 경고를 받은 적이 있다고 털어놓았다. 그날 몽구는 용한이 자신을 자기편으로 받아들였음을 알았다. 몽구가 자기에게 아무런 해가 되지 않는다고 판단했기 때문이었다. 사실 몽구로서는 용한이라는 존재를 무덤덤하게 대할 수가 없었다. 그를 보고 있자면 어쩔 수 없이 어린 시절의 기억들, 어머니와 자경의 모습이 떠오른 탓이었다.

몽구는 광수에 대해서도 새로운 점을 발견했다. 광수는 겉으로는 용한을 도우려는 듯한 인상을 주었지만, 실상 그것은 부유한 용한에게서 그만큼 대가를 얻기 위한 계산된 행동이었다. 몽구는 점점 광수가 낯설게 여겨졌다. 하지만 광수가 용한을 이용하듯이, 용한 또한 자기가 감당해야 할 일들을 은근히 광수에게 전가하면서 마치 데칼코마니처럼 꼭 그만큼 그를 이용하고 있었다. 그들은 그렇듯 서로 교묘하게 등을 붙인 채 균형을 잡고 있었다. 그러는 동안에도 시간은 쉬지 않고 흘러갔고, 만약 용한에게 돌발적인 사고가 생기지만 않았다면, 십여 달 후 그들은 각기 민간인이 되어 뿔뿔이 흩어졌을 터였다.

어느 늦가을 날, 아침 점호 때였다. 대열 안에 서 있었던 몽구는 용한이 평소처럼 뒤늦게 서둘러 뛰어오는 것을 보았다. 그러나 평소와 달리 왼쪽 다리를 약간 절뚝거렸는데, 몽구가 보기에 그것은 무척 좋지 않은 징조였다. 막사에서 용한이 옷을 다 입는 것을 확인했기에 몽구는 그가 곧 따라 나올 줄 알았다. 그런데 이렇게 늦어진 것을 보면 무슨 일이 있는 게 틀림없었다. 과연 용한은 대열 맨 뒤에 서기 직전에, 갑자기 비명을 지르며 왼쪽 다리를 쳐든 채 오른발로 펄쩍펄쩍 뛰기 시작했다. 그러더니 바닥에 털썩 주저앉아 급한 손길로 끈을 풀고 군화를 벗었다. 순간, 군화 밖으로 붉게 물든 흰 양말이 쑥 빠져나오면서, 축축한 붉은빛이 아침 햇살을 받아 날카롭게 빛났다. 그러나 그것은 용한의 피가 아니었다. 그가 군화를 거꾸로 들고 털자 새빨간 덩어리가 바닥으로 떨어졌다. 뭉개져서 피투성이가 된 작은 쥐였다.

나중에 들어서 알게 되었는데, 처음 군화를 신었을 때 용한은 발바닥에 뭔가가 밟히는 것을 느꼈다. 그러나 빨리 밖으로 나가야 해서 그저 양말이 뭉친 정도로 여기고는 그냥 군화 끈을 맸다. 그런데 연병장으로 달리는 중에 발이 점점 축축해지기 시작하더니 뭔가가 군화 안에서 꿈틀하고 움직였다. 그제야 그는 자신이 뭔가 살아 있는 것을 밟고 있다는 사실을 깨닫고서 패닉 상태에 빠진 것이었다.

그 후로 용한은 내무반 생활에서는 물론이고 교육이나 훈련을 받을 때도 심각한 장애를 보였다. 군화 속에 뭔가 살아 있는 게 들어 있다는 망상이 내내 그를 따라다녔다. 군화를 신는 데 많은 시간이 필요한 건 물론이고, 그러고 나서도 수시로 깜짝 놀라 바닥에 주저앉아 군화를 벗고서 안을 확인하곤 했다. 심지어 죽은 쥐에게 물리거나 죽은 쥐의 독에 감염되어 발이 시커멓게 썩어버린 나머지 전기톱으로 잘라내는 악몽에 주기적으로 시달렸다. 때문에 맨발로 있기를 좋아해서, 작업을 할 때도 핑계만 있으면 군화를 벗었다. 혹한기 훈련 때에는 군화를 소독한다면서 텐트 밖에 두었다가 다음 날 꽝꽝 얼어붙어서 신지 못할 지경에 이르기도 했다. 여럿이 나서서 소총 개머리판으로 군화를 두드려보기도 했지만 소용없는 일이었다. 어쩔 수 없이 용한은 군화 한쪽은 배낭에 넣고 대신 양말을 몇 겹씩 신고 다녀야 했는데, 결국 동상에 걸려 한동안 고생해야 했다.

그런 상황이 되풀이되다 보니 그의 발에 이상이 생긴 것은 그리 놀랄 일이 아니었다. 어느 날 갑자기 왼발이 퉁퉁 붓고, 뜨겁게 달아오르더니, 벌겋게 반점이 생기고 물집이 생겼다가 곪아 터져서 고름이 나왔다. 얼마 후에는 림프관을 따라 발 전체에 붉은 줄이 쭉쭉 생겨났다. 이번에도 그는 연대 의무실을 거쳐 군병원으로 후송되었고, 봉와직염으로 근막 조직의 일부가 괴사했다는 진단을 받았다. 그는 진통 소염제와 항생제로 치료를 받고서 이 주 후에 귀대했다. 완치가 된 건 아니었지만, 이제 생활에 큰 지장은 없다고 했다. 병원 신세를 진 게 두 번째여서 그런지 다시 얼굴을 보았을 때 용한은 표정이 비교적 담담했다.

저녁 식사 후 몽구와 둘이 막사 쪽으로 걷게 되자, 용한이 주위를 살피며 은밀한 어조로 말했다.

"내 발에 저주가 걸린 게 분명해. 어떤 때는 내 발이 쥐처럼 찍찍거리는 소리를 내며 우는 거야. 그런 날은 내가 내

발을 못살게 굴지. 문제는 내가 그러는 걸 은근히 즐기고 있다는 거야. 죽은 쥐가 내 몸에 독을 퍼트린 건지도 몰라. 어쩌면 유행성 출혈열에 걸렸을 수도 있지. 시도 때도 없이 정신이 오락가락하는 기분이야. 그 쥐가 제 발로 내 군화 속으로 들어간 건 아니겠지. 누군가 병든 놈을 골라서 넣어둔 게 틀림없어. 그게 누군지는 알 수 없지만, 분대장일 수 있고 소대원들 중 하나일 수도 있겠지. 어떤 악의를 가졌는지 아니면 그저 장난을 친 건지 그것도 알 수 없는 일이고. 그런데 때때로 혹시 그게 내가 아니었을까 싶은 거야. 다른 이유가 있었던 건 아닐 테고, 병원으로 후송되고 싶어서였겠지."

하지만 말은 그렇게 해도 용한은 전과 달리 전반적으로 상당히 여유로워졌다는 느낌을 주었다. 어찌 보면 점점 더 고집스러워지고, 주변 상황에 대해서도 나 몰라라 하는 태도가 더 심해졌다고도 할 수 있었다. 이제 그는 '중점 관심병사'에서 '특별 관심병사'로 한 단계 더 높은 관찰과 감시의 대상이 되었다. 그러나 정작 그는 어찌 되었든 자신이 더 중요한 인물로 승격된 게 아니냐고 웃으며 대수롭지 않게 넘겼다. 그 무렵에 용한이 거액의 돈을 주고 특별한 부적을 사서 발바닥에 붙였다는 소문이 중대 전체에 퍼졌는데, 그 점에 대해서도 그는 가타부타 말을 하지 않고 슬쩍 미소 지어 보일 뿐이었다.

겨울이 끝나고 봄이 오면서 몽구와 용한 그리고 광수는

이병에서 일병으로 진급했다. 그리고 그해 5월 말에 2박 3일 일정으로 소대 야외 전술 훈련이 시작되었다. 훈련의 실시와 함께 전술 능력에 대한 평가도 이루어지는 터라, 4소대장 민성수는 미리부터 긴장하고 있었다. 대위 진급을 앞두고 다른 소대장들과 경쟁을 벌이는 터라, 이번에 만전을 기하여 발군의 지휘력을 보여주어야 하는 입장이었다. 소대원들도 그 사실을 알고 있어서 다들 얼굴에 비장한 표정이 어렸다. 그런데 평소 같으면 힘든 훈련을 앞두고 잔뜩 겁을 먹었어야 할 용한이 별 변화를 보이지 않고, 오히려 더 느긋하게 느릿느릿 움직였다. 그 점이 소대장을 더 불안하게 했고, 만일의 경우를 위해 대책을 마련하게 했다. 3분대장이 분대원들과 함께 이른바 밀집대형으로 용한을 통제하고 이끌게 한 것이었다. 특히 평소에 용한과 친하게 지내는 광수와 몽구에게는 한시도 그의 곁을 떠나지 말라는 명령이 하달되었다. 광수는 달가워하는 것도 아니고 성가셔하는 것도 아닌 묘한 표정으로, 두터운 뿔테 안경을 고쳐 쓰며 작은 눈알을 이리저리 굴렸다.

아침 여섯 시 비상 사이렌과 더불어 구보로 주둔지까지 이동하면서 훈련이 시작되었다. 소대원들은 이틀에 걸쳐 공격 및 방어를 위한 작전에 나섰다. 그러기 위해 지뢰, 철조망, 부비트랩을 설치하고, 진지 점령과 상황 조치 등의 전투기술을 발휘해야 했다. 식사는 전투식량으로 해결했는데,

다음 날 저녁 식사는 소대 단위로 야전 취사가 허락되었다.

첫날 오후, 산길을 따라 행군을 하던 중에 용한의 뒤에서 걷고 있던 몽구는 그가 이상한 행동을 반복하는 것을 발견했다. 그는 간간이 걸음을 멈추고서 총을 쳐들어 나뭇가지를 쳐내곤 했다. 가만히 지켜보니, 용한은 죽은 나뭇가지가 살아 있는 나뭇가지에 걸려 말라가는 것을 볼 때, 특히 그 죽은 나뭇가지에 말라붙은 이파리가 많이 붙어 있을 때는, 총 끝이 닿는 거리면 한사코 그 죽은 가지를 땅에 떨어뜨리려 했다. 때로는 가지를 흔들거나 모질게 잡아채기도 했는데, 그럴 때는 마치 죽은 나뭇가지에 증오심이라도 품은 듯이 보였다.

잠시 휴식을 취하며 개인 정비 시간을 가지게 되었을 때, 몽구는 용한의 옆에 앉아 함께 담배를 피웠다. 몽구는 군대에 와서 담배를 배웠다. 대학에 입학했을 무렵 몇 달 담배를 피워본 적이 있기는 했다. 그때 그는 담배가 자신에게 강력한 영향을 미친다는 사실을 알고서, 담배 속의 맹독성 물질인 니코틴에 상당한 매력을 느꼈다. 때로는 머리를 몽롱하게 해서 아무 생각도 할 수 없게 만드는가 하면, 때로는 반대로 뭔가에 강하게 몰두하게 해서 다른 것들은 눈에 들어오지도 않게 했다. 그럴 때면 두통도 자연스레 완화되었다. 그러나 니코틴은 까탈스럽고 요구 사항이 많은 연인처럼 수시로 몸 상태를 불안정하게 뒤흔들어 놓았다. 게다가 어지러움과 메스꺼움을 느끼게 했는데, 날이 지나도 가라앉기는 커녕 점점 더 강해졌기 때문에 결국 결별할 수밖에 없었다. 하지만 하루하루 군대라는 조직 속에서 움직이며 많은 스트레스를 감당해야 하는 상황에서는 니코틴의 영향력이 상대적으로 줄어들어서 그저 편하게 즐길 만했다. 마치 사사건건 강짜를 부리던 연인이 온순해져서 돌아와 즐겁게 해후를 하는 기분이었다.

담배 한 대를 거의 다 피웠을 때, 몽구는 문득 생각났다는 듯이 용한에게 숲길을 걸을 때 보였던 그 이상한 행동에 대해 물었다.

용한이 생각에 잠긴 듯한 표정으로 하늘을 올려다보며 대답했다.

"나도 몰라. 그저 그 꼴을 그냥 보고 지나가지 못하겠어. 죽은 나뭇가지를 쳐내다가 한번은 벌집을 건드려서 혼이 난 적도 있지. 네가 보기에도 흉하지 않아? 어찌 보면 흡혈박쥐가 거꾸로 매달려 있는 것 같잖아. 아니, 보기 흉해서만은 아니야. 분명 다른 이유가 있어. 나뭇가지가 세찬 바람에 부러지면 땅에 떨어져 썩어야 하는데, 그러지 못하고 다른 나뭇가지에 걸린 채 말라가고 있는 꼴이 쉬지 못하고 이승을 떠도는 영혼처럼 보이기 때문인지도 모르지. 미라가 된 육체 속에 영혼이 갇힌 거야. 그래, 꼭 내 꼴을 보는 것 같아. 그래서인가? 그런 광경이 눈에 들어오면 나도 모르게 가슴이 오그라드는데, 그 느낌이 너무 싫어서 어떻게든 떨어뜨리려 하는 거지."

용한은 잠시 망설이다가 마음을 정한 듯 말을 이었다.

"자경을 기억하지, 윤자경? 십여 년 만에 너를 다시 만났을 때, 그 아이 얼굴이 눈앞에 떠올랐어. 너도 알겠지만, 나는 그 애를 좋아했어. 늘 손발이 차고 몸이 부어 있고 천식도 앓던 그 아이, 그 아이를 생각하면 언제나 겨울날 차가운 유리창에 핀 성에꽃이 연상되곤 했어. 처음에 나는 반장으로서 자경에 대해 보살펴주어야 할 의무감을 가졌어. 한번은 방과 후 집에 가는 길에 자경을 만났지. 내가 집까지 바래다주겠다고 했어. 자경의 집 앞에 거의 이르렀을 때, 자경의 어머니를 만났어. 아주 세련된 부인이었지. 나보고 고맙다면서 집에 들어와 잠시 놀다 가라시더군. 꽤 잘사는 집이었어. 거실에 피아노도 있었지. 자경에게 피아노를 치느냐고 물으니까, 오빠가 친다고 했어. 자경의 방에 들어갔는데, 우리 집도 유복한 편이었지만, 나는 그렇게 완벽하게 꾸며진 방은 처음 보았어. 고풍스런 커튼에 가구들이 모두 훌륭했고, 진갈색 나무로 된 큼직한 침대에는 파란색 시트가 깔리고 흰색 베개가 놓여 있었어. 우리는 어머니가 가져다주는 간식을 먹으면서 책꽂이에 꽂힌 책을 꺼내들고 읽기 시작했어. 나는 책상 앞 의자에 앉고 자경은 침대 위에 엎드려서 책장을 넘기다가 간혹 서로 눈길이 마주치면 어색하게 웃곤 했지. 여자아이와 단둘이 방 안에 있는 게 그렇게 자연스러우면서도 기분 좋을 수 있다는 걸 처음 알았지.

며칠 후에도 우리는 함께 자경의 집으로 갔어. 어머니에게 인사를 드리고 자경의 방에서 전처럼 책을 읽고 있었는데, 나는 책에 열중해서 자경이 내 뒤로 살며시 다가온 것을 몰랐어. 내가 깜짝 놀랐다가 웃어 보이니까, 자경도 미소를 지으면서 한 발 더 다가왔어. 그러고는 내 어깨 아래쪽으로 입을 가져다대더니 위팔의 살을 살짝 물었어. 내가 깜짝 놀라 자경의 얼굴을 밀어내며 몸을 뒤로 물리자, 자경이 얼굴이 빨개진 채 울상을 지었어. 나는 영문을 알지 못하면서도 가슴이 마구 쿵쾅거리며 뛰었어. 그저 나는, 괜찮아, 괜찮아, 그렇게 중얼거릴 수밖에 없었지. 그러자 자경이 다시 조심스럽게 다가와서 이번에는 아까보다 좀 더 아래쪽을, 그리고 좀 더 세게 물었지. 그런데 놀란 마음이 가라앉아서인지 그 감각이 나쁘지 않았어. 마치 짧게 전기 자극을 받듯이 날카롭지만 위험하지는 않은 통증이 전류처럼 살갗 위를 타고 흐르는 듯한 느낌이었지.

자경은 내 살에서 입을 떼고서 이번에는 자기 팔뚝을 내 앞으로 내밀었어. 나보고도 깨물라는 거였지. 눈으로는 웃고 있었지만 표정은 무척 진지했어. 나는 최면에 걸린 사람처럼 시키는 대로 손목 위쪽을 살짝 물었어. 그러자 자경이 서늘하고 진지한 표정으로 고개를 천천히 가로저었어. 나는 명령에 따를 수밖에 없었지. 이번에는 좀 더 꽉 깨물었어. 자경이 이마를 살짝 찡그렸다가 풀었고, 곧 얼굴 전체가 환해졌어. 그날 우리는 거의 삼십 분이 넘도록 그렇게 서로 번갈아가며 깨무는 놀이를 했어. 우리는 자기도 모르게 너무 세게 깨물어서 상대방에게 고통을 주면 미안해했어. 하지만 우리는 고통을 받으면서도 쾌감을 느꼈어. 그 게임에서는 어설프게 깨무는 거야말로 오히려 상대방에게 가장 결례가 될 뿐만 아니라 규칙에도 위배되는 일이었어. 우리가 시간 가는 줄 모르고 열중하고 있을 때, 노크 소리가 들리고, 자경 어머니가 과일이 담긴 접시를 가지고 들어왔어. 나는 당황해서 과일을 먹는 둥 마는 둥 하고 집을 나왔지.

하지만 다음 날도 나는 그 방에서 자경과 함께 있었어. 우리의 놀이는 점점 더 대담하고 위험해져 갔지. 어떤 때는 나도 모르게 비명을 지를 때도 있었어. 깨문 자국이 너무 심하게 날 때도 있어서, 우리는 옷에 가려진 살을 깨무는 게 현명하다는 걸 알았지. 그러면서 나는 전혀 새로운 경험도 했어. 내 살이 깨물릴 때마다 고통과 쾌감을 동시에 느낄 뿐만 아니라, 자경의 살을 깨물 때 내 잇몸에서도 특이한 자극이 일어났는데, 그 자극이 마치 강한 효과를 가진 약물처럼 몸 전체로 퍼지면서 전율을 일으켰어. 내 잇몸에 성감대가 있는 게 아닌가 싶을 정도였어. 그럴 때면 성기가 발기가 되어서 어쩔 줄 몰라 당황하곤 했지. 물론 자경은 거기까지는 몰랐을 거야. 여하튼 나는 깨물고 깨물리는 게 자경의 삶에서 기쁨을 주는 유일한 행위라는 것을 알게 되었어. 그리고 내게도 쾌감과 고통이 맞물리는 그 특별한 감각은 물리치기 힘들 정도로 황홀한 경험이 되었어.

세 번째로 자경의 집에 갔을 때였어. 그날 우리가 서로 멋쩍어하고 있을 때였어. 그 특별한 놀이가 시작되기 전에는 늘 멋쩍었으니까. 여하튼 우리가 읽지도 않을 책을 펴놓고서 책장을 뒤적이고 있을 때, 갑자기 방문이 벌컥 열리더니 중학생으로 보이는 사내아이가 방 안으로 뛰어 들어왔어. 자경의 오빠였지. 첫눈에 눈빛이 참 이상하구나 싶었어. 꽤 잘생긴 사람이었는데, 커다란 눈이 어찌나 부리부리한지 두 눈만 따로 살아 있는 것 같았지. 우리가 침대 위에 가까이 붙어 앉아 있는 것을 보고서 그 사람은 얼굴을 붉히면서 내게 달려들었어. 그러고는 내 팔과 어깨를 움켜쥐고서 방 밖으로 끌어냈어. 그렇게 나는 집에서 쫓겨났지.

나중에 나는 자경에게 해명을 요구했어. 하지만 자경은 별로 이야기하고 싶어 하지 않았어. 그래도 내가 다그치자 결국 울먹거리면서 중얼거리더군. 나는 그 말을 듣고서 전후 사정을 대충 짐작할 수 있었지. 그 오빠라는 사람은 보통 사람들과는 달랐어. 주로 혼자 많은 시간을 보냈는데, 자경의 표현으로는 늘 남들과는 다른 세상에서 살면서 다른 세상을 보는 것 같다고 했어. 오빠가 한번 입을 다물어버리면 아무도 어쩔 수 없었어. 그런 오빠를 이해하는 사람은 자경뿐이었어. 오빠도 자경에게만은 마음을 열었다지. 평소에도 부모와 거의 이야기를 하지 않아서, 자경이 자주 중개자 노릇을 해야 했다지. 하지만 자경 자신도 왜 오빠가 그렇게 특별한 사람, 불쌍한 사람이 되었는지 알지 못했어. 어떤 사람들은 경찰 간부인 아버지가 어렸을 적부터 너무 강압적으로 대한 탓이 아닐까 했지만, 꼭 그런 것 같지도 않았어.

그날 정우는, 오빠 이름이 정우였어, 학교에서 조퇴를 하고 집으로 온 거야. 며칠 전부터 자경에게서 이상한 낌새를 눈치챘기 때문이었어. 그 말은 곧, 정우와 자경이, 내가 자경과 그랬던 것처럼, 오랫동안 서로 깨무는 놀이를 해왔다는 걸 의미하는 거지. 아마도 정우가 그 놀이를 자경에게 가르쳤겠지. 정우는 자경이 그 놀이를 다른 누군가와 벌이고 있다는 것을 알고서 불같은 질투심에 사로잡힌 거야.

그 후로 나와 자경은 서먹서먹한 사이가 되었어. 내가 함께 걸어서 집에 바래다준 적이 몇 번 있긴 했지만, 우리 사이에는 아무 할 말이 없었어. 우리는 그저 서로 부끄러워했고, 서로 미안해했고, 서로 안타까워했어. 그러던 중에 너와 자경 사이에 그 사건이 생긴 거야. 그저 우발적인 일에 불과하다는 것을 알면서도, 이번에는 내가 질투심에 사로잡혔어. 한번 질투심에 불이 붙으니까 나로서도 어쩔 수 없었어. 정우가 내게 그랬던 것처럼 나도 네 멱살을 잡고 교실 밖으로, 학교 밖으로 쫓아내고 싶었어. 그래서 일을 크게 부풀렸고, 그 바람에 자경이 전학을 가버렸지. 네가 아니라 오히려 내 손으로 자경을 쫓아낸 거야. 어쩌면 그 무렵에 아버지가 자경의 살에 난 이빨 자국을 보았는지도 몰라. 오빠가 고자질했을 수도 있지.

여하튼 나는 엄청난 상실감을 겪어야 했어. 내 행동을 얼마나 후회했는지 몰라. 어차피 자경은 전학을 가게 되어 있었다고 아무리 나 자신을 달래도 소용없었어. 처음에는 그렇지 않았는데, 막상 자경이 사라지고 나자, 우리가 벌였던 그 놀이에 대한 욕구도 엄청나게 밀려들었어. 참다못해 내가 내 살을 깨물 때도 많았지. 하지만 그건 느낌이 전혀 달랐어. 내 살에서도 내 잇몸에서도, 그때의 그 느낌은 살아나지 않았어. 나는 미쳐버릴 것 같았어. 그 무렵에 처음 몽정을 하고 자위행위를 시작했지. 하지만 그런 것들로는 어림없었어. 나는 깨물고 깨물리는 그 자극에 중독이 되어버려서 금단증상에 시달렸어. 마치 마녀에게 홀린 기분이었어. 흡혈귀에게 피를 빨리고서 그때 몸속에 흘러들어 온 흡혈귀의 독에 내내 고통받는 듯한 심정이었어. 때문에 나는 엉뚱하게도 몽구 너를 원망하지 않을 수 없었어. 자경을 깨물 수 없게 되었으니, 너라도 깨물지 않을 수 없었어. 그래서 너를 몽구스로 만들어버린 거지. 그런데 정말 네겐 몽구스다운 점이 있었어. 절벽에서 늪으로 뛰어내리던 날, 너는 정말 멋 있었어. 네게 매력을 느낄 정도였지."

몽구는 입가에 씁쓸한 미소를 지었다. 아까 용한이 공중에 매달린 죽은 나뭇가지들이 흡혈박쥐처럼 보이지 않느냐고 물었던 기억이 났기 때문이었다.

용한도 몽구를 보며 슬쩍 웃어 보이고는 말을 계속했다.

"시간이 지나면서 나는 금단증상에서 서서히 벗어났어. 하지만 자경에 대한 애착은 사라지지 않았어. 고등학교를 졸업한 후에 자경의 행방을 수소문해 보았지. 어렵게 오빠하고 연락이 닿았는데, 나는 그 사람을 기억했지만 그쪽에서는 내 이름을 듣고도 전혀 모르는 것 같았어. 나도 굳이 옛날 일을 상기시킬 필요가 없다고 생각했지. 여하튼 그 사람은 가족이 모두 호주로 이민을 갔다고 하더군. 자기만 대학을 마치고 한국에 돌아왔다는 거야. 내가 자경과 연락을 하고 싶다고 하자, 한참 뜸을 들였다가 냉정하게 하는 말이, 연락처를 남겨두면 전해주겠다더군. 내가 직접 연락하고 싶다고 우기니까, 이렇게 말하더라고. '자경이 자살을 기도했다가 죽음 직전에 살아났다는 이야기를 들려주어야겠어? 병원 응급실에서 정신이 들자마자 자경이 우주의 신비로 돌아갈 수 있었던 기회를 잃어서 슬프다고 중얼거렸다는 말을 들려주어야겠냐고?' 그러고서 전화를 끊어버리더군. 예전에도 그랬던 것처럼, 정말 이상한 사람다운 이상한 말이었어.

그날 나는 하루 종일 넋이 나간 상태였어. 그러다가 갑자기 자경이 실제로 죽었다고 상상하기 시작했어. 혈액순환에 문제가 있어서 수족냉증에 시달리고 신장이 좋지 않아서 늘 몸이 부어 있던 그 아이가 병이 악화되어 병원에 입원한 지 불과 일주일 만에 하늘나라로 간 거야. 자경이 풍선처럼 부풀어 올라 하늘로 떠오르는 모습이 눈앞에 생생하게 그려졌어. 그때 기압차로 인해 풍신이 빵 하고 터져버렸어. 거기서 내 상상도 끝이 났지. 하지만 그때부터 나는, 그 아이가 하늘나라에 이르지 못하고 터져버린 풍선의 고무 조각이 되어, 산 나뭇가지에 걸린 죽은 나뭇가지처럼 어딘가에 붙잡혀 있다는 생각을 떨칠 수 없었어. 자경이 내 마음에 성에꽃처럼 피어 있었어. 내 가슴이 성에꽃 핀 차가운 유리창이 되었어. 그 성에꽃이 내 마음에 어두운 그늘을 드리웠어.

그 후로 나는 까닭 모르게 자주 우울하고 슬프고 감상적이 되었어. 그래도 겉으로 내색을 하지 않으려고 공부와 운동에 몰두했지. 그러다 보니 그런대로 견딜 만했어. 그런데 군대에 들어와서 며칠 지나지 않아, 갑자기 내 마음이, 그러지 않으려고 그동안 안간힘을 써왔는데, 결국 무너지고 말았어. 나 자신도 어떻게 설명해야 좋을지 모르겠어. 이곳에서는 모든 게, 사람들의 목소리, 눈빛, 표정, 몸짓, 그 모든 게 하나같이 미끈거리고 끈적거려. 게다가 그 미끈거리고 끈적거리는 느낌이 내 속으로 스며들어서 나까지도 자기들처럼 만들고 말았어. 이제는 나도 남들처럼 미끈거리고 끈적거려. 하지만 나는 나 자신이 미끈거리고 끈적거리는 걸 견딜 수 없어. 때문에 내가 나를 건사할 수 없게 된 거야."

용한은 담배꽁초를 바닥에 던졌다. 그러고는 밟을 생각도 없이 가느다란 연기를 올리며 타들어가는 꽁초를 한참 내려다보다가 몽구를 돌아보며 말했다.

"만약 새들에게 인간 같은 지능이 있다면 어떻게 되었을까 하는 생각이 들곤 해. 새똥 때문에 인간의 삶에 그야말로 재앙이 일어났을 거야. 새들이 하늘을 날아다니다가 제 마음에 들지 않는 대상을 목표물로 삼아 똥으로 맞추기 내기를 했을 테니까. 그건 그야말로 재앙이야, 재앙. 며칠 전에 광수가 털어놓더군. 내 군화 속에 반쯤 죽은 쥐를 넣은 게 자기라고. 분대장이 시킨 거라고 말이야. 그 이유는 자기도 모르겠다더군. 어쩌면 분대장은 내가 시야에 들어오는 것 자체를 견디지 못하는 건지도 모르지. 그게 아니면, 야심만만한 소대장이 나를 병원으로 보낸 뒤 소대를 재편하기를 바랐고, 분대장이 그 의중을 눈치채고서 광수에게 그런 일을 시켰을 수도 있겠지. 소대장에게는 자기 경력에 오점을 남기지 않는 것이 무엇보다도 중요한 일이니까. 그게 정말 소대장의 계획이었다면 어느 정도 성공한 셈이야. 나는 점점 폐인이 되어가고 있으니까. 그런데 말이야, 새들은 자유롭지. 어디든 날아갈 수 있을 뿐만 아니라, 똥 누는 곳도 자유롭게 선택할 수 있지. 내가 새라면 가장 먼저 내 똥으로 누구를 맞히고 싶을까."

순간 몽구는 자기도 모르게 눈에 힘을 주어 용한을 쳐다보았다. 그러나 용한은 고개를 들어 하늘을 가린 나뭇가지들을 올려다보고 있었다. 그때 출발 명령 소리가 들려왔고, 용한이 몽구보다 먼저 철모를 쓰고 총을 집어 들고서 몸을 일으켰다. 그때 그들 앞으로 광수가 싱글싱글 웃으며 다가왔다. 훈련 중에 광수는 늘 웃었다. 모두가 힘이 들어 얼굴이 굳어 있었지만 그는 달랐다. 작전 시작 나팔 소리에도 얼굴 가득 미소를 지으며 군장을 챙겼다. 그런데 이상하게도 그가 웃는 모습은 마치 뭔가를 입에 넣고 우물거리는 듯한 느낌을 주었다. 싱글거리며 우물거리는 그의 얼굴은 이렇게 말하려는 것 같았다. "나, 나는 먹기 위해 살거든."

다시 행군을 시작하면서, 몽구는 용한의 뒷모습에서 눈을 뗄 수 없었다. 그가 보기에 용한은 아무래도 평소와 뭔가 달랐다. 표정의 변화가 거의 없었고, 행동이 민첩하다고는 할 수 없었어도, 잠시 동안의 망설임에서 이내 단호한 결정으로 넘어가는 기색이 자주 느껴졌다. 하지만 이제 광수는 용한에게 별 신경을 쓰지 않았다. 육체적으로 힘든 일을 하며 살아온 사람들은 꼭 필요하거나 당장 이득이 되지 않는 일에는 힘을 쓰고 싶어 하지 않는 법이었다. 몽구는 불길함을 느끼며 마치 갑작스레 불쾌감에 사로잡힌 사람처럼 얼굴을 찡그렸다.

14

그날 저녁, 그들은 고지 탈환을 위한 야간 공격 훈련을 실시했다. 그런 뒤에 특수전에 대비하기 위한 일환으로 저녁 식사를 거른 채 산길을 걸어서 숙영지로 이동을 시작했다. 아침부터 흐렸던 하늘에는 달이 보이지 않았다. 그러나 구름 사이로 별빛이 비쳐서, 시야가 어느 정도는 확보되었다. 하지만 바위와 풀숲이 길을 막았고, 그때마다 낙엽이 두껍게 쌓인 가파른 경사면을 따라 내려가거나 올라가야 했기 때문에, 수시로 나뭇잎에 얼굴이 쓸리고 나뭇가지에 팔다리가 긁혔다. 게다가 안개가 끼기 시작하면서 이제 산길은 시야에서 거의 사라져버렸다.

눈에는 보이지 않았지만 멀지 않은 곳에서 소대장이 외치고 분대장들이 복창하는 소리가 수시로 들려왔다.

"멈추지 마라. 뒤처지지 마라. 흩어지지 마라."

그들은 앞사람과의 간격을 유지하기 위해 애쓰며 더듬더듬 앞으로 나아갔다. 방향을 가늠하기가 어려웠기 때문에, 그들은 무척 위험한 상태에 있었다. 때때로 벼랑을 옆에 끼고서 가파른 길을 내려가야 했기 때문이었다. 행군이 시작된 지 두어 시간도 지나지 않아서 마침내 대열이 무너지기 시작했다. 유난히 덥고 습한 날씨에 허기와 피로가 가중된 탓이기도 했다. 탈진한 몸과 자포자기한 심정이 그들을 어둠 속에서 우왕좌왕하게 하거나 숲속으로 더 깊이 비틀비틀 걸어 들어가게 했다. 마치 산 상태로 벌이는 죽은 자들의 행렬과도 같았다. 짙은 어둠과 안개 속에 사람들의 정신을 혼미하게 만드는 독 기운이라도 풀어져 있는 듯했다.

몽구 역시 몽롱한 상태에서 힘겹게 걸음을 옮겼다. 얼마 후, 인뜻 정신을 차리고서 주위를 둘러보며 용한을 찾았다. 몇몇이 바닥에 주저앉아 있었는데, 그들 중에 용한은 보이지 않았다. 몽구로서는 계속 있는 힘을 다해 앞만 보고 걸을 수밖에 없었다. 다행히 얼마 지나지 않아, 그런대로 대열을 이룬 병사들이 앞에 나타났고, 몽구는 얼른 그 뒤에 따라붙었다. 두 시간쯤 후 목적지에 도착하여 인원 점검을 했는데, 오히려 인원이 초과되었다. 그제야 몽구는 그들이 4소대가 아니라 1소대 병사들이라는 것을 알았다. 걷기 편한 큰 길을 찾다보니 방향을 잘못 잡은 것이었다. 1소대를 따라온 4소대원은 몽구 말고도 네 명이 더 있었다. 그중에는 광수도 있었다. 광수는 지치고 허탈한 얼굴로 여전히 싱글싱글 웃고 있었다. 그때 1소대장이 어이없는 표정을 지으며 말했다. 4소대장이 욕심을 너무 내서 목표를 과도하게 잡았고, 특수전 운운하며 정신력을 키운다는 명목으로 가뜩이나 지친 상태에 저녁 식사를 거르게 한 것은 무리였다는 말이었다. 그제야 몽구는 4소대만이 저녁을 굶었다는 것을 알았다.

몽구는 다른 네 명의 동료와 함께 1소대장이 마련해준 지프를 타고 4소대 숙영지에 도착했다. 그곳은 산악지대 입구의 약간 높은 구릉 위에 펼쳐진 널찍한 평지여서, 암호명으로 개마고원이라고 불리는 곳이었다. 차에서 내렸을 때, 그들은 어두운 바닥에서 뭔가가 집단을 이루어 꿈틀거리는 것을 보았다. 십여 명의 병사가 숙영지를 둘러싸고 있는 도랑 속에서 포복을 하고 있었다. 막 도착한 다섯 명의 병사들도 그들과 합류해야 했다. 몽구가 강력하게 항의했지만, 소용없는 일이었다. 분대장들이 그들을 몰아붙였다. 어쩔 수 없이 몽구는 도랑 속으로 들어가 엉금엉금 기기 시작했다. 물은 얼마 없었지만, 날카로운 돌멩이들이 무릎과 팔을 찔러댔다.

나중에 몽구는, 소대원 마흔두 명 중 스물한 명이 낙오를 했고, 다섯이 대열을 이탈했음을 알았다. 낙오자들은 지프가 동원되어 숲길을 달리며 '쓰레기 수거'를 해왔다고 했다. 거기에 이탈자들을 포함하면 절반이 훨씬 넘는 숫자였으니, 훈련 평가에서 큰 감점을 받지 않을 수 없는 결과였다. 게다가 낙오자들 중에서 새로 배속된 신참 병사 하나가 벼랑에 굴러떨어져 병원으로 후송되었다는 것이었다. 소대장은 어디에도 보이지 않았지만, 그가 이 어처구니없는 사태에 얼마나 당혹스럽고 울화가 치밀지 충분히 짐작할 수 있었다.

새벽 한 시쯤에 얼차려가 끝났을 때, 몽구는 온몸이 물과 땀에 젖고, 양쪽 팔꿈치 부근에 상처가 나서 피가 맺혀 있었다. 후줄근한 차림에 어깨를 축 늘어뜨린 채 전투식량을 챙겨들고 야영할 자리를 찾아가는 무리들 중에서, 몽구는 용한의 뒷모습을 보았다. 3분대에서는 그가 유일한 낙오자였다. 용한은 허리를 구부정하게 굽힌 채 전처럼 왼쪽 발을 심하게 절고 있었다.

다음 날 그들에게는 아직 수행해야 할 훈련이 남아 있었다. 비록 그야말로 초상집과도 같은 분위기에서나마, 그들은 분대 공방과 소대 공방 등의 모의전투 과정을 큰 차질 없이 소화했다. 저녁에 숙영지로 돌아왔을 때는 제법 긴 휴식 시간과 저녁 식사, 그리고 다음 날 아침 일찍 행군을 해서 부대로 돌아가는 일정만을 남겨놓고 있었다.

그들이 분대별로 총을 거치해놓고 아침에 걷은 텐트를 다시 치는 동안, 소대장은 저만치 떨어진 우람한 느티나무 밑에서 두 명의 평가관과 담배를 피우며 대화를 나누고 있었다. 야영 준비를 마쳤을 때, 평가관들은 철수했는지 보이지 않았다. 몽구는 긴장된 다리 근육을 풀 겸 이리저리 걷다가 소변을 보기 위해 남쪽 구릉 쪽으로 걸어갔다. 그때 그는 구릉 한쪽 옆 움푹 팬 곳에서 소대장과 3분대장이 산 아래쪽을 내려다보며 서 있는 것을 보았다. 그들이 나누는 대화가 몽구의 귀에 들려왔는데, 짐작했던 대로 소대장은 울분을 터뜨렸고, 분대장이 그를 달랬다.

"이건 내 지휘력과는 무관한 문제야. 저런 오합지졸을 대체 누가 제대로 이끌 수 있다는 말이야. 차라리 집단 식중독이라도 일어나면 좋겠다. 그러면 훈련이 엉망이 된 데에 핑곗거리라도 생기니까."

"그 말씀 잘 압니다. 하지만 이 상황에서는 일단 마무리를 잘하는 게 중요하지요. 오늘 모두 잘 먹이고 내일 행군을 제대로 해서, 어느 정도 만회해보도록 하겠습니다. 소대장님의 심정을 잘 압니다. 우리야 어찌 되었든 제대만 하면 되지만 소대장님은 입장이 다르지요. 제게 맡기고, 푹 쉬고 계십시오."

"그래, 그러자. 지금으로서는 저 몰골들 꼴도 보기 싫다. 부하들이 아니라 원수들이야. 앞으로는 원수들 다루듯이 하는 수밖에 다른 도리가 없겠어."

그들의 대화는 더 계속되었지만, 몽구는 몸을 돌려 그곳을 떠났다. 그가 텐트로 돌아와 쉬고 있을 때, 분대장 준상이 3분대의 야영지와 가까운 동쪽 산자락으로 분대원들을 집합시켰다.

그가 분대원들을 하나씩 날카롭게 쏘아보며 목소리를 낮추어 말했다.

"모두가 알다시피 오늘 저녁에는 야외 취사를 할 것이다. 내일 아침 40킬로미터 완전군장 행군이 남아 있다. 우리는 아무 사고도 없이 가장 먼저 부대에 복귀하는 소대가 되어야 한다. 그러려면 소시지나 콩 조림이나 햄 볶음밥 따위의 전투식량만으로는 부족하다. 솔직히 우리는 지금 지치고 의기소침해 있다. 그런 만큼 내일 복귀 행군을 성공리에 마치기 위한 특별한 음식이 필요하다. 지금 분대장들의 군장 속에는 삼겹살과 고기 통조림들이 들어 있다. 하지만 고기는 모든 소대가 다 먹는 것이고, 우리 소대에는 특별한 전통이 있다. 그건 사연이 우리를 위해 마련해놓은 진수성찬을 누리는 것이다. 저 숲속에 그 진수성찬이 널려 있고, 이제 나는 그것들을 가져와서 너희들에게 특별한 식사를 제공할 것이다. 주민들이 가져다 놓은 저 가마솥과 그 옆의 물통들이 너희들 눈에도 보일 것이다. 대대장님과 평가관들도 묵인하고 있고, 만에 하나 문제가 생기면 소대장님이 책임을 진다. 이제 그 음식들이 너희들의 피로한 몸을 회복시키고 성기능도 증강시킬 것이다. 내일 아침에 걷지 못할 정도로 거기가 커져도 나는 책임지지 않을 것이니 각자 알아서 처리하도록. 이제부터 나는 저 숲속으로 산나물과 약초를 채취하러 갈 것이다. 시골에서 오래 살았기 때문에, 그것들에 대해 잘 알고 있다. 일몰 시각이 여덟 시쯤이니까 한 시간 반 정도의 여유가 있는데, 혼자 갈 수는 없고 두 명의 자원자가 필요하다."

그는 분대원들을 돌아보더니, 자원자가 나서기를 기다리지도 않고 우선 손가락으로 광수를 가리켰다. 그때 몽구는 자기도 모르게 손을 들었다. 분대장의 말은 그에게 강한 호기심을 불러일으켰다. 준상이 실제로 풀뿌리 따위가 기력 회복에 그토록 강한 효과가 있다고 믿는 것인지 아니면 단지 일종의 플라시보 효과를 노리려는 것인지 궁금했던 것이다. 그는 잠시 복잡한 표정으로 몽구를 바라보다가 고개를 끄덕였다. 그가 빈 배낭을 어깨에 걸치고 야전삽을 챙기는 것을 보고서 몽구와 광수도 배낭에서 야전삽을 끄를 때, 용한이 준상에게 절뚝거리며 다가가 뭐라고 말을 건넸다. 그러나 준상은 용한을 무시하고서 아예 거들떠보지도 않았다. 두 사람 사이에서 낮고 격한 목소리로 언쟁이 오갔다. 아마도 용한은 왼발 때문에 후송을 요청하고, 준상은 그 요청을 거절하고, 용한이 그 책임을 지겠냐고 준상에게 묻는 듯했다. 그러나 준상은 요지부동이었다. 이윽고 그가 숲을 향해 성큼성큼 걸어갔고, 몽구와 광수는 야전삽을 어깨에 걸치고서 그 뒤를 따랐다. 그들은 일종의 야전 식량 보급조가 된 셈이었다. 몽구가 걸음을 멈추고 뒤를 돌아보자, 용한이 무표정한 얼굴로 그들을 바라보고 있었다.

숲속은 서늘했다. 때로 세찬 바람이 불어와 나뭇잎과 풀들이 흔들릴 때면, 거칠게 숨을 몰아쉬는 어느 거대한 동물의 털이나 촉수처럼 보였다. 숲이 살아 있어서 몽구에게 뭔가 말을 건네는 듯했다. 간혹 동물들이 싸놓은 똥 위에 새카맣게 앉아 있던 파리 떼가 인기척이 날 때마다 웽 하며 날아올랐다가 곧바로 다시 달려들었다. 몽구의 눈에는 그 똥마저 의미심장하게 여겨지는 것이, 마치 대지의 시커먼 젖꼭지처럼 보였다.

"우리는 뭘 해야 하는 겁니까?"

몽구와 달리 호기심 따위는 전혀 없어 보이는 광수가 쉬는 시간을 빼앗겨 아쉽다는 듯 볼멘소리로 물었다.

"잠자코 따라와라. 지금 우리는 자연의 젖줄을 빨러는 거야. 그러나 조심해야 해. 자연에는 두 개의 젖줄이 있는데, 하나는 독이 나오고 다른 하나는 약이 나오거든."

그가 흰색 꽃이 화사하게 핀 키 큰 교목을 가리키며 말했다.

"이건 때죽나무야. 동학혁명 때 무기가 떨어진 농민들이 총알을 직접 만들어 썼는데, 이 열매를 빻아 반죽해서 화약에 섞어 사용했다고 하지. 열매에 독성이 강하거든. 때문에 이 나무 밑은 뱀이나 벌레가 없어서 산속에서도 편히 쉴 수 있는 곳이야. 그러니 이런 열매를 많이 먹으면 일찌감치 자연의 품속으로 불려가는 거지."

"그런데 정말 이런 풀들을 먹는다고 도움이 될까요?"

광수가 묻자, 준상이 계속 앞으로 걸어가며 말했다.

"물론이지. 그리고 말이야, 별 효과가 없더라도 효과가 있다고 믿으면 효과가 생기는 거야. 게다가 함께 요리하면 고기 맛이 훨씬 좋아지니까, 손해 볼 거 없잖아. 하지만 식물의 세계가 얼마나 놀라운지 넌 짐작도 못할 거야. 처녀막을 재생시키는 풀이 있다는 말 들어본 적 있어?"

"정말입니까?"

"나도 본 적은 없고 듣기만 했어. 하지만 식물에는 신비한 힘이 있지. 만약 처녀막을 재생시킬 수 있는 풀이 정말로 있다면, 그건 독초일 게 틀림없어. 얼마나 맹독을 가지고 있으면 인간 몸에 그런 변화를 일으키겠어. 처녀막이 찢어질 때 몹시 아프다지만, 재생될 때는 더 아프겠지. 하지만 그게 자연의 순리 아니겠어. 뭔가 얻으려면 그만큼 대가를 치러야 하니까. 여하튼 풀은 우리를 죽일 수도 있고 살릴 수도 있어. 우리에게 최면을 걸 수도 있고 환각을 일으킬 수도 있지."

준상이 좁은 골짜기로 들어서다가, 이파리가 여러 갈래로 삐죽삐죽 나 있는 풀을 가리키며 말했다.

"이건 투구꽃이야. 가을에 꽃이 피는데 꼭 투구처럼 생겼다고 해서 붙은 이름이야. 뿌리에 맹독이 있어서, 악마의 풀이라고도 불리는데, 생김새가 열무 뿌리를 닮았어. 몇 년 전에 야전 훈련 중이던 한 부대의 순찰조가 열무인 줄 알고 먹고서 전원이 목숨을 잃은 적이 있지."

준상은 실제로 식물에 대해 잘 알고 있는 것 같았다. 성격이 급하고 신경질적인 그에게 이런 진지하고 전문적인 면이 있다는 게 놀라웠다.

몽구는 준상을 떠보기 위해 중얼거리듯이 말했다.

"투구꽃은 독의 여왕이라고도 불리지요. 헤라클레스가 지옥을 지키는 케르베로스를 밝은 세계로 끌어내자 하얀 물 같은 걸 토했는데, 거기에서 자라났다는 전설이 있어요."

광수가 놀란 얼굴로 몽구를 바라보았다. 분명 준상도 내심 놀랐음에 틀림없었다. 그러나 아무런 내색도 하지 않고서 쭈그리고 앉아 원추리의 어린순을 따기 시작했다. 지금 그는 신화니 전설이니 하는 그런 현학적인 말에는 관심 없고 당장 눈앞에서 먹기 좋은 풀을 찾는 게 중요하다는 기색이었다. 준상은 계속하여 달래, 냉이, 두릅, 민들레, 질경이, 삼나물, 머위 따위를 캐서 광수에게 건네주었고, 광수는 그것들을 받아 큼직한 배낭에 담았다. 그 모습은 어찌 보면 소풍 나온 두 형제처럼 순수하고 다정하게 보였다.

그때 몽구는 그리 멀지 않은 나무들 사이로 어두운 그림자 하나가 어른거리는 것을 보았다. 처음에는 고라니인가 싶었다. 그러나 고라니나 산짐승이라면 사람들의 기척에 멀리 달아났을 게 분명했다. 그때 잠시 사라졌던 그림자가 다시 나타났다가 또 사라졌다. 그들과 어느 정도의 거리를 두고 따라오는 것이 분명했다. 하지만 병사들 중 몇이 산책하는 중이거나 마을 주민들이 그들처럼 산나물을 채취하고 있는지도 몰랐다.

준상은 계속해서 걷다 멈추고 걷다 멈추며, 풀을 뜯거나 돌을 뒤집어 풀뿌리를 찾아내어 자세히 살펴보다가, 찢어서 냄새를 맡고 입에 넣고 씹어보고서, 취할 것은 취하고 버릴 것은 버렸다. 때로 광수가 풀이나 꽃잎을 내밀면 잠시 들여다보다가 멀리 던져버리곤 했다. 몽구는 딱히 자신이 할 일이 없어서 조용히 그들의 뒤를 따랐다. 그러다가 자기도 모르게 주위를 두리번거리며 다시 그 그림자를 찾곤 했다.

그의 귀에 준상의 목소리가 들려왔다.

"아까 것은 산마늘이고, 이건 은방울꽃이야. 이것들을 착각하면 재앙, 그야말로 재앙이야. 산마늘의 잎은 둥글고 편평한데, 은방울꽃은 길고 끝이 뾰족하지. 산마늘은 먹을 수 있지만, 은방울꽃은 심장에 충격을 주는 독초여서 많이 먹으면 죽을 수도 있어. 어떻게 아느냐고? 내가 뜯어 먹고서 죽을 뻔했거든. 피똥에 구토에 설사에 두통까지 두루 거쳐야 했지."

준상은 은방울꽃의 줄기와 잎을 광수에게 건넸다. 광수가 놀란 표정을 짓는 것을 보고서 준상이 말했다.

"적은 양은 다른 것과 섞어서 먹으면 아무 탈이 없어. 오히려 심장이 잘 뛰게 해주거든. 그 배낭 속에 이미 그런 풀들이 잔뜩 들어 있다는 말이야."

광수는 께름칙한 표정으로 그것들을 받아서 배낭에 넣었다. 몽구는 머릿속이 점점 혼란스러워졌다. 준상이 소대장을 등에 업고 대체 무슨 짓을 벌이려 하는지 짐작이 가지 않았다. 그때 몽구는 아까보다 좀 더 가까이에서 푸르스름한 그림자가 나무들 사이로 신기루처럼 스쳐 지나가는 것을 보왔다.

준상이 앞서 걷기 시작했을 때, 몽구가 광수에게 다가가 낮은 목소리로 말했다.

"용한에게서 들었어. 네가 분대장의 사주를 받아서 용한의 구두 속에 쥐를 넣었다고 말이야. 왜 뒤늦게 그 사실을 밝힌 거지?"

광수가 걸음을 멈추고 그를 쳐다보다가 다시 걷기 시작했다.

"워치게 말하지 않을 수 있었겠어. 나도 어쩔 수 없어서 그 짓을 한 거야. 나도 피해자라는 걸 용한에게 말했던 거라고. 어쩌면 그 소심한 놈이 사실을 알면 무슨 짓을 벌이는지 보고 싶은 마음이 내 속에 있었는지도 모르지. 하지만 여하튼 나도 그저 멍청히 당하고만 있지 않고 워치게든 반발할 수 있는 거 아니겠어?"

그때 저만치 앞에서 준상이 커다란 버섯을 손에 들고 이리저리 돌리며 중얼거렸다.

"이건 광대버섯이야. 죽음의 천사라는 별명이 붙어 있지. 무엇보다도 이런 놈들을 조심해야 해. 겉으로는 멀쩡해도 어딘가 수상해 보이는 게 특히 위험해. 그렇고 말고, 인간도 마찬가지야. 빛깔이 진하고 화려한 놈, 이상한 냄새가 나는 놈, 끈적끈적하고 즙액이 나오는 놈, 쉽게 부서지는 놈, 갓의 모양이 묘한 놈, 그런 놈들 말이야. 하지만 이런 놈들도 먹을 수 있다는 걸 알아야 해. 소금에 절여 사나흘 두었다가 물에 헹구어 소금기를 빼면 맥을 못 추거든."

준상의 말은 몽구로 하여금 언뜻 삼촌 수호를 떠올리게 했다. 문득 개활지를 사이에 두고 10미터가량 떨어진 나무들 사이에서 카키색 실루엣이 눈에 들어왔다. 잠시 조용히 그들을 응시하던 그 카키색이 나무들 사이로 빠져나와 앞으로 번지면서, K2자동소총을 눈높이로 들어 올려 정조준을 하고 있는 병사의 형체가 드러났다. 얼굴은 보이지 않았지만, 몸의 윤곽으로 몽구는 그가 용한임을 알아보았다. 조금 늦게 용한을 발견한 광수도 그 자리에 얼어붙었다.

용한의 총구는 처음에는 몽구를 향했다가 천천히 광수 쪽으로 방향을 바꾸더니 계속 옆으로 움직여 준상의 등을 겨누었다. 갑작스런 정적에 준상이 신경질적인 표정으로 뒤를 돌아보다가 흠칫 놀라 뒷걸음질을 쳤다. 그러나 곧 두 손을 축 늘어뜨린 채 용한을 바라보았다. 이제 그의 눈에는 용한의 모습이 지워지고 단지 한 자루의 총이 보일 뿐이었다. 총의 눈과 사람의 눈이 마주친 채 서로를 노려보았다. 어쩌면 그 총은 장전되었을지도 몰랐다. 아침에 지급된 실탄은 오후에 회수되었지만, 용한이 이 순간을 위해 빼돌렸을 수도 있었다.

용한은 노련하면서도 냉혹한 사냥꾼이었다. 그 상태로 시간이 멈춘 채 오랫동안 흐르지 않았다. 모두의 긴장이 극점에 다다랐을 때, 철컥철컥 소리가 정적을 가르고 울리기 시작했다. 계속해서 용한이 빠른 속도로 방아쇠를 당겼다. 저 둥글게 휘어진 탄창 안에 든 상상 속의 총탄 수십 발을 모두 쏜 후에 용한은 총구를 내렸다. 그러고는 얼빠진 얼굴로 씩 미소를 지어 보이고서 몸을 돌려 나무들 사이로 사라졌다. 몽구는 한 손으로 옆에 있는 굵은 참나무의 몸체를 짚어 봄의 균형을 잡았고, 광수는 그 자리에 털썩 주저앉았다. 저만치서 여전히 뻣뻣하게 서 있던 준상이 갑자기 부들부들 몸을 떨었다. 온몸의 관절을 흔들어대며 탭댄스를 추는 듯한 그의 몸짓은 우스꽝스러우면서도 기괴했다. 팔다리의 경련이 서서히 잦아들기 시작했을 때, 그가 허리를 꺾고서 토하기 시작했다. 그는 자신이 방금 독버섯을 먹고서 환각을 본 게 아닌가 여겼다. 소름이 끼치면서 오한이 밀려왔다. 그는 계속 토하고 땀을 흘리고 숨을 헐떡이며 왔던 방향을 되잡아 비틀비틀 걸어갔다. 광수가 주춤거리고 두리번거리다가 그 뒤를 따랐다.

몽구는 어찌할 바를 모르고 참나무를 짚은 채 그 자리에 오랫동안 서 있었다. 숲속 세상이 천천히 어두워져 갔다. 그는 바닥에 떨어져 있는 배낭을 발견하고서 잠시 망설였다. 이윽고 그가 막 배낭을 집어 들었을 때, 누군가가 멀리에서, 아니 그리 멀지 않은 곳에서 울부짖는 소리가 들려왔다. 마치 커다란 짐승이 고약한 덫에 걸려 고통스러워 비명을 지르는 것 같았다. 순간, 몽구는 눈앞에 퍼뜩 용한을 떠올리고서 소리가 들려오는 쪽으로 달려갔다.

얼마 후 그는 경사진 언덕 아래쪽에서 온몸이 쐐기풀에 뒤엉킨 채 쓰러져 있는 용한을 발견했다.

"쐐기풀은 잎과 줄기가 수많은 단단한 가시로 덮여 있고, 속이 빈 가시들 속에는 독이 들어 있어. 살짝 건드리기만 해도 끝이 떨어져 나가고 날카롭게 부러진 부분이 피부 속으로 파고들어 독액을 주입하는 거지. 가시가 공격하는 방식은 살모사와 닮았어. 움츠렸던 똬리를 풀며 용수철처럼 득달같이 달려들어 살갗에 침투하는데, 순식간에 일어나기 때문에 방어할 겨를도 없지. 게다가 그 독은 이파리를 손으로 비벼 물에 넣으면 물고기가 죽을 정도로 강해. 주로 가파른 경사면에서 자라기 때문에, 산에서 잘못 미끄러져 굴러떨어지면 쐐기풀에 당하게 되는 거야. 그때의 통증은 얼마나 지독한지, 분명 가렵고 따가운데 어느 곳인지 정확하게 짚을 수가 없어 그저 몸부림칠 수밖에 없지."

용한은 말 그대로 목을 놓아 엉엉 울었다. 몽구는 상의를 벗어 두 손을 감싸고서 용한의 몸에 들러붙은 쐐기풀의 이파리와 줄기를 떼어내기 시작했다. 용한의 팔과 다리와 목은 이미 벌겋게 부어올라 있었다. 몽구의 손이 움직일 때마다 용한은 더 날카로운 가시에 찔리는 사람처럼 더 크게 비명을 질러댔다.

마침내 힘겨운 작업이 끝났을 때, 용한은 언덕 위로 기어 올라갔다. 그러고는 탈진한 채 평편한 풀밭 위에 드러누웠다. 심한 고통 때문인지 그의 몸이 움찔움찔 경련을 일으켰다. 이제 그는 더 이상 울부짖지 않았지만, 대신 헛소리를 하듯 중얼거렸다.

"나는 오늘 사람을 쐈어. 총알이 있었으면 정말로 사람을 죽였을 거야. 총이란 정말 무서운 거야. 독 막대기 같은 거여서, 누구든 손에 잡으면 살기에 오염될 수밖에 없어. 내가 그 총을 땅에 묻었지. 어딘지 기억할 수 없는 곳에 묻어버렸어. 그리고 그 총의 무덤 앞에서 맹세를 했지. 목사가 되겠다고, 신에게 내 모든 것을 바치는 목사가 되겠다고. 총을 십자가로 바꾸겠다고."

총을 분실했다면 그것은 무척 심각한 결과를 초래할 수 있었다. 그러나 이제 몽구에게도 그런 것은 중요하지 않았다. 손을 두꺼운 천으로 감싸긴 했지만, 몽구의 손과 팔뚝도 여기저기 가시에 찔려 부어올랐다. 그는 용한이 얼마나 큰 고통을 겪고 있을지 짐작했다. 따뜻한 물수건이나 찜질팩이 있으면 얼마간 통증을 줄일 터이지만, 이런 상황에서는 어쩔 수 없는 노릇이었다.

그때 저만치 떨어져 있는 준상의 배낭이 다시 몽구의 눈에 들어왔다. 그는 자기도 모르게 벌떡 일어나서 그 배낭을 집어 들고 숲속으로 들어갔다. 용한을 치유하고, 광수를 치유하고, 분대장을 치유하고 소대장과 소대원 모두, 그리고 무엇보다도 몽구 자신을 치유해야 했다. 그들 모두를 눈에 보이는 독과 보이지 않는 독으로부터 해독시켜야 했다. 그리하여 자유롭게 해주어야 했다.

문득 그의 귀에 수호의 목소리가 들려왔다.

"줄기나 잎을 딴 뒤 냄새를 맡았을 때 역겹고 좋지 않은 냄새가 나는 게 독초야. 즙이 노란색이나 검은색인 것도, 씹어보았을 때 냄새가 고약하고 맛이 자극적인 것도 대부분 독초지. 그때 혹시라도 침이 목구멍으로 넘어가면 반드시 손가락을 밀어넣어서 토해야 해."

그 목소리는 왠지 모르게 약간 무뚝뚝한 어조를 띠었다. 그러나 몽구는 그 무뚝뚝함에서 다정함을 느꼈다. 수호의 안내를 받아서 그는 눈길을 끄는 풀들을 뜯고 뽑아서 배낭 안으로 밀어넣었다. 동의나물, 개구릿대, 만병초, 삿갓나물, 독깔때기버섯, 광대버섯, 흰독말풀, 독당근, 독미나리 등등의 독특한 이름들이 귓전을 스쳐 지나갔다. 이제 숲속은 꽤 어두웠다. 그때 몽구는 어두운 그늘 밑에서 썩은 나뭇등걸의 한 부분이 희끄무레하게 빛나는 것을 보았다. 언젠가 수호가 말한 적이 있는, 발광물질을 지니고 있어서 빛을 발산하는 화경버섯이었다. 사람들은 빛을 품고 있는 그 버섯을 달버섯이라고 불렀다. 그러나 강한 독성이 있는 데다가 생김새가 느타리버섯과 비슷해서 사람들을 죽음으로 초대하는 독버섯이었다. 몽구는 끝으로 그것을 뜯어서 배낭 안에 던져 넣었다.

몽구는 한쪽 어깨에 속이 가득 채워진 배낭을 메고, 다른 쪽 어깨로는 용한을 부축하여 개활지로 나왔다. 숙영지 부근에서는 소대원들이 군데군데 몇 명씩 모여 앉아 있었다. 그들은 불을 피워서, 한쪽에서는 고기를 굽고, 한쪽에서는 밥을 지었다. 오랜만에 푸짐한 저녁 식사를 준비하는 자리였는데, 분위기는 그리 흥겹지 않았다. 소대장은 보이지 않았는데, 아마도 자신의 텐트 안에 누워 환멸감을 씹으며 언제 모습을 나타낼까 궁리하고 있을 터였다.

"나는 용한을 텐트 안에 누워 쉬게 했어. 용한은 여전히 끔찍한 통증에 시달리느라 의식이 흐릿했지. 나는 커다란 가마솥 쪽으로 다가갔어. 분대장이 민가에서 빌려온 솥이었는데, 그 속에서는 물이 펄펄 끓고 있었어. 그때 조금 떨어진 곳에서 평평한 커다란 바위 위에 앉아 있는 분대장과 눈이 마주쳤어. 주위에서는 다른 병사들이 서로 떠들며 반합에 든 음식을 먹고 있었는데, 그의 앞에는 아무것도 없었어. 그저 멍하고 허탈한 표정으로 병사들이 던지는 농담에 시큰둥하게 대꾸를 보일 뿐이었지. 나는 배낭에 든 것들을 꺼내어 하나씩 솥 안에 집어넣었어. 풀뿌리 몇 개는 가마솥 밑의 불 속에 던져 넣었어. 솥을 반쯤 채우고도 배낭 안에는 풀잎과 꽃과 뿌리와 버섯이 아직 많이 남았어. 그 광경을 준상은 그저 물끄러미 지켜볼 뿐이었어.

솥 안의 물이 다시 끓기 시작하면서 국물의 색깔이 연한 초록색을 띠었어. 나는 반합 뚜껑으로 국물을 떠서 맛을 보았어. 처음에는 쌉쌀하면서 담백했는데, 시간이 지날수록 쓰고 달고 매운 것들이 한데 뒤섞이면서 맛이 점점 이상하고 복잡해졌어. 냄새는 정말 묘했어. 약간 비리고 느끼하고 역겨운 듯하면서도 코를 자극하는 화한 허브 향이 풍겼지. 얼마 지나지 않아 소대원들이 코를 벌름거리며 솥 주위로 모여들었어. 나는 굵은 나뭇가지를 주워들고 국물을 휘휘 저으며 계속 맛을 보았는데, 얼마 지나지 않아 가슴이 뛰고 얼굴이 붉어지면서 점점 기분이 좋아졌어. 마치 공중으로 조금씩 떠오르는 듯한 기분이었어.

호기심 많은 광수가 가장 먼저 반합을 내밀었고, 그 뒤로 소대원들이 줄을 섰지. 그 속에는 모든 것을 체념하고 무기력해진 준상의 모습도 보였어. 그들은 내가 따라준 뜨거운 국물을 후후 불며 마셨어. 나는 광수에게 국물을 받아서 용한에게도 가져다주라고 했지. 모두가 맛을 보고 냄새를 맡으면서 놀란 표정을 지었어. 마녀고약이라는 게 있는데, 벨라도나와 사리풀, 독말풀, 만드라고라를 섞어 만든 것이지. 그 고약을 몸에 바르면 무엇으로든 변할 수 있는 환각을 경험한다고 했어. 내가 만든 이 초록색 액체도 마녀고약과 다를 바 없었어. 나야말로 전설 속의 마녀였어.

그렇게 파티가 시작되었어. 어느 사이에 하늘에는 구름이 걷히고 달이 떴는데, 약간 이지러진 만월은 어떤 마법적인 힘을 가진 존재가 노란 새 한 마리를 붙들어 입김을 불어넣어서 크게 부풀린 듯했어. 그 밑에서 수많은 반딧불이들이 탁탁 타들어가는 불꽃처럼 날아다녔어. 어찌 보면 그것들 하나하나가 마치 야간 사격을 위해 만들어진 특별한 조준간처럼 보였어. 그만큼 섬뜩하고 치명적인 아름다움을 뽐내고 있었지. 나는 풀잎과 뿌리를 계속 솥 안에 집어넣었어. 국물이 점점 진해지면서 냄새는 거의 악취에 가까울 만큼 강해졌고 맛은 쓰고 텁텁해졌어. 하지만 아무도 아랑곳하지 않았어. 오히려 그럴수록 그 뜨겁고 고약한 액체가 일으키는 힘은 점점 더 강해졌어. 우리의 귓전에서는 매미들의 맹렬한 울음소리가 울리고 있었어. 모두가 정신이 몽롱한 듯하면서 더할 나위 없이 명징했고, 시야가 흐릿한 듯하면서도 천리안을 얻은 듯 무엇이든 꿰뚫어보았어. 우리의 몸은 기력을 잃어 흐느적거렸어. 하지만 전혀 다른 활력과 리듬이 생겨나면서 자기도 모르게 펄쩍펄쩍 뛰게 했어. 혀는 마비되어 뻣뻣하게 굳어 있었지만 목구멍 깊은 곳에서 올라오는 본능적인 울부짖음이 우리를 극도의 흥분으로 몰아넣었어.

그렇게 삽시간에 소대원 전체가 집단 광기에 빠져들었어. 모두가 죽은 자와 산 자 사이의 경계가 허물어지는 발푸르기스의 밤을 맞았어. 완전한 광기의 밤, 공포와 쾌락의

향연이 이제 막 시작되었지만 앞으로도 결코 끝나지 않을 것 같았어. 모두가 달빛이 만들어내는 거대한 그림자를 거느린 거인들이 되었어. 하지만 또한 동시에 모두가 고통받고 있었어. 모두가 자신의 발소리에 놀라고 자기 숨결에 숨이 막혔어. 갑자기 심장박동이 느려지면서 힘을 잃고 그 자리에 주저앉는 사람들, 신경이 가시에 찔린 듯 날카로운 자극을 받아 흥분하여 어쩔 줄 모르는 사람들, 무서운 환각에 빠져들어 땀과 눈물을 쉬지 않고 흘리는 사람들, 몸속에 불덩이가 들어 있는 듯 괴로워서 어찌할 바를 몰라 길길이 뛰는 사람들, 침을 질질 흘리며 앞이 안 보이는지 두 팔을 앞으로 뻗고 허우적거리는 사람들, 뇌의 활동이 정지된 듯 깊은 무기력 상태에 빠져든 사람들, 토하려 해도 토하지 못하고 신물만 올리며 실없이 웃는 사람들, 사지가 마비되어 바닥에 드러누워 비트적거리는 사람들, 손을 덜덜 떨며 수화로 뭐라고 말하려는 사람들, 어릿광대처럼 비틀거리는 사람들, 노래를 부른다고 알아듣지 못할 가락으로 고래고래 소리를 지르는 사람들, 말을 들어도 알아듣지 못해 귀머거리가 된 사람들, 말더듬이들, 소경들, 정신병자들, 신경증 환자들, 정서 불안자들, 인격 장애자들, 광인들, 저능아들, 그들 모두가 서로 어우러져서 거대한 지옥의 풍경을 연출하고 있었어.

그들은 누군가를 절실히 필요로 했어. 그때 달빛을 얼굴에 받으며 용한이 나타났어. 그의 얼굴과 목과 손은 퉁퉁 붓고 온통 피투성이였어. 몸은 완전히 탈진했지만, 마녀고약의 냄새와 맛이 그를 깨웠어. 군복의 카키색이 다 바래서 황금빛으로 변했어. 가장 남루한 자, 가장 천한 자, 총을 버린 자, 침대에서 떨어지는 자, 천하의 고문관, 가장 허약한 절름발이가 찬연히 빛나고 있었어. 모두가 용한을 끌어안았고, 그의 손을 자기들 머리에 얹었고, 그의 발등에 입을 맞추었어. 용한은 축제의 왕이 되었어. 비로소 도취와 광란의 축제가 시작되었어. 깊은 숲속의 독을 머금은 짙은 안개가 달빛과 어우러져 은빛 소용돌이를 일으켰어.

광수는 평소처럼 헐렁한 미소를 짓고 있었어. 아마도 광수야말로 잡초를 닮아 세상의 모든 독성에 면역력과 저항력이 강한 자였어. 하지만 광수 또한 평소와 달랐어. 온갖 착잡하고 들뜬 감정이 강한 물살처럼 그를 휘감았어. 그동안 살아오면서 뭔가가 이토록 그를 강력하게 흔들어놓은 적은 없었어. 그는 멀쩡하게 웃고 있었지만, 또한 공포로 전율하고 있었어. 호기심과 흥에 겨워 눈이 번들거리면서도, 비로소 세상을 알게 된 어린아이처럼 무서울 정도로 진지했어. 그의 입에서 워치게 워치게 소리가 저절로 흘러나왔어. 그는 몽구를 도와 국물을 저었어. 그는 마녀의 오른팔이었고, 그 자신이 스스로 마녀가 되었어."

그때 마침내 소대장 성수가 텐트 밖으로 뛰쳐나왔다. 그가 놀란 얼굴로 병사들에게 소리쳤다. 하지만 모든 중독된 사람들 사이에서 오히려 그 혼자만이 미친 사람이었다. 병사들에게는 그가 히쭉히쭉 웃고 공연히 버럭버럭 소리를 지르고, 눈물을 질질 짜며 우는소리를 내는 것처럼 보였다. 소대장은 일출 시각에 시작하기로 한 행군이 불가능하다는 사실을 알고서, 홀로 그들 사이에 우두커니 서 있었다. 하지만 다음 순간 그는 어디에도 보이지 않았다. 순식간에 성수도 자신의 존재를 지우고서 그들 중의 하나가 되어버렸다.

각기 하나하나였던 그들이 마침내 모두 하나가 되었다. 몽구는 가슴에서 용솟음치는 황홀한 힘에 휘말려 무중력 상태를 유영하는 느낌이었다. 그의 얼굴은 웃는 듯 우는 듯 일그러진 것이 영락없이 달을 닮았다. 이제 두통도, 용한과 자경의 깨물기 놀이 이야기를 들었을 때 느꼈던 미칠 듯한 질투심도 가라앉아 버렸다. 그는 차라리 알몸으로 하늘을 떠받들며 서 있는 한 그루 밤나무였다. 그의 몸에서 뿜어 나오는 정액 냄새가 빗물처럼 쏟아져 온 세상을 수태시키고 있었다.

서서히 날이 밝아왔다. 이제 몽구와 용한을 제외하고는 모두가 바닥에 쓰러져 있었다. 마치 독을 머금은 뜨겁고 세찬 바람이 휩쓸고 지나간 듯했다. 도처에서 토사물 냄새, 배설물 냄새, 악취가 진동하고, 신음소리, 헛소리, 이 가는 소리, 코 고는 소리가 한데 섞여 한낮의 매미 울음소리처럼 울렸다. 광수와 준상은 나란히 누워 잠들어 있었다. 준상은 악몽을 꾸는 듯 얼굴을 잔뜩 찡그리고 있었지만, 광수는 그 곁에서 만족스런 표정을 짓고 있었다. 몽구는 반듯이 눕거나 엎드린 동료들을 일일이 왼쪽으로 눕게 했다. 구토물이 폐로 들어가는 것을 막고, 독물을 위장 속에 가둬두어 작은창자에서 흡수되는 것을 늦추기 위해서였다. 모두가 나란히 모로 누워 있는 모습이, 마치 평화로운 잠에 빠진 양 떼를 보는 것 같았다. 그 때문인지 몽구는 간밤에 일어난 모든 일들이 어쩌면 그가 겪은 환각의 결과가 아닌가 싶어 머리가 어칠거렸다.

몽구는 용한과 함께 걷기 시작했다. 잃어버린 K2자동소총을 찾아야 한다는 생각은 누구에게도 없었다. 온갖 나무와 풀 위에 이슬이 맺혀 온 세상이 축축했다. 밤이 와야 새벽이 오고 그래야 이슬이 맺혀서 무수한 생명들이 그 이슬 덕분에 살아남게 된다는 사실을 이제 그들은 실감했다. 흐릿해진 달이 맞은편 산 위로 기울었고, 짙푸른 나무들이 여명을 받으며 유혹하는 듯한 야릇한 자세로 서서 그들을 지켜보았다. 그들은 아주 낮게 숨을 들이마시며 담배를 피웠다. 단지 그 구수한 냄새를 맡기 위해서였다. 산길이 끝나고 비포장도로가 나왔을 때, 그들은 어디로 가고 있는지조차 잊었다. 몽구는 지친 용한을 끌고 내처 걸음을 옮겼다. 얼마 후 뒤쪽에서 자동차 엔진 소리가 들리더니 병사들이 트럭에서 뛰어내려 그들에게 총을 겨누었다. 그들은 두 손을 쳐들고서 서로를 바라보았다.

15

몽구와 용한은 체포되어 헌병대에 구금되었다. 용한은 발의 상처가 악화되고 언덕에서 굴러떨어질 때 대퇴부가 골절된 것이 확인되어 병원으로 후송되었다. 두뇌 회전이 빠른 중대장은 소대원들의 말을 종합하여 나름대로 사태를 정리하고서, 몽구에게 미필적 고의에 의한 살인 미수까지 적용될 수 있다고 으름장을 놓았다. 그러나 중대 징계위원회는 이번 사건을 의도성이 없이 우발적으로 일어난 집단 식중독 사례로 규정하고, 4소대장 민성수의 증언에 따라 장준상, 조몽구, 신광수에게만 책임을 묻기로 했다.

세 사람은 사단 헌병대 법무관과 중대장의 결재를 거쳐 영창에 수감되는 것으로 처벌이 확정되었다. 주모자였던 몽구는 15일, 준상과 광수는 13일이었다. 처음에 몽구에게는 근무지 이탈 혐의가 덧붙여졌는데, 용한이 자신의 총을 찾기 위해 몽구에게 도움을 청했다는 주장이 받아들여졌다. 용한의 경우는 군사법원에 출두해야 했는데, 이미 탈영을 기도한 전력에 총기 분실과 근무지 이탈 죄가 가중되어 결국 육군 교도소에 수감되었다. 나중에 몽구는 소대장이 자진 전역을 신청했다는 말을 들었다. 군인으로서 명예를 실추시켜 군대에 머물 자격이 없다고 스스로 선언했다는 것이었다. 그러나 전후의 자세한 사정은 아무도 알지 못했다.

몽구와 광수와 준상은 사단 영창의 같은 방에 수감되었다.

처음으로 입을 연 것은 광수였다.

"이거야말로 썩은 냄새가 나는 군화 속의 세 마리 쥐 신세군."

영창 안에서 그들이 할 일은 아무것도 없었다. 그들에게 주어진 임무는 깨어 있는 시간 내내 묵상을 하는 것이었다. 특별 징계 조치로 책조차 주어지지 않았다. 그들은 감시카메라의 시선 밑에서 오십 분은 정좌로 십 분은 쉬는 자세로 미지근한 마룻바닥에 하루 종일 앉아 있어야 했다. 묵상이 그 자체로 그들에게 가해지는 벌이었다.

그러나 얼마 지나지 않아 그들은 자기들을 한곳에 모아 놓은 게 묵상보다 더 큰 벌임을 깨달았다. 준상은 극심한 폐소공포증에 시달리고 있었다. 들숨과 날숨의 리듬이 조금만 깨어져도 공포증은 그를 공황상태로 몰아갔다. 더욱이 자기가 하마터면 몽구 때문에 죽을 뻔했고, 또한 몽구 때문에 살아났다는 생각이 들어 혼란스러워했다. 처음 한동안 그는 묵상의 원칙을 깨고서 발작을 일으키며 교도관에게 매달렸고, 그때마다 혹독한 대가를 치렀다. 결국 그는 서면을 통해 무죄를 주장하며 자신을 영창에 구금한 보통군사법원의 약식명령에 대해 항소했다. 그는 어떻게든 하루라도 빨리 몽구와 함께 지내야 하는 감방에서 벗어나려 했다. 그러나 항소심의 위원회에서 판결이 나려면 적어도 몇 달은 기다려야 한다는 사실을 확인했을 뿐이었다.

광수는 처음 한동안 자신이 철창 안에 갇혀 있다는 사실에 어리둥절한 기색이었다. 그러나 곧 다시 슬슬 미소를 띠기 시작했다. 그러다가 개마고원에서 자신이 겪은 그 놀랍도록 신기했던 도취의 순간에 대한 기억이 떠오를 때면, 자기도 모르게 얼이 빠져서 낄낄거리며 웃곤 했다. 묵상의 순간에 문득 광수가 어린아이처럼 빙긋이 순진무구한 미소를 지을 때면, 교도관들은 마치 화두 명상 중에 깨달음을 얻은 스님을 보는 듯한 경이로움을 느끼곤 했다. 하지만 광수가 눈을 뜨자마자 그들은 자신이 착각했음을 알고서 매번 씁쓸한 표정을 지었다. 영창 안에서는 특히, 광수의 눈빛이 허기로 얼룩지지 않은 적은 한 순간도 없었기 때문이었다.

그러나 광수에게서는 모종의 변화가 일어나고 있었다. 무엇보다도 몽구에 대한 인식이 달라졌다. 지금까지 그는 몽구를 어떤 면에서는 자기보다 나은 점도 있지만 대체로 그다지 높이 살 게 없는 보통 사람으로 여겼다. 물론 거기에 어떤 특별한 근거가 있는 건 아니었다. 단지, 겉으로는 남들을 존중하고 높이 보는 척하지만, 내심으로는 경멸감과 심지어 적대감을 가지는 것, 그것이 그가 세상을 견디는 방법이었다. 그러나 이제 그는 몽구를 마음속으로도 만만하게 볼 수 없었다. 몽구에게는 사람들에게 강한 영향력을 발휘하는 카리스마가 있었기 때문이었다.

어렸을 적부터 광수는 잠을 잘 때 늘 끄륵끄륵 이를 갈았다. 어느 날 잠결에 자신이 이 가는 소리를 듣고 난 이후로, 그는 자기가 복어를 닮았다는 생각을 떨칠 수 없었다. 어렸을 적에 어촌에서 자랐던 터라 복어를 공처럼 차고 놀았기에 복어에 대해 잘 알고 있었다. 복어는 이빨이 단단하고 턱의 근육도 특히 발달해서, 작은 물고기는 물론 새우나 게, 불가사리처럼 껍질이 단단한 것도 먹이로 삼았다. 그런가 하면 입으로 물을 뿜어 모래를 뒤집어서 그 속에 숨어 있는 조개나 갯지네 따위도 잡아먹었다. 복어가 낚싯줄을 잘 물어 끊는 것처럼, 그리고 낚아 올렸을 때 끄륵끄륵 이빨 가는 소리를 내는 것처럼, 광수도 복어만큼이나 이빨과 턱에 대해서만은 자신이 있었다. 더욱이 복어는 불가사리나 납작벌레처럼 독을 지닌 먹이를 먹어서 자기 몸에 독을 쌓았는데, 그 점도 그와 복어 사이의 유사한 점이었다. 광수 역시 세상의 밑바닥에서 살아가는 동안 자기도 모르게 마음속에 독이 축적되고 있음을 분명히 감지했다. 그는 복어가 그랬듯이 누군가 그를 해치려 들면 호락호락 개죽음을 당하는 대신, 상대를 끌어안고 자기 속의 독을 뿜어내어 함께 죽으리라 생각했다. 그런데 이제 그는 생각이 바뀌었다. 복어의 독은 단지 수동적인 방어용인데, 그 독을 적극적인 공격용으로 바꾸겠다고 다짐했던 것이다. 그것이 그가 몽구를 유심히 관찰하기 시작한 이유였다.

준상만큼이나 몽구도 닫힌 공간에서의 시간이 견디기 힘들었다. 자주 우울함과 절망감의 바닥없는 심연으로 빠져들었고, 때로는 온몸이 뻣뻣해지면서 뼛속의 골수가 말라가는 게 느껴지기도 했다. 당연히 두통이 다시 시작되어 끊임없이 머리가 욱신거렸다. 물론 그는 자신이 벌인 행동에 대해 후회하지 않았다. 하지만 자기 속의 뭔가를 폭발시켜서, 동료들을 무분별하게 독성 물질에 노출시켰다는 자책감은 없지 않았다.

"어느 날 아침 묵상 중에 문득 언젠가 수호가 들려준 '고蠱'라는 말을 떠올렸어. 그건 세 가지 벌레와 그릇이 합쳐져서 만들어진 말이야. 두꺼비와 왕지네와 뱀을 잡아 그릇에 넣어 서로 잡아먹게 하는데, 이때 마지막으로 살아남은 독충을 '고'라고 하지. '고'를 길러 음식에 독을 뿜게 하면 그것을 먹은 사람은 가슴이 답답하고 배가 아프고 얼굴이 누르스레해지거나 퍼렇게 되고 가래와 피를 토하고 항문으로 피고름이 나온다고 해. 심지어 그 독이 몸속으로 들어가 벌레가 되어 장을 파먹는다고도 하지.

우리 셋의 처지가 그와 전혀 다를 바 없었어. 감방은 그릇이고 우리 셋은 각기 두꺼비와 왕지네와 뱀이었어. 한번 그런 생각이 들자 갇힌 상황을 견디기가 더 어려워졌어. 나 자신이 두꺼비가 되고 왕지네가 되고 뱀이 되는 악몽을 꾸다가 가위에 눌려 깨어나곤 했지. 게다가 그 시기에는 음식을 소화하고 배설하는 데도 어려움이 컸어. 음식을 먹는 것도 독을 삼키는 것 같고, 배설하는 것도 독을 내뿜는 것처럼 느껴질 정도로, 그 고통이 이루 말할 수 없었어. 그건 나뿐만이 아니었어. 우리 셋은 시름시름 앓고 있었어. 내내 설사와 구토와 발진과 졸음에 시달렸지. 우리 자신이 곧 '고'이면서 또한 '고'의 독에 중독된 상태였어.

'고'에 대해서는 이런 말도 전해지고 있지. 아침에 일어나 깨끗한 물을 떠다가 거기에 침을 뱉었을 때, 침이 기둥처럼 곧게 아래로 가라앉으면 몸속에 '고'의 독이 있는 것이고 위에 떠 있으면 없다는 것이지. 나는 날마다 물에다 침을 뱉어 보았어. 그러나 침이 물속으로 가라앉는 건 있을 수 없는 일이잖아. 그러다가 언뜻 깨달았어. 세 마리 독충이 싸우는 곳은 감방이라는 그릇 속이 아니라, 내 마음속이었어. 그리고 내가 하는 행동은 그중 한 마리가 살아남아 독을 뱉는 것과 다를 바 없었어. 그 세 마리 독충은 어쩌면 프로이트가 말한 이드와 에고, 그리고 슈퍼에고라고도 할 수 있었어. 내 속에 잠재한 원초적 본능의 욕구와 그 욕구를 통제하려는 욕구, 그리고 그 욕구를 승화시키려는 욕구 말이야. 그렇다면 나는 깨끗한 물이 아니라, 내 속에, 내 마음속에 침을 뱉어보아야 했어. 그래서 내 마음이 얼마나 중독된 상태인지 알아내야 했어. 물론 상상 속에서였지만 그때부터 나는 수시로 내 속에 침을 뱉었고, 그러자 과연 매번 침이 깊이 가라앉았어. 나는 독에 깊이 중독된 상태였어. 하지만 그 사실을 받아들이고 나니, 오히려 그곳에서의 힘든 시간을 어느 정도 견뎌낼 수 있었지. 하루하루가 중독 증세와 싸우는 시간이 되었어. 아무 생각도 하지 않고 마음과 머리를 텅 비게 하는 것, 그것이 내가 나를 해독하는 유일한 방법이었어."

어느 날 아침, 기한을 마친 광수와 준상이 먼저 출소하여 부대로 복귀하게 되었을 때, 몽구는 광수에게 오랜만에 말을 걸었다.

"넌 네가 남들과 공통점이 있다고 생각하니?"

"그건 잘 모르겠어. 하지만 공통점을 꼭 가져야 한다고 생각하지는 않아."

"공통점을 가지고 싶지 않은 건 아니야?"

"공통점을 가진다는 건 무시당할 수 있다는 거야."

그 대답을 들었을 때, 몽구는 자신이 처음에 왜 그런 말을 꺼냈는지 잊어버리고 말았다. 아마도 인간은 결코 한 마리 외로운 독충이 아니라는 말을 하려던 게 아니었나 싶었는데, 확신은 없었다.

제일 나중에 석방된 몽구는 전에 용한이 그랬던 것처럼

중점 관심병사로 분류되어 중대 본부 보일러병이 되었다. 자정과 새벽 두 시, 기상 한 시간 전, 이렇게 세 차례 보일러를 켜고 끄는 것이 그가 할 일이었다. 날마다 그는 낮에 잠을 잤고, 한밤중에 행정반에 들러 무전기를 챙겨서 지휘통제실에 보고한 뒤, 막사 뒤편에 위치한 반지하의 보일러실로 갔다. 그리고 불 곁에 앉아 불을 지켜보고 불을 살피며 졸음과 명상에 잠기곤 했다. 그것은 불과 독, 그리고 고독과의 싸움이었다. 그러나 또한 그는 그것들 덕분에 그 시간을 견딜 수 있었다. 한번은 꿈에 소대장을 보았다. 누가 면회를 왔다고 하여 나가보았더니, 수수한 사복 차림의 소대장이 면회소 구석에 앉아 있었다. 그의 얼굴은 초췌했지만, 지옥에서 벗어난 자의 평온함이 느껴졌다. 이제 그는 늘 깨끗한 옷을 입고 있는 자의 불안감에서 벗어나 비로소 마음껏 자기를 더럽혀도 된다는 자신감을 얻었다고 했다. 이제는 세상의 더러움이 자기를 망치려 들어도 기꺼이 받아들이겠다는 그의 말을 들으며 몽구는 잠에서 깨어났다.

제대하기 전날 몽구는 용한이 얼마 전에 벌금을 내고 불명예 전역을 했다는 사실을 알았다. 그날 그는 신참병들의 만류를 무릅쓰고 혼자 보일러 곁에서 밤을 보냈다. 자정이 지났을 때, 기이한 존재, 동물도 아니고 식물도 아닌, 굵은 나무줄기와 같은 온몸이 가시이면서 부드러운 털 같은 것으로 덮이고, 긴 이빨에 뱀처럼 갈라진 혀를 가진 존재가 다시 그의 앞에 나타났다. 그 괴물은 천천히 그의 곁을 배회하다가 간간이 움푹 팬, 보일러 속의 불처럼 활활 타오르는 눈으로 그를 유심히 바라보곤 했다.

다음 날 그는 부대에서 제공한 차편을 마다하고 혼자 정문을 나와 들길을 걸었다. 마치 범죄를 저지르고 복역한 후 만기 출소하는 기분이었다. 막 큰길 쪽으로 나섰을 때, 자동차 한 대가 그의 옆에 멈춰 섰다. 차문이 열리고 수호가 내려 그를 끌어안았다. 자동차는 근사했고 수호는 혈색이 좋고 살이 쪄 보였다. 그러나 수호에게서는 약간 흐려진 눈빛과 건조해진 피부 때문인지 부쩍 노쇠한 기운이 느껴졌다. 그날 그는 삼촌과 아버지가 서로 무척 닮았다는 사실을 처음 알았다.

몽구는 차창을 내린 채 수호가 손수 만든, 메밀가루와 콩가루를 섞어 빚은 특별한 두부를 조금씩 베어 물고서 천천히 씹었다. 그 담백하면서 쌉쌀한 맛 때문이었는지, 그는 자기 앞에 놓인 삶에 호기심이 일어나는 것을 느꼈다. 그러나 그가 실제로 더 큰 호기심을 느끼는 것은 그 미지의 삶에서 언제 어디서 어떤 '독'과 만나게 될 것인가 하는 점이었다. 그때 문득 그는 앞으로 자신이 독과 더불어 살아가게 될 것임을 깨달았다. 더 정확히 말하자면 마침내 그는 장차 독과 더불어 살아가는 삶을 선택한 것이었다.

해독과 — 정화

1

조몽구의 이야기는 길게 이어지는 동안 간혹 급물살을 타고서 빠르고 간명하게 진행되었다. 그러나 수시로 큰 흐름과 멀어져서 자신이 보고 듣고 느끼고 생각한 것에 대해 장광설을 늘어놓았다. 때문에 혼란스럽고 요령부득인 부분이 여전히 많아서, 나로서는 한 순간도 집중과 몰입의 긴장을 놓쳐서는 안 되었다.

하지만 솔직히 말해서 나는, 몇 번이나 조몽구가 들려주는 이야기의 진실성에 대해 크게 의심했음을 고백하지 않을 수 없다. 심지어 그가 이야기로 나를 죽이려 하는 게 아닐까 싶은 적도 있었다. 독살의 역사에서 책을 이용하는 전설적인 방법에 대해서는 모르는 이는 없을 터이다. 책장에 독을 묻혀놓아서 손끝에 침을 발라 책장을 넘기며 책을 읽을 때 독이 몸속으로 흡수되어 사람을 죽이는 것이다. 책 속의 내용이 재미있으면 그 사람은 그만큼 더 빨리 죽기 마련이다.

그렇듯이 그는 이야기 갈피갈피에 거짓과 과장과 야유와 독설을 섞어놓아서, 그것들이 이야기를 듣는 사람들의 귓속으로 흘러 들어가 독처럼 작용하게 하려던 게 아니었을까. 그는 누가 되었든 자신의 이야기를 끝까지 듣기를 원하지 않은 게 아니었을까. 실제로 그의 이야기 속에는 듣는 사람의 심기를 무척 불편하게 하는 부분도 적지 않았던 터라, 어떤 때는 내 눈앞에 겉은 멀쩡하지만 정작 뼈마디가 퍼렇게 썩어가는 시체의 이미지가 수시로 떠오르곤 했던 것이다.

하지만 그러한 의심과 회의는 시간이 지나면서 저절로 스러져버리고, 차츰 나는 그에 대한 신뢰를 회복했다. 그의 이야기가 사람을 죽일 수 있을지 몰라도, 그 자신이 한 편의 독 묻은 이야기가 되어 자신의 목숨을 담보로 진실을 전하고자 노력하고 있음을 매번 새롭게 확인했기 때문이었다. 세헤라자데가 그러했듯이, 모든 이야기는 말하는 이와 듣는 이의 죽음과 만날 때 비로소 진실을 이야기할 수 있는 게 아니겠는가.

극심한 피로와 졸음을 무릅쓰고 온 감각을 동원하여 그

의 이야기에 귀를 기울이는 동안, 나는 조몽구가 자신의 이야기에 설득력을 부여하기 위해 나름대로 세심하게 노력하고 있다는 것을 느꼈다. 이야기 방식이나 어휘 활용에서도 조금씩 변화가 일어났는데, 말하자면 시간대가 자주 과거로 이동한다거나, '아버지'라는 말이 '조영로' 혹은 '영로'와 뒤섞여 쓰이는 것 등등이 그러했다. 그런 점들을 놓치지 않았던 것도 듣는 내게는 의미 있는 일이었다. 계속해서 조몽구는 이야기를 했고, 계속해서 나는 들었다.

2

수호의 집에는 몽구의 방이 그대로 보존되어 있었다. 그러나 낯설고 어색한 기분이 들었는데, 가구는 그대로였지만 침구와 커튼이 더 밝은 색으로 바뀌었고, 창틀의 알루미늄 새시도 새것으로 교체된 탓이었다. 몽구는 수호의 배려에 대한 보답으로 한동안 그 방에서 머물기로 했다.

수호는 여전히 옷차림에 별 신경을 쓰지 않는 듯했다. 늘 비슷비슷한 무채색의 낡은 양복 차림에 칼라가 구겨진 셔츠 역시 변함없이 무채색이었다. 그런가 하면 어깨를 구부정하게 숙이고서 퀭한 눈으로 주위를 훑어보듯 돌아보는 모습에서는, 뭔가와 힘겨운 싸움을 벌이며 거기에 강박적으로 매달리고 있다는 인상을 받지 않을 수 없었다. 그는 그 싸움에서 완벽을 기하고자 병적으로 자신을 들볶고 있는 게 분명했다.

수호 자신의 말에 따르면, 그는 '사나티오 힐링 테라피 센터'의 개발부장으로 일하고 있었다. 그곳에서는 자연식품을 통한 면역력 증강에 대해 연구하는 한편, 자체 개발한 의료기구와 약물로 일반인들에게 시술도 한다고 했다. 나중에 몽구가 인터넷으로 검색을 해보니, '사나티오sanatio'라는 말은 '치료와 건강 회복'을 의미하는 라틴어이며, '사나티오 힐링 테라피 센터'는 혈관성 질환, 갱년기 증상, 대사증후군 치료 및 항암과 방사선 후유증 관리 전문 기관으로서 많은 불치병 환자들의 관심을 받고 있다고 했다.

"처음에는 막막했어. 하지만 그동안 애써온 덕분에 이제는 꽤 자리가 잡혔어. 대외적으로도 몇 가지 활동을 하고 있지. 국립의료원의 중독관리센터와 긴밀하게 협조해서, 위급한 중독 상황이 벌어질 때 독성 물질이 무엇인지 식별하고 어떤 응급처치를 해야 하는지 어떤 해독제를 써야 하는지 조언하고 있어. 그리고 식품의약품안전청 소속의 국립독성연구소 독성부와도 연동해서 독물을 평가하는 방법을 개선하고 그 위험성을 감소시키기 위한 기초 연구를 공동으로 수행하는 중이야. 얼마 전부터는 국내외의 몇몇 제약 회사와 계약을 맺고서 심장병이나 뇌종양 치료와 관련해서 연구비 지원을 받고 있는데, 조만간 실적을 낼 수 있을 것 같아."

그러나 몽구는 언젠가부터 수호가 하는 말을 액면 그대로 받아들이지 않았다. 수호가 번듯한 직장에 몸담고서 건전한 목적을 위해 사회적으로 활발하게 활동하며 보통 사람처럼 살아가고 있다는 게 믿기지 않았다. 그래도 전보다는 어딘가 안정되어 보이는 게 사실이었다. 어쩌면 늘 독이라는 치명적인 물질과 함께 살다 보니 웬만한 일에는 마음이 흔들리지 않게 된 것인지도 몰랐다. 다만 몽구는 수호의 건강을 우려하지 않을 수 없었다. 무엇보다도 얼굴이 전과 달랐는데, 마치 미숙한 화가 지망생이 되는대로 물감을 잡아 팔레트 위에 한데 짜서 뒤섞어놓은 것처럼 안색이 들뜨고 부자연스러웠다. 얼마 전부터는 가발을 쓴다고 했다. 원형탈모증에 걸린 것처럼 정수리 부분의 머리카락이 모두 빠진 탓이었다.

귀가 후 첫날 밤 그들은 쌍둥이 자매가 마련해놓은 음식으로 저녁 식사를 하면서 와인을 곁들였다. 수호는 자매를 식사 자리에 초대했지만, 그들은 잠시 몽구와 몇 마디 대화로 인사를 나누고서 총총히 돌아갔다. 두 사람은 그사이에 나이가 훨씬 더 들어 보였는데, 얼굴 위에 생긴 그 많은 주름살들의 위치도 둘이 똑같아서 서로가 서로를 흉내 내며 분장한 듯한 느낌이 들었다. 오랫동안 지켜보았던 터라, 몽구는 둘 사이의 미세한 차이를 감지할 수 있었다. 굳이 말하자면, 한쪽은 강아지를, 다른 쪽은 고양이를 연상시켰다. 하지만 그 차이가 조금 느껴질 만하면 그들은 슬쩍 동선을 교차시켜서 다시 구별이 불가능하게 만들곤 했다. 때문에 몽구는 그들이 앞에 있으면 늘 천장에 매달린 모빌을 보듯이 신기함과 어지러움을 동시에 느꼈다. 하나의 모빌이 빙글빙글 돌아가면서 둘로 셋으로 분열되어 보이듯이, 그들은 둘이면서 동시에 하나였고, 하나면서 동시에 둘이었다. 하지만 몽구가 보기에 그들은 자기와 똑같이 생긴 존재와 함께 있어서 덜 외로워 보이는 것 같지 않았다. 오히려 서로에게서 자신의 외로움을 보게 되기에, 외로움이 두 배가 되지 않을까 싶었다.

수호가 몽구의 생각을 짐작하고서 말했다.

"두 분을 보고 있으면 너무 똑같아서 마치 내가 사팔뜨기가 된 것 같은 기분이지. 하지만 그 때문에 오히려 함께 있을 때 긴장이 풀려. 어느 한쪽에 초점을 맞추기 어려우니까, 어느 쪽에도 굳이 맞추려 할 필요가 없게 되거든."

몽구와 수호는 식사를 하는 동안 가급적 진지한 이야기는 하지 않으려 했다. 아버지의 이야기를 먼저 꺼낸 것은 수호였다. 말을 하면서도 수호는 그 화제가 진지한 축에 속하는지 아닌지 속으로 계속 따져보는 듯했다. 그의 말로는, 아버지가 난데없이 서울 외곽의 폐차장 하나를 인수했다고 했다. 몇 명이 합자한 것이기는 하지만, 아버지가 폐차장 관리를 전담하고 있다는 것이었다. 수호는 늘 글 속에서 살아가는 사람들의 순진함과 현실적인 차원에서의 미성숙에 대해 한동안 말을 늘어놓았다. 하지만 아버지에 대해 거의 항상 냉소적인 태도를 취하던 데 비해, 이번에는 진심으로 우려하는 기색이 느껴졌다. 그렇다면 그것은 결코 좋은 징조가 아니었다. 아버지에게 정말로 문제가 생긴 건지도 모르기 때문이었다.

그러나 몽구는 생각이 조금 달랐다. 그에게는 어렸을 적에 아버지의 손길에 끌려 고물상이나 도축장이나 생선 시장 같은, 온갖 잡다한 것들이 한데 뒤섞인 곳을 둘러보며 신기해하던 기억이 남아 있었다. 분명 아버지는 예전부터 그런 장소에 관심이 많았고 늘 이끌렸다. 심지어 일단 발을 들여놓으면 아이처럼 들떠서 어찌나 신명나게 돌아다니는지, 어린 몽구의 눈에도 경박해 보일 정도였다. 돌이켜보면, 아버지는 그런 익명의 공간에서 숨통이 트이는 듯했는데, 어쩌면 자신의 외로움과 과대망상, 그리고 음모를 꾸미는 성향에 어울린다고 여겼는지도 몰랐다. 분명 아버지는 그런 소란하고 분주하고 복잡한 곳에 중독되어 있었다. 하지만 그렇다고 해서 아버지가 폐차장을 인수한 게 충분히 납득될 수 있는 건 아니었다.

수호가 술기운으로 벌겋고 누렇게 달아오른 얼굴을 두 손으로 쓸어내리며 말했다.

"언젠가 오전에 그 부근을 지나다가 잠시 들른 적이 있었어. 네 아버지는 숙식도 주로 그곳에서 한다고 들었거든. 하지만 마침 출타 중이어서 만나지는 못했지. 그때 한 직원이 고개를 설레설레 저으며 내게 말했어. 아버지가 수시로 잠옷 바람으로 한밤중에 차들 사이를 돌아다닌다는 거야. 어떤 때는 맨발로 걷고 있어서 사람들이 기겁을 했다더군. 하지만 낮에는 너무도 멀쩡해서 치매 증세는 아닌 것 같다고 했지."

수호가 잠시 말을 멈추었다가 계속했다.

"사람들 사이에서는 누가 규칙을 정하느냐에 따라 그 관계가 한 단계 더 나아지거나 아니면 단지 게임의 수준으로 떨어지고 말지. 그동안 네 아버지와 나 사이의 관계에서 규칙을 정하는 건 늘 그 사람이었어. 그 규칙에 끌려 다니다 보면 그저 게임을 할 수밖에 없어. 그렇다고 저쪽에서 내세우는 규칙과 싸우려는 건 어리석은 일이야. 그 자체가 이미 게임의 일부니까. 그러니 규칙은 네가 정해야 해. 네 아버지에게 모든 관계는 게임이야. 네 어머니와도 그랬지. 게임이란 위험한 거야. 이기느냐 지느냐를 판가름하기 위해 서로 독으로 경쟁을 하는 거니까. 게다가 네 아버지 손에는 늘 해독제가 있어. 해독제가 없으면 게임을 시작하지도 않거든. 몽구야, 너도 그 점을 명심해야 해."

그때 몽구의 눈앞에서는 수초 사이에 숨어 미동도 하지

않고 혼탁한 물속을 응시하는 커다란 메기의 모습이 천천히 떠올랐다.

3

며칠 후, 몽구는 아버지가 운영한다는 폐차장을 찾아갔다. 철창으로 만들어진 쇠문 위로 '월광 폐차장'이라는 상호가 적힌 커다란 아치형 간판이 세워져 있었다. 잠시, 어렸을 적 아버지와 함께 다니며 보았던 잡다한 풍경들이 흐릿하게 눈앞을 스쳐 지나갔다.

안으로 들어서서 얼마 걷지 않아, 그가 예상했던 것과는 전혀 다른 광경이 펼쳐졌다. 온통 쇳덩어리와 철판과 기계로 덮여 있어서, 첫눈에 거의 모든 공정이 기계화되었음을 알 수 있었다. 그곳에서 일하는 사람들도 그 점을 자랑스러워하는 듯했다. 도처에서 온갖 종류의 특수차들이 움직였다. 렉카, 지게차, 기중기는 말할 것도 없고, 굴삭기용 차량에 대형 스패너 따위의 여러 다양한 강철 연장들을 장착한, 기괴한 괴물 모양의 것들이 요란스런 소리를 내며 작업을 벌이고 있었다. 그 괴물들은 자기 앞에 던져진 먹잇감을 요리하듯 서류상으로 막 폐차 처리가 된 차량들을 하나하나 느긋하게 분해했다. 괴물들은 서두르지 않았다. 천천히 거대하고 날카로운 강철 부리로 차체를 쪼고 자르고 물어뜯고 내리누르고 후벼파는 일을 반복했다. 그리하여 타이어나 머플러 따위의 쓸 만한 부분을 미리 떼어내고, 다음으로 의자 따위의 것들을 뜯어내어 한 대의 자동차를 순식간에 고철 덩어리로 만들어버렸다. 이제 자동차들은 거북의 등껍질과도 같은 모습으로 겁에 질린 듯 꼼짝도 못 하면서 처분만 바라는 신세였다. 괴물들은 그것들을 더욱 납작하게 찌그러트린 후 하나씩 차곡차곡 쌓아올려 거대한 산을 만들었다. 그로부터 온갖 종류의 냄새를 풍기는 온갖 색깔의 먼지가 주위로 퍼져나갔다.

몽구는 도처에 재활용을 위해 질서정연하게 모아놓은 부품들, 함부로 내던져진 잡동사니들 사이를 걸어서 폐차장 뒤쪽의 언덕 위로 올라갔다. 그곳에서는 폐차장 전체가 한눈에 들어왔고, 소음도 다소 잦아들어서 비교적 여유롭게 관찰할 수 있었다. 사무실의 여직원이 뭐라고 소리치듯 말하는 소리가 스피커를 통해 쩌렁쩌렁 울려 퍼졌다. 자세히 보니 기계화되었다고는 해도, 사람들의 손은 여전히 필요했다. 온갖 물건들이 쓰레기처럼 널려 있는 속에서 적지 않은 수의 남자들이 분주하게 움직였다. 날렵하게 이리저리 빠져다니며 찾고 뒤지고 들어 올리는 그들 중에는 아랍권이나 동남아시아권에 속하는 것으로 짐작되는 남자들의 모습도 여럿 눈에 띄었다. 그들 중 몇몇은 진지한 얼굴로 오디오나 배터리 같은 것을 어깨에 짊어졌고, 또 몇몇은 얼굴 가득 미소를 지으며 타이어를 굴렸다.

한마디로 짐승들이 도살을 당하여 뼈다귀와 가죽과 내장이 어지럽게 뒤섞인 광경과 그리 다르지 않았다. 실제로 여기저기에서 벌건 핏물이 지면의 굴곡을 따라 천천히 흘러내렸다. 쇠들이 썩어가면서 녹이 생기고 그 녹이 녹물이 되어 바닥에 칼자국처럼 깊이 팬 붉은 얼룩을 만들어놓았다. 실로 그곳은 아버지다운 공간이었다. 그곳에서 몽구는 아버지의 내면 풍경을 보았다. 아버지가 보는, 혹은 아버지가 골몰해서 보여주고자 하는 세상의 실상은 이런 것이 아닐까 싶었다. 아버지는 내내 눈앞의 이런 광경을 보며 이런 분위기 속에서 살아온 게 아닌가 하는 생각이 들기도 했다.

몽구는 사무실로 쓰는 큼직한 이 층 건물을 보고서 그 안으로 들어갔다. 이 층 안쪽의 작은 방에서 아버지는 창밖을 내다보다가 문 열리는 소리에 고개를 돌렸다. 뭔가 다른 생각에 몰두하다가 몽구를 발견하고서 약간 놀란 듯했는데, 이내 너무도 스스럼없는 표정으로 돌아왔다. 마치 어제 만났다가 오늘 다시 만나는 사이인 듯한 기분이 들 정도였는데, 몽구로서도 차라리 그 점이 편했다.

아버지의 외모에서는 별 변화가 없어 보였다. 오히려 꼼꼼하게 염색하고, 얼굴 관리도 해서 더 젊어진 듯했다. 사실, 몽구는 은근히 아버지의 초췌하고 늙은 모습을 기대했다.

그런데 막상 활력 있는 모습을 보니 오히려 훨씬 마음이 편했다. 예상했던 대로 아버지는 폐차장을 경영하게 된 데 대해 전혀 해명을 할 필요를 느끼지 않았다. 다만, 다시 유리창 너머로 밖을 내다보며, 변명을 하는 듯한 어조로 말했다.

"오래 살다 보면 자기의 성격적 약점을, 고치지는 못할지라도, 더 잘 이해하는 것만으로도 충분히 의미 있는 일이지."

그 말은 즉각적으로 몽구에게 까닭 모를 반감을 일으켰다.

"그 말은 묘비명으로 적당하겠어요."

몽구는 자기도 모르게 불쑥 말하고서 얼른 덧붙였다.

"꼭 아버지 묘비명이 아니라, 누구라도 말이지요."

몽구는 아버지가 미소라도 지어주기를 기대했다. 하지만 그는 몽구의 말을 듣지 못한 듯, 고개를 끄덕이며 중얼거리듯이 말했다.

"그렇지, 뿌리를 뽑으려드는 게 능사가 아니니까."

한동안 그들 사이에 침묵이 흘렀다.

잠시 후 아버지가 입을 열었다.

"나는 잘 견디고 있어. 내가 생각해도 의외로 잘 견디고 있지. 죽은 사람, 더 이상 만날 수 없는 사람, 그런 사람들에 대한 기억은 마음속에서 독이 되는 법이야. 사람은 죽으면 살아 있는 사람들의 마음과 몸을 위협하는 독이 되는 거야. 내 속에서 네 어머니는 독이 되었어. 그런데도 이렇게 잘 견디고 있지. 너 이거 알고 있니? 여자들은 예쁜 속옷을 오직 자기 자신들을 위해 입는단다. 아내의 예쁜 속옷을 남편은 볼 기회가 거의 없지. 네 엄마도 그랬어. 어느 날 그런 생각이 들자 내 마음도 가라앉았어. 게다가 네 엄마는 일탈과는 거리가 먼 따분한 여자였지."

몽구는 아버지의 뜬금없는 말에 머리가 어지러웠다. 하지만 아까처럼 반감이 생기는 대신, 뭔가 뜨거운 것이 위로 치미는 게 느껴졌다. 그는 한동안 가슴속이 울렁거리고 머릿속이 멍했다. 그러나 곧 냉정을 되찾았다. 순간적으로 감정이 복받친 이유가 무엇인지 짐작이 갔다. 아까 폐차장을 돌아볼 때, 그는 그 살벌한 광경에서 무의식적으로 아버지의 무덤, 아직 살아 있는 상태로서의 무덤을 연상했다. 그러자 도처에서 아버지가 맞이하는 죽음의 장면이 환영처럼 눈앞에서 어른거렸다. 녹슨 쇠에서 흘러나오는 벌건 녹물이 아버지의 피처럼 보였다. 지금 아버지는 스스로 무덤 속에 들어와 살고 있었다. 그것이 폐차장을 인수한 이유였다. 하지만 또한 아버지는 무덤 속에서 사는 모습을 남들에게 보여주고 싶었다. 그러고는 남들이 어떤 반응을 보이는지 지켜보고 싶었다. 그 살풍경한 곳에서 살아가면서 자신을 공박했던 사람들에게 일말의 죄책감을 유발하려는 것이었다. 분명 폐차장은 수호의 말대로 아버지가 벌이는 마지막 게임의 한 부분이었다.

문득 몽구는 자신이 아버지를 찾아온 목적을 상기했다. 그것은 독립해서 자기만의 공간을 얻기 위해 어머니의 유산을 아버지에게 요구하는 것이었다.

아버지는 선선히 고개를 끄덕이고서 말했다.

"너는 어머니의 유산만이 아니라 내게도 유산을 요구할 권리가 있다는 걸 잊지 말기 바란다."

"그게 무슨 뜻이지요?"

몽구의 즉각적인 물음에 아버지는 당황한 표정을 지으며 반문했다.

"무슨 뜻이냐니 그게 무슨 말이야?"

"나도 모르겠어요. 언젠가부터 아버지가 무슨 말을 하면 그게 무슨 뜻인지 생각해야 했으니까요."

아버지는 약간 슬픈 표정을 짓고서 몽구를 바라보았다. 하지만 이제 아버지의 그런 모습은 몽구에게 아무런 영향도 미치지 못했다. 아버지는 잠시 다음 말을 기다리는 듯하다가, 자리에서 벌떡 일어나 창가로 갔다. 그러고는 창밖을 내다보면서 말을 툭 던졌다.

"내가 요즘 무슨 소설을 쓰고 있는지 궁금하지 않니?"

몽구는 묵묵히 다음 말을 기다렸다.

"부부와 아들 하나가 중심인물인데, 어머니는 알코올중독자였어. 어린 아들은 어머니가 술에 취하는 게 싫었어. 그래서 언젠가부터 술병 속에 술 대신에 다른 액체를 부어놓았지. 아들의 마음을 알았기에 어머니는 야단을 칠 수 없었어. 하지만 그렇다고 술을 끊을 수도 없었어. 어머니는 집 안 구석진 곳에 술을 숨겼고, 아들은 그 술을 찾아다녔지. 날마다 어머니와 아들 사이에서는 술을 가운데 놓고 실랑이가 벌어졌어. 그러다가 어느 날 마침내 끔찍한 비극이 벌어졌어. 어머니가 술인 줄 알고 마신 것이 사실은 메틸알코올이었던 거야. 아버지가 소독용으로 사다 놓은 것인데, 아들은 그게 술이 아니라는 생각만 하고서 어머니의 술병에 채워놓았던 거야. 어머니는 알코올 냄새가 나니까 술인 줄 알고 마셨지. 결국 어머니는 침실에서 시력을 잃고 물에 빠진 사람처럼 허우적거리다가 병원으로 이송되던 중에 구급차 안에서 숨을 거뒀어. 하지만 이야기는 여기에서 끝나는 게 아니야. 아들이 어머니의 술병에 메틸알코올을 채워놓아 그런 일이 벌어졌다는 건, 사실 아버지의 증언이었어. 어린 아들은 그런 줄만 알고서 내내 죄책감을 안고 살아가게 되었지. 하지만 여기에 반전이 있어, 실상은 아버지가 그 일을 꾸민 것이었어. 자신이 아내의 술병 속에 메틸알코올을 부어놓고서 아들이 범한 실수로 위장을 한 거지.

처음에는 그저 흥미로운 이야기가 되겠거니 생각하고서 쓰기 시작했어. 그런데 문득 이런 생각이 들더구나. 그동안 나는 나 자신이 글쓰기 노동자라고 여겨왔어. 하지만 그게 아니었어. 나는 글쓰기 중독자였어. 나는 그저 글을 썼을 뿐, 누군가를 위해 쓴다는 생각은 한 번도 해본 적이 없었어. 그때 문득 네 생각이 났고, 나는 이 소설을 너를 위해 쓰기로 작정했어. 소설을 쓴다는 건, 소설 속에 등장하는 모든 것들, 돌이나 나무 같은 것들이라 하더라도, 거기에 글 쓰는 이의 실핏줄을 박아 넣는 것이야. 네가 나한테 가진 냉혹한 마음을 나는 이해해. 그래서 이 소설을 쓰는 거야. 네 돌같이 차가운 마음에도 내 마음의 실핏줄이 박히도록 말이야. 하지만 그러기 위해서는 내가 먼저 충분히 고통을 받아야지. 내 몸에서 실핏줄을 뽑아내야지. 그래야 이 소설이 너와 나, 그리고 네 어머니의 이야기가 될 수 있겠지."

좁은 사무실 안에서는 한동안 아무 소리도 들리지 않았다. 아버지가 몸을 돌렸을 때, 몽구는 그의 눈 밑으로 물기가 반짝이는 것을 본 듯했다. 하지만 몽구는 얼른 얼굴을 돌리고서 자리에서 일어나 문 쪽으로 걸어갔다. 지금도 아버지는 게임을 하는 중이었다. 지금 아버지의 손에 들린 패는 눈물과 소설이었다. 이제 몽구는 그런 것들이 얼마든지 독처럼 작용할 수 있다는 것을 알고 있었다. 아버지는 능히 그럴 수 있는 사람이었다. 그때 문득 몽구는 또 한 가지 사실을 깨달았다. 아버지는 게임을 하면서도 자신이 게임을 하고 있다는 것을 전혀 모른다는 사실이었다. 아버지에게 게임은 본능적인 생존 방식이었다. 삶이 곧 게임이었다.

몽구가 허탈한 심정으로 막 문 앞에 이르렀을 때, 아버지가 낮은 목소리로 웅얼거렸다. 몽구는 문손잡이를 잡은 채 몸의 움직임을 멈추었다.

"네 삼촌과는 잘 지내고 있겠지? 어렸을 적에 나는 그 애가 저능아인 줄 알았어. 한번은 집에 돌아왔는데 무슨 풀을 뜯어 먹었는지 퍼렇게 물든 입술이 퉁퉁 부르트고 혀가 졸이들었더라고. 어머니가 놀라서 물로 입을 헹구게 하는데, 연신 맛있었어, 맛있었어, 이 소리를 중얼거리는 거야. 나는 그 애가 백치라고 생각했지. 한 집안에 백치가 하나는 있기 마련이거든. 그런데 나중에 알고 보니, 그 녀석은 나야말로 저능아에 백치라고 여겨왔던 거야. 어느 날 집에 돌아오는데, 내가 길 옆에 웅크리고 앉아 있었다지. 가만히 지켜보니까, 내가 땅바닥에 떨어진 까맣고 동글동글한 염소 똥을 한동안 들여다보더니 손가락으로 집어서 몇 번 코를 킁킁대고 냄새를 맡고는 입안에 넣더라는 거지. 그러고는 우물거리더니 그냥 삼켜버리고서 뒤를 돌아보며 히죽 웃었다더군. 정작 나는 기억도 못하는 일이었지만 말이야. 한 집안의 두 형제 사이에 어떻게 이런 일이 일어날 수 있었을까. 나는 내가 그 녀석을 돌봐줘야 한다고 생각했어. 그런데 그 녀석은 자기야말로 나를 보살펴주어야 한다고 생각했다지. 어린 마음에도, 나를 가문의 수치로 여겼다지. 우리는 둘 다 저능아고 백치였던 거야. 우리는 서로에게서 자기 모습을 보았던 거야. 어쩌면 지금도 마찬가지일지 모르지."

4

몽구는 다음 해 봄에 복학하면서, 학교 후문 근처의 작은 아파트를 전세로 임대했다. 이사를 가기 전날, 수호는 조촐한 송별회를 열어주었다. 쌍둥이 자매도 잠시 자리를 같이 했다. 그들은 그동안 정이 많이 들었던 터라 몽구와 헤어지는 것을 아쉬워하면서도, 다른 한편으로는 몽구가 수호를 떠나는 것을 다행으로 여기는 기색이었다. 그들이 보기에 몽구와 수호는 아주 비슷하면서도 또 전혀 다른 부류의 사람이었다. 함께 지내려면 중간에서 만나야 하는데, 두 사람은 언젠가 서로 약이거나 독, 둘 중 하나인 극단적인 관계로 치달을 염려가 있다는 것이었다.

물론 쌍둥이 자매는 서로 몇 마디 말을 주고받고 은근히 맞장구를 쳐가며 에둘러 그런 뜻을 표했다. 그것은 어찌 보면 몽구와 수호에게 건네는 덕담이기도 했다. 하지만 수호는 술기운이 오르면서 감정적으로 착잡한 기색을 드러냈다. 수호는 몽구와 뭔가 새로운 관계를 기대했는데, 몽구가 자신과 거리를 두려 한다는 사실에 섭섭함을 떨치지 못했다. 몽구가 입대할 때는 어쩔 수 없다고 여겼지만, 지금은 그때와 상황이 달랐다.

몽구가 보기에 수호는 점점 더 평범하고 정상적인 상태를 견디지 못했다. 수호는 매 순간 더 절실하고 치열한, 그리하여 자극적이고 치명적이기까지 한 무엇인가를 필요로 했다. 그는 그것을 독의 세계에서 찾으려 했다. 독의 힘으로 일상의 마비에서 깨어난 각성된 순간순간을 살아가려는 것이었다. 하지만 어쩌면 수호는 그 속에서 균형을 잃은 것인지도 몰랐다. 일상의 마비에서는 벗어난다고 해도, 이제는 독에 의한 마비 속으로 빠져들어 정상적인 세계로부터 더 멀어지는 것처럼 보이기도 했다. 그러나 몽구는 그 때문에 수호를 떠나는 건 아니었다. 단지 그는, 언젠가 수호에게 밝혔던 것처럼, 세상을 더 멀고 더 넓게 보고 싶었다. 그러기 위해서는 수호처럼 독에 덜미가 잡혀 외곬으로 빠져드는 것을 경계해야 했다.

바토리 부인은 대학을 떠나고 없었다. 몽구가 군대를 간 뒤 다음 학기까지 강의를 하고서 스스로 그만두었다고 했다. 그 후의 그녀에 대한 정보는 인터넷에서 쉽게 구할 수 있었다. 그녀는 방송계에 복귀하면서 문소화라는 이름을 되찾았다. 한때 한 케이블 티브이에서 토론 프로그램의 엠시를 맡았다. 그러다가 얼마 전부터는 방송국을 옮겨 이색적인 삶을 살아가는 인물들에 대한 인터뷰를 담당하고 있는데, 출연자 섭외가 독특한 데다가 진행이 정감 있고 매끄러워서 인기가 점점 높아지는 중이었다.

그러니 몽구가 마음을 먹으면 언제든 볼 수 있고, 조금 무리하면 만날 수도 있었다. 하지만 그로서는 그녀에 대한 자신의 감정이 어떤 것인지 갈피를 잡을 수 없었다. 특히 그녀와 나눈 정사, 서로의 팔다리가 마치 두 마리 거미처럼 완전히 얽혀들던 그 특별한 느낌이 되살아날 때마다 자기도 모르게 오한을 느끼며 부르르 몸을 떨곤 했다. 그의 뇌리에서 소화의 이미지는 친근함에서 막막함과 두려움을 거쳐 까닭 모를 원망스러움에 이르기까지 수시로 달라졌다. 한 여인에 대한 인상, 한 여인에 대한 기억이 시간의 흐름에 따라 이토록 크게 계속 달라질 수도 있다는 사실을 몽구는 처음 알았다. 자경이나 어머니의 경우에는 전혀 변함이 없었기 때문이었다. 그로서는 기억이 계속 변하는 것과 변하는 않는 것 중에 어느 쪽이 더 깊은 애착이나 사랑에 가까운 것인지 가늠하기가 어려웠다. 결국 몽구는 자신이 아직 소화를 다시 만날 준비가 되어 있지 않다고 마음을 정했다.

몽구는 졸업하는 해에 신문기자 시험을 치르기 위한 준비에 몰두했다. 다른 사람들과는 가급적 원만한 관계를 가지고자 노력했는데, 그때 유용했던 것은 다시금 '고'라는 독을 머리에 떠올리는 것이었다. 늘 그는 깨끗한 물에 침을 뱉고서 그 침이 기둥처럼 곧게 가라앉는지 아닌지 지켜보는 마음으로 사람들을 대했다. 그 노력은 어느 정도 성공적이어서, 군대에 다녀온 후 성격이 달라졌다는 소리를 자주 들었다. 한편으로 그는 항상 자신의 자폐적 성향을 경계했다. 의학적으로도 자폐증 환자들은 보통 사람들보다 온갖 종류의 독성에 더 심하게 노출될 뿐만 아니라 저항력도 부족해서 훨씬 취약한 상태라고 했다. 몽구는 그 사실을 항상 잊지 않으려 했다. 자폐성 그 자체가 또한 눈에 보이지 않는 독, 마음의 독이었다. 그가 신문기자가 되려는 이유도 자기 속에 얽매이거나 갇히지 않고 세상 속으로, 사람들 사이로, 미지의 영역으로 나아가려는 것이었다.

"졸업을 앞두었을 때, 지도 교수가 나를 부르더니 취직하는 대신 대학신문사의 간사 직을 맡아 대학원에 다니면서 공부를 계속하지 않겠냐고 물었어. 그 제안에 귀가 솔깃했지만, 고사하고 말았지. 대학에 머물러 어린 학생들과 어울리는 일이 이제는 열정적이라기보다 혼란스럽게 여겨졌기 때문이었어. 몇 달 동안 수도승과도 같은 조용한 생활이 계속되었어. 학교 도서관과 집 사이를 오가는 단조로운 삶이었지. 하루에 너덧 시간밖에 자지 않았는데, 악몽을 꾸거나 가위에 눌리지도 않는, 시체처럼 마비된, 그야말로 혼수상태와도 같은 잠이었어. 그러는 동안에도 두통과 힘겨루기는 계속되었어. 그래도 의대를 다니는 친구의 조언을 받아들여 이른바 '두통 다이어리'를 쓰기 시작하면서, 차츰 두통은 다루기 까다로워도 온갖 정이 들어 함께 살아갈 수밖에 없는 동반자 같은 것이 되어갔어. 하지만 수시로 반란을 일으켜 내 머릿속에 폭군처럼 군림해서 나를 검은 장막 속에 가둬버리곤 했지. 그럴 때면 나는 늘 그래왔듯이 이 세상에서 나 혼자일 수밖에 없었어."

다음 해에 몽구는 서울에 있는 메이저급 신문사들 중 하나인 공인신문사의 편집국 기자 채용 시험에 합격했다. 전화로 합격 통지를 받았을 때, 반사적으로 몇몇 친구들의 얼굴이 눈앞에 떠올랐다. 수호와 아버지의 얼굴도 그 뒤를 따랐다. 그러나 그는 그 얼굴들을 모두 밀어버리고서, 혼자 밤을 보내기로 마음을 정했다. 조만간 사회생활이 시작되면 혼자이기를 원해도 그럴 수 없을 터이니, 오늘만은 조용히 자축하는 것도 좋을 듯했다.

편의점에 들러 음식과 술을 고르고 있을 때, 어디선가 귀에 익은 목소리가 들려왔다. 그 목소리는 계산대 위 천장에 매달려 있는 티브이에서 흘러나왔다. 몽구는 까닭 모르게 가슴이 옥죄는 것을 느끼며 고개를 돌렸고, 다음 순간 화면을 가득 채운 소화의 얼굴이 눈에 들어왔다. 그는 숨을 멈추고서 그녀를 바라보았다. 소화가 정면을 똑바로 보고 있어서, 마치 두 사람이 서로를 응시하는 듯했다. 그러나 처음 눈길이 마주쳤을 때부터, 몽구는 손가락이 아플 정도로 있는 힘껏 주먹을 쥔 채 급하게 숨을 몰아쉬고 있었다. 심장도 쿵쾅거리며 뛰는 것이, 갑작스레 강력한 독액 세례라도 받은 느낌이었다.

그때 카메라의 앵글이 한 삼십 대 남자의 둥글고 긴 얼굴로 옮겨졌다. 여성적인 윤곽을 가진 아주 세련된 인상의 남자였다.

“예고해드린 대로 오늘의 주제는 ‘중독과 해독’으로 잡았습니다. 저와 함께 말씀을 나눠주실 분으로는, 식품의약품안전청에 소속된 국립독성연구소 내 독성부의 특수독성과에서 근무하시는 윤정우 실장을 모셨습니다. 안녕하세요?”

“안녕하세요.”

“우선 한 가지 간단한 질문을 드리겠습니다. 식품의약품안전청의 국립독성연구소는 무슨 일을 하는 곳이지요?”

“간단히 말씀드리자면, 식품과 의약품의 안전하고 과학적인 관리를 위해 독성과 약리를 연구하고 시험하는 곳입니다. 시중에 유통되는 상품들을 대상으로 위해 여부도 평가하고 실험용 동물들도 관리하지요.”

“그런데 윤 실장님 경력을 보면 여러 가지 방면에서의 연구원 자격과 함께 사이코노트psychonaut라는 게 있는데, 이 말에 대해서도 설명해주시지요.”

“사이코노트는 새로운 환각제의 효과를 알기 위해 신약을 검색하고 연구하면서 여러 가지 약물을 경험해보는 사람을 뜻하는 신조어입니다.”

“정말 생소하고도 신기한 분야군요. 그럼 윤 실장님은 국내 최초의 사이코노트라고 할 수 있나요?”

“그렇기도 하고, 그렇지 않기도 하지요. 본격적으로 시작한 건 제가 처음일지 몰라도, 그동안 여러 분야에서 다양한

각도로…….”

몽구는 화면에서 눈길을 어렵게 떼어내고서 뒤로 돌아섰다. 소화의 얼굴이 시야에서 사라진 순간, 거짓말 같은 평화가 가슴속으로 밀려들었다. 그러나 여전히 심장이 욱신거렸는데, 마치 가슴 저미는 어떤 슬픔이 여운처럼 남아 있다가 갑자기 되살아나는 것 같았다. 몽구는 다시 진열대 위의 물건들을 살피기 시작했다. 하지만 귓속으로 파고드는 소화의 목소리는 막을 도리가 없었다. 마침내 소화와 외나무다리에서 만난 듯한 기분이었다. 하필 주제가 ‘중독과 해독’이라는 것도 의미심장했다. 몽구와 소화의 관계는 아직 충분히 해독되지 못한 상태인 게 확인된 셈이었다.

소화는 계속하여 전혀 서두르는 기색 없이 느긋하고 편안하게 질문을 건넸고, 윤정우는 분명한 어조로 또박또박 질문에 응했다. 더욱이 소박하고 진솔한 태도도 잃지 않고 있어서, 자연스럽게 신뢰감이 느껴졌다.

“지금 우리는 독이 창궐하는 시대에 살고 있습니다. 인간은 풍요를 누리기 위해 다양한 노력을 하고 있지요. 하지만 그 와중에 수많은 독이 생성되면서 오히려 위험 수위가 높아지는 아이러니가 생겨나고 있습니다. 우리는 날마다 온갖 독성에 공격을 당하고 있습니다. 해산물을 과다 섭취하면 마비성 패류 독소에, 질 나쁜 생수를 마시면 카드뮴 같은 중금속에, 통조림 과일이나 날곡식을 먹을 때면 납 성분이

나 니켈에, 소시지나 햄, 베이컨 등의 가공육과 명란젓, 오징어젓, 낙지젓 같은 젓갈 제품에서는 아질산나트륨에, 합성목이나 방부목을 톱질할 때는 비소에 노출됩니다. 더욱이 우리 몸속에서 에너지를 만들 때 필연적으로 발생하는 활성산소는 조금만 과잉되면 강력한 독소로 작용하지요. 이러한 독소는 우리 육체에 괴사를 유발하고 장기 손상과 유전적 결함과 알레르기를 일으킵니다. 그런가 하면 신경을 마비시키고 뇌의 균형을 깨뜨려 정신 이상도 불러옵니다.

이제 당연히 우리는 우리 자신을 잘 보살펴야 합니다. 현재 여러 가지 해독 방법이 개발되어 활용되고 있고, 그중 특히 킬레이션 치료가 주목받고 있습니다. EDTA 아미노산 복합체라는 물질이 있는데, 몸속의 유독 성분과 결합해 소변으로 배출시키는 성질을 가지고 있지요. 이 치료를 통해 우리는 혈관 속을 청소해서 뇌졸중과 같은 혈관계 질환을 예방하거나 개선할 수 있고, 실제로 당뇨와 고지혈증, 노인성 질환에서도 높은 치료 효과를 얻고 있어요. 몸속에 축적된 중금속의 제거도 가능합니다. 하지만 육체를 해독하는 것에 집중하는 것으로는 부족하지요. 우리는 우선 정신과 마음을 똑바로 세우고자 노력해야 합니다. 장기적인 스트레스는 뼈의 골수를 마르게 하여 약하게 만들고, 이때 치명적인 독소도 발생합니다. 몸의 건강이 마음의 상태와 불가분의 관계라는 뜻이지요. 사실, 이런 추세로 나아가면 언젠가 이 세상은 모든 게 독이 되어버릴지 모릅니다. 그러나 독은 우리 몸을 처참한 상태에 빠트리지만, 또한 우리는 독으로부터 올바른 마음을 배울 수 있습니다. 그러면 언젠가는 모든 독을 약으로, 생명으로 바꿀 수 있을 것입니다."

자기도 모르게 윤정우의 말에 몰입해 있던 중에 몽구는 문득 뒤쪽에서 뭔가 이상한 기운을 느꼈다. 얼른 뒤를 돌아보았지만, 아무도 없었다. 그러나 방금 누군가가 그리 멀지 않은 곳에서 그를 지켜보고 있었던 게 분명한 것 같았다. 게다가 그런 느낌이 며칠 전부터 수시로 찾아들었다. 혹시 소화가 아니었을까. 갑자기 밑도 끝도 없이 떠오른 생각에 몽구는 스스로 놀라지 않을 수 없었다.

그때 순간적으로 얼굴이 뜨겁게 달아올랐다. 그의 성기가 그 어느 때보다도 더 강력하게 발기되었기 때문이었다. 화면 속의 두 남녀에 대한 질투심 때문인지 몸에 남겨진 과거의 기억 때문인지 그로서는 알 길이 없었다. 그와 동시에 눈앞이 마구 흔들릴 정도로 강한 두통이 밀려들었다. 그는 곧바로 계산대로 달려가서 판매원이 놀랄 정도로 바구니를 불쑥 앞으로 내밀었다. 바구니 안에는 치즈와 프로슈토, 백포도주 두 병과 적포도주 세 병이 들어 있었다. 다섯 병의 술을 사는 게, 혼자라는 느낌을 줄여보려는 것인지 아니면 혼자라는 느낌을 더 강하게 하려는 것인지 그로서는 알지 못했다.

집 안에 들어서서 등 뒤로 문을 닫고서야 그는 몸과 마음의 안정을 천천히 되찾았다. 그러나 윤정우의 목소리가 여전히 귓전을 울리면서 킬레이션이라는 말도 머릿속에서 되살아났다. 소화에 대한 기억이 다시 그를 고통스럽게 했다. 모종의 단백질 합성물을 투입하여 몸속의 중금속과 결합시켜 밖으로 배출시킬 수 있다면, 마음속의 중금속과 같은 나쁜 기억은 어떻게 배출시켜 버릴 수 있을까. 마음의 킬레이션은 어떻게 가능할까. 어떤 유별난 행동을 벌여 특별한 기억을 만들어서 그것으로 고통스런 기억을 중화시켜야 하는 것일까. 그는 소화를 만나고 싶지 않았다. 그러나 만나지 않는 것도 너무도 힘겨웠다.

지금 이 순간 그에게 필요한 건 일시적으로나마 망각을 불러올 또 다른 독이었다. 그는 술병을 내려다보았다. 술도 독이지만, 그보다는 더 강한 독이 필요했다. 그는 창문을 열고 베란다로 나갔다. 어지러운 야경이 눈앞에 펼쳐지면서 서늘한 바람이 얼굴로부터 온몸을 휘감았다. 그때 그는 자기 주변을 떠도는 어떤 미지의 존재를 다시금 피부로 느꼈다. 머리 앞쪽이 묵직해지는 것이, 몸속의 검은 피가 다시 이마로 몰려드는 모양이었다. 그러나 지금 그 두통은 그에게 다정하게 말을 건네는 듯했다. 그는 뜨겁게 달아오른 두 손을 뻗어 차가운 난간을 잡았다. 그 섬찟한 차가움이 순간적으로 그로 하여금 모든 것을 잊게 했다. 그 너머에 죽음이 있었다. 죽음이야말로 최고의 독이자 최고의 약이었다. 그는 수렁 속으로 빠져들듯 천천히 난간 위로 몸을 기울였다. 그때 초인종이 울렸고, 그는 깜짝 놀라 몸을 일으켰다.

문을 열자 한 젊은 사내가 서 있었다. 처음에는 택배 기사인가 싶었는데, 손에 아무것도 들려 있지 않았다. 야구 모자 밑의 가느다란 눈이 그를 뚫어지게 응시했다. 그때 그가 나직하게 말했다. '워치게.' 그 소리는 마치 치명적인 독성을 가진 방울뱀이 꼬리를 떨어서 내는 소리같이 들렸다. 다음 순간 그의 눈앞에서 느닷없이 광수가 모습을 드러냈다. 몽구는 오늘 하루 동안 너무도 많은 일이 한꺼번에 일어나고 있다는 생각에 머리가 어찔했다.

술잔을 들고 마주앉았을 때, 광수가 먼저 입을 열었다.

"워치게? 그렇지, 중요한 건 워치게지. 대학 행정실에서 네 주소를 얻었어. 네 삼촌 집으로 되어 있더군. 집에 찾아갔다가 네 삼촌을 만났어."

"삼촌이 여기 주소를 가르쳐준 거야?"

"아니, 그분은 나를 경계하더라고. 네 전화번호를 주면서 직접 연락을 해보라고 하더군. 하지만 널 놀라게 해주고 싶어서, 네가 사는 곳을 나 스스로 알아냈지."

"지난 몇 주 동안, 누군가가 내 곁을 맴도는 느낌을 자주 받았어. 그럼 그게 너였던 거야?"

"미안해, 그게 나 아니면 누구였겠어. 강의실에서 나오는 널 보았고, 네가 사는 집도 알게 되었지. 그 후로 시간 날 때마다 너를 지켜보았어. 네가 나를 만나 반가워할지 아닐지도 알지 못했고, 나 자신도 우리가 꼭 만나야 하는지 확신이 없었으니까. 그런데 너는 항상 외로워 보였어. 하기야 군대에서도 늘 그랬지. 하지만 오늘은 특히 더하더라고. 그래서 이렇게 몸소 모습을 드러내지 않을 수 없었지."

의뭉스러우면서도 소심하기도 한 광수라면 충분히 그럴 수 있는 일이었다. 하지만 의문이 풀렸다는 생각은 들지 않았다. 숨어서 지켜보던 그 낯선 자의 시선에서는 이상한 기운이, 말하자면 서늘한 적의나 심지어 살의 같은 게 느껴졌기 때문이었다. 몽구는 자신이 과민한 반응을 보이는 건지도 모른다고 생각했다. 하지만 광수가 마음속으로 몽구에게 그런 감정을 품지 않았다는 보장도 없었다.

몽구는 머릿속의 생각을 떨치고 새삼스레 광수를 자세히 살펴보았다. 광수는 길에서 마주쳤으면 알아보지 못할 정도로 달라진 모습이었다. 가장 큰 변화는 안경을 벗었다는 점이었다. 콘택트렌즈를 낀 것인지 라식 수술을 한 것인지는 알 수 없어도, 두꺼운 렌즈에 의해 굴절되지 않은, 적당한 크기의 아몬드 모양을 한 두 눈은 그런대로 정감이 갔다. 몸에 잘 맞는 청바지에 보라색 티셔츠 차림도 그 정도면 꽤 세련되어 보였다. 그러나 작은 코뿔소라는 또 하나의 별명답게 거칠고 거무튀튀한 피부와 저돌적인 분위기에는 변함이 없어서, 그 위에 걸쳐져 있는 모든 게 인위적으로 연출된 듯한 인상을 주는 것 또한 사실이었다.

문득 군대에서 서로 만난 지 얼마 되지 않았을 때, 광수가 했던 말이 몽구의 기억 속에서 되살아났다.

"나는 빨리 늙고 싶어. 내 귀에서는 항상 이런 말이 울리고 있지. 여기만 아니면 돼. 지금 같지만 않으면 돼. 이것만 아니면 돼. 여기나 지금이나 이것만 아니면 뭐든 상관없어, 라고 말이야. 하지만 여기만 아니면 되고 지금 같지만 않으면 되고 이것만 아니면 된다고 생각하면서도, 어떻게 해야 할지 도무지 감을 잡을 수 없어. 그러니 내내 지금 여기 이것에서 벗어나지 못하는 거지. 미숙하고 불안정한 상태에서 벗어나고 싶어 발버둥을 치는데, 그게 바로 미숙하고 불안정하다는 증거인 셈이야. 그러니 워치게 해야 할까."

그때 몽구가 보기에 광수의 얼굴에 뭔가 이상한 점이 있었다. 자세히 보니 오른쪽 눈동자 흰자위 위에 작고 검은 점이 눈에 들어왔다. 그것은 마치 눈동자 옆에 또 하나의 눈동자가 생겨난 것처럼 보였다.

"내 눈 속에 점이 보이지? 몇 년 전에 아주 작은 티끌 같은 것이 결막에 생기더니 이렇게 점점 더 커지고 있어. 병원에서는 결막모반이라고 하더군. 자외선이나 외부 자극으로 멜라닌 세포가 과도하게 활성화되는 게 원인이라는 거야. 시력에는 전혀 영향을 미치지 않지만, 점점 커지기 때문에 빨리 수술해서 제거해야 한다고 했어. 하지만 적어도 아직은 없애고 싶지 않아. 재미있는 건, 이 점이 내 몸 상태에 따라 진해지거나 흐릿해진다는 거야. 어떤 때는 이런 생각이 들기도 해. 이 점이 더 커지면 언젠가는 이 점을 통해 세상을 볼 수 있지 않을까 싶은 거야. 그러면 세상이 어떻게 보일까 무척 궁금하거든."

몽구는 그와 함께 있는 게 그리 싫지는 않았지만, 이런 상황이 늦게까지 이어지는 것은 원하지 않았다. 하지만 광수는 끊임없이 말을 늘어놓았다. 그는 준상과 용한, 그리고 소대장 민성수에 대해 이야기했다. 용한은 미국으로 건너갔고, 준상은 시골에서 대규모로 양계장을 운영하고 있고, 성수는 인도 음식점 주인이 되었다고 했다. 몽구는 그들이 어떻게 사는지보다는, 광수가 그런 사실을 어떻게 아는지 그 점이 더 궁금했지만, 굳이 물어보고 싶지 않았다.

광수 자신은 제대 후에 곧바로 서울로 올라와서 택배 기사로 일하고 있었다. 처음에는 주말에도 쉬지 않았는데, 이제는 출근 시간을 일주일에 나흘로 한정하고, 나머지 날에는 사람들도 만나고 여행도 하고 도서관에서 책에 파묻히기도 한다고 했다. 그러면서 그는 자신의 인생을 걸 일을 찾고 있었다.

여덟 시쯤 시작되었던 그들의 술자리는 열한 시가 넘어가면서 몽구가 우려하던 방향으로 흘러갔다. 광수가 점차 취기를 드러내기 시작한 것이었다. 그는 택배 기사로 일하면서 만난 사람들에 대해, 특히 독신 여자들에 대해, 자기가 엿본 그 여자들의 은밀한 사생활에 대해, 그리고 자신의 관음증과 독심술에 대해 횡설수설 이야기를 늘어놓았다. 그러더니 갑자기 정신이 번쩍 난 사람처럼 몽구를 똑바로 쳐다보며 말했다.

"솔직히 말해서, 마지막으로 술을 마셔본 게 언제인지 잘 모르겠어. 술은 내내 금기의 대상이었지. 나는 오랫동안 술을 두려워했어. 술이라는 게 어떤 사람들에게는 치명적인 독이 된다는 걸 일찌감치 알았거든. 우리 아버지가 그랬어. 지독한 알코올중독자였지. 우리 뒷마당에는 커다란 드럼통이 있었어. 여름철에 두꺼비들이 저수지에 알을 낳고 산으로 올라가다가 뒷마당 축대에 걸려 오도 가도 못하게 되면, 아버지는 그것들을 잡아 드럼통 속에 가뒀지. 그러고는 술에 취하면 그것들을 꺼내서 바닥에 패대기를 쳐 죽였어. 이미 죽은 것을 또 패대기치고 또 패대기쳐서 넝마처럼 너덜너덜하게 만들었지. 그러면서 신경질적으로 웃어대곤 했지. 그럴 때는 미친 사람이나 다를 바 없었어. 나는 삼 남매 중에 둘째인데, 아버지는 평소에는 우유부단하고 소심한 성격이었어. 하지만 술기운이 오르면 평소에 쌓인 울화를 쏟아내기 위해 어떤 광적인 행동을 필요로 했어. 여름에는 두꺼비 말고도 개구리나 까치 같은 작은 동물들이 있어서 우리는 안전했어. 하지만 날이 추워져서 손에 잡히는 것이 없게 되면 그 폭력이 식구들에게로 향했지. 막장 드라마에서 흔히 보는 그런 광경이 우리 집안에서 벌어졌어. 밭일을 하고 돌아와 초저녁부터 잠이 들 때까지 혼자 술을 마시면서 우리에게 온갖 욕을 해댔어. 그러다가 자기가 원하는 반응을 얻지 못하면 자해 소동도 서슴지 않았어. 가장 먼저 어머니가, 그리고 결국 온 가족이 달려와 울고불며 영문도 모른 채 무릎 꿇고 빌 때까지 물건들을 부수고 제 머리를 잡아 뜯었지. 아버지는 술을 마시면 잠을 자지 않았어. 아니, 잠을 자지 못했어. 술이라는 독이 아버지를 완전히 잠식해버렸으니까. 한번 그런 상태가 되면 완전히 탈진할 때까지 사흘은 계속되었지.

어느 날, 아버지가 온 식구들을 드럼통 속의 두꺼비들처럼 만들어놓고서 새벽녘에 쓰러졌을 때, 나도 아버지처럼 작은 동물들을 잡아다 패대기를 치고 싶은 강한 충동을 느꼈어. 이미 죽은 것을 또 패대기치고 또 패대기쳐서 넝마처럼 너덜너덜하게 만들면서 신경질적으로 웃어대고 싶었어. 그러면 아버지가 느꼈을 쾌감도 느끼고 아버지도 이해할 수 있을 것 같았어. 하지만 나는 그런 짓을 벌이지 않았어. 결코 아버지를 이해하고 싶지 않았으니까.

대신 다음 날 집에 독주를 잔뜩 준비해두고서 아버지가 술에 취해 늦게 돌아오기를 기다렸어. 아버지가 자정이 지나 비틀거리며 들어와서 마당의 댓돌 위에 주저앉았을 때, 내가 술이 가득 담긴 그릇을 들고 다가가서 말했어. 아버지, 물이에요. 쭉 드세요. 아버지는 단숨에 술을 비웠어. 그러고서 컥컥거리며 소리쳤어. 물이 아니잖아. 술이잖아. 이놈이 나를 죽이려는 거야? 그러고서 아버지는 고개를 떨어뜨리고 끄덕끄덕 졸았어. 조금 있다가 내가 다시 다가가서 말했지. 아버지, 이건 진짜 시원한 물이에요. 쭉 드세요. 이제 그만 방에 들어가 주무셔야지요. 아버지는 눈을 게슴츠레 뜨고서 잔을 받아들고 다시 단숨에 비웠어. 그러고는 목이 터져라 컥컥거리며 소리쳤어. 물이 아니잖아. 술이잖아. 이놈이 나를 죽이려는구나. 그 일이 그날 밤늦게까지 계속되었어. 결국 아버지가 바닥에 나동그라졌을 때, 나는 아버지 머리를 무릎에 얹고서 부드럽게 어르며 말했어. 우리 아가야, 이건 엄마 젖이란다. 쭉쭉 빨아라. 다 마시고 방에 들어가 자야지. 그러고는 아버지의 입을 벌리고 술을 부었지. 다음날, 아버지는 저녁까지 깨어나지 못했어. 어두워지기 시작했을 때, 여전히 혼수상태에 있는 아버지를 어머니가 병원으로 옮겼어. 아버지는 간이 완전히 망가지고 심장과 췌장이 기능을 제대로 하지 못해서 배에 물이 차고 얼굴이 황달로 누레진 채 인공호흡기로 연명하다가 열흘 만에 죽고 말았지. 내가 아버지를 보내드린 거야. 하지만 나는 아버지를 죽인 게 아니야. 독을 죽인 거지. 독으로 독을 죽인 거지. 독이 죽으니까 아버지가 죽은 거지."

광수가 말을 멈추고서 멍하니 몽구를 건너다보았다. 광수는 자기가 하고 싶었던 말을 다 해버리고서 허탈해하는 표정이었다.

몽구가 그의 시선을 똑바로 받아들이며 물었다.

"그럼 네가 어렸을 적에 고아가 되었다고 한 건 거짓말이었어?"

광수가 씩 웃으며 '아, 그거' 하는 표정으로 짧게 대꾸했다.

"여하튼 고아가 된 건 사실이니까."

그들 사이에는 한동안 한 마디 말도 오가지 않았다. 팽팽히 당겨지던 시선의 긴장을 먼저 풀어버린 것은 광수였다.

그가 눈길 둘 곳을 찾아 주위를 두리번거리며 말했다.

"네 삼촌을 보았다고 말했지? 몇 마디 나누지 않았지만, 첫눈에 정말 특별한 사람이라는 걸 알아보았어. 나는 네 주위에 그런 사람이 있을 줄 짐작했지. 내가 줄곧 네게 관심을 가지고 주위를 떠돈 것도 그래서였어. 군대에서 모두가 미쳐 날뛰던 그날 밤, 나는 정말 뭐랄까, 나 자신으로부터 완전한 해방감을 느꼈어. 그게 다 네 덕분이었어. 내 눈에는 네가 악마와 소통하는 사람처럼 보일 정도였지. 네게는 어떤 비밀이 있는 게 분명했어. 나는 그걸 알고 싶었던 거야. 그날 그 악마의 축제는 네 작품이었어. 걸작이었지. 너는 탈영 죄가 아니라 살인미수죄, 아니 대량살상 미수죄로 교도

소에 가야 했어. 나는 그날 그 순간에 중독이 되어버렸어. 우주에는 우리가 살고 있는 세계와 전혀 다른 세계들이 평행으로 존재한다는 사실도 절감했어. 그중의 하나가 독의 세계였어. 이제 비로소 나는 세상이 왜 이토록 무의미하고 무료한지 알게 되었어. 우리가 단지 그렇게 느낄 뿐이고, 그건 우리 삶의 표면에 불과한 것이었어. 더 강력한 힘의 세계는 따로 존재했고, 그걸 모르면 평생 무의미함과 무료함에 시달리다가 죽는 거지. 우리 아버지도 그로부터 벗어나려고 발버둥을 치다가 죽어버린 거고. 너는 그걸 알았던 거야. 네 삼촌이 네게 그 세계의 문을 열어주었으니까. 그런데 난 이해할 수 없었어. 네가 삼촌의 곁을 떠나버렸다는 걸 말이야."

몽구가 잠시 침묵을 지키다가 입을 열었다.

"그 사람이 내게 건 최면은 이제 풀려버렸어. 이제 내게는 그 사람이 필요하지 않아. 그리고 나는 너도 그 사람 가까이 가지 않기를 바란다."

"왜지?"

"그 사람은 가장 먼저 네 잠을 빼앗을 거야. 그러고 나서 네 웃음을, 네 자존심을, 네 친구들을 빼앗아 갈 거야. 아무도 너를 존중하지도 알아보지도 못하게 할 거야. 네가 실망과 외로움 속에서 시들고 색이 바래다가 결국 너 자신을 죽이게 할 거야."

몽구는 방금 자신이 한 말이 최근에 본 어느 연극에서 들었던 대사 같다는 생각이 들었다. 하지만 이 상황에 무척 잘 어울리는 대사임에 틀림없었다.

광수가 한동안 몽구를 물끄러미 바라보다가 모자를 집어 머리에 쓰고서 몸을 일으켰다.

"나는 네게 실망했어. 너는 너무 평범해져 버렸어. 아니, 나약해져 버렸어."

5

"수습기자 과정을 밟는 일은 쉽지 않았어. 하루 종일 사회부 선배들이 내게 배정해준 구역을 돌아다니면서, 경찰서와 대학, 시민단체, 소방서 같은 곳에 들러 사건을 챙겨야 했지. 중요한 사건이 생기면 경찰서에서 살다시피 했어. 경찰서 2진 기자실에서 잠을 자는 일도 종종 있었는데, 경찰서 뒤의 컨테이너 비슷한 건물이었지. 형사 당직실, 교통 조사계를 거쳐 아침 다섯 시에 일차 보고를 하곤 했는데, 그러다 보니 수많은 죽음들, 변사체도 보게 되었어. 그렇다고 사건이 없는 게 좋은 것도 아니었어. 유독 사건 없는 경찰서를 '절간'이라고 부르는데, 절간 돌아다니며 도 닦으려고 기자가 된 건 아니니까. 장례식장에도 수시로 찾아가야 했어. 사망자에 대한 정보가 많지 않을 때는 빈소를 찾는 것도 힘들지만, 취재를 하다가 유가족들과 실랑이를 벌이느라 곤욕을 치렀지. 경찰관의 조서는 물론이고, 부검이 끝난 후에는, 의사가 작성한 사체 검안 소견서를 꼼꼼히 읽는 것도 중요한 일이었어.

애초에 내가 충분히 예상했으면서도 마음속으로 우려했던 대로였어. 내가 원해서 신문기자가 되었지만, 여러 사람을 만나고 다양한 사건을 접하면서 점점 더 독의 세계에 깊이 빠져들었어. 이 세상은 온갖 독성에 육체가 오염되어 정상적인 행동이나 생각을 하지 못하는 사람들로 가득 차 있었어. 그런가 하면 실로 많은 사람들이 인간관계에서 생겨나고 분비되는, 눈에 보이지 않는 독으로 고통받고 있었어. 날마다 그런 사람들과 일종의 전쟁을 치르며 살아가다 보니, 일과가 끝나면 나 자신이 하루 종일 온갖 독에 부대끼며 극심한 두통에 시달린 나머지 녹초가 되어버렸어."

수습기자 딱지를 떼는 날, 몽구는 두 가지 선택을 했다. 하나는 병원 신경과에서 에나폰정이라는 항우울제를 처방받은 것이었다. 신문사에 입사하여 건강검진을 받을 때, 신경과 의사는 몽구의 두통이 긴장성으로 여겨지니 항우울제를 복용해보라고 권했다. 우울증 치료약이긴 하지만, 신경통에도 효과가 있다고 했다. 다만 졸음이 오고 주의력과 집중력, 반사운동 능력이 저하될 수 있다는 것이었다. 하지만 그때는 좀 더 생각해보겠다며 거절했다. 예전에 성모병원의 대머리 의사도 같은 제안을 했다가 스스로 철회했던 기억이 났기 때문이었다. 게다가 얼마 전에 항우울제가 야뇨증 치료제로도 쓰인다는 말을 들었던 탓이기도 했다. 그러나 이제는 더 이상 이런 것 저런 것 가릴 때가 아니었다. 약을 복용하기 시작한 후 처음 며칠 동안 몽구는 머리가 약간 띵하면서 어지럽고 정신이 다소 산만해지는 것을 느꼈다. 그러나 시간이 지나면서 그런 증상에 적응이 되면서, 놀랍게도 두통의 정도가 반으로 줄어들었다. 의사의 말에 따르면 약효가 완전히 작용하려면 적어도 4주에서 6주 정도 소요되리라고 했으니, 두통이 좀 더 완화되기를 기대해보아도 좋을 듯했다.

그가 내린 또 하나의 선택은 사회부가 아니라 문화부를 지망한 것이었다. 수습 시절에 사회부 체질이라는 소리를 들을 정도로 사건 취재에서 유능함을 발휘했던 터라, 사회부 선배들의 강한 반대와 부딪치고 윽박지름도 들어야 했다. 하지만 그는 끝내 고집을 꺾지 않았다. 마침내 자신의 의사가 관철된 날, 그는 이제 드디어 바라던 삶을 살게 되었다는 기대감에 젖었다. 비록 약의 도움을 얻긴 했어도 여하튼 이제 두통으로부터, 그리고 세상의 독으로부터 어느 정도 거리를 두게 되었다고 여겼던 것이다.

"그 무렵에 내가 발견한 사실이 또 하나 있었어. 그건 나 자신이 남들에게, 특히 여자들에게 꽤 멋진 남자로 비친다는 거였어. 사실 외모로는 특별히 부족한 점은 없어도 그렇다고 내세울 것도 별로 없다고 할 수 있지. 내 매력은 다른 데 있었어. 느시라는 새에 대해 들어본 적 있어? 두루미의 먼 친척뻘 되는 겨울 철새데, 수컷 느시는 딱정벌레의 일종인 가뢰라는 곤충을 즐겨 먹어. 가뢰에게는 칸타리딘이라는 독성 물질이 있어서, 수컷 느시는 가뢰를 잡아먹으면서 그 독을 섭취하는 거야. 칸타리딘은 장 속에 있는 기생충을 제거해주기 때문에 수컷 느시를 훨씬 건강하게 만들어주거든. 암컷이 원하는 이상적인 배우자의 요건을 갖추게 되는 거지. 그런데 수컷 느시에게는 가뢰 독에 어느 정도 저항력이 있지만, 많이 먹으면 중독되어 죽는다고 해. 그걸 알면서도 암컷을 유혹하기 위해 위험을 무릅쓰는 거야. 내가 바로 독에 적당히 중독된 수컷 느시였어. 벨라도나라는 독풀의 즙을 눈에 넣으면 동공을 확장시켜 눈을 훨씬 더 아름답게 보이게 하듯이, 그동안 내가 섭취한 독이 나를 남들과 구별되어 위험하면서도 비범해 보이게 한 모양이야. 그래서 여자들은 경계심을 품으면서도 이끌린 것이지.

더욱이 나는 문화부 기자로서도 꽤 좋은 평판을 얻었어. 한때 자신의 운명을 뼛속 깊이 저주해본 사람은 남들의 운명에 대해서도 예감이 발달하는 법이야. 그러면 남들에게서 깊이 감추어진 콤플렉스를 읽어내는 게 훨씬 쉬워지기 마련이지. 나는 다른 어느 기자들보다 더 잘 핵심을 찌를 수 있었어. 특히 사람들이 화장을 한 정도나 옷차림, 몸짓이나 표정이나 말투에 따라 그들의 내밀한 욕망을 감지했어. 그것들 하나하나에서 미세하게나마 독을 감지할 수 있었기 때문이지. 자기들이 중독된지도 모르면서 살아가는 독을 말이야. 나는 그 독을 통해 그 사람을 이해했지. 한번은 업무상 국립의료원의 중독관리센터에서 일하는 여자를 만난 적이 있었는데, 그 여자가 어느 날 흑색에 적갈색의 줄무늬 옷을 입고 나왔어. 그날 나는 그녀에게 독나방의 몸짓을 보였고, 당연히 그 여자는 내게 강력하게 끌려들어 왔어.

말하자면 나는 특별히 어떤 여자를 선호하지는 않았어. 이런 말이 있지. '신이 차려준 밥상을 업신여기지 마라.' 나는 신이 차려준 밥상 위의 다양한 음식들을, 그러니까 모든 여자들을 만끽하려 했어. 때문에 여자들과 사귈 때 깊은 관계를 가지지 않았어. 그렇다고 내가 경박하게 여자들을 탐했다고 말할 수는 없어. 나는 모두를 존중했고, 그 모두와의 경험을 통해 어떤 감각의 핵심에 닿으려 했으니까. 예컨대, 수많은 장님들이 코끼리를 만져서 얻은 감각을 한데 모으면 코끼리에 대한 총체적 감각을 완성할 수 있듯이 말이야.

이제 나는 특히 키스에 능해져 있었어. 거의 모든 여자들이 나와 키스를 하고 나면 기분 좋고 감미로운 키스였다고 말하곤 했지. 그건 내게 특별한 기술이 있어서가 아니라, 내 침에 이상한 기운이, 그러니까 독 성분이 섞여 있었기 때문이었어. 나는 키스를 하면서 독을 분비했던 거야. 그래, 나도 알아. 예전에 여자들은 나와 키스를 나누고 나서 불쾌감과 심지어 두려움을 느끼곤 했지. 그건 내가 어리고 미숙할 때의 일이었어. 이제는 키스 할 때 상대방의 기질이나 상태에 따라 침의 양을 적절히 조절할 수 있게 되었어. 그렇게 침 속의 독을 통제한 거지. 그런데 침뿐만이 아니었어. 내 정액도 독을 품고 있었어. 여자들이 나와 잠자리를 하고 나면 엄청난 쾌감과 동시에 극심한 고통을 느끼는 것도 그 때문이었지. 한번은 행위 중에 여자가 아랫배와 사타구니에 마비 증상을 일으켜 구급차를 부른 적도 있었어.

예전에도 나는 섹스란 몸속의 독을 뽑는, 일종의 디톡스 행위라고 여겼어. 하지만 그건 그저 막연한 생각이었는데, 마침내 실천에 옮길 수 있게 되었어. 물론 나는 늘 콘돔을 착용했지. 하지만 정액은 그 속에 남아도 독성은 밖으로 스며 나갔어. 사실 섹스란 남녀가 몸을 섞고 분비물을 교환하면서 자기 속의 독소를 배출하고 상대방의 독소도 뽑아주는 과정이어야 해. 그런데 나의 경우에는 일방적이었어. 내 속의 독소가 워낙 강했던 탓에 상대방을 압도해버린 거지. 내가 그런 관계를 즐겼다고는 생각하지 마. 상대방이 고통받을 때 나 또한 고통스러웠으니까. 나로서도 어쩔 수 없었던 거야. 내 고환 속에는 정액뿐만 아니라 내 몸속의 독물도 함께 고였어. 내 몸에서 흘러나오는 땀 속에도 독이 배어 있었어. 때문에 관계가 시작되고 어느 정도 시간이 지나면 여자들은 진저리를 치고 떠나거나, 나보고 자기를 잊어달라고 애원하거나, 건강이 나빠지고 마음에 병이 생겨서 조용히 사라지곤 했어.

하지만 여자들도 그저 당하지만은 않았지. 알다시피, 여러 여자의 연인이 된다는 것은 또한 모든 여자의 적이 된다는 것을 의미해. 여자들의 분노와 앙심은 강력한 독과 같은 거야. 아무리 무신경한 강심장의 남자라 하더라도 그 독의 영향력에서 완전히 벗어날 수는 없어. 양이나 염소는 잎에 독성이 있는 철쭉 앞에 가면 본능적으로 독을 감지하고서 오도 가도 못하고 발로 땅을 차며 어찌할 바를 모른다지. 내가 그 꼴이 되었어. 여자들은 나를 대할 때 본능적으로 자기들의 독성을 끌어내어 자기들을 방어했어. 그들의 독은 실로 독특해서 독이면서 약이고 또 약이면서 독이었어. 나는 그 생소한 독에 어찌 대처해야 할지 몰라 당황할 수밖에 없었지. 게다가 아무리 약을 먹어도 두통은 결코 뿌리가 뽑히지 않았어. 그런대로 견딜 만하다가도 전혀 예기치 못한 상황에서 가차없이 나를 공격하곤 했어. 나는 막연한 죄책감에 사로잡힌 채 무기력해지고 모든 일에 머뭇거리기 시작했어. 그러다가 내 속의 독과 세상의 독 사이에 갇혀버렸어. 그러던 어느 날 비로소 깨달았지. 그동안 나는 독에 취약한 사람들의 약점을 교묘하게 이용하면서 그들에게 내 속의 독을 뿜어대는 데 급급했고, 그러면서 그 모든 게 두통 때문이라고 정당화했던 거야. 앞으로도 계속 이렇게 내 한 몸 건사하며 살아간다면, 나는 그저 한 마리의 독충에 불과한 것이었어. 이제라도 나 자신을 찢고 세상으로 나아가야 했어. 그 순간 에나폰정이 든 약통을 휴지통으로 던져버렸어. 그러고는 편집국장실로 달려갔어. 그리고 며칠 후부터 사회부 기자로 일하게 되었지."

6

몽구는 곧 사회부 기자로서 유능함을 입증했다. 주로 범죄 사건을 담당했는데, 이제 그 세계가 그리 낯설게 여겨지지 않았다. 어떤 끔찍한 상황과 맞닥뜨릴 때도, 오히려 이보다 더한 것들도 보았다는 느낌, 이른바 데자뷔라 불리는 기시감을 경험하곤 했다. 그는 사인이 불확실한 변사 사건들에서 강한 영감을 발휘했다. 그런 경우에는 육체에서 정신과 영혼의 영역에 이르는 복잡한 미로 속에서 온갖 종류의 독이 강하게 냄새를 풍겼기 때문이었다. 언젠가부터 동료들은 그를 최고의 보험회사 조사원이라고 불렀는데, 그것은 찬사와 조롱이 함께 섞인 별명이었다.

"무엇보다도 두통이 되살아나면서, 온 신경이 한층 더 예리해지고 '독'에 더욱 민감해졌어. 인간의 이기심, 증오심, 분노, 공포, 탐욕, 교만, 호색, 나태, 시기, 거짓된 신념, 진부하고 편협한 사상 따위도 그 자체로 독이었어. 모든 범죄는 독에 중독된 자들에 의해 저질러지는 것이었어. 어떤 사건이든 독에 초점을 맞추면 어느 정도 실마리를 찾을 수 있었지. 공기 속에 축축한 기운이 있어서 차가운 벽에 닿으면 응축되어 물방울이 되듯이, 인간 속의 불건전한 기운도 차가운 벽과도 같은 어려운 상황에 부딪치면 오그라들어 병이 되고 악이 되고 독이 되는 거야. 때문에 인간이 어떤 폭력을 저지를 때는 그 사람의 마음속에 가라앉아 있던 독이 치밀어 올라 그의 행동에 묻어날 수밖에 없는 일이지.

그러나 내가 모든 범죄에 관여할 수는 없었고, 내 전문 분야는 독성 물질과 직접 간접으로 관련된 사건들이었지. 예를 들어, '나폴리의 가랑비'라는 이름을 가진 화장수가 있어. 비소를 주성분으로 만들었는데, 피부의 기미나 주근깨 제거에 효과가 있어. 그러나 실제로는 부유한 집안의 부인들이 나이 많은 남편이나 친족을 죽여 유산을 가로채기 위한 도구로 더 자주 사용되었지. 디기탈리스를 이용해 만든 독약도 사망 후에 콜레라로 진단되는 경우가 많기 때문에 유산 상속 가루라고 불릴 정도로 애용되었지. 가뢰를 빻아서 만든 가루는 위스키와 와인에 아주 잘 녹기 때문에 술 좋아해서 친구도 많고 적도 많은 사람들은 늘 조심해야 해. 안티몬이라는 광물 독이 있어. 혼자 있기 싫어한다는 뜻으로 이름이 안티몬인데, 이것에 중독되어 죽으면 구토와 설사에 의한 쇠약사로 처리될 수도 있어. 상한 고기에서 발생하는 보툴리누스가 몸 안으로 들어가면 구토가 나면서 식도에 장애가 생기는데 식중독 증상과 구별하기가 쉽지 않지. 소의 피가 부패할 때 발생하는 프토마인의 경우에도 며칠 동안 위통을 호소하다가 사망한 후에 세균에 감염된 음식 탓으로 처리된 사례가 자주 있었지. 컬리 파슬리는 감각을 마비시키고 안면 신경 경련을 일으켜서 죽은 사람이 마치 미소 짓고 있는 것처럼 보이게 해. 때문에 단지 그 미소를 보기 위해 연쇄살인을 벌인 인물도 있었어.

수영장에서 수영을 하던 사람들이 갑자기 경련을 일으키고 기절을 해서 병원에 실려간 일이 있었는데, 수영장 주인에게 앙심을 품은 관리인이 물에 니코틴 액을 풀었던 거야. 밥 잘 먹고 이를 쑤시다가 죽은 사람도 있었는데 누군가가 이쑤시개에 청산가리를 묻혀놓았던 거지. 선물 받은 보석함을 열다가 죽은 사람도 있어. 열쇠의 날카로운 가장자리에 비소가 발라져 있었거든. 낯선 사람과 악수를 하고 나서 멀쩡한 사람이 곧바로 죽기도 해. 상대방이 독침 달린 반지를 끼고 있었던 거야. 미사를 집전하던 신부가 급사한 적도 있었지. 신도들 중 하나가 성체 배수용 빵에 살모사의 독액을 묻혀놓았거든. 어떤 사람은 관장을 하다가 죽기도 했어. 처음에는 심장마비인 줄 알았는데, 관장 기구 안에 염화수은이 들었기 때문이었어. 한 젊은 남자가 푸사리움이라는 곰팡이 균에 오염된 보리로 막걸리를 만들어 마을 축제 때 사람들에게 마시게 해서 여럿을 죽인 적도 있었어. 콘돔 안에 두꺼비 가루로 만든 독물을 주사기로 주입해서 변심한 애인을 죽인 팜므 파탈도 있었지. 한 젊은 남자가 굴을 넣은 김치를 먹고 비브리오 패혈증에 걸려 죽었는데, 의도적인 살인인지 우발적인 죽음인지 끝내 밝혀지지 않았어. 바닷물에 들어갔다가 빠져 죽은 여자아이 사체를 조사해보니, 시반이 일반적인 경우처럼 적갈색이 아니라 새빨간 색이었어. 결국 엄마가 음료수에 청산가리를 넣은 것으로 판명되었어. 그런 일들이 양상은 조금씩 다르지만 지금도 계속하여 벌어지고 있는 거야."

날마다 그런 류의 사건들을 접하면서, 몽구는 점차 자기 속의 잠재적인 능력에 눈을 떴다. 그는 의심쩍은 상황에 부딪치면 자기도 모르게 독의 존재를 눈으로 보고 냄새를 맡고 맛으로 느끼고 피부로 감지했다. 그 모든 일이 거의 본능적으로 자연스럽게 일어났고, 그럼에 따라 더 정확하고 통찰력 있는 기사를 쓰게 되었다. 때로 자기 나름의 추정과 가설을 펼치기도 했는데, 그런 지적이 경찰 수사에 도움을 준 적도 많았다. 어떤 형사는 몽구에게 실제로 사건에 연루된 게 아닌지 수상하다고 농담을 하기도 했다. 나중에 몽구는 자신감이 더 커져서, 과거의 미해결된 형사 사건을 다시 파헤치는 기획 연재를 시작할 생각도 마음에 품게 되었다.

그러던 어느 날, 그는 길을 걷다가 갑자기 입안이 근질거려서 쇼윈도 앞으로 다가가 입을 벌려보았다. 그러자 입천장에 난데없이 기다랗고 날카로운 이빨 두 개가 나 있는 게 보였다. 게다가 그것들은 뒤로 눠어 있다가 입이 벌어지자 끝이 아래쪽으로 내려지면서 아랫입술을 향해 꼿꼿하게 곧추서는 것이었다. 그것들은 독사의 독니가 분명했다. 늘 세상의 독성에 깊이 노출되어 있다 보니 마침내 몸에 변화가 생겼구나 싶어서, 놀란 마음으로 좀 더 자세히 들여다보았다. 과연 얼굴 위에도 정맥처럼 보이는 여러 개의 푸른 선들이 죽죽 그어져 있었고, 그 선들이 입안의 독니 두 개에 연결되어 있었다. 그것들 역시 독사에게나 있는 독선임에 틀림이 없었다. 그 순간 그는 전율과 희열과 공포를 동시에 느꼈고, 다음 순간 정신이 번쩍 들었다. 그는 방금 환영을 보았음을 알았다. 다시 입을 벌려 들여다보니, 아무 이상이 없었다.

하지만 그는 뒤늦게 온몸에 소름이 돋는 것을 느꼈다. 독니가 자라난 것을 보고서 공포뿐만 아니라 전율과 희열을 느꼈다는 사실도 그를 섬찟하게 했다. 그때 유리창 거울 위로 한 젊은 여인의 얼굴이 떠올랐다. 짧은 단발머리에 눈썹이 짙고 눈의 흰자위 부분이 푸르스름하고 얼굴의 윤곽이 약간 길고 갸름한, 어찌 보면 평범해 보이지만 한번 눈이 마주치면 상대방의 눈길을 깊이 끌어들이는 여인. 이틀 전 회사 앞 카페에서 몽구가 동료들과 브런치를 먹고 있을 때, 그녀가 창가 자리에 앉아서 그를 빤히 바라보았다. 몽구가 멋쩍어서 시선을 돌렸다가 얼마 후에 다시 그쪽을 보니 이미 자리가 비어 있었다. 그때 막 문을 나서는 그녀의 뒷모습이 눈에 들어왔다. 그녀는 누구였을까. 왜 그를 뚫어지게 바라보았을까. 그날 이후로 그녀의 모습이 뇌리에서 지워지지 않았고, 시간이 지날수록 궁금증은 점점 더 커졌다. 그런데 유리창 위에 그려진 그 얼굴을 보고서 비로소 알았다. 자경, 그녀는 초등학교 시절 홀연히 사라진, 한때 뱀파이어라는 별명을 가졌던 윤자경이었다.

7

6월 중순의 어느 날, 몽구는 약속 장소에 이르러 시계를 보았다. 오 분가량 일찍 도착했으니 문 앞에서 기다리고 있으면 자경이 나타나리라 생각되었다. 그는 공연히 조급해지는 마음을 가라앉히기 위해 고개를 숙여 바닥을 내려다보며 가만히 서 있었다. 곧 자경을 만난다는 긴장감으로 인해 두통이 거세지지 않을까 우려된 탓이기도 했다. 그는 예상했던 것보다 자신의 마음이 훨씬 더 동요하고 있음을 느꼈다.

그는 주위를 둘러보다가 자동차들이 빠른 속도로 내달리는 큰길 쪽으로 시선을 고정시켰다. 그러고는 간간이 손을 들어 턱 아래의 목 부위를 더듬었다. 양쪽 편도선이 잔뜩 부풀어 올라서, 침을 삼킬 때마다 바늘 박힌 커다란 구슬 두 개가 식도 부근에서 서로 부딪치며 굴러다니는 듯했다. 그는 자신이 상처를 입거나 아니면 발정기를 맞아 잔뜩 독이 오른 도마뱀 같다고 생각했다.

그가 미국에 있는 용한으로부터 이메일을 받은 것은 사흘 전이었다.

"몽구, 오랜만이다. 나 용한이야. 갑자기 내 메일 받고서 놀랐겠지? 나는 결국 불명예 제대를 하고 나서 곧바로 미국으로 건너왔지. 이곳은 새크라멘토야. 한동안 나는 살아 있는 나뭇가지에 걸린 죽은 나뭇가지처럼 살았어. 이 말이 무슨 뜻인지 기억하겠지? 그런 마당에 내가 할 수 있는 일이 뭐가 있었을까. 그래, 목사가 되기로 했지. 지금 나는 신학대학원을 마치고 전도사 연수를 받는 중이야. 아마도 지금 너는, '목사라, 아하 그렇구나. 하기야 용한이가 목사 아니고 달리 뭐가 될 수 있었겠어' 하고 생각했을 거야. 맞아, 나는 지금 내가 하고 있는 일에 만족하고 있어. 그런데 너는 신문기자가 되었더군. 얼마 전에 문득 궁금해서 네 이름을 검색해보았지. 네가 공인신문사의 사회부 기자가 되었다는 사실을 알고서, 나도 속으로 중얼거렸어. '기자라, 아하 그렇구나. 하기야 몽구가 기자 아니고 달리 뭐가 될 수 있었겠어.'

물론 이런 말 하려고 편지를 쓰기 시작한 건 아니야. 얼마 전에 마침내 자경의 소식을 들었거든. 윤자경 말이야. 내가 소속된 교회에서 관여하는 자선사업 기관들 중에 '홀리 포커스'라는 단체가 있어. 중증장애인을 지원하는 곳인데, 나도 거기에서 봉사활동을 하고 있지. 해외지원 사업도 벌이고 있는데, 한국 지부의 사회복지 센터장이 바로 자경이더란 말이야. 며칠 전, 그 단체가 주최한 내년 해외 긴급구호 사업 관련 정례 모임 자리에서 자경을 만났어. 나중에 우리 둘이 대화를 나누던 중에 네 이야기도 나왔어. 그때 나는 자경이 너에 대해 특별한 감정을 가지고 있다는 느낌을 받았지. 자경은 여전히 몸 상태가 좋지 않고 많이 아파 보였어. 장애인들을 위해 봉사하고 있지만, 따지고 보면 자경도 장애인인 셈이지.

그날 자경의 오빠 윤정우도 만났어. 네가 생각할 때 그 만남이 어땠을 것 같아? 맞아, 정우 그 사람은 예전에 처음 만났을 때와 인상이 거의 달라지지 않았더군. 게다가 나한테 무척 쌀쌀하게 대했어. 내가 어릴 때 자경과 깨물기 놀이를 하던 아이라는 것도, 자경의 소식을 묻는 전화를 했던 대학생이라는 것도 알면서 겉으로는 내색을 하지 않았지. 그래서인지 나는 그에게서도 정말 이상한 느낌을 받았어. 자경과는 조금 달랐지만, 정우도 어딘가 많이 아파 보였지. 그런 점에서 둘 사이에는 특별한 유대감이 존재했어. 정우가 내게 이렇게 말하더군. 자경이 지금 조금씩 우주의 신비 속으로 사라지고 있다고. 그러자 자경이 대꾸했어. 자기 몸은 태어날 때 이미 반쯤 우주의 신비로 채워져 있었다고, 인간들이 살아가는 지상이 아니라 지하나 천상의 세계에 속해 있었다고 말이야. 너도 기억하겠지? 예전에 정우가 나와 통화할 때도 그런 말을 했잖아. 그 말을 두 사람에게서 다시 직접 들으니까 기분이 묘하고 조금은 섬찟하더라고. 내가 보기에 두 사람은 남매간의 정이 지나쳤어. 정우는 자경에게 다가서는 모든 남자들을 경계하는 기색이었어. 자경은 오랫동안 미국에 있었다더군. 호주로 이민을 갔다는 정우의 말은 거짓말이었지. 그런데, 아니야, 애초에 이런 말을 하려 했던 것도 아니야. 그저 오랜만에 너와 대화를 나누고 싶었어. 자경 소식을 전한다는 핑계로 말이야. 그래도 어쩌면 이 편지를 계기로 조만간 너희 둘이 만나게 될지도 모르지."

용한은 몇 마디 더 의례적인 인사말을 건네며 편지를 마친 뒤 추신으로 자경의 휴대폰 번호를 적어놓았다. 몽구는 그 번호를 휴대폰에 저장했다. 그러나 전화를 걸지는 않았다. 아직 한 마디 말도 나누지 않았지만, 이미 그들은 회사 앞 카페에서 만난 사이였다. 그날 자경이 불쑥 나타났다가 슬그머니 사라졌으니, 그녀 쪽에서 다시 연락이 오기를 기다리는 편이 나을 듯했다. 하지만 오래 기다리지 않아도 되었다. 어제저녁 전화가 걸려오고 휴대폰 액정에 윤자경이라는 이름이 떴던 것이다.

약속 시간이 조금 지났을 때, 몽구는 길모퉁이에서 택시가 멈추고 한 여인이 내리는 것을 보았다. 푸른색의 긴 원피스를 입은 그녀는 지난번에 유리창 옆자리에 앉아서 자신을 빤히 바라보던 그 여인이 분명했다. 옷이 계절에 비해 덥겠다 싶을 정도로 두꺼웠고, 흰색 목깃이 목을 가리고 있었다. 여윈 몸이지만 걸음걸이는 차분하고 균형이 잡혀 있었다. 그래서인지 마치 바닥 위를 부드럽게 미끄러지는 듯했다. 표정에서는 왠지 단호함 같은 게 엿보였는데, 어쩌면 병자 특유의 조심스러움과 경계심이 그런 인상을 불러일으키는지도 몰랐다.

"저번에는 미안했어요. 연락을 하기 전에 우선 가까이에서 지켜보고 싶었어요. 나를 기억하는지 확인하고도 싶었고요. 그래서 그날 이 자리에 앉아서 가만히 지켜보았지요. 그런데 나를 알아보지 못하는 것 같아서 조용히 밖으로 나왔어요. 오래 병을 앓고 있는 사람은 매사에 겁이 나서 완벽주의적인 성격을 가지게 돼요. 말 한 마디 몸짓 하나, 심지어 표정 한 가닥도 허투루 하지 않고 아낄 수밖에 없어요. 한 번의 사소한 실수가 치명적이 될 수 있으니까요. 그런데 집으로 돌아오는 길에, 나를 바라보던 몽구 씨 얼굴에 웃을 듯 말 듯한 표정이 어렸던 게 기억났어요. 그 보일 듯 말 듯한 미소가 내게 용기를 주었지요."

카페의 창가 자리에 마주앉아서, 몽구는 자경의 말을 들으며 가만히 그녀를 살펴보았다. 늘 겁에 질린 듯 수줍은 표정을 짓던 여자아이가 숙녀로 변신해 있었다. 하지만 아직 덜 자란 듯한, 여물기를 거부하고 풋풋한 상태로 남아 있으려는 기미도 느껴졌다. 그녀 말대로 모든 것을 아끼려다 보면 그럴 수도 있겠구나 싶었다. 자경은 깍듯이 존댓말을 썼다. 몽구가 다소 어색하게 느끼고서 반말을 써도, 그녀는 존댓말로 대꾸했고, 결국 몽구도 그녀의 어투를 따르지 않을 수 없었다. 어쩌면 그녀는 존댓말이 자기를 보호한다고 생각하는 게 아닌가 하는 생각도 들었다. 그녀는 다채로운 색과 다양한 크기의 광물로 된 목걸이와 팔찌와 반지와 귀걸이를 하고 있었는데, 그 또한 몸의 기를 다스리는 데 도움을 주는 것들이라고 짐작이 갔다. 그녀는 건강을 유지하기 위해 가능한 한 모든 것에 의존하는 게 분명했다. 문득 백금 반지를 끼고 있던 아버지의 모습이 몽구의 눈앞을 스쳐 지나갔다.

"나는 늘 앉음새도 반듯해야 해요. 이미 오래전에 뇌와 척수에 문제가 생겨서 신경이 죽어가고 근육이 마비되고 있기 때문에, 잠시라도 방심하면 몸을 통제하기가 어려워져요. 지금까지 정말 많은 병을 앓았어요. 신부전증이나 수족 냉증뿐만 아니라, 레이노 증후군 진단을 받은 적도 있어요. 악성빈혈은 지금도 겪고 있고, 근육 마비 증상이 생긴 후로는 루푸스, 헌팅턴, 파킨슨, 다발성경화증 등등의 징후가 있어서 치료를 계속하고 있지만, 정확한 진단을 얻지 못한 상태예요. 그러니 결코 과로해서는 안 되고, 술을 전혀 마시지 못하는 건 물론이지요. 외부에서 유입되는 약간의 독성에도 무너질 수 있으니까요. 상태가 심각할 때는 온몸이 얼얼하거나 화끈거리면서 감각기관에 이상이 생기고 기억 능력도 현저히 떨어져요.

그러나 가장 큰 문제는 선천적으로 중증 복합성 면역결핍 장애를 겪고 있다는 거예요. 면역 체계에 문제가 있는 유전병인데, 갓 태어났을 때는 어머니로부터 물려받은 항체로 몇 달간은 감염에 저항할 수 있어요. 하지만 그 항체가 고갈되면, 세상의 온갖 균에 노출되어 알레르기를 일으키게 되지요. 늘 피로하고 체중이 늘지 않고 성장도 지연될 뿐만 아니라 자칫하면 폐렴이나 중이염이나 피부염에 걸릴 수도 있어요. 패혈증에 걸려 죽을 수도 있지요. 그래도 상태가 최악은 아니어서 그런대로 견뎌왔어요. 최근에는 유전자 치료를 받고 있어서 어느 정도 나아지는 것 같기는 하지만, 언제 어떤 일이 벌어질지 아무도 모르는 일이지요."

자경은 천천히 그리고 길게 이야기를 계속했다. 몽구는

그녀에게서 결승점을 염두에 두며 페이스를 조절하는 마라톤 주자와도 같이 은근하면서도 끈질긴 모습을 보았다. 그것이 그녀로 하여금 지금까지 살아남을 수 있게 한 힘이었다. 자경은 몹시 아팠던 기억이 대부분이었던 초등학교 시절에서부터 시작하여, 중학교 때 자기처럼 병약했던 어머니의 이른 죽음, 그리고 대학 시절 대구 경찰서 강력계 팀장이었던 아버지의 돌연사에 이르기까지 지난 이야기를 담담하게 늘어놓았다.

"아버지는 어느 날 사무실에서 퇴근 준비를 하다가 쓰러졌어요. 평소에 늘 피로감을 호소했던 터라, 과로사로 처리되어 장례가 치러졌지요. 그 시기에 오빠는 미국 컬럼비아 대학에서 화학 전공으로 공부하는 중이었는데, 학기말 시험 관계로 장례를 치른 지 두 달 후에야 귀국했어요. 오빠는 날마다 아버지 무덤을 찾더니, 닷새째 되는 날 갑자기 뭔가에 들린 사람처럼 아버지의 죽음에 의문을 제기했어요. 아버지의 죽음이 자연사가 아니고 타살일 수 있다는 것이었지요. 경찰에서는 반박할 수가 없었어요. 시신에 대한 일차 검사만 거치고서, 만사 무난하게 그냥 관행대로 처리했으니까요. 마침내 아버지의 사인이 법적인 절차를 거쳐 과학적 판단의 대상이 된 거지요.

무덤이 파헤쳐지고 관이 열리고 반쯤 썩은 시신이 부검대 위에 놓였어요. 부검 결과는 모두를 깜짝 놀라게 했지요. 아버지의 몸에서는 납, 연, 수은, 비소, 바륨이 검출되었을 뿐만 아니라, 뼈 성분을 검사해보니 높은 함량의 수은염이 발견되었어요. 더욱이 수은으로 인해 죽음을 당하는 경우, 신장과 장을 통해 걸러지거나 뼈에 축적되지 않은 여분의 수은은 머리카락에 남게 되는데, 머리카락을 분석한 결과 일반인보다 수백 배 높은 양이 검출되었어요. 아버지의 사인은 독물 중독이었어요. 그날 이후 형사들이 뻔질나게 전화를 걸어 오고 집 안을 드나들었어요. 경찰 간부가 살해당했다면 그건 무엇보다도 중요한 사건이었으니까요. 수사관들은 마치 꽤나 정교하고 엽기적인 음모가 아버지의 죽음을 둘러싸기라도 한 듯 온갖 상상력을 동원하여 수사에 나섰어요. 수은염은 예로부터 독살용으로 자주 사용되던 극약이었지요.

하지만 전혀 단서가 잡히지 않았고, 결국 형사들 사이에서 독살설과 자살설을 놓고 의견이 갈리더니, 수사가 벽에 부딪치자, 아버지가 심한 우울증을 앓았다는 전력이 들춰졌어요. 심지어 몇몇 사람들은 아버지가 뇌물을 받은 증거가 있다면서 부패 경찰로 낙인찍으려 했지요. 그 사실이 발각날 지경이 되자, 자식들에게 상처를 주고 싶지 않아서 독살을 가장한 자살을 택했다는 추정이었지요. 아버지가 수은을 구입한 기록은 전혀 없다고 오빠가 이의를 제기했지만 별 소용 없었어요. 수사는 결국 자살로 마무리 지어졌고, 아버지의 무덤도 다시 닫혔어요. 오빠는 몇 년 전부터 식품의약품안전청의 국립독성연구소에서 일하고 있는데, 아버지의 부검을 주장했던 것을 지금도 후회하고 있어요."

그때 문득 몽구는 이상한 예감이 들어 물었다.

"혹시 오빠의 이름이 윤정우 아닌가요?"

"그래요."

"그럼 우리나라 최초의 사이코노트가 맞나요?"

"오빠를 아시는군요. 국립독성연구소 독성부의 특수독성과 실장이지요."

몽구는 잠시 말을 잊었다. 윤정우는 몇 년 전에 케이블 방송에서 소화가 인터뷰했던 그 남자였다. 그때 무척 강한 인상을 받았는데, 그가 바로 자경의 오빠였다.

"처음에 오빠는 나를 장난감처럼 여겼어요. 세 살짜리 남자아이가 갓 태어난 아기를 희한한 장난감으로 여기는 건 유별난 일이 아니지요. 오빠는 어머니가 보지 않을 때마다 나를 만지고 찌르고 꼬집고 흔들었어요. 그러다가 내가 울면 얼른 달아나 숨었다지요. 그런데 얼마 후부터 내가 아프기 시작했어요. 늘 칭얼거렸지요. 오빠는 덜컥 겁이 났어요. 자기가 장난감을 고장 낸 게 아닐까 싶어서요. 그 후로 내가 자주 심하게 앓자, 오빠는 죄책감이 더 심해졌어요. 그 무렵에 우리 사이에 깨물기 놀이가 시작되었어요. 기억이 잘 나지는 않지만, 아마도 내가 먼저 오빠를 깨물었던 것 같아요.

처음에 오빠는 내가 깨무는 대로 내버려두었는데, 내가 몸이 너무 아파서 뭔가 자극적인 행동을 벌이고 싶어 한다는 걸 알았겠지요. 처음에는 그저 장난이었지만, 몇 번 반복되자 점점 빠져들어 멈출 수 없게 되었어요. 그러다가 나중에 오빠와 용한이 싸우는 사건이 생기고 나와 몽구 씨와의 사이에 그 일도 있고 해서, 아버지가 무척 화를 냈어요. 곧바로 이사도 가고요. 그 후로 오빠는 나를 피하더군요. 우리는 서로에게 유령 같은 존재가 되어버렸어요. 유령은 존재를 부정하고 싶지만 늘 곁에 머물고 있다는 두려운 느낌을 불러일으키지요. 그렇게 시간이 흘러갔고, 어느 날 어머니가 돌아가셨어요. 혼자서 우리를 감당하기 어려웠던 아버지는 우리를 미국 샌디에이고에 있는 이모 집으로 보냈어요. 내 병을 치료하고 오빠를 유학시키기 위해서였지요. 아버지에게는 정말 많은 돈이 필요했어요. 어쩌면 실제로 아버지는 부패한 경찰이었는지도 몰라요.

오빠는 미국 생활에 적응을 잘 못했어요. 물론 나도 그랬고요. 우리는 하루아침에 고아가 된 기분이었어요. 나는 몸이 약해서 주로 집에서 시간을 보냈지요. 학교에 가는 날보다 가지 않는 날이 더 많았어요. 마치 무균 살균된 유리병 속에서 지내는 기분이었다고 할까요. 눈에 보이지 않는 유리벽이 늘 나를 가두고 있었어요. 그 시절에 우리는 특히 심리적으로 많은 문제를 겪었어요. 내가 칼이나 날카로운 물건으로 몸에 상처를 입히기 시작한 것도 그때부터였어요. 어쩌면 더 이상 남의 살을 깨물지 못하게 되자 내 살을 깨물기 시작한 건지도 몰라요. 상처에서 피가 흐르다 멎으면 거기에 여러 가지 액체를 뿌리기도 했지요. 화장수든 약물이든 세제든 가리지 않았어요. 그것들은 상처에 닿으면 독으로서의 본색을 드러냈어요. 피가 흐르는 상처 속에 한 방울의 독액이 떨어지면 강력한 힘을 안으로 감추고 잠시 주변을 탐지하는 듯싶다가 곧 마치 살아 숨 쉬며 분노하는 생명체처럼 격렬한 반응을 일으키면서 부글부글 끓어올라 거품을 만들어내지요. 그때 날카로운 통증이 일어나는데, 그 순간 나는 살아 있다는 사실을 더없이 절실하게 경험했어요. 자해는 나쁜 짓이라고 하고, 나 또한 그렇게 바람직한 행동이라고 여기지는 않지만, 내 몸을 마치 물건처럼 다루며 조금씩 망가뜨리다 보면, 어느 순간 놀랍게도 전혀 새로운 통증이 내 몸속에서 일어나면서 그 통증 또한 생생하게 살아 있는 나의 일부라는 사실에 가슴이 뛰곤 했지요. 어금니와 송곳니로 누군가의 살이 아니라 바로 나 자신의 살을 꽉 깨물었을 때의 쾌감, 그건 일종의 마술과 다르지 않았어요. 그 마법의 순간이 내게 병이 낫고 싶다는 기대감과 그럴 수 있으리라는 확신을 동시에 불러일으켰어요. 어쩌면 나는 그 시절을 자해로 견뎌냈는지도 몰라요."

"자해도 약이 될 수 있군요."

"환각제도요. 하지만 자해도 환각제도 약이면서 독이지요. 오빠가 환각 물질에 손을 댄 것도 그 무렵이었어요. 각성제, 수면제, 진해제, 신경안정제, 본드, 부탄가스, 시너 따위가 오빠의 방에 숨겨져 있었어요. 나중에는 대마초와 필로폰에도 손을 댔지요. 오빠에게는 이상한 마음의 병이 있었어요. 늘 자신이 기형아라고 여겼어요. 사춘기 시절에, 입덧이 심한 임산부들이 탈리도마이드라는 약을 복용하고서 팔다리가 짧거나 손발이 몸통에 붙은 기형아를 1만 명 이상이나 낳았다는 기사를 읽고는 패닉 상태에 빠졌어요. 그런 터무니없는 공포감이 늘 오빠를 떠나지 않았지요. 물론 육체적으로 오빠는 전혀 기형이 아니었어요. 오빠도 단지 자기 마음에 문제가 있다는 사실을 알고 있었지요. 오빠는 늘 엄마를 그리워했어요. 오빠는 엄마를 되살리고 싶어 했어요. 저승에서 이승으로 되돌리고 싶어 했어요. 당연히 그게 불가능하다는 걸 모르지 않았지요. 오빠는 자기 마음속 무대에서 연극을 벌이고 있었어요. 자기를 기형아라고 느끼는 것도 그 때문이었어요. 그 연극무대 위에서 기형아가 된 오빠를 엄마가 보살피러 오는 거예요. 그리고 그건 이를테면 어머니에 대한 애도의 행위였어요. 그런데 그 애도의 행위가 영영 끝날 기미가 보이지 않았던 거예요. 이제 그 무대에서는 오빠가 아니라 엄마가 주인공이 되었어요. 오빠가 엄마를 불렀는데, 어느새 엄마가 오빠를 놓아주지 않게 된 거예요. 오빠는 점점 더 혼란에 빠졌어요. 그럴수록 환각제의 유혹이 커졌지요. 상처 입은 약한 심성이 환각제에 의존하게 한 것인지, 환각제가 그런 망상을 더 깊게 한 것인지는 오빠 자신도 몰랐지요.

우리는 서로의 고통을 알아보았어요. 오빠는 내가 자해를 하는 광경을 보고서 충격을 받았고, 나는 섬망 증상을 보이는 오빠를 보고서 두려움에 떨었어요. 오빠 쪽에서 먼저 나를 위해 약을 끊겠다고 선언했지요. 오빠는 약속을 지켰어요. 어렵게 중독에서 벗어났고, 사이코노트가 된 것도 그때의 힘들었던 경험을 잊지 않기 위해서였지요. 나는 그런 오빠를 언제까지고 보살펴주고 싶었어요. 오빠도 내 진심을 알아주어서, 우리는 서로 어느 때보다도 친밀해졌어요. 오빠는 자기가 망가뜨린 나를 고쳐주겠다고 했어요. 오빠가 늘 농담처럼 하는 말이었지요. 화학을 전공하던 오빠가 그 시기에 독성학 쪽으로 방향을 잡게 된 것도 항상 죽음의 문턱에 있는 여동생에 대한 안타까움에서 비롯된 일이었어요.

이십 대가 되면서 나도 자해 행위에서 거의 벗어났어요. 꾸준히 병원에 다녀야 했지만, 몸의 상태도 그런대로 견딜 만했어요. 하지만 어쩌다 방심해서 사소하게라도 감염이 일어나면 몸이 무너져버리는 건 물론이고, 온 감각이 혼란에 빠졌어요. 어떤 때는 냄새를 못 맡고 맛을 못 느끼고 더 심할 때는 소리도 듣지 못해 보청기를 착용해야 했지요. 또 어떤 때는 정반대로 냄새와 맛과 소리에 너무 예민해져서 침대에서 벗어날 수 없을 정도였어요. 그럴 때면 오빠가 내 감각기관이 되어주었어요. 그때만 해도 오빠는 아직 암페타민, 누바인, 아나볼릭 스테로이드 같은 것들을 간간이 복용했었는데, 내가 고통받는 모습을 보고서 그것들하고도 완전히 결별했어요. 내가 축 늘어져버리면 오빠가 나를 욕실로 안고 가서 목욕을 시켜주었어요. 지금까지 내 벗은 몸을 본 남자는 오빠뿐이에요. 온통 상처투성이에 여자의 것이라고 하기 어려운 몸이었지요. 때문에 오빠는 다른 여자들, 건강한 몸을 가진 여자들과 어울리지 못하게 되었는지도 몰라요."

자경은 말을 멈추고서 몽구를 바라보았다. 당신은 견딜 수 있을까요? 그녀의 눈이 묻고 있었다. 몽구는 그녀를 마주 바라보았다. 당신의 몸을 보고 싶군요. 그의 눈이 대답했다.

자경이 눈길을 창밖으로 돌리고서 다시 말을 시작했다.

"우리는 그렇게 함께 견뎌왔어요. 한국에 돌아와서도 그런대로 자리를 잡았어요. 그런데 사흘 전, 그러니까 이번 월요일부터 오빠와 연락이 닿지 않았어요. 우리는 서로가 믿고 의지할 수 있는 유일한 사람이어서 매일 전화를 하고 자주 만났지요. 월요일 오전에도 우리는 평소처럼 별일 없이 통화를 했어요. 그런데 오후부터 연락이 되지 않는 거예요. 나는 늘 불길한 느낌에 갇혀 살아온 사람이에요. 하지만 지금까지 한 번도 이렇게 불안하고 두려웠던 적이 없었어요.

연구소 측에 전화를 걸어보니 오빠가 특별히 조사할 사안이 있다면서 사흘의 시간을 요구했고, 서면으로 결재가 이루어졌다고 했어요. 하지만 그 내용은 결재선에서만 알고 있는 대외비라서, 경찰의 수사가 시작되어 영장이 발부되어야만 공개될 수 있다고 못을 박았어요. 경찰서를 찾아가봐도 결과는 마찬가지였어요. 실종 신고가 들어와도 성인인 경우에는 개인 사생활 침해와 개인정보 누설 등의 문제로 적극적인 수사를 벌이기가 어렵다더군요. 하지만 나로서는 어떻게든 손을 써야 했는데, 나 혼자 할 수 있는 건 아무것도 없었어요. 그때 문득 머리에 떠오른 사람이 몽구 씨였어요. 미국에서 몽구 씨 이름이 나왔을 때, 용한도 몽구 씨가 믿을 만한 사람이라고 말했지요. 그러나 당신이 내 부탁을 진지하게 받아들여 줄지 알 수 없는 노릇이어서 조심스러웠어요."

자경이 말을 멈추고서 커피 잔을 들어 입으로 가져갔다. 커피는 차갑게 식었고, 그녀의 손은 눈에 띄게 떨리고 있었다. 몽구는 방금 자경의 입에서 나온 '당신'이라는 말에 마음이 착잡했다. 우리말 중에 '당신'이라는 말처럼 복잡한 울림을 일으키는 단어도 따로 없음을 새삼 깨달았다. 그만큼 자경은 절실한 상태였다. 그녀는 '당신'이라는 말을 동원해 몽구의 주의를 끌었고 어떤 식으로든 대가를 치르겠다고 유혹하고 있었다. 그런가 하면 옛정을 되살려 그에게 명령을 내리고 있었다. 이제 몽구에게는 선택의 여지가 없었다. 오래 마음속에 있던 여인을 실로 오랜만에 만난 설렘의 감정을 내리누르고서, 그녀와 함께 각박한 현실 세계로 돌아와야 했다.

두 사람은 카페를 나와 몽구의 차를 타고 정우의 오피스텔로 갔다. 그곳에서부터 그의 행적을 추적할 단서를 찾기 위해서였다. 자동차가 강변도로를 달리는 동안, 자경은 몽구가 슬며시 던지는 농담조의 말에 턱을 약간 쳐들고 소리 내어 웃었다. 그 웃음소리는 매번 가벼운 바람에도 산산이 부서질 듯 위태로운 느낌을 불러일으키면서 몽구의 가슴을 뭉클하게 했다.

창밖으로 한강이 내려다보이는 강변의 오피스텔은 낡은 외관에 비해 실내가 지나칠 정도로 정갈했고, 생각보다 꽤 넓은 편이었다. 거실과 침실로 나뉘어 있고, 거실은 창 쪽을 제외하고 삼면의 벽을 책장이 채웠는데, 세심하게 분류되어 가지런히 꽂힌 화학, 약학, 의학, 독물학 관련 책자들 중 절반이 원서였다. 책상 위에는 책과 사무용 집기들과 노트북, 그리고 사진이 든 유리 액자가 놓여 있었다. 사진 속에서는 두 젊은 남녀가 강을 배경으로 나란히 서서 조금은 어색하게 웃고 있었다.

"오빠와 나예요. 우리는 북한강 변의 청포라는 작은 마을에서 자랐어요. 우리 고향인데, 아버지가 잠시 그곳에서 파

출소장을 지내기도 했지요. 귀국하자마자 오빠와 오랜만에 다시 들렀을 때 찍은 사진이에요."

몽구는 두 사람 뒤로 길고 넓게 펼쳐진 강물의 푸른 수면을 바라보았다. 그 강물이 계속 흘러내려 지금 오피스텔의 창 밑으로 이르고 있었다. 어쩌면 정우는 늘 강 가까이 머물고 싶어서 이곳에 자리를 잡은 게 아닐까 싶었다.

몽구는 자경과 함께 서류함을 살펴보고 나서 노트북을 켰다. 자경은 패스워드를 알고 있었다. recupero, 라틴어로 '치유, 회복'을 의미하는 말이었다. 정우는 열흘쯤 전에 자경에게 그 암호를 알려주었는데, 어쩌면 그때부터 자경의 불안감이 시작되었는지 몰랐다. 노트북 속의 최근 문서들을 하나씩 확인하던 중에, 몽구는 '사나티오'라는 이름의 파일을 발견하고서 순간 가슴이 쿵하고 내려앉았다. 또 하나의 기이한 우연의 일치가 그를 기다리고 있었다. 그러고 보니 예전에 수호가 국립독성연구소와도 긴밀한 연계를 유지한다고 말했던 기억이 났다. 어쩌면 정우는 '사나티오'와 협력관계를 가질 뿐만 아니라, 그 점을 이용하여 비밀리에 내사를 벌이는지도 몰랐다.

몽구는 파일을 열고 읽어 내려갔다. 곧 그는 약간 놀랐는데, 다른 파일들은 실험과 관찰에 대한 객관적이고 과학적인 기록일 뿐인데 비해, 이 파일은 다분히 사적이고 감정적인 내용으로 채워졌기 때문이었다.

"'사나티오 힐링 테라피 센터'에서 특히 조수호라는 인물은 예의 주시해 볼 필요가 있다. 그는 무척 엉뚱하고 과대망상적이면서도 집중력이 대단하고 발상이 뛰어나다. 현재 연구소 옆에 닭장을 만들고 닭을 키우고 있다. 닭똥은 독에 대한 반응력이 강해서, 어떤 독물이든 토해내게 한다는 게 그의 말이다. 그는 닭똥으로 해독제를 만드는 데에 노력을 기울이고 있다. 또한 그는 광물들에도 관심이 많아서, 특히 에메랄드가 해독 작용을 한다고 믿고 있다. 위통이 있을 때 에메랄드를 배에 대면 통증이 멈추고, 심장병과 치통이 있을 때 입안에 물면 효과를 볼 수 있으며, 심지어 신경증을 가라앉힌다는 것이다. 고대로부터 내려오는 연금술에 따르면, 흙, 물, 공기, 불, 이 4원소에서 흙은 뼈와 육체, 물은 체액, 공기는 숨, 불은 체온을 상징하는데, 흙과 동일체인 돌은 뼈와 육체를 상징하는 동시에 인체를 지탱하는 영혼의 부적으로서 여러 효능이 있다는 게 그의 설명이다.

또한 그는 지금까지 환각제와 최음제 혹은 미약의 주성분으로 쓰인 물질들을 새로운 각도에서 전면적으로 다시 검토하고 있다. 그런가 하면, 두꺼비 독이나 가뢰에서 추출되는 칸다리딘, 벨라도나의 히오신, 마전 나무의 껍질과 씨에서 얻어낸 중추신경 흥분제인 스트리크닌, 시베리아에서 채취되는 환각버섯, 대표적인 독풀인 동시에 약초인 모르핀, 아프리카 원주민들의 주식이면서 또한 바람총 화살에 바르는 독의 원료인 마니오크, 에콰도르의 무당들이 아야후아스카라고 하는 식물로 만든, 마시면 미래를 직접 본다고 믿고 있는 '영혼의 덩굴'이라는 음료도 그에게는 신약 물질을 위한 영감의 중요한 원천이다.

실제로 그는 에테르를 사용하는 다양한 증류기를 갖추고 있으며, 이미 항암제와 관련하여 몇 가지 신약을 만들어 장차 희귀의약품 등록을 위한 임상시험을 거치고 있다. 머지않아 그 약들이 허가를 받아 시장 독점권과 연구 비용에 대한 세금 감면 등등을 지원받으면 그는 날개를 얻은 격이 될 것이다. 그래서인지 '사나티오' 내에서는 조수호에 대해 전설적인 소문이 돌고 있었다. 예를 들어, 그는 항상 여러 종류의 강력한 독을 몸에 지녀서, 그 독의 힘으로 사람들을 조종할 수 있다는 것이다. 또한, 살모사를 포함하여 뱀 32종의 독을 만 배로 희석해서 오랫동안 자기 몸에 주기적으로 주사해왔는데, 마침내 독소와 항독소를 함께 얻어 엄청난 면역성을 얻었다고 했다. 그 결과 그는 자연의 거의 모든 것들, 심지어 햇살과 빗물과 바람만으로도 자기 속에서 새로운 독을 빚을 수 있으며, 그 독을 발산하여 주위에 있는 사람들에게 고통을 줄 수 있다는 것이었다.

물론 아무도 그 말이 사실이라고 믿지 않았고, 나 또한 듣고서 그저 웃어넘겼다. 하지만 그만큼 강한 카리스마를 발휘하는 인물이라면, 위험의 소지도 충분하다고 할 수 있다.

그런데 최근에 나는 '사나티오'에서 '쥐'를 발견했고, 그에게 주목하고 있다. 매번 마주칠 때마다 그에게서는 뭔가 음험한 음모의 냄새가 풍긴다. 어떤 때는 그에게서, 당장이라도 남의 뺨을 때리고 싶은 충동을 간신히 억누르고 있는 듯한, 그리고 남의 뺨을 때리지 못하면 차라리 자기 뺨을 세게 얻어맞고 싶어 하는 듯한 인상을 강하게 받기도 했다. 자연히 나는 기회가 생길 때마다 그를 면밀히 관찰했고, 그도 그런 기미를 알아차리고서 나를 경계했다. 나는 그가 '사나티오'를 등에 업고 모종의 불법 행위, 심지어 형사상의 심각한 범죄를 저지르고 있음을 확신한다. 그러나 아직은 증거가 부족하므로 신중을 기해야 할 일이다."

빠르게 읽기를 마치고서 고개를 들었을 때, 자경은 그사이에 거실 소파에 앉은 채 잠이 들어 있었다. 그녀의 이마와 볼에서는 어느새 조로한 여인의 피로가 묻어났다. 몽구가 어깨에 손을 얹자 그녀는 천천히 잠에서 깨어났다. 그녀는 몽구가 노트북을 집으로 가져가서 면밀히 살펴보는 데 동의했다. 함께 밖으로 나오자 예상하지 못한 차고 강한 바람이 그들의 몸을 휘감았다. 그는 반사적으로 자경을 돌아보았다. 그러고는 집까지 태워다주겠다고 말했다. 하지만 자경은 뭔가에 골몰히 생각에 잠긴 채 고개를 약간 숙이고 두 발을 앞으로 쭉쭉 내밀며 걸음을 내딛고 있었다.

택시 정류장에서 그녀를 택시에 태워 보낸 후, 몽구는 혼자 천천히 걸음을 옮겼다. 정우가 언급한 '쥐'라는 인물은 누구인가. 그리고 '쥐'라는 것은 무슨 뜻인가. 설치류 쥐일까, 아니면 누군가의 이니셜인 알파벳 G일까.

오피스텔 주차장으로 돌아가기 위해 바람 부는 황량한 길을 걷는 동안, 몽구는 십여 년 만에 자경을 다시 만난 감회를 마음속으로 천천히 되살렸다. 자경은 세상의 온갖 독소에 무방비 상태로 노출된 사람이었다. 그러나 그녀에게는 함께 있는 사람을 편안하게 해주는 힘이 있었다. 그녀는 자신의 고통을 감수하고서 안팎의 힘든 상황을 견뎌내어, 마치 매 순간을 즐거워하는 듯한 인상을 주는 사람이었다. 실제로 그녀는 쾌활한 모습도 자주 보였는데, 그 쾌활함은 전염성이 강했다. 어쩌면 그녀 속의 독이, 혹은 그녀가 앓고 있는 병이 그녀를 비범하게 만든 것인지도 몰랐다. 그녀에게서는 지병으로 늘 앓고 있는 사람들만이 가질 수 있는 순수함과 대범함이 느껴졌다. 그때 문득 몽구는 어쩌면 자신이 오랫동안 마음속으로 자경을 그리워했고, 자경을 찾았는지도 모른다는 생각이 들었다. 아무리 많은 여자들을 누려도 자경을 얻지 못하면 가장 치명적인 결핍에 시달리게 되리라고 믿어왔는지도 모를 일이었다. 여하튼 이제 분명한 것은 자경이 몽구의 세속적인 삶에 제동을 걸었다는 사실이었다. 문득, 어쩌면 다른 삶을 살 수 있게 될지도 모른다는 희망이 세찬 바람처럼 그를 휘감았다.

그는 맞바람을 받으며 천천히 한 발 한 발 앞으로 나아갔다. 건물 입구에 이르렀을 때, 다시 한 줄기 바람이 바닥에서부터 소용돌이치며 올라와 그의 이마를 서늘하게 식혀주었다. 그는 그 감각을 붙들어두기 위해 이마에 신경을 집중했다. 그때 몸에서 갑작스레 변화가 일어났다. 어떤 강한 독소가 심장에 영향을 미칠 때처럼, 속이 울렁거리고 호흡이 거칠어지고 심장박동이 빨라지고 팔다리가 얼얼하고 눈동자가 팽창하는 게 느껴졌다. 그 순간 그는 난생처음으로 사랑에 빠졌음을 알았다. 또한 그는 누군가와 막 헤어진 후에 생겨나는 감정의 강도가 바로 사랑의 척도임을 처음으로 깨달았다.

8

다음 날, 몽구는 자경과 함께 수호와 만나기로 한 자리로 나갔다. 수호와는 지난해 연말에 함께 저녁 식사를 한 후, 일곱 달 만의 만남이었다. 몽구는 자경과 수호를 만나게 하는 게 다소 때 이르다는 우려가 없지 않았다. 그러나 윤정우의 행방을 찾는 일이 시간을 다투어서 어쩔 수 없었다.

수호가 단골로 다니는 한식당은 남향의 낮은 야산 자락에 위치해서, 앞쪽은 전망이 탁 트이고, 옆과 뒤는 키 큰 나무가 자라는 널찍한 마당을 갖추고 있었다. 산채 전문점인 그곳에서는 이색적으로 각종 해초도 맛볼 수 있었다.

두 사람이 안으로 들어서는 것을 보고서 수호가 자리에서 일어섰다. 그는 머리를 길게 길러 뒤로 넘겼는데, 그동안 흰 머리카락이 더 늘어 반백이 되어 있었다. 몽구의 눈에는, 수호의 머리 위에서 흰색과 검은색이 서로 밀어내기도 하고 끌어당기기도 하는 모습이 그의 성격과 잘 어울려 보였다. 수호는 낯선 여자와 나타난 몽구를 보고서 약간 놀란 기색을 보이더니, 이내 환히 웃어 보이며 자경에게 정중하게 손을 내밀었다. 그러고는 자경의 손을 잡았다 놓으며 깜짝 놀란 표정을 지었다.

몽구와 자경이 머쓱해하자, 수호가 말했다.

“손이 무척 부드럽고 촉촉하군요. 까다로운 세균을 배양하기에 더할 나위 없이 좋은 토양 같다고나 할까요?”

그 말에 자경이 낮게 소리 내어 웃으며 대꾸했다.

“고맙습니다만, 어떤 말이든 칭찬처럼 들리게 하시네요. 선생님 말씀을 들으면, 독인지 약인지 구분하지 못하겠어요.”

수호가 미소 띤 얼굴로 고개를 가볍게 숙이며 말했다.

“두려움이 없으신 분이군요. 첫눈에 알겠어요. 몽구와 잘 어울리겠다는 걸.”

자경은 몽구에게서 들어 수호에 대해 어느 정도 알고 있었다. 그러나 수호에게 자경은 처음 만나는 사람, 처음 만나는 몽구의 여자였다. 만약 그녀가 오랫동안 병을 앓고 있다는 것을 알았다면, 수호의 인사말은 큰 실례가 되었을 것이었다. 그러나 곧 몽구는 생각을 바꾸었다. 수호는 근래 들어 점점 더 괴팍해지고 있던 터라, 그 사실을 알았어도 태도가 달라지지는 않았을 것이고, 오히려 더 고약한 말을 하고 싶은 충동을 느꼈을 수도 있었다. 아니, 어쩌면 수호는 이미 자경을 보고 손을 만지고 나서 그녀의 몸 상태를 정확히 파악했는지도 몰랐다.

수호는 청주 한 병과 산채 정식과 함께 해초 무침 한 접시를 따로 주문했다. 음식과 술을 들면서 그들은 간간이 맛과 냄새에 대해 품평을 늘어놓으며 한동안 먹고 마시는 행위에 몰두했다. 그러나 각기 머릿속이 복잡해서 맛을 제대로 느끼지 못하고 있다는 것을 서로가 알고 있었다.

가장 먼저 조바심을 이기지 못한 것은 몽구였다. 그는 수호에게 윤정우를 아느냐고 물었다. 물론 수호는 정우를 잘 알았지만, 그가 며칠째 실종 상태라는 것은 몰랐다. 정우가 자경의 오빠라는 말을 듣고서, 수호는 휴대폰을 들고 자리에서 일어나 유리창 쪽으로 걸어갔다. 그러고는 잠시 후 돌아와서 '사나티오' 직원들에게 지난 며칠간 정우의 행적을 아는 사람이 있는지 수소문해 두었으니 기다려보자고 말했다.

그때 등 뒤에서 다급한 발짝 소리가 들리더니 한 남자가 그들 사이로 얼굴을 들이밀었다. 놀랍게도 광수였다. 삼사 년 만에, 게다가 전혀 뜻밖의 만남인 데다가, 넥타이는 매지 않았지만 검은색 코트와 짙은 푸른색 정장에 흰색 셔츠를 걸친 깔끔한 모습이 꽤 낯설어서, 하마터면 알아보지 못할 뻔했다.

자경과 광수 사이에 소개의 말이 오간 후에, 광수가 수호와 몽구 사이에 앉으며 말했다.

"지난번에 내가 말했었지? 네 뒤에 누군가 특별한 사람이 있는 게 분명한데, 그분이 바로 수호 삼촌이라고 말이야. 이제 내게는 조 부장님이시지. 네 집에서 나와서 바로 다음 날 부장님을 다시 찾아갔지. 워치게? 그렇지, 중요한 건 워치게지. 나는 부장님께 일단 삼십 분만 시간을 달라고 부탁했어. 그러고서 삼십오 분에 걸쳐 내 존재 가치를 알려드렸지. 그런 뒤에 집에 돌아와 기다렸는데, 보름 후에야 연락이 왔어. 장장 보름 동안 나는 숨도 크게 쉬지 않았어. 너도 알잖아, 내 인내심이 발톱 무좀 수준이라는 걸."

수호가 그의 말을 받았다.

"내가 광수에게 물었어. 왜 '사나티오'에 들어오고 싶어 하냐고."

"내가 즉각 대꾸했지. 독사 아감지에 손가락을 넣고 싶어섭니다."

광수의 말에 수호는 쓴웃음을 지어 보였다.

"그런데 그동안 왜 내게는 아무 말도 하지 않았지요?"

몽구가 묻자, 광수가 수호를 대신해서 툭 말을 던졌다.

"일부러 말할 필요가 없었지. 언젠가 이렇게 알게 될 일이었으니까. 예상보다 늦어지긴 했지만 말이야."

광수가 수호를 힐끔 쳐다보고는 곧바로 말을 이었다.

"하지만 제대로 자리 잡기까지의 과정은 그리 순탄치 않았어. 처음에는 상품이나 원료 배달 일을 주로 했지. 거미들도 다 같은 거미가 아니야. 거미줄을 적당한 곳에 빠르게 그리고 잘 치는 거미와, 그렇지 못해서 늘 거미줄이 너덜너덜한 거미가 있거든. 솔직히 그중에 나는 그다지 우월한 유전자를 가진 거미는 아니었지. 하지만 열등한 유전자라고 반드시 도태당하라는 법은 없어. 내게는 잡초의 힘이 있었으니까. 나는 무엇보다 끈기가 있어서 몇 번 고생을 하고 나면 곧 적응하는 힘을, 말하자면 면역력을 갖추게 되어 있어. 잡초의 분노 같은 거라고나 할까. 부장님도 내게서 그 점을 알아보셨지. 하지만 한동안 나를 시험에 들게 했어. 내게 배달이 아니라 자료 조달 업무를 맡기면서 별것을 다 요구했어. 방방곡곡을 돌아다니며 희귀한 돌들, 희한한 식물들, 거의 멸종된 동물들, 곤충들을 찾아다녀야 했지. 인터넷을 통해 해외 구매도 했어. 일단 구입하면 내가 직접 시험을 해보았는데, 한번은 무심결에 정체불명의 수소산을 맛보았다가 혀의 감각을 며칠 동안 완전히 잃기도 했어. 맛이 사라지자 시각과 청각도 같이 약해져서 정말 고생했지.

한번은 부장님이 내게 더 특별한 임무를 부여했어. 비소를 돼지에게 먹여서 죽인 후 사람이 그 돼지를 먹으면 괜찮다고 하는데, 그 고기 맛이 일품이라고 하니 한번 구해보라는 거야. 다음 날 나는 새끼 돼지 한 마리를 구해서 내 손으로 직접 그 돼지에게 비소를 먹였어. 그러고는 죽어가는 돼지를 줄에 묶어 한참 동안 연구소 마당에서 끌고 다녔지. 근육을 부드럽게 만들기 위해서 말이야. 마침내 돼지가 죽었을 때, 그 비소 섞인 고기를 푹푹 끓여 수육을 만들어서 저녁에 육십 도짜리 백주를 들고 부장님을 찾아갔지. 정말 맛이 기가 막혔어. 술과도 기막히게 어울리더라고. 우린 그야말로 독에 취한 돼지처럼 고기를 먹고 술을 마셨어. 부장님이 그렇게 인간적으로 보인 건 처음이었어. 그날 비로소 부장님이 나를 인정해주더군. 마침내 시험을 견뎌낸 거야. 너도 알다시피 부장님은 늘 삶과 죽음 사이의 경계 위에서 사시는 분이야. 살면서 즐길 뿐만 아니라, 죽어가면서도 즐길 수 있는 분이지. 나는 그 점을 진심으로 존경해. 그저 일상적인 삶이라는 건 너절하니까. 비소 먹고 죽은 고기를 먹는 거, 복어 회에 복어 독을 조금 떨어트려 혀에 톡 쏘는 맛을 느끼는 거, 삶이라는 음식에 죽음이라는 소스가 살짝 뿌려지는 거, 그거야말로 정말 근사한 거 아니야?

그 후로, 나는 '사나티오'의 유능한 직원이 되었고, 지금은 유통사업부를 맡고 있어. 이제 나를 신광수 팀장이라고 불러도 돼. 그동안 정말 많은 공부를 했어. 책도 많이 읽었지. 덕분에 나 같은 사람도 열 번쯤 다시 태어나면 세상을 뒤흔들 위대한 사람이 될 수 있겠다는 자신감도 생겼어. 그러니 이번을 열 번 중에 처음 태어난 것으로 여기고서 다음 아홉 번을 대비해야지."

몽구는 광수에게 실망감 비슷한 감정을 느끼며 무심결에 물었다.

"혹시 결혼은 했나?"

"부장님은 결혼 생활을 응급실에서 사는 일로 비유하곤 하셨지. 그 말에 나는 완전히 동감이야."

자경이 수호를 쳐다보며 물었다.

"응급실에서 산다는 건, 당장 어떤 치명적인 사고가 생길지 몰라서 응급실을 떠나지 못한다는 뜻인가요?"

"결혼 생활 자체가 매 순간 응급조치를 필요로 한다는 뜻이겠지요."

광수가 대신 대답을 하고서 히힛거리며 웃음소리를 냈다. 그때 몽구의 코에 술 냄새가 훅 하고 끼쳤다. 그제야 그는 광수가 전작이 있고, 지금도 꽤 취한 상태라는 것을 알았다. 수호도 그 점을 알아차렸는지, 손을 들어 광수의 어깨를 툭툭 쳤다. 광수는 수호의 심기를 짐작하고서, 고개를 흔들며 정신을 가다듬는 기색을 보였다. 그 광경은 몽구를 혼란스럽게 했다. 수호는 진심으로 애정을 가지고 광수를 대하는 듯했고, 광수는 수호의 손짓 하나에 곧바로 꼬리를 내리고서 머리를 조아렸다. 그것은 수호답지도 않았고 광수답지도 않았다. 어쩌면 두 사람 사이에 모종의 특별한 계약이 이루어진 건지도 몰랐다. 그러고 보니 광수에게서 젊었을 때 수호의 모습이 언뜻언뜻 비치는 것도 사실이었다.

식사가 끝난 후에 자경은 손을 씻겠다며 화장실로 갔다. 그때 광수가 식탁 위에 놓여 있던 넓적한 그릇 하나를 집어 들더니 뒷마당으로 나갔다. 그곳에는 고양이 서너 마리가 어울려 놀고 있었다. 때로 그것들이 식당 안으로 들어오면 주인이 나서서 쫓아내거나 손으로 집어 들어 밖에 내다놓곤 했다. 몽구는 수호가 고양이들을 유난히 싫어한다는 걸 알고 있었다. 특히 고양이의 시선을 견디지 못했다. 마치 멍한 척 빤히 응시하면서 실제로는 상대를 꿰뚫어 보는 듯한 고양이의 눈에서 어떤 면역 체계도 무너뜨릴 수 있는 야생의 독 기운이 느껴진다는 것이었다. 수호는 그 음식점을 무척 좋아했는데, 늘 고양이들이 어슬렁거리는 게 마음에 안 들어서 주인에게 몇 번이나 항의를 했다. 하지만 주인이 워낙 고양이 애호가인 탓에, 식당 안으로 들어오는 것을 막는 것만으로 만족할 수밖에 없었다. 그렇지 않으면 수호 자신이 그 식당에 발길을 끊어야 했다.

광수가 다가가자 고양이들이 눈치를 보며 슬글슬금 옆으

로 피했다. 그가 상의 주머니에서 우유갑을 꺼내어 흔들었다. 몽구는 의아해하는 표정으로 수호를 바라보았다. 그러나 수호의 얼굴에는 아무런 표정도 없었다. 광수가 손에 들고 있던 그릇에 우유를 따라 고양이들 앞으로 내밀었다. 고양이들이 한 마리 두 마리 그릇 쪽으로 다가왔을 때, 어느새 나타났는지 자경이 광수 앞으로 불쑥 나섰다. 그러고는 망설이는 기색이 조금도 없이 단호하게 그릇을 발로 차버렸다. 순간 광수가 놀라고 화난 표정으로 벌떡 몸을 일으켜 자경을 노려보았다. 그들의 눈은 같은 인간의 눈이었지만, 하나는 나비를 닮은 눈이었고 하나는 나방을 닮은 눈이었다. 나비와 나방이 눈싸움을 벌였다. 하지만 한낮에 벌어진 그 싸움에서는 나비가 이길 수밖에 없었다. 나방은 밤을 기약했고, 조만간 밤은 올 것이었다.

광수가 두 눈에서 날카로운 눈빛을 미처 지우지 못한 채 어설픈 미소를 띠며 말했다.

"죽이려는 게 아니었어, 그저 석고 가루를 조금 탔을 뿐이야. 위장에 탈이 나면 몇 마리쯤은 사라지지 않을까 싶었던 거지. 조 부장님이 워낙 고양이를 싫어하시잖아."

광수는 자리로 돌아와 심술 사나운 표정으로 털썩 주저앉았다. 주제넘은 짓을 했다고 수호가 야단치지 않을까 신경이 쓰이는 모양이었다. 그러나 수호는 몸을 뒤로 젖힌 채 뭔가 깊은 생각에 잠긴 사람처럼 묵묵히 앉아 있었다.

그제야 여유를 회복한 광수가 자경 쪽으로 고개를 기울이며 눈을 약간 치뜨고서 말했다.

"조용하고 차분하신 분인 줄 알았는데, 꽃에 가시가 있네요. 향기로운 독처럼 말이지요."

"가시는 추한 거예요. 독의 향기는 악취지요. 그래요, 내게는 그런 면도 있어요."

자경의 대꾸에 광수가 곧바로 말꼬리를 잡았다.

"추하면 독이고, 아름다우면 약이라는 말인가요?"

"아름다움도 추함도 인간의 마음에 독과 같은 영향을 미치기는 마찬가지예요. 우리는 아름답지도 추하지도 않아요. 그 말은 곧 우리가 아름다우면서도 추하다는 뜻이지요. 살아 있는, 살아야 하는 인간이니까요. 하지만 세상은 점점 우리를 기껏 한 방울의 독으로 몰아가고 있어요. 그건 분명 추한 거예요. 고양이를 죽이는 것도 추한 일이지요."

"나한테는 추함도 아름다움도 없어요. 먹을 수 없으면 독이고, 먹을 수 있으면 약이에요. 그러니 먹을 수 없는 건 죽이고, 먹을 수 있는 건 키워야지요."

"그래요, 그럴 때 당신 어머니는 어디에 있을까요?"

"갑자기 어머니라니, 이거야 대체."

그때 수호가 그들 사이로 끼어들었다.

"신 팀장은 고양이들을 죽이려 한 게 나에 대한 배려였다고 생각하는 모양이야. 내가 사주하기라도 한 것처럼 말이야. 하지만 이 자리에 있는 우리 모두가 알고 있어. 자네는 석고 가루를 마신 고양이들이 어떻게 되는지 눈으로 보고 싶은 충동을 누르지 못했을 뿐이야. 석고 가루는 음식물과 섞이면 사람을 죽일 수 있는 위험한 물질이니까. 한때 석고 가루 섞인 밀가루로 취사를 하고서 부대 전체가 몰살한 적도 있어. 적들의 계략인 줄 몰랐던 거지. 그런데 그거야 그렇다 치자고. 내가 궁금한 건 자경 씨가 어떻게 그 사실을 알아차렸냐는 거지."

순간적으로 벌겋게 달아오른 광수의 얼굴을 바라보며 자경이 차분한 목소리로 말했다.

"저는 오래 앓았어요. 내내 병에 시달리다 보면 리트머스처럼 되어버려요. 리트머스는 이끼에서 얻는 색소예요. 거기에 산이 닿으면 적색으로, 알칼리가 닿으면 청색으로 변하지요. 제가 바로 그래요. 가까이 있는 것이 독인지 약인지 감각적으로, 거의 본능적으로 인식할 수 있어요. 아까 그 우유는 제 눈에 검푸르게 보였어요. 몸으로 그렇게 느꼈지요."

"그럼 리트머스 인간이라고 불러드릴까?"

광수가 툭 말을 던졌다. 그러나 아무도 대꾸하지 않았다.

수호가 자경을 바라보다가 말했다.

"세상은 온통 서로 적대적인 힘으로 가득 차 있어요. 온갖 병균이 자경 씨를 죽이려 들지요. 하지만 우리가 먹고 마시고 호흡하고 맛보고 만지고 감촉하는 모든 것은 우리에게

축복이에요. 그것이 독이든 약이든 상관없이 말이지요. 그런 게 없다면 지금 자경 씨뿐만 아니라 우리 모두가 이미 사라지고 없겠지요. 살아 있는 한, 우리는 썩어가는 진흙에서 피어오르는 연꽃이에요. 독이냐 약이냐 따지는 건 무의미한 일이지요."

수호의 수수께끼 같은 말에 한동안 침묵이 자리를 채웠다. 자경은 무표정한 얼굴로 수호를 바라보았다. 수호는 그녀의 눈길을 피하지 않았다. 순간 몽구는 문득 소외감이 느껴졌다. 이유는 잘 알 수 없었어도, 자경과 용한이 깨물기 놀이를 했다고 들었을 때와 비슷한 감정이었다.

그때 수호의 휴대폰이 진동음을 울렸다. 수호는 아까처럼 자리에서 일어나 유리창 쪽으로 걸어가 전화를 받았다. 그러고는 자리로 돌아와 말했다.

"지난 며칠 윤정우 씨 행방에 대해 자세히 아는 사람은 없는데, 평소에 연락을 담당하던 여직원의 말이, 며칠 전에 고향에 다녀와야겠다고 했다더군. 고향에서 얼마 떨어지지 않은 곳에 승마장이 있는데, 나흘 전에 말 세 마리가 갑자기 죽었다는 거야. 국립독성연구소에서 사인 규명에 나섰고, 그 일을 윤 실장이 맡은 거지. 동료들에게 남긴 말로는, 오랜만에 고향에 가는 김에 집 한 채 지을 곳도 찾아보아야겠다고 한 모양이야."

말을 마친 수호의 눈길이 한동안 허공에서 배회하다가 광수 위로 내려앉았다. 두 사람은 긴장된 표정으로 서로를 노려보듯 바라보았다. 그것은 뭔가 숨기고 있는 자와 그 낌새를 알아차린 자가 주고받는 눈빛이었다. 순간, 몽구는 머리털이 쭈뼛 일어섰다. 정우의 노트북을 살펴보던 중에, 북한강 변의 청포 근처 야산에 승마장을 겸한 '사나티오'의 농원이 있는데, 수색영장을 발급받아서라도 조만간 자세히 살펴볼 필요가 있다는 글귀를 읽은 기억이 났기 때문이었다.

그때 자경이 천천히 몸을 일으키더니 갑자기 현기증이 밀려오는지 얼굴이 하얗게 변하면서 두 손으로 탁자를 짚었다. 몽구가 팔을 뻗어 그녀의 어깨를 끌어안았다.

몽구의 차를 타고 돌아오는 동안, 자경은 내내 잠을 잤다. 점심 식사 중에 그녀는 무척 조심했다. 아주 조금씩 천천히 먹었고, 물도 자기가 준비한 것을 마셨다. 그런데 그녀는 다시 무너졌다. 오빠의 행적이 청포에서 끝났다는 말이 그녀를 뒤흔든 모양이었다. 하지만 몽구는 사람들의 독이, 수호의 독과 광수의 독이 그녀를 긴장의 극한으로 몰아갔다는 느낌을 떨칠 수 없었다. 그때 문득 몽구는 벼락처럼 찾아든 생각에 머리가 아찔했다. 어쩌면 나 자신의 독이야말로 가장 강력하게 자경을 위험에 빠트린 게 아닐까. 충분히 그럴 수 있는 일이었다. 그는 의자를 뒤로 젖힌 채 누운 자경을 내려다보았다. 그녀가 미간을 찌푸린 채 머리를 약간씩 움찔거렸다. 그는 자기도 모르게 그녀에게로 손을 뻗었다. 늘 그녀는 자신에게서 멀리 떨어져 있다는 생각이 들었기 때문인지도 몰랐다. 이마에 닿는, 욕정과 질투가 밴 그의 손길을 느낀 순간, 그녀가 두 눈을 번쩍 떴다.

9

몽구와 자경은 다음 날 아침 일찍 청포를 향해 출발했다. 전날 몽구는 편집국장에게 대략적인 일정을 밝혀두었다. 그들이 북한강 변의 작은 마을에 도착했을 때는 아직 대기 속에 서늘한 기운이 남아 있었다. 몽구는 강에서 조금 떨어진 곳에 자리 잡은 낮은 언덕 밑에 차를 세웠다.

강변을 산책하는 사람들의 모습이 드문드문 눈에 들어왔다. 진한 안개에 사람들의 실루엣이 흐릿하게 뭉개졌다. 마치 안개가 강한 산성을 띠고서 그들의 몸을 부식시켜 공기 속으로 풀풀 날리는 듯했다.

그들은 차에서 내려 천천히 강을 따라 걸었다. '상수원 보호 지역'이라는 푯말이 눈에 들어왔다. 강의 푸른 수면은 안개에 가려져 있었다. 마치 강이 안개 속에 몸을 숨기고서 길고 느린 흐름으로 스스로를 정화하는 듯했다. 어디에도 승마장이나 농원의 간판은 보이지 않았다. 그러나 지도상으로 청포 농원은 주변 어딘가에 있었다.

강변을 떠나 언덕 위로 올라서자, 트럭 두 대는 족히 드나들 수 있는, 쇠로 된 검고 널찍한 문이 시야에 들어왔다. 그 문 양쪽으로 어른 키 높이의 방부목 울타리가 길게 뻗어 있고, 그 너머로 저 멀리 맞은편 산에 이르기까지 완만하게 경사진 평원이 펼쳐졌다.

그들은 반쯤 열린 한쪽 문을 지나 안으로 들어갔다. 관리실처럼 보이는 작은 건물은 비어 있고 어디에도 사람은 보이지 않았다. 여기저기 단층 건축물들과 동물 사육장, 마구간 같은 것들이 눈에 들어왔다. 이런 작고 외진 마을에 승마장을 겸한 말 사육장이 있다는 사실이 몽구의 호기심을 자극했다. 말은 아직 보이지 않았지만, 그곳 어딘가에 있으리라는, 아침마다 안개 낀 강변을 거니는 말들을 곧 볼 수 있으리라는 기대감이 그의 가슴을 부풀렸다. 자경과 함께 그녀의 오빠를 찾으러 온 마당에, 왜 불현듯 말을 보고 싶은 충동이 드는지 스스로도 이해하기 어려웠다. 그러나 아까 소리 없이 흐르는 강에서 편안한 고즈넉함을 느꼈을 때부터 이미 말들의 이미지가 눈앞에 어른거렸다.

자경은 일꾼들이 숙소로 쓰는 건물을 지나 마구간 쪽으로 걸어갔다. 마구간 앞쪽에는 음수대가 마련되어 있고, 과연 그곳에 말 두 마리가 조용히 서 있었다. 암수 한 쌍으로 보이는 늙은 말들이었다. 그는 자경의 뒤를 따라 흙바닥 위에 어지러이 새겨진 인간들과 동물들의 발자국을 되밟으며 천천히 그쪽으로 다가갔다. 말들은 그를 의식하지 않는 듯, 아니면 의식하지 않는다는 듯이 가만히 서서 간간이 목을 좌우로 비틀며 흔들었다. 둘 다 군데군데 털이 빠지거나 짧게 깎였고 상처 자국도 보였다. 자경이 암컷으로 보이는 말에 다가가서 목의 옆부분을 부드럽게 쓰다듬었다. 두 마리 말과 사람 하나가 서로 부드럽게 어우러져 부동과 정적 속에 머물러 있었다.

그때 밀짚모자를 쓴 한 늙수그레한 남자가 약간 당황한 표정으로 다가왔다. 목에 푸른 수건을 건 사내의 얼굴은 선량하고 순박해 보였는데, 거기에 어울리지 않게 경계하는 표정을 띠고 있어서 잔뜩 겁을 먹은 사람처럼 보였다. 몽구가 앞으로 나서서 그를 맞으며 인사말을 건넸다. 그러고는 휴대폰에 저장된 정우의 사진을 화면에 띄워서 그에게 보여주며 물었다.

"혹시 며칠 전에 이 사람이 농원을 찾아오지 않았나요?"

"왔었어요. 죽은 말들을 살펴보고서 곧바로 떠났지요."

몽구는 계속해서 몇 가지 질문을 했고, 관리인은 머뭇거리면서도 비교적 순순히 아는 대로 대답했다. 그의 말에 따르면, 닷새 전에 말 세 마리가 농원 앞의 강변에서 의문의 죽음을 당했다. 그 사건은 목격자들의 제보로 지방 인터넷 신문에 실렸는데, 다음 날 그 기사를 보고서 국립독성연구소의 연구원이라는 사람이 조사를 하기 위해 찾아왔다. 그

연구원은 이 지역이 상수원 보호 구역이기 때문에 철저한 관리가 필요하다는 사실을 강조했다. 그러고는 매장할 준비 중이던 세 마리 말에 대해 어떤 조치도 취해서는 안 된다고 말하고서, 죽은 말들이 옮겨진 창고로 갔다. 그는 말들의 눈동자와 혀의 색깔, 털과 피부의 상태를 면밀히 살폈고, 꽤 많은 양의 피를 뽑았다. 일단 피 검사를 해보고 필요하다고 여겨지면 부검을 할 요량이었다. 그때 본사 직원 한 사람이 나타나 연구원의 행동을 저지했다. 두 사람은 서로 아는 사이 같았는데, 곧바로 언쟁과 실랑이가 벌어졌다. 그러나 얼마 후에 서로 화해하고서 둘이 함께 농원을 떠났다. 그런 뒤에 두 사람은 돌아오지 않았고, 관리인은 서울로 돌아간 것이라고 생각했다.

"그 직원이라는 사람이 키가 작고 말쑥하게 차려입은 남자인가요?"

순간 그가 어깨를 움찔하며 몽구를 쳐다보았다. 그러나 어렵사리 감정을 억제하는 기색을 보이며 약간 떨리는 목소리로 말했다.

"그래요, 신광수 팀장이지요? 알고 계신가요?"

대화는 거기에서 멈추었다. 자경은 마치 정우가 주변 어디에라도 있는 듯이 눈을 가늘게 뜨고 찬찬히 주위를 둘러보았다. 지금 당장 오빠를 찾지 못하면 영영 보지 못하게 되리라는 불길한 예감이 담긴 눈길이었다. 몽구도 말 사육장

울타리 너머로 무성히 자라고 있는 크고 작은 나무들을 한동안 유심히 바라보았다. 하지만 그들은 관리인이 원하는 바를 모르지 않았다. 관리인은 그들이 사유지에서 빨리 나가주기를 바라면서도, 그렇듯 매정하게 대할 수밖에 없는 자신의 입장에 대해 당혹감을 감추지 못했다.

그들이 막 문을 나서려 할 때, 관리인이 그들을 불러 세웠다. 그러고는 내내 망설이다가 마침내 결단을 내린 것처럼 긴장된 표정을 지으며 낮은 목소리로 말했다.

"그런데 말이죠, 다음 날 이른 아침부터 한 남자가 강변을 배회하고 있었어요. 머리는 헝클어졌고, 셔츠만 걸친 차림에 표정이 멍했는데, 초점이 맞지 않는 눈을 희번덕거리며 아무렇게나 이리저리 헤집고 다녔어요. 그러다가 사람들을 보면 히히 웃으면서 들짐승처럼 슬금슬금 피했지요. 그 남자를 본 사람이 농원에서도 나뿐만이 아니라 여럿이었어요. 다른 사람들 말로는, 그날 하루 종일 강을 따라 오르내리면서 골똘히 생각에 잠긴 채 뭔가 열중해서 찾는 것 같았다는군요. 그런데 어디선가 본 듯해서 가만히 생각해보니, 전날 보았던 연구원이 아니었나 싶었어요. 솔직히, 지금도 그 남자가 그 연구원인지는 잘 모르겠어요. 하지만 아니라고도 할 수 없겠어요. 어떻게 보면 비슷한데, 또 어떻게 보면 전혀 달랐어요. 미친놈, 실성한 놈이 나타났다며 놀리는 사람들도 있었어요. 내가 그들에게 입조심하라고 소리쳤지요. 여자들은 겁을 집어먹었어요. 내가 아무래도 경찰에 신고해야겠다고 생각하고서 다시 살펴보니, 그때는 이미 어디로 갔는지 보이지 않았어요."

관리인은 말을 마치고서 어찌 보면 부끄러워하는 듯한 묘한 표정을 지었다. 그 때문에 얼굴에 주름살이 더 선명하게 새겨졌다. 문득 몽구는 인간의 주름살이 시간의 지문과도 같다는 생각이 들었다. 시간의 지문이 점점 늘어나면 결국 인간의 살을 뭉개버리기에 이르고, 그때부터는 시간이 인간을 대신해버리는 것이었다.

자경은 관리인의 얼굴을 뚫어지게 바라보았다. 그녀는 그 늙은 남자에게서 뭔가 이야기를 더 듣고 싶으면서도 이제 그만 입을 다물어주기를 절망적으로 바라는 것처럼 보였다. 어쩌면 당장이라도 관리인의 입술을 후려치고 싶은 충동을 간신히 내리누르고 있는지도 모를 일이었다.

그들이 농원을 나왔을 때에는 어느새 한낮이 가까웠다. 강이 햇살을 받아 마치 수많은 석영으로 채워진 유동하는 광물처럼 반짝거렸다. 그래서인지 강 전체가 온갖 보석들로 장식된 길고 푸른 사원처럼 보였다.

그들은 주위를 살피며 천천히 강을 따라 하류 쪽으로 내려갔다. 자경은 수시로 휴대폰을 꺼내어 메시지를 확인했다. 강가의 갈대숲이 바람을 맞아 휘청 기울어질 때면, 그 사이로 당장이라도 한 미친 사내가 뛰쳐나와 그들에게 달려들 것 같았다. 그러나 정우의 자취를 찾는 일은 결코 쉬울 것 같지 않았다.

"그 남자가 오빠일까요? 아마도 그렇겠지요? 술이나 약에 취한 걸까요? 오빠는 뭘 하고 있었을까요? 어쩌면 오빠는 어린 시절의 고향으로 돌아간 건지도 몰라요. 그곳에서 자기 때문에 부패 경찰로 낙인찍힌 아버지의 유령을 만났는지도 모르지요."

자경이 말을 멈췄다. 그들 앞에 작은 규모의 선착장이 나타났고, 사람들이 줄을 서서 배에 오르는 중이었다. 자경이 서둘러 그쪽으로 걸음을 옮겼고, 몽구도 뒤를 따랐다. 강 한가운데에 있는 붕어섬으로 가는 배였다. 안내판에는 섬을 위에서 내려다보면 붕어처럼 생겨서 붙은 이름이라고 씌어 있었다. 그들은 미리 약속이라도 한 듯 곧바로 표를 끊고서 배에 올랐다. 강물의 흐름 속에 하나의 점으로 정지한 섬이라는 공간이 그들을 이끌었다. 어쩌면 그들은 강 속으로 들어가고 싶었는지도 몰랐다. 그 섬이 물로 된 사원의 지성소일 것 같았다. 미친 사내를 찾기 위해 두 사람은 그 사내가 남긴 영혼의 자취를 뒤따르고 있었다.

그들은 배에서 내린 다른 사람들의 무리를 벗어나서 하안을 따라 걸었다. 섬 안에는 강을 일주하는 산책로가 조성되어 있었다. 섬 중앙에 무엇이 있는지는 알 수 없어도, 강변에서 보면 몇 그루의 교목을 빼고는 온통 갈대숲이었다. 누런 갈대들 사이에서 새롭게 푸른 잎들이 올라왔다. 남쪽 하안 모래톱 앞에 이르렀을 때, 갑자기 세찬 바람이 불어왔다. 바람의 결이 차고 날카로워서 나란히 걷기가 쉽지 않았다. 문득 몽구의 머릿속으로, 바람은 두려움과 불안감이 있는 곳으로 분다는 말이 떠올랐다. 언젠가 책에서 읽은 구절 같았는데, 어쩌면 지금 불어오는 바람의 세기는 그들이 느끼는 불안감의 정도에 비례하는지도 몰랐다.

바람이 조금 잦아들었을 때, 자경이 걸음을 늦추며 뒤로 처졌다. 그러고는 등 뒤에서 낮은 어조로 중얼거리듯 말했다. 긴 이야기가 시작되리라고 예감하게 하는 차분한 목소리였다.

"오빠는 어렸을 적부터 특별했어요. 지나치게 섬세하고 예민했지요. 피아노를 무척 잘 쳤어요. 어머니는 오빠에게 어렸을 적부터 피아노를 가르쳤어요. 하지만 나는 곁에서 구경만 해야 했지요. 내가 조르면, 어머니는 피아노를 치려면 건강한 몸과 마음이 있어야 하니 우선 병부터 나아야 한다고 잘라 말했어요. 오빠는 어느 정도 피아노에 숙달된 후로, 내 표정이나 걸음걸이나 목소리를 피아노 소리로 흉내 내곤 했어요. 그러면서 거기에 '요정의 트로트'라는 제목을 붙였지요. 처음에는 나를 놀리려 한 건데, 오히려 우리를 더 가깝게 해주었어요. 나는 정말 요정이 된 것 같은 기분이었어요. 오빠 덕분에 나는 아픈 사람이 아니라 인간 세상에 잘 적응하지 못하는 요정이었어요.

오빠는 재주도 많았지만, 호기심도 남달랐어요. 어머니가 돌아가신 후 한 달쯤 되었을 때였어요. 어느 날, 오빠는 거울 앞에서 엄마의 유품인 보라색 원피스를 입어보다가 아버지에게 들켰어요. 아버지가 미련과 애착을 버리지 못하고 간직해두었던 세 벌의 옷 중에 가장 화려한 것이었지요. 놀라고 화가 난 아버지는 오빠를 무섭게 야단치고서 옷을 모두 태워버렸지요. 오빠가 항변을 했어요. 자기는 늘 자신을 다른 누군가로 상상한다고요. 언젠가부터 그렇게 되었고, 자기도 어쩔 수 없다고요. 며칠 전에는 자기 목 위에 엄마의 머리가 얹어져 있는 꿈을 꾸었다고요. 당연히 그 말은 아버지를 더 화나고 절망하게 만들었지요."

몽구의 귀에 자경의 말소리는 노랫가락을 웅얼거리는 것처럼 들렸다. 마치 오랫동안 지속되어 온 고통의 신음 소리가 마침내 노래로 변하는 듯했다.

"아버지는 성격이 급하긴 해도 오빠를 때린 적은 한 번도 없었어요. 하지만 그날 이후로 오빠는 아버지를 피해 다녔어요. 오빠는 아버지와 함께하는 시간을 가능한 한 줄이기 위해 수단과 방법을 가리지 않았어요. 아버지가 집에 일찍 들어오는 날은 숙제도 강가에 나가서 한 뒤 늦게야 들어왔어요. 아버지가 아무리 언성을 높이고 심지어 달래고 애원을 해도 오빠는 달라지지 않았어요. 자기는 나중에 철도 공무원이 되겠다고 했어요. 기차 안에서 살고 모든 것을 기차 안에서 하다가 기차 안에서 죽겠다고 했어요. 오빠가 환각제와 가까워지기 시작한 게 그때부터였어요. 오빠는 들판에서 자주 낮잠을 자곤 했는데, 그 무렵에 야생 라일락의 강한 향기가 신경을 안정시킨다는 걸 알았어요. 요즘에는 재스민 향기를 이용해서 바륨보다 더 효과적이고 부작용도 없는 신경안정제를 만들고 있어요. 재스민 향기가 신경전달 물질을 원활하게 유도해서 진정제와 수면제만큼의 강한 효과를 내거든요. 오빠는 이미 오래전에 라일락에서 진정제와 수면제를 찾았던 거예요. 그때 이미 사이코노트가 될 소질이 있었지요.

아버지가 우려한 대로 오빠에게는 남성보다 여성이 더 강했어요. 중학교 시절에 오빠는 첫 애인을 만났어요. 시내 한복판에 있는 커다란 양식당의 주인 아들이었는데, 오빠와 학교도 다르고 나이도 두 살이 많았어요. 하지만 둘은 늘 같이 어울려 다녔어요. 나도 그 사람을 몇 번 본 적이 있는데, 겉으로 보기에는 그저 평범했어요. 하지만 실은 무척 조숙한 데다가 성격이 몹시 불안정한 사람이었어요. 그 사람의 아버지, 그러니까 식당 사장은 취미가 말을 타는 것이었어요. 아까 우리가 들렀던 승마장은 처음에는 그 사람의 소유였지요. 그때는 규모가 훨씬 작았어요. 오빠의 애인도 말을 좋아해서, 오빠를 자주 승마장으로 데려갔어요. 물론 그때도 나는 그저 지켜보기만 했지요. 승마는 위험한 스포츠였으니까요. 오빠의 애인은 말 타기만 좋아한 게 아니었어요.

한번은 말에서 떨어져 다리가 부러졌는데, 그때 처음 진통제와 접한 후로 마취 효과가 있는 것들에 관심을 가지게 되었다고 해요. 얼마 지나지 않아 본드나 시너 같은 환각 성분이 있는 것들에 손대기 시작했고, 오빠와 가까워진 것도 그 무렵이었지요. 전에 말한 것처럼, 오빠가 환각물질에 더 깊이 빠져든 것도 그 사람의 영향이었어요. 고등학교에 입학했을 때 그 사람은 이제 그 정도 것들로는 만족하지 못했어요. 몰래 빼돌린 돈으로 동네 약사를 매수해서 암페타민이나 프로포폴, 바륨을 몰래 구입한 거예요. 그리고 오빠와 함께 그것들을 사용했지요. 아마도 어렸을 적부터 부족한 거라고는 전혀 없었던 도련님이 복잡하고 골치 아픈 세상사를 약물이 제공하는 몽환의 세계와 바꿔버린 것일 테지요.

두 사람은 점점 중독되어 갔고, 결국 모든 게 돌이킬 수 없게 되었어요. 둘 사이의 관계가 실제로 어땠는지는 아무도 알지 못해요. 오빠는 그 사람이 자기 애인이었다는 건 인정했지만, 그 이상은 아무 말도 하지 않았어요. 지금도 내게 그 점에 대해서만은 입을 다물고 있지요. 여하튼 두 사람은 나름대로 조심했지만, 세상을 완전히 속일 수는 없었어요. 마침내 아버지가 나서는 상황을 피할 수 없었지요. 아버지는 두 사람이 산속의 한 버려진 오두막에서 만나 약에 취한다는 것을 알고서, 어느 겨울날 그곳을 찾아갔어요. 그때 이미 두 사람은 제정신이 아니었어요. 문이 안으로 잠겨 있자 화가 난 아버지는 오두막의 허름한 지붕을 벗겨버리고 그리로 들어가서 오빠를 강제로 끌고 산에서 내려왔지요. 그 바람에 혼자 남은 오빠의 애인은 하마터면 얼어 죽을 뻔했어요. 겨우 목숨을 건졌지만, 며칠 동안 독감을 심하게 치러야 했지요. 앓는 동안 그 사람은 내내 불같이 화가 나 있었어요. 중독 상태인 데다가 고열에 시달리다 보니 현실감을 잃어버린 거지요. 열이 가라앉아서 일어나 앉자마자, 그 사람은 말을 타고 우리 집 앞에서 기다리고 있다가 귀가하는 아버지를 향해 달려들었어요. 아버지는 말발굽에 차여서 크게 다쳤지요. 그 결과로 그 사람은 소년원으로 보내졌어요. 하지만 며칠 만에 그곳에서 시체로 발견되었지요. 결국 자살로 판명되었지만, 석연치 않은 점이 많았어요.

그 일로 오빠는 기가 꺾여버렸어요. 아버지와 나는 오빠가 크게 상처를 입고서 강하게 반발하지 않을까 걱정했어요. 하지만 오빠는 갑작스레 무기력해졌어요. 아버지가 정신 차리라고 몰아세우면, 그저 같은 말만 반복할 뿐이었어요. 아버지가 그 오두막의 지붕을 벗겨버린 날, 자기도 그곳에서 얼어 죽었다고요. 그 말이 다섯 번째 되풀이되었을 때, 아버지가 오빠의 뺨을 몇 차례나 때렸어요. 아버지가 우리를 위해 새로운 계획을 세운 건 바로 그 순간이었어요. 우리를 미국으로 보내기로 한 거예요. 오빠는 아버지의 뜻을 순순히 받아들였어요. 아버지로서는 그 상황에서 최선을 다한 것이고, 오빠도 그 점에 대해서는 고마움을 느낀 거지요. 시간이 흘러서, 그 모든 일이 잊힐 때쯤 되었을 때, 아버지가 갑자기 돌아가셨어요. 지금도 아버지의 죽음이 자살인지 약물 중독에 의한 것인지 아니면 타살인지 알지 못해요. 아버지는 말발굽에 차인 다리의 통증으로 줄곧 고통을 받아왔다는군요. 어쩌면 아버지는 그 고통을 끊어버리고 싶었는지도 모르지요. 오빠가 갑자기 정밀 부검을 요구한 이유는, 만약 아버지가 자살을 했다면, 그것을 자신의 죄로 받아들이겠다는 생각 때문이었어요. 하지만 진실은 밝혀지지 않았고, 오빠 가슴에는 공연히 고인의 영원한 잠을 방해하고 이름을 욕되게 했다는 죄책감만 늘어났을 뿐이었지요.

지금도 오빠는 독신으로 지내고 있어요. 얼마 전에는 내게 이런 말을 했어요. 자기는 여자의 몸을 잘 알지도 못하면서도 옷 밖으로 드러난 맨살을 보면 그 여자의 벗은 몸 전체가 계속 눈앞에 어른거리는데, 그게 그렇게 아름다울 수 없어서 고통스럽다더군요. 그리고 또 이런 말도 했어요. 갑자기 날마다 이상한 꿈을 꾸었는데, 꿈속에서 매번 어떤 여자와 결혼을 한다는 거예요. 직장 동료이기도 하고 술집 종업원이기도 하고 심지어 헬스클럽에서 몇 번 마주친 여자인 경우도 있다고 해요. 하지만 그때마다 여자들은 어떻게 이런 남자와 결혼했는지 영문을 모르겠다며 침대 위에서 절망적으로 몸부림친다는 거예요. 그럼 오빠는 그 옆에서 히죽히죽 웃는다지요. 오빠에게 결혼과 관계된 꿈은 대부분 끔찍한 악몽이었어요. 오빠는 늘 물가에 있고 싶어 했지요. 하지만 나는 오빠가 물가에 있는 게 늘 불안했어요."

이윽고 자경이 길음을 멈추고 서서 가만히 주위를 둘러보았다. 마치 자신이 바라던 자리를 마침내 찾았다는 듯한 표정이었다. 그들은 마른 갈대를 발로 밟아 옆으로 누이고 그 위에 앉았다. 공기가 훈훈해지면서 이상하고 낯선 평안이 찾아들었다. 그들은 피로감을 느끼며 풀처럼 몸을 낮췄다. 자경은 누워서 하늘을 바라보았고, 몽구는 엎드려서 코로 풀 냄새를 더듬었다. 그들은 서로 아무 말도 하지 않았다. 그가 손을 뻗어서 그녀의 어깨를 어루만졌다. 그녀가 그의 손을 잡아 자신의 가슴 옷섶 사이로 이끌었다. 작고 부드러운, 그래도 약간 봉곳한 젖가슴이 그의 손에 닿았다. 가볍게 감싸 쥐자, 자경의 입에서 낮은 한숨 소리가 흘러나왔다. 찬바람에 시달린 탓인지 그녀의 살은 따뜻하기보다 약간 미지근했다.

그때 그는 뭔가 낯선 감촉을 느끼고서 작은 젖꼭지를 중심으로 그녀의 가슴과 그 주변의 살을 더듬었다. 돌기 같은 것들이 곳곳에서 만져졌는데 그 부분은 단단하면서도 유난히 매끄러웠다. 마치 대나무의 마디를 만지는 듯한 느낌이었다. 순간 그의 손길이 멈칫했다. 비로소 그녀의 몸이 수술과 자해로 인해 생겨난 수많은 상처로 덮여 있다는 사실을 확인했기 때문이었다. 그녀는 반쯤 광물화된 살을 그에게 맡기고서 아무런 반응도 없이 가만히 누워 하늘을 올려다보았다. 지금 이 순간, 그녀는 산 것도 죽은 것도 아니었다. 그녀의 몸에 새겨진 그 많은 흉터가 주술적인 문신들처럼 살아 움직일 듯하여 몽구를 두렵게 했다. 그러나 곧 그는 다시 손으로 천천히 그것들을 쓰다듬었다. 자경은 상처투성이의 몸으로 그의 손을 기다리고 있었다. 상처투성이였기에 그의 손을 필요로 했다. 순간 현기증을 동반한 기이한 관능성이 그를 사로잡았다.

몽구의 성기가 천천히 부풀어 올랐다. 얼마 전부터 그는 정상적인 발기를 할 수 없었다. 성적인 자극을 받으면 먼저 고환이 부풀어 오르고 성기가 그 뒤를 따랐다. 성적인 자극이 없을 때도 마찬가지였다. 길을 걷다가도, 고환이 허벅지 안쪽의 살에 닿아 미끌거리며 마찰을 일으키다가 서서히 부풀어 오르면, 성기도 그 뒤를 따라 커지는 것이었다. 그러면 마치 바지 속에 독 오른 복어 한 마리가 들어 있는 듯한 불쾌감을 견딜 수 없었다. 하지만 이번에는 조금 달랐다. 성기의 발기가 먼저 이루어졌다. 그러나 우려했던 대로 곧 고환도 부풀어 오르면서 전에 없던 통증을 일으켰다.

그때 자경이 모로 누우며 이마를 그의 턱 밑으로 밀어넣었다. 그와 동시에 그녀의 서늘한 손이 바지 속으로 미끄러져 들어와 그의 잔뜩 부푼 고환과 성기를 감싸 쥐었다. 순간, 그는 강력한 전류와도 같은 전율이 하복부를 관통하는 것을 느꼈다. 그녀의 손이 마치 심해의 해면처럼 그의 고환 속의 들뜬 열기를 빨아들여 버린 것이었다. 곧바로 그의 고환은 들뜬 고양 상태에서 벗어나 비로소 안정과 구원을 얻은 듯 조그맣고 서늘하게 오그라들어서 자기 자리로 돌아갔다. 자경은 방금 전에 몽구가 고통받고 있다는 것을 감지했다. 그녀는 성에 대해 아무것도 몰랐지만, 다만 몽구의 고통에는 민감했다. 그녀의 손에 달린 보이지 않는 흡반이 독을 흡수해버린 지금, 복어의 배는 쪼그라들고, 그의 성기 홀로 조용히 서 있었다.

성에 대해 무지하고 천진난만한 자경의 손안에서 그의 성기도 초연함을 유지했다. 그녀에게는 성기를 쥐는 것이 위로와 치유를 위한 하나의 몸짓이었다. 그의 성기 또한 하나의 몸짓이었다. 그것은 그녀의 순결한 몸이 건네는 깊은 소통에 대한 화답의 행위였다. 성기의 발기가 하나의 몸짓이고 행위일 수 있음을 그는 처음으로 알았다. 그의 성기를 잡은 자경의 손이 차츰 따뜻해졌다. 마치 그녀의 손이 성기 속으로 부드럽게 녹아드는 듯했다. 그는 속으로 중얼거렸다. 결코 이 감각을 잊지 않고서 죽어서라도 지옥까지 가져가리라. 이승에서는 끊임없이 이 감각을 욕망하여 늘 갈증과 결핍감을 느끼겠지만, 지옥에서는 이 감각만이 나를 구원하리라.

잠시 잠이 든 듯했다. 몽구는 꿈결에 비단이 찢기는 듯한 자경의 비명소리를 들었다. 그와 동시에 경찰차의 갑작스런 경적 소리가 귓속으로 파고들었다. 그들은 본능적으로 불안감에 휩싸여 벌떡 몸을 일으켜 서로를 바라보았다. 그러고는 앞서거니 뒤서거니 하면서 선착장 쪽으로 달려갔다. 이제는 구급차의 사이렌도 들려왔다. 선착장에 서서 보니, 저만치 떨어진 강 하류의 움푹 팬 모래톱 위에 사람들이 모여 있는 게 보였다. 경찰차와 구급차도 그곳에 정차해 있었다.

몽구와 자경은 모터보트를 타고 강을 건너서 그쪽으로 달려갔다. 사진기 셔터가 찰칵거리는 소리로 보아, 예상했던 대로 익사체가 발견된 것이 분명했다.

사람들이 주고받는 말이 귀에 들려왔다.

"사람처럼 보이는 게 기역자로 굽은 채 물 위에 떠 있는데, 아무리 봐도 사람인지 인형인지 알지 못해서 일단 신고를 했지. 나중에 보니 손가락과 발가락이 온전한 데가 없더라고."

"미친 사람처럼 강가를 쏘다니던 사람이 있었는데, 바로 그 사람인 모양이야. 미친 게 아니었네."

"무슨 소리야, 제대로 미쳤던 거지."

"미쳤다는 말은 함부로 할 게 아니라니까."

몽구는 사람들의 접근을 막고 있는 두 명의 경찰관 중에 여자 경관 쪽으로 다가갔다. 그러고는 자경을 가리키며 시신의 신원을 확인하려 하니 도와달라고 말했다. 경관이 자경을 이끌어, 아직 시트도 덮지 못한 채 차가운 바닥에 누워 있는 남자 앞으로 다가갔다. 그러나 얼굴이 퉁퉁 부어서 알아보기가 힘들었다. 자경의 눈이 경련을 일으키듯 깜박거렸다. 다음 순간, 자경의 의식 속에서 강물이 은박으로 뒤덮이고 수은처럼 굳어버리며 흐름을 멈추었다. 그녀 자신이 흐름을 멈춘 강물이 되었다. 그 시신이 살아생전에 가졌던 이름은 윤정우였다. 자경의 눈에서 흘러내린 눈물이 죽은 자의 얼굴 위로 헛되이 떨어져 내렸다.

몽구는 자경의 어깨에 자신의 재킷을 걸쳐주고서 뒤로 물러서게 했다.

경찰 과학수사팀의 요원이라기보다는 협력 기관의 의사로 보이는 뚱뚱한 중년 남자가 약간 코맹맹이 목소리로 말했다.

"지금으로서는 단정할 수 없지만, 시신의 상태와 목격자들의 증언을 감안하면, 약물 과다 복용 상태에서 정신이상을 일으켜 익사한 것으로 여겨집니다. 환각 효과가 강한 약물을 섭취한 것으로 추정되지요. 물속에 있었던 시간은 그리 오래지 않은 것 같아요. 어쩌면 타살일지도 모르지요. 만약 그렇다면 우리 수중과학수사팀이 범인을 밝혀낼 겁니다."

의사는 불필요하다 싶을 정도로 길게 말을 늘어놓았다.

몽구는 고개를 돌려 조금 떨어진 곳에서 돌 위에 앉아 있는 자경을 바라보았다. 그녀의 머리 너머로 아까 농원에서 보았던 관리인 사내의 모습이 눈에 들어왔다. 저 멀리 언덕 위에 서서 이쪽을 바라보는 그의 목에는 여전히 푸른 수건이 걸려 있었다.

그때 사람들 사이에서 낮은 소란이 일어났다. 시신의 얼굴과 목과 손이 갑자기 벌겋게 변했기 때문이었다.

"찬 물속에 있다가 따뜻한 밖으로 나오면 혈관이 팽창하다가 터져서 이런 일이 생기기도 하지요."

의사는 그렇게 말하면서도 그 자신도 놀라는 기색이 역력했다. 어느새 곁에 다가와 있는 자경의 얼굴도 시신만큼이나 붉게 달아올라 있었다. 한동안 몇 가지 절차가 더 진행된 후, 몽구는 자경을 대신해서 서류를 작성하고 사인을 했다. 시신은 지퍼 달린 비닐 백에 넣어지고 들것에 실려 구급차로 옮겨졌다. 중년의 의사는 국립과학수사연구원의 법독성학과에서 곧 부검이 이루어질 것이고, 결과가 나오는 대로 가족들에게 알려줄 것이라고 말했다.

사람들이 흩어지고 자동차들이 떠난 뒤, 타오르는 저녁노을이 강변을 물들이기 시작했다. 강의 수면에서는 물안개가 피어올라, 지는 해의 붉은 빛 속으로 스며들고 있었다. 마치 낮 동안 잠복했던 대지의 독 기운이 붉은 어둠을 타고 스멀스멀 솟아오르는 것처럼 보였다. 그 아름다우면서도 불길한 광경은 바라보는 것만으로도 몽구의 두 눈을 뜨겁게 달구었다.

간단한 아침 식사 외에 하루 종일 아무것도 먹은 것이 없었지만, 그들은 허기를 느끼지 않았다. 서울로 돌아오는 길에, 자경은 잠시 잠이 들었다. 의자 등받이를 뒤로 젖히라는 몽구의 말을 그녀는 끝내 듣지 않고 꼿꼿이 앉은 채로 눈을 감았다. 몽구는 그녀가 거의 초인적인 의지로 한 순간 한 순간 버텨내고 있음을 알고 있었다.

자동차가 강변도로를 달릴 때, 자경이 어깨를 움찔하더니 눈을 떴다. 그녀는 잔뜩 긴장된 얼굴로 한동안 전방을 응시했다. 잠시 후 그녀가 길게 숨을 내쉬고서 다시 눈을 감으며 말했다.

"얼마 전부터 수면마비가 자주 찾아들고 있어요. 잠자는 동안 마비되었던 근육이 깨어난 후에도 계속 그 상태로 있는 거예요. 그러면 정신은 멀쩡한데 몸은 조금도 움직일 수 없게 되지요. 예전에는 잠을 잘 때 내 몸이 황폐하게 버려지는 것 같았어요. 잠든 육체는 내가 주인이 될 수 없었지요. 그런데 이제는 그동안 방치되었던 내 몸이 복수를 하려 드는 것 같아요. 깨어난 후에도 내 정신을 눌러버리고 자기가 내 주인이 되려고 버티는 거예요. 그럴 때는 또렷한 의식으로 꼼짝도 못 하고 누워서 방금 전에 꾼 꿈을 생생하게 되살릴 수밖에 없어요.

방금 전에도 그런 상태로 꿈을 꾸었어요. 요즘 들어 나는 더욱 자주 꿈을 꿔요. 잠 속에서 꿈은 독이 되기도 하고 약이 되기도 하지요. 꿈이 없으면 잠은 무의미하지만, 때로 꿈이 잠을 위협하기도 하니까요. 꿈속에서 오빠와 나는 결혼한 사이였어요. 오빠는 여자와 결혼해서 사는 악몽을 수시로 꾸었다고 했는데, 미안하게도 이번에는 내가 그 꿈을 꾼 거예요. 꿈속에서 나는 마음속에 수심이 가득했어요. 그런데 나는 누군가와 결혼하기 위해 자동차에 화환과 드레스와 선물을 잔뜩 싣고 가던 중이었어요. 이미 결혼한 내가 말이지요. 하지만 나는 그 결혼이 행복하리라는 확신이 없었어요. 단지 나는 그 결혼이 나의 성격을 바꿔줄 것이라고 믿었어요. 그때 삼거리에서 한 남자를 발견했어요. 차를 세워서는 안 되는데 차를 세우고 내렸어요. 그 남자는 머리가 다 빠진 대머리였는데, 나를 보고 당황하는 기색이었어요. 혼자 연극을 보러 가려다가 나한테 들켰다는 거예요. 그러고 보니 정장 차림에 손에는 연극표를 들고 있었어요. 그제야 나는 그 남자가 나의 오빠이고 나의 남편이라는 걸 알았어요. 그때 시끄러운 소리가 들려왔어요. 꿈속에서도 나는 소음을 잘 견디지 못했어요. 한 노인이 어린 여자아이가 탄 유모차를 끌고 가고 있었는데, 그 유모차에 달린 라디오가 소음의 진원지였어요. 나는 화가 치밀어서 노인에게 달려가 라디오를 끄라고 소리를 질렀지요. 그러자 아이가 울기 시작했어요. 그 소리에 나도 같이 울었어요. 울다 보니 유모차

안에 내가 누워 있었어요. 머리가 모두 빠진 젊은 오빠가 어린 나를 유모차에 태우고서 차도를 건너고 있었어요. 도로 중간쯤 왔을 때 커다란 트럭 한 대가 우리에게로 달려들었어요.

그때 잠에서 깼지요. 그런데 정신이 돌아온 후에도 몸은 움직일 수 없고, 눈앞에서는 꿈속의 장면들이 마치 영사기 필름 돌아가듯이 계속해서 스쳐 지나갔어요. 내가 꿈속에 갇혔어요. 그제야 비로소 알았어요. 나는 흐름이 막혀버린 강이었어요. 강은 흐르지 못하면 반드시 독을 품게 되지요. 내 마음속에 수심이 가득했던 것도 그 때문이었어요."

문득 자경이 말을 멈추었고, 몽구는 그녀의 말이 계속되기를 기다렸다. 하지만 오랜 침묵이 이어졌다. 몽구는 그녀가 다시 잠든 게 아닌가 싶었다. 그러나 사람이 눈을 감고 있을 때, 자는지 아닌지 아는 것은 결코 쉬운 일이 아니었다.

잠시 후 그녀가 눈을 뜨고서 고개를 돌려 몽구를 바라보며 말했다.

"두 가지 부탁이 있어요. 나를 사흘만 혼자 있게 해줘요. 그리고 사흘 후 저녁에 내가 연락할 테니 나를 찾아와줘요. 잊지 말아요. 나를 혼자 있게 해줘요. 그리고 사흘 후에 반드시 나를 찾아와야 해요."

10

"사흘이라는 시간은 아주 더디게 흘렀어. 마치 시간이 뭔가에 오염되어 흐름이 원활하지 않은 것 같았어. 시간도 이 세상의 독에 취약해서 쉽게 녹이 슨다는 사실을 처음 알았지. 때문에 중독되어 마비된 시간은 그 속에서 살아가는 사람들의 마음도 부식시켜 버리지. 나는 내내 불안하고 초조했어. 혼자 있게 해주겠다고 자경에게 한 약속을 지켜야 하는지 말아야 하는지도 판단하기가 어려웠어.

편집국장은 이내 윤정우 사건에서 흥미를 잃었어. 그도 그럴 것이 국과수에서의 1차 부검 결과 정우의 몸에서 다량의 LSD가 검출되었고, 그의 버려진 차에서도 LSD뿐만 아니라 엑스터시 같은 마약이 발견되었기 때문이지. 평소에 윤정우와 친하게 지내던 국과수 법독성학과에 소속된 의사들도 꽤 놀란 기색이었어. 결국 사이코노트였던 정우가 늘 환각제를 다루다가 한순간에 통제력을 잃고 그 자신이 중독되고 말았다는 결론이 내려졌어.

마침내 자경과 약속한 사흘째 되는 날이었어. 그날 나는 한 번 더 국과수에 다녀오고, 편집국장이 주재하는 회의에서 다른 기자들과 지루한 공방을 벌이며 시간을 보냈어. 물론 나는 정우의 죽음 뒤에 광수가 있다는 것을 짐작하고 있었어. 하지만 그 이상의 사실을 뒷받침할 구체적 증거는 전혀 없었고, 더 자세히 파고들려면 '사나티오' 전체가 연루된 더 큰 그림을 그려야 했는데, 어떻게 실마리를 잡아야 할지 알지 못했어.

아침 아홉 시쯤 막 편집실에 들어서는데 전화가 걸려왔어. 혹시 하는 마음에 자경의 얼굴을 떠올렸는데, 굵은 목소리가 귓전에 울렸어. 심기를 몹시 불편하게 하는 거친 목소리였지. 다짜고짜 조몽구 씨가 맞느냐고 묻더군. 내가 그렇다고 하니까, 마치 왜 하필 당신이 조몽구냐는 식의 어투로, 자기는 서울지방경찰청의 박호형 형산데, 조영로 씨가 변사체로 발견되었으니 빨리 와달라는 거였어. 순간 나는 강한 반감을 느꼈어. 그 거북한 감정이 아버지의 사망 소식에 대한 건지, 박 형사라는 사내의 거슬리는 목소리에 대한 건지 나 자신도 알 수 없었지. 나도 모르게 내 아버지 이름이 조영로인 건 맞는데, 동명이인일 수 있지 않느냐고 버텼어. 그러자 조영로 씨가 '월광 폐차장'의 사장 아니냐, 오늘 아침에 직원들이 자석 기중기로 차를 들어 올리려다가 이상한 기미를 느끼고 안을 살펴보니 그 속에 시체가 들어 있었는데, 그게 바로 조영로 씨였다, 직원들은 사장님이 아침 일찍부터 출타 중인 줄로 알았다, 그러니 이제 이 정도면 되었냐고 언성을 높여 빠르게 말하더군."

통화를 마쳤을 때, 문득 몽구의 눈앞에는 조영로의 커다란 두 귀가 떠올랐다. 그러자 어쩌면 그 큰 귀가 아버지의 죽음의 계기였을지도 모른다는 생각이 들었다. 그의 머릿속에서 밑도 끝도 없는 생각들이 계속 이어졌다. 평소에 몽구는 조영로가 죽는다면, 그것은 돌연사 혹은 비명횡사일 수밖에 없을 것이라고 믿었다. 그런데 마침내 그가 비명횡사했고, 때문에 그의 죽음은 무척 자연스러운 것이었다. 아니, 어쩌면 그는 비명횡사를 연출한 것인지도 몰랐다. 승강기 앞에 서서야 몽구는 자신이 허둥거리고 있으며 몸과 마음이 정상적인 상태가 아님을 알았다.

폐차장 정문 안쪽의 주차장에는 직원들의 차량 사이에 경찰차 두 대와 구급차 한 대가 서 있었다. 한쪽 구석에 차를 세우고 다소 가파른 계단을 올라가자, 사무실 맞은편 공터에 사람들이 모여 있었다. 분해한 차들을 압착시키기 전에 상태에 따라 분류하여 쌓아두는 곳이었다. 각양각색의 차체가 몽구의 눈에 들어왔다. 그것들은 신선한 아침 햇살을 받으면서도 여전히 우중충하고 을씨년스런 분위기를 떨치지 못했다. 몽구가 사람들을 비집고서 박호형 형사를 찾자, 짧은 머리에 가죽점퍼를 걸친, 첫눈에 형사라는 사실을 스스로 광고하는 듯한 인상의 사십 대 사내가 다가왔다. 아버지는 의자도 모두 떼어내어 골조만 남은, 차체 여기저기가 긁히고 꺾여서 벌겋게 녹이 슨 은색 승용차 안에 모로 누워 있었다. 아직 현장검증이 진행 중이라고 했는데, 오른쪽 차창 너머로 아버지의 시커먼 맨발이 삐져나와 있었다.

몽구는 조영로의 참혹한 모습에서 눈을 뗄 수 없었다. 직원들이 고개를 설레설레 저으며 목소리를 낮추어 서로 속삭이는 것도 그 때문이었다. 두 눈은 부릅뜬 상태였고, 입은 꽉 맞물리고, 목은 뒤로 활처럼 젖혀졌고, 등뼈가 부러진 것처럼 등이 뒤로 심하게 꺾였고, 팔다리가 뒤틀린 채 사방으로 뻗어 있었다. 그의 몸 중에 유일하게 경직되지 않은 곳은 두 귀였다. 맥없이 축 늘어진 두 귀는 바람이 불면 이파리처럼 살랑거릴 듯했다. 몽구는 그 끔찍한 몰골 위로 윤정우와 자경의 모습이 겹쳐지는 것을 어쩔 수 없었다.

그때 흰 가운을 입은 젊은 사내가 손에서 비닐장갑을 벗으며 몽구에게 다가왔다. 그의 가슴에는 '국립과학수사연구소 법독성학과 수석연구원 감성웅'이라는 명패가 달려 있었다.

몽구가 신문사 사회부 기자라는 사실을 호형에게 들어서 알았는지, 젊은 법의관은 약간 긴장한 표정으로 눈을 가늘게 뜨고서 또박또박한 어조로 말했다.

"사망하기 전에 몸이 뻣뻣해지고 심한 경련이 일어나고 턱이 닫히고 목이 꺾이고 등이 굽었어요. 이 상태로 보아, 일단은 파상풍에 감염된 것처럼 보입니다. 파상풍 독소인 테타누스톡신은 몸속에 들어오면 척수에 도달해서 신경세포를 흥분시키는 이상증상을 일으키지요. 특히 고인의 경우를 보면, 경련이 일어날 때 등뼈에 가해지는 힘이 엄청나게 셌던 모양입니다. 등뼈가 부러질 정도였으니까요. 부검을 해봐야 알겠지만, 고인이 평소에 자주 맨발로 다니곤 했다고 하니, 우선 파상풍을 의심하는 게 맞지 않을까 합니다. 아마도 열흘 전쯤에 감염된 게 아닐까 싶어요. 테타누스톡신이 척수에까지 도달하는 데에는 그 정도의 시간이 걸리니까요."

조영로의 시신이 구급차에 실려 떠난 후, 몽구는 잠시 그 자리에 서서 주변의 음울한 풍경을 천천히 돌아보았다. 슬픈 감정은 일어나지 않고 대신 마음이 차분하게 가라앉았지만, 그 밑바닥에서 어쩔 수 없는 깊은 상실감이 조용히 물처럼 흐르는 게 느껴졌다. 그는 언젠가부터 더 이상 영로를 미워하지 않았다. 어쩌면 영로를 미워하면 어머니도 미워져서, 어머니를 미워하기 않기 위해 영로를 미워하지 않기로 한 것인지도 몰랐다.

박호형이 현장을 떠나기 앞서 한 번 더 주위를 둘러보고는 몽구에게 다가왔다.

그가 지갑에서 명함을 꺼내어 건네주며 물었다.

"'사나티오'의 신광수 팀장이라는 사람을 아시나요?"

몽구가 고개를 끄덕이자, 그가 말을 이었다.

"조사를 위한 출석요구를 했는데 응하지 않아서 출두 명령을 내린 상태입니다. 하지만 아무래도 도주 우려가 있어서 영장을 발부받아 수색에 나섰는데, 종적이 묘연하군요."

"그 사람이 무슨 짓을 저질렀나요?"

"'사나티오'라는 회사를 아시지요? 그곳에서 몇 가지 불법행위를 벌인 혐의가 있어서 조사 중인데, 신광수의 신병을 확보하는 게 가장 먼저 필요한 디딤돌이지요. 드러난 사실로만 보면 신광수는 정상적인 사람이 아닌 것 같은데, 어떻게 생각하십니까?"

몽구가 대꾸할 말을 찾고 있을 때, 그가 얼른 덧붙였다.

"하기야 가까운 사람들은 오히려 더 잘 모르는 법이지요. 신광수는 조영로 씨와도 자주 내왕을 했어요. 이번 사건에도 어떤 식으로든 연루되었을 게 분명해요. 그렇지 않아도 조영로 씨를 한번 뵙고 몇 가지 물어보려 했는데, 이제 그럴 수 없게 되었네요."

몽구는 자기도 모르게 고개를 돌려 호형을 응시했다. 어쩌면 광수뿐만 아니라 자신과 수호도 경찰의 조사 대상일 게 분명했다. 하지만 몽구는 곧 시선을 거두고서 말없이 고개를 끄덕였다. 이제 그들 사이에는 더 이상 할 말이 남아 있지 않았다. 호형이 손을 내밀었고, 두 사람은 악수를 나누었다. 경사진 길을 터덜터덜 내려가는 호형의 뒷모습을 지켜보던 몽구는 몸을 돌려 영로의 사무실로 들어갔다. 몽구는 그곳 어딘가에 영로가 일기장을 남겼으리라 믿었다. 물론 일기장을 찾는다고 해서, 영로의 죽음이 자연사인지 자살인지 살해당한 것인지 알 수 있으리라 기대하는 건 아니었다. 어쩌면 차라리 일기장도 다른 유품들과 함께 소각되거나 폐기 처분 되도록 내버려두는 편이 나을지 몰랐다. 하지만 몽구는 차마 그렇게 할 수 없었다. 오히려 반드시 일기장을 찾아야 했다. 하지만 왜 그래야 하는지는 자신도 알 수 없었다.

그는 경찰이 들쑤셔서 잔뜩 어지럽혀진 사무실 한가운데에 한동안 우두커니 서 있었다. 그러나 오래 뒤질 필요도 없었다. 영로는 그동안 자신이 출간한 책들을 모아 특별히 주문해서 만든, 붉게 옻칠한 원목 책장에 진열해두었는데, 모두 열다섯 권에 이르는 일기장도 그 속에 당당히 자리를 차지하고 있었다.

몽구는 그중 가장 최근의 것을 집어 들었다. 그 노트는 앞쪽 몇 장만 채워지고 나머지 부분은 비었는데, 그중 몇 장은 연필로 쓴 꽤 긴 글로 채워졌고 여기저기 지우개로 지운 흔적이 남아 있었다. 평소와 달리, 뭔가에 쫓기듯 약간 옆으로 기울여 빠르게 흘려 쓴 글자체였는데, 읽는 데는 지장이 거의 없었다. 그러고 보니 영로가 모든 중요한 글은 손으로 쓴다고 자랑삼아 말하던 게 기억났다.

"한 달 전부터 내 귀에는 늦은 시간에 폐차장 한쪽 구석에서 갓난아이의 울음소리가 환청처럼 들리고 있다. 막상 찾아 나서면 그 소리는 뚝 그치는데, 찾기를 포기하면 바로 다음 날 저녁 어김없이 되살아난다. 지난달 초 어느 날 아침에 폐차장에서 시체가 발견되었다. 조사 결과, 관상동맥질환으로 시한부 인생을 살던 노숙자가 밤마다 몰래 폐차장 안으로 들어와 자기 마음에 드는 자동차 안에서 잠을 자던 중에 숨을 거둔 것으로 판명되었다. 그러나 내게는 그렇게 간단히 정리하고 넘어갈 일로 여겨지지 않았다. 어쩌면 누군가가 내게 죽음의 메시지를 보낸 것인지도 모른다는 불길한 생각이 들면서, 온몸에 소름이 돋았다. 환청이 들리기 시작한 것은 그때부터였다.

그렇게 정체를 알 수 없는 소리에 대한 강박에 시달리던 어느 날, 내 머릿속에서 문득 소설가 한종원이 떠올랐다. 나를 메기 같은 인간이라고 비방하는 글을 쓴 한종원, 지금부터 나는 내 일기에서 그를 메기라고 부르기로 한다. 나를 메기에 비유한 그를 내 쪽에서 메기라고 부르는 것은 나쁘지 않은 발상이다. 사실, 한종원, 아니 메기는 글에서만 나를 매도한 게 아니었다. 메기는 여러 문학상에서 내 이름이 후보로 거론될 때마다 내가 수상자가 되는 데 노골적으로 제동을 걸었다. 그리고 얼마 전에는 내 작품들의 전집 출간을 약속한 출판사로 하여금 계약을 파기하게 했다. 내가 그 출판사에 각별히 애착을 가졌다는 사실을 알고서 의도적으로 저지른 일이었다. 그러고 보면 내가 환청을 듣게 된 것은 한종원, 아니 메기로 인한 피해의식 탓인지도 모를 일이었다.

그날 나는 곧바로 메기에게 보내는 편지에 착수하여, 거기에 이렇게 썼다.

'보라, 이것이 독거미의 구멍이다. 독거미를 보고 싶은가? 여기에 거미줄이 걸려 있다. 이 줄을 건드려서 흔들리게 하라. 저기 독거미가 제 발로 걸어 나왔다. 잘 왔다, 독거미여. 네 등에는 삼각형 표식이 검게 드러나 있다. 나는 네 영혼에 무엇이 숨어 있는지도 알고 있다. 복수가 네 영혼 안에 들어 있다. 네가 물면 검은 딱지가 생긴다. 복수심으로 너의 독은 영혼에 현기증을 일으킨다. 그리하여 영혼에 현기증을 일으키는 당신들에게 나는 이렇게 말한다. 당신들, 평등을 설교하는 자들이여. 내가 보기에 당신들은 독거미이며 숨어서 복수심을 불태우는 자들이다. 그러나 나는 당신들의 은신처를 폭로하리라. 그러고서 높은 곳에 올라 당신들의 얼굴에 폭소를 퍼부으리라. 이제 나는 당신들의 거미줄을 찢는다. 당신들의 격노가 당신들을 허위의 동굴 밖으로 꾀어내고, 당신들의 복수가 당신들의 평등이라는 말의 배후에서 튀어나오게 하기 위해서.'

물론 이 글은 나 자신이 쓴 게 아니라, 프리드리히 니체의 『차라투스트라는 이렇게 말했다』에서 발췌한 것이다. 며칠 전에 다시 읽은 이 글이 뇌리에서 지워지지 않았고, 결국 니체의 글로 내 편지를 대신해버린 것이다. 물론 메기는 내게 답장을 보내지 않았다. 하지만 나는 그 글의 신랄한 독설에 한동안 더할 나위 없는 통쾌감을 느꼈다. 그러나 며칠이 지나자 점차 마음이 무거워지더니, 남의 글을 베끼면서 내가 다시금 메기 같은 짓을 저질렀다는 자책감이 찾아들었다. 그러자 절망감과 더불어 분노의 감정도 거세게 일어났다. 그때 내가 머리에 떠올린 인물이 신광수였다.

이미 지난해부터 나는 신광수에게 관심을 가져왔다. 내가 그를 알게 된 것은 조수호를 통해서였다. 그동안 조수호의 행적은 한 번도 나의 레이더에서 벗어난 적이 없었다. 늘 그를 예의 주시하는 것은 나와 몽구 사이의 관계뿐만 아니라 나 자신의 안위에도 무척 중요한 일이었다. 수호가 언제 어떻게 돌발적인 행동을 벌여서 자신뿐만 아니라 남들도 위험에 빠트릴지 늘 경계해야 했기 때문이었다.

어느 날, 수호의 곁에 흥미로운 인물이 나타났다. 그가 신광수였는데, 처음에는 그저 수호의 하수인 정도로 여겨졌다. 하지만 몇 년 만에 광수는 갑자기 중요한 인물, 위험한 인물로 부상했다. 광수가 중요한 인물이 된 것은 특별한 물건을 손에 넣었기 때문이었다. 그리고 그가 위험한 인물이 된 것은 그가 정신적으로는 아직 철부지 같은 어린아이였기 때문이었다. 아마도 그 사실을 수호도 모르지 않을 것이다.

지난해부터 광수에 대해 여러 가지 수상한 소문이 돌기 시작했다. 여전히 '사나티오'에 몸담고 있기는 하지만, 은밀하게 자신의 사업도 벌이고 있는데, 독성 물질을 교묘하게 이용하여 의뢰인들의 문제를 해결해주는 해결사 역할을 한다는 것이었다. 그러나 들려오는 말들이 대부분 과장되고 다분히 악의적인 것들이어서, 어디까지 믿을 수 있는지는 알 수 없는 노릇이다. 예를 들어 광수는 의뢰인의 적에게 접근하여 다이옥신과 같이 주변에서 흔히 구할 수 있는 독물로 장기를 손상시켜 급성심부전, 뇌출혈, 심근경색 등등을 일으킨 뒤 병사나 자연사로 위장한다고 했다. 그런가 하면 독성이 강한 식물성 수액으로 심장 이상을 일으켜서 심장마비를 사인으로 만드는 데 능하다는 말도 있었다. 또한 상대방을 제압할 때 이른바 강간 약물이라고 불리는, 색도 맛도 냄새도 없는 수면제 롭히놀을 자주 사용하며, 의뢰인이 특별히 원한을 품었을 경우 출혈독 계통의 특별히 배합한 독물로 피해자에게 더 격렬한 고통을 겪게 하는 것도 그의 특기 중 하나라고 했다.

얼마 전에, 덜 익은 생아몬드로 담근 술을 마시고 오십 대의 어느 중소기업 사장이 사망한 일이 있었다. 아몬드에서 나온 청산배당체 아미그달린에 중독되어 사망한 것이었다. 처음에 이 사건은 독살로 추정되어 수사가 진행되었으나, 술병에서 피해자의 지문만 발견되면서 결국 부주의에 의한 사고사로 종결되었다. 하지만 얼마 지나지 않아 그 사건의 배후에 광수가 있었다는 소문이 들려왔다. 그리고 곧 그 소문은 광수 자신이 스스로 떠벌린 것으로 자신의 사업을 위한 일종의 광고였다는 또 다른 소문도 뒤따랐다. 경찰이 그 사실을 안다 해도 어차피 증거가 없는 마당에 두려울 게 없다는 것이었다.

그런 사정으로 광수에게는 언젠가부터 '심야의 스나이퍼'라는 별명이 붙었는데, 어둠 속에서 눈에 보이지 않는 치명적인 탄환을 날린다는 뜻이었다. 내가 얼마 전에 들은 바로는, 결국 수호와 광수의 관계가 점점 악화되어 가는데, 정작 광수는 거기에 전혀 아랑곳하지 않는다고 했다.

며칠 전에 내가 광수를 찾아갔을 때, 그는 나를 반갑게 맞았다. 수호의 형이자 몽구의 아버지인 나에 대해 그는 많은 것을 알고 있었다. 그는 내게 일본 말차를 대접하고는, 아무 말 없이 내가 하는 말에 귀를 기울였다. 나는 그에게 메기라는 인물에 대해 이야기했고, 나를 대신해 그를 조금 손봐달라고 요청했다. 말하자면 그것은 메기의 메기에 의한 메기를 위한 응징이었다. 나는 광수에게 카드뮴을 사용할 것을 특별히 주문했다. 메기를 수면제로 재워놓고 카드뮴이 가득 든 봉지를 얼굴에 씌워놓았다가 질식사하지 않도록 적당한 시기에 봉지를 제거하라고 그 방법도 구체적으로 제시했다. 카드뮴에 중독되면 뼈가 물러져 조금만 움직여도 엄청난 통증과 함께 골절이 일어난다고 들었다. 게다가 카드뮴은 공장이나 공사장 같은 곳에서 자주 발생하는 물질인 만큼, 메기는 어쩌다 우연히 카드뮴을 코로 흡입한 게 될 터이니, 그야말로 완전범죄가 이루어지는 것이었다.

내 말이 끝나자 광수가 진지한 얼굴로 말했다.

'저에 대해 어떤 말을 들으셨는지 몰라도, 제게 그런 능력이 있는지는 모르겠습니다. 하지만 어르신께서는 제게 특별한 분이고, 이제 바라시는 바를 알았으니, 어떻게든 방도를 찾아보도록 하겠습니다.'

나는 광수에게 메기를 죽이지는 말고 약간 부수기만 해 달라고 분명히 밝힐까 말까 망설이다가 그만두었다. 하지만 마지막 순간에 마음이 약해지고 말았다. 막 사무실을 나오려다가 몸을 돌려 광수 앞으로 돌아가서, 구체적인 시행 날짜를 정하는 것은 유보할 터이니, 내가 통보를 할 때까지 기다려달라고 말했다. 그러나 광수는 방금 전까지의 우호적인 태도를 거두고서 가늘고 긴 눈으로 나를 날카롭게 쏘아보았다. 그의 입가에는 은근한 미소가 어려 있었다. 그제야 나는 내가 광수에게 약점을 잡혔음을 알았다. 그의 눈빛은 내게 이렇게 말하고 있었다. '알았습니다. 이제 제가 다 알아서 할 테니, 그저 마음 놓으시고, 제게 맡기십시오.' 나는 그저 고개를 주억거리고서 물러날 수밖에 없었다.

그러고 보니 그것이 벌써 닷새 전의 일이다. 하루하루가 지날수록 나는 점점 더 불안해지고 있다. 살아생전 이렇게 불안해본 적은 한 번도 없었다. 오늘 아침에는 갑자기 온몸에 경련이 일어나더니 사지가 뻣뻣하게 굳어버렸다. 옷을 입거나 벗는 것도 힘들 정도였다. 몸을 조금만 잘못 움직여도 근육이 뒤틀리면서 한동안 원상태로 돌아오지 못했기 때문이었다.

아내가 죽기 전 몇 달 동안, 우리 사이의 불화는 극에 달했다. 심지어 아내는 과거의 일들까지 왜곡시키기 시작했다. 예컨대 생활 능력으로 보면 백수나 다를 바 없는 내가 경제적인 이유로 자기를 점찍고서 의도적으로 접근했다는 것이었다. 그 말에 나는 긍정도 부정도 할 수 없었다. 그랬을 수도 있고 아니었을 수도 있거니와, 애초에 대꾸할 가치가 없을 정도로 유치한 말이기 때문이었다.

그 무렵에 아내는 밤이 되면 두 손을 깍지 낀 채 가슴 위에 올려놓고 잠을 잤다. 그 모습은 나를 무척 곤혹스럽게 했다. 마치 자신의 두 손으로 스스로를 결박하고서 아무도 그 결박을 풀지 말라고 경고하는 듯했기 때문이었다. 또한 아내는 내 몸에서 떨어지는 머리카락이나 심지어 눈에 잘 보이지도 않는 각질에 대해서조차 혐오감을 드러냈는데, 마치 그것들을 썩어가는 시체의 일부로 여기는 듯했다. 때문에 나는 언젠가 아내가 나를 실제로 죽일지도 모른다는, 그리고 죽인 후에도 아무런 죄의식도 느끼지 못하리라는 두려움을 느끼기에 이르렀다.

그러자 내가 자주 읽는 신화 속 장면들이 수시로 눈앞에서 어른거렸다. 헤라클레스는 아내 데이아네이라가 건네준, 물뱀 히드라의 독이 묻은 옷을 입고서 극심한 고통을 겪는다. 콜키스의 공주 메데이아는 이아손이 배신하자 그의 약

혼녀 글라우케에게 독 묻은 옷을 선물하고, 글라우케는 그 옷을 입은 순간 옷 속의 독에 불이 붙어 타 죽고 만다.

나는 나도 모르는 사이에 아내를 경계하고 있었다. 아내가 옷에 독을 묻혀 내게 입히지 않을까 두려웠던 탓이었다. 심지어 그녀의 몸 자체가 한 벌의 독 옷처럼 보이기도 했다. 그렇다, 아내는 점점 더 강력한 독을 품은 옷이 되어갔다. 그러던 어느 날, 그 옷 속의 독이 불타올라서 아내는 죽고 말았다. 나의 아들 몽구가 생각하는 것처럼, 내가 아내를 독살한 게 아니다. 아내 스스로 자신의 독에 희생당한 것이다. 아내가 죽은 후 며칠 동안 밤마다 꿈속에서 독 묻은 옷이 내게로 배달되었다. 나는 그 옷을 입고서 독에 취해 죽지도 살지도 못하는 상태로, 한없이 고통스런 죽음의 춤을 추다가 깨어나곤 했다. 그러고 나면 내 주변의 모든 것에 독이 묻은 것 같은 느낌이 들어 진저리를 치곤 했다.

그런데 요즘 들어 그 진저리 치는 느낌이 되살아나고 있다. 게다가 그때와 비슷한 꿈이 되풀이되고 있다. 그러나 이제는 독 옷이 아니라, 카드뮴 봉지가 내게 배달되는 것이다. 꿈속에서 매번 나는 어쩔 수 없이 그 봉지를 뒤집어쓴 채, 뼈가 물러지고 부서지는 엄청난 통증과 함께 죽음에 이르곤 했다.

그러나 악몽이 꼭 나쁜 것만은 아니었다. 꿈의 세계에서 현실로 돌아오면, 내 속에서 글을 쓰고 싶은 욕망이 강하게 일어났기 때문이었다. 어찌 보면 악몽과 소설은 서로 정반대이면서도 또 똑같은 것이었다. 그런 탓에 소설은 악몽에 저항하여 나를 지키는 '유일한' 방법이었다. 마침내 나는 오랜만에 소설 쓰기에 착수했다. 그리고 처음으로 그 소설은 나를 위협하는 독에 대한 해독제로서의 의미를 가지게 되었다.

일단 작품의 제목은 독을 흡수하는 돌이라는 뜻으로 '흡독석'이라는 말을 넣어 『흡독석을 찾아서』라고 정했다. 소설의 앞부분은 이렇게 시작된다.

'어느 늦은 봄날, 황사 바람이 심하게 몰아치는 늦은 오후, 사위가 막 어두워지기 시작한 무렵에, 자동차 한 대가 서울을 빠져나갔다. 그 차에는 조영로라는 사십 대 남자와 그의 여동생이 타고 있었다. 영로가 고향 근처의 한 작은 도시로 거처를 옮기기로 한 것은, 이미 그의 삶에서 결정적인 변화가 일어났음을 알려주는 신호였다. 허름한 제복을 연상시키는 옷차림을 한, 작은 키에 바싹 마른 체구의 누이동생은 낡은 소나타 승용차에 오빠를 태우고서 호리원으로 향했다.

깊은 밤에, 이미 온몸에 독이 퍼져 얼굴이 푸르게 변색된 그 사내는 진하게 코팅이 된 차창 뒤에 얼굴을 숨긴 채 휘황하게 불이 켜진 아버지의 도시로 들어왔다. 그가 사흘간 머문 집은 겨울에는 몸이 오그라들 정도로 춥고, 여름에는 머리가 어칠거려 환각 증세를 느끼게 할 만큼 더웠다. 그곳에서도 황사 바람은 그칠 기미를 보이지 않았다. 미세한 모래

먼지와 더불어 하루 325톤의 아황산가스를 실어 나르고 있는 그 바람을 그는 독 바람이라고 불렀다. 조만간 산성비를 내리게 할 그 바람에 덮여 세상은 황달에 걸린 듯 온통 노란색으로 바래 있었다. 강과 늪에서는 독 분말을 머금은 치명적인 안개가 피어올라 대기를 온통 뿌옇게 흐려버렸다. 죽기 전에 이미 그는 황천에 들어와 있었다.

그러나 그는 날마다 아침이면 산책을 나섰다. 천천히 길을 걸으면서, 태어날 때부터 독을 몸에 지녔고, 세상의 풍파가 그 독 기운을 더욱 키워 결국 자기도 모르게 그 독을 사용했고, 그로 인해 죽음에 이르게 된 한 인간의 모습을 눈앞에 떠올렸다. 그의 눈에는 황량한 벌판, 기괴한 기하학적 구조물들, 음습한 땅의 기복들이야말로 자신을 만들어낸 거푸집처럼 보였다. 문득 자기 같은 괴물을 태어나게 한 저 거푸집은 부서져야 마땅하다는 생각이 들었다. 들판이 끝나는 지평선의 끝에는 아스라이 낮고 울퉁불퉁한 능선이 병풍처럼 둘러쳐져 있었다. 그 모습은 마치 뇌성마비를 앓느라 힘겨워하는 늙은 남자가 수시로 병석에서 일어서기 위해 꿈틀거리는 것처럼 보였다. 산책에서 돌아올 때면 아무리 짧은 시간이었어도 그의 머리카락 속에 모래가 서걱거렸고, 머리를 흔들면 작은 알갱이들이 쏴르르 소리를 내며 바닥으로 떨어져 내렸다.

밤은 그에게 고통스런 순간들의 연속이었다. 눈의 초점이 맞지 않고, 식은땀이 흐르고, 입안의 침이 바싹 말라 혀가 나무토막처럼 느껴지고, 손발이 떨리고 신열이 떠나지 않았다. 하지만 그는 자신의 몸이 병들어 낯설고 무섭게 느껴질수록 그 속에서 뭔가 단단하고 견고한, 시간이 지날수록 점차 푸르스름한 인광 같은 것을 발하는 무엇인가가 점점 커지는 것을 느꼈다.'"

11

영로의 소설은 거기에서 멈췄다. 몽구가 영로의 육필 원고가 담긴 일기책 열다섯 권 모두를 가방에 넣어 들고서 사무실을 나왔을 때는 아직 해가 중천에 걸려 있었다. 계단을 내려올 때, '출입금지, POLICE LINE, 수사 중'이라고 적힌 노란 비닐 띠가 을씨년스런 상장처럼 바람에 흔들렸다. 그 너머에 여기저기 벌겋게 녹이 슨, 영로의 사체를 연상시키는 낡은 진회색 승용차가 눈에 들어왔다. 그는 망설이지 않고 그쪽으로 다가갔다. 그러고는 가방에서 영로의 일기장을 꺼내어, 찌그러져 주저앉은 트렁크 속으로 밀어넣었다. 아버지를 떠나보낼 준비가 시작된 셈이었다. 마치 아무것도 쓰지 않은 편지를 유리병에 넣어 바닷물에 띄우는 듯한 기분이었다.

그는 자경과의 약속을 떠올리고서 휴대폰을 확인했다. 여섯 시가 넘은 시각인데, 그녀에게서는 아무런 연락도 없었다. 전화를 걸어볼까 하다가, 그녀 쪽에서 먼저 연락한다고 했으니 좀 더 기다려보기로 했다. 이제 그로서는 마땅히 갈 곳이 없었다. 신문사에 부친 사망 소식을 알려놓았으니 벌써 사무실로 돌아갈 수는 없고, 이런 심정으로는 술집을 찾는 게 제격이지만, 자경의 전화를 기다려야 하는 마당에 혼자 취할 수도 없는 일이었다.

경사진 길을 내려갈 때, 뒤쪽에서 인기척이 들렸다. 무심결에 돌아보자 검은 그림자 하나가 사무실 건물 계단 쪽에서 어른거리는 게 보였다. 몽구가 몸을 돌려 그 쪽으로 다가가자 그림자는 천천히 계단을 올라갔다. 몽구가 걸음을 약간 빨리하자, 그림자의 걸음도 빨라졌다. 그러나 그림자는 몽구가 자기를 따라오기를 바라는 듯 적절히 거리를 유지했다. 몽구가 계단을 다 올라갔을 때, 그림자는 어디에도 보이지 않았다. 그러나 그 그림자의 임자가 광수라는 것은 의심의 여지가 없었다.

몽구는 주차장으로 내려와 차에 타고서 조용히 기다렸다. 그러나 꽤 긴 시간이 지났는데도 광수는 나타나지 않았다. 광수가 용의주도하게 주변을 살핀 뒤 움직이리라 예상했지만, 그러기에도 너무 긴 시간이었다. 몽구가 그만 포기하고서 시동을 걸었을 때, 조수석 차문이 슬며시 열리고 광수가 재빨리 차에 올랐다. 그러고는 엉덩이를 뒤로 빼서 머리를 낮췄다.

몽구가 뭐라 말하려 할 때, 광수가 손을 흔들어 운전을 계속하라는 시늉을 했다. 몽구는 후진을 했다가 주차장을 빠져나와 큰길로 접어들었다. 자동차가 어느 정도 속도를 내기 시작했을 때, 광수가 상의 주머니에서 뭔가 번쩍거리는 것을 꺼내어 몽구 앞으로 불쑥 내밀었다. 스테인리스로 된 휴대용 술병이었다. 몽구가 망설임 없이 그 속에 든 위스키를 한 모금 마시고 돌려주자, 광수가 길게 쭉 들이켜고는 손등으로 입술을 닦았다.

"지금 나는 쫓기는 중이야. 경찰에서는 참고인 자격으로 진술을 요청한다느니 뭐니 하지만, 나를 용의자로 체포하려는 거야. 가장 먼저 나를 털어대면 먼지가 많이 나올 거라는 걸 알았겠지. 게다가 그 먼지는 여러 사람에게 치명적인 해를 입히게 될 독 먼지지. 그래서 며칠 전부터 잠수함을 탔어. 그 잘난 조수호 부장의 명령이기도 하고."

광수의 목소리는 다급했고 허둥거렸다. 원망에 가득 찬 비장함도 배어 있었다.

"돌아가신 네 아버님에 대해서는 정말 유감으로 생각한다. 내가 표하는 조의를 받아주었으면 해. 나도 오늘 아침에야 소식을 들었어. 경찰은 내가 이번 사건에도 관련되었다고 의심하겠지. 하지만 결단코 그런 일은 없었다. 워치게 내가 네 아버님을 해칠 수 있겠니? 네가 나를 오해할지도 모른다는 생각이 들자 견딜 수 없었어. 그래서 너도 만나고 상황도 살피려고 위험을 무릅쓰고서 여기에 온 거야."

자동차가 사거리 횡단보도 앞에 멈춰 섰을 때, 몽구는 광수가 다시 건네준 술병 속의 위스키를 조금씩 입안으로 흘려 넣으며 광수가 말을 잇기를 기다렸다.

"어디서부터 이야기를 풀어나가야 할지 모르겠군. 나는 네가 자경과 청포에 왔었다는 걸 알고 있었어. 그리고 그곳에서 윤정우의 시신을 보았다는 것도. 그래, 솔직히 말하도록 하지. 윤정우 말이야, 그 친구가 죽은 데는 내게 어느 정도 책임이 있어. 하지만 물론 내가 그를 죽인 건 아니야. 네가 알고 있을지 몰라도, '사나티오'에서 청포 농원을 사들인 건 삼 년 전 일이야. 승마장과 말 사육장은 농원에 딸려 있었지. 늙어서 쓸모가 없어진 말들은 독극물 실험 대상으로도 유용했어. 쥐나 토끼나 개 대신에 덩치가 더 큰 동물도 필요했으니까.

어렸을 적에 시골에서 자란 탓인지 나는 유난히 청포 농원이 마음에 들었어. 농원 관리를 자청하고서, 수시로 드나들었지. 말 타는 법도 배웠는데, 아직 미숙하긴 해도 말등에 오를 때마다 기분이 근사했어. 말과 내가 한 몸이 되어 함께 천천히 흔들리는 것 말이야. 그럴 때면 나 자신이 완전히 다른 사람이 되고 내 삶도 완전히 달라진 것 같았지. 일주일쯤

전에도 농원에 내려가서 오랫동안 말을 탄 뒤 저녁 무렵에 혼자 강에서 수영을 했어. 아직 물은 찼지만, 그날따라 유난히 더웠고 해가 뜨거워서 물은 그런대로 쾌적했지. 내가 즐겨 찾는 곳이 있었는데, 자갈로 덮이고 주변이 갈대로 가려져서 늘 인적이 거의 없었어. 그날 나는 해가 지는 걸 보며 느긋하게 수영을 했어. 물론 그곳에 나 혼자인 줄 알았지. 완전히 발가벗고도 마음이 편안했으니까. 그런데 이상한 느낌이 들어 고개를 돌려보니 조금 아래쪽에서 말 세 마리가 조용히 물을 마시고 있었어. 그중에는 내가 아까 탔던 말도 있었는데, 셋 중에 우두머리였지. 그런데 그 모습이 얼마나 경건하고 완전한지, 삼위일체의 성가족을 떠올리지 않을 수 없었어. 더욱이 한 마리 한 마리가 물가에서 네 다리로 우뚝 서 있는 모습은 얼마나 견고하고 강인해 보이는지. 순간 눈물이 내 뺨을 뜨겁게 가로질렀어.

하지만 나는 늘 눈물이 피부에 닿는 게 끔찍히 싫었어. 마치 눈물이 염산이나 황산처럼 내 얼굴을 부식시킬 것 같았지. 순간 내 가슴 저 밑바닥에서부터 악마의 뜨거운 입김이 솟구쳐 올랐어. 저 평온함을 뒤흔들어 버리고 저 견고함을 무너뜨리고서, 마치 독사의 한 방울 맹독이 크고 육중한 동물을 풀썩 쓰러뜨릴 때처럼, 그것들을 사라지게 하고 그 자리에 나 자신이 우뚝 서고 싶은 욕구가 내 심장을 뒤흔들었어. 나는 천천히 물 밖으로 걸어 나갔어. 내 눈앞에서는 말들이 고통을 못 견뎌 피거품을 뿜으며 쓰러지는 광경이 환영처럼 펼쳐졌어. 피거품이야말로 더할 나위 없는 고통의 상징이지만, 그 얼마나 놀라운 아름다움의 극치인지. 고통스런 지고의 아름다움이기에 피거품에서는 죽음과 어둠과 생명을 동시에 머금은 붉은 아프로디테가 탄생하는 거지. 내가 원하는 게 그거였어. 다른 것도 아닌, 바로 그 피거품에서 붉은 몸으로 새로이 태어나고 싶었어.

곧바로 그 일이 내 앞에서 실제로 일어났어. 강가의 넓적한 돌 위에 올려놓은 내 가방 속에는 말이 아니라 곰, 코끼리도 쓰러뜨릴 만큼 충분한 독액이 있었지. 시안화수소를 기반으로 내가 직접 합성한 물질로, 그게 내 상비품이자 상비약이었지.

세 마리 동물이 죽음을 앞두고 아무런 유보도 없이 마음껏 몸부림쳐서 자갈밭과 갈대숲은 순식간에 엉망이 되어버렸어. 내 몸도 그것들과 한데 엉겨버렸어. 머리에 받히고 발굽에 차여도 나는 아랑곳하지 않았어. 하지만 그 정도로는 만족할 수 없었지. 마침내 나는 칼을 꺼내 들었어. 그것들이 내뿜는 피거품이 내 벌거벗은 몸을 벌겋게 물들였어. 그제야 나는 알았지. 그것들 하나하나는 내 아버지였고 또 나 자신이었어. 내가 아버지가 되고 아버지가 내가 되었어.

그것들이 바닥에 쓰러져 단말마의 경련을 일으킬 때, 내가 뭘 떠올렸는지 알아? 군대에서 전술훈련 마지막 날, 네가 모두를 광기로 몰아넣던 그날의 장면들이었지. 그날 사람들이 약물에 취해 흐느적거릴 때, 나는 엄청난 흥분과 함께 그들 모두를 죽여버리고 싶은 강력한 욕구에 사로잡혔어. 하마터면 실제로 그런 일이 벌어질 뻔했지만, 그때만 해도 내게는 용기가 없었지. 그러니 지금 내가 이 지경이 된 건 어쩌면 네 탓인지도 몰라. 아니야, 아니야, 지금 나는 너를 원망하는 게 아니라 네게 고마워하는 거야."

광수는 잠시 말을 멈추고서 숨을 고르며 눈을 껌벅거렸다. 그는 온 세상을 상대로 자신을 설득시켜야 하는 버거운 임무에 짓눌린 채 간신히 자신을 추스르고 있었다.

이제 자동차는 서울을 빠져나와 남쪽으로 달리고 있었다. 그때 문득 몽구는 지금 자신이 호리원을 향하고 있음을 알았다. 어쩌면 수호를 만나 도움을 청하려는 건지도 몰랐다. 하지만 그것은 아직 때 이를 뿐만 아니라 나약한 짓이었다. 마침 언덕길이 나왔고, 언덕 위에는 전망대가 마련되어 있었다. 그는 갑작스레 피로를 느끼며 그곳 주차장에 차를 세웠다.

두 사람은 차 안에 앉아 앞 유리창 너머로 키 큰 나무들이 세찬 바람에 흔들리는 광경을 바라보았다.

"그날 밤 나는 늦게야 정신이 돌아왔어. 어렵게나마 혼자서 말들의 주검을 수습했지. 세 마리 말과 내 몸에서 피를 모두 닦아냈을 때, 갈대 사이로 관리인이 불쑥 모습을 나타냈어. 말들을 강가에 풀어놓을 때는 관리인이 멀지 않은 곳에서 지켜본다는 사실을 까맣게 잊었던 거지. 평소에 말들을 몹시 아꼈던 터라, 관리인은 절망과 분노가 담긴 눈빛으로 나를 노려보았어. 놀람과 두려움으로 말도 하지 못하더군. 나는 달래고 윽박질러서 그를 진정시킨 뒤에, 죽은 말들을 하나씩 수레에 실어 농원으로 옮겼어. 나는 관리인이 얼마나 소심하고 겁이 많은지, 농원에서 일하는 걸 얼마나 좋아하는지, 그런 일을 자기에게 맡긴 회사에 얼마나 고마워하는지 잘 알고 있었지. 그러니 별로 걱정할 게 없었어. 나는 단지 사고가 났을 뿐이니 말들의 사체를 잘 처리하라고 말하고서, 나머지 일은 내가 알아서 할 테니 걱정하지 말라고 했어. 만약 내가 시키는 대로 하지 않으면 회사에서 이번 일에 대해 그에게 책임을 물을 거라는 말로 단도리를 했지. 그러고는 모든 걸 잊어버리려 했어. 나 자신조차 되살리기 두려운 경험이었으니까.

그런데 이틀 후에 국립독성연구소의 윤정우가 조사를 하러 온다는 거야. 사실, '사나티오'에서는 오래전부터 국립독성연구소 내에 우리 쪽 사람을 포섭해두었어. 누군지 네게 밝히는 건 현명한 일이 아니겠지. 여하튼 그 여직원이 내게 알려주었어. 윤 실장이 상수원 보호 지역인 청포에서 발생한, 말 세 마리가 죽은 사건을 조사하러 가겠다고 상관에게 보고했다고 했어. 게다가 내부 기밀 서류에는 이번 기회에 그동안 오래 벼르던, '사나티오' 조사 계획을 본격적으로 착수하겠으니 허락해달라고 요청하는 문서도 포함되었다고도 했지. 수원지와 가까운 농장이니 이번 일로 사유지 출입 명분도 얻은 셈이라는 거야. 그렇지 않아도 우리 회사에서는 회계처리 위반에서부터 시작해서 약품 유통기한 논란이나, 의약품 원료의 유기농 재배 사실 여부에, 약사법에 따른 조제 위반 등등에 이르기까지 전부터 문제가 많았어.

뒤늦게 나는 내가 무슨 실수를 저질렀는지 알았어. 관리인이 나약한 위인이라면, 그건 나뿐만 아니라 죽은 말들에게도 마찬가지였지. 그자는 차마 말들을 그냥 묻어버릴 수 없었던 거야. 밤새도록 고민하다가 다음 날 아침에 경찰에 신고한 거야. 그러면서 말들이 죽은 원인에 대해서는 잘 모르겠다고 얼버무린 거지. 경찰에서는 놀라서 상수원보호과에 보고를 했고, 그 바람에 일이 커진 거지. 지금 드는 생각인데, 어쩌면 관리인은 내게 반발하고 싶었는지도 몰라. 아니, 그럴 만한 인간이 아니야. 그저 일이 그렇게 되어버렸을 뿐이야.

그러니까 내가 농원에서 윤정우와 마주친 건 결코 우연이 아니었던 거야. 나는 그가 조사를 계속하도록 놓아둘 수 없었어. 농원 안쪽에는 대마나 양귀비는 물론이고 국내외에서 재배를 금지한 식물들이 자라고 있고, 특별 허가를 받아야 하거나 아예 수입이 금지된 곤충들이나 동물들도 길렀거든.

그야말로 불법의 온상이었지. 그런데 그 모든 걸 누가 관장할까. 누구긴 누구야, 조수호지. 하지만 그 이야기는 나중에 다시 하기로 하자. 여하튼 우리는 잠시 실랑이를 벌이다가 조용한 곳에 가서 이야기하기로 했어. 우선 나는 그가 '사나티오'의 실상에 대해 얼마나 아는지, 우리에게서 어떤 범법 행위에 혐의를 두는지 알아야 했지. 나는 그 친구에게 보온병에 담아온 커피를 건네주었어. 물론 그냥 커피가 아니라, 그 속에는 환각제 성분이 들어 있었어. 내 나름대로 조사해 보고서 그 친구의 약점이 환각제라는 걸 알아냈거든. 내가 실험실에서 빼돌린 약품들로 특별히 조제를 한 거지. 그 외에도 내 주머니에는 LSD와 엑스터시도 들어 있었어.

하지만 그때만 해도 나는 단지 그가 경계심을 누그러뜨리고서 약간 수다스러워지기를 바랐을 뿐이야. 그런데 약이 조금 들어가자 완전히 다른 사람이 되어버리더라고. 처음에는 그저 속으로 맺힌 게 무척 많은 섬약한 남자인줄 알았어. 약 기운에 힘입어 허세를 떠는 줄 알았지. 아니야, 아니었어, 실상 그자는 지독한 중독자였어. 어쩌면 사이코노트라는 직업에 희생적으로 헌신하는 사람이었는지도 모르지. 아니야, 그것도 아니었어. 그저 그는 사이코노트를 내세워서 환각제와 더불어 살아가는 병든 인간, 싸구려 약쟁이였어. 물론 약에 저항하려고 애를 썼겠고, 그래서 오랫동안 참아왔겠지. 그러다가 오랜 공백 후에 몸에 침투한 소량의 약물에 그토록 강한 반응을 보인 거겠지. 그자는 수다스럽다 못해 과대망상에 빠진 떠버리가 되어버렸어. 그러다 어느 순간 속에 쌓였던 울화가 봇물 터지듯 밖으로 쏟아져 나왔어. 그는 자기가 괴물과 인간 사이에서 태어난 기형아라는 말을 수차례 반복했어. 깨어 있을 때 죽고 싶다, 죽고 싶다는 생각을 반복하며 하루하루를 견디고 있고, 언젠가 환각 상태에서 망설임 없이, 갈등을 겪지 않고 즐거운 마음으로 죽음 속으로 뛰어들 수 있기를 바라왔다고 했어.

나는 그를 위로해주고 싶었어. 그래서 네가 기형아라면 나는 곰팡이라고 말했지. 그러자 그가 고개를 설레설레 저으며 말했어. 마약 중에서도 자기는 LSD를 가장 좋아하는데, 보리쌀이나 밀 같은 것에서 자라는 기생곰팡이에서 추출한 거니까, 그게 곧 곰팡이라는 거였지. 그 순간부터 우리는 갑자기 너무도 잘 통하기 시작했어. 우리는 누군가에게 기생할 수밖에 없는 곰팡이였고, 아무도 받아주지 않는 기형아였어. 우리는 말들의 죽음에 대해서도 동시에 슬픔에 사로잡혔어. 그때 내가 주머니에서 LSD를 꺼냈지. 우리는 LSD를 적셔 말린 종이를 찢어서 혀 위에 올려놓고 죽은 말들에 대해 애도했지. 약기운이 퍼지면서 우리는 완벽한 교감을 이룰 수 있었어. 내가 말들을 죽여 이런 순간을 얻어냈으니 나 자신이 조금 자랑스러울 정도였어.

우리는 정우의 차 안에 앉아 어두워가는 강을 바라보며

제각기 미친 사람들처럼 중얼거렸어. 정우는 LSD의 유래가 된 비틀즈의 〈Lucy in the sky with diamonds〉를 흥얼거리기도 했어. 그러면서 계속해서 약을 원했어. 나는 그가 자신의 죽음을 시험하고 있다는 걸 알았어. 약에 취하려는 게 아니라 자기 속의 죽음을 도발하려는 거였어. 말려보려 했지만, 어찌할 수가 없었지. 시간이 지날수록 정우는 점점 공격적으로 변해갔어. 갑자기 내게 하는 말이, 아까 말들의 사체를 살펴볼 때 조바심이 나고 불안감이 치밀어서 미쳐버릴 것 같다고 했어. 그러고는 불쑥 결코 말들을 죽여서는 안 된다고 하더군. 그 말들은 옛날 자기 애인, 승마를 즐기고 심성이 너무 고결해서 현실을 잘 견디지 못하고 그래서 결국 소년원에서 죽은 애인의 말들이었다는 거야. 아까 말들의 몸에 난 깊은 상처도 보았는데, 당신 아니면 누구도 그런 짓을 하지 못할 게 분명하다더군. 그러면서 나를 결코 그냥 두지 않겠다고, 나를 매장해버리겠다고 협박했지. 두 손으로 내 목을 조르려고까지 했어.

결국 나는 차문을 열고 밖으로 뛰쳐나올 수밖에 없었어. 하지만 그냥 가는 대신 주머니에 들어 있던 LSD와 엑스터시를 손에 잡히는 대로 꺼내어 차 안에 던져 넣었지. 그저 그뿐이었어. 그는 약을 필요로 했고, 나는 단지 그것을 그에게 주었을 따름이야. 그다음의 모든 건 그자에게 맡겨버린 거지. 더욱이 나는 비로소 그를 이해할 수 있었어. 그가 왜 자기를 기형아로 여기는지, 어린 시절에 어떤 트라우마를 겪었는지 자세히는 몰라도 막연하게나마 내 머릿속에서 그림이 그려졌거든. 물론 나는 미칠 듯 화가 나 있었고, 그가 나를 고발할까 봐 두렵기도 했어. 그래서 약을 먹여 약점을 잡으려 했는지도 모르지. 죽이려고 한 건 정말 아니었어. 그가 나르칸 같은 마약 해독제를 가졌을 수도 있었으니까. 나는 간신히 농원으로 돌아가서 잠시 눈을 붙인 후에 새벽에 서울로 올라갔지."

몽구의 귀에는 광수가 하는 말이 어느 먼 다른 세상으로부터 들려오는 낯선 이야기처럼 여겨졌다. 과연 어디까지 그의 말을 믿어야 할지 갈피를 잡을 수 없었다.

"지금 네가 무슨 생각을 하는지 알아. 너는 내가 정우의 마약 복용 경력을 알고는 약으로 그를 유혹해서 죽음으로 몰아넣었다고 생각하겠지. 그래, 그런지도 몰라. 완전히 부인할 수는 없는 노릇이지. 나 또한 전혀 경황이 없던 중에 벌어진 일이었으니까. 결국 경찰에도 쫓기는 몸이 되고 해서, 오래 망설이다가 오늘 낮에 조수호 부장을 찾아갔어. 몇 달 전부터 우리는 사이가 그리 좋지 않았지. 이제 나는 더 이상 옛날의 내가 아니었으니까. 하지만 내가 기댈 사람은 여전히 조 부장밖에 없더라고. 내가 궁지에 몰리게 된 사연을 밝히고 도움을 청하자, 조 부장은 의외로 나를 안심시켰어. 그러고는 손수 음식을 만들어서 나와 함께 이른 점심을 먹었지. 샐러드를 곁들인 해초 볶음이었어. 식사를 하면서 내게 묻더군. 뭔가 직접적인 물증이 될 만한 걸 남긴 게 있냐고. 나는 잘 모르겠다고 대답했어. 그러자 그 외에도 마음에 걸리는 게 있으면 솔직히 털어놓으라더군. 그때 전화가 걸려왔어. 조 부장이 통화를 마치고서 내게 말했지. 네 아버지 조영로 씨가 죽었다고 말이야. 나는 조금 망설이다가 네 아버지와 나 사이에 있던 일을 이야기했어. 그분이 와서 이런저런 의뢰를 한 적이 있다고 말이야. 그러자 조 부장이 잠시 나를 노려보다가 말했어. 그분은 늘 일기장에 모든 걸 세세히 적어놓는 성향이 있다고 말이야. 나는 곧바로 몸을 일으켰지. 당장 일기장을 찾아야 했으니까."

"그러니까 일기장을 찾으러 왔다 그 말인가."

"솔직히 말해서 그렇지. 그런데 나는 네가 이미 그 일기장을 챙겼다는 생각이 들거든. 그게 문제지."

"일기장 같은 건 없어. 아니, 한때는 있었지. 하지만 지금은 사라졌어. 그리고 지금까지 네가 했던 말을 나는 믿을 수 없어."

몽구는 단호하게 말했다. 상황을 정확히 판단하기 위해서라도 광수를 강하게 밀어붙여야 한다는 생각에서였다. 그가 광수 쪽을 돌아보며 막 입을 열려 할 때, 광수가 재빨리 몸을 돌리며 두 발을 내뻗었다. 몽구는 방어하려 했으나 몸은 이미 반사적인 행동 능력을 잃은 상태였다. 술에 뭔가를 탔구나 그런 생각이 들었을 때 광수가 손수건으로 그의 코와 입을 틀어막았다. 순간, 달콤한 냄새가 코를 찌르고 입안에서 약간 씁쓸하면서 짜릿한 맛이 느껴졌다. 그 냄새와 맛이 마치 죽음의 천사가 풍기는 체취처럼 느껴졌다. 클로로포름이구나, 직감이 일어나는 동시에 그는 정신을 잃었다.

12

몽구는 정신이 혼미한 상태에서 누군가가 자기를 부축하는 걸 느꼈다. 계단 같은 곳을 내려가는 것 같았고, 이윽고 안락의자의 푹신한 반동이 몸을 감쌌다. 그는 다시 잠이 들었고, 곧바로 꿈을 꾸었다.

집에서 아버지의 장례식이 치러지고 있었다. 새벽녘이 되어 조문객들이 모두 취해 빈소의 분위기가 시끌벅적해져 있을 때, 관이 놓인 안방의 문이 벌컥 열리면서 아버지가, 다름 아닌 죽은 아버지가 푸르뎅뎅한 얼굴로 방에서 나와 마당으로 내려섰다. 아버지는 평소와 달리 무척 곤혹스런 표정을 짓고 있었다. 그가 약간 찡그린 얼굴로 주위를 돌아보았다. 그때 몽구는 아버지가 유난히 키가 작아 보인다고 느꼈다. 곧 그 이유를 알았는데, 아버지는 구두를 신지 않은 맨발이었다. 죽은 사람이 맨발인 것은 어찌 보면 당연했다.

하지만 자세히 보니, 아버지는 구두뿐만 아니라 두 발도 없었다. 아버지가 두 발이 잘린 채 발목으로 서 있었다. 그런데 이상하게도 아버지의 그런 기괴한 모습이 그 자리에 있는, 발이 있고 신발도 신은 모든 사람들을 부끄럽게 했다. 아버지가 의족처럼 보이는 희고 가는 발목을 움직여 몽구를 향해 뚜벅뚜벅 걸어왔다.

몽구는 뒷머리에 욱신거리는 통증을 느끼며 정신이 들었다. 입안과 코에 여전히 씁쓸한 뒷맛이 남아 있었다.

"사람의 몸이 충격을 받으면 손상된 세포에서 아라키돈산이 방출되고 그게 프로스타글란딘으로 바뀌면서 통증이 감지되지. 하지만 걱정하지 마. 조만간 네 몸속에서 천연 모르핀이 분비될 테니까."

몽구는 두 손으로 이마를 감싸 쥐고서 주위를 둘러보았다. 시멘트 벽이 거친 질감으로 시각을 자극하고 텁텁한 냄새가 코를 찌르는 것으로 보아 그곳은 어느 건물의 지하실이었다.

뒤쪽 어딘가에서 광수의 목소리가 다시 들려왔다.

"차에 그냥 둘 수 없어서 데려왔어. 푹 자줘서 고마워. 덕분에 그동안 나는 이걸 찾았거든."

약간 축축해 보이는 타일 바닥에는 영로의 일기장 열다섯 권이 부챗살처럼 펼쳐져 있었다.

몽구가 머리를 흔들며 물었다.

"지금 나는 감금된 건가?"

"그럴 리가. 방금 말했잖아. 도와줘서 고맙다고. 내가 너를 붙들어둔 동안, 여기 직원들이 폐차장으로 가서 샅샅이 뒤진 끝에 일기장을 찾아냈지. 네 아버지는 일기장이 자기 생명보험이라고 했다지? 너는 자세히 읽지 않아서 모르겠지만, 정말로 그 속에는 나뿐만 아니라 조 부장에 대해서도 별별 정보가 다 들어 있었어. 그래서 여하튼 이제 너는 자유야. 조 부장도 그걸 원하니까. 미안해, 잠시 너를 마취시킬 수밖에 없었어. 몸이 회복되는 대로 언제든 네 차를 타고 떠나면 돼."

몽구는, 광수가 말은 그렇게 하지만 적어도 아직은 자기를 보내줄 생각이 별로 없음을 짐작했다. 몸이 여전히 마취에서 풀리지 않아 납덩이처럼 무거웠던 터라, 그는 목을 움직여 계속 주위를 두리번거릴 수밖에 없었다. 그때 가파른 계단에 위에서 아래까지 지그재그로 그어진 굵고 붉은 줄이 눈에 들어왔다. 그제야 그는 그곳이 수호의 연구소 건물의 지하실임을 알았다. 몇 년 전에 왔을 때, 몽구는 수호가 음식을 준비하는 동안 주위를 돌아보다가, 저 붉은 줄을 본 적이 있었다. 몽구는 계단을 따라 내려가보고 싶었지만, 어느새 나타났는지 수호가 당황한 기색으로 그를 가로막았다. 기억이 되살아나는 것과 동시에, 몽구는 갑자기 혼란 상태에 빠져들었다. 육 면의 벽이 스피커의 공명판이 되어 수없이 다양한 동물들의 비명소리를 환청처럼 쏟아냈기 때문이었다. 벽에는 풍경 사진이 담긴 커다란 액자들이 걸려 있었는데, 온통 곰팡이에 잠식되어 마치 기괴한 형상의 영정 사진처럼 보였다.

그때 광수가 몽구 앞으로 쑥 나서서, 신경질적인 손길로 머리카락을 뒤로 쓸어 넘기며 말했다. 그의 왼손에는 갈색 액체가 반쯤 담긴 유리잔이 들려 있었다.

"어떤 일이 발생하면 나는 늘 나 자신에게 이렇게 묻곤 하지. 이건 누구 잘못인가. 그런데 그것이 전적으로 내 잘못이 아니라면, 공연히 내가 자책감을 가질 필요도 없지. 하지만 일말의 양심이 있으니, 다시 묻지 않을 수 없지. 내 잘못이 아니라면, 그럼 누구 잘못인가. 대체 내가 무슨 짓을 저지르고 있는 것일까. 그런 생각 뒤에는 항상 조수호 부장이 버티고 있어. 그래, 그자가 나를 오염시키고 타락시켜서 중독시켜 버렸어.

처음 마주쳤을 때부터, 조 부장은 늘 신중하고 사려 깊게 행동하는 사람이라는 인상을 주었지. 나는 그 사람에게 강하게 이끌렸어. 그 사람은 섬세하면서도 강인했어. 그리고 세상에서 중요한 것들을 모두 알고 있었어. 나는 그 사람이 알고 있는 모든 걸 배우고 싶었어. 나는 막돼먹은, 어찌할 도리가 없는 인간이었어. 나는 늘 남의 뺨을 때리고 싶었어. 점잖게 이야기를 나누다가도 여자든 남자든, 아이든 노인이

든 느닷없이 뺨을 갈기고 싶은 충동에 나 스스로 손을 붙들어 매다가 그래도 안 되면 아무도 없는 곳으로 달려가서 내 뺨을 마구 후려갈겼어. 나는 내가 수음을 해서 사정한 정액을 먹을 수 있는 인간이었어. 정액을 쓴 약처럼 삼킬 수 있었어. 정액을 달콤한 독물처럼 핥을 수 있었어. 겉으로는 평범하고 정상적으로 보여도, 나의 내면은 온갖 폭력적인 욕구와 비정상적인 것에 대한 취향으로 가득 차 있었어. 남들이 미친놈이라고 부르고 변태라고 부르는 그런 짓거리가 오히려 나를 진정시켰어.

그래도 조 부장은 나를 거두어주었지. 내가 그런 인간인 줄 알면서도 말이야. 나는 조금씩 달라졌어. 특히 독에 대해 점점 더 많이 알게 되면서 나는 마침내 미숙함과 불안정함에서 벗어나는 듯한 느낌을 받았어. 지금 여기에 있지만, 여기가 아니고 지금도 아닌 어떤 다른 세계와 접해 있다는 기쁨도 느꼈어. 그 모든 게 그 사람 덕분이었어. 그 사람을 누구보다도 존경하고 사랑했기 때문에, 그의 마음을 읽고서 거기에 맞게 행동하려고 노력했어.

이제 조 부장이라는 표현은 어색하고 거추장스러우니 그냥 수호라고 부르기로 하지. 나는 정말 수호에게서 많은 것을 배웠는데, 그중에서도 독을 다룰 때 무엇보다도 중요한 건, 한 가지 독성 물질이 다른 독성 물질과 만날 때 그 사이의 상호작용을 신중하게 고려해야 한다는 거였어. 그 상호

작용에 따라 몸에 흡수되는 정도가 달라지거나 독성의 성격이 변해버리기 때문이지. 말하자면, 두 가지 독성 물질을 동시에 투여할 때 독성이 커지기도 하지만, 반대로 오히려 적어지기도 한다는 거야. 그 점을 잘 이해하면 우리는 해독제를 만들 수 있고, 완전범죄도 이룰 수 있어. 두 가지 독을 잘 선택해서 섞어놓으면 효과가 나타나는 시간을 훨씬 늦출 수도 있거든. 독버섯에 함유된 무스카린이 부교감신경을 흥분시킬 때 흰독말풀에 함유된 아트로핀으로 신경을 진정시킬 수 있어. 나는 다이옥신에 관심이 많은데, 왜냐하면 다이옥신에 중독되었을 때 너무 늦지 않게 올레스트라를 투입하면 그 둘이 결합하여 몸 밖으로 배출되거든. 중독도 가능하고 해독도 가능하니, 죽였다가 살릴 수도, 살리기 위해 죽일 수도 있다는 말이야. 너도 성격이 좀 더 진득했으면 이런 모든 걸 알았을 텐데 안타까운 일이야.

물론 내 마음속에는 두려움과 거부감도 있었어. 독이란 실로 칙칙하고 끈끈해서 불쾌하기 짝이 없는 세계니까. 나는 수호의 말과 행동을 충실히 따르면서도 당장이라도 어디 멀리 달아나고 싶은 충동에 휘말리곤 했어. 그걸 알고서 수호가 어느 날, 나를 불러다 놓고 조용한 목소리로 이야기를 시작했어. 그건 남아메리카의 한 원시 부족에서 쿠라레라는 독을 가지고 통과의례를 벌이는 과정에 대한 것이었어. 그런데 가만히 듣는 동안 어느새 나는 마치 최면에 걸린 것처럼 나 자신이 그 부족 젊은이들 중의 하나가 되어버렸어.

나는 내 또래의 친구들과 숲으로 들어갔어. 우리는 쿠라레 나무에서 이파리와 줄기를 잘라냈어. 쿠라레는 워낙 단단해서 자르기가 힘들 뿐만 아니라, 잘못 바라보기만 해도 독에 감염되어 죽을 수 있기 때문에 특히 조심해야 했어. 우리는 잘라낸 것들을 가지고 마을에서 멀리 떨어진 움막으로 갔어. 그곳에서 우리는 우선 검고 쓴 수액을 추출한 후에, 그것을 돌솥에 넣고 끓였어. 이때 솥이 흔들려서는 안 되는데, 그래야만 우리가 사냥하는 동물들도 사납게 요동하지 않고 순순히 잡히기 때문이지. 마침내 검고 끈끈한 액체가 만들어졌을 때, 우리는 그것을 화살촉에 바르면서 이 세상의 모든 독의 이름을, 독을 가진 것들의 이름을 불렀어. 개구리, 전갈, 말벌, 거미 등등 말이야. 우리는 화살을 들고 밖으로 나와서 일제히 바닥에 주저앉아 한쪽 발을 질질 끌며 걸었지. 독화살을 맞아 힘을 잃어가는 동물들을 흉내 내는 것이었어. 그러다가 모두 바닥에 쓰러졌어. 우리의 주식인 원숭이들의 숨이 끊어진 거야. 한참 후에 우리는 몸을 일으키고서 재규어의 울음소리를 냈어. 재규어는 강력한 힘의 상징이자 신령한 존재여서, 사냥을 끝내고 돌아갈 때 그 소리 덕분에 아무것도 우리의 길목을 막지 못하게 돼. 그렇게 마침내 나는 통과의례를 성공적으로 마쳤어.

수호의 이야기가 끝났을 때, 방금 겪은 환몽이 얼마나 생생했는지, 마치 실제로 경험한 것 같았을 뿐만 아니라, 나 자신이 완전히 다른 인간이 된 느낌이었어. 마침내 나는 통과의례를 이겨냈고 어른으로서 독을 다룰 수 있게 되었어. 독은 내게 권력을 주었지. 이제 아무도 나를 함부로 대하지 못하게 되었어. 내가 곧 독이었어. 이제 내게는 할 일이 쌓여 있었어. 세상에는 박멸해버리거나 최소한 중화시켜야 할 독이 너무 많았으니까. 그래, 중화, 중화 말이야. 이제 내게는 누군가를 제거하는 것도 독을 중화시키는 것 그 이상도 그 이하도 아니었지. 필요하다면 인간 청소도 해야 했어. 그러다 보니, 때로는 먹잇감을 찾아 어둠 속을 헤매는 독충 신세가 되곤 했지. 독충은 독을 품은 것들을 끊임없이 먹어서 자기 속에 독을 채워야 해. 하지만 자기가 먹는 '독'에 대해 감사하고 사랑하는 마음도 가지고 있지. 나도 마찬가지였어. 내게는 희생자가 필요했지만, 나는 결코 그들을 무시하지 않았어. 원시 부족 사람들이 희생물에 대한 존중심을 가졌듯이 말이야.

처음에 나는 가까운 친족들의 고충을 해결해주는 일부터 시작했어. 그러자 은밀하게 소문이 퍼지면서 며칠 간격으로 여러 사람이 내게 도움을 청하러 왔지. 당연한 말이지만, 나는 신중에 신중을 기했어. 증거를 남기지 않고 완벽한 알리바이를 만드는 건 물론이고, 일을 처리한 후에는 애초에 청원한 사람들의 마음을 관리하는 데도 철저를 기했지. 하지만 내가 나 자신을 통제하는 데 어느 정도 어려움이 있었던 게 사실이었어. 어떤 때는 너무 소극적이 되고 또 어떤 때는 너무 과도해졌어. 결국 나는 내 기질에 따를 수밖에 없다고 결론을 내렸지. 그러면서 차츰 더 큰 자신감과 만족감을 느꼈어. 어떤 때는 남들의 운명을 주무르는 신이 된 것 같은 착각도 들었지.

그 무렵부터 나와 수호 사이에 갈등이 생겨났어. 수호는 내가 절제를 못한다고 비난했어. 그러고서 일장 훈시를 늘어놓았어. 원시 부족들은 아무리 선한 것이라도 너무 많으면 몸에 열이 나고 갈비뼈와 등뼈에 멍이 들어 사람이 죽고 전염병이 생긴다고 믿었다, 그래서 쿠라레 독도 한 사람당 작은 통 하나의 분량만을 가지게 했다, 또 어떤 부족은 독이 있는 나무뿌리를 물속에 넣어 물고기들을 기절시킨 후 떠오르는 것들을 그물로 건지는데, 한번 그러고 나면 다음번까지 오랜 시간 간격을 둔다 등등, 물론 나도 다 아는 사실들이었어. 하지만 그때만 해도 그의 말에 귀 기울이는 척하지 않을 수 없었어.

게다가 이제 내게는 수호의 본모습이 보이는 것 같았어. 말은 그럴듯하게 하면서도 은근히 궂은 일은 내게 떠맡긴다는 생각도 들었어. 수호 자신도 나만큼이나 마음속에는 온갖 폭력적인 욕구와 비정상적인 것에 대한 취향으로 가득 차 있었어. 그런 고약한 취미를 실현하기 위해, 나를 선택하고 교묘하게 조종해서 지금의 나로 만든 거지. 그 사람은 내가 하는 행동 하나하나를 꿰고 있었어. 그러면서 앞으로 나서지 않고 뒤에서 지켜보았어. 수시로 나를 헐뜯은 건 오로지 자기 마음에 알리바이를 제공하기 위해서였어."

광수가 유리잔에 갈색 액체를 다시 채우며 말을 이었다.

"그러던 중에 네 아버지를 만났어. 처음 나를 찾아왔을 때, 이름을 듣고서 누군지 알았어. 아버지는 내게 한종원이라는 소설가에게 카드뮴을 뿌려달라고 했어. 애초에 나는 별로 심각한 상황도 아닌데 그렇게 밑도 끝도 없이 들이미는 부탁을 들어줄 생각은 없었어. 하지만 정말 끈질겼어. 나중에는 생각이 바뀌었다면서 카드뮴 대신 스트리크닌을 주입시켜 달라더군. 스트리크닌은 마전의 씨앗에서 추출하는 맹독성 물질로 근육에 경련을 일으키는데, 많이 섭취하면 뼈가 휘거나 부러지는 게 마치 파상풍 증세와 유사해. 아버지도 독성 물질에 대해 많은 걸 알더라고.

당연히 나는 너를 따로 만나서 의논을 해야겠다고 생각했어. 하지만 아버지는 용의주도했어. 네게는 한 마디도 해서는 안 된다고 반복해서 철저히 못을 박더군. 결국 나는 마음을 정하지 못한 상태에서 일단 한종원이라는 소설가에 대해 알아보기로 했지. 그런데 이거 알아? 아마, 너도 몰랐을 거야. 한종원이라는 인물, 네 아버지를 메기라고 불렀고, 그 보복으로 오히려 아버지가 메기라고 부른 그 사람은 어디에도 없었어. 메기에 대한 글도 아버지의 수필에 인용 형식으로 실렸을 뿐, 따로 발표된 적은 한 번도 없었어. 당연한 일이지. 한종원은 존재한 적이 없었으니까."

광수가 잠시 몽구의 표정을 살피다가 말을 계속했다.

"나는 어이도 없고 화도 나서 폐차장 사무실로 달려가 나를 우롱하는 거냐고 따졌지. 그런데 아버지는 그저 웃더군. 한종원이 왜 존재하지 않느냐, 한종원이 나를 메기라고 불렀고, 그래서 나도 그를 메기라고 불렀고, 그러니 나도 한종원도 메기고, 우리는 메기고, 결국 한종원이 바로 나 자신이라고 하더라고. 한마디로 자기가 바로 메기이자 한종원이니까 자기를 죽이면 된다는 거였어. 그때 한쪽 구석에 나란히 놓인 모래주머니 두 개가 내 눈에 들어오더군. 한종원은 산책할 때 늘 발목에 모래주머니를 찬다고 했는데, 그게 거기 있더란 말이야.

그제야 비로소 나는 알았어. 아버지는 상상력이 넘치는 소설가답게 자신을 한종원으로 분장하여 나를 기다렸던 거야. 내가 자기를 한종원으로 착각하고 죽여주기를 바랐던 거지. 어쩌면 아버지는 안락사를 원했는지도 몰라.

그때 멍하니 서 있는 나를 보고 이렇게 묻더군. 언젠가 폐차장 차 안에서 노숙자 시체가 발견되었는데, 그게 내 짓이냐는 거였어. 물론 아니었지. 내가 아무리 강하게 부인해도, 의심을 풀지 못하는 것 같았어. 그때 나는 머리가 아찔했어.

아버지는 분명 정상이 아니었어. 시공간의 개념도 오락가락했는데, 어쩌면 치매 초기 상태인지도 모른다는 생각도 들었어. 한종원을 실제 인물로 착각해서, 자신이 조영로가 아니라 한종원이라고 믿는 건지도 모를 일이었어.

그날 나는 오랫동안 고민했어. 당연히 내 손으로 아버지를 죽일 생각은 없었어. 하지만 어려움에 처한 한 사람의 고객으로 바라보면 그 요청을 거절하기도 어려웠어. 더욱이 나는 단지 스트리크닌을 제공할 뿐이었어. 그러면 아버지가 한종원을 죽이거나 한종원이 아버지를 죽이는 것이고 말이야. 그래도 여하튼 나는 여차하면 공범으로 지목되겠지. 그렇다면 그런 위험을 무릅써가며 아버지를 죽음으로 몰아갈 명분은 무엇일까. 그때 다시 조수호, 그 사람이 머리에 떠올랐어. 내가 보기에 그 사람은 겉으로는 아닌 척해도 마음속으로 네 아버지를 지독히 미워했어. 마침내 나는 마음을 정했지. 하지만 수호의 편을 들어줄 생각은 추호도 없었어. 오히려 수호에 대한 반발심이 치밀어 오른 거야. 막상 자기 형이 나 때문에 죽으면 수호는 큰 혼란에 빠질 테니까. 나는 모든 게 까뒤집어지는 그 꼴을 보고 싶었지.

그러다가 사정이 이렇게 되고 말았구나. 네게 정말 미안해. 하지만 나로서는 도저히 알 길이 없어. 이건 대체 누구 잘못인가. 전적으로 내 잘못은 물론 아니다. 그럼 누구 잘못인가. 이번에도 조수호의 잘못인가. 어쩌면 그럴지도 모르지. 그런데 이제는 그마저도 갈피를 잡을 수가 없구나. 지금 나는 두려워. 무척 겁이 나서 내 존재 자체가 난쟁이처럼 오그라드는 기분이야. 지금까지 대체 내가 무슨 짓을 한 거지. 언제까지 여기서 숨어 지낼 수 있겠어. 누가 나를 도울 수 있을까. 몽구 너는 아닐 테고, 그럼 수호밖에 없지 않을까. 한 번 더 딜러가서 도와달라고 해야 하지 않을까. 그렇지? 내 말이 맞지? 하지만 수호는 정말 믿을 수 없는 사람이잖아. 너는 그가 젊었을 때 도부영이라는 이름으로 바디페인터 활동을 했다는 걸 알고 있겠지? 그 사람에게는 비밀이 많아. 나도 오랫동안 뒷조사를 했는데, 최근에야 알게 되었어."

광수가 말을 멈추고서 쓸쓸한 표정으로 몽구를 바라보았다. 순간, 몽구는 머릿속에서 피가 말라붙는 게 느껴질 정도로 정신이 멍멍했다. 돌이켜보면, 조영로가 한종원이고 조수호가 도부영이라는 사실을 전혀 짐작하지 못한 건 아니었다. 하지만 그동안 내내 그는 자신이 그 사실을 모른다고 생각하며 살아왔다. 그 이유가 무엇이었을까. 그때 광수의 오른쪽 눈 흰자위 위에 난 검은 점이 훨씬 커져서 눈동자와 거의 닿아 있는 게 보였다.

그는 반사적으로 손목을 들어 시계를 보았다. 마치 광수의 말과 목소리에 오랫동안 최면이 걸렸다가 갑자기 깨어나 현실로 돌아온 듯한 기분이었다.

"누구 기다리는 사람이라도 있어?"

몽구가 시계를 본 이유는 무의식적으로 자경을 떠올렸기 때문이었다. 하지만 그 말을 할 수는 없었다. 그가 아무런 대꾸도 하지 않자, 광수의 얼굴에 긴장한 기색이 어렸다.

"누구? 내가 아는 사람이야?"

몽구는 갑작스레 까닭 모를 환멸감이 치미는 것을 느끼고서, 왼손으로 턱을 움켜쥐며 대꾸했다.

"네가 아는 사람일 수도 있고 모르는 사람일 수도 있어. 하지만 그 사람은 너를 잘 알고 있지. 지금 당장 그 사람이 저 문을 밀고 안으로 들어올 거야."

순간, 광수가 눈살을 찌푸리며 계단 쪽을 쳐다보았다. 그때 누군가가 다급한 발짝 소리를 내며 계단을 뛰어 내려왔다. 푸른 작업복 차림의 젊은 남자가 숨을 헐떡이며 광수에게, 경찰이 들이닥쳤다고 소리쳤다. 그저 해본 소리가 사실이 되면서 광수보다 몽구가 더 크게 놀랐다. 광수가 고개를 돌려 몽구를 노려보았다. 워치게 한 거야. 그의 눈이 그렇게 묻고 있었다. 곧 광수와 작업복 차림의 남자는 재빨리 몸을 날려 계단 맞은편의 쪽문으로 빠져나갔다. 다음 순간 다시 거친 발소리가 울리면서 박호형 형사와 정복 차림의 경관 둘이 뛰어 내려왔다. 멀리에서 경찰차의 경적 소리가 울리고 있었다.

13

몽구가 호형의 심문을 받고 경찰서에서 나왔을 때는 거의 다섯 시가 된 시각이었다. 짐작한 대로 몽구는 경찰의 감시 대상 리스트에 들어 있었다. 오늘 낮에 경찰이 떠난 뒤 한 수상한 남자가 폐차장 여기저기를 뒤지다가 몽구의 자동차를 타고 떠났다는 제보를 그곳 직원으로부터 받은 뒤, 몽구의 휴대폰 위치가 추적된 것이었다. 호형은 '사나티오'의 거물급들을 엮어 넣기 위해 몽구로부터 뭔가 단서를 얻고자 했다. 그러나 호형과 몽구는 심문실에 오랫동안 마주앉았었어도 피차 수확은 별로 없었다. 헤어지기 전에 호형은 조영로의 일기장을 당분간 경찰에서 보관할 것이라고 말했다. 사적 문서이지만, 증거로서의 가치가 높다고 했다.

몽구는 한참 동안 길을 따라 걷다가 택시를 타고서 호리원으로 향했다. 마치 아까 마무리 짓지 못한 여정을 다시 시작한 듯한 기분이었다. 라디오에서 뉴스가 흘러나왔다. 오늘 오후에 한국의학회 컨벤션 센터에서 해피 드러그 계열의 신약 출시를 기념하는 합동 기자회견이 열린다고 했다. 참여 업체 상호들 중에는 '사나티오'도 들어 있었다. 무음으로 돌려놓았던 휴대폰을 들여다보니 박호형 형사의 부재중 전화 표시가 세 개 남아 있었다. 자경으로부터는 여전히 연락이 없었다.

목적지에 도착하여 택시에서 내렸을 때, 몽구는 깜짝 놀랐다. 몇 년의 시간 동안에 모든 게 너무도 쇠락해져 있었다. 벽돌담도 건물의 벽도 잿빛으로 퇴색하여 당장이라도 허물어질 듯 부실해 보였다. 게다가 집 안팎으로 사람의 손길이 오랫동안 닿지 않은 듯 잡초가 무성하고, 나무들은 이파리가 모두 벌레에게 먹혀서 가지만 앙상한 채로 서 있었다.

몽구는 천천히 안으로 걸어 들어갔다. 대문과 거실의 유리문은 활짝 열려 있었고, 수호는 누군가를 기다리는 듯 긴 소파의 등받이에 두 팔을 얹고 비스듬히 앉아 있었다. 몽구가 안으로 들어가자, 고개를 젖혀 천장을 응시하고 있던 수호가 오른손을 번쩍 들어 올렸다. 몽구가 맞은편 소파에 앉자, 수호는 꼬았던 다리를 풀고 두 팔꿈치를 무릎 위에 올려놓고서 몽구를 가만히 쳐다보았다. 그들 사이에 놓인 낮고 널찍한 나무 탁자 위에는 보랏빛 액체가 담긴 유리병과 무쇠로 된 검은색 찻주전자, 그리고 크고 작은 여러 개의 잔들이 놓여 있었다. 수호는 조만간 형사들이 들이닥쳐 자신을 연행해 가리라는 것을 아는 게 분명했다. 하지만 지금 이 순간 그가 기다리던 사람은 경찰이 아니었다.

그제야 몽구는 수호가 정장 차림이라는 것을 알았다. 그러고 보니 막 외출을 하려던 게 아닌가 싶었다. 아니면, 몽구 자신이 그렇듯이 수호도 누군가를 기다리고 있던 것인지도 몰랐다. 자신의 방문으로 수호의 계획이 차질을 빚은 게 아닐까 하는 생각이 몽구의 뇌리를 스쳤다. 사실 그로서는 자기가 왜 수호를 찾아왔는지 여전히 그 이유를 알지 못했다. 차를 마시기 위한 것은 물론 아니었다. 아마도 머릿속의 혼란을 가라앉히기 위해 그저 몇 마디 대화를 나누고 싶었기 때문이었을 것이다. 하지만 그러기 위해서는 그와 차를 마셔야 하는 게 사실이었다. 그때 낯설고도 친숙한 냄새가 은근하게 콧속으로 스며들었다. 말로 표현하기 어려운 그 냄새는 서서히 몽구의 폐활량을 늘려주었다. 호흡이 깊고 활발해지면서 그는 머릿속도 서서히 환기가 되는 듯한 느낌을 받았다. 그는 막연한 두려움과 더불어 까닭 모를 절망감에 사로잡혔다.

수호는 몽구가 먼저 말을 꺼내기를 기다리는 기색이었다. 그러나 몽구는 혀가 뻣뻣하고 머릿속이 텅 비어 있었다. 타인으로부터 짧은 시간에 너무 많은 말을 들으면 정작 자기 쪽에서는 말의 씨가 완전히 말라버리기 마련이었다. 수호는 몇 번 고개를 끄덕이고서 찻주전자를 들어 두 개의 작고 투명한 잔을 채웠다.

"이건 차도 아니고 술도 아니야. 그러니까 차이기도 하고 술이기도 하지. 매실과 살구, 복숭아, 사과의 씨앗을 60도 독주에 넣고 한 달을 두었다가 열을 가해 알코올을 증발시켜서 도수를 10도 정도로 낮추었어. 그러면 맛도 좋아지고, 독성도 사람 몸에 딱 알맞을 정도로 낮아지는데, 나한테는 진통제이자 빈혈을 치료하고 혈압을 조절해주는 역할을 하지. 이 차를 좋아하는 사람들은 이렇게 말하기를 즐기지. 보통 사람이 많이 마시면 갑자기 나른해지면서 피부에 주름살이 움푹 팰 뿐만 아니라, 머리카락이 하얗게 세고 이가 빠지고 오한을 느끼다가 잘못하면 죽을 수도 있다고 말이야. 과장된 말로 들릴지 모르지만, 호사가들의 고약한 취향이 맛을 돋우려고 만들어낸 말만은 아니야."

두 사람은 천천히 잔을 입으로 가져갔다. 차는 약간 시큼할 뿐 거의 무취 무향에 가까웠다. 몽구는 이 차이자 술인 푸르스름한 액체로 수호가 자신을 시험하려는 것을 알았다. 게다가 수호는 방금 미리 경고를 하는 것도 잊지 않았다. 그러나 몽구는 물러서고 싶지 않았다. 그때 문득 벌써 오래전, 몽구가 대학생이었을 때, 수호와 처음으로 마주앉아 차를 마시며 날이 훤히 밝아올 때까지 두런두런 이야기를 나누던 그날, 앞으로도 그 순간을 평생 잊지 않으리라 다짐했던 그날의 기억이 머리에 떠올랐다. 마치 모든 것이 원점으로 되돌아온 느낌이었다.

찻주전자가 거의 비었을 때, 수호가 물병을 들어 보랏빛 액체를 잔에 따르며 말했다.

"너와 나 사이에는 네가 모르는 또 하나의 공통점이 있지. 네 생일은 10월 29일이고 나는 11월 8일이야. 우리 둘 다 황도 12성좌에서 천갈궁, 그러니까 전갈자리지. 저 대우주의

별자리와 인간 몸이라는 소우주는 서로 멀리 떨어진 것처럼 보이지만, 실은 서로 긴밀하게 연결되어 있다고 나는 믿어. 천상의 혼이 인간 육체에 깃들기 위해 지상에 내려올 때, 별들의 영향을 받는다는 말이지. 일반적으로 전갈자리의 사람들은 탐구심과 사물의 이면을 간파하는 통찰력이 뛰어나다고 해. 그런가 하면 과묵하고 비밀스러운 면도 강하고 음험한 인상을 준다고 하지. 때문에 남들의 기피 대상이 되어서 원만한 인간관계를 이루기가 어렵다는 거야. 그것이야말로 바로 독이라는 물질이 가지는 특징 아니겠어? 너와 나, 우리가 바로 그렇고 말이야."

"우리라고? 아니, 독은 내 취향이 아니야. 이제 나는 그걸 알았어."

"취향이 아니라고? 스타일이 아니란 말이야? 인간에게 가장 큰 비극은 자기 스타일을 갖지 못하는 게 아니라, 아무리 발버둥쳐도 결코 제 스타일을 벗어날 수 없다는 거야. 그리고 스타일이라는 게 네가 선택하거나 바깥에서 주어지는 게 아니야. 네 태어난 모습 그 자체가 취향이고 스타일이지. 벌독에 특별한 항체가 있어서 아나필락시스 따위를 엿 먹이는 게 네 스타일이야. 그런데 지금 너는 독이 네 취향이 아니라고? 그럼 독이 아니라 약이 네 취향이라는 말이야? 대체 독이 뭐야? 그 물질이 무엇이든 간에, 몸 안에 들어와 생체의 리듬과 균형을 무너뜨리면 그게 독이야. 몸에 꼭 필요한 호르몬, 비타민, 히스타민, 세로토닌 같은 생물활성물질도 내부에서 과도하게 분비되거나 외부에서 대량으로 투여되면 독이 된다는 걸 너도 모르지 않잖아."

수호가 다소 높아진 어조로 빠르게 쏟아놓는 말을 듣는 동안, 몽구는 오히려 가슴이 서늘하게 식어가는 것을 느꼈다. 애초에 수호에게서 이런 말을 들으려고 온 게 아니었다. 그러나 지금 수호는 어느 때보다 감정이 격양된 상태여서 정상적인 대화가 어려울 것 같았다. 몽구는 냉담하고 무표정한 얼굴로 손목을 들어 시계를 보았다. 여섯 시를 막 넘긴 시각이었다.

몽구의 표정을 보고서 수호가 목소리를 낮추어 차분한 어조로 말을 이었다.

"그래, 우리 사이에 새삼스레 흥분할 이유도 없지. 너와 나는 비슷하면서도 또 많이 다르니까. 네 아버지와 나는 늘 백치고 저능아였어. 물론 네 아버지는 천재이기도 했어. 글을 쓰지 않을 때 그 사람은 백치지만, 글을 쓸 때는 놀라운 천재가 되었지. 사악할 정도로 말이야. 한쪽에서는 백치 소리를 듣고 다른 쪽에서는 천재 소리를 듣는 사람들, 그런 사람들이 정말 위험하고 문제가 많은 법이야. 나는 그 정도는 아니었지만, 조금은 비슷한 부류였지."

몽구는 다시 시작된 수호의 이야기가 또 길게 이어지리라는 것을 예감했다. 하지만 아까와는 달리 조심스럽고 차분해진 수호의 어조에 몽구는 차츰 긴장이 풀리면서 편안해지는 것을 느꼈다. 몽구는 수호가 내심 무척 혼란스런 상태라는 것을 알았다. 지금 그는 몽구와 이야기를 나누면서 머릿속의 어지러운 생각들을 정리하고 싶어 하는 것이었다.

"서울 지방법원 사무관이 되었을 때, 나는 그저 순진한 백치에 불과했어. 아무 불만 없이 하루하루를 잘 살았지. 그러던 어느 날, 패기만만한 젊은 검사를 돕다가, 문중호라는 자동차 외판원의 불법침입, 기물파손, 폭행상해 죄에 대한 재판에도 관여했어. 검사와 변호사의 주장이 팽팽하게 대립해서 어떤 판결이 내려질지 한 치 앞을 내다볼 수 없는 상황이었지. 그러던 중에 증인석에 선 문중호의 자기변론을 들었을 때, 나는 그에게 완전히 빠져들었어. 그는 외판원이었지만, 밤에는 환경운동가였고, 특히 독성 물질을 무분별하게 사용하거나 폐기하는 각종 업체들을 고발하는 걸 사명으로 삼은 사람이었지. 독이란 치명적이지만, 그보다 더 치명적인 것은 독을 이기적으로 혹은 무심하게 다루는 태도라는 그의 말이, 그 소박하면서도 절실한 말이 나의 마음을 흔들어놓았지. 그 순간 내 속에 들어 있던 어린 시절의 강력한 트라우마, 두려움과 결부된 죄의식이 강력하게 되살아난 거야. 예전에 내가 중학교 시절 친구였던 김상규라는 아이에 대해 했던 말을 기억하지? 나와 독을 가지고 장난을 치다가 도가 지나쳐서 결국 요양병원에서 죽은 녀석 말이야. 그

때부터 나와 독 사이에는 서로 빚이 있었어. 그 녀석이 죽지 않았으면 내가 죽었을 테니까 말이야. 고민 끝에 나는 문중호를 돕기로 마음을 정했어. 검사가 재판이 시작될 때부터 준비해왔던 증거들 중에서, 마지막에 결정적으로 제시하려던 자료들, 그러니까 현장 검증 문서와 목격자들의 증언을 내가 몰래 빼돌린 거지. 그 결과 중호는 증거부족으로 풀려났고, 나는 증거 자료를 소홀히 다루어 분실한 데 대한 책임으로 3개월 동안 정직을 당했어."

선산의 종가 무덤들이 뭉개져서 수호가 응징한 사건 역시 공교롭게도 그 시기에 일어났다. 이제 그는 더 이상 전같이 백치처럼 참지 않았다. 그런 마당에 직장에 머물 수도 없어서 정직 통보를 받은 후 보름 만에 사표를 제출했다. 그리고 빼돌린 증거 자료를 우편으로 문중호에게 보냈다. 며칠 후 그는 중호의 방문을 받았고, 그와 함께 환경운동가로 일하게 되었다. 약간의 퇴직금과 더불어 새로운 생활을 시작했지만, 미래에 대한 불안은 그에게 그리 절실하지 않았다. 오히려 백치 상태의 마비에서 벗어나 뼈아픈 각성에 다가가고 있다는 자부심이 더 강했다. 몇 달 후 그는 중호의 충고대로 바디페인터가 되어 독의 위험에 대한 경종을 울리는 일에 참여했다. 중호가 그에게 도부영이라는 일종의 예명을 지어준 것도 그 무렵이었다.

중호는 오십 대 후반의 나이였는데, 자신을 포함하여 열

세 명가량으로 이루어진 그룹을 이끌고 있었다. 그 그룹의 이름은 역설적이게도 '베놈'이었다. 그들은 북한강 변의 청포 근처 야산에 꽤 넓은 농원을 가지고 있었다. '베놈' 회원들의 공동명의로 되어 있는 그 농원에는 커다란 온실도 갖춰져 있어서 다양한 종류의 약초뿐만 아니라 독초도 재배되었다. 중호는 식물에 대해 잘 알아서 그곳에서 기른 약초들의 잎과 꽃, 열매와 뿌리를 전국의 한약방에 조달했고, 그 자신이 직접 몇 가지 신약을 제조하기도 했다. 수호가 나중에 지니게 된 지식의 거의 대부분은 중호에게서 얻은 것이었다. 농원은 그들 그룹의 재정적 기반이었다. 풍족하다고는 할 수 없었지만, '베놈'의 일원들 중에는 번듯한 직장을 가진 사람들도 여럿 있었고, 중호가 여러 가지 면을 고려하여 농원의 수익을 적절히 분배했던 터라 모두가 경제적으로 안정감을 느낄 수 있었다.

"부산에서 퍼포먼스를 벌일 때, 한 호텔 수영장에서 소화를 만났지. 우리는 금방 가까워졌어. 여전히 쉽지 않은 삶이었지만, 이제는 소화라는 존재가 곁에 머물며 내게 많은 것을 보상해주었어. 중호는 소화가 '베놈'의 일원이 된 것을 무척 기뻐했지. 소화가 방송국 앵커라는 사실은 대외 홍보 차원에서 중호에게 무척 중요했어. 우리 그룹에서는 소화를 카나리아라고 불렀어. 일본 도쿄 지하철에서 벌어진 사린가스 사건 때, 수사에 나선 경찰은 선두에 카나리아 새장을 들고 나섰지. 정말 어처구니없는 광경이었어. 가스에 예민한 카나리아가 인간들을 대신해서 죽어주기를 바란 거니까. 우리는 그 반대였어. 우리의 마스코트인 카나리아를 살리기 위해서라면 언제든 기꺼이 발 벗고 나서서 자신을 희생할 용의가 있었지."

수호와 소화 사이에는 사랑의 감정이 점점 더 깊어졌다. 하지만 그들 사이에는 걸림돌이 있었는데, 몽구의 어머니 운선이라는 존재였다. 물론 수호와 운선 사이에 남녀 간의 감정이나 육체적 관계가 있었던 건 아니었다. 그저 그들은 일주일에 한 번 화요일 낮에 만나서 함께 식사를 하고 산책을 했다. 누가 먼저 제안한 것은 아니고, 몽구의 문제를 의논하기 위해 만나다 보니 자연스럽게 그렇게 되었다. 두 사람은 나란히 걷기도 하고 운선이 앞에서 걷고 수호가 뒤를 따르기도 했다. 그러다가 서로 어깨가 나란해지면 이런저런 이야기를 조용히 나누었다. 그들 사이의 화제는 당연히 독과 악 그리고 어둠과 병이었었다. 운선에게 독은 언제든 사람의 몸과 마음 속으로 파고들 수 있는 비밀스럽고 파괴적인 힘이었다. 두 사람은 짧은 만남과 몇 마디 대화를 통해 서로를 보호했다.

"너를 임신했을 때 네 어머니는 생리적으로나 심리적으로나 아주 불안정한 상태였어. 너를 낳기 얼마 전에는 백선의 뿌리껍질을 차로 끓여 마셨지. 백선은 민간에서 낙태약으로 쓰이는 식물이야. 그건 지금까지 나만 아는 비밀이었지. 사람은 태어나면 자동적으로 사흘 동안 해독을 하게 돼. 엄마의 젖이 사흘 동안 나오지 않기 때문이야. 네 어머니는 젖이 보름간 나오지 않았어. 아마도 백선 때문이었겠지. 우리는 주로 그런 이야기를 나누었어."

그 무렵에, 두 가지 비극이 순차적으로 일어났다. 어느 날, 수호의 행동을 이상하게 여긴 소화가 뒤를 밟아서 그와 운선이 함께 있는 것을 보았다. 소화는 강한 질투심에 사로잡혀 평소의 불같은 성격을 유감없이 드러냈다. 소화는 수호가 가장 저열한 불륜을 벌이고 있다고 비난했다. 그러나 그 후에도 수호는 운선과 함께 보내는 시간을 포기할 수 없었다. 하지만 운선은 달랐다. 그날 이후로 운선은 수호를 만나기를 거부했다. 이제 그녀는 어떤 우정이나 애정은, 아무리 진솔하다고 해도, 아니, 진솔할수록 오히려 더, 타인들에게 독이 된다는 것을 알았다. 그 후 운선은 나날이 쇠약해져 가다가 두 달 후에 숨을 거두었다. 수호는 크게 상심했고, 소화는 운선의 죽음에 죄책감을 느꼈다.

얼마 지나지 않아 또 하나의 불행이 닥쳤다. 중호가 악덕 기업으로 지목된 어느 화학 회사의 고층 건물 한쪽 벽에 스프레이로 고발문을 쓰다가 강풍에 줄이 끊어져 추락사한 것이었다. 회사 직원이 의도적으로 줄을 끊었다는 주장도 있었지만, 확실한 증거는 없었다. '베놈'의 회원들은 모두 큰 충격에 빠졌다. 특히 수호는 세상에 대한 원망의 마음을 이기지 못하여 무리수를 범하고 말았다. 독에 중독되어 죽어가는 바디페인터의 삶을 재구성한 동영상을 제작하여 발표를 한 것이었다. 그것이 사기극이었다는 것을 알게 된 소화는 수호에 대한 배신감과 실망감으로 그 사실을 인터넷에 올렸다. 그리고 바로 그날 저녁 중호의 2주기 추모식이 호리원에서 열렸을 때, 소화는 술에 취한 목소리로 회원들에게도 수호의 비밀을 폭로했다. 소화가 만취하여 몽구의 방에서 잠든 것도 그날이었다.

그날 이후로 수호는 비열한 거짓말쟁이가 되었다. 하지만 그는 변명하지 않았다. 그는 모든 일에서 조용히 물러났고, 사회운동가이자 예술가로서의 자부심도 내려놓았다. 그는 자신이 다시금 독으로부터 공격을 당했다고 느꼈다. 독은 자기에게 적대적인 사람은 누구든 사회운동가나 예술가로서 온전히 살아가도록 허락하지 않는다는 사실을 비로소 깨달은 것이었다.

수호는 오랫동안 호리원의 집에 칩거했다. 얼마 후, 소화는 '베놈'과 연루된 일련의 스캔들로 인해 방송국에서 쫓겨났다. 소화는 한동안 절망에 빠져 방황했지만, 이윽고 균형을 되찾고서 예전부터 원했던 대로 대학원에 진학했다. 그러고는 학업에 열중하는 한편, 수시로 수호를 찾아와 자신의 조급했던 행동을 후회하며 재결합을 종용했다. 수호는 그녀를 부드럽게 받아들였다. 그러나 마음속으로는 이미 그녀와 결별을 이룬 상태였다. 예전으로 돌아갈 길은 없었다. 자신의 몸 상태가 정상이 아니라는 것을 그는 알았다. 그동안 여러 가지 독을 시험해오는 과정에서 몸의 일부가 그것들에 잠식되었던 탓이었다. 얼마 전부터는 성적으로도 거의 불능의 상태였다. 물론 그는 치유될 수 있다는 희망을 가졌다. 하지만 언제가 될지 모를 그때까지 소화를 곁에 붙들어 둘 수는 없었다. 소화의 건강에 나쁜 영향을 끼칠지 모른다는 사실도 우려되었다. 때문에 지금으로서는 힘들더라도 혼자 지내며 몸과 마음을 돌보는 시간이 필요했다.

수호는 뇌의 긴장을 이완시키는 차를 만들어 소화에게 마시게 했다. 주로 흰독말풀과 벨라도나, 나팔꽃, 대마초가 사용되었는데, 예로부터 최면 작용과 더불어 기억장애와 시간관념의 교란을 일으키는 것으로 잘 알려진 식물들이었다. 수호는 그것들에서 추출한, 스코폴라민 따위의 여러 가지 알칼로이드를 적절히 배합하여 더 강한 효과를 얻었다. 아울러 산소와 세보플루란을 혼합한 무색무취의 마취 가스에 소화가 좋아하는 엘살바도르산 커피의 진한 초콜릿 향을 가미하여 늘 방 안에 은은히 퍼져 있게 했다.

차와 향기에 취한 소화에게 수호는 과거를 잊고 새 출발을 하도록 지속적으로 암시했다. 일종의 자기최면을 유도한 것인데, 사실 수호 자신도 처음에는 그런 시도가 효과를 거두리라고 확신하지 못했다. 하지만 그녀에게서 점차 변화가 일어났다. 몇 가지 약효 성분과 수호의 집요한 설득이 마침내 소화에게서 긴장감 해소와 망각의 역할을 해내기 시작한 것이다. 차츰 소화는 과거의 일들을 잊어버리고 현재의 상태에 몰입하게 되었다. 그럼에 따라 그녀의 인생에서 수호의 비중은 점점 줄어들었고, 마침내 별로 중요하지 않은 사람이 되어갔다. 소화가 변해가는 모습을 지켜보면서, 그제야 수호는 소화 자신도 모든 것을 잊고 싶은 마음이 간절했기에 스스로 망각을 선택한 것임을 알았다. 그러나 어쩌면 소화는 무의식적으로 수호의 의도를 이해하고 거기에 맞춰준 것인지도 몰랐다.

그렇게 수호는 소화를 망각의 세계로 떠나보냈다. 그녀는 수호로부터 자유로워졌다. 수호는 그녀가 얻은 자유를 축하했다. 하지만 정작 자신은 소화를 잊을 수 없었다. 그는 전부터 지니고 있던 보조 열쇠를 가지고 자주 소화의 아파트를 찾았다. 물론 그녀가 집에 없을 때였다. 그때마다 그는 집 안의 변화를 통해 소화가 자신을 점점 더 완전히 잊어가고 있음을 확인했다. 놀랍게도 연인이 자기를 망각하면 망각할수록 그의 사랑은 더욱 완강하고 완전해져 갔다. 그런데 이상한 것은 서재의 벽에 걸린 도부영의 사진들이 사라지지 않는다는 점이었다. 소화에게 그것들이 막연하게나마 추억을 되살리는 것인지, 아니면 그저 보기에 좋아서 떼지 않는 것인지 확인할 길이 없었다. 이제 수호로서는 그녀가 자기를 잊으면 잊을수록 더 치명적으로 그녀에 대한 사랑이 커가는 것을 느끼면서도, 벽에 그 사진들이 걸려 있다는 사실에 은근한 기쁨을 느꼈다. 소화가 출장을 갈 때면 때로 그는 그 방에서 밤을 보내곤 했다.

그 시기에 수호의 몸에 또 다른 이상이 생겼다. 언젠가부터 그의 몸이 점점 더 많은 양의 물을 요구했다. 특히 밤이 되면 정수기에서 1리터들이 물통으로 수없이 물을 받아다 마셨고, 또한 셀 수도 없을 만큼 자주 화장실에 가서 소변을 보았다. 그는 자신이 뭔가 터무니없이 과장된 상태에 빠졌다고 생각했다. 그런데 그런 과도한 상황이 실제로 벌어지고 있었다. 마치 바닷물을 마시는 것처럼 차가운 물이 입안과 목구멍을 통과할 때 잠시 시원하고 흡족한 느낌이 들 뿐, 그 순간적인 만족감이 사라지고 나면 다시금 입안이 바싹 말라붙으면서 수분에 대한 욕구가 맹렬하게 일어났다. 어쩌면 육체적인 치매 증상처럼 방금 전에 물을 마시고서 깜박 잊어버리는 게 아닌가 싶기도 했는데, 그건 분명 아니었다. 대뇌의 오작동으로 인해서가 아니라, 실로 절실하게 그의 몸이 매 순간 새로이 물을 원했다. 마치 그의 속에서 뭔가가 타들어가는 것 같았다. 아비산, 염산, 황린 따위의 부식성 강한 강력한 액체가 핏속에서 흘러 다니는 것처럼 여겨질 정도였다.

그는 항상 곁에 마실 물을 두었고 잠시 외출할 때에도 페트병에 물을 담아 가지고 다녔다. 휴대용 소변기를 지참할 때도 자주 있었다. 문득문득 수분 중독으로 죽은 운선이 머리에 떠올랐다. 하지만 수분 중독은 짧은 시간에 너무 많은 물이 몸속에 유입되어 이상이 생기는 현상인 데 반해, 그는 한시도 물이 없으면 살 수 없었다. 물이야말로 그의 몸을 오염시킨 모종의 독을 희석시키고 중화시키는 물질이었다. 실제로 아침에 일어날 때 그는 늘 몹시 피로했고 소변을 보면 오줌의 색깔이 싯누렇고 코를 찌르는 악취가 풍겼다. 그러나 물을 마시기 시작하면 점차 무색무취에 가까워져서, 오후에는 거의 맑은 시냇물 같은 오줌을 몸 밖으로 흘려버릴 수 있었다. 그럴 때면 마치 몸속이 정화된 듯 몸도 가볍고 거뜬했다. 하지만 물 마시기를 멈추면 모든 게 원래의 상태로 돌아갔다. 마치 삼투압 현상이 일어나는 것처럼 방금전에 빠져나간 만큼의 독성이 그의 속에서 되살아나는 것이었다.

그러던 어느 날 화장실에서 혼절했다가 차가운 타일 바닥 위에 누운 채 정신을 차렸을 때, 그는 이대로 가면 얼마 견디지 못할 것임을 깨달았다. 그의 몸속에서 뭔가 균형이 무너진 게 분명하니, 이제는 거기에 본격적으로 대응하지 않으면 안 되었다.

그날부터 그는 자신을 치유하기 위해, 그리고 중호와 함께 시작한 일을 완수하기 위해 독과 해독의 세계 속으로 점점 더 깊이 들어갔다. 자기 속의 독을 알기 위해서는 세상에 존재하는 독들을 더 많이 만날 필요가 있었다. 자연히 그로서는 장차 자신이 꾸려갈 삶을 생각할 때, 몸속의 독이라는 괴물을 염두에 두지 않을 수 없었다. 독은 그에게 있어서 인생의 각 순간을 뭔가 열정적인 것으로 증폭시키는 힘인 동시에, 생명의 촛불을 한순간에 훅 불어 꺼버릴 수 있는 냉혹한 바람이었다.

그는 '베놈' 일원들의 동의를 얻어 중호를 대신해서 청포에 있는 농원을 꾸려나갔다. 호리원 근처에는 실험실을 겸한 연구소도 따로 마련했다. 그러나 무엇보다도 그 자신의 몸이 임상시험의 대상이자 온갖 모험이 이루어지는 장소였다. 그는 스스로 실험동물이 되었다. 우선, 몸속에서 독성이 발현될 때 특히 간과 장에 있는 효소의 작용에 의해 큰 영향을 받는다는 사실을 알고서 간과 장을 건강하게 유지하는 데 힘을 기울였다. 독을 제거하기 위해 약을 섭취하다 보면 수시로 이른바 요요현상이 일어나 림프계 염증이나 알레르기 증상이 나타났다. 말하자면 약이 독이 된 셈이었다. 그러면 그것들과 싸우기 위해 또 다른 약이자 독이 필요했다. 하지만 그는 극한까지 갈 수 있다는 생각으로, 호기심을 일깨우고 모험심을 되살렸다.

어느 날, 소화의 기억이 되살아났다. 수호는 거기에 몽구가 개입되었다는 사실을 알았다. 몽구의 프레젠테이션 때 정신적 아나필락시스 효과와 트라우마에 대해 몽구와 벌였던 언쟁이 저주를 푸는 주문처럼 대낮의 횡단보도 위에서 그녀의 의식을 뒤흔들었다. 그리고 몽구와의 섹스가 결정적으로 망각의 봉인을 떼어내 그녀를 깨어나게 한 것이었다. 그러나 다행인지 불행인지 그것은 불완전한 기억 회복이었던 모양이었다. 수호는 그녀를 가까이에서 지켜보았다. 그러나 소화가 그를 찾아오는 일은 일어나지 않았다. 오히려 그녀는 미련 없이 대학을 떠나서 케이블 티브이이긴 해도 여하튼 방송국으로 복귀했다. 어느 날 건강과 활기를 되찾은 그녀의 모습을 우연히 화면에서 보았을 때, 문득 수호는 자기 속에서 뭔가 강력한 결핍감을 느꼈다. 그리고 다음 순간 소화가 기억을 되찾고 자신에게로 돌아오기를 간절히 바랐음을 알았다. 혹시 소화는 기억을 되살리고도 마음을 단단히 먹고서 그라는 존재를 무시해버린 것일까. 그런 것 같지는 않았지만, 만약 그렇다면 차라리 소화에게는 좋은 일인지도 몰랐다. 짧게 발작을 일으켜서 머릿속에 잠재되었던 고통스런 기억의 독을 쏟아낸 것이기 때문이었다.

하지만 얼마 후부터 그는 소화에게서 변화가 일어나는 것을 보았다. 그녀의 얼굴에 화장이 진해졌고 그만큼 표정이 부자연스러워졌으며, 카메라 렌즈가 그녀를 클로즈업하는 횟수도 점점 줄어들었다. 왠지 몸짓도 어색하고 행동도 굼떠 보였다. 수호는 그녀 속에 여전히 과거라는 독이 시한

폭탄처럼 도사리고 있다는 것을 짐작했다. 더욱이 지워졌던 기억이 어설프게 왜곡되어 되살아났을지도 모른다는 생각이 들었다. 그는 안타까움에 가슴이 납덩이처럼 무거웠지만, 당장 현실적으로 무기력하기만 한 그가 할 수 있는 건 아무것도 없었다.

“세내로 사는 것에 역부족이라고 느끼며 순간순간을 버티는 것이 나를 지치게 했어. 그 무렵에 ‘사나티오 힐링 테라피 센터’에서 어떻게 알았는지 나를 찾아와 농원을 팔라더군. 내가 거절하자 개발부장 자리를 제안하면서, 매각 후에도 농원을 관리하는 일을 맡게 해주겠다고 했지. 그렇게까지 나오는데 물리칠 수 없었어. 농원에는 내 일용할 양식이 들어 있는 거나 다를 바 없었지만, 수익이 충분히 생기는 게 아니어서 나 혼자 일꾼 몇 두고 꾸려나가기가 영 버거웠거든. 나는 농원을 판 돈을 분배해서 ‘베놈’ 멤버들에게 송금했어. 중호에게는 가족이 없어서 그의 몫을 반으로 나누어 소화에게 보내주었는데, 아무런 반응이 없더군.

사실, ‘사나티오’의 간부급 사람들은 처음부터 인상이 그리 좋지 않았어. 내가 우려했던 일들이 지금 터지고 있는 거야. 하기야 그들 잘못만은 아니지. 그자들은 애초에 나와 그 농원에서 뭔가 획기적인 것을 얻을 수 있다고 생각했다가 실망한 거니까. 나는 허수아비 같은 존재가 되어버렸고, 회사는 회사대로 위기에서 벗어나기 위해 수단과 방법을 가리지 않았어. 충분히 검증되지 않은 상태에서 몇 가지 식품을 개발하여 디톡스와 다이어트에 좋고 항암 효과도 있다고 내세워 시판했다가, 몇 번이나 식약처로부터 허위 과대 광고로 적발되었지."

수호는 이야기를 길게 늘어놓는 동안 계속해서 냄새와 색과 맛이 다른 술과 차를 내왔다. 마치 오랜만에 자원방래한 친구를 위해 그동안 간직했던 진귀한 음료를 모두 내놓는 듯한 모습이었다. 물론 몽구는 그것들을 계속 마시는 게 위험하다는 사실을 잘 알았다. 그러나 점점 더 기분이 흔쾌해졌고, 이미 적잖이 마셨음에도 불구하고 몸 상태가 편안했다. 이 정도면 그런대로 수호를 상대할 수 있을 것 같았다. 하지만 그런 오만함이야말로 독이 일으키는 효과일지도 모를 일이었다.

"이제 회사 측에서는 모든 걸 광수에게 전가시키려 해. 하지만 모든 게 나의 책임이야. 광수는 내 작품이자 내 자식이니까. 처음 광수를 보았을 때 상규가 눈앞에 떠올랐지. 애초에 광수에게는 피해의식에서 비롯된 과대망상이 있었어. 독이 거기에 불을 질렀지. 독이 그의 통제력을 무너뜨렸어. 그래도 나름대로 꽤 재능이 있는 편이었어. 신경 독인 아트로핀과 신경작용제 트라이베일런트 백신 같은 것을 서로 섞어서 악마 놀이를 하는 데 능했으니까. 그래, 광수는 스스로 악마가 되고 싶어 했어. 하지만 그럴 수 있는 위인이 아니었지. 내가 보기에는 그저 불을 가지고 노는 아이였어. 얼마 전부터는 내가 자기를 방해한다면서 나와 경쟁하기 위해 온갖 수단을 다 썼지. 급기야 네 아버지의 목숨을 손에 쥐고서 나를 협박하기도 했지. 한때 나는 네 아버지의 생명을 내 손으로 거두고 싶은 적이 있었지만, 곧 그 생각을 버렸지. 하물며 다른 사람의 손에 그 사람의 생사를 맡기고 싶은 생각은 추호도 없었어. 그런데 결국 그 사람이 죽고 말았어. 그 순간, 광수도 내게 죽은 사람이 되어버렸지. 광수가 오늘 낮에 나를 찾아왔어. 도와달라더군. 하지만 나는 그럴 수 없었어. 오히려 내 손으로 죽일 수밖에 없었지. 내가 호텔에 몸을 숨기라고 했더니 특급 호텔의 스위트룸을 요구하더군. 회사 비용으로 말이야. 그것도 그가 죽어야 할 이유였지. 곰팡이 같은 짓거리였으니까."

몽구는 눈에 힘을 주어 긴장된 표정으로 수호를 쳐다보았다. 그러나 그는 몽구의 표정을 무시하고서 말을 계속했다.

"그때 이미 나는 광수에게 사형선고를 내린 거야. 그 자리에는 참관인도 있었어. 네 여자, 자경 말이야."

수호는 마치 몽구에게 숨을 들이켤 시간을 주려는 듯 잠시 말을 멈추었다. 그러나 몽구의 입을 막으려는 듯 곧 말을 이었다.

"너도 알다시피 나는 자경의 오빠 윤정우와 알고 지내던 사이였어. 얼마 전에 정우가 내게 전화를 했어. 우리는 만나서 오랫동안 이야기를 나눴지. 정우는 조만간 '사나티오'에 대해 본격적인 조사를 시작하기 전에 내게 먼저 통고하는 게 예의라고 생각했다더군. 정우는 나를 경계하면서도 내게 호감을 가졌어. 대화가 계속되던 중에 우리는 사적으로도 마음을 터놓게 되었지. 그날 우리는 꽤 즐거운 시간을 가졌어. 알고 보니 정우는 생각했던 것보다 훨씬 흥미로운 사람이더군. 병적일 정도로 섬약하면서도 자존심이 강해서 상대방을 불편하게 긴장시키는 면이 없지 않지만, 그게 그 친구의 개성이었지. 당연히 특별한 독성분을 경험한 것도 화제에 올랐어. 정우가 문득 어느 티베트 불교 승려에 대해 말하더라고. 오랫동안 동굴 속에서 명상하며 '사툭'이라는 쐐기풀 수프를 먹고 살았는데, 나중에는 몸에 난 털까지 쐐기풀처럼 푸르스름해졌다는 거지. 그러면서 팔을 쑥 걷어 보이는데, 그 친구 팔에 난 털도 푸르스름했어. 언젠가부터 털의 색이 이렇게 변하기 시작했을 때, 마침 책에서 티베트 승려 이야기를 읽고 깜짝 놀랐다지. 그래서 스스로 별명을 '사툭'이라고 붙였다는 거야. 자기도 그 승려처럼 특별한 풀로 만든 약 성분에 취해서 명상에 잠기기를 좋아했고, 그러다 보니 몸에도 변화가 생겼다는 뜻이었지.

병약한 여동생에 대한 이야기도 나눴어. 그때만 해도 나는 그 여동생의 이름이 자경이라는 걸 몰랐어. 여하튼 정우는 누이가 늘 아파서 걱정스럽다면서 힘닿는 데까지 누이를 돕는 게 자기 삶의 중요한 의미라고 하더군. 그러고는 웃으며 이런 말도 했어. 때로는 자신이 한없이 나약해 보이고 오히려 누이가 자기를 보살펴주는 것 같은 느낌이 드는데, 그럴 때면 오히려 누이야말로 자기 삶의 버팀목처럼 여겨진다고 말이야.

그렇게 말할 때 정우의 눈빛이 내게는 조금 낯설고 이상해 보였어. 그래서 내가 농담을 했지. 내가 아는 사람 중에 여동생을 사랑한 사람이 있었는데, 어린 여동생에 대한 자신의 욕정을 견디다 못해 세상 모든 여자들을 멀리하고서 남자들을 사랑하게 되었다고 말이야. 거기에서 한술 더 떴지. 또 어떤 사람은 자기가 남자들을 사랑한다는 사실을 알고서 두려운 나머지 여동생에 대한 근친애에 빠져들어 스스로 죄의식 속에 자기를 가두고 살아가고 있다고 말한 거야.

그때 조금 전부터 고개를 숙이고 있던 정우가 벌게진 얼굴로 갑자기 벌떡 몸을 일으켰어. 그러고는 이만 실례하겠다고 짧게 말하고서 자리를 떠버렸지. 당연히 나는 크게 당황했어. 무척 지적이고 자기분석적인 면도 있어서 그 정도의 농담은 통하리라 믿었는데, 내가 사람을 잘못 본 줄로 여겼어. 하지만 잠시 더 생각해보고 나서야, 내가 했던 말 속에 정우의 진실이 있었다는 걸 알았어. 그러고 나서 며칠 후에 자경을 만났고, 다음 날 정우가 죽었다는 소식을 들었어.

그런데 오늘 낮에 전혀 예상하지 못한 손님이 찾아왔지.

자경이었어. 마주앉은 지 얼마 지나지 않아 나는 많은 것을 짐작했어. 자경은 오빠의 마지막 흔적을 찾아 국립독성연구소와 국과수의 부검실과 사나티오를 거쳐 나에게까지 온 거야. 자경은 오빠의 행적을 더듬으며 그녀 자신도 하나의 작은 죽은 점으로 졸아들기로 작정한 것이었지.

자경은 아직 살아는 있지만 이제 죽은 자에 대한 애도 외에는 아무것도 할 게 없고, 아무 할 일도 찾을 수 없는 사람이었어. 자경은 죽은 오빠에 대한 애도의 시간이 끝나면 자신이 어떻게 될지 전혀 생각이 없는, 생각할 수조차 없는 사람이었지. 어쩌면 자경에게는 살아 있는 몸으로 죽은 자의 영혼을 찾아 헤매는 애도의 의례가 이승에서 벌이는 마지막 행위인지도 모를 일이었어.

시간이 지날수록 자경은 점점 차갑고 냉정해졌어. 어쩌면 나에 대해 깊은 연민을 느끼는 것 같았어. 그 이유는 내가 그녀에게 연민을 느꼈기 때문이었어. 강한 연민은 상대방을 죽일 수도 있지. 네가 내게 보이는 연민은 내 명줄이 아슬아슬하게 붙어 있다는 걸 나 스스로 깨닫게 해주니까 말이야. 바로 그 순간 그 명줄은 끊어질 수밖에 없지. 그런데 우리가 서로를 죽이려 했던 걸까. 아니야, 우리는 상대방의 위태로운 명줄을 바라보며 조마조마해하고 있었어. 우리는 서로의 마음을 알아보았어. 자경이 얼굴을 부드럽게 풀며 내게 말했지. 자기는 가장 절망스러울 때 옷을 벗어버리는 습관이 있는데, 자신의 벗은 몸을 보고 싶지 않느냐는 거였어. 자신의 벗은 몸을 본 남자는 오빠밖에 없었다더군. 순간 나는 자경이 오빠에 대한 상실감을 끌어안은 채 완벽한 파멸의 순간 속으로 몸을 던지려 한다는 생각이 들었어. 자경의 몸을 보는 건 어쩌면 내게 선물과 같은 것이었겠지. 하지만 그 선물을 받는 건 자경을 죽이는 일이었어.

그때 거친 발짝 소리가 들리더니 광수가 마당으로 뛰어 들어왔어. 쌍둥이 아주머니들이 앞으로 나섰지만, 광수는 그들을 밀치고서 유리문을 열어젖혔지. 그 후의 일에 대해서는 가능한 한 간략하게 이야기하는 게 좋겠어. 광수는 술에 꽤 취한 상태더군. 자경을 보고서 깜짝 놀란 기색이었어. 여기서 만나게 되리라고는 전혀 예상하지 못했을 테니까. 광수는 잠시 머뭇거리더니 화난 듯한 표정으로 자경을 쳐다보며 격양된 목소리로 말했어.

'정우는 죽은 말들을 보았을 때 이미 맛이 간 상태였어. 어찌나 흥분해서 화를 내는지 거의 발작 상태여서 어쩔 수 없이 약으로 진정시켜야 했지. 예상했던 대로 녀석은 약 앞에서 꼼짝 못 하더라고. 약이 들어가자마자 우리 사이를 가로막는 건 아무것도 없었어. 상대방에 대한 경멸감을 감추지 못하면서도 그 못난 꼴이 내 꼴 같아서 끌어안아 버리는 것처럼 말이야.'

광수는 말을 멈추고서 나를 흘낏 쳐다보았어. 그의 오른쪽 눈에서 두 개의 검은 눈동자가 번들거리면서 빛을 번득였어. 그 결막모반도 사실은 내 작품이었지. 내가 없애주려 했는데, 오히려 더 커져버렸어. 몇 가지 실험을 하다가 우연히 그렇게 된 것이긴 하지만 솔직히 나는 그 결과가 무척 만족스러웠지.

광수는 그 흉측한 눈을 깜박이며 내게 도움을 청했어. 자경이 없는 자리에서 나와 긴히 나눌 이야기가 있다는 뜻이었지. 하지만 나는 못 알아들은 척 무심한 표정을 지었어. 그러자 광수는 다시 자경을 바라보며 정우에 대한 악담을 쉬지 않고 늘어놓았어. 그런 말로 자경을 쫓아내려 했던 거지. 그중에는 이런 말도 있었어.

'내 말을 듣고서 녀석이 뭐라고 했는지 알아? 자기에게는 여동생이 있는데, 누구도 자기들을 갈라놓을 수 없다는 거야. 그래서 내가 동생이 애인이냐고 묻자, 갑자기 시큰둥한 표정을 지으며, 하기야 애인 사이랄 것도 없지, 라고 툭 말을 던지더군. 그래서 왜 무슨 일이 있었냐고 하자, 요즘 동생이 달라졌다는 거야. 그러고는 곧바로 이러더라고. 얼마 전에 미국에 갔을 때 오랜만에 여동생을 보았는데, 여전히 제 몸 하나 건사하지 못하는 환자 주제에 갑자기 정상적인 인간이라도 된 것처럼 초등학교 동창생이라고 목사인지 뭔지 하는 놈하고 낄낄대는 꼴이라니, 역겨워서 혼이 났다고 말이야. 그 말을 듣고 나니 녀석이 정말 불쌍한 인간이라는 생각이 들었어. 아무리 약에 취했어도 자기 식구를 그렇게 비하할 수 있는 놈은 얼마든지 자기 자신도 벌레 취급을 할 수 있는 법이니까. 약에 취하면 자기 입에서 진실이 나온다고 믿는 놈들이 바로 벌레들이니까.'

물론 그 말은 자경을 겨냥한 악의적인 헛소리였어. 그런데 놀랍게도 자경은 전혀 반응을 보이지 않았어. 그냥 그런 척하는 게 아니라, 누가 보아도 광수의 말이 그녀에게 아무런 영향도 미치지 못한다는 걸 분명히 느낄 수 있었어. 내가 굳이 광수의 말을 막을 필요도 없었지. 아무도 듣지 않는 말을 못하게 하는 것처럼 우스운 일이 어디에 있겠어. 자경은 내내 시선을 약간 오른쪽 아래로 내리깔고서 묵묵히 앉아 있었어. 결국 탈진해서 포기한 건 광수 쪽이었어. 게다가 광수는 갑작스레 자경에게 두려움을 느낀 듯 더 이상 한 마디도 못하고 하얗게 질린 얼굴로 소파 위에 축 늘어져서 두 눈을 껌벅거렸어.

나는 광수에게 삶은 낙지를 잘게 잘라 야채와 버무린 샐러드를 가져다주었어. 물론 자경에게는 전혀 권하지 않았지. 하루 종일 별로 먹은 게 없었는지 광수는 커다란 접시를 허겁지겁 단숨에 비워버렸어. 광수는 몰랐지만 그 샐러드의 소스에는 여러 가지 독소가 들어 있었어. 투구꽃의 아코니틴 같은 알칼로이드계 독소들과 복어의 테트로도톡신 같은 동물 독소들인데, 이것들은 길항하는 특징이 있어서 한데 섞어놓으면 효과가 늦게 나타나게 되어 있지. 여기에 독소를 몇 가지 더 첨가하면 그것들이 서로를 제어하면서 끌어안았다가 한순간에 상승작용을 일으켜 사람을 거꾸러트리는 거야. 그렇게 되면 전신마비가 일어나 몸속의 모든 기능이 차례로 정지되면서 죽게 되지. 광수는 설마 내가 자기한테 그런 짓을 할지 몰랐겠지. 하지만 나로서는 이제 그만 광수를 거둬야 했어. 그래서 자경이 지켜보는 중에 광수의 사형을 집행했지. 약의 효과는 나중에 나타날 테니 내게는 알리바이가 확보되었고, 자경은 본의 아니게 나의 증인이 된 셈이지.

나는 광수에게 당분간 호텔에 가 있으라고 했어. 광수가 굳이 특급 호텔을 고집하면서, 오히려 그런 곳이 경찰을 따돌리기에 유리하다는 말을 반복하지 않았으면 좋았을 텐데. 여하튼 나는 그렇다면 메디테러니언 호텔이 좋겠다고 말했지. 사실 이런 상황에서 광수가 어느 호텔에 묵는지는 비밀이어야 했어. 그런데 그 자리에는 자경이 있었지. 광수는 거기까지 신경 쓸 여유는 없어 보였어. 어느 정도 기력을 회복했는지 광수는 전화로 택시를 부르고서 약간 비척거리는 걸음으로 집을 나갔어. 얼마 후에 자경도 내게 목례로 작별 인사를 건넸지. 오늘 또 어떤 사건이 일어날지는 모르지만, 광수가 오늘 밤을 넘기지 못하리라는 건 분명한 사실이야."

수호는 말을 마치고서 몸을 일으키려다가 다시 소파 위로 풀썩 주저앉았다. 그동안 쉬지 않고 여러 가지 차를 마시며 이야기를 했던 탓에 현기증이 일어난 모양이었다. 몽구도 정신이 점점 더 몽롱해지고 온몸에서 힘이 빠져나갔다. 그러나 처음 집 안에 들어섰을 때 머리가 지끈거리던 고통은 더 이상 느껴지지 않았다.

수호가 다시 중얼중얼 말을 늘어놓기 시작했다. 이제 그에게 몽구라는 존재는 별로 중요하지 않았다. 마치 뭔가 좀 더 은밀한 이야기를 하기 위해 자기만의 대화 상대를 눈앞에 불러놓고 계속해서 말을 하는 듯한 모습이었다.

"이제 나는 독과 하나로 살아가야 해. 그건 내 유한한 생명으로 벌일 수 있는 가장 특별하고 위대한 일이야. 독에 대한 완전한 면역은 불가능하지만, 몸속의 무독화 효소계를 발달시키면 어느 정도 독을 통제할 수 있어. 어쩌면 나는 애초에 미트리다테스 왕이 될 운명이었는지도 몰라. 저 사막나라의 왕 미트리다테스는 혼란스런 정치 상황에서 수없이 독살 위협을 받던 나머지 최초로 해독제를 만든 인물이지. 오리가 독을 먹고도 쉽게 죽지 않는 것을 보고서 오리에게 독을 먹여 면역 체질로 바꾸면 오리의 피가 해독제가 된다는 것을 알아낸 거야. 그는 스스로 어떤 독으로도 죽일 수 없는 인간이 되고자 했지. 그래서 온갖 독을 조금씩 섭취하고 그 양을 늘려서 면역력을 키워나간 거야. 해독제와 약을 상복하는 것도 한 방법이었지. 말하자면 돌연변이가 되려

한 거야. 그러나 돌연변이는 인류의 진화에는 역할을 할지 몰라도, 자신은 그저 한 디딤돌로서 처참한 운명을 겪어야 하지. 훗날 나라가 망했을 때, 미트리다테스는 독으로는 죽을 수 없어서 부하에게 창으로 찌르게 해서 비로소 죽을 수 있었어.

그럼 나는 어떻게 죽어야 하고, 어떻게 죽을 수 있을까. 적어도 준비는 끝난 셈이야. 마침내 나는 소화를 되찾았으니까. 언젠가부터 소화는 케이블 티브이에서도 모습을 볼 수 없었어. 혼자 자기 방에 틀어박혀 죽어가고 있었지. 오늘 아침에 내가 그녀를 이곳으로 옮겨왔어. 하지만 이번에는 소화의 기억을 지우기 위해서가 아니라 온전히 되살리기 위해서였지. 그리하여 이제 우리는 다시 바토리와 부영이 되었어.

요즘 내 귀에는 늘 환청이 들려. 처음에는 그저 물방울이 일정한 간격을 두고 똑똑 떨어져 내리는 소리였는데, 시간이 지나면서 점점 커지더니 이제는 북소리처럼 둥둥 울리고 있지. 마침내 나는 독북의 소리를 듣게 된 거야. 독을 발라 저주를 걸어놓은 이 북을 치면 그 소리를 듣는 사람은 모두 죽는다더군. 하지만 그 죽음이 곧 깨어나는 거야. 그 소리야말로, 듣는 사람들로 하여금 번뇌와 사악을 깨트리게 하는 불성과 열반의 교법이라는 말이야."

수호의 이야기는 길고 느린 강물의 흐름처럼 몽구의 귓속으로 흘러 들어왔다. 몽구는 시야가 흐릿해지는 것을 느끼며 상체를 뒤로 젖혔다. 귀가 먹먹했고 모든 감각이 반쯤 잠들었는데, 몸과 마음이 적절히 마취된 듯 오히려 편안했다. 눈앞에서 커다란 술잔의 환영이 천천히 떠올랐다. 그가 투명한 술의 수면에 침을 뱉자 침이 기둥처럼 곧게 아래로 가라앉았다. 그는 그 침 속에 지상에서 고통받은 수많은 사람들의 땀과 피가 독으로 응축되어 있다는 것을 알았다.

14

몽구는 이상하고 낯선 세계에 들어와 있었다. 황량한 벌판 한가운데에 서 있었는데, 조금만 걸어도 숨이 차오르고, 걸음을 멈추면 무너질 듯 나른해졌다. 전방 왼쪽으로 널따란 공터가 펼쳐져 있고, 그곳에는 사람들의 손길이 잠시 닿았다가 떠나간 시멘트 건축물이 기본 골격만 남은 채 방치되어 있었다. 후방 오른쪽으로는 키 작은 나무들이 자라난, 뭉개진 듯 낮게 웅크린 언덕이 시야에 들어왔다. 그 거칠고 황폐한 풍경이 그의 가슴속에 메마른 바람을 일으켰다. 그런데 그곳은 전혀 낯선 곳이 아니었다. 언덕이 끝나는 지점에 개울과 들과 밭으로 둘러싸인 작은 외딴 집 한 채가 서 있었고, 그곳은 그가 태어난 곳이었다.

앞으로 몇 걸음 옮기자 경사진 길이 나오고, 그 길을 올라가자 어머니의 무덤이 나타났다. 낮은 봉분은 검은 비닐로 덮여 있었고, 그 위에 검은 나일론 줄로 성기게 짠 그물이 올려져 있었다. 빗물에 흙이 흘러내리는 것을 막고 떼가 잘 자라게 하기 위한 것이었다. 그 검고 흉측한 비닐 천은 반쯤 벗겨져 있었는데, 그 때문에 무덤의 모습은 마치 변발을 한 청나라 사람의 두상처럼 보였다. 흙이 드러난 곳에서는 잔디의 초록 이파리들이 삐죽삐죽 머리를 내밀고 있었다. 이미 오래전에 목까지 땅속에 파묻힌 그 변발의 사내는 정수리에 초록색 머리카락을 달고서 저 멀리 강여울을 물끄러미 바라보고 있었다.

무덤 뒤쪽의 숲에는 안개가 자욱하게 끼어 있었다. 그 속에서 뭔가가 번쩍거리며 빛을 발했다. 썩어가는 나무줄기들이 공기 중에서 인을 발화시켜 도깨비불을 일으켰다. 몽구는 그 빛을 따라 숲속으로 들어갔다. 숲이 점점 더 깊어져서 방향을 가늠할 수 없게 되었을 때, 굵은 나무 뒤에서 키 작은 한 늙은 여인이 걸어 나왔다. 그녀는 몽구에게 도움이 필요하냐고 물었다. 몽구는 고개를 저으려다가 왠지 낯설지 않은 그녀를 유심히 바라보았다.

그녀가 그를 바라보며 웃는다. 그제야 몽구는 그녀를 알아본다. 그녀는 어머니의 사촌 동생이고 성모병원의 간호사였던 고영지다. 그런데 그녀가 또한 쌍둥이 노파들 중 하나였다. 어찌 보면 그 두 여인이 하나로 합쳐진 것 같은 모습이다. 몽구는 그동안 전혀 알아보지 못했다는 게 의아하다. 하지만 한편으로는 늘 알고 있었다는 생각도 든다. 그녀가 몽구를 이끈다. 낮은 절벽 쪽으로 다가가자 동굴의 입구가 나타났다. 동굴 주변은 누워 있는 것들과 서 있는 것들 모두에 이끼류와 지의류가 뒤덮여 있었다.

그들은 동굴 속으로 들어간다. 영지는 고개를 약간만 숙여도 되지만, 몽구는 상체를 앞으로 기울여야 했다. 그때 몽구는 영지가 맨발임을 알았다. 바닥은 점차 축축해지면서 미끄러워진다. 마치 거대한 파충류의 입속으로 들어가 목구멍을 타고 안으로 걸어 들어가는 듯한 기분이다. 어디에서도 아무 소리도 들리지 않는다. 그러나 영지는 그곳 어딘가에 석린이 있다는 것을 알고 있었다. 영지의 목소리가 동굴벽에 부딪쳐 우렁우렁하게 들려온다. 석린은 개구리의 일종이다. 몸이 작고 거의 투명해서 돌비늘이라는 뜻으로 석린이라 불린다. 뱀과 함께 살아서 뱀개구리라고 불리기도 한다. 뱀은 석린을 잡아먹지 못한다. 몸속에 치명적인 독이 있어서 먹으면 죽는 것이다. 그것이 서로 공존할 수 있는 실존적인 조건이다.

동굴 안은 어두웠지만 간간이 천장에 난 구멍으로 빛이 쏟아져 내려와서 발을 건사하는 데는 어려움이 없다. 몽구는 동굴 여기저기 구석진 곳에 박쥐들이 거꾸로 매달려 있는 것을 보았다. 그 밑에는 박쥐 배설물인 구아노가 두껍게 쌓여 있었다. 구아노에서 배출되는 암모니아 가스는 사람을 질식시켜 죽일 수도 있다. 그는 어렵게 호흡을 조절한다. 하지만 오히려 코를 자극하는 그 냄새로 인해 기도가 뚫리고 숨통이 넓어지는 듯한 느낌도 든다. 그러나 구아노가 밟힐 때마다 발이 미끄러지니 주의해야 한다.

마침내 영지가 뱀개구리들, 석린들을 발견했다. 그것들은 침입자를 발견하고서 펄쩍펄쩍 벽 위로 뛰어올랐다. 그러나 멀리 달아날 생각은 하지 않는다. 영지가 그것들을 잡아서 보자기 속에 넣었다. 벽에 비친 영지의 그림자가 팔다리와 손가락이 긴 거대한 마녀처럼 보였다. 그녀가 칼을 꺼내어 능숙한 솜씨로 가장 큰 석린의 대가리와 네 다리를 자르고 내장을 제거한 뒤 살만 발라 몽구에게 건네주었다. 몽구의 입안에서 석린의 살은 닭고기를 날로 먹는 듯한, 복어 회를 씹는 듯한 맛이 났다.

영지의 목소리가 다시 우렁우렁 울린다.

"너를 보살펴달라는 네 어머니의 부탁을 나는 잊지 않았지. 하지만 내 삶도 여간 고단하지 않았단다. 병원을 그만둔 뒤, 나는 아무 데나 끊임없이 침을 뱉는 여자로 살았어. 그동안 너는 늘 내 입안에서 강한 여운으로 살아 있었어. 너는 내가 처음이자 마지막으로 정액을 삼킨 남자였으니까. 입안에서 네 정액의 맛이 되살아날 때마다 나는 역겨워하면서도 너를 그리워했거든.

그래도 나는 평범한 사람으로 살아가고 싶었어. 결혼해서 근사한 신혼여행도 다녀왔지. 내게는 쌍둥이 여동생이 있어. 사람들은 지금도 우리 둘이 평생 함께 살며 한 번도 서로 떨어진 적이 없어서 결혼할 기회도 없고 엄두도 내지 못했다고 믿고 있지. 어쩌면 둘이 있어도 혼자 있는 것 같고 혼자 있어도 둘이 있는 것처럼 보이기 때문인지도 모르지. 하지만 나는 꽤 오래 결혼 생활을 했어. 남편은 그저 보통 사람이었고, 나는 그 점이 좋았어. 하지만 나는 그 사람을 사랑한다는 느낌은 들지 않았어. 그 점이 나는 이해되지 않았어. 내 몸에는 사랑을 가능하게 하는 화학물질이 없는 게 아닌가, 사랑의 감정을 감지할 효소가 부족한 게 아닌가 싶을 정도였지. 그래도 평온한 생활 덕분에 나는 너를 거의 잊을 수 있었어. 우리는 밤에 함께 술 마시는 걸 즐겼어. 남편은 칵테일을 잘 만들었는데, 특히 모히토와 블러디 메리가 기가 막혔거든.

내가 그렇게 조용히, 그리고 행복하게 살고 있을 때, 어느 날 네 어머니가 나를 찾아왔어. 하지만 새삼스레 우리 사이에 무슨 할 말이 있었겠어. 어머니는 내게 뭔가 도움을 청하고 싶은 듯했지만, 끝내 말을 꺼내지 못했어. 그리고 몇 주 후에 네 어머니가 죽었어. 한동안 망설이다가 모자로 얼굴을 가린 채 장례식에 갔지. 그곳에서 실로 오랜만에 너를 보았어. 깊은 슬픔에 잠긴 너를 보니 더더욱 네 앞에 나설 수 없더구나. 너를 위해 할 수 있는 게 아무것도 없었으니까. 밖으로 나오다가 수호 씨를 만났지. 우리는 서로 잘 몰라도 얼굴은 알고 있었지.

그날 집에 돌아왔을 때, 네 살짜리 우리 딸이 냉장고 앞의 맨바닥에 쓰러져 있는 것을 보았어. 그 옆에는 깨진 유리잔 조각이 널려 있고, 남편은 거실 소파에 누워 코를 골고 있었지. 순간 내 몸이 거대한 압착기 같은 것에 눌리면서 컴컴한 블랙홀 같은 구멍 속으로 빨려 들어갔어. 어젯밤 남편과 내가 코스모폴리탄을 만들어 마시다가 남은 것을 냉장고에 넣어두었는데, 딸아이가 냉장고 문을 열었다가 그걸 보고서 냄새도 좋고 맛도 달콤하니까 다 마셔버린 거야. 큰 컵 하나 정도의 양이었는데, 우리 딸은 응급실에서 스물한 시간 동안 혼수상태에 있다가 결국 죽고 말았지. 나는 술을 방치해 둔 나 자신을 용서할 수 없었어. 그래도 남편은 꿋꿋하게 견뎠어. 하지만 나는 그런 남편도 견딜 수 없었어. 나는 나를 정신병원에 넣어달라고 요구했지만 거절당했어. 그러나 두 번에 걸쳐 자살기도를 한 후에 결국 요양소에 들어갈 수 있었지.

하지만 그렇다고 달라진 건 없었지. 하루하루가 지옥이었으니까. 요양소 내부가 지옥의 풍경과 잘 어울린다는 생각이 그나마 위안이 되었지. 그 무렵에 우연히 신문에서 이런 기사를 보았어.

'태국 여성이 폐쇄된 방에서 전갈 수천 마리와 32일을 함께 지내 기네스북에 올랐다. 태국 남부 카루쿠노 뱀 농장의 조련사 추티몬 호수완(30) 씨는 지난달 21일 전갈 3천 마리가 우글거리는 유리방에 들어가 32일을 버틴 뒤 이달 22일 모험을 끝내고 나왔다. 가장 견디기 어려웠던 점은 전갈의 공격보다 전갈의 역겨운 배설물 냄새였다면서 냄새를 없애려고 숯을 반입했으나 효과가 없었다고 말했다. 그녀는 십여 차례 전갈에 물렸다. 그동안 죽은 전갈 400여 마리가 대체되었고 500여 마리의 새끼 전갈이 새로 태어났다. 호수완 씨는 뱀 농장에서 조련사로 일하는 동안 전갈 독에 면역이 생겨 항독소가 핏속에 흐르기 때문에 아이를 가질 수 없다고 한다. 그녀는 도전을 마친 뒤 이것은 나의 재능인 동시 저주라는 말을 되뇌었다고 태국 신문들은 전했다.'

그 기사는 내게 영감을 주었어. 며칠 후에 요양소를 나와서 남편과 결별하고 혼자 살기 시작했어. 독신이던 쌍둥이 여동생이 함께 살자고 했지만 거절했지. 그러면서 많은 남자들과 어울렸어. 내 몸을 원하는 남자들은 언제든 뜻을 이룰 수 있었어. 남자들은 내게 전갈들이었어. 나는 전갈들이 우글거리는 유리방 속에 들어와 있었어. 나는 가급적 그 수를 3천 마리까지 채우고 싶었지. 실제로 남자들에게서 가장 견디기 힘들었던 것은 그들의 거친 행동이 아니라 그들이 풍기는 역겨운 체취였어. 그들은 전갈처럼 정액이라는 독을 가졌어. 나는 그 독이 나를 공격하게 했어. 그래서 면역이 되어 항독소가 핏속에 흐르게 되기를 바랐지. 어쩌면 내가 아직 어린 나이에 처음 네 정액을 입에 머금었을 때, 그때 이미 나는 정액이라는 독의 저주에 걸린 건지도 몰라. 나는 그 저주를 더 많은 양의 독으로 풀어야 했어.

나는 날마다 정액을 받아내는 일을 했어. 그러던 어느 날, 마침내 항독소를 얻었다는 것을 알았지. 비로소 나는 나 자신을 용서할 수 있었고, 남자들을 용서할 수 있었고, 네 두통도 이해할 수 있었지. 비로소 모든 것을 잊고 덤덤하게 살아갈 용기를 얻은 거야. 나는 여동생을 다시 찾았어. 그사이에 나는 내 나이보다 훨씬 늙은 여인이 되어 있었지. 몸으로 대가를 치른 거야. 동생은 나를 반갑게 맞았어. 다음 날 동생이 수호 씨를 불렀고, 두 사람은 독에 찌든 나를 치료하기 시작했어. 내 머리를 삭발하고, 몸속에 축적된 독을 중화시키기 위해 진흙을 먹였어. 끓인 소금물로 목욕을 시켜서 체온을 높이고 경직된 근육도 풀어주었어. 내 치료가 끝났을 때, 나보다 훨씬 젊어서 나와 너무도 달라 보였던 내 동생도 나만큼이나 늙은 여자가 되었어. 우리는 다시 서로에게 약과 독이 되었어."

그림자 마녀는 숨이 찬 듯 가슴을 들먹이며 말을 멈추었다가 곧 다시 시작했다.

"수호의 집에서 너를 다시 만났을 때, 이 모든 게 운명이자 업보라는 생각이 들었어. 너를 보게 되어 좋았던 건, 네 어머니와의 약속을 지킬 수 있게 되었기 때문이지. 너는 나를 알아보지 못했어. 하지만 나는 섭섭하지 않았어. 오히려 수호에게 나에 대해 몽구에게 한마디도 하지 말아달라고 신신당부를 했지. 수호가 나를 전혀 모르는 남처럼 대한 건 그래서였어. 나는 네게 마련된 마지막 보루였거든. 지금 너는 독에 감염된 게 아니야. 수호가 너와 함께 마신 건 독이 든 차가 아니라 해독 차였어. 수호는 자신이 네 몸속에 주입한 독을 자기 손으로 풀어버리려 한 거야. 하지만 지금이 무척 중요한 순간이야. 강하게 해독이 이루어지면 몸이 극도로 예민해져. 그러면 그만큼 강한 요요현상이 일어날 가능성도 높아지거든. 네가 방금 뱀개구리들을 먹은 것도 그런 일을 막기 위해서였어. 하지만 그 정도로는 충분하지 않아. 네 몸은 지금 말하자면 타불라 라사와 같은 백지나 스펀지 같은 상태야. 섣불리 세상에 몸을 노출시키면 온갖 독이 네 속으로 흡수돼. 그러니 가능한 한 마음을 가라앉히고 움직이지도 말아야 해. 적어도 며칠은 집 안에 머물도록 해. 자중자애해서 건강을 회복해야지. 너는 아직 네 아버지 장례식도 치르지 못했잖아."

그때 몽구는 번쩍 눈을 떴다. 그는 아까 수호가 앉았던 소파 위에 반듯이 누워 있었다. 탁자 위에는 여러 가지 모양의 찻주전자와 잔들이 어수선하게 널려 있었다. 어느새 어두운 밤이었다. 그는 꿈을 꾸었는지 강한 환각 상태를 겪은 것인지 알 수 없었다. 하지만 몸이 훨씬 가벼웠고, 무엇보다도 머릿속이 더할 나위 없이 맑았다. 한 번도 이렇게 자신의 몸에 대해 쾌적함을 느껴본 적이 없었다. 하지만 몸을 움직일 때마다 순간순간 눈앞이 어칠거리고 속이 메슥거렸다.

그는 예전에 자신이 쓰던 방 쪽으로 걸음을 옮겼다. 문을 열고 불을 켜자 침대의 흰색 시트 위에 수호와 소화가 나란히 누워 있었다. 오래전 술에 취해 그의 방으로 들어와 침대에 쓰러졌던 여인은 그사이 늙고 초췌한 모습으로 그 자리에 되돌아와 있었다. 그들은 숨을 쉬고 있는 것 같지 않았다. 하지만 몽구는 가까이 다가갈 수 없었다. 고통의 흔적을 전혀 남기지 않은 채 조용한 망각과 죽음을 기다리는 듯한 두 사람에게서는 범접할 수 없는 고고함이 어려 있었다. 그들은 쌍둥이처럼 닮아 있었다. 때문에 그들의 몸은 죽음의 이중 부정으로서 영원한 생명의 상징처럼 보였다. 한동안 몽구는 열린 문 앞에 서서 조용히 귀를 기울였다. 여전히 어디에서도 아무 소리도 들리지 않았다. 그는 쌍둥이 노파가 어딘가로 멀리 떠났음을 알았다. 그러나 그들은 몽구의 머릿속에서 방금 전 꿈속에서처럼 영지와 겹쳐진 모습으로 여전히 생생하게 살아 있었다.

15

몽구는 식탁 의자 등받이에 걸쳐놓았던 재킷에서 휴대폰을 꺼내 들었다. 마침내 자경으로부터 문자 메시지가 들어와 있었다.

"메디테러니언 호텔 708호로 와주세요."

자경이 메시지를 보낸 시각은 열 시 삼십 분경이었고, 지금은 열한 시가 조금 넘은 시각이었다. 그는 열한 시 십오 분에 택시에 올랐다. 달리는 자동차 안에서 몽구는 여러 차례 자경에게 전화를 걸었다. 그러나 신호만 갈 뿐 연결이 되지 않았다. 그가 호텔 앞에 도착한 것은 자정을 오 분 앞둔 시각이었다.

그는 호텔 로비에서 승강기를 기다리는 동안, 휴대폰 연락처에서 서울지방경찰청 박호형 형사의 번호를 찾았다. 그러나 승강기의 문이 열렸을 때, 휴대폰을 도로 주머니에 집어넣었다. 그는 통로를 따라 빠른 걸음으로 걸었다. 708호 앞에 이르렀을 때, 문 밑으로 카드키의 한쪽 귀퉁이가 삐죽이 나온 게 보였다. 문을 열자, 창을 등지고 소파에 상체를 걸친 채 바닥에 주저앉아 있는 광수의 모습이 눈에 들어왔다.

몽구와 눈이 마주치자 광수는 몸을 일으키려 버둥거리며 뭐라고 외치기 시작했다. 그러나 혀가 반쯤 마비된 듯 발음이 불분명한 데다가 거친 숨결과 헛구역질이 수시로 목을 틀어막아서 알아들을 수가 없었다. 가만히 보니 두 눈이 충혈되고 얼굴과 목덜미에도 피멍이 든 듯 살갗이 자줏빛으로 얼룩져 있었다. 수호의 말이 맞는다면 광수는 이미 회생의 가능성이 없는 상태였다. 게다가 오른쪽 눈은 눈동자 전체가 시커먼 덩어리로 변해 있었다.

몽구는 실내를 둘러보았다. 스위트룸의 거실과 침실 사이의 반쯤 벌어진 문틈으로 보랏빛 시트가 깔린 침대가 눈에 들어왔다. 그는 문을 열어젖히고서 안으로 뛰어 들어갔다. 침대 위에는 완전히 벌거벗은 자경이 사지를 펼친 채 누워 있었다. 순간 그는 자기도 모르게 고개를 옆으로 돌렸다. 완전히 노출된 타인의 알몸에 대한 배려에서가 아니었다. 자경의 몸은 너무도 참혹했다. 그가 붕어섬에서 촉감으로 감지한 사실을 지금 시각으로 다시 확인하고 있었다. 그녀의 몸 전체는 깡말라 살갗 위로 뼈가 그대로 드러난 데다가 수술 자국과 자해 흔적으로 덮여 있어서, 보는 것만으로도 그 몸을 휩쓸고 지나간 고통이 얼마나 컸을지 생생하게 전달되었다. 한번 보면 보지 않았을 때가 얼마나 행복했는지 깨닫게 하는 특별한 광경, 보는 이로 하여금 영원히 치유되지 않을 트라우마를 일으키게 할 끔찍한 이미지였다.

그러나 몽구는 이미 알고 있었다. 눈으로 보는 건 이번이 처음이었지만, 그녀가 자기 몸으로 인해 어떤 지옥을 겪는지, 그 지옥과 싸우기 위해 어떤 힘겹고 절망적인 저항을 하는지 너무도 잘 알았다. 자해 상처들 중에는 아직 찢겨진 자리가 붉게 남아 있는 것으로 보아 생긴 지 하루이틀밖에 안 되는 것들도 있었다. 그것들은 그녀의 몸과 마음에서 일어난 내적 폭발의 흔적이었다. 그녀가 사흘의 시간을 달라고 한 것도 그 폭발을 견디기 위해서였을까. 분명 그녀의 몸은 그녀의 실체가 아니었다. 하지만 단언컨대 그는 그녀의 그 찬바람 몰아치는 살벌한 몸을 사랑했다. 아니, 그것이 그가 자경을 사랑한 이유였다. 그녀의 그 헐벗음은 그를 감동시켰고, 그에게 더할 나위 없는 위안을 선사했다. 지금 이 순간, 시트로 그녀의 몸을 가린다면, 그것이야말로 그들의 사랑을 모독하는 행위였다.

"그 여자는 거머리야. 피를 빠는 거머리."

이번에는 광수의 목소리를 분명히 알아들을 수 있었다. 어쩌면 죽음이 다가오면서 몸의 마비가 잠시나마 느슨해진 모양이었다.

자경의 코 밑에 손을 대보니 약하게 숨결이 느껴졌다. 몽구는 얼른 구급차를 부르려 하다가 마음을 바꾸었다. 어쩌면 그 편이 더 위험할 수 있었다. 몽구는 자경의 머리 옆에 보청기가 떨어져 있는 것을 보았다. 그동안 어렵게 참았던 오열이 하마터면 엄청난 힘으로 터져 나올 뻔했다. 그러나 이를 악물고 참으면서 보청기를 집어 그녀의 귀에 끼워주었다. 몽구는 자경이 다시금 소리도 듣지 못하고 냄새도 맡지 못하고 맛도 느끼지 못하는, 무감각의 감옥에 갇혀버렸음을 알았다. 지금 그녀는 세상의 모든 독소 앞에 무방비로 내던져져 그것들과 한데 뒤섞여 있었다. 때문에 누구든 그녀를 섣불리 깨우려 들었다가는 오히려 영원히 지옥 속으로 떨어트릴 것이었다.

"그 여자는 살아 있는 시체야. 시체를 강간하면 어떻게 되는지 알아? 시체 속의 프토마인에 중독되어 성기부터 썩어버려 죽는단 말이야."

몽구는 서둘러 옷을 벗었다. 그러고는 자신의 벗은 몸으로 자경의 차가운 몸을 끌어안았다. 예전에 어머니가 쓰러졌을 때도 이렇게 해야 했다. 그때는 하지 못한 것을 지금은 하고 있었다. 그는 자신의 몸이 그녀를 위한 거울이 되기를 바랐다. 아프로디테는 거울에 비친 자기 모습에 완전히 반할 때 비로소 남을 유혹할 수 있다고 했다. 몽구는 자경이 그의 몸에 자기를 비추어보고서 자신의 몸이 얼마나 아름다운지 깨닫기를 바랐다. 그리하여 기지개를 펴며 잠에서 깨어나 그를 유혹해주기를 바랐다.

"그 여자가 나를 유혹했어. 그래서 내가 해독약을 쓸 시간을 빼앗아버렸어. 아니야, 어리석게도 내가 그 시간을 그 여자한테 주어버렸어."

광수는 쉬지 않고 웅얼거렸다. 처음에 몽구는 광수의 말을 듣지 않기 위해 귀를 막고 싶은 심정이었다. 당장이라도 달려가서 광수의 입을 후려치고 싶은 충동을 느꼈다. 그러나 지금은 달랐다. 광수의 목소리가 몽구를 깨어 있게 해주었다. 광수가 아무리 험한 악담을 해도 오히려 그것이 몽구와 자경을 돕고 있었다. 광수 속의 악마가 악마를 배신한 악마가 되어 선의를 실행하고 있었다. 아니, 광수는 죽어가면서 최후의 선의를 풀어놓고 있었다. 그의 몸속의 독이 세상으로 풀려나와 약이 되고 있었다.

"나는 전쟁터로 떠나면서 비로소 세상을 여행했어. 나는 누군가를 죽이면서 생명이 빠져나가는 그 짧은 시간 동안 그 사람을 사랑했어. 나는 죄의식을 느낄 때만 행복한 병사였어. 죄의식은 내게 최고의 약이었어."

자경을 끌어안고 있는 동안, 몽구는 그동안 가라앉았던 두통이 서서히 되살아나는 것을 느꼈다. 가벼웠던 몸도 차츰 다시 무거워졌다. 완전히 해독된 몽구의 몸속으로 자경의 독이 흘러들고 있었다. 그러나 또한 그것은 자경과 몽구 사이에 신비한 교감이 이루어지고 있다는 증거였다.

"그 여자가 내 호텔 방으로 찾아왔어. 내가 여기 있는 줄 어떻게 알았을까. 수호, 그자가 알려준 거지. 너와 헤어진 후에 수호를 찾아갔어. 내 행동을 이해한다고 하더군. 그러고서 내게 어디 조용한 호텔에 며칠 머물면서 사태를 지켜보라더라고. 그러면서 이 호텔로 가라고 했지. 기왕이면 스위트룸에 있으라고 했어. 어차피 회사 비용이니까. 그러면서 머리를 맑게 하고 강장에도 좋은 음식을 함께 먹자고 했어. 낙지 야채 무침이었는데, 맛도 좋았고 왠지 기분도 좋아졌어. 그런데 그 속에 특별히 조제된 독이 들어 있었어. 수호 그놈이 마침내 미트리다테스가 되었다는 걸 나는 몰랐어. 지금 그놈은 멀쩡하겠지. 이게 뭐야, 나만 이 모양이 되고 말다니."

아주 짧게나마 잠이 들었던가. 눈살을 잔뜩 찌푸렸다가 눈을 떴을 때, 몽구는 자경의 살에서 온기가 도는 것을 느꼈다. 그는 천천히 몸을 일으켰다. 그러고는 그녀의 몸을 시트로 감싸고서 가슴 부위를 손으로 문질렀다. 덜 아문 상처가 다시 터져 피가 흘러나와 보랏빛 시트를 검붉게 물들였다. 그러나 자경은 얼굴과 목의 피부가 부드러워지면서 서서히 화색이 돌기 시작했다.

"나는 죽고 싶지 않아. 아직 떠날 때가 아니야. 여기에 더 있어야 해. 여기면 돼. 지금이면 돼. 더 이상 아무것도 필요 없어. 수호가 내게 그 여자를 보낸 거야. 내 목을 확실히 따 버리고 싶었던 거지. 저 끔찍한 몰골을 보고 미쳐버리지 않을 놈이 어디에 있겠어. 게다가 제 몸을 독으로 가득 채웠어. 미치지 않고 누가 그런 짓을 할까. 문 앞에 와서 울먹이며 내게 말했어. 오빠는 자기에게 어렸을 적부터 엄청난 고통을 주었다고, 자기 몸과 마음을 망쳐버렸다고, 그래서 당신이 죽인 우리 오빠의 마지막 모습에 대해 듣고 싶다고 말이야. 그리고 자기 벗은 몸을 내게 보여주겠다고도 했어. 그런 얼빠진 말을 곧이들을 놈이 어디 있을까. 하지만 나는 문을 열었어. 어차피 내게는 잃을 게 별로 없었으니까. 너도 마찬가지야. 너도 그 여자에게 문을 연 대가를 치를 거야. 우리는 함께 죽게 될 거야."

몽구는 먼지 옷을 걸친 후에, 목욕 가운을 가져와 그녀에게 입혔다. 눈시울이 뜨거워 시야가 뿌예진 채 탓에 손으로 그녀의 몸을 더듬어야 했다.

이제 다시 입술과 혀가 거의 마비되고 호흡근이 경직되어 가는 광수가 헐떡거리며 웅얼거렸다.

"네 아버지를 죽인 게 조수호라는 걸 모르지 않겠지? 이제 내 몸은 끝장났어. 이쯤 되었으면 내 혀를, 독으로 가득 찬 이 독설을 깨물어 터뜨려버려야지. 그게 도리지. 그런데 그럴 수가 없구나. 몽구야, 차마 그럴 수가 없구나. 목이 부어서 숨 쉬기도 어려우니 모든 게 끝나가는데도 말이야. 조금 있으면 고무 인형을 발로 밟았을 때처럼 바람 빠져나가는 소리가 내 몸에서 들릴 거야. 그렇지, 그 소리가 나야 정말로 모든 게 끝나는 거지.

그 전에 이 말만은 해야겠지. 처음 만났을 때부터 나는 저 여자가 두려웠어. 그런데 그 두려움이 다정하게 느껴지더라고. 다정한 두려움이라니, 그럼 두려운 사랑, 무서운 사랑도 있는 걸까. 아마도 그렇겠지. 저 여자는 제 몸속의 독으로 세상의 독을 꺾으려 했어. 그래서 수호를 찾아갔지. 수호를 악의 화신으로 보았으니까. 하지만 수호는 독과 약 사이에서 갈팡질팡하는 가련한 인간일 뿐이었어. 그보다는 내가 저 여자에게 걸맞았지. 그래서 나를 쫓아온 거야. 사실 수호가 내게 먹인 독 따위는 아무것도 아니었어. 그 정도는 얼마든지 이겨낼 수 있었지. 그런데 저 여자의 독이 나를 이 지경으로 만들었어. 네가 곧 올 거라더군. 자기 속의 독을 내게 모두 쏟아내고 어린아이처럼 순결해진 몸을 네게 맡기려 한 거지.

이제 나는 모든 걸 알았어. 그리고 또 이것도 알았어. 저 여자는 나를 정화하려 한 거야. 단지 내 속의 독을 죽이려 했던 거야. 나를 위해서 그랬던 거야. 그러니 저 여자도 나를 사랑한 거야. 그게 저열한 사랑, 경멸적인 사랑이라 하더라도 사랑은 사랑인 거야. 독이 약을 사랑하고, 약이 독을 사랑한 거야. 그래, 그렇지, 독과 약 사이에 사랑이 있는 거지. 그걸 이제야 알게 된 거야."

몽구는 침대 머리맡의 전화기를 집어 들고서, 프론트의 직원에게 708호에 위급한 환자가 있으니 빨리 구급차를 불러달라고 말했다.

놀란 직원이 다급한 어조로 물었다.

"사람을 올려 보낼까요?"

몽구는 수화기를 든 채 광수를 돌아보았다. 광수는 완전히 기력을 잃은 채 소파 등받이 아래쪽에 고개를 처박고는 숨을 가쁘게 몰아쉬었다. 가려워서 마구 긁었는지, 팔뚝 한가운데의 피부가 한 움큼 뜯겨져 나가 혈맥과 근육이 그대로 드러났다.

"워치게 이런 재앙이."

그 말과 함께 광수의 목이 푹 꺾였다. 몽구는 이미 늦었다는 것을 알았다.

"아니요, 그럴 필요 없어요. 지금 바로 환자를 안고 로비로 내려가겠어요. 조금이라도 빨리 구급차가 오는 게 중요합니다."

몽구는 자경의 몸을 다시 시트로 싼 뒤 안아 올렸다. 그녀의 몸은 너무도 가벼웠다. 문득 사람이 죽었을 때 영혼의 무게를 재기 위해 저울에 올려놓는 깃털이 머리에 떠올랐다. 그는 불길한 생각을 떨어버리고서 거실로 나갔다. 그러고는 광수 옆을 지나 문 쪽으로 향하는데, 갑자기 무릎이 휘청거렸다.

어렵게 균형을 되찾은 그는 자경을 안고서 엘리베이터를 타고 로비로 내려갔다. 승강기의 문이 열리자 안전요원으로 보이는 남자 둘이 불쑥 앞으로 나섰다. 몽구는 그들을 물리치고서 앞으로 걸어 나갔다. 회전문을 지났을 때 구급차의 경적 소리가 가까이에서 들려왔다.

16

구급대원이 자경을 들것에 뉘어 차에 태우고서 몽구에게 물었다.

"가족이신가요?"

순간 몽구는 입을 열 수 없었다. 할 말이 없었다기보다, 갑자기 이마가 단단한 납덩어리로 변해버린 듯한 느낌과 함께 묵중한 두통이 찾아들었기 때문이었다. 두통을 일으키는 그 지독한 독이 되살아나는 게 분명했다.

그가 머뭇거리고 있자, 구급대원이 가볍게 목례를 하고서 차에 올랐다. 멀어지는 구급차의 뒷모습을 바라보던 몽구는 언뜻 정신을 차리고서 몸을 돌렸다. 이제는 호텔로 돌아가 광수를 수습해야 했다.

세상은 캄캄했고, 거리는 온갖 조명으로 환하게 밝았다. 마치 독을 품은 발광 식물들이 어둠 속에서 죽순처럼 어지럽게 솟아오른 것 같았다. 그러나 몽구의 마음은 가볍고 기뻤다. 구급차 안에서 인공호흡을 받으며 간신히 버티던 자경은 응급실에 도착했을 때에는 숨과 맥박이 정상을 되찾으면서 깊이 잠들 것이다. 그녀의 살은 온통 상처투성이인데, 몸 안은 어린아이처럼 순결하고 건강한 것을 보고서 의사들은 놀라 자기들끼리 수군거릴 것이다.

그가 막 걸음을 떼었을 때, 주변에서 뭔가 변화가 일어나는 게 느껴졌다. 그와 거의 동시에 그는 세상 모든 것, 사람들, 사물들, 흙과 공기와 불과 물로부터 독 기운이 스멀스멀 기어 나오는 것을 분명하게 감지했다. 곧바로 그 모든 독들, 삶의 길목 곳곳에서 호시탐탐 노리던 독들이 독침이 되어 그에게로 날아들었다. 그러나 그는 걸음을 멈추지 않고서 골고다 언덕을 오르는 예수처럼 온 힘을 다해 앞으로 나아갔다. 한 걸음 한 걸음 내디딜 때마다 더 강한 중독 증상이 일어났다. 몸속 구석구석이 날카로운 바늘들에 의해 마구 들쑤셔지는 듯했고, 당장이라도 심장박동과 호흡이 정지해버릴 것 같았다. 머릿속에서는 듣기만 해도 죽게 된다는 독북 소리가 둥둥 울리고 있었다.

머리가 깨어질 듯 아팠다. 실로 오랫동안 시달렸던 탓에 이제 그의 이마는 예민한 촉수 같은 것이 되었다. 그때 문득 그는 자신이 세상의 모든 독으로부터 공격당하는 게 아니라 자신의 온몸으로 세상 모든 독을 흡수하고 있음을 알았다. 그 중심에 이마가 있었다.

비로소 그는 자신의 두통이 지니는 의미를 알았다. 그의 두통은 신화 속 용의 머리에 들어 있는 해독의 돌 드라코니트였다. 두꺼비의 뇌가 화석화된, 독물과 가까워지면 저절로 색이 변하고 비지땀을 흘리듯 완전히 축축해지는 두꺼비 돌이 그의 두통이었다. 또한 그것은 독사의 머리에서 자라는, 독충에 물린 상처 위에 놓아두면 독을 빨아내는 흡독석이었다. 그는 마침내 자신이 아버지가 쓰다가 중단한 소설 『흡독석을 찾아서』를 자신의 몸으로 완성하고 있음을 알았다.

몽구는 비틀거리면서 두 팔을 휘저었다. 맞은편에서 걸어오던 사람들이 상을 찡그리며 그를 피했다. 이제 그의 위와 장은 온갖 독물로 가득 찼고 그것들이 온몸으로 퍼져서 얼굴색까지 푸르게 변색되었다. 그의 입술, 콧속, 항문, 심지어 귀두도 헐고 터지면서 핏물을 쏟아냈다.

아주 잠시 그는 황홀감에 사로잡혔다. 이마가 띵하고 속이 울렁거리고 호흡이 거칠어지고 심장박동이 빨라지고 팔다리가 얼얼하고 눈동자가 팽창하는 그 고통스런 느낌이, 얼마 전 자경과 사랑에 빠졌음을 알았을 때 몸으로 겪은 증상을 되살려냈기 때문이었다.

하지만 다음 순간 그는 무릎의 관절이 비틀리는 것을 느끼며 바닥에 나동그라졌다. 몇몇 사람이 놀라서 달려왔다. 그러나 손을 뻗어 그를 잡으려다 말고 기겁을 하고서 몸을 움츠리며 물러섰다. 짧은 시간 동안에 그의 몸이 얼마나 끔찍한 몰골로 변해버렸는지, 아무도 그를 만지려 하지 않았다. 아무도 그가 누구인지, 한때 사람이기나 했는지조차 알지 못했다. 그는 사람들이 한 번도 본 적도 상상한 적도 없는, 동물도 아니고 식물도 아닌 기이한 돌연변이 괴물의 모습으로, 아니면 기껏해야 로드 킬을 당한 짐승의 신세로 길바닥에 버려져 있었다. 이윽고 신고를 받고 달려온 구급차에서 구급대원들이 내려 아직 숨이 끊어지지 않은 그의 육신을 들것에 실었다. 그 순간, 그의 귀에는 의식을 회복한 자경이 자신을 찾는 소리가 환청으로 들려왔다.

에필로그

마침내 조몽구의 이야기가 끝이 나고, 그의 목소리도 천천히 어둠 속으로 잦아들었다. 나는 그저 조용히 누워 있었지만, 마음속으로는 드디어 이야기를 완성했다는 자부심을 느꼈다. 마치 그것이 나의 이야기였던 것처럼 말이다. 아마도 몽구의 숨결, 그의 목소리, 그의 체취가 나를 마취시키고 중독시키지 않았다면 불가능한 일이었을 터이다.

나는 깊은 잠 속으로 빠져들었다. 그의 이야기는 내게 모르핀이었고, 조몽구는 모르핀이라는 독성 물질에게 자기 이름을 허락한 모르페우스였다. 잠과 꿈과 밤의 신으로서 인간 고통의 위대한 위안자로 자리 잡은 모르페우스처럼, 조몽구는 밤새 내게서 통증을 가라앉히고 불쾌감과 긴장감을 누그러뜨렸으며, 수시로 도취감과 행복감도 느끼게 해주었다.

다시 눈을 떴을 때는 새벽이었다. 나는 늘 새벽의 대기에서 여성의 신선한 체취를 느끼곤 했다. 그러나 이번에는 짙은 안개 속에 갇힌 듯 머릿속이 몽롱할 뿐이었다. 곧 나는 그 이유를 알았다. 내 옆에 놓인 조몽구의 침대가 텅 비었기 때문이었다. 나는 가슴이 두근거리고 입안이 마르고 속이 메슥거리는 것을 느꼈다.

다시 하루가 시작되어 간호사가 내 침상을 찾아왔을 때, 나는 옆 침대를 가리키며 조몽구가 어떻게 되었느냐고 물었다. 그녀는 의아해하는 눈으로 나를 쳐다보며 대답했다. 그 환자는 이미 며칠 전에 심부전증으로 사망했다는 것이었다. 아마도 사흘 전 자정쯤이라고 했다. 나는 아무 말도 할 수 없었다. 갑작스레 머릿속이 혼란스러움으로 뒤죽박죽 되어버린 탓이었다. 내게는 간호사의 말이 믿기지 않았다. 내가 만약 몽구의 이야기를 듣지 않았다면 당연히 그 사실을 받아들였을 것이다. 하지만 어젯밤 늦게까지 내 귀를 울리던 그토록 생생한 육성은, 그리고 그 기이한 이야기는 어떻게 설명한다는 말인가.

그날 낮 동안 줄곧 나는, 뭔가 깊은 생각에 빠지면 그 자리에 가만히 선 채로 밤을 새우곤 했다는 소크라테스처럼, 꼼짝도 하지 않고 누워서 몽구에 대해, 그의 이야기에 대해 생각했다. 수시로 나는 온몸에 소름이 돋는 것을 느꼈다. 대체 그 이야기는 누구의 것이었을까. 약물에 취한 나의 뇌가 허황된 꿈을 만들어냈던 것일까. 내가 늘 두려워하던 내 속의 악령이 마침내 깨어나 내 귀에 흘려 넣어준 이야기였을까. 대체 조몽구는 실제로 존재하기나 했던 것일까. 어쩌면 몽구는 죽어서 몽유병자처럼 떠돌며 꿈의 세계를 방황하다가 내 무의식 속으로 들어왔던 게 아닐까.

다시 밤이 왔고, 나는 잠시 선잠이 들었다가 깨어났다. 그때 바로 그 괴물, 한 번도 본 적도 상상한 적도 없는 그 기이한 존재, 동물도 아니고 식물도 아닌, 온몸이 부드러운 털 모양의 가시로 덮이고, 긴 이빨에 뱀처럼 갈라진 혀를 가진 기이한 존재가 옆 침대에서 천천히 몸을 일으켰다. 그러고는 잠시 주위를 두리번거리다가 나를 발견하고서 한동안 나를 빤히 바라보더니 침대에서 내려와 내 쪽으로 걸어왔다. 그러나 이제 나는 그 괴물이 두렵지 않았다.

괴물은 내 옆에 서서 고개를 돌려 주위를 돌아보더니 휙 몸을 굽혀 입을 내 귀에 바싹 대고 말했다.

"이제 네 이야기를 들려줘."

나는 마른침을 꿀꺽 삼키고서 대꾸했다.

"그래, 이제 내 이야기를 들려줘야지. 하지만 어디서부터 어디까지가 들은 이야기이고, 어디서부터 어디까지가 상상한 이야기이고, 또 어디서부터 어디까지가 나 자신의 이야기인지 알지 못하겠어."

괴물이 고개를 들어 나를 내려다보며 말했다.

"나는 누가 되었든 내 이야기를 끝까지 듣기를 원하지 않았어. 내 이야기는 독을 바른 책이거든. 손에 침을 발라 이야기의 갈피를 한 장 한 장 넘기다가 그 독에 중독되어 탈진해서 죽게 되어 있었지."

"나도 네 이야기 속의 독에 취했어. 매번 지독한 피로와 졸음과 마비감이 밀려들었지. 하지만 끝까지 네 이야기에 귀를 기울였어."

"그래, 너는 그 독을 견뎌냈어."

"삶이라는 책 한 장 한 장에는 독이 묻어 있어. 네가 손가락에 침을 발라 책장을 모두 넘기고 나면, 그로 인해 중독되고 탈진하여 죽음에 이르게 돼. 그러나 너는 그때 비로소 삶의 의미를 깨닫게 되지."

"그래, 이야기는 그렇게 시작하는 거야."

"모든 살아 있는 것은 독의 꽃이야."

"계속해봐."

"이야기가 끝나면 나도 치유될 거야."

"그렇지, 그렇지."

"내 이야기는 거짓말이야. 하지만 그 거짓이 나의 진실이 될 거야."

"그렇고말고."

"내 이야기는, 한 방울의 물과도 같은 한 인간의 생명, 독일 수도 있고 약일 수도 있는 그 물방울 하나의 생성에서 사멸에 이르는 작은 역사에 대한 거야."

"그래, 그게 바로 너 자신의 이야기지."

"삶의 의미는 기쁨이 아니라 두려움에 있어. 기쁨은 두려움에 대면할 수 있도록 삶이 제공하는 몇 움큼의 에너지일 뿐이지."

나는 그렇게 말하고서 다시 괴물의 대답을 기다렸다. 그러나 더 이상 아무 소리도 들려오지 않았다. 고개를 들어보니 방 안은 텅 비어 있었다.

나는 침대에서 천천히 몸을 일으켰다. 그러고는 맨발로 바닥에 내려서서, 아까 그 괴물이 그랬던 것처럼 어슬렁거리며 걸었다. 머리가 맑고 몸이 가벼웠다.

그때 내 입에서 조몽구의 것을 닮은 약간 탁한 목소리가 느릿느릿 흘러나왔다.

"그 사내가 찧어놓은 것을 잔 안에 가지고 왔다. 심장에서 가장 먼 부위부터 말초신경계를 공격해 마비시키는 독당근 이파리의 즙이었다. 그저 쭉 드시고 다리가 묵직하게 느껴질 때까지 주변을 거니세요. 그러고 나서 누우시면 됩니다. 그러면 그것이 스스로 작용할 것입니다. 나는 이리저리 거닐다가 두 다리가 무겁다고 말하고는 등을 대고 누웠다. 사내가 내 발을 꽉 누르며 느낌이 있는지 물었다. 나는 아무 느낌도 없다고 대답했다. 다음으로 사내는 정강이를 눌렸다. 그렇게 위로 올라가면서 곁에 서 있는 사람들에게 내가 차가워지며 굳어가는 것을 보여주었다. 사내는 그 상태가 심장에 이르면 그때는 떠나게 될 것이라고 말했다. 어느덧 배 주위가 차가워졌다. 그때 나는 얼굴을 덮은 천을 벗기고서 말했다. 그렇게 나의 이야기는 다시 시작되었다. 하지만 그것은 또한 이야기의 끝이기도 했다. 지금까지의 모든 이야기가 나의 이야기였다. 이야기는 이렇게 끝이 났다. 하지만 원래 이야기에는 끝이 없다. 끝나는 것은 다만 나의 이야기일 뿐."

작품 해설

'독'의 연금술로 피워낸 치명적인 환상

손정수(문학 평론가)

1. '독'으로 만든 이야기

최수철의 신작 장편 『독의 꽃』은 소설 속에 나오는 표현을 빌리자면 "태어날 때부터 독을 몸에 지니게 되고, 세상의 풍파를 겪으며 그 독을 더욱 키우고, 그 독을 약으로 사용하고, 그러다가 독과 약을 동시에 품고서 죽음에 이르게 된 한 인간"(27쪽)인 조몽구의 자전적 진술을 서술자이자 등장인물인 '나'가 듣고 정리하여 전하는 이야기로 요약될 수 있다. 이 소설은 모두 다섯 개의 부분으로 이루어져 있는데, '나'가 조몽구를 만나게 되고 그의 이야기를 듣게 된 내력이 프롤로그에 담겨 있다면, 본문의 세 장은 각각 조몽구의 유년(두려움과 매혹), 중학 입학부터 군대 시절까지의 청년기(도취와 환멸), 그리고 입사 이후의 성년기(해독과 정화) 등 인생의 세 국면을 인물들의 직접적 진술과 '나'의 서술이 교차하는 형식을 통해 펼치고 있으며, 마지막 에필로그는 이야기를 마친 '나'의 술회로 맺어져 있다. 약간 다르게 보면 프롤로그와 에필로그가 액자 형태로 본문의 이야기를 감싸고 있는 구조라고도 볼 수 있다.

물론 이 같은 소설의 전반적인 내용과 구조만으로 『독의 꽃』의 특징이 쉽게 정리되는 것은 아니다. 우선 이 소설의 가장 큰 특징은 '독'(그리고 그와 결합된 관념인 '약')이라는 키워드가 상당히 빽빽하게 이야기 전체에 고루 퍼져 있다는 사실에서 찾을 수 있다. 이와 같은 성향의 이야기는 최근 최수철의 소설, 특히 장편에서 하나의 트렌드를 이루고 있는 것처럼 느껴지기도 한다. 가령 전작 『사랑은 게으름을 경멸한다』(2014)의 해설(박혜경, 「의자의, 의자에 의한, 의자를 위한」)은 그 소설을 "의자로 시작되어 의자로 끝나는 소설"(512쪽)로 규정한 바 있는데, 그에 앞서 발표된 『침대』(2011)가 제목 그대로 "침대로 시작되어 침대로 끝나는 소설"이라고 할 수 있다면, 이번 『독의 꽃』 역시 "독으로 시작되어 독으로 끝나는 소설"이라 불러도 큰 무리가 아닐 듯싶다. 이렇듯 모티프가 모티프에 그치지 않고 주제이자 더 나아가 소설 전체가 되어버리는 이 전도야말로 최수철의 소설, 특히 최근의 장편에 나타나고 있는 지향성이라고 할 수 있을 듯하다.

또 한 가지 『독의 꽃』의 독특한 면모는 이 이야기 세계가 시대적 현실을 모사하고 반영하고자 하는 태도보다도 그 자체의 세계를 구축하고 실현하는 방향으로 더 강한 경향성을 드러내고 있다는 점으로부터도 확인된다. 몽구, 자경, 수호, 영로, 운선, 영지 등 등장인물의 이름 각각은 현실에 있을 법한 형태를 띠고 있기는 하나, 그것들이 전체적으로 낮은 빈도의 용례를 가졌다는 사실로 인해 그들이 이루는 세계는 어딘가 모르게 우리가 살아가고 있는 세계와는 기묘하게 어긋나 있다는 분위기를 형성하고 있다. 그래서 그런지 그들은 모두 '독'이라는 대상에 민감한 반응을 보이고 있고 그와 관련된 비일상적인 정보를 공유하면서 개별적인 존재로서의 성격보다도 '독'을 둘러싼 관념을 서로 다른 방식으로 체현하고 있는 상관물에 더 가까운 면모를 가지고 있어 보인다. 이들에 비하면 광수나 정우와 같은 오히려 일상적인 이름의 소유자들은 주제의 방향을 거스르는 안타고니스트의 인상을 간직하고 있다.

2. '독'을 둘러싼 로맨스

『독의 꽃』이 갖추고 있는 이와 같은 특징적 인상은 이 소설이 소설로서의 기율로부터 벗어나 있지는 않은가 의문을 갖게 만드는 원인이 될 수도 있다. 이 지점에서 『독의 꽃』의 독특한 면모를 살피기 위해 잠시 노스럽 프라이의 장르에 관한 논의를 빌려오면 어떨까 싶다. 『비평의 해부Anatomy of Criticism』(1957)를 쓰던 시기의 노스럽 프라이에게 '노벨'(여기에서는 범주의 구분을 위해 '소설'이라는 번역어 대신 원어의 발음 표기를 그대로 사용한다)은 그 이름 아래 너무 다양한 종류의 이야기가 섞여 있어서 새로운 체계화가 필요한 개념이라고 여겨졌던 것 같다(그는 그와 같은 노벨 중심적 상태가 프톨레마이오스적인 것이어서 코페르니쿠스적인 생각이 필요한 상황이라고 보았다). 그는 일단 노벨 대신 좀 더 넓은 외연을 가진 산문 픽션prose fiction이라는 개념을 사용했다. 그리고 그 안에 서로 구분되는 네 가지 이야기 양식을 담았는데, '노벨'을 비롯한 '로맨스romance', '고백confession', '아나토미anatomy' 등이 그것이다. 이 경우에 노벨은 현실적인 사건을 통해 인간관계나 사회적 현상과 관련된 주제를 추구한 이야기로 다소 좁게 정의되며, 그와 비교하여 로맨스는 비현실적이거나 모험적인 계기를 내포한다는 점에서, 고백은 개인의 자서전적인 진술을 위주로 한다는 점에서, 그리고 아나토미는 인물의 행위보다 지적인 관념을 대상으로 삼는다는 점에서 각각 노벨과 구분되는 양식적 근거를 가지고 있다. 실제로 우리가 노벨이라고 생각하는 이야기는 대부분 이 네 가지 양식 가운데 몇 가지가 비중을 달리하며 결합된 것이라고 노스럽 프라이는 생각했다. 그렇다면 이와 같은 노스럽 프라이의 논의에 의거하여 생각해보면 『독의 꽃』은 어떤 성격을 가진 이야기로 설명할 수 있을까.

우선 노벨과 로맨스의 대비 구도를 두고 생각해볼 때, 『독의 꽃』에는 노벨에 비해 로맨스의 계기가 보다 활성화된 상태를 보여주고 있다. 노벨의 관점에서라면 잘 설명되지 않을 수도 있는 비현실적인 장면들이 이 소설에는 상당히 빈번하게 등장하고 있다. 프롤로그에서는 서술자인 '나'에 의해 조몽구의 이야기가 "사실이면서도 사실 같지 않은 상상적인 우화 같은 것"(30쪽)이라고 소개되어 있는데, 이런 소설 속의 규정 자체가 이 이야기의 성격을 어느 정도는 분명하게 드러내고 있다고 생각된다. 그런가 하면 이 소설에서는 "기이한 우연의 일치"(378쪽)가 빈번하게 나타나고 있기도 하다. 이야기의 무대로부터 사라졌는가 했던 인물들은 어느새 다시 등장하는데 때로 그들의 정체는 가려져 있다가 결정적인 장면에서 제 모습을 드러내기도 한다. 초등학교 시절 몽구를 괴롭히던 반장 용한은 군대에서 같은 소대의 고문관으로 다시 등장하고 나중에는 미국으로 건너가 자경의 존재를 상기시키는 역할을 하며, 군대 시절 몽구의 동료로 잠시 나왔던 신광수는 수호의 충복으로 다시 나타나 이야기의 결말에서 비교적 큰 비중의 역할을 하기도 한다.

한편 노스럽 프라이는 노벨과 로맨스 사이의 본질적인 차이를 성격 묘사의 구상에서 찾으면서 "로맨스 작가는 '실재의 인간'을 창조하려는 것보다는 오히려 양식화된 인물, 인간 심리의 원형을 나타내는 데까지 확대되는 인물을 창조하려고 한다"(노스럽 프라이, 임철규 옮김, 『비평의 해부』, 한길사, 2000, 577쪽)고 밝히고 있는데 이 역시 『독의 꽃』에 부합하는 특성이라고 할 수 있다. 조영로를 메기라 부르며 비난했던 한종원이 사실 영로 자신이었고, 몽구가 성장기에 마주쳤던 간호사 고영지가 나중에 꿈속에서 수호의 살림을 돌봐주던 쌍둥이 노파 중 한 사람과 겹쳐지는 등 소설 속의 인물들은 원형 혹은 이미지의 화신으로서의 성향을 짙게 간직하고 있다. 무엇보다 결정적으로 '우라에우스'라는 별명을 가진 조몽구의 이야기가 결국 '나'의 의식 속으로부터 흘러나온 "그의 이야기이자 나의 이야기"(30쪽)가 되는 결말 구조 역시 이 인물들의 원형적 상징성을 구현하고 있다. 전체적으로 소설 속의 인물들은 서로 닮아 있으며 그리하여 그들이 구축하는 관계는 독특한 '단성성'의 질감을 빚어내고 있다.

물론 이 소설에서도 '노벨'로 발전할 수 있을 법한 여지가 발견되지 않는 것은 결코 아니다. 가령 다음과 같은 장면을 그 맥락에서 살펴볼 수 있다.

> 몽구가 그의 말을 미처 충분히 받아들이기도 전에, 수호가 목소리를 더 낮춰서 적의에 찬 어조로 말을 이었다.
>
> "그러나 이 시대는 균형을 잃어버렸어. 인간이 초래한 오염이 극에 달했지. 이런 환경에서는 체외로 배출되는 독소보다 새로 유입되는 독소가 더 많을 수밖에 없어. 그렇게 되면 세포로 전해지는 산소량은 줄어들고 해독 기능을 담당하는 림프절, 간, 신장의 기능이 저하되어서 세균, 바이러스, 진균류, 기생충의 공격에 취약한 상태가 되지. 게다가 환경의 오염은 인간의 영혼에도 영향을 미치고 있어. 몸뿐만 아니라 마음도 해독 능력이 무력해지고 있다는 뜻이지."(199쪽)

몽구와 그의 삼촌 수호가 나누는 대화인 위의 장면에서 보는 것처럼 이 소설에도 동시대적 현실을 향한 발화의 기미가 나타나고는 있다. 이런 방향이 소설의 독서에서 기대되는 일반적인 궤도라고 생각할 수도 있다. 아마도 그랬다면 이 소설은 우리에게 좀 더 익숙한, 그렇지만 그렇기 때문에 지금보다 오히려 더 평범한 이야기로 귀착되었을 수도 있었다. 하지만 『독의 꽃』은 그 방향으로 멀리 나가지 않고 인물을 현실 속의 주체로 그려내는 대신 그들을 원형적 인 자리에 언제까지나 서 있도록 만들고 있다. 그리고 결과적으로 그렇기 때문에 지금의 독특한 면모를 보유할 수 있게 되었다.

3. '독'의 아나토미

한편 고백과 아나토미의 대비 구도를 통해 바라보면 『독의 꽃』은 고백으로서의 성격은 약한 반면 아나토미의 성향은 유독 강하다. '독'과 관련된 정보들이 이야기 도처에 두루 두텁게 삽입되어 있는가 하면, 보들레르의 시 「독」을 비롯하여 주제의 측면에서 연관성을 가진 다채로운 저작들로부터 인용된 표현과 사유들이 소설 속 여기저기에 수놓아져 있다. 특히 몽구와 수호처럼 일종의 사제 관계에 놓인 인물들의 대화 상황이나 영로와 몽구처럼 서로 갈등을 일으키고 있는 인물들 사이의 논쟁의 장면에서 아나토미의 경향은 더 활발해지는 양상을 보이고 있다. 그야말로 '독의 해부'라고 할 만한 담론적 층위가 소설의 곳곳에 배어 있으며, 지적인 주제와 태도를 서사의 중심에 두는 이런 아나토미적 특징은 『독의 꽃』을 동시대의 다른 소설과 구분시켜 주는 개성적 면모의 원인이 되고 있다. 소설 전체가 조몽구의 고백, 혹은 그 고백을 '나'가 전달하는 형태로 되어 있을 뿐만 아니라, 그 내부에는 영로의 일기, 수호의 회고 등 고백적 형식의 내용이 상당 부분을 차지하고 있지만, 그것은 산문 양식으로서의 장르적 범주인 고백과는 성격을 달리하는 것이다. 그렇기 때문에 그것은 자기 내면을 솔직하게 드러내는 행위라기보다 자기 행위의 개연성과 정당성을 호소하는, 말하자면 인물의 성격을 구성하고 사건의 개연성을 마련하는 소설적 장치에 해당된다.

물론 소설이라는 것은 기본적으로 작가의 경험에 근거하여 이루어지는 것이고, 그 점에서는 이 소설 또한 예외가 아닐 수 있다. 가령 다음 인용 부분은 이 소설의 씨앗이 만들어진 기원의 장면이라고 할 수 있는 대목이라 짐작된다.

> 어린 시절을 떠올리면 우선 심했던 두통이 생각난다. 원인을 알 수 없었던 상황에서 여러 번 병원 신세를 졌고, 실제로 두통으로 인해 이마에 약을 바르고 붕대를 감고 등교한 적도 있다. 이러한 증상은 아주 심해서 주변의 아이들이 모두 알 정도였고, 그는 늘 이마를 짚어 만지는 버릇을 가진 소년으로 기억되었다. 아직도 이마 한가운데에 그 흔적, 즉 피부색이 조금 더 검고 살짝 파인 부위가 남아 있어 육안으로 구별된다. 의사의 소견에 따르면, 스스로 아프다고 생각하기 때문에 생긴 것이라고 했다는데, 그래서인지 커서 안 사실이지만 병원의 처방이라고는 영양

제와 함께 머리에 시원한 느낌을 주려고 바른 알코올이 전부였다고 한다. 지금 판단으로는 어떤 심리적 요인이 있지 않았을까 싶다. 어쨌든 그 결과로 정서가 불안하고 정신 집중을 할 수가 없었다. 조금만 신경을 쓰면 두통이 발발하곤 했기 때문이다. 그럴수록 자의식은 팽배해졌고, 그의 텍스트에서 대상에 대한 몰입보다는 자아에 대한 사유가 두드러진 것도 그러한 데서 연유한 것이 아닐까 한다. 자의식이야 그의 텍스트의 얼굴과도 같아서 많은 사람들이 지적하고 있는 점이지만, 그 원인이랄 수 있는 두통에 대한 이야기는 스스로도 아직 정리가 되질 않아 소설로 만들지 못했다. 언젠가 다루어볼 계획을 갖고 있다.(박철화, 「이단적 글쓰기의 흔적」, 《작가세계》, 1998년 겨울호, 20~21쪽)

『독의 꽃』은 기본적으로 '독'에 관한 소설이기는 하지만, 그럼에도 주인공인 몽구는 이야기의 시작부터 마지막까지 '두통'에 시달리고 있고, 이 또한 이 소설의 주요한 모티프이다. 그리고 위에서 보듯 이 모티프가 작가 자신의 체험, 그것도 매우 오래된 연원을 통해 마련된 것이라는 사실을 확인할 수 있다. 그러나 그럼에도 이 소설은 그 경험의 서사화를 고백의 방향에서 수행하고 있지 않다. 그리고 그 점으로부터 『독의 꽃』의 남다른 특질이 배태되었다고 할 수 있다.

이처럼 『독의 꽃』은 노벨에 비해 로맨스의 경향이, 고백에 비해 아나토미의 경향이 강한 독특한 장르적 성격을 갖추고 있다. 노스럽 프라이는 노벨이 중심적 장르로 성립된 근대 이후의 상황에도 실제로 그것은 네 가지 산문 픽션 양식의 선택적 조합의 형태를 취하고 있다고 보았는데, 그가 로맨스와 아나토미의 결합 형식의 대표적 작품으로 들고 있는 것은 멜빌의 『백경Moby-Dick; or, the Whale』(1851) 같은 작품이다. 아닌 게 아니라 『독의 꽃』은 인물이나 배경은 한국이고 그 표기는 한국어로 되어 있지만 이야기의 유전자는 오히려 서구의 근대 초기 소설에 더 가깝다고 느껴지는 면도 있다. 그리고 이런 면모가 우리에게는 오히려 『독의 꽃』을 낯설면서도 다른 한편으로는 친숙하게 느끼는 인상의 맥락을 형성하고 있기도 하다.

표면적으로는 이와 같은 장르적 특성으로 인해 소설이 오히려 지금 이곳의 이야기로부터 먼 듯 느껴지기도 하지만, 이런 실험이 역설적으로 한국 소설의 새로운 활력, 더 나아가서는 새로운 리얼리티를 위한 모태가 되기도 한다. 가령 한강의 『채식주의자』(2007) 또한 로맨스의 계기가 적극적으로 활용되면서 노벨과 결합된 양식으로 볼 수 있고 『소년이 온다』(2014) 역시 로맨스와 노벨, 그리고 에필로그의 고백적 양식까지 복합적으로 결합된 형식이라고 할 수 있다. 조남주의 『82년생 김지영』(2016) 또한 주인공이 다른 인물에 빙의하는 사건에서는 로맨스가, 그리고 여성적 현실과 관련된 각종 자료들의 활용에서는 아나토미가 그 이야기의 양식적 특성을 구성하면서 결과적으로 노벨로서의 사회적 현실성을 새로운 방식으로 발휘할 수 있도록 만든 동력으로 작용했다고 볼 수 있다.

겉으로만 보면 고전적인 면모를 띠고 있는 듯한 『독의 꽃』 역시 이런 맥락에서는 새로운 독자들의 감각과 마주하기 위한 탐색의 결과로 생각해볼 수 있다. 그것은 최수철 소설이 관성적으로 이런 장르적 특성을 보이고 있는 것은 아니라는 사실에서도 입증된다. 가령 소설집 『갓길에서의 짧은 잠』(2012)에 실려 있는 단편인 「낮고 희뿌연 천장」이나 「페스트에 걸린 남자」와 같은 작품은 고백의 형식을 주된 양식으로 취하고 있는 소설인데, 한국 소설에서는 전통적으로 우세한 이 고백의 스타일은 오히려 작가 자신에게는 새로운 것이었다. 그 소설집의 해설은 이 소설들을 두고 "최수철처럼 좀체 자신을 소설 속에 드러내지 않던 작가가 거의 알몸과 육성으로 뱉어낸 죽음 충동의 극복 과정은 장엄한 데가 있다"(김형중, 「페스트를 앓고 난 후」, 『갓길에서의 짧은 잠』, 문학과지성사, 285쪽)는 감상을 제출하기도 했다. 그렇지만 이 경우에도 자기 고백에 동반되기 마련인 센티멘털리즘은 찾아보기 어렵다. 그 대신 거기에는 냉정한 자기 분석적 태도가 자리 잡고 있으며, 그래서 고백 양식 가운데에서도 아나토미의 영역이 쉽게 활성화되고 있다.

그런가 하면 『포로들의 춤』(2016)에 실린 세 편의 연작

중편은 비교적 노벨에 충실한 형식을 보여주고 있다. 현대사의 사건과 자료에 바탕을 두고 쓰인 이 방식 역시 이 작가의 전작에서는 좀처럼 볼 수 없었던 것이었기에, 이 이야기를 책으로 묶어내면서 작가는 "아마도 내 속에서 뭔가 다른 이야기와 다른 이야기 방식을 욕구하고 있었던 듯하다"(「작가의 말」, 『포로들의 춤』, 문학과지성사, 278쪽)고 술회하고 있다. 이렇게 보면 오랜 기간 소설을 써온 작가는 지금까지도 기존의 자신의 소설적 방식을 갱신하는 시도를 지속하고 있으며, 『독의 꽃』 역시 그 시도에 이어져 있는 가장 최신의 실험으로 인한 결과라고 할 수 있다.

4. '독'의 아이러니와 역설

이처럼 작가로서도, 그리고 한국 소설로서도 독특한 형식적 면모를 보여주고 있는 『독의 꽃』은 이야기의 개성이라는 측면에서 우선 흥미로운 감상의 대상인데, 그 내용이나 주제까지 함께 생각하면 "인생의 아이러니와 패러독스"(30쪽)에 대해 사유할 수 있는 계기를 제공해주는 이야기이기도 하다. 그것은 무엇보다 이 소설의 중요한 모티프인 '독'과 '약'이 서로 대립되면서도 어느 지점에서는 대체되는 역설적 관계를 이루고 있다는 사실에 기인하고 있다.

늘 무서웠지. 세상도 무서웠어. 이 세상에 독이 아닌 게 없거든. 살아남으려면 자기만의 독을 가지고서 세상과 싸워야 해. 하지만 '독'에 대항해서 우리를 지키게 하는 '약'도 얼마든지 있어. 독이 약이 되고 약이 독이 되는 거야. 너는 늘 두통에 시달리느라 거기에 신경이 집중되어 있지. 하지만 오히려 그 덕분에 한 순간도 멍하니 보내는 일이 없이 항상 깨어 있는 거야. 네 두통은 너를 마비시키지 않고 각성 상태에 머물러 있게 하는 독이자 약이야. 그러니까 이렇게 말할 수 있겠지. 이 세상 모든 것은 사랑을 만나면 약이 되고 원한을 만나면 독이 돼. 삶과 죽음 사이에 놓인 우리의 하루하루는 독과 약 사이에서 아슬아슬하게 줄타기를 하는 것이지.(198~199쪽)

어떤 대립되는 관념이 그 관계의 어느 시점에서 전도되는 속성을 보여주기에 '독'과 '약'만큼 적절한 것은 달리 없다고 해도 과언이 아니다. 그것은 데리다가 『산종La dissémination』(1972)에서 플라톤의 형이상학을 해체하면서 그 근거로서 제시하고 있는 것이 바로 그 내부에 상호 전도의 역설을 포함하고 있는 '파르마콘pharmakon'이라는 단어라는 사실에서도 확인된다. 말하자면 데리다는 '독'과 '약'이라는 상반된 의미를 동시에 내포하고 있는 '파르마콘'이라는 문제적 개념의 아이러니와 역설을 활성화시킴으로써 그의 형이상학을 그 내부로부터 해체하면서 플라톤의 텍스트를 새로운 판본으로 다시 쓰고 있는 것이다. 그 해체적 독법에 의거하면 '독'을 외부화하면서 얻어지는 신체 내부의 순수성이란 관념적인 것에 지나지 않는다. 그 내부와 외부의 형이상학적 구분을 통해 독으로부터 보호되는 것은 순수성이 아니라 순수성이라는 이데아이다.

『독의 꽃』의 인물들 역시 이와 같은 인식의 소산으로 보인다. 수호는 안정된 직업을 내버리고 허황된 일에 골몰하는 인물로 비치기도 하는 한편, 환경운동가이자 행위 예술가로서의 면모를 가지고 있기도 하는 "두 개의 얼굴을 가진"(150쪽) 존재이다. 요컨대 그 존재의 내부와 외부 사이의 경계가 불분명하여 그 온전한 정체성이 항상 흔들리는 상태에 놓여 있는 인물인 것이다. 그런가 하면 인물과 인물들 사이의 구분 또한 불투명하다. 영로와의 갈등 상황이 지나고 나자 "몽구는 자신이 아버지의 말투를 닮아가고 있다고 느꼈다"(158쪽)거나 "그날 그는 삼촌과 아버지가 서로 무척 닮았다는 사실을 처음 알았다"(310쪽)는 대목, 혹은 "몽구는 그 끔찍한 몰골 위로 윤정우와 자경의 모습이 겹쳐지는 것을 어쩔 수 없었다"(421쪽)고 생각하는 장면, 몽구가 수호와 소화를 보면서 "그들은 쌍둥이처럼 닮아 있었다"(502쪽)고 느끼는 순간들에서 인물들은 자기의 외연을 벗어나 주위의 인물들과 하나로 겹쳐지는 모습을 드러내고 있다. 이 해체의 맥락은 "우리가 독을 가지고 노는 동안, 독도 우리를 가지고 놀고 있었어"(185쪽)라는 구절에서 보는 것처럼 외부의 물질(독)과 인물 내부의 사이에서도 작용하고 있다.

그것은 결정적으로 그날 밤까지도 '나'에게 자신의 이야기를 들려주던 몽구가 사실은 사흘 전 자정쯤에 사망했다는 사실이 밝혀지면서 이야기를 하는 조몽구와 이야기를 듣는 '나'의 경계가 해소되는 장면, 그러니까 "그때 내 입에서 조몽구의 것을 닮은 약간 탁한 목소리가 느릿느릿 흘러나"(521쪽)오는 장면에서 그 절정에 이르게 된다. 이 징후는 이미 소설의 전반부에서도 "그 이야기를 듣던 중에 나는 그가 밖으로 내는 목소리와 내 속에서 울리는 목소리가 완전히 겹치는 듯한 신기한 경험을 수없이 겪었다"(29쪽)고 '나'가 느끼는 대목, 그리고 본문의 서사로 진입하면서 "이것은 그의 이야기이자 나의 이야기, 다시 말하여 그가 들려준 이야기이자 내 속으로 들어와 나의 것이 된 이야기"(30쪽)라는 서술에서도, 더 거슬러 올라가면 "그 사내의 옆얼굴이 눈에 들어온 순간, 마치 혼수상태에 빠져 있는 내 모습, 더 나아가 수의를 덮고 있는 나 자신의 시체를 보고 있는 듯한 느낌을 강하게 받았던 것"(12쪽)이라고 술회하고 있는 서두의 장면에서도 이미 드러나 있다. 그러니까 '독'과 '약'으로 표상되는 내부와 외부, 선과 악, 생과 사, 성과 속 등의 이항 대립의 해체는 이 소설에 담긴 관념이자 인물의 구조이면서 궁극적으로는 이야기의 구성이기도 하다. 말하자면 그것은 주제이면서 동시에 형상화 원리이기도 한 것이다.

5. '독'에 투영된 현실과 글쓰기의 자의식

이상에서 『독의 꽃』의 형식이 내포하고 있는 장르적 속성을 로맨스와 아나토미의 결합이라는 관점에서 살펴보는 한편, '독'과 '약'이라는 대립 구도와 그 해체가 이 이야기에 내포된 주제이자 이야기의 구성 원리이기도 하다는 것을 살펴왔다.

그런데 이 대목에서 각성처럼 떠오르는 새로운 생각은 과연 이 관념적 이야기가 이야기에만 머무르는 것인가 하는 의문이다. 왜냐하면 어느 순간 이 이야기는 우리로 하여금 우리 자신과 주변의 상황을 돌아보게 만들고 있기 때문이다. 그러고 보니 주위에서는 중독된 사람들의 얘기가 심심치 않게 들려오고 있고 그 증상은 점점 더 확대되는 한편 심각해지고 있기도 하다. 소설 자체 내에는 빈약하게만 내재되어 있던 '노벨'이 바야흐로 그것을 읽는 사람들의 삶 속에서 이제 비로소 활성화되고 있는 듯 느껴지는 순간이다. 그런 의미에서 이 로맨스와 아나토미의 결합 양식은 알레고리로서의 현실성을 잠재적으로 내포하고 있다고 하겠다.

이와 관련하여 고백의 측면에서도 다시금 떠오르는 소설 속 장면이 있다.

> 여기에서 잠시 글쓰기를 멈추고, 깊게 숨을 쉬며 생각하건대, 작가로서 내가 한 가장 자랑스러운 일은 바로 이 일기를 쓴다는 사실이 아닐까 싶다. 나는 이런 치욕스런 사실을 어찌 되었든 기록으로 남기는 것이다. 누군가가 이 글을 읽는다면 그 자체로 이 글은 내게 독이 될 것이다. 그러나 나는 이 부끄러운 글을 통해 살아남는다. 이 글은 나를 치유하는 약이다. 이 약이 내 아내와 내 자식을 죽이는 독이 된다고 해도 그것을 나의 잘못이라고 할 수는 없다. 그들이 나로 인해 죽는다 하더라도, 나는 한 성실한 인간으로서 결코 나 자신에 대한 긍지와 오연함을 잃지 않을 것이다.(143쪽)

소설 속에는 실패한 문인으로 설정된 주인공 몽구의 아버지 조영로를 통해 여러 차례 글쓰기에 대한 자의식이 드러나 있다. 고통스러운 자극에 반응하여 자기를 으깨면서 독약을 뱉어내는 두꺼비에 자신을 비유하면서 자기 글쓰기를 자학적으로 규정하는 대목에서도 그 비장함은 인상적으로 제시되고 있다. 이와 같은 자의식은 소설 속 인물의 것이면서, 동시에 그 인물을 통해 술회된 작가 자신의 것이기도 한 것이 아닐까. 그렇다면 텍스트의 표면에서는 뚜렷하게 나타나지 않았던 고백의 양식 역시 이처럼 내밀한 방식으로 그 속에 잠재되어 있는 것이 아닐까. 로맨스와 아나토미로 채워진 듯했던 『독의 꽃』을 덮고 나자 노벨과 고백의 공백이 서서히 채워지기 시작하는 환각이 떠오른다.

작가의 말

지난해 봄 아침 녘에 집 마당에서 말벌에 쏘였다. 순간적으로 나는 아나필락시스 쇼크를 머리에 떠올렸다. 한 번 벌에 쏘이면 몸속에 벌침의 독에 대한 항체가 만들어지는데, 다시 벌에 쏘이면 몸속에 있던 항체가 즉각적으로 반응하여 심각한 알레르기 반응이 일어난다. 이것이 곧 아나필락시스 쇼크이다. 두 해 전에 나는 조부모의 산소를 찾았다가 말벌에 쏘여서 일주일이 넘도록 오른팔이 퉁퉁 부어올랐던 적이 있었던 터라, 이번에는 쇼크가 올지도 모른다는 생각에 가슴이 덜컥 내려앉았다. 과연 불과 몇 분 지나지 않아, 두 팔의 피부에 땀띠 같은 것이 돋고, 땀이 비처럼 쏟아지고, 위장이 부풀어 오른 듯 가슴에서 빽빽한 통증이 느껴지고, 침을 삼킬 수 없고, 숨쉬기가 어렵고, 세상이 희뿌옇게 보이고, 몸의 균형을 잡을 수 없었다. 결국 나는 아내의 자동차 뒷자리에 쓰러졌고, 정신이 혼미한 상태에서 응급실로 옮겨지는 동안 머릿속으로는 온통 이대로 죽을 수도 있겠구나 하는 생각뿐이었다. 응급실의 당직 의사도 곧바로 병원으로 오지 않았다면 어떻게 되었을지 아무도 모른다고 했다.

물론 그때의 경험이 이 소설의 창작을 촉발한 것은 아니다. '독'에 대한 작품을 구상하기 시작한 것은 이미 십여 년 전부터였다. 그러나 본격적인 작업에 들어서는 데에서는 매번 장애를 겪었다. 그 까닭은 우선 '독'을 단순히 물질적인 차원에 그치지 않고 정신적이고 상징적인 차원으로까지 확장하기가 어려웠고, 또한 '독'과 '약' 사이의 서로 대립적이면서도 역설적으로 상응하는 미묘한 관계를 포착하는 게 무척 까다로웠기 때문이었다(예컨대, 인간은 벌침의 독에 대항하는 약으로서 몸속에 항체를 만드는데, 정작 인간은 자신이 만든 그 약 때문에 죽음에 이를 수 있는 것이다).

그리하여 오랜 고민 끝에 마침내 돌파구를 찾았다. 그것은, 어릴 적부터 나를 괴롭혀온 고질적인 두통을 중심에 두고서 한 편의 '총체적인 소설'을 쓰는 것이었다. 말하자면, 무엇보다도 독에 대한 구체적인 정보를 바탕으로 한 리얼리티를 갖추고, 마비와 각성이라는 테마를 살려서 심리주의적이고 상징주의적인 면모를 발휘하고, 아울러 임상 기록과

추리소설과 연애소설의 형식도 동시에 취하기로 한 것이다.

한마디 덧붙이자면, '독의 꽃'이라는 제목은 보들레르의 시집 제목 '악의 꽃'에서 영감을 얻었다. 그런데 '악의 꽃'의 원제인 "Les Fleurs du mal"은 정확히 번역하면 '악의 꽃들'이다. 이 소설의 제목 또한 '독의 꽃'이 아니라 '독의 꽃들'이 더 적절하지만, 복수형을 피하는 우리나라 언어의 관례를 따르기로 했다. 달리 말해 이 소설에 등장하는 인물들 하나하나가 곧 한 송이 '독의 꽃'이라는 의미를 가진다. 그런데 이제 나는 이렇게 자문하지 않을 수 없다. 살아 있는 매순간 스스로의 생존을 위하여 외부의 적대적인 힘으로부터 자신을 효과적으로 방어하는 한편 다른 생명체를 공격적으로 섭취하지 않을 수 없는 우리들 하나하나야말로 곧 한 송이 '독의 꽃'이라고 불러야 하지 않을까. 하지만 여기에서 이 말 또한 덧붙이지 않을 수 없다. 지상의 모든 꽃이 아름다운 까닭은 바로 그 때문이라고. 그 아름다움이야말로 우리 삶을 지탱하게 해주는 '약'이라고.

최 수 철

일러두기

김영랑의 「독毒을 차고」와 샤를 보들레르의 『악의 꽃』에 수록된 「독Le poison」 두 편의 시를 전문 인용했고, 프리드리히 니체의 『차라투스트라는 이렇게 말했다』, 그리고 플라톤의 『파이돈』에서 일부를 인용했다. 그중 김영랑의 「독을 차고」는 작중 인물이 암송한다는 맥락에서 표현의 일부를 현대어로 바꾸었고, 다른 텍스트들은 여러 번역본을 참고하여 문장을 가다듬었다.

독의 꽃

초판 1쇄 2019년 5월 14일
초판 3쇄 2019년 11월 12일

지은이 최수철 | **펴낸이** 박진숙 | **펴낸곳** 작가정신
책임편집 황민지 | **편집** 김미래 | **디자인** 용석재
마케팅 김미숙 | **홍보** 정지수 | **디지털콘텐츠** 김영란 | **재무** 윤미경
인쇄 및 제본 한영문화사

주소 (10881) 경기도 파주시 문발로 314
대표전화 031-955-6230 | **팩스** 031-944-2858
이메일 editor@jakka.co.kr | **블로그** blog.naver.com/jakkapub
페이스북 facebook.com/jakkajungsin | **인스타그램** instagram.com/jakkajungsin
출판 등록 제406-2012-000021호

ISBN 979-11-6026-132-5 03810

이 도서의 국립중앙도서관 출판시도서목록(CIP)은 서지정보유통지원시스템 홈페이지(http://seoji.nl.go.kr)와 국가자료공동목록시스템(http://www.nl.go.kr/kolisnet)에서 이용하실 수 있습니다.
(CIP제어번호 : CIP2019013539)